Knaur.

Im Knaur Taschenbuch Verlag sind bereits
folgende Bücher der Autorin erschienen:
Wind des Südens
Salz der Hoffnung

Über die Autorin:
Patricia Shaw wurde 1929 in Melbourne geboren und lebt heute in Queensland. Über viele Jahre leitete sie das Archiv für »Oral History« in Queensland und schrieb zwei Sachbücher über die Erschließung Australiens. Erst mit 52 Jahren entschied sie sich ganz für das freie Schriftstellerleben.

PATRICIA SHAW

Südland

Roman

Aus dem Englischen
von Peter Robert und Peter Pfaffinger

Knaur Taschenbuch Verlag

Die Originalausgabe erschien unter dem Titel
»Valley of Lagoons«.

Besuchen Sie uns im Internet:
www.knaur.de

Vollständige Taschenbuchausgabe November 2006
Knaur Taschenbuch.
Ein Unternehmen der Droemerschen Verlagsanstalt
Th. Knaur Nachf. GmbH & Co. KG, München
Copyright © 1989 by Patricia Shaw
Copyright © 1991 für die deutsche Ausgabe
by Franz Schneekluth Verlag, München
Alle Rechte vorbehalten. Das Werk darf – auch teilweise –
nur mit Genehmigung des Verlages wiedergegeben werden.
Umschlaggestaltung: ZERO Werbeagentur, München
Umschlagabbildung: Corbis
Satz: Pinkuin Satz und Datentechnik, Berlin
Druck und Bindung: Clausen & Bosse, Leck
Printed in Germany
ISBN-13: 978-3-426-63402-8
ISBN-10: 3-426-63402-3

Die Geschichte Australiens
liest sich nicht wie Historie,
sondern wie die wunderbarsten Lügen ...
Sie ist voller Überraschungen und Abenteuer,
voller Ungereimtheiten und Unwahrscheinlichkeiten,
aber es ist alles wahr;
es ist alles wirklich so gewesen.

Mark Twain

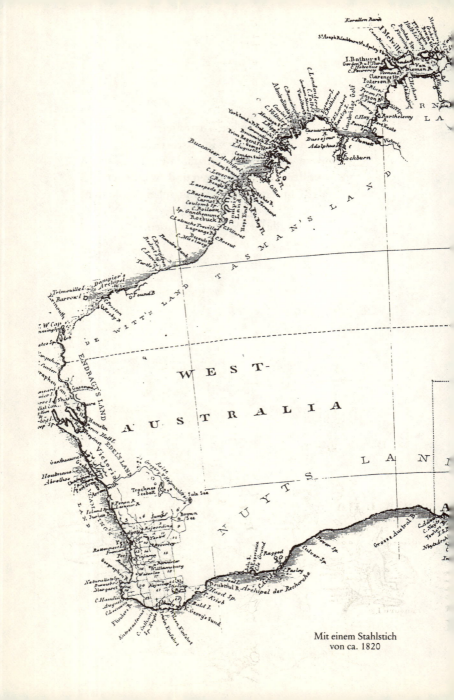

Mit einem Stahlstich von ca. 1820

Inhalt

Vereinigte Staaten, 1957	9
Argentinien, 1825	33
Irland, 1825	45
England, 1825	51
Die Fahrt der »Emma Jane«	59
Sydney	99
Die Frauen	241
Das Land	267
Die Siedler	309
Die Schwarzenkriege I	419
Die Schwarzenkriege II	485
Die Schwarzenkriege III	549
Valley of Lagoons	629
Warunga Country	663
Koda 1958	729
Nachwort	747

Vereinigte Staaten
1957

1. Kapitel

Eine schwarze Limousine glitt durch die VIP-Einfahrt des La-Guardia-Flughafens und wurde von den Wachposten an der zweiten Kontrollstelle durchgewinkt.
Eduardo Rivadavia beugte sich vor und tippte dem Fahrer auf die Schulter.
»Wissen Sie, wohin Sie fahren müssen?«
»Ja, Sir«, versicherte ihm der Chauffeur. »Wir sind rechtzeitig da.«
Eduardo schüttelte den Kopf und ließ sich zurücksinken. Flughäfen kamen ihm immer noch wie ein Labyrinth vor, und als er jetzt zwischen Reihen von Privatmaschinen hindurchfuhr, die ihre Nasen in die Luft streckten, fragte er sich, wie die Besitzer ihre Maschinen jemals fanden.
Er zündete sich eine Zigarre an und lehnte sich noch weiter zurück, so daß man ihn von draußen nicht sehen konnte. Er haßte diesen Wagen. Aber als argentinischer Botschafter bei den Vereinten Nationen hatte er keine andere Wahl, als sich in dieser langen, häßlichen Limousine in New York herumkutschieren zu lassen.
Wenn der Nieselregen nicht gewesen wäre, hätte er vielleicht die Gelegenheit genutzt und sich einige dieser kleinen Flugzeuge genauer angesehen. Seine Schwester Maria lag ihm die ganze Zeit in den Ohren, daß er eins kaufen sollte. Sie hatte einen Texaner geheiratet und lebte in Dallas. Da die übrige Familie in Argentinien wohnte, machte Maria sich Sorgen, daß Eduardo in New York einsam sein könnte.
Er seufzte. Jetzt, wo sein einziges Kind im Begriff war zu heiraten, würde Maria ihn um so mehr drängen, ein Flugzeug zu kaufen. Er

konnte sie nicht davon überzeugen, daß eine solche Extravaganz problematisch wäre. Bei der Wirtschaftskrise in Argentinien würde die Nachricht, daß einer ihrer Diplomaten sich ein Privatflugzeug anschaffte, geradezu eine Einladung zu Nachforschungen sein. Sie begriff nicht, daß einem Botschafter Grenzen gesetzt waren. Die Rivadavia-Unternehmen würden dieses Flugzeug kaufen, argumentierte sie; es würde die Regierung keinen Pfennig kosten. Er konnte ihr nicht klarmachen, daß die Öffentlichkeit kein Interesse an solchen Feinheiten haben würde. Die Opposition würde dafür sorgen, daß er in den Ruch der Korruption kam. Wie auch immer, er mochte lieber die großen Passagiermaschinen, und die Betriebsamkeit der Flughäfen gefiel ihm.
Maria war schon immer so gewesen: Was sie hatte, das sollten auch die anderen haben. Ihre Begeisterung für neue Spielsachen, wie Eduardo es nannte, war zum Familiengespött geworden. Und da ihr Mann, Hank Wedderburn, ein Privatflugzeug besaß, würde sie der Rivadavia-Familie keine Ruhe lassen, bis auch die Verwandtschaft ein Flugzeug besaß.
Es regnete immer noch. Es war dieser öde, graue, gedämpfte Regen, der beinahe schüchtern wirkte, als hoffte er, die hochtrabenden New Yorker würden keine Notiz von ihm nehmen. Rivadavia stippte seine Zigarre aus und machte das Fenster zu.
Ich sollte glücklich sein, sagte er sich. Meine Tochter heiratet heute. Sie heiratet einen netten jungen Mann, der sich etwas aus ihr macht; einen sensiblen Burschen aus Verhältnissen, die unseren eigenen nicht unähnlich sind, aber von so weit weg! Wer hätte sich träumen lassen, daß sie einen Australier heiraten würde?
Elena hatte ihn ausgelacht.
»Daddy! Warum sagst du dauernd ›so weit weg‹. Argentinien ist auch weit weg von allem, also wo ist da der Unterschied? Und wir werden auf einer Ranch wohnen. Für mich ist das schon komisch. Ich bin von der Ranch weg, um nach New York zu gehen, und jetzt lande ich auf einer anderen Ranch.« Eine andere Ranch, hatte sie gesagt, als ob sie bloß ein Stück weiter unten an der Straße

läge. Junge Leute! Sie hatten meistens keine Ahnung, worauf sie sich einließen. Er hatte noch nicht herausbekommen, was für eine Ranch das war, außer daß sie dort auch Viehzucht betrieben. Er hatte keine Lust gehabt, ihren Bräutigam allzusehr auszuhorchen, und bis jetzt nur in Erfahrung gebracht, daß die Ranch auf keiner Karte verzeichnet und weit von einer Stadt entfernt war.

Luke MacNamara hatte ihm erzählt, das Haus sei komfortabel und Elena werde es dort gut haben, aber die Maßstäbe waren ja verschieden. Was meinte er mit gut? Seine Tochter Elena Maria Rivadavia de Figueroa war einen hohen Lebensstandard gewöhnt, wie alle Rivadavias seit Generationen; aber das Paar war so begeistert von der gemeinsamen Zukunft, daß es seine Fragen nicht ernst nehmen würde. Er wünschte, seine Frau wäre noch am Leben; jetzt hätte er sie gebraucht. Sie wäre resoluter gewesen.

Normalerweise hätte er mit den Eltern des jungen Mannes gesprochen, bevor er seine Erlaubnis gab, aber da Lukes Vater tot war und seine Mutter heute morgen aus Australien kommen sollte, hatte es keine Gelegenheit gegeben, weitere Fragen zu stellen, abgesehen von der diskreten Überprüfung seitens der argentinischen Botschaft.

Na schön. Sollten sie miteinander glücklich werden. Sollten sie doch heute alle im Glück schwimmen! Eduardo zog es vor, deprimiert zu sein. Hank und Maria waren so aufgeregt wegen der Heirat, als ob es um ihre eigene Tochter ginge. Er schätzte, daß er an diesem Tag keine Ruhe mehr finden würde.

Ostern hatten sie Luke mit nach Hause genommen, damit er die Familie kennenlernte, und Luis, Eduardos Bruder, war von seinem Wissen über Vieh beeindruckt gewesen. Das hatte Eduardo Mut gegeben. »Biete ihm einen Job an!«

»Das habe ich getan«, hatte Luis ihm erklärt, »aber er will nach Hause.«

»Was zum Teufel macht er dann in Nordamerika?«

»Seine Familie ist gar nicht so viel anders als unsere«, sagte Luis. »Wie du wollte er in die Welt hinaus, aber jetzt erkennt er, daß er am Land hängt. Wir haben nicht alle so ein Talent wie du, so

mühelos ins Geschäftsleben einzusteigen. Er ist eher so wie ich; er kommt mit dem Landleben besser zurecht.
Wir sind alle stolz auf dich, Eduardo, und dieser junge Mann hat große Achtung vor dir, aber laß ihn nach Australien gehen. Laß sie gehen. Ich glaube nicht, daß du dir um Elena Sorgen machen mußt. Wenn er in New York bleiben muß, um mit Elena leben zu können, wird er sich elend fühlen. Könntest du dir vorstellen, daß ich in New York arbeite?«
»Warum nicht? Den Job in der Handelskommission, den er hat, könntest du genausogut erledigen. Da hat man's mit Produzenten und Abnehmern zu tun.«
Luis lachte. »Aber ich müßte dort leben – das ist das Problem. Die beiden wollen auf einer Ranch leben. Ich kann's ihnen nicht verdenken.«

Der Chauffeur brachte Eduardo wieder in die Gegenwart zurück. »Da ist das Flugzeug, Sir. Es landet gerade.«
Eduardo sah zu, wie das kleine Flugzeug zur Rollbahn herabschwebte und ausrollte. Hank und Maria kamen die Treppe herunter und eilten Schirme schwenkend zum Wagen herüber. Maria fiel ihm um den Hals. »Eduardo! Wie nett von dir, daß du uns abholen kommst! Das wäre nicht nötig gewesen! Du hast doch heute so viel zu tun.«
»Ich doch nicht. Ich war bloß im Weg. Also bin ich geflohen und hergefahren.«
Hank schüttelte ihm überschwenglich die Hand. »Wir wissen es trotzdem zu schätzen, Eduardo. Und wie sieht's mit der kleinen Elena und ihrer Heirat aus? Wir haben noch gar kein Geschenk für sie besorgt. Wir dachten, wir warten lieber ab und schauen mal, was sie haben wollen. Maria meint, ein Scheck könnte unhöflich sein. Andere Länder, andere Sitten. Und sie heiratet einen Australier? Wie findest du das?«
Eduardo brachte ein dünnes Lächeln zustande. »Hank hat was für Australier übrig«, sagte Maria.

»Ach ja?« erwiderte Eduardo. »Wieso?«
Maria war überrascht. »Ich weiß nicht. Wieso, Hank?«
Hank zuckte die Achseln. Seine Frau faßte diese Geste so auf, als wolle er damit zum Ausdruck bringen, daß es keine Rolle spielte; sie fuhr fort: »Tante Cecilia sagt, sie ist sicher, daß es in Australien vor langer Zeit einen Zweig der Rivadavia-Familie gegeben hat. Im letzten Jahrhundert, glaubt sie.«
Ihr Bruder lächelte herablassend. »Davon habe ich noch nie etwas gehört. Aber Tante Cecilia entdeckt überall Zweige der Familie, wenn es ihr gerade paßt.«
»Sie könnte recht haben. Man weiß nie. Aber erzähl mal, was ist mit der Heirat? Ist alles organisiert? Ich wünschte, ich hätte hier sein können, um Elena zu helfen. Also, wer kommt alles?«
»Die üblichen Leute. Die Familie. Freunde. Seine und ihre. Luis und Isobel und ihre Kinder sind ins Waldorf gegangen und machen Ferien draus. Die Tanten sind bei Freunden in Connecticut. Die Garcias und andere aus Buenos Aires haben sich irgendwo Apartments gemietet, und Opa Batiste wohnt bei Onkel Julio auf Long Island ...«
»Aber doch nicht ›unsere‹ Familie, Eduardo!« unterbrach Maria. »Die andere Seite! Ich habe gehört, daß ein Lord und eine Lady kommen!«
»Ja, Lord und Lady Heselwood.«
»Ich wußte gar nicht, daß es bei den Australiern Lords gibt«, sagte Hank.
»Sie sind keine Australier, sondern Engländer. Freunde der MacNamaras. Lukes Familie.« Eduardos Stimme klang, als ob er diese Erklärung schon zu oft gegeben hätte.
»Luke muß gute Beziehungen haben, wenn er adlige Freunde hat«, sagte Maria. Sie spürte, daß Eduardo nicht allzu begeistert von der Aussicht auf diese Heirat war. Sie schaute aus dem Fenster. »Ich liebe New York. Es ist ein so phlegmatischer Ort, nicht wahr? Alle machen mit solchem Feuereifer einen Schritt nach dem anderen.«
Hank lachte. »Deine Schwester zeigt wirklich die merkwürdigsten

Reaktionen, Eduardo. Die meisten Leute sagen, New York ist aufregend.«
»Ach Quatsch«, rief sie. »Es ist zu berechenbar, um aufregend zu sein. Jeder, der herkommt, weiß genau, was er zu erwarten hat. Australien ist aufregend. Ich würde liebend gern nach Australien gehen. Ein Pionierland ... es muß so sein wie Nordamerika in den Wildwestfilmen; diese Weite!«
»Und kein Wasser«, sagte Hank. »Das ist der Unterschied. Unsere Pioniere hatten das Glück, gut bewässertes Land zu finden. Je weiter man in Australien nach Westen kommt, desto trockener wird es. Viele Flüsse dort fließen ins Landesinnere und versickern im Sand.«
»Flüsse können nicht ins Landesinnere fließen, Hank«, entgegnete seine Frau.
»Doch, können sie. Oder nicht, Eduardo?«
Rivadavia war neugierig. »Bist du in Australien gewesen, Hank?«
»Ja, während des Krieges.«
»Warst du schon mal in diesem Land, diesem Teil, wo Luke herkommt, Queensland? Davon habe ich noch nie gehört.«
»Da bin ich dir ausnahmsweise mal weit voraus, Eduardo«, sagte Hank. »Klar war ich da, aber das ist nichts Besonderes. Mehr als zweihunderttausend GIs und Jungs von der Luftwaffe kennen diesen Teil der Welt, schätze ich.
In Australien hat's riesige amerikanische Militärbasen gegeben, aber die meisten Soldaten war an der Küste in Townsville stationiert, einem Sprungbrett für den Krieg im Pazifik. Ich frage mich oft, wie viele von denen zurückgekommen sind. Damals gab's in dem Land massenhaft Chancen. Gibt's eigentlich immer noch.«
Eduardo fand die Unterhaltung endlich interessanter. »Was für Chancen?«
»Jede Menge, in allen Richtungen. Dort gibt es phantastisches, endloses Weideland. Die haben da drüben Rinderfarmen, Ranches, so groß wie Texas.«
Sein Schwager war sprachlos. Er war in dem Glauben aufgewach-

sen, daß in Texas alles am größten war. »Willst du mich veralbern?«
»Nein, absolut nicht. Wie groß ist diese Farm, die Ranch, die dein zukünftiger Schwiegersohn besitzt?«
»Ich wollte lieber nicht fragen.«
»Hättest du tun sollen. Macht den Australiern nichts aus. Die würden's dir erzählen, wenn ihr Großpapa Jesse James wäre. Die Hälfte von ihnen stammt von Sträflingen ab – ist ihnen egal. Sie sind sogar stolz drauf.«
»Oh mein Gott!«
Selbst Maria war entgeistert. »Luke MacNamara stammt bestimmt nicht von einem Sträfling ab.«
»Woher weißt du das?« Hank machte sich einen Spaß daraus, die beiden aufzuziehen. Er liebte sie aufrichtig; sie hatten ihn ins Herz geschlossen und ihm das Gefühl gegeben, daß er dazugehörte, etwas, was er noch nie erlebt hatte, aber für die Rivadavias war die Familie so wichtig, daß sie diese Sticheleien ernst nahmen.
Hank erinnerte sich immer noch voller Zorn an seine Heimkehr aus dem Krieg, nachdem er monatelang im Krankenhaus gelegen hatte. Er hatte seine Eltern von San Francisco aus angerufen, um ihnen zu sagen, mit welchem Bus er kommen würde; er war zwei Tage lang durchs ganze Land gefahren, zu aufgeregt, um die Magazine zu lesen, die er gekauft hatte, um die Zeit auszufüllen, und er war an der alten Bushaltestelle ausgestiegen – nach zwei Jahren endlich wieder zu Hause. Da keiner da war, um ihn abzuholen, war er zu Fuß durch die ganze Stadt gegangen. Überrascht hatte er festgestellt, daß sie ihm viel kleiner vorkam, als er sie in Erinnerung hatte. Die Haustür war abgeschlossen, aber der Schlüssel lag immer noch am alten Platz. Also ging er durch die Hintertür hinein und fand eine Nachricht auf dem Küchentisch, beschwert von der Zuckerdose, wo seine Mutter immer ihre Nachrichten hinterließ. Dort stand, daß seine Eltern ins Kino gegangen waren.
Er hatte sofort wieder gehen wollen, aber sein Bedürfnis, zu Hause zu sein, bei seiner Familie, war zu groß. Er sehnte sich danach,

ihnen zu erzählen, was er erlebt hatte. Aber als er auf den Krieg zu sprechen kam und sie sahen, wie er zu zittern begann, erklärte ihm sein Vater: »Der Krieg ist aus, Junge. Vergiß es.«
Eduardo unterbrach seine schmerzlichen Erinnerungen. »Wenn du in Townsville gewesen bist, warst du dann auch in Lukes Heimatstadt, diesem Valley of Lagoons?«
»Tal der Lagunen«, wiederholte Maria. »Das ist so ein romantischer Name. Ich liebe ihn.«
Hank schüttelte den Kopf. »Nein. Ich glaube nicht, daß es eine Stadt ist. Ich hab's auf einer Karte gesucht, aber ich konnte es nicht finden.«
»Ich auch nicht«, seufzte Eduardo. »Luke hat es mit dem Finger für mich eingekreist, aber ich kann nur schätzen. Es scheint hundert Meilen landeinwärts von Townsville zu sein, und das liegt ja an der Küste.«
»Also nicht so ganz anders als Argentinien oder Texas, was?« Hank lachte.
Eduardo machte ein finsteres Gesicht und wechselte das Thema. »Da wären wir. Schaut euch die vielen Autos auf der Straße an. Das ist heute ein Irrenhaus da drin. Fotografen, Garderobieren, Friseure, zeternde Frauen. Warum fahren wir nicht weiter und essen irgendwo zu Mittag, wo es schön ruhig ist?«
»Nein«, rief Maria. Sie fuhr beinahe aus dem Sitz hoch. »Ich muß Elena helfen. Es gibt bestimmt eine Million Dinge, die ich tun kann.« Sie hatte schon die Beine draußen, noch bevor die Limousine vor dem Hauptportal ganz zum Stehen gekommen war.

Maria und Hank fuhren nur ein paar Minuten vor der Hochzeitsgesellschaft zur Kirche. Hank war gereizt; er haßte es, zu spät zu kommen.
»Wir brauchen uns nicht zu beeilen«, sagte Maria. »Ohne die Braut können sie nicht anfangen.«
»Das ist es nicht«, beschwerte er sich. »Ich bin gern früh am Ort des Geschehens, damit ich sehen kann, wer wer ist. Jetzt schau, sie

sind alle schon drin. Wir werden beim Reingehen nur Rücken zu sehen bekommen.«

Der Platzanweiser führte sie durch den langen Gang nach vorn, während Maria die Blumen bewunderte und Hank nach bekannten Gesichtern Ausschau hielt.

»Da ist die Mutter des Bräutigams«, sagte Maria, als sie Platz nahmen, und Hank warf einen Blick zu einer attraktiven Frau mit leicht sonnengebräuntem Gesicht und blondem, weich gewelltem Haar unter einer Pillbox hinüber. Er bemerkte ihre kräftigen, geschickten Hände, als sie ihre Handschuhe und das Gebetbuch auf das schmale Bord vor ihr legte, und sah den Kontrast zu den olivbraunen, elegant manikürten Händen seiner Frau. »Wo ist ihr Mann?« flüsterte er Maria zu.

»Psst. Er ist tot! Im Krieg gefallen. Luke ist so ein hübscher junger Mann, nicht wahr?« Sie schaute zum Bräutigam hinüber, und obwohl sie nur seinen Rücken sehen konnten, nickte Hank zustimmend. Wie alle großen Männer registrierte er wohlwollend, daß dieser Bursche gute eins fünfundachtzig groß und breitschultrig, aber trotzdem schlank und schlaksig war. Es würde noch ein paar Jährchen dauern, bis er Gewicht zulegte. Er lächelte. Der Bräutigam fühlte sich offensichtlich unwohl in seiner Kleidung; er zerrte an seinem Jackett herum und zog die Krawatte gerade. Hank schaute noch einmal zu dem jungen MacNamara hinüber und versuchte, sein Gesicht zu sehen; etwas an ihm, an seiner Haltung, kam ihm bekannt vor. Was war es? Die Art, wie sich seine Schultern bewegten? Die ein wenig krumme Haltung, wie die eines Cowboys. Vielleicht erinnerte ihn das an ein paar von den Jungs daheim. Er verspürte ein sonderbares nervöses Schlingern im Magen, und der Schweiß trat ihm auf das gerötete Gesicht, seine Hände zitterten. Maria, der dies nicht entging, nahm seinen Arm. »Was ist los, Hank? Alles in Ordnung mit dir?«

»Ja, ich bin okay. Ist bloß ein bißchen heiß hier drin.«

Sie sah ihn scharf an, als er ein Taschentuch herauszog und sich das Gesicht und den Hals abtupfte.

Ich werde alt, sagte er sich, das ist mein Problem. Er stand auf, als die ersten Akkorde des Heiratsmarsches erklangen. Ganz vorn im Gang stand Elena mit ihrem Vater, in helles Licht getaucht.

Hanks beunruhigende Gedanken waren vergessen, als er sich umdrehte und sich einen Moment lang in der Schönheit dieser Frau verlor, die er von klein auf heranwachsen sehen hatte. Ihr reizendes Gesicht wurde von dem Schleier weichgezeichnet, der in einer Tüllwolke von derselben Mantille herabfiel, die Maria an ihrem Hochzeitstag getragen hatte.

»Ist sie nicht wunderschön?« sagte Maria verzückt und klammerte sich an Hank.

»Ja ja«, erwiderte er und drehte sich um, um zu sehen, wie der Bräutigam reagierte.

Luke MacNamara hatte den Kopf zur Seite gewandt, wie es jeder Bräutigam tut, um seine Braut zum erstenmal verstohlen anzusehen. Die Nervosität fiel von ihm ab, und sein Gesicht verzog sich zu einem Grinsen. Dann fiel ihm ein, daß er sich wieder zum Altar umdrehen mußte.

Er sah den großen Mann, der in der ersten Reihe stand, und dachte, daß es Hank Wedderburn sein mußte, Elenas Lieblingsonkel. Deshalb begrüßte er Hank mit einem verschwörerischen Zwinkern, ehe er wieder seine korrekte Haltung zwischen den Brautführern einnahm, mit dem Gesicht zum Priester.

Hank taumelte, als ob er einen Schlag bekommen hätte. Seine Knie gaben nach, und er griff nach der Kirchenbank, um sich festzuhalten. Seine Augen verschleierten sich. Die Braut ging mit Eduardo vorbei, und die Orgelmusik schien sich zu einem Tosen zu steigern.

»Was ist denn?« Marias Stimme war ängstlich. »Hast du irgendwas?«

»Ich fühle mich nicht besonders wohl. Ich glaube, ich gehe mal für eine Minute raus.«

»Ich komme mit.«

»Nein, du bleibst hier.« Er trat aus der Bank in den Seitengang und versuchte den Eindruck zu erwecken, als ob es einen vernünftigen Grund für sein Gehen gäbe. Köpfe drehten sich neugierig um, als er durch eine Seitentür verschwand.

Draußen sammelte er sich, trat unter einen Baum und versuchte, eine Zigarette aus der Packung zu schütteln. Das Päckchen fiel ihm jedoch aus den zitternden Händen und landete im Gras. Dann ließ Hank Wedderburn seinen Tränen freien Lauf. Als die anderen aus der Kirche kamen, hatte er sich das Gesicht am Trinkbrunnen gewaschen und sein heiteres Ich gezwungen zurückzukommen, aber Maria sah, daß seine Augen rot waren. Seine jähe »Verwandlung« hatte ihr einen Schrecken eingejagt. Er mußte ihr versprechen, sobald wie möglich einen Arzt aufzusuchen.

2. KAPITEL

Während der Hochzeitsfeier entschloß sich Hank, etwas in einer Angelegenheit zu unternehmen, die er vierzehn Jahre lang auf sich beruhen lassen hatte.

Aber erst ein paar Wochen später, als er wieder in seinem eigenen Büro in Dallas war, rief er eine Privatdetektei an.

Am selben Nachmittag fuhr Thomas J. Clelland im renommierten Wedderburn Building mit dem Lift zu einem Termin bei Hank Wedderburn höchstpersönlich nach oben und fragte sich, worum es bei diesem Auftrag wohl gehen mochte. Um die Überprüfung eines Geschäftspartners? Kaum. Das konnte Wedderburn über seine eigenen Kontakte besser bewerkstelligen. Probleme mit seiner Frau? Unwahrscheinlich. Solche Arrangements wurden fern vom Büro getroffen. Clevere Ehefrauen standen sich gut mit den Sekretärinnen.

Hank Wedderburn war höflich. Er wünschte Ermittlungen in einer Sache von untergeordnetem Interesse. Reine Neugier. Er hatte gehört, daß Clelland im Krieg beim Nachrichtendienst der Army gewesen war.

»Darauf würde ich nicht viel geben, Mister Wedderburn. Es hört sich eindrucksvoll an, aber ich war in Neuseeland stationiert. Hatte nicht viel zu tun, außer Akten hin und her zu schieben und das Leben dort zu genießen. Damals hab ich's gehaßt, da unten festzuhängen, aber wenn ich jetzt zurückblicke, habe ich Glück gehabt.«

»Sind Sie nach Australien gekommen?«

»Nein. Auch das hab ich verpaßt.«

»Ihre Nachforschungen würden Sie nach Australien führen. Hätten Sie Zeit?«

Clelland bemühte sich, seine Aufregung zu unterdrücken. »Ja, Sir. Wenn ich Ihnen dort von Nutzen sein kann.«

»Das können Sie. Ich möchte Informationen über einen australischen Soldaten.«

Clelland wußte, daß es zu schön gewesen war, um wahr zu sein. Er konnte den Kontakt seiner Firma mit Wedderburn nicht schon beim ersten Mal gefährden, indem er dessen Zeit und Geld verschwendete. »Ich sage nur höchst ungern nein zu einer Reise nach Australien, Mister Wedderburn, aber wenn das alles ist, was Sie brauchen, dann könnten wir diese Information auch von hier aus beschaffen.«

»Das ist genau das, was ich nicht will. Es ist eine persönliche Angelegenheit. Ich möchte niemand kränken. Es geht nicht, daß jemand wie ein Elefant im Porzellanladen in den Armeeunterlagen herumstöbert. Diese Familie hat ihre eigenen Kontakte zur australischen Botschaft hier bei uns. Es wäre mir gar nicht recht, wenn jemand merkt, daß Nachforschungen über einen ihrer Leute angestellt werden. Der Mann ist tot, und er war kein Verbrecher. Mit solchen Dingen hat das nichts zu tun. Ich möchte nur, daß Sie äußerst dezent vorgehen und mir die Geschichte seines Falles bringen. Ich will nicht, daß die Angehörigen etwas davon erfahren.«

»Ist nicht leicht, ohne die Zustimmung der Angehörigen an Armeeunterlagen heranzukommen.«

»Sie werden schon einen Weg finden. Bestechen Sie jemand, wenn's sein muß. Sie brauchen nicht zu sparen. Ich lege nur größten Wert auf Diskretion.«

Er gab Clelland ein Blatt Papier, auf dem folgendes stand: JOHN PACE MACNAMARA. VALLEY OF LAGOONS. QUEENSLAND. AUSTRALIEN …, und entschuldigte sich: »Das ist nicht viel, um damit zu arbeiten. Er ist ›im Krieg gefallen‹, wie es heißt. Nach allem, was ich weiß, hätte er auch in Perth von einem Jeep überfahren worden sein können.«

»Sicher. Ich kenne einen Burschen, der mit dem Purple Heart nach Hause kam. Er ist von einem Bullen auf die Hörner genommen worden, als er eine Abkürzung über eine Farm in der Gegend von Auckland nahm.« Er warf einen Blick auf das Blatt. »Wo ist dieses Tal der Lagunen?«

»Gute Frage. Ich bin nicht ganz sicher, aber es liegt landeinwärts von Townsville, einer Stadt an der Nordküste des Staates Queensland im Osten.«

»Ah ja. Ich weiß, wo Townsville ist. Große US-Basis im Krieg, nicht wahr?«

»Genau. Ich glaube eigentlich nicht, daß sie große Schwierigkeiten haben werden, etwas über diesen Mann rauszufinden. Wenn man all diese Truppen aus dieser kleinen Stadt abgezogen hätte, wäre sie einfach wieder in aller Stille eingeschlafen, glaube ich.«

Er brachte Clelland zur Tür und verspürte dann auf einmal das Bedürfnis, mehr zu sagen. »Hören Sie, ich will nicht, daß Sie die Sache im Blindflug angehen. Ich bin kürzlich auf den Namen dieses Burschen gestoßen. Aus heiterem Himmel. Ich glaube, ich habe ihn im Krieg kennengelernt. Dieser Bursche, dieser Australier …«

Clelland starrte ihn verlegen an.

Wedderburn hatte Tränen in den Augen. »Entschuldigen Sie. Ich konnte noch nie darüber sprechen.« Er holte tief Luft. »Ich glaube, er hat mir das Leben gerettet.«

Dieser verdammte Krieg, dachte Clelland. So viele Männer waren mit schrecklichen Erinnerungen heimgekehrt, die tief in ihrem Inneren vergraben waren. Er wartete, daß Wedderburn weitersprach.
Hank wußte sein Schweigen zu schätzen. »Danke. Jetzt, wo ich damit konfrontiert worden bin, muß ich es wissen, verstehen Sie. Mit seiner Familie möchte ich aber nicht darüber sprechen. Wenn ich mich irre, würde ich mich zu einem Narren machen. Wenn ich recht habe, könnte es noch schlimmer sein. Wozu all den Schmerz wieder zum Leben erwecken? Dann muß seine Frau alles ein zweitesmal durchmachen. Das ist eine Angelegenheit, zwischen mir und einem Burschen, der seit vierzehn Jahren tot ist. Es geht nicht darum, daß ich ihm etwas schulde – und ich bezahle meine Schulden gern; was mich all diese Jahre über gequält hat, ist, daß ich nicht weiß, wer dieser Mann war.«
»Ich hoffe, ich kann Ihnen helfen, Mister Wedderburn. Benötige ich Ihre Dienstakte für diese Ermittlung?«
»Nein. Bringen Sie mir alles über den verstorbenen John Pace MacNamara, was Sie können, dann weiß ich Bescheid.«
Auf dem Rückweg durch Wedderburns Büros war Clellands Herz schwer. Die Reise nach Australien war ein Abenteuer, aber Wedderburn tat ihm leid. Männer wie er trugen das Schuldgefühl wie ein Bleigewicht mit sich herum. Die Schuld bestand darin, daß ihre Kameraden gestorben waren, während sie überlebt hatten. Es überraschte ihn, daß ein selbstbewußter Mensch wie Wedderburn nicht damit leben konnte, daß so etwas im Krieg dauernd passierte.
Clelland durchquerte das Foyer, warf einen Blick auf die lange Liste der Wedderburn-Unternehmen an der Wand und trat in die Hitze des Tages hinaus.

Als er aus Australien zurückkam, lieferte Clelland seinen Bericht in Wedderburns Büro ab. Wochen vergingen, und obwohl die Rechnung ohne Reklamationen in voller Höhe beglichen wurde, hörte er nichts. Dann rief Wedderburn an. »Können wir uns auf einen Drink treffen?«

»Unter einer Bedingung«, sagte Clelland. »Sie sagen mir, ob wir Ihnen geholfen haben oder nicht.«
»Ich sag's Ihnen. Ich würde mir gern ein bißchen frische Luft um die Nase wehen lassen. Wie wär's mit Lindy's, unten am Park? Da können wir draußen sitzen.«
Hank saß bereits an einem Tisch unter den Bäumen, als Clelland kam. Da er schon einen Drink auf dem Tisch stehen hatte, holte sich Clelland einen Bourbon und brachte ihn mit. »Ich komme bewaffnet«, sagte er und schwenkte seinen Drink. »Tut mir leid, daß nur ein unscharfes Foto bei dem Bericht war, das aus einem Bataillonsmagazin stammt. Die Burschen auf dem Foto sehen für mich alle gleich aus, und ich sollte schließlich nicht zu den Angehörigen gehen.«
»Das ist schon in Ordnung, Tom. Ich brauchte kein Foto. Worauf es mir ankam, war das Timing. Haben Sie vorher schon mal was vom Kokoda Trail gehört?«
»Oh ja – das schlimme Ende des Krieges.«
»Ganz recht. Es war eine heiße, dampfende Hölle auf diesen Bergpfaden in Neuguinea. Nichts als Dschungel, und Japaner hinter jedem Busch.«
»Ja, ich erinnere mich. Die haben da oben immer um Nachschub geschrien, aber es war schwer, an sie ranzukommen. Wenn man das Zeug mit dem Fallschirm abgeworfen hätte, wäre es in irgendeiner Schlucht oder in einem Lager der Japaner gelandet. Aber ich dachte, an diesem Kampf wären nur Australier beteiligt gewesen.«
»Es gab nicht allzu viele Amerikaner in der Gegend. Wir hatten einfach das Pech, beim Losen den kürzeren zu ziehen. Gott weiß, wie wir da reingeraten sind. Wir waren grüne GIs, gerade nach Port Moresby gekommen, und gleich weiter nach Kokoda. Ich sehe immer noch diese großen, zäh aussehenden Aussies an uns vorbeimarschieren. Sie wirkten irgendwie älter als wir oder so; damals hab ich's nicht rauskriegen können. Sie hatten sich diese verschwitzten Schlapphüte tief ins Gesicht gezogen – Gesichter aus Granit – und die Ärmel hochgekrempelt, und sie sahen wie Batail-

lone von Holzfällern aus. Hat uns echt umgehauen. Sie machten einen so verflucht selbstsicheren Eindruck. Im Dschungel wimmelte es nur so von Japanern, und es gab keine richtigen Kampflinien; man kämpfte mit Bajonetten, das war ein blutiges Geschäft.«
»Man lernt nie aus«, bemerkte Clelland. »Ich hatte keine Ahnung, daß welche von unseren Jungs auf dem Kokoda Trail waren.«
»Bei Gott, das waren sie, und sie sind da auch gestorben. Aber Ihr Bericht hat mir etwas über diesen Feldzug vermittelt, was ich bis jetzt noch nicht wußte. Jetzt ist mir klar, warum ich mir neben diesen Aussies so unzulänglich vorkam. Viele von ihnen hatten schon jahrelang gekämpft. Man hatte sie gerade von Tobruk zurückgebracht, um sie gegen die Japaner einzusetzen. Sie waren die berühmten Ratten von Tobruk, und ich hatte keine Ahnung. Es waren kampfgestählte Männer; kein Wunder, daß sie älter wirkten. Jedenfalls waren unsere Offiziere auch noch grün hinter den Ohren. Sie hatten keinerlei Kampferfahrung, und wir sind in ein höllisches Schlamassel reingeraten und haben zu viele Leute verloren. Da haben sie uns rausgeholt und zu einem Ort an der Küste nicht weit von Buna geschickt. Von da aus ging's dann landeinwärts.«
»Das war bestimmt auch nicht viel besser, oder?«
»Wir hatten es immer noch mit dem stinkenden Dschungel und haufenweise Japanern zu tun, hatten aber mehr Chancen, zum Zug zu kommen. Wir konnten die Flüsse benutzen, konnten uns schneller bewegen und sehen, was sich um uns herum tat. Kokoda war kein Ort für unerfahrene Rekruten. Jedenfalls schien von da an alles gut zu gehen, bis ich eines Tages mit einer Patrouille in der Nähe des Flusses Adai war und die Japaner uns überfielen. Zwei meiner Kameraden hat's sofort erwischt, und einen von unseren Jungs haben sie auch noch geschnappt. Ich konnte ihn die ganze Nacht lang schreien hören. Ich habe mich ins Unterholz verdrückt.
Am Morgen konnte ich hören, wie die Japaner auf der Suche nach mir den Dschungel durchkämmten.« Er leerte seinen Drink und gab dem Kellner ein Zeichen. »Noch mal dasselbe. Um es kurz zu

machen, sie erwischten mich, stopften mir einen Klumpen Blätter in den Mund, fesselten mich und brachten mich zu einer Lichtung, wo sie drei Australier festgebunden hatten. Sie waren auch geknebelt, so daß wir nicht miteinander reden konnten, aber in ihrer Gesellschaft fühlte ich mich besser. Ich wollte nicht allein sterben. Sie ließen uns den ganzen Tag dort liegen, ohne Essen, ohne Wasser. An diesem Abend soffen die Japaner sich einen an, und der Gefangene, der ihnen am nächsten lag, bekam eine kleine Abreibung verpaßt. Und dann fingen zwei japanische Offiziere an, herumzuhüpfen und eine große Show mit ihren Schwertern abzuziehen. Es sah wie ein Theaterstück aus.
Als nächstes kamen sie zu uns herüber, voll bis obenhin; sie wankten und taumelten auf der Lichtung herum. Sie stellten uns auf die Beine und zogen die Knebel heraus, ließen unsere Hände jedoch hinter dem Rücken gefesselt. Dann begannen sie uns auf einem Weg von der Lichtung wegzuführen. Einer der Australier muß gewußt haben, wovon sie redeten. Ganz plötzlich trat er mit seinem Stiefel nach dem nächsten Japs und schrie, wir sollten wegrennen. Ich kann ihn immer noch hören. ›Macht, daß ihr wegkommt, verdammt noch mal. Die dreckigen Scheißkerle wollen uns abschlachten.‹
Das ließen wir uns nicht zweimal sagen. Ich sprang mit dem Kopf voran in dieses Unterholz zurück und krabbelte um mein Leben, und ich konnte sie hinter mir alle herumschreien und brüllen hören. Die Japse waren so betrunken, daß sie von unserer Flucht völlig überrascht wurden.
Da saß ich also wieder im Dschungel. Meine Hände waren immer noch auf den Rücken gefesselt. Diesmal hatte ich jedoch mehr Glück. Ich fiel in eine Mulde. Sie war voller Farnkraut, und ich robbte ganz langsam weiter und behielt den Kopf unten. Ich dachte, alles sei bestens und ich käme immer weiter von ihnen weg, aber ich muß einen Bogen geschlagen haben. Sie hatten die Australier wieder eingefangen. Ich brauchte nicht hochzuschauen, um das zu sehen. Ich konnte sie fluchen hören; die Australier überschütteten

die Japaner mit Beschimpfungen, daß mir angst und bange wurde. Ich war ganz nah bei ihnen, war aber vor Angst zu keiner Bewegung fähig. Ich konnte hören, wie die Japaner auf sie einschlugen. Schließlich war es still, und ich konnte es nicht aushalten; also hob ich den Kopf gerade so weit, daß ich sehen konnte, was da vorging.

Die Australier standen wieder in einer Reihe. Man hatte ihnen die Knöchel gefesselt und die Handgelenke vor dem Bauch zusammengebunden, und einer der Aussies fing mit dieser verrückten Krakeelerei an. »Gebt uns unsere Hüte zurück, ihr Scheißkerle. Wir müssen in Uniform sterben.« Es war total irre, aber einer der Japaner muß es verstanden haben, und es klingt verrückt, aber sie hielten große Stücke aufs Protokoll oder wie immer sie es nennen, und er schickte seine Männer los, ihre Kopfbedeckungen zu suchen. Sie haben diese gottverdammten Schlapphüte dann auch gefunden.«

Er hielt inne und trank seinen Whisky mit einem großen Schluck aus. »Das habe ich noch keinem Menschen erzählt.«

»Diesmal werden Sie's tun«, sagte Clelland, »und wenn ich Ihnen noch zehn Drinks ausgeben muß.«

»Ja ... also, sie gaben ihnen die Kopfbedeckungen zurück, und die Burschen lachten und tauschten ihre Hüte und die beleidigendsten Bemerkungen über die Japaner aus, die ihnen einfielen. Die Japaner standen direkt vor ihnen, auf allen Seiten Gewehre und Bajonette. Und ich hockte mit großen Augen da und dachte, die sind alle verrückt, als einer der Australier den Kopf drehte und so tat, als ob er seinen Hut richtig aufsetzen wollte. Eine Sekunde lang sah er mich direkt an. Er blinzelte, sagte ›Kopf runter, Kumpel‹, und fuhr bruchlos mit einer Salve von Schimpfworten fort. Seine Kameraden fielen ein, und die Japaner begannen sie wieder zu prügeln, während ich mich rückwärts davonmachte, tiefer in den Dschungel hinein.«

»Glauben Sie, die Sache mit den Hüten war nur ein Ablenkungsmanöver?«

»Ganz bestimmt. Ich hätte nicht geglaubt, daß mich jemand sehen könnte, aber sie konnten es.«
»Sind die Australier am Ende davongekommen?«
Hank legte das Kinn auf seine verschränkten Hände und ließ den Blick einen Moment lang über den ordentlichen grünen Rasen und die sorgfältig beschnittenen Hecken schweifen, bevor er antwortete. Dann räusperte er sich und sagte mit angespannter Stimme: »Sie wurden enthauptet. Alle drei.«
»Du lieber Gott!«
Die beiden Männer saßen lange da und sahen zu, wie die Sonne unterging.
Hank war der erste, der wieder etwas sagte. »In der Akte, die Sie mir geschickt haben, steht, daß Sergeant John Pace MacNamara von den Japanern am 22. Dezember 1943 im Gebiet des Flusses Adai auf Neuguinea hingerichtet wurde.«
»Und er war einer dieser drei Männer?«
»Ja.«
»Wissen Sie, welcher?«
Hank antwortete nicht gleich. Er lächelte traurig. »MacNamara war derjenige, der mir zugeblinzelt hat. Derjenige, der gesagt hat ›Kopf runter, Kumpel‹.«
»Woher wissen Sie, daß es MacNamara war?«
»Weil ich dieses Gesicht nicht mehr vergessen werde, solange ich lebe. Und es hat mir erst vor ein paar Monaten erneut zugeblinzelt.«
Clelland machte große Augen.
»Nein, ich sehe keine Gespenster. Ich bin seinem Sohn begegnet. Er ist ihm wie aus dem Gesicht geschnitten.«
»Allmächtiger! Haben Sie es ihm gesagt?«
»Nein.«
»Damals in Neuguinea. Wie sind Sie da entkommen?«
»Eingeborene fanden mich. Ich war neun Tage lang im Dschungel herumgekrochen, von Blutegeln übersät, von allem gebissen, was kreucht und fleucht, und halbtot. Ich war völlig hinüber. Ich muß

soweit zu mir gekommen sein, daß ich jemand im Feldlazarett von den Australiern erzählt habe, denn später kam ein Offizier zu mir. Er sagte mir, sie hätten die Leichen gefunden, und fragte mich, ob ich ihre Namen wissen wollte. Er machte Anstalten, dieses Notizbuch zu zücken. Da bin ich total durchgedreht. Sie haben mir gesagt, ich hätte den ganzen Laden zusammengeschrien. Sie haben mich auf ein Schiff verfrachtet, und ich landete im Lazarett in Townsville. Dort hing ich ein paar Monate rum, dann ging's weiter auf die Phillipinen. Und das ist das Ende der Geschichte.«
Clelland lehnte sich auf seinem Stuhl zurück und tippte auf den Tisch. »Nein, das stimmt nicht. Wenn Sie mir Bericht erstattet hätten, würde ich sagen, das ist ein flauer Bericht, Soldat, versuchen Sie's noch mal. Sie haben was ausgelassen.«
»Nein, habe ich nicht. Ich erinnere mich nicht mehr so genau daran, wie ich im Dschungel herumgekrochen bin ...«
»Sie sagten, sie seien enthauptet worden. Nicht wegschauen. Wenn Sie sich vom Schauplatz des Geschehens entfernt haben, woher wußten Sie das dann? Das ist der Teil, den Sie in Ihrem Inneren vergraben haben. Sahen Sie, wie es passierte?«
Hanks Gesicht hatte eine ungesunde graue Farbe angenommen. »Ich hab's gehört. Ich hörte das Geschnatter der Japaner, dann hörte ich die Australier wieder rufen, und dann – was immer beschlossen wurde – war da wieder absolute Stille. Ich lag im Sumpf und flehte Gott an, mich dort wegzuholen, und ich weinte, ich war ja erst dreiundzwanzig, und dann hörte ich, wie die Australier zu schreien begannen. Und ich hörte den Hieb und diese entsetzliche Stille. Dann hörte ich, wie einer der Australier sie anschrie, sie sollten seinen Kameraden in Ruhe lassen ... sie sollten es nicht tun, aber sie taten es ... wieder dieser Hieb. Und der letzte hat kein Wort mehr gesagt. Ich glaube, mir wird schlecht.«
Als Hank zurückkam, hatte sein Gesicht wieder Farbe bekommen. Tut mir leid, daß ich Sie mit all dem behelligt habe.«
Clelland lächelte. »Ich hab's ja so gewollt.«
Wedderburn blickte auf. »Meine Story über Down Under hat auch

eine gute Seite. Während ich in Townsville auf Urlaub war, bin ich mit drei Burschen herumgestreift, und wir sind alle als reiche Männer nach Hause gekommen.«
»Ich habe mich schon oft gefragt, wie Millionäre angefangen haben.«
Hank lachte. »Man braucht Glück.«
»Das habe ich auch schon bemerkt«, gab Clelland kläglich zu.
»Um zu dem Punkt zurückzukommen, wo Sie ins Spiel kamen: Manchmal denke ich, alle Ereignisse sind miteinander verknüpft. Oder haben sogar eine andere Dimension, ich weiß nicht. Aber John Pace MacNamara hatte einen Sohn. Und dieser Sohn ist in New York aufgetaucht und hat meine Nichte geheiratet.«
Clelland kippte seinen Drink hinunter. »Machen Sie Witze?«
»Nein. Ich glaube, ich fliege mal nach Australien und schaue mich in MacNamaras Gegend um, in diesem Valley of Lagoons. Ich habe das Gefühl, daß er mir eine Einladung geschickt hat.«

Argentinien
1825

3. Kapitel

Im Jahre 1825 begleitete Viscount Forster die britische Handelsdelegation zu einer Zusammenkunft mit Mitgliedern der Regierung der Vereinigten Provinzen von La Plata nach Buenos Aires. Obwohl er nicht akkreditiert und in der Botschaft nur als Beobachter aufgeführt war, hielten ihn viele aufgrund seiner Größe von eins neunzig und seiner Haltung für den Leiter der Delegation.
Die Forsters hatten es über die Jahrhunderte hinweg fertiggebracht, sowohl überzeugte Katholiken zu bleiben als auch ihrem Land gegenüber Loyalität zu bewahren. Als Katholik konnte Forster kein öffentliches Amt innehaben, aber die britische Regierung hatte seine Dienste nützlich gefunden. Als einfacher Bürger konnte er häufig ungehinderter reisen und mehr Informationen sammeln als jene, die von der Regierung eingesetzt waren, und durch seine Religion hatte er eine gemeinsame Basis mit vielen, die einem Protestanten mit Mißtrauen begegnet wären. Forster gefiel die Rolle, die er spielte. Er genoß es, an diplomatischen Aktivitäten beteiligt zu sein, ohne sich mit den Bürokraten herumärgern zu müssen, und als unerschrockener Reisender gewann er mit seinem Charme die Zuneigung der Menschen, denen er begegnete.
Auch bei dieser Expedition mußte er wieder alle diese Eigenschaften aufbieten, um mit den stolzen Südamerikanern zurechtzukommen. Er wußte, daß ihm seine Religion bereits geholfen hatte, Vertrauen zu schaffen. Jetzt lag es an ihm, ganz diskret in Erfahrung zu bringen, welche Einstellung sie zu den Malvinen hatten. Die britische Regierung war darauf aus, diese Inseln zu annektieren, ohne dabei mehr Staub als unbedingt nötig aufzuwirbeln, und es gab Grund zu der Annahme, daß die La-Plata-Regierung einwilligen würde.

Es genügte nicht, daß die Briten in den Augen jener, die in Buenos Aires etwas zählten, im Kampf gegen die Spanier an ihrer Seite standen. Es gab ältere Konflikte, die nicht vergessen waren. 1806 waren die Briten genau in dieses Gebiet einmarschiert, in das spanische Vizekönigreich La Plata.

Der spanische Vizekönig hatte seine Sachen gepackt und sich davongemacht, und so waren die Einwohner selbst in die Bresche gesprungen und hatten die Briten zurückgeschlagen. Seit diesem Tag betrachteten sich die Nachfahren der Spanier, ermutigt von ihrem Erfolg, als patriotische Argentinier. Das war auch der Ansporn für sie, sich gegen die Spanier zu wenden und sich vom revolutionären Geist anstecken zu lassen, der in dieser Region aufloderte. Sie beschlossen, sich vom spanischen Joch zu befreien.

Forster hatte mit großem Vergnügen am gesellschaftlichen Leben in Buenos Aires teilgenommen. Als Aristokrat war er in den Häusern der Reichen und Mächtigen willkommen gewesen. Dies half ihm bei seiner Mission. Er war auf der Suche nach einem hochrangigen Argentinier, der die Annexion durch Großbritannien unterstützen und auch andere dazu ermutigen würde. Seine Wahl war auf Jorge Luis Rivadavia gefallen.

Er hatte in Erfahrung gebracht, daß die Rivadavias reiche Grundbesitzer spanischer Abstammung waren. Ihre größte Hazienda lag flußaufwärts bei Rosario. Dort lebten sie wie die russische Aristokratie mit Leibeigenen. Die Hauptquelle ihres Reichtums waren Silberminen im Norden, aber sie hatten auch riesige Ländereien, auf denen sie Herden erstklassiger reinrassiger Rinder hielten. Ihre Farmarbeiter waren Mischlinge aus Spaniern und Indianern; man nannte sie Gauchos.

Jorge Luis, der jetzt Anfang Fünfzig, jedoch kein Mitglied der Regierung war, übte eine Macht aus, die seiner gesellschaftlichen Stellung entsprach. Er galt außerdem als ein Held, weil er seine Besitztümer verlassen und an den Kriegen teilgenommen hatte. Er hatte im Norden gegen die Spanier gekämpft und war mit San Martins Armee von Mendoza aus über die Anden nach Chile marschiert, um die spanischen Stützpunkte anzugreifen. Mit den Kriegen war die Unabhängigkeit von den Spaniern erreicht worden, aber nun herrschten Gewalt und Chaos; die Führer der Provinzen kämpften um die Vorherrschaft und konnten sich nicht auf eine Regierungsform einigen. Das Militär übernahm allmählich die Macht. Das machte die britischen Pläne für die Malvinen um so dringlicher. Juntas waren berüchtigt dafür, daß mit ihnen nicht gut Kirschen essen war.

Während seines Aufenthalts in Buenos Aires hatte sich Forster auf seine zurückhaltende Art um Jorge Luis' Gesellschaft bemüht und war entzückt, einen intelligenten Begleiter in ihm zu finden. Der Argentinier war trotz seiner guten Ausbildung – er hatte die Universität von Cordoba besucht – erpicht darauf, mehr über England und seine Verfassung zu erfahren, und er wollte einen Einblick in die Strukturen des europäischen Handels bekommen. Forster tat ihm gern den Gefallen und baute auf diese Weise geschickt und indirekt einen argumentativen Hintergrund für die britische Annexion der Inseln auf.

Als er eingeladen wurde, ein paar Tage auf Jorges Hazienda zu verbringen, war es an Forster, etwas zu lernen. Er fand den argentinischen Lebensstil faszinierend. Auf dem kühlen weißen Hof mit der schattenspendenden, von roten Rosen umrankten Pergola wurde gemütlich gespeist. Bei diesen Zusammenkünften stellte ihn Jorge den anderen Angehörigen seiner Familie vor, und Forster war überrascht, daß die meisten Männer Englisch sprachen. Jorges schöne Frau sprach jedoch nur Spanisch, aber ihr ältester Sohn Juan war immer zur Stelle, um für sie zu übersetzen. Sie waren eine Familie, die sich sehen lassen konnte. Mit seinen schwarzen Haaren, die an den Schläfen grau wurden, dem schmalen, dunklen Schnurrbart und den weißen, gleichmäßigen Zähnen entsprach Jorge weitgehend dem Bild des stolzen Lateinamerikaners, aber es entging Forster auch nicht, daß er mit seinem stämmigen Körperbau so stark wie ein Bulle wirkte. Sein Sohn Juan sah ihm sehr ähnlich, aber seine dunklen Augen waren größer, so wie die seiner Mutter, und er hatte unglaublich lange Wimpern.

Bei der ersten Gelegenheit, als seine Mutter gerade nicht am Tisch war, fragte Juan Forster nach seiner Meinung über die Regierung, aber da schaltete sich sein Vater ein. »Lord Forster ist Diplomat. Ich glaube kaum, daß er Kommentare zu unserer Innenpolitik abzugeben wünscht.«
»Man ist trotzdem interessiert«, sagte Forster aus Rücksicht auf alle beide. »Ich glaube, Sie sind mit dem Minister verwandt, Senor Rivadavia? Mir scheint, er vertritt eine vernünftige, weitsichtige Politik.«
»Er wird bald Präsident sein«, sagte Juan schnell, und Jorge schüttelte den Kopf.
»Bist du anderer Meinung, Vater?« fragte Juan herausfordernd.
»Das habe ich nicht gesagt. Es ist möglich, aber ich habe Angst um ihn; er ist ein hervorragender Minister mit einer sicheren Hand, was Handel und Wirtschaft betrifft, und einer Vision für unser Land, aber das macht ihn noch nicht zum Führer. Ich glaube, Oberst Rosas wird ihn schlagen.«
»Unmöglich!« protestierte Juan. »Rosas ist nicht zum Führer geeignet. Er macht die Gauchos zu Banditen.«
»Ganz gleich, was wir von ihm halten, der Mann hat ein ungeheures Vermögen und riesige Ländereien, wo er Männer rekrutieren und ausbilden kann.«
»Nur Dummköpfe würden ihm folgen«, rief Juan.
»Du nennst sie Dummköpfe; sie glauben, daß sie Patrioten sind. Wir haben alle unsere Träume.« Jorge wandte sich mit einer Spur von Traurigkeit in der Stimme an seinen Gast. »Wir hatten unseren. Als er wahr wurde und wir unsere Unabhängigkeit errangen, tanzten die Menschen auf den Straßen. Wir sahen eine herrliche Zukunft vor uns, und was haben wir bekommen? Anarchie. Es gibt Konflikte zwischen der Zentralregierung und den Provinzen, zwischen Stadt und Land. Caudillos wie Lopez in Santa Fe ernennen sich selbst zu Provinzdiktatoren, um die Regierung anzugreifen. Es ist sehr schwierig für Estanzieros wie uns. Wir mußten uns organisieren, um unsere Familien und unser Land gegen

Indianer und Horden militanter Gauchos zu schützen, und wenn wir die Ordnung bewahren wollen, müssen wir eben auch Männer und Geld nach Buenos Aires schicken, um die Caudillos und ihre Truppen abzuwehren.«
»Könnte man Rosas als Caudillo einstufen?« fragte Forster.
»Ja«, sagte Juan.
»Nein«, widersprach sein Vater. »Er ist mächtiger und gefährlicher. Zudem gehört seine Mutter zu den Anchorenas, der reichsten Familie im ganzen Gebiet des Rio de la Plata. Wie sie sicher wissen, Lord Forster, kommt für ehrgeizige Männer nach dem Geld als nächstes der Griff nach der Macht. Er wird sich nicht mit einer Provinz zufriedengeben.«
»Aber soviel ich weiß, hat er doch mit der Zentralregierung gegen diese Provinzler gekämpft?«
»Das stimmt«, sagte Jorge. »Man schlägt nicht mit dem Hammer auf etwas ein, das einem bald gehören wird. Er hat auf der Seite der Einheit gekämpft; er hat Lopez besiegt, ist dadurch zum Helden geworden und hat von der dankbaren Regierung noch mehr Land geschenkt bekommen.«
Forster hörte Juans verärgertes Murren. »Ich habe gegen Quemalcoy gekämpft, Sir, und ich habe gesehen, was Rosas' Männer waren: Mörder und Plünderer, aber keine Soldaten.«
Jorge lächelte stolz. »Ja. Mein Sohn hat in den Indianerkriegen gekämpft, als er siebzehn war, und er hat seine Sache gut gemacht, aber die Männer aus unseren Kontingenten gerieten mit Rosas' aneinander. Als sie zurückkamen, begannen Heißsporne wie mein Sohn hier in der Hauptstadt öffentlich gegen Rosas aufzutreten. Sie sagen, er sähe den Estanzieros mit seinen Gauchos auf die Finger und ließe die Gauchos in der Stadt wie Barbaren wüten und man solle ihm seinen Reichtum und seine Macht nehmen.«
»Und das werden wir auch weiterhin von den Dächern rufen«, sagte Juan.
»Und wenn Rosas an die Macht kommt, seid ihr mit Sicherheit in Gefahr«, erwiderte sein Vater.

»Was sollen wir denn deiner Meinung nach tun, Vater? Die Augen davor verschließen? Die Leute müssen die Wahrheit über ihn erfahren. Wie auch immer, wir haben gewonnen. Er hat sich auf seine Haziendas zurückgezogen. Bernardino Rivadavia wird ihn nie wieder in eine Machtstellung kommen lassen.«
»Bernardino wird dabei nichts zu sagen haben«, gab sein Vater ruhig zurück. »Rosas sitzt nicht tatenlos in der Pampa, er gewinnt an Stärke und ist dabei, zum Volkshelden zu werden.« Die Musiker kamen heraus, um für sie zu spielen, und ein Geiger trat an den Tisch.
Forster war enttäuscht über die Unterbrechung. Er hätte gern mehr über diesen Rosas gehört. Offenbar war er ein Mann, den man im Auge behalten mußte.
Am nächsten Tag lud Jorge ihn ein, mit ihnen auszureiten, um sich den Besitz anzusehen. Er bemerkte, daß Jorge und seine beiden Söhne bewaffnet waren – selbst der jüngere, der erst etwa dreizehn war. Und sie wurden von einer Leibwache aus Gauchos begleitet.
»Ich mache mir einige Sorgen um Juan«, sagte Jorge, während er neben Forster herritt. »Wir werden uns schon mit genug Problemen herumschlagen müssen, auch ohne Rosas zu provozieren.«
»Vielleicht hätte er Lust, mit mir zurückzufahren, um England und Europa zu besuchen?«
»Das ist sehr nett von Ihnen, aber er wird wissen, daß ich ihn wegschicke. Kriege bringen die Dinge aus den gewohnten Bahnen. Wenn ein Soldat nach Hause zurückkommt, ist das Leben nicht mehr dasselbe. Er braucht eine Herausforderung. Da mein Vater kurz vor meiner Rückkehr gestorben war, hatte ich damals große Verantwortung zu tragen. Falls Rosas an die Macht kommt, werde ich Juan rasch außer Landes schaffen müssen, aber es wäre einfacher, wenn ich etwas für ihn planen könnte.«
Eine große Rinderherde wurde vor ihnen in einen Wald von Gehegen mit hohen Zäunen getrieben, und die Rancharbeiter winkten ihnen zu und begrüßten Jorge mit stolzem Grinsen. Forster bewunderte ihre bunten Ponchos, die breitkrempigen Hüte und

die in leuchtenden Farben gestreiften Pferdedecken. Die Gehege nahmen eine große Fläche ein, und die Cowboys manövrierten die Rinder mit viel Geschrei und Peitschenknallen geschickt in die verschiedenen Sektionen. »Sehr eindrucksvoll, Jorge«, sagte Forster, aber er fand den erstickenden Staub und den Lärm von Hunderten von Tieren unangenehm. Er sehnte sich danach, in die Stille der Hazienda zurückzukehren. Als ob er die Gedanken seines Gastes gelesen hätte, schlug Jorge vor, daß sie ihren Lunch in einer Pulperia einnehmen könnten. Forster war einverstanden. Er hoffte insgeheim, daß es dort sauber war. Diese schäbigen Wirtshäuser waren nicht gerade für ihre Sauberkeit bekannt. Als Rivadavias Trupp ins Dorf kam, wurde er von einigen Bewohnern mit lautem Jubel begrüßt. Ein langer Tisch wurde unter einen ausladenden Baum gestellt und mit spitzenbesetzten Tischtüchern und schimmernden Kristallgläsern gedeckt. Forster sah bekannte Gesichter unter den Leuten, die sie bedienten. Er erkannte, daß Jorge seine Diener angewiesen hatte, alles herzubringen, was für einen klassischen Lunch erforderlich war, falls sein Gast Lust haben sollte, daran teilzunehmen. Als die Gruppe absaß und Platz nahm, begannen Gitarrenklänge zu ertönen, und Mariachis spielten ihre hellen Melodien, während prächtige Frauen herauskamen, um zu tanzen. Ihre Röcke waren ein einziges Meer wirbelnder roter Petticoats, und die Absätze trommelten im Stakkato auf den ausgelaugten, harten Boden.
Jorge gesellte sich zu ihnen und tanzte mit der Vortänzerin. Seine Präzision und seine Körperbeherrschung ließen seine Leute in Rufe des Entzückens ausbrechen.
Forster applaudierte. Er fühlte sich jetzt gelöst und genoß das Schauspiel. Er war hungrig, und das Aroma von Fleisch auf dem offenen Grill stieg ihm in die Nase. Er begann das feste Brot, die würzigen Sahnesoßen und Käsestücke zu essen, die ihm von aufmerksamen Dienern gereicht wurden, und spülte alles mit Rotwein hinunter. Sein Glas wurde jedesmal nachgefüllt, wenn er einen Schluck getrunken hatte.

Juan tanzte ebenfalls. Er war das Ebenbild seines Vaters, kräftig, von mittlerer Größe, mit guter Haltung und muskelbepackten, straffen Schultern unter der gut geschnittenen, reich bestickten Jakke. Seine schwarzen Augen verliehen ihm einen Ausdruck großer Ernsthaftigkeit, bis die blendend weißen Zähne sein dunkles Gesicht in einem Lächeln aufleuchten ließen. Wirklich gutaussehend, wie sein Vater, dachte Forster. Und natürlich wie die Mutter.

Jorge kam an den Tisch zurück, zwei Frauen in den Armen, die er wegschickte, um sich wieder zu seinem Gast zu setzen. »Ha!« rief er Juan zu, der in der Nähe stand. »Schenk mir ein bißchen Wein ein. Ich habe mich selbst übertroffen.«

»Du meinst überanstrengt«, sagte Juan, und sein Vater grinste.

»Sehen Sie, wie gut sein Englisch ist? Und es macht ihm Spaß, seinen Vater zu korrigieren.« Er nahm neben Forster Platz. »Bekommen Sie genug zu essen?«

»Ja, in der Tat. Und der Wein ist superb.«

»Gut. Es ist unser eigener Wein.« Er beobachtete Juan eine Weile trübsinnig und wandte sich dann an Lord Forster. »Waren Sie schon einmal in New South Wales?«

»Nein, bisher noch nicht. Ich hatte gehofft, von hier aus dorthin fahren und dann über das Kap der Guten Hoffnung zurückkehren zu können, aber auf dieser Reise wird leider nichts daraus. Ich muß nach England zurück.«

»Ich habe mir die Karte angesehen. Es scheint, daß sie dort ebenso ausgedehnte Weideflächen haben wie wir hier – Land, das für einen Pappenstiel erworben werden kann.«

»Ja, ich glaube, das stimmt. Aber warum interessieren Sie sich für New South Wales, wenn Sie hier dieselben Gelegenheiten haben?«

Jorge tippte mit einem Finger auf den Tisch. »Ich bin vielleicht nur ein Mann vom Lande, aber damit unsere Familie über die Generationen hinweg Bestand hatte und wir unsere gegenwärtige Position erringen konnten, mußten wir lernen, politisch zu denken und zu handeln, die Augen offenzuhalten und zu wissen, was kommt. Ich

weiß zum Beispiel, daß ihr Briten die Islas Malvinas im Auge habt und daß es in unserer Regierung Männer gibt, die sagen: ›Sollen sie diese Inseln doch haben, was sind die schon? Bloß Felsbrocken in einem großen Ozean.‹ Aber ich sage, sie sind Land, und Land ist ein Geburtsrecht. Jeder Zoll Land sollte verteidigt werden. Obwohl Sie ein guter Freund sind, werde ich Ihnen in diesem Punkt Widerstand leisten.«
Forster setzte eine Miene aufmerksamen Interesses auf, während er sich Gedanken machte, wie er nach Buenos Aires zurückkommen und einen anderen Fürsprecher für seine Sache finden konnte. Die Briten würden diese Inseln bekommen; sie würden nicht zulassen, daß sie Spanien in die Hände fielen, und keine der beiden großen Nationen war an den argentinischen Ansichten interessiert.
Jorge redete immer noch. »Wir haben Probleme auf höchster politischer Ebene, und am anderen Ende der Leiter beginnen sich die Menschen zu fragen, warum sie kein Land besitzen. Wenn ich ein Peon wäre, würde ich vielleicht die gleichen Fragen stellen, aber ich bin keiner. Ich gehöre zu den großen Familien, die dieses Land gegründet haben, und wir sagen, der Boden gehört uns, während wir den Lärm der Revolution hören.«
»Ihre Leute hier scheinen sehr zufrieden zu sein, Jorge.«
»Das stimmt, aber werden es ihre Kinder ebenfalls sein, oder die Kinder ihrer Kinder? Ich bezweifle es. Und sagen Sie mir eins: Wieso seid ihr Briten so zuversichtlich, daß es euch gelingen wird, New South Wales zu behalten, obwohl ihr in Nordamerika gescheitert seid?«
»Aha!« Forster lächelte. »Diesmal werden wir nicht wieder denselben Fehler machen. Wir haben vor, diese Kolonie zu behalten. Sie wird britisch bleiben.«
»Freut mich, das zu hören. Falls es stimmt, wird es einen stabilisierenden Einfluß haben. Diese Kolonie wird blühen und gedeihen.«
»Haben Sie die Absicht, Juan dorthin zu schicken?«
»Ja, wenn es für seine Sicherheit erforderlich ist. Und ich möchte dort auch in Land investieren. Wenn die Rivadavias Rinderfarmen

in New South Wales wie auch in Argentinien besäßen, wären wir sicherer. Falls wir gezwungen wären, Argentinien zu verlassen ...«
Jorge hob die Schultern.
»Der Gouverneur von New South Wales würde Investitionen unserer Freunde in Argentinien gewiß willkommen heißen«, sagte Forster. »Und wenn ich etwas tun kann, um Ihnen zu helfen, lassen Sie es mich wissen.«
»Das werde ich. Es ist eine Herausforderung, die meinen Sohn reizen wird. Das weiß ich. Er kann als Konquistador in die Welt hinausziehen, statt hier die Stimme zu sein, die dem Donner Einhalt zu gebieten versucht.«

IRLAND
1825

4. Kapitel

Ein naßkalter, grauer Nebel hing in den Straßen von Dublin und erschwerte es John Pace MacNamara, seinen Führer im Auge zu behalten. Die dahinschlurfende Gestalt unterschied sich mit ihrem hochgeschlagenen Mantelkragen und der tief ins Gesicht gezogenen Mütze in nichts von den anderen. Pace hatte nicht erfahren, wo der Treffpunkt war; man hatte ihm nur gesagt, daß er diesem Burschen folgen sollte. »Aber so wie der durch die Gassen schleicht, als ob ihm der Teufel folgen würde und nicht ein Freund«, murmelte Pace vor sich hin, »werde ich bei meinem Glück irgendwann dem falschen Mann hinterherlaufen.«

Der Führer bog schon wieder um eine Ecke, und Pace lief ihm nach, wich entgegenkommenden Fußgängern aus, verlor ihn im Nebel einen Moment lang aus den Augen und sah ihn dann im trüben gelben Licht eines Wirtshauseingangs wieder, als er im Inneren verschwand. Was glaubt er, was ich bin? Ein Bluthund? Soll ich vielleicht seine Fährte erschnüffeln?

Er zog die Schultern nach vorn und ging mit festen Schritten durch die schmale Gasse, als ob er an dem Wirtshaus vorbeilaufen wollte. Dann drehte er sich abrupt um und trat in das Halbdunkel heruntergedrehter, flackernder Lampen und den Rauch von Torfkohle. Es war so dunstig wie draußen auf den Straßen. Er schob sich ruhig durch die Menge, ohne etwas zu suchen; er wartete auf ein bekanntes Gesicht oder eine vertraute Stimme. Als er an die Bar kam, bestellte er sich ein Porter. Der Wirt nickte, schenkte das Bier ein und brachte es ohne einen Blick zurück zu einer Nische am anderen Ende des Raumes. Pace folgte ihm.

Hinter ihm machten sich ein paar Burschen, die irgendetwas feierten, auf dem Gang breit und schnitten damit den Zugang zu diesem Teil der Bar ab. Scheinbar zufällig, aber es entging MacNamara nicht, als er in die Nische glitt und ihnen dabei das Gesicht zuwandte. Seine Augen waren wachsam; er musterte die Anwesenden mit einem raschen Blick. In dieser Stadt konnte man Freunde nicht von Feinden unterscheiden. Er bemerkte mit Bedacht, daß es nur ein paar Meter bis zu der nicht verriegelten Seitentür waren. Das beruhigte ihn keineswegs. Er fragte sich, ob er in eine Falle gelaufen war.

Ein älterer Mann kam müde durch die Seitentür. Er ließ sich Zeit. Pace tat so, als ob er ein paar Messingtafeln an einem entfernten Kaminsims betrachten würde, aber er sah, wie der Bodenriegel einrastete, als der Mann die Tür zumachte. Er spannte die Muskeln an, aber der Neuankömmling schlurfte herüber, rieb sich die Hände in den schwarzen Fäustlingen und rutschte auf den Platz neben ihm.

Der Wirt fand einen Weg durch die lärmenden Zecher und brachte ein weiteres Glas Porter zu der Nische. Ohne den Kopf zu heben, sah der ältere Mann zu, wie die weiße Schürze verschwand, bevor er etwas sagte. »Kennst du mich?« Seine Stimme war rauh.

»Ja«, nickte Pace, obwohl er bis jetzt kein Zeichen des Wiedererkennens von sich gegeben hatte. Dan Ryan war einer der Organisatoren des Widerstands gegen die Briten. Niemand schien genau zu wissen, welche Rolle Ryan eigentlich spielte, und nur wenige hatten den Mann je zu Gesicht bekommen. Pace hatte ihn zweimal bei geheimen Versammlungen gesehen.

»Sie sind dir auf der Spur, mein Junge«, sagte Ryan.
»Das behaupten sie jetzt schon eine ganze Weile.«
»Aber diesmal wissen sie, wen sie suchen. Du stehst auf der Abschußliste.«
MacNamaras Miene änderte sich nicht. »Ist das so?«
»Es ist so. Du bist gewarnt worden, aber du willst ja nicht hören. Deshalb bin ich selbst gekommen.«
»Die Mühe hätten Sie sich sparen können.«

Bei allen Heiligen, dachte Ryan, während er ihn musterte. Man sieht es doch keinem an. Der hier ist schon Ende Zwanzig, ein Profikiller, und hat immer noch das Gesicht eines Chorknaben, mit schwarzen Locken und allem. »Ich bringe die Instruktionen für dich«, sagte Ryan. »Du mußt Irland verlassen.«
MacNamara zeigte keine Reaktion, aber Ryan konnte beinahe spüren, wie sich seine Absätze in den Boden stemmten. »Ich gehe ein Risiko ein, indem ich herkomme, um deine Haut zu retten. Du mußt weg. Tot nützt du uns nichts, und sie werden dich nicht zum Märtyrer machen, falls du das im Sinn haben solltest. Du wirst einfach verschwinden. Sie werden dich mit einer Kugel im Rücken ins Meer werfen.«
Er wartete auf eine Antwort. Jammerschade, einen Meisterschützen wie MacNamara zu verlieren. Er hat noch nie einen Job verpatzt. Aber wenn wir ihn rausbringen, haben wir sie trotzdem geschlagen. Das wird die Moral der Jungs heben; auch ein kleiner Sieg kann sie aufmuntern. Nicht einmal ein Frauenheld wie MacNamara ist gegen Informanten gefeit, wenn man die Leute unter Druck setzt. Wenn sie ihn kriegen, werden viele andere zusammenzucken und daran denken, wieder auf ihre Farm zurückzukehren.
»Ich geh nicht weg«, sagte MacNamara. »Die zwingen mich nicht, von hier zu verschwinden. Sollen die Engländer doch abhauen. Ich werde einfach 'ne Weile untertauchen.«
»Zu spät. Du wirst bereits steckbrieflich gesucht. Du kannst dich jetzt nirgends mehr verstecken. Wir können sie nicht aufhalten, und wir dürfen unsere Schlupfwinkel nicht in Gefahr bringen. Du gehst, und damit basta.« Er hob die Hand, um jedes weitere Argument zu unterbinden, und schob ein Stück Papier über den Tisch. »Die Jungs warten draußen auf dich. Zwei von ihnen werden dich zu einem Schiff bringen, um dafür zu sorgen, daß du heil und gesund hinkommst.«
»Um dafür zu sorgen, daß ich hinkomme, meinen Sie doch, oder?«
»Das Schiff läuft heute abend aus. Es steht alles auf dem Zettel.

Wenn was schiefgeht und du von den Jungs getrennt wirst, mußt du dich allein durchschlagen.«

»Heute abend? Kommt nicht in Frage. Meine Eltern ... Ich müßte sie noch mal sehen ...«

»Wir werden sie's wissen lassen. Sie werden sich freuen, zu hören, daß du sicher entwischt bist. Wär's dir lieber, sie würden erfahren, daß du tot bist?«

»Wohin geht das Schiff?«

»Das hier wird dich von Dublin nach Bristol bringen, und dann nimmt dich der Kapitän nach London mit und bringt dich auf ein anderes Schiff, das nach New South Wales geht. Der Kapitän ist ein guter Mann. Er wird alles regeln. Deine Passage wird bezahlt sein, und er wird dafür sorgen, daß du ein bißchen Taschengeld hast.«

»New South Wales! Das ist ja am Arsch der Welt. Und es wird ohnehin von den Engländern regiert. Ihr bringt mich doch vom Regen in die Traufe, Mann.«

»Aber nein! Dort wirst du frei sein. Du wirst ein friedliches Leben führen können. Hör zu, Junge, wir vergessen nicht, was du hier für uns getan hast. Diesmal können wir's vergelten. Wenn du hier bleibst, wirfst du dein Leben weg. Möchtest du, daß ich sonst noch jemandem eine Nachricht schicke, wenn du weg bist?«

»Nein.« MacNamaras Stimme war wehmütig, und Ryan erinnerte sich an die Razzia, die Pace dazu gebracht hatte, sich ihnen anzuschließen. Britische Soldaten hatten das untere Ende der Mary Street in Kildare gestürmt, Familien aus ihren Häusern getrieben und wüst in der Gegend herumgeballert. Zwei Frauen waren von verirrten Kugeln getötet worden. Eine davon war die junge Frau von Pace MacNamara gewesen. Es war schade, daß die Briten nie erfahren würden, wie viele Leben sie diese Razzia gekostet hatte. Für Menschen wie MacNamara war Rache keineswegs süß. Aber sie endete nie.

England 1825

5. Kapitel

In einer dunklen Ecke in knöcheltiefem Schmutz hockend, konnte sich Jack nicht entscheiden, was schlimmer war: der faulige Gestank der überfüllten Zelle oder der beißende Wind, der durch das offene, vergitterte Fenster über ihm hereinfegte, wo eine alte Vettel die Gefangenen beschwatzte, ihren Bettlertand zu kaufen. Er behielt den Kopf unten, weil er Angst hatte, jemand könnte ihn erkennen: Jack Wodrow, den Straßenräuber. Bis jetzt hatte er sich als Jack Drew ausgeben können, dem ein geringfügigeres Vergehen zur Last gelegt wurde. Er musterte die Männer, die mit ihm fahren würden – Sträflinge, die nach New South Wales deportiert werden sollten –, und fragte sich, warum sich die Regierung wohl die Mühe machte, einen derart elenden, unnützen Haufen von Männern zu verschiffen, von denen einige schon halbtot waren.
Verbrecher hatte der Richter sie genannt, und das ärgerte Jack. Kaum einer aus diesem Abschaum von Plünderern würde dem Ruf eines echten Verbrechers gerecht werden. Die armen Schweine waren verbannt worden, weil sie gerade mal genug gestohlen hatten, um einen Tag zu überleben. Die verdammten Schiffsgefängnisse und Strafanstalten waren bis obenhin voll vom Auswurf der Slums und Armenhäuser, und jetzt gab die Regierung ein Vermögen dafür aus, sie in ferne Länder zu verschiffen, statt das Geld dafür zu verwenden, sie zu ernähren, was die eigentliche Wurzel des Problems war. Im Gefängnis ging das Gerücht um, daß man sie draußen auf See über Bord werfen würde, und einige waren bereits verrückt vor Angst. Jack hielt nichts von dieser Geschichte. Die Grundbesitzer, der niedere Adel und ihre Gefolgsleute in den Gerichtshöfen waren zu dumm, um an so etwas zu denken. Wenn es nach Jack

gegangen wäre, hätte er in Erwägung gezogen, den Abschaum auf diese Weise problemlos loszuwerden. Man behielt die Gesunden und warf den Rest ins Meer, dann war man sie los. Ein Gefangener taumelte im Dunkeln an ihm vorbei, und Jack trat mit dem Stiefel nach ihm. »Mach, daß du wegkommst mit deinen verdammten Pestgeschwüren!«

Er hielt sich damit bei Laune, die Männer auszusuchen, die er behalten, und jene, die er dem Meer übergeben würde. Wenn ein paar Draufgänger dabei waren, bestand dann nicht vielleicht eine Chance, das Schiff zu übernehmen? Er war noch nie auf See gewesen, aber das schien durchaus eine Möglichkeit zu sein. Er würde eingehender darüber nachdenken müssen.

Im Moment gab es andere Probleme. Jack fand, daß er bei diesen Jammergestalten fehl am Platz war. Er hatte seinen Beruf als Straßenräuber rein geschäftlich betrachtet, als Sprungbrett zu einem besseren Leben. Er war nicht gierig gewesen; die reichen Händler und Reisenden, die er ausraubte, konnten den Inhalt ihrer Börsen sehr wohl entbehren. Jahrelang war er vorsichtig gewesen und hatte keinem Menschen getraut, und dann war er mit einemmal vom Pech verfolgt.

Er hatte ein beträchtliches Vermögen in Münzen angehäuft, fast genug, um ein Wirtshaus zu kaufen und in Saus und Braus zu leben, aber als er eines Tages weniger als eine Stunde lang unterwegs war, war ein Dieb in seine Unterkunft eingebrochen und hatte seine Ersparnisse gestohlen. Seine Ersparnisse! Jack Wodrow, der schwarze Jack, war beraubt worden! Wenn er den Mistkerl jemals fand ... aber da bestand nur geringe Hoffnung. Als Resultat dieses Verlusts hatte er seine Aktivitäten verdoppelt, und eines Nachts hatte sich ein Händler auf der Birmingham Road auf ihn gestürzt. Jack hatte ihn nur beiseite stoßen wollen, aber seine Muskete war losgegangen, und er konnte immer noch sehen, wie der Kerl mit erstauntem Gesicht zu Boden sank. Danach war er schleunigst nach London gegangen und in den Steingärten um St. Giles herum untergetaucht. Dann hatte ihn das nächste Unglück getroffen.

Er war im Nebel einer dunklen Gasse auf dem Heimweg, als er einen Dandy betrunken aus Minellas Haus stolpern sah. Leichte Beute. Wie der Blitz war Jack über ihm und räumte ihm die Taschen aus, als der Freund des Dandys aus dem Bordell gerannt kam und sich auf Jack stürzte. Sie lieferten ihn unter dem Namen, den er ihnen genannt hatte – Jack Drew –, dem Nachtwächter der Gemeinde aus, und die hohen, affektierten Stimmen, die so selbstsicher waren, hatten ihm das Leben gerettet. Es war unwahrscheinlich, daß der Nachtwächter einer Gemeinde Informationen anzweifelte, die ihm von Adligen gegeben wurden, und Jack kam als Dieb und nicht als wegen Mordes gesuchter Straßenräuber ins Strafregister.
Er zog seine Jacke enger um die Schultern. Der Richter hatte ihn zur Deportation nach New South Wales verurteilt. Das war besser, als gehängt zu werden.
Am nächsten Morgen brachte man sie in die Werkstatt des Schmieds, wo sie in Ketten gelegt wurden. Einige der Sträflinge beklagten sich über die Schraubschlösser an ihren Knöcheln, aber Jack stellte sich auf das steife Schlurfen ein und zwang sich, sich ohne Protest zu fügen. Tu, was sie dir sagen, befahl er sich, sie werden keinen Mucks von Jack Drew hören, bis er weit genug von diesen Gestaden entfernt ist. Mit den Ketten an ihren Handgelenken, die sie vorn und hinten miteinander verbanden, wurden die Sträflinge über die Straße zum Fluß und auf die Flußboote gebracht.
Jack hörte den Gesprächen um ihn herum zu, während immer wieder die gleichen Fragen gestellt wurden. »Welches Schiff ist es denn?« – »Wie lange werden wir bis New South Wales brauchen?« Ein Gefangener zwei Männer weiter vorn antwortete: »Ungefähr vier Monate«, und Jack war schockiert. »Woher weißt du das?« knurrte er.
»Weil ich schon mal halbwegs dort war«, erwiderte der Mann. »Ich war bei der Royal Navy.«
»Was heißt halbwegs?«
»Das Kap der Guten Hoffnung, am untersten Ende von Afrika.«
Afrika? Er hatte von Afrika gehört. Da gab es Löwen und Tiger. Er

fragte sich, ob es in New South Wales auch welche gab. Er konnte lesen und auch ein bißchen schreiben, aber dies alles lag jenseits seines Horizonts. Er hätte tausend Fragen stellen wollen, aber er verbarg seine Unwissenheit und beschloß, bei diesem Seemann zu bleiben. Er konnte nützlich sein.
Das Flußboot brachte sie die Themse hinunter zu einem Anleger, wo sie unsanft an Land geschubst wurden, um sich zu weiteren zwanzig in schwere Ketten gelegten Sträflingen zu gesellen. Manche von ihnen waren schmächtige Bürschchen, die kaum mehr als knappe zwei Jahrzehnte auf dieser Erde hinter sich hatten.
»Was hast du angestellt?« fragte Jack einen von ihnen. »Die Bank von England ausgeraubt?« Und die Gefangenen lachten, aber ein Knüppel traf Jack von hinten am Hals und schickte ihn zu Boden. Er schlug auf die rauhen Bretter des Stegs, und Blut lief ihm übers Gesicht. »Hier wird nicht geredet!« rief der Aufseher.
Der Seemann half Jack auf die Beine und hielt ihn fest, während ihnen die Ketten abgenommen wurden, so daß sie in das große Beiboot steigen konnten. Es sollte sie zu ihrem Transportschiff bringen, das jetzt im breiteren Teil des Flusses vor Anker lag. »Alles in Ordnung mit dir, Kumpel?«
Jack machte ein finsteres Gesicht. »Ich glaub schon. Hab einen Moment lang gedacht, er hätte mir den Kopf abgeschlagen, der Bastard. Ist ein verdammt passender Abschied von den schmutzigen Küsten von England. Am nächsten Ort kann's nicht schlimmer sein.«
Alle Gesichter wandten sich nun in den beißenden Wind. Sie verrenkten sich den Hals, um einen Blick auf ihr Schiff zu erhaschen, dessen Masten hoch und nackt vor einem unheildrohenden grauen Himmel standen. Als sie über die kabbeligen Wellen polterten, wehte Gischt über den Bug, und der Seemann rieb sich Salzwasser ins Gesicht. Jack tat es ihm nach. Er wusch sich das Blut von den Wangen und genoß das erfrischende Gefühl des Salzwassers. Der Seemann grinste ihn an. »Genau, Kumpel. Kämpfe nie gegen die See. Mach das Beste aus ihr.« Er stieß ihn an, und Jack schaute sich zu einigen Gefangenen um, die bereits grün wurden.

Sie kletterten die Strickleitern hinauf und an Deck, aber ehe sie die Chance hatten, einen Blick zurück zu werfen, wurden sie durch eine Luke in die Eingeweide des Schiffes getrieben. Als das etwa neunzig Mann starke Kontingent von Sträflingen unten in seinen Quartieren war, wurde eine schwere hölzerne Verschalkung hinter ihnen festgeschraubt. Jack blieb bei der Verschalkung. Er hörte, wie Befehle gerufen wurden, hörte die Antwortschreie der Besatzung und das Flattern der riesigen Segel, als sie im Wind losgemacht wurden. Er hörte das zügige Gleiten der Winden und das Knarren des Ankers, als er aus der Tiefe heraufkam und das Schiff in die zurückgehende Flut entließ.
Er drehte sich um und stellte fest, daß der Seemann neben ihm stand. »Mein Name ist Jack Drew. Wie heißt du?«
»Scarpy. Nenn mich einfach Scarpy. Ich verstehe nicht, was das hier soll. Es gibt auch nicht annähernd genug Kojen. In der Navy gab's manchmal Hängematten, die hat man sich geteilt, zwei oben und einer unten. Die einen haben geschlafen, während ihre Kumpels gearbeitet haben, aber hier gibt's ja keine Arbeit für uns. Ich kapier's überhaupt nicht. Und schau mal hier …« Er zeigte Jack eiserne Ringe, die in regelmäßigen Abständen längs der Kojen angebracht waren. »Sieh dir das an. So was hab ich bis jetzt nur auf einer Galeere gesehen.«
Jack besah sich die Ringe. »Wollen die uns hier unten etwa anketten, die Mistkerle?«
»Sieht so aus.«
»Wir sind doch keine verdammten Sklaven. Das lassen wir nicht zu, verflucht noch mal.«
»Können wir nicht viel gegen machen.« Scarpy fischte in seiner Tasche und brachte ein kleines Stück Käse zum Vorschein.
»Hier, nimm dir was«, sagte er.
Jack nahm ein Stück und aß hungrig. Er war überrascht, daß dieser Bursche teilte, obwohl er selbst so wenig hatte. »Was hast du gekriegt?« fragte er.
»Vierzehn Jahre. Hab einen Offizier geschlagen. Die Navy hat mir

die Peitsche zu schmecken gegeben und mich rausgeschmissen. Ich hätt's besser machen sollen. Und du?«
»Ich? Ich hab lebenslänglich«, erwiderte Jack und fühlte sich überlegen.
»Vier Monate in diesem Loch mit diesem dreckigen Pack ist genauso schlimm wie lebenslänglich«, warnte ihn Scarpy. »Und ich schätze, wir haben auch ein paar Schlächter hier unten bei uns.«
Jack nickte mißmutig. Gewalt störte ihn nicht, damit konnte er fertig werden, aber diese Eisenringe beunruhigten ihn. Was, wenn das Schiff sank? Ein Angstschauer überlief ihn. Wer würde sich bei einem Schiffbruch die Zeit nehmen, Sträflinge freizulassen? Schweiß brach ihm aus den Poren. Vier Gefangene saßen in verdrossenem Schweigen auf einer Endkoje. »Wer sind die?«
»Iren. Politische«, erklärte ihm Scarpy.
Jack warf ihnen einen weiteren verstohlenen Blick zu und versuchte sich auszumalen, was für Verbrechen sie begangen haben mußten, um als Politische eingestuft zu werden. Sie hatten alle klare Augen und sahen gesund aus. Er setzte sie auf seine Liste potentieller Verbündeter und fragte sich, ob sie die Ringe bemerkt hatten.
»Wo wollen wir pennen?« fragte er Scarpy.
»Der beste Platz ist da bei der Luke. Da würden wir 'n bißchen frische Luft kriegen und 'n Blick aufs Meer haben.«
»Da könnte Wasser reinkommen.«
Scarpy lachte. »Wirst du beizeiten froh drüber sein.«
»Na schön, dann wollen wir mal die Spatzen da von der Stange räumen.« Jack ging zu den Kojen hinüber und zerrte drei Jungen und einen alten Mann heraus.
»He!« brüllte ihn ein kleiner, schielender Mann an. »Die waren zuerst da!«
»Halt die Schnauze, Frettchengesicht«, sagte Jack zu ihm.
Scarpy strich zwischen den Bänken herum. »Herrje, wir können hier drin ersticken. Ich hab schon Pferde gesehen, die besser gereist sind.«

Die Fahrt der »Emma Jane«

6. Kapitel

Die *Emma Jane* war ein robuster Rahsegler von achthundert Tonnen, der viele Jahre unter der Flagge der Ostindischen Kompanie gesegelt war. Die neuen Besitzer, W & A Stuart and Company in London, zogen es jedoch vor, unabhängig zu sein. Die Firma war eine Zweigniederlassung der angesehenen Stuart Shipping Line in Aberdeen.
Beim Kauf der *Emma Jane* hatten sie auch deren Kapitän Hector Millbank übernommen. Wegen der geänderten Zweckbestimmung des Schiffes war dazu jedoch einige Überredung vonnöten gewesen. Millbank, ein hervorragender Seemann, hatte sein ganzes Leben auf See verbracht. Er hatte als Matrose auf den Schiffen Seiner Majestät begonnen, hatte mehrfach das Chinesische Meer befahren und das Kap Hoorn umrundet, aber, was in den Augen der Stuarts noch wichtiger war, er hatte zwei erfolgreiche Fahrten nach Sydney um die gefährlichen Gewässer von Van Diemens Land herum gemacht, wo viele gute Schiffe gescheitert waren.
Als sie Millbank davon unterrichteten, daß er bei seiner ersten Fahrt unter ihrer Flagge keine ausgehende Fracht transportieren, sondern Verbrecher zur Strafkolonie New South Wales bringen sollte, war er empört. Mit seinem massigen Körper, den schwarzen, stoppeligen Haaren, die an den Schläfen stahlgrau wurden, und dem kurzgeschnittenen Bart sah Millbank wie die Inkarnation eines alten Seebären aus. Er blitzte die Stuart-Brüder an, als ob sie seine Untergebenen und nicht seine Arbeitgeber wären, und sein Gebrüll war im ganzen Haus zu hören.
Walter Stuart hatte jedoch mit dieser Reaktion gerechnet. Die Zusammenkunft war mit Bedacht zwanglos; sie saßen bei einer Fla-

sche Scotch. Er wartete, während sein Bruder Angus den Kapitän beruhigte. Angus gab zu, daß es viel von ihm verlangt war – ein radikaler Wechsel von einem Handelsschiff zu einem Transportschiff –, erinnerte Millbank aber daran, daß er zwar Sträflinge transportierte, diese Männer jedoch an einen Ort brachte, wo sie nach Verbüßung ihrer Strafe in der Kolonie ein erfülltes und produktives Leben führen konnten. Viele taten das bereits.
»Wir reden hier über die *Emma Jane*«, hatte Millbank gekontert. »Ich lasse nicht zu, daß sie in ein Gefängnisschiff umgewandelt wird!«
Da die Brüder den Mann brauchten, vermieden sie die naheliegende Antwort, daß es an den Besitzern des Schiffes war, über solche Dinge zu entscheiden. Walter kannte Millbanks Ruf als verantwortungsbewußter Kapitän, der seine Besatzung rücksichtsvoll behandelte. Er war himmelweit von manchen Tyrannen entfernt, die die südlichen Meere befuhren, und Walter hoffte, daß dieser mitfühlende Zug im Wesen des Herrn der *Emma Jane* den Sieg davontragen würde.
»Es ist nicht der Gedanke an ein Gefängnisschiff, was mir Sorgen macht«, sagte er. »Diese Menschen werden gegen ihren Willen deportiert, darum liegt es an uns, dafür zu sorgen, daß die Schiffe seetüchtig und in den Händen erfahrener Kapitäne sind. Ich brauche Ihnen nicht zu sagen, Käpt'n, daß sich viele dieser Fahrten als verhängnisvoll erwiesen haben. Eine unfähige Schiffsführung hat eine hohe Todesrate unter den Gefangenen zur Folge.« Jetzt hatte er Millbanks Aufmerksamkeit. »Verstehen Sie nicht, Sir«, fuhr er fort, »die *Emma Jane* braucht einen tüchtigen Kapitän – und einen, der sich in diesen Gewässern gut auskennt.«
Später erklärte er, daß auf der *Emma Jane* auch zahlende Passagiere mitfahren würden, nur etwa ein halbes Dutzend, und als sie zum Schluß zu einer Einigung kamen, schien Millbanks hauptsächliches Anliegen darin zu bestehen, sich zu vergewissern, daß er ausreichenden Proviant bekam. Walter versicherte ihm, daß sie keine Kosten scheuen würden, um seinen Bedarf zu decken.

In der ganzen Sache lag auch eine gewisse Befriedigung für den Kapitän. Unter den neuen Besitzern würde die *Emma Jane* jetzt die komplette Neuausrüstung bekommen, die er seit Jahren gefordert hatte. In ihrem Vertrag mit Stuart hatte sich die britische Regierung bereit erklärt, die erforderlichen Ausbesserungsarbeiten zu übernehmen.

Ein paar Tage, bevor sie in See gingen, kam Millbank an Bord der *Emma Jane*. Ihm war immer noch nicht ganz wohl beim Gedanken an diese Fahrt, aber er hatte sein Wort gegeben. Die Unterkunft der Gefangenen schockierte ihn. Zimmerleute hatten den Laderaum in ein Holzleistenlabyrinth verwandelt.

»Was macht ihr denn da?« schrie er den Vormann an. »Der faßt doch nie und nimmer neunzig Mann!«

Alle Kojen waren durch kreuz und quer verlaufende Leisten von den benachbarten getrennt und sahen dadurch wie Schubfächer aus.

»Aber ja doch, Käpt'n«, erwiderte der Handwerker. »Wir arbeiten genau nach den Angaben. Vier Mann pro Koje, von Kopf bis Fuß. Wird schon klappen.«

Palmerston, der erste Offizier, der seit vielen Jahren mit Millbank fuhr, war genauso bedrückt. »Das wird innerhalb von einem Tag eine Jauchegrube sein«, sagte er, »aber wir können nichts dagegen tun.«

»Doch, können wir«, erklärte ihm Millbank. »Sobald wir auf See sind, lassen wir sie rauf, um frische Luft zu schnappen. Schichtweise vielleicht. Und wir werden ein paar von ihnen arbeiten lassen.«

Aber als er die Gefangenen an Bord kommen sah, war er nicht mehr so sicher. Sie waren ein elender Haufen. Manche von ihnen hatten einen wilden Blick; sie wirkten halb verrückt. Er begann es sich noch einmal zu überlegen, sie auf seinem Schiff frei herumlaufen zu lassen. Er ging in seine Kabine hinunter und faßte bereits den Plan, auf den Kanarischen Inseln zusätzlichen Proviant an Bord zu nehmen, so daß sie das Kap der Guten Hoffnung passieren und den südlichen Ozean mit dem Wind schnell überqueren konnten.

Jeder eingesparte Tag war ein Tag weniger sicheren Elends für die angeketteten Männer, so daß sie in Kapstadt keine Zeit verschwenden durften. Es würde zu Klagen unter den Passagieren und der Besatzung kommen, aber er hatte die Verantwortung für alle Seelen an Bord. Und die Passagiere ... Gott sei Dank gab es nur fünf, den Arzt und seine Frau nicht mitgerechnet. Eine Doppelkabine war leer. Die Buchung war gestrichen worden, als die angehenden Reisenden entdeckt hatten, daß es sich bei der *Emma Jane* um ein Deportationsschiff handelte. Soweit es Millbank betraf, war das ein Segen. Er würde diese Kabine als Krankenstube benutzen.
Er schrieb seine erste Eintragung ins Logbuch des Schiffes, bevor er den Befehl gab, in See zu stechen. »Schiff in gutem Zustand. Offiziere und Besatzung gesund und wohlauf. Dr. Brooks und seine Frau an Bord. Fünf Passagiere: der Ehrenwerte Jasin Heselwood mit Gattin, Mr. Pace MacNamara und Mr. Dermott Forrest nebst Gattin. Neunzig Gefangene in unzureichenden Räumlichkeiten einquartiert. Wird eine schlimme Prüfung werden, diese Reise. Bete um günstige Winde.«

Als das Schiff stampfend in den Kanal einlief, begannen die Gefangenen zu schreien, zu weinen und sich gegen die Verschalkung zu werfen, aber die beiden Wachposten draußen blieben stur. Sie waren mehr am Beginn einer Reise interessiert, die sie zu ihrem Regiment in der fernen Kolonie bringen würde, wo sie Abenteuer erleben und befördert werden würden, wie sie hofften.
Sie streichelten ihre Pistolen und lauschten auf das Plätschern und Branden der See. Ihre zeitweilige Ernennung zu Gefängniswärtern auf dieser Fahrt schien ihnen ein leichter Job zu sein, um die Zeit auszufüllen, bis sie in Sydney an Land gingen und ihre militärischen Pflichten aufnahmen.
Die meisten dieser Soldaten waren von Offizieren ausgebildet worden, die in den europäischen oder den exotischeren Kriegen im Osten gedient hatten, und freuten sich infolgedessen auf ein romantisches Leben und heroische Taten für den Ruhm des bri-

tischen Empires. Sie wußten nichts von der Wirklichkeit in New South Wales, wo sie nicht mehr als uniformierte Wärter sein würden, dazu gezwungen, weiterhin Gefangene zu bewachen, Flüchtlinge zu jagen und an Grenzen zu patrouillieren; sie hatten keine Ahnung, daß aller Wahrscheinlichkeit nach Sträflinge als Frontsoldaten neben ihren Herren an den Grenzen von New South Wales kämpfen würden, wo sie außer Kost und Logis nichts für ihren Einsatz im Kampf bekommen würden.

Je weiter die Viehzüchter in dieser neuen Kolonie nach Norden vordrangen, desto gefährlicher wurden ihre Expeditionen, aber alles, was sie vor sich sahen, war ein ungeheures, leeres Land. Sie begriffen nicht, daß es zur Kultur der Aborigines gehörte, das seit Jahrtausenden von ihnen bewohnte Land nicht zu stören, und man war allgemein der Meinung, dieses Land sei von Nomaden bewohnt, die keine Gebietsansprüche hätten.

Zu der Zeit, als die *Emma Jane* vom englischen Kanal aus nach Süden segelte, hatten die Aboriginesstämme der nördlichen Länder, die sich jenseits der vorgeschobensten Grenzen von New South Wales mehr als tausend Meilen weit erstreckten, noch nie einen Weißen gesehen. Sie waren ein wildes, starkes Volk, damit zufrieden, ihr Leben nach ihren Gesetzen zu führen, aber Stammesbrüder, die auf den großen Handelsstraßen quer durch den ganzen Kontinent unterwegs waren, brachten die Nachricht von weißen Eindringlingen, die keinen Respekt vor Grenzen hatten – das schlimmste aller Verbrechen. Sie lauschten voller Trauer den Geschichten vom Tod in den südlichen Ländern und beklagten das Schicksal jener Stämme, deren Angehörige vertrieben worden waren, und als große Korroboris abgehalten wurden, um über diese Tragödie zu diskutieren, kamen die Männer des Nordens, um zuzuhören; die Männer vom Tiwistamm, die Tingum und Kabis, die Mandanggia und die Kungai; die Männer der Banjin kamen von ihrer Insel, und die einen Meter achtzig großen Männer der Keramai mit rot und gelb bemalten Muscheln um den Hals, mit riesigen Speeren und Woomeras kamen ebenfalls. Die Männer der

Newegistämme kamen mit ihren gefährlich aussehenden Hartholzwaffen, und die Kalkadoon, die Mijamba, die Wannamara und sogar die blutrünstigen Kebishus schickten Abgesandte von ihren Inseln weit im Norden, um Perlen gegen Tomahawks aus Stein zu tauschen. Und viele andere kamen, aus dem Bergland, den Kanalländern und den Steinwüsten, und dann kehrten sie nach Hause zurück und warteten. Sie würden sich nicht überrumpeln lassen, wie die sanftmütigen Stämme im Süden.

In der Zwischenzeit breiteten sich die Weißen im Land aus, anmaßend und ignorant, und sie brachten ihre Frauen und Kinder und ihre Herden mit. Sie plagten sich mit überraschenden Dürreperioden und mit Dingos, die ihre Schafe töteten, mit Fluten und Feuersbrünsten, und sie träumten von Gold und hatten für die Eigentümer des Landes nur ein geringschätziges Schulterzucken übrig. Und hier auf der *Emma Jane* waren Passagiere, in Ketten oder im feinen Salon, die in den Krieg zogen. Sie waren dazu bestimmt, ihre Rollen in einem Krieg zu spielen, der in den Geschichtsbüchern nur selten Erwähnung findet, aber diese Schlachten haben einen Namen: die Schwarzenkriege.

7. Kapitel

Am späten Nachmittag des ersten Tages auf See wurde die Verschalkung über dem Laderaum geöffnet, und man holte alle Gefangenen an Deck. Von ihren günstigen Standpunkten auf den Decks aus beobachteten bewaffnete Mitglieder der Besatzung, wie der erste Offizier Palmerston den versammelten Galgenvögeln eine erste Lektion über das Leben an Bord eines Schiffes erteilte.

Roley Palmerston, von der Besatzung wegen seiner rundlichen Figur auch »Roley-Poley« – Pummelchen – genannt, war ein Mann

mit gerötetem Gesicht, breitem Lächeln und jovialem Gebaren, was von seinem wahren Charakter jedoch Lügen gestraft wurde. Er war der Sohn eines walisischen Bergmanns, ein harter, zäher Bursche, der von der Besatzung gefürchtet wurde; viele hatten sich bereits darauf eingestellt, abzuheuern, falls Millbank das Schiff verließ.
Die Gefangenen wurden einer nach dem anderen bis auf die nackte Haut ausgezogen und mit einem Wasserschlauch abgespritzt, der sie in einem Durcheinander von weißen Armen, Beinen und Pobacken übers Deck schlidern ließ, während die Besatzung in lautes, derbes Gelächter über diese unerwartete Vorstellung ausbrach.
Jack Drew war beim ersten Kontingent. Nach der Attacke mit dem Wasserschlauch rannte er zurück, um seine Kleider wieder an sich zu nehmen.
Ein Matrose versperrte ihm den Weg. »Laß die dreckigen Lumpen liegen. Wir wollen diese verlausten Fetzen nicht auf unserem Schiff haben.« Und das ganze Zeug ging über Bord.
Man gab ihm ein grobes Handtuch, ein Stück Seife, ein Hemd und eine Hose sowie ein Paar Schuhe aus Segeltuch. »Mit denen kommen wir nicht weit«, nörgelte er.
Der Matrose grinste. »Du mußt ja nicht nach Australien laufen, Freundchen. Zieh dich an.«
Unten stellte er fest, daß lange Ketten durch die Eisenringe gezogen worden waren, von denen einzelne Ketten bedrohlich herabhingen.
»Stellt euch da drüben auf«, befahl ein Wachposten, und als sie ihren Platz eingenommen hatten, wurde jeder bei seiner Koje angekettet.
»Was ist, wenn das Schiff sinkt, und wir sind hier so angekettet?« jammerte ein Gefangener, aber der Wachposten lachte.
»Was für einen Unterschied macht das schon für euch? Ihr könnt doch sowieso nicht schwimmen!«
Jack stand wütend da, während ihm eine Kette ums Fußgelenk

gelegt wurde. Er ließ es hilflos, aber mit Mordlust im Herzen geschehen.

Die ganze Nacht über lag er in der Finsternis und lauschte dem Rauschen des Meeres sowie dem Stöhnen, Seufzen und Kotzen der Elendsgestalten, die mit ihm eingekerkert waren. Er spürte den kalten Stahl an seinem Knöchel, und seine Wut war so heftig, daß er fühlte, daß er gleich einen Anfall bekommen würde. Auf seinen Kopf war eine Prämie ausgesetzt, weil er diesen fetten Händler erschossen hatte, aber jetzt wünschte er, er hätte seine Opfer samt und sonders erschossen, um sich diese Strafe zu verdienen.

Seine Kopfschmerzen wurden noch stärker, und der Bauernjunge neben ihm schnarchte. »Wach auf«, sagte er und stieß ihn an. »Das Wirtshaus brennt!«

Der Bursche setzte sich mit einem Ruck auf. »Was? Was ist los?«

»Du schnarchst«, knurrte Jack. »Hör auf damit, verflucht noch mal!«

»Kann schon sein, daß ich schnarche, Mister, wenn ich mal 'n bißchen Schlaf kriege, aber Sie haben sich die ganze Nacht hin und her geworfen wie 'ne Frau in den Wehen.«

Vor dem ersten Morgengrauen liefen bereits ein paar Gefangene klirrend herum; sie versuchten, die Steifheit zu lindern, die von den Unannehmlichkeiten der Nacht herrührte, und stellten sich vor den Aborteimern an.

Jack setzte sich auf und schlug seine Decke zurück. Sein Mund war trocken, und beim ersten Atemzug drang ihm der Gestank menschlicher Exkremente in die Nase. »Herrgott noch mal!« rief er und spuckte auf den Boden, als ob er den Geschmack loszuwerden versuchte. Er rollte seine Decke zusammen, damit sie nicht mit dem Boden in Berührung kam, der von Urin schwamm. Während der Nacht hatten Männer aus Faulheit oder aus Angst, die anderen mit der Suche nach Eimern zu stören, auf den Boden uriniert, und andere hatten ihr Erbrochenes zu dem Schleim hinzugefügt.

Die Verschalkung öffnete sich, und der Kapitän betrat das Gefängnis, unfähig, bei dem erstickenden Gestank eine Grimasse des Ekels zu unterdrücken.

»Reizend, nicht wahr?« rief Drew, und die anderen nahmen das Stichwort auf und begannen wütend zu schimpfen, während die Wachposten die Hähne ihrer Pistolen spannten, bereit zu feuern.

»Ich bin Käpt'n Millbank«, verkündete er und wartete, während ein zorniges Gemurmel durch die Schichten menschlicher Wesen lief, die in ihre Holzkatakomben gezwängt waren. »Dies ist das erste Mal, daß die *Emma Jane* Deportierte befördert ...«, begann er.

»Ist für uns auch das erste Mal, Kamerad«, rief eine Stimme, gefolgt von einer Woge rauhen Gelächters.

»Ich werde tun, was ich kann, um euch zu helfen«, fuhr Millbank fort, überrascht, daß der Gestank dieser armen Teufel sein Mitleid mit ihnen überschattete. Er hatte es bereits eilig, wieder von ihnen wegzukommen. »Ich schlage vor, daß wir jetzt, wo wir unterwegs sind, allen die Ketten abnehmen ...« Die Gefangenen rüttelten als Reaktion darauf an den Eisen, erfreut über sein Zugeständnis, aber Jack war nicht beeindruckt. »Wieso auch nicht?« brüllte er. »Wir sind doch keine verdammten Sklaven!« Und sofort schwang die Stimmung der Gefangenen wieder zu lautstarkem Unmut um, aber Millbank setzte sich durch und übertönte den Lärm, bis die Neugier sie zwang, ihm zuzuhören.

»Nur eine Übertretung der Vorschriften durch irgendeinen Gefangenen, und ihr kommt alle für achtundvierzig Stunden wieder in Ketten. Wenn es das Wetter erlaubt, werdet ihr an Deck geholt, während die Unterkunft hier saubergemacht wird. Ihr werdet euch da oben ein bißchen Bewegung verschaffen können. Ihr bekommt dasselbe Essen wie meine Besatzung, und wir werden jeden Tag frischen Limonensaft austeilen. Den müßt ihr trinken, damit ihr keinen Skorbut bekommt.«

»Wir haben hier bereits Kranke, Käpt'n«, rief Scarpy. »Was ist mit denen?« Er war quietschvergnügt. Zum erstenmal hatte er es gewagt, dem Kapitän eines Schiffes etwas zu entgegnen.

Millbank hatte noch mehr sagen wollen, aber der Gestank war zu-

viel für ihn. Die Frage hatte ihm eine Rechtfertigung gegeben, den Raum zu verlassen.
Oben an der frischen Luft schnappte er sich William, den Kammersteward. »Sag Doktor Brooks, daß ich ihn in meiner Kabine sehen will.«
»Ich glaube, er ist noch gar nicht aufgestanden, Sir«, sagte William.
»Dann weck ihn auf. Heute heißt es alle Mann an Deck.«
»Und das ist keine Untertreibung«, murmelte er, als er sich auf den Weg zu seiner Kabine machte. Es begann ihm erst ansatzweise zu dämmern, wieviel zusätzliche Arbeit diese Gefangenen machen würden.

Es ging ein frischer Wind, und eine stetige Dünung ließ sie elegant dahinjagen. Ein guter Anfang, aber die Anwesenheit der Gefangenen bedrückte ihn. Er würde sie fest an die Kandare nehmen müssen; sie stellten eine Gefahr dar, und nach ihrem Aussehen zu urteilen, gab es unter ihnen nicht wenige Räuber und Mörder. Er seufzte. Er hatte noch nicht einmal Zeit gehabt, sich Gedanken über die Passagiere zu machen.
Dr. Brooks klopfte an seine offene Tür.
Der grauhaarige kleine Mann strahlte trotz seiner leicht gebeugten Haltung eine Würde aus, die Millbank Aussicht auf eine angenehme Gesellschaft auf dieser Fahrt versprach.
»Sie wollten mich sprechen, Käpt'n?« fragte Brooks. Er umklammerte seinen buntkarierten Mantel mit der einen Hand und griff mit der anderen unsicher nach einem Stuhl.
»Ja, Doktor. Nehmen Sie Platz. Sie sind immer noch nicht so ganz auf dem Damm, hm?«
»Heute ist es schon besser als gestern.« Der Doktor ließ ein mattes Lächeln sehen. »Und morgen wird es vielleicht noch besser als heute sein.«
»Das ist die richtige Einstellung. So werden Sie die Reise genießen. Haben Sie diese Meere schon einmal befahren?«

»Ich fürchte, ich habe überhaupt noch kein Meer befahren, Sir. Meine Beine scheinen aus Gummi zu sein.«
Der Kapitän lachte. »Na schön, ich hoffe, wir werden Ihnen nicht zuviel zu tun geben.« Er bemerkte einen unerklärlichen erstaunten Blick hinter der Hornbrille, fuhr jedoch fort: »Wir haben bereits ein paar Patienten für Sie. Unter den Sträflingen, wie ich leider sagen muß.«
Da der Doktor überrascht wirkte, nahm Millbank an, daß eine Erklärung angebracht war. »Sie waren nicht im allerbesten Zustand, als sie an Bord gebracht wurden, und einige von ihnen sind von der Seekrankheit befallen worden, schon an den Docks …«
Brooks war eindeutig aufgeregt. »Ich glaube, das ist ein Mißverständnis. Ich bin kein Doktor der Medizin!«
Millbank starrte ihn mit offenem Mund an. Er wühlte in den Papieren auf seinem Schreibtisch, bis er fand, was er suchte. »Hier steht ›Doktor Brooks‹. Die Eigentümer dieses Schiffes, die Brüder Stuart, haben mir versichert, Sie seien Arzt. Sie und Ihre Frau, Sir, haben eine freie Überfahrt bekommen. Wer außer einem Arzt könnte erwarten, umsonst zu reisen? Ich muß schon sagen!«
Brooks wurde rot, während der Kapitän auf seine Antwort wartete. »Es tut mir leid, Käpt'n«, brachte er schließlich heraus. »Da liegt ein Irrtum vor. Ich bin Doktor der Astronomie. Ich lese an der Universität von Edinburgh.«
»Guter Gott!« explodierte der Kapitän. »Und die Stuarts haben Ihnen im Glauben, Sie seien Doktor der Medizin, eine Passage gegeben! Wie haben Sie das geschafft? Mußten Sie ihnen denn keine Urkunden zeigen? Ist Ihnen klar, daß Sie das Leben aller Männer auf diesem Schiff in Gefahr gebracht haben?«
»Käpt'n«, sagte Brooks leise, »ich würde es zu schätzen wissen, wenn Sie mich anhören wollten.« Er ließ sich Zeit, ehe er weitersprach, und wartete darauf, daß sich Millbanks Zorn legte. Millbank hustete. »Also, fahren Sie fort.«
»Ich muß Ihnen sagen, daß mir gegenüber niemals die Rede davon war, daß ich die Rolle des Schiffsarztes spielen sollte, als un-

sere Passagen arrangiert wurden. Ich versichere Ihnen, Käpt'n, ich hätte schärfstens protestiert. Es ist absurd. Sie müssen mir glauben. Ich möchte nicht, daß Sie denken, ich hätte diese Reise unter Vorspiegelung falscher Tatsachen angetreten. Tatsache ist, daß Gouverneur Brisbane von New South Wales mich zu sich eingeladen hat. Er interessiert sich sehr für Astronomie, und da mich der Himmel der südlichen Hemisphäre fasziniert, habe ich mit Freuden angenommen. Und der Gouverneur war so freundlich, die Einladung auch auf meine Frau auszudehnen. Wir werden im Haus der Regierung wohnen, bis sich eine passende Unterkunft für uns findet. Wenn Sie wünschen, kann ich sofort in meine Kabine gehen und Ihnen meine Korrespondenz mit Gouverneur Brisbane bringen.«

Er suchte in Millbanks Gesicht nach einer Reaktion, sah jedoch nur einen kalten, starren Blick. »Außerdem, Käpt'n, auch wenn es sich für Sie nach kostenloser Gefälligkeit anhört – ich bin sicher, Ihre Schiffseigner rechnen nicht damit, durch dieses Arrangement einen Verlust zu machen. Ich kann mir nicht vorstellen, daß die Stuarts eine Passage ohne Gegenleistung vergeben, erst recht nicht Passagen auf Wunsch seiner Exzellenz, des Gouverneurs.«

»Nein, die nicht«, sagte Millbank düster.

Nachdem er seine Erklärung abgegeben hatte, zog Brooks ein großes weißes Taschentuch heraus und tupfte sich das Gesicht ab. Er rutschte unbehaglich auf seinem Stuhl herum und wäre gern gegangen, traute sich jedoch nicht, aufzustehen und die Kabine zu verlassen.

»Die verdammten Geizhälse«, murmelte Millbank. »Wissen Sie, was passiert ist? Diese schottischen Bastarde glaubten, sie würden zwei Fliegen mit einer Klappe schlagen. Sie sahen das Wort ›Doktor‹ auf dem Manifest und dachten sich, wozu noch einen Arzt mitschicken, wenn schon einer an Bord ist?«

»Kann schon sein«, sagte Brooks leise.

»Und was machen wir nun?« bellte Millbank, und sein Passagier, der keine Ahnung hatte, erwiderte seinen Blick. »Wir dürfen nichts

davon verlauten lassen«, fuhr Millbank fort. »Doktor Brooks, bis wir Port Jackson erreichen, *sind* sie sinnvoller- und zweckmäßigerweise ein Doktor der Medizin, und Astronomie ist nur Ihr Hobby. Abgemacht?«
»Ja, Käpt'n. Ich verstehe, was Sie bezwecken, aber ich habe trotzdem so meine Zweifel. Was ist, wenn man mich zu einer Behandlung ruft?«
»Man wird Sie rufen. Aber Sie sind ein intelligenter Mann, und wir beide gemeinsam sollten eigentlich herausfinden, was dann zu tun ist.«
»Ich helfe gern, wo ich kann, aber was ist, wenn eine Operation nötig ist?«
»Wir beten«, sagte Millbank.
»Ich werde meine Frau über diesen neuen Stand der Dinge unterrichten müssen.« Brooks sah immer noch verwirrt aus.
»Selbstverständlich«, stimmte Millbank zu. »Sie muß Bescheid wissen. Wir werden uns schon irgendwie durchmogeln. Ich hatte Ärzte an Bord, die einen Halswirbel nicht von einem Knochen im Knie unterscheiden konnten, und andere, die nur den Boden einer Rumflasche gesehen haben. Ich bin Ihnen dankbar, Sir, und ich entschuldige mich dafür, daß ich vorschnelle Schlüsse gezogen habe.«

An diesem Abend zog sich der Kapitän sorgfältig an. Er hatte eine lange, schwierige Reise vor sich, und er wollte, daß die Passagiere zufrieden waren. Ein paar von ihnen würden das Erlebnis vielleicht sogar genießen, hoffte er. Er stutzte seinen Bart samt Schnurrbart sowie die buschigen Haare in seinen Nasenlöchern und trat zurück, um das Resultat zu begutachten, stellte jedoch fest, daß er wieder an die Passagiere dachte.
Der Ehrenwerte Jasin Heselwood würde vielleicht ein Problem sein. Er stand da, starrte in den Spiegel und sah von neuem Jasin Heselwood vor sich. Ein vornehm wirkender Gentleman, groß und schlank, mit langem blondem Haar. Von einer Seite des Schei-

tels hing eine Strähne blonder Haare halb über Heselwoods linkes Auge, was ihm ein verwegenes Aussehen gab. Millbank dachte, daß es vielleicht nicht unverdient war.

Er legte stets Wert darauf, seine Passagiere zu empfangen, wenn sie an Bord kamen, und Heselwood hatte damals durchaus freundlich gewirkt. Er hatte sich aufmerksam um seine Gattin gekümmert, eine gutaussehende, teuer gekleidete Frau. Dieses Paar hatte genug Koffer und Möbelstücke an Bord gebracht – darunter auch ein Klavier –, um ein ganzes Dorf auszurüsten. Der Bootsmann hatte entschieden, daß der beste Platz für das Klavier der Salon war, und es mußten Zimmerleute gerufen werden, um dafür Platz zu schaffen.

Es waren nur drei Frauen an Bord, und er hoffte, daß sie gut miteinander auskommen würden. Mrs. Heselwood und Mrs. Brooks müßten glänzend miteinander auskommen, glaubte er, und sie würden wahrscheinlich auch Rücksicht auf Mrs. Forrest nehmen. Dermott Forrest war ein Schuhmacher aus Norwich, der in Sydney sein Glück machen wollte. Seine Gattin, eine dickliche kleine Frau mit hübschen braunen Locken, die unter ihrer großen blauen Haube hervorquollen, hatte ihm in ihrer Begeisterung für dieses enorme Wagnis bereits von ihren Plänen erzählt. Er gestand sich ein, daß sie zwar viel redete, aber was war das anderes als Fröhlichkeit; und die würden sie in den vor ihnen liegenden Monaten auch brauchen.

William brachte seine blaue Jacke herein, die jetzt ordentlich gebügelt war. Die goldenen Knöpfe glänzten.

»Sind die Passagiere alle da?« fragte er den Jungen.

»Ja, Sir, alle, die auf den Beinen sind. Es sind nur vier. Missis Heselwood, Doktor Brooks und Mister Forrest fühlen sich zu unwohl.«

»Verdammt!«

Um einen guten Start zu haben, hatte er den Koch angewiesen, ein spezielles Menü mit vier Gängen zuzubereiten. »Na schön. Kann man nichts machen. Sag denen in der Kombüse, ich will

das Essen heiß auf den Tisch bekommen, und kein Fett. Jetzt raus mit dir.«
Als er den Speiseraum betrat, setzte Jasin Heselwood den anderen gerade die Gründe für die Abwesenheit seiner Frau auseinander. »*Mal de mer!* Meine arme liebe Frau leidet außerordentlich. Und in unserer Kabine ist es so stickig. Man fragt sich, wie man die Tropen überstehen soll. Ah, Käpt'n! Wie kommen wir voran? Wird sich die See beruhigen?«
»Sie ist jetzt ruhig genug, Mister Heselwood. Wenn sie noch ruhiger wäre, wären wir in eine Flaute geraten.« Er wandte sich an Mrs. Brooks. »Ich bin enttäuscht. Ich hatte gehofft, Doktor Brooks könnte heute abend bei uns sein.«
Sie reagierte mit einem kleinen Lächeln auf seine Betonung des Wortes »Doktor«. »Ja, es ist schade, aber er nimmt heute abend nur Tee und Zwieback zu sich, um ganz sicher zu gehen.«
Er setzte sie und Mrs. Forrest ans Kopfende des Tisches, links und rechts neben sich, und Heselwood nahm den Stuhl neben Mrs. Forrest. »Hat keinen Zweck, Plätze freizulassen«, kommentierte er. »Sonst sieht der Tisch wie beim Leichenschmaus für die lieben Verblichenen aus.«
MacNamara, der vierte Passagier, der den Mut hatte, am ersten Dinner auf See teilzunehmen, setzte sich neben Mrs. Brooks. Millbank lächelte seine kleine Gesellschaft an. »Ich hoffe, die anderen werden bald seefest. Es ist immer sehr schön, das Dinner in voller Besetzung einzunehmen.«
Heselwood beugte sich vor. »Sagen Sie, Käpt'n, was ist, wenn die anderen Passagiere nicht seefest werden? Wenn die Seekrankheit nicht nachläßt?«
»Das kommt nur selten vor, aber wenn es so ist, dann muß sich der Patient ernstlich überlegen, ob er die Reise nicht lieber abbrechen sollte. Die Seekrankheit kann einen stark schwächen, und für manche ist festes Land das einzige Heilmittel.«
Mrs. Forrest schluckte und sah überhaupt nicht gut aus, aber Millbank beschloß, die Aufmerksamkeit nicht auf sie zu lenken.

»Ihnen scheint es aber gut zu gehen, Missis Brooks?«
»Ja«, erwiderte sie. »Ich habe mich nie besser gefühlt. Ich glaube, das Leben auf See könnte mir zusagen.«
Mrs. Forrest blickte auf. »Mein Mann ärgert sich, daß er nicht an unserer ersten Abendgesellschaft teilnehmen kann. Er hat nicht damit gerechnet, daß er an der Seekrankheit leiden würde. Aber er läßt Sie alle grüßen.«
»Danken Sie Mister Forrest für seine Freundlichkeit«, sagte der Kapitän. Er nickte William zu, das Essen aufzutragen. Mrs. Forrest hatte gesagt, sie würden zu Dermotts Bruder in Sydney fahren, und Millbank vermutete, daß es sich bei dem Bruder um einen ehemaligen Sträfling handelte. Beide hatten sich nämlich darüber ausgeschwiegen, wie der Bruder in die Kolonie gekommen war. Aber er wünschte ihnen alles Gute. In New South Wales wurden Handwerker gebraucht, und sie sollten eigentlich Erfolg haben.
Da Mrs. Forrest begann, Brotkrumen in ihre Suppe zu tun, wandte er sich an den Iren. »Und Ihnen macht der Seegang nichts aus? Vielleicht sind Sie schon zur See gefahren?«
»Nein, bin ich nicht«, murmelte MacNamara.
Der junge Mann erregte Millbanks Neugier. Mit den sanften braunen Augen sah er recht gut aus, aber er war ziemlich hager. Wie konnte er es sich leisten, in der Kajütsklasse zu reisen? Es gab andere Schiffe, die irische Emigranten unter Deck zu einem wesentlich niedrigeren Preis beförderten. Dieser Bursche war mit einigen wenigen Habseligkeiten, die er in ein Bündel geschnürt hatte, an der Laufplanke der *Emma Jane* erschienen, als ob er nur über Nacht und nicht für viele Jahre weggehen wollte.
»Und woher kommen Sie, Mister MacNamara?« fragte er.
»Ah – von Curragh, Sir«, erwiderte der Ire. Die Frage hatte ihn überrumpelt, weil er sich ganz darauf konzentriert hatte, sich das Essen schmecken zu lassen. Millbank hörte das Zögern und die Spur von Argwohn in der Stimme, daß es nicht sicher sein könnte, über seine Herkunft zu sprechen, und erriet den Grund.
Mrs. Forrest hielt mitten beim Kauen mit offenem Mund inne.

»Dieser Gentleman und ich sind uns noch gar nicht vorgestellt worden, Käpt'n.«
»Ich bitte um Verzeihung, Madam. Darf ich Ihnen Mister Pace MacNamara vorstellen. Und diese junge Dame ist Missis Dermott Forrest.«
Der Ire nickte ihr zu, ohne aufzustehen, und Millbank sah die Verachtung in Heselwoods Gesicht. »Haben Sie die anderen Passagiere schon kennengelernt, Missis Forrest?« fuhr er hastig fort.
»Unsere abwesenden Freunde?«
»Noch nicht. Und ich gestehe, daß ich neugierig bin. Immerhin werden wir viele Monate lang Reisegefährten sein.«
Millbank erklärte ihr, wer die beiden fehlenden Passagiere waren, und fuhr fort, zu erläutern, wie es auf dem Schiff zuging. Jasin Heselwood hörte schweigend zu. Er war entsetzt, daß er mit einem Gefängnisschiff reisen sollte. Er, der Ehrenwerte Jasin Heselwood, ein Gentleman, fühlte sich durch dieses Schiff, den altersgrauen Kapitän, diesen abscheulichen Speiseraum mit dem verzogenen Fußboden und den muffigen Fetzen von Draperien sowie durch den grauenhaften Fraß beleidigt. Der Gestank aus der Unterkunft der Sträflinge war jetzt schon überwältigend, aber das war kein Thema, das man beim Dinner erörtern konnte, geschweige denn vor den Damen, sofern es welche waren, aber er schwor sich, bei der nächsten Gelegenheit mit dem Kapitän zu sprechen. Und dann die Gesellschaft! Die Forrests waren gewöhnliche Handwerker, und dieser irische Hinterwäldler! Georgina würde alles andere als begeistert sein. Die nächsten paar Monate würden ein Alptraum werden, nein, eine rollende, stampfende Hölle! Jetzt bereute er seine in aller Eile getroffene Entscheidung, nach New South Wales zu fahren, um seinen Gläubigern zu entrinnen. Er hätte gründlicher über die Angelegenheit nachdenken sollen.
Wie auch immer, jetzt war es zu spät, aber er glaubte, daß er sich zumindest darauf freuen konnte, bei seinem Freund John Horton zu wohnen, der allen Berichten zufolge in Sydney gut zurechtkam.

Als sie mit dem Dessert fertig waren, war das Gesicht der Frau neben ihm so grün wie Erbsensuppe.

Milly Forrest erhob sich taumelnd von ihrem Stuhl. Jasin war bereits auf den Beinen. Der Kapitän sprang auf und rief nach William, damit er der Dame nach draußen half, aber Jasins Galanterie hatte sie fast schon kuriert. Sie stützte sich schwer auf seinen Arm, die Augen zu Boden geschlagen, bis er sie an den Stewart weiterreichte. »Herzlichen Dank, lieber Mister Heselwood«, brachte sie gerade noch heraus, bevor ihr die Galle hochkam und sie zwang, die Kiefer fest zusammenzupressen und sich vom Steward wegführen zu lassen.

Kaum daß sich die Tür hinter ihnen geschlossen hatte, lehnte sich Jasin dagegen und lachte. »Mein Gott! Ich hätte nicht geglaubt, daß sie's noch schaffen würde, hier herauszukommen. Sie ist mit jedem Bissen, den sie hinuntergewürgt hat, grüner geworden.«

»Arme Missis Forrest«, sagte Mrs. Brooks.

»Pah! Die Frau hat wie ein Schwein gefressen. Es ist ein Wunder, daß sie so lange durchgehalten hat. Nun ja, was kann man erwarten, wenn man mit Handwerkern zu Abend essen muß?« Adelaide war enttäuscht. Mr. Heselwood war den ganzen Abend über so charmant gewesen, und jetzt machte er alles mit diesen bissigen Bemerkungen zunichte. Sie hatte das Gefühl, ihn korrigieren zu müssen. »Mein Mann sagt, die Handwerker seien die Hauptstütze der Kolonie.«

»Ist das so? Gott bewahre! Aber was weiß ein Doktor schon von der Führung einer Kolonie? Von der Aufgabe, eine Bevölkerung aus Sträflingen und deren Dirnen unter Kontrolle zu halten?«

Sie errötete und umklammerte ihre Serviette. Sie hatte nicht gedacht, daß er so böse auf ihren kleinen Tadel reagieren würde.

»Da gibt's nicht viel zu wissen«, sagte MacNamara mit seiner ruhigen Stimme. »Es geht bloß darum, wer über die Feuerwaffen verfügt.«

Heselwood machte ein finsteres Gesicht. »Ich denke, Ihre Bemerkungen sind unangebracht, Sir.«

»Genauso wie Ihre«, gab MacNamara zurück. »Vielleicht sollten Sie auf Missis Brooks hören. Ihr Briten müßt noch eine Menge lernen.«

»Wir sind alle britische Staatsbürger, Mister MacNamara. Selbst Sie.«

»Aber nicht aus freien Stücken. Kann sein, daß diese Kolonie eines Tages vernünftig wird und die Briten verjagt.«

Heselwood lachte. Er war sich bewußt, daß der Kapitän diese Wendung der Dinge nicht billigte. »So wie es die Iren getan haben?«

»Wie wir's tun werden«, verbesserte Pace.

»Wenn es die Herren interessiert«, griff der Kapitän ein, »dann würde ich Ihnen gern meine Karten von der Route zeigen, die wir nehmen werden.«

Als Heselwood hinausging, war Millbank erleichtert. Diese beiden am Tisch zu haben verhieß nichts Gutes für die kommenden Monate, aber er beschloß, sie fürs erste zu ignorieren.

»Hat Ihnen das Essen geschmeckt, Mister MacNamara?«

»Es war das beste Essen, das ich seit ewigen Zeiten bekommen habe, Käpt'n, danke. Und nennen Sie mich Pace.«

»Pace? Das ist ein ungewöhnlicher Name. Woher kommt er?«

»Meine Mutter hat ihn gefunden. Eine leichte Verballhornung aus dem Lateinischen, glaube ich, aber es bedeutet Frieden.« Er sah den Kapitän mit einem schmerzlichen Lächeln an. »Im tiefsten Inneren sind wir ein friedliebendes Volk, wissen Sie.« Millbank lachte und erhob sich vom Tisch.

»Ich habe Ihre Gesellschaft genossen«, sagte er, »aber jetzt muß ich gehen. Missis Brooks, darf ich Sie zu Ihrer Kabine begleiten?«

Als er mit Adelaide hinausging, wandte er sich noch einmal zu dem Iren um. »Es ist angenehm oben an Deck, Pace, falls Sie noch etwas frische Luft schnappen wollen.«

Pace stand auf, um den beiden gute Nacht zu wünschen, schlenderte dann im Salon herum und sah sich das mit Schnitzereien verzierte Mobiliar und die Schiffsbilder an den Wänden an. Es war in der Tat ein großartiges Schiff, aber kein Ort für ihn. Sein Platz war in Irland, und jedes Auf und Ab des Schiffes brachte ihn weiter und weiter weg.

»Oh, Herr im Himmel«, sagte er. »Sie haben einen Heimatlosen aus mir gemacht.«

8. KAPITEL

Als die *Emma Jane* die Kanarischen Inseln erreichte, war Millbank klar, daß die Fahrt noch schwieriger sein würde, als er anfangs gedacht hatte. Die Besatzung beschwerte sich über die zusätzliche Arbeit, die von den Sträflingen verursacht wurde – nicht zuletzt dadurch, daß sie ständig auf die geschrubbten Decks und Niedergänge spuckten –, die Passagiere fühlten sich elend, und die Gefangenen sorgten fortwährend für Unruhe. Zunächst hatte es einige Reibereien mit dem Wachpersonal und der Besatzung gegeben, als man sie nach oben ließ, dann waren ausgeprägtere Aggressionen gefolgt. Was der Kapitän auch für das Wohlbefinden der Gefangenen tat, sie hörten nicht auf, ihm die Schuld für ihren elenden Zustand zu geben, und fanden Spaß daran, auf Schritt und Tritt Obszönitäten zu rufen, besonders wenn sie die Kajütspassagiere zu Gesicht bekamen. Millbank war gezwungen gewesen, die Passagiere anzuweisen, außer Sicht zu bleiben, bis die Gefangenen wieder in ihre Unterkunft gebracht wurden. Das trug ihm weitere Beschwerden von seiten Jasin Heselwoods ein.

Dr. Brooks kam im Schiffslazarett gut zurecht, unterstützt von seiner Frau Adelaide, die sich jedoch trotz ihres zuvorkommenden Wesens mit Heselwoods Frau nicht sonderlich gut zu verstehen schien.

Millbank war sicher, daß Adelaide Brooks mit ihren boshaften Spitzen gegen Georgina Heselwood bewußt Milly Forrests ein-

fältiges Gelächter auslösen wollte. Milly hatte sich selbst zu Mrs. Heselwoods Dienerin gemacht, frisierte sie und nähte für sie. Der herrische Ton, den Georgina Milly gegenüber anzuschlagen pflegte, ließ Millbank oftmals zusammenzucken.
Aber das waren nur Nebensächlichkeiten. Als das Schiff vor Anker lag, begab er sich in seine Kabine. Er hatte beschlossen, die Gelegenheit für einen Landgang ungenutzt verstreichen zu lassen, und sich eingestanden, daß er es nicht wagte, seinem Schiff auch nur für ein paar Stunden den Rücken zu kehren.

Palmerston steckte den Kopf zur Tür herein. »Wir haben uns die Vorräte angesehen, Käpt'n, und der Quartermeister sagt, wenn wir den Proviant weiterhin in diesem Tempo verbrauchen, kommen wir mit dem Geld nicht aus. Wir müssen die Rationen für die Gefangenen kürzen.«
»Das werden wir nicht tun. Die Stuarts haben mir ausreichenden Proviant versprochen. Sie werden lernen müssen, daß sie mit solchen Tricks bei mir nicht durchkommen. Sie wollen, daß diese Gefangenen einen guten Eindruck machen, wenn wir nach Sydney kommen, und so soll's auch sein. Das läßt sich aber nur bewerkstelligen, wenn wir sie ein bißchen aufpäppeln, sonst stehen sie die lange Fahrt nicht durch. Sagen Sie ihm, er soll so viel bestellen, wie wir an Bord nehmen können.«
Palmerston schüttelte den Kopf. »Wie Sie meinen. Aber der Abschaum da unten wird's Ihnen nicht danken.«
»Das lassen Sie mal meine Sorge sein. Besorgen Sie zusätzlichen Rum für die Besatzung. Vielleicht entschädigt sie das für unsere problematische Fracht.«
Die Schiffsglocke ertönte. »Da ist der Lotse. Schicken Sie die Passagiere mit seinem Boot an Land. Ich möchte hier nicht länger bleiben als nötig, falls unsere Passagiere unter Deck auf die Idee kommen, sie könnten uns wegschwimmen.«
Als Palmerston verschwand, rief Millbank McLure herein, den Bootsmann. »Ich dachte, ich sollte vielleicht einmal mit ein paar

Gefangenen reden. Nur mit ein oder zwei von ihnen. Es ist wichtig, daß sie begreifen, was wir für sie zu tun versuchen.«
»Ich weiß nicht recht«, sagte McLure. »Die würden auch dann keine Vernunft annehmen, wenn man sie ihnen auf einem Tablett serviert.«
»Es ist einen Versuch wert. Wenn ich sie dazu bringen kann, mit uns zusammenzuarbeiten, würde es ihnen das Leben leichter machen. Mit wem könnte ich reden? Ich suche die Rädelsführer, damit ihnen die Herde folgt.«
McLure zündete sich seine Pfeife an. »Mal sehen. Da ist ein Bursche, vor dem haben sie alle Angst. Big Karlie nennen sie ihn, aber der regiert mit der Faust, der hat nichts im Kopf. Und ein Ire mit einer Anhängerschaft, der ein paar Leute in seinen Clan aufgenommen hat. O'Meara. Der macht nie Ärger, sondern paßt bloß auf.«
»Dann holen Sie mir den rauf. Wer noch?«
»Da ist noch einer, Jack Drew, ein Lebenslänglicher. Bißchen zu gerissen für meinen Geschmack, aber er ist so 'ne Art Boss bei denen.«
»Ein Engländer?«
»Ja.«
»Gut. Mit dem fange ich an.«
Während er wartete, war er sicher, daß er den Rest der Fahrt bei einiger Kooperation besser organisieren könnte. Die gelegentlichen Arbeitsaufträge hatten sich als Katastrophe erwiesen; die Gefangenen waren mehr als unbrauchbar gewesen, und die täglichen Ausflüge an Deck stellten die Geduld jedes einzelnen an Bord auf eine harte Probe. Falls sie sich benehmen konnten, wenn man sie herausließ, wäre er vielleicht geneigt, sie eines Abends heraufzuholen. In den herrlichen Tropennächten fanden bei der Besatzung oftmals Konzerte mit ein paar Sängern und einer Fiedel statt, und manche tanzten eine Gigue. Das letzte, was er wollte, war, die Sträflinge wie Tiere unten zu lassen, aber sie wurden zunehmend aufsässiger, und Strafen waren bereits überfällig. Bis jetzt hatte er sich geweigert, jemanden auspeitschen zu lassen. Seine Passagiere waren jetzt

unterwegs nach Teneriffa, und Millbank wünschte, er könnte ohne sie in See stechen, damit er eine Chance hatte, dem Problem mit diesen Sträflingen ohne Publikum zu Leibe zu rücken.
Die Wachposten, die mürrischer dreinschauten als ihre Gefangenen, brachten Jack Drew herein, einen großen, hohlwangigen Burschen mit glattem braunem Haar, das im Genick zusammengebunden war. Seine pockennarbige Haut spannte sich über hohe Wangenknochen. Er hielt den Kopf hoch und starrte den Kapitän kühn an. »Weshalb haben Sie mich holen lassen?«
»Sie werden sprechen, wenn man Sie anspricht, nicht vorher«, knurrte Millbank und gab den Wachen ein Zeichen, seine Kabine zu verlassen. »Ihr Name ist Drew?«
»Ja.«
Millbank versagte es sich, dem Flegel zu befehlen, ihn mit »Sir« anzureden. Es gab wichtigere Kämpfe auszufechten. »Ich will sehen, was ich tun kann, um den Gefangenen diese Reise zu erleichtern.«
»Was hat das mit mir zu tun?«
»Mister Drew. Wie ich höre, halten manche Gefangene recht viel von Ihnen. Wenn ich Ihnen erklären kann, was ich im Sinn habe, könnten Sie ihnen meine Vorschläge unterbreiten. Ich möchte, daß sie verstehen, daß ich ihnen zu helfen versuche.«
Drew ließ ein hartes, höhnisches Lachen hören. »Schon allein dadurch, daß Sie mich hier heraufgeholt haben, bringt Sie die auf den Gedanken, daß ich ein Zuträger bin. Sie sind nicht ganz richtig im Kopf.«
Millbank war geduldig. »Wir haben eine lange Fahrt vor uns, Mister Drew. Wir werden noch rund vier Monate unterwegs sein...«
»Vier Monate?« unterbrach Jack. »Das hab ich schon gehört, aber ich hab's nicht geglaubt. Stimmt das wirklich?«
»Ja.« Jack stieß einen Pfiff aus, und Millbank sah eine Chance, die harte Schale zu durchbrechen, die den Gefangenen umgab. »Hätten Sie Lust, sich unsere Route auf einer Weltkarte anzusehen?«
»Hätte nichts dagegen«, sagte Drew. »Und ich hätte auch nichts gegen ein Gläschen Rum.«

Millbank grinste. »Warum nicht?« Es gefiel ihm, einen Mann vor sich zu sehen, der ein bißchen Mumm hatte.
Er schenkte den Rum ein und gab ihn dem Gefangenen, der das Glas mit einem Schluck leerte, sich den Mund abwischte und genießerisch schnalzte. »Das war gut.« Dann richtete er seine Aufmerksamkeit auf die Karte und sah genau hin, als der Kapitän auf das Kap der Guten Hoffnung und dann auf die lange Strecke quer über die Südsee zeigte. »Über diesen Teil des Ozeans, den man die Brüllenden Vierziger nennt, fegen stürmische Winde«, erklärte Millbank. »Sie kommen geradewegs vom Kap Hoorn hier an der Südspitze von Südamerika, ziehen an Afrika vorbei und über den Indischen Ozean hinweg – da, sehen Sie – und bringen uns direkt an Van Diemens Land vorbei. Von da aus fahren wir nordwärts nach Port Jackson, Sydney.« Er beobachtete, wie Jack sich die Karte so genau ansah, daß er fast mit der Nase darauf stieß.
»Ist ungefähr so weit weg von England, wie's nur geht, würde ich sagen«, bemerkte der Gefangene, und Millbank nickte.
Jacks Blick war immer noch auf die Wandkarte gerichtet. »Wo ist Indien?«
»Hier.« Millbank zeigte es ihm. »Aber wir kommen nicht mal in die Nähe von Indien.«
»Was ist mit dem Fernen Osten?«
»Hier. Weit nördlich von Port Jackson.«
Drew ging zu seinem Stuhl zurück. Da er alles herausgefunden zu haben schien, was er wissen wollte, kam Millbank wieder auf das Thema zu sprechen, das ihm am Herzen lag. »Nun, was ist mit den Gefangenen unten?«
»Was soll mit denen sein?«
»Mister Drew. Ist es Ihnen denn egal, was da unten passiert?«
»Das einzige, was mich an dem Haufen interessiert, ist, so weit wie möglich davon wegzukommen. Die meisten wissen's einfach nicht besser. Ganz gleich, was für ein Nest man ihnen gibt, sie furzen rein, also was soll's? Holen Sie mich hier rauf, weg von dem Dreck, dann könnte ich mir vielleicht einen Rat für Sie einfallen lassen.«

Die Frechheit des Mannes verblüffte Millbank. »Das geht nicht. Ich kann keine Ausnahmen machen. Nein.«
»Na, da haben Sie aber Pech! Es war englisches Gesetz, was uns auf Ihr Schiff gebracht hat, also kommen Sie mir nicht mit Ihren Bauchschmerzen, wie Sie's führen sollen. Dafür werden Sie ja schließlich bezahlt. Sie sind genauso schlimm wie alle anderen. Und wenn Sie mir noch soviel Honig ums Maul schmieren, dadurch kommen Sie nicht vom Haken. Suchen Sie sich einen anderen Zuhälter.«
Millbank schlug auf die Spanten und rief nach den Wachen, die sofort hereingestürmt kamen. »Bringt ihn weg«, sagte der Kapitän, aber Drew war jetzt voll in Fahrt. »Ihr könnt mich nach New South Wales verfrachten, das ist mir schnuppe«, rief er, »aber ein Gefängnis ohne Wände wird mich nicht halten! Und eines Tages wird es auch eine blutige Abrechnung geben. Ihr Engländer!« Er spuckte aus. »Bezeichnet mich nicht mehr als Engländer! Ihr werdet schon noch merken, daß wir keine Sklaven sind!«
Als die Wachen Drew wegschleiften, kam der Bootsmann in die Kabine. Er grinste. »Harter Bursche.«
»Ja«, sagte Millbank. Der Ausbruch beunruhigte ihn nicht; er war in seiner Zeit härteren Männern als Drew begegnet. Ein Besatzungsmitglied hätte für dieses Benehmen die Peitsche verdient, aber der Kapitän wollte nicht, daß der erste Logbucheintrag über eine Auspeitschung nur auf Insubordination lautete. Die rechtliche Stellung dieser Gefangenen war heikel.
»Ich habe ihm ein paar Tage Einzelhaft aufgebrummt«, sagte McLure. »Das wird seine Zunge für eine Weile ruhigstellen. Ich hab's Ihnen ja gesagt, den Mistkerlen können Sie keine Vernunft beibringen.«
Millbank seufzte. »Ich weiß nicht. Vielleicht haben Sie recht. Falls ja, dann müssen wir sie von nun an in Schranken weisen. Aber ich möchte noch mit dem anderen reden, diesem O'Meara. Ich kann mir ja mal anhören, was der zu sagen hat.«
Als der Bootsmann zurückkam, war sein Gesicht gerötet, und

er war wütend. »Ich habe O'Meara rausholen lassen, aber er will nicht allein kommen. Hat darauf bestanden, einen Zeugen mitzubringen. Ich weiß nicht, was heutzutage mit der Welt los ist.«
»Dann holen Sie uns die beiden mal rein«, sagte Millbank. Er war entschlossen, sich nicht aus der Ruhe bringen zu lassen.
»Aye, aye, Sir.« McLure stieß die beiden Gefangenen in die Tür. »Das hier ist O'Meara, und das ist Brosnan. Steht stramm vor dem Käpt'n!«
Die beiden Männer legten in einer Geste des Respekts die Hand an die Stirn, aber ihre Blicke waren feindselig. Sie standen schweigend da, während Millbank seine Vorstellungen in bezug auf Dienstpläne und bessere Lebensbedingungen für die Gefangenen umriß. Zuerst hörten sie erstaunt zu, dann sahen sie einander an und begannen zu lachen.
»Sie wollen, daß wir die Jungs aufmuntern, Käpt'n, hab ich recht?« unterbrach O'Meara. Seine Stimme war ölig. »Na klar, ich sag Ihnen, was Sie tun können. Sie bringen uns an Land und überlassen es uns, den Weg zur Kolonie selber zu finden. Wir wollen Ihnen wirklich nicht zur Last fallen. Oder, Pat?«
»Absolut nicht«, sagte Brosnan. »Sieht hübsch aus da draußen.« Er schlenderte zum offenen Bullauge hinüber und schaute hinaus. O'Meara folgte ihm und sah ihm über die Schulter, wobei sie dem Kapitän den Rücken zuwandten.
»Stillgestanden!« brüllte Millbank, aber die beiden Männer beachteten ihn nicht.
»Es heißt, das sind die Kanarischen Inseln«, fuhr Brosnan im Plauderton fort. »Sieht ganz entzückend aus.«
»Ich lasse euch beide auspeitschen«, warnte Millbank, und plötzlich fuhr O'Meara zu ihm herum. »Das versuchen Sie mal, Mister! Wenn Sie Hand an uns legen, dann lehren wir Ihre Schufte da unten ein paar Tricks, von denen sie noch nie was gehört haben.«
Brosnan drehte sich wieder zu ihnen um. »Ach, Dinny«, tadelte er, »reg dich nicht auf. Der Käpt'n tut sein Bestes. Wissen Sie, Sir, was

Dinny sagen will, ist ... Sie haben vier Iren in Ihrem Gefängnis, die übrigen sind Ihre eigenen Leute, verstehen Sie? Was Sie mit Ihren Landsleuten tun, geht uns nichts an. Was uns betrifft – machen Sie uns keinen Ärger, dann machen wir Ihnen auch keinen. Wir überstehen das da unten auch ohne Ihre Hilfe.«
Millbank gab es auf. Er schickte sie wieder nach unten, aber zuvor hatte der unverschämte Brosnan noch das letzte Wort. »Sie haben ein paar wirklich schlimme Jungs da unten, Käpt'n. Aber was kann man schon erwarten? Das hier ist ein Transportschiff und kein anständiges Handelsschiff.«
Die wohlüberlegte Beleidigung traf, und die Verachtung, die er in ihren Augen sah, schmerzte weit mehr als Jack Drews Wutanfall. Brosnan hatte recht. Kapitän eines Schiffes zu sein, in dem Männer unter Deck schlimmer als Tiere zusammengepfercht waren, entehrte all seine stolzen Jahre auf See.
An diesem Abend blieb er allein in seiner Kabine und holte eine Flasche weißen jamaikanischen Rum heraus. Er beschloß, seinen Abschied zu nehmen, falls die *Emma Jane* ein Transportschiff bleiben würde.
Die Fahrt wurde mit jeder Woche schlimmer. Die Besatzung war aufgebracht, und die Gefangenen wurden immer aggressiver. Als es so weit kam, daß sie ihre Kojen zertrümmerten, mußte der Kapitän Palmerstons Drängen schließlich nachgeben. Zehn Gefangene wurden willkürlich herausgegriffen und ausgepeitscht, da keiner von ihnen die Namen der Rädelsführer nennen wollte.
Heselwood beschwerte sich in einem fort und drohte, eine Inspektion des Schiffes durch die britischen Behörden zu verlangen, wenn sie in Kapstadt ankamen. Millbank hatte sich nicht dazu geäußert. Er verstand Heselwoods Zorn, aber er konnte nicht zulassen, daß sich jemand in seine Belange einmischte. Er sorgte dafür, daß sie das Kap der Guten Hoffnung bei Nacht passierten.
Als er jetzt daran zurückdachte, lächelte er grimmig. Der liebe Gott hatte just in den Moment eingegriffen, als die Feindseligkeit der Gefangenen ein Stadium kurz vor der Meuterei erreicht hatte.

Hurrikanwinde waren heulend aus den dunklen Weiten der Antarktis herangefegt und hatten das Schiff tagelang durchgeschüttelt. Es war für alle Passagiere ein furchteinflößendes Erlebnis gewesen, aber unter den Sträflingen, in den Eingeweiden des Schiffes hatte die Gewalt des Sturms Übelkeit und Entsetzen hervorgerufen. Die Angst hatte die Flammen der Revolte erstickt, und danach waren sie nur noch daran interessiert gewesen, sicher in den Hafen zu gelangen. Sie begannen die Besatzung mit mehr Respekt zu behandeln, und schließlich beruhigte sich die Lage an Bord des Schiffes, aber es hatte die halbe Fahrt gedauert, diesen mißmutigen Waffenstillstand zu erreichen.
Als sie die Westküste von Van Diemens Land sichteten, waren die Vorräte bereits bedenklich geschrumpft. Millbank war erneut gezwungen gewesen, die Wasserration zu kürzen, aber der Anblick von Land milderte den Schlag.

Als die *Emma Jane* die Ostküste des riesigen Landes im Süden entlangfuhr, schaute die erschöpfte kleine Gruppe von Passagieren ehrfürchtig zu den wogenden Hügeln und dem verhangenen Blau der hinter ihnen aufragenden Berge hinüber.
»Also das ist wirklich schön«, sagte Adelaide. »Ich hatte halbwegs damit gerechnet, Wüsten wie die Sahara zu sehen.«
»Lebt denn hier niemand?« rief Milly. »Jetzt fahren wir schon seit Tagen an dieser Küste entlang, und ich habe bis jetzt weder eine Kuh noch ein Pferd gesehen, geschweige denn einen Siedler.«
»Vielleicht sind die Leute hier Spätaufsteher, meine Liebe«, sagte Heselwood, und Milly brach in schallendes Gelächter aus. »Er nennt sie jetzt ›meine Liebe‹«, flüsterte Adelaide Brooks ihrem Mann zu. »Das ist eine Wendung um einhundertachtzig Grad. Milly redet natürlich pausenlos von all dem Geld, das Dermott und sie mitbringen. Damit erhält sie sich wohl Heselwoods Freundschaft.«
»Du bist nicht sehr nett«, sagte Brooks leise.
»Nett oder nicht, es ist die Wahrheit. Heselwood ist ein Spieler.

Das einzige, wofür er sich während der ganzen Reise interessiert hat, waren seine Kartenspiele und seine Wetten mit Palmerston und McLure. Hoffen wir, daß die beiden ihre Heuer bekommen.«
»Das ist bestimmt Heselwoods geringste Sorge«, meinte Brooks geziert.
»Da bin ich nicht so sicher. Wenn die Heselwoods so wichtige Leute sind, wie sie uns glauben machen wollen, warum fahren sie dann mit einem Schiff wie diesem ... außer wenn sie knapp bei Kasse sind?«
»Das weiß ich wirklich nicht«, erwiderte Brooks.
Adelaide konnte es kaum erwarten, sich von Georgina und Milly zu verabschieden. Die beiden hatten ihre Geduld bis zum äußersten beansprucht. Sie war gezwungen gewesen, einen endlosen Tag nach dem anderen mit ihnen zusammenzusitzen, zu nähen, zu lesen oder Karten zu spielen, was oftmals mit einem Streit endete, weil Milly nicht verlieren konnte. Georgina war in ihren Augen eine steife, verschlossene Frau, und Milly war das genaue Gegenteil: Sie konnte nur selten ihren Mund halten. Die Abende waren nicht viel besser gewesen. Sie speisten jeden Abend mit den Männern und versuchten, ein passendes Gesprächsthema außer dem Essen zu finden, das wirklich schrecklich geworden war. Sie hatten allesamt Gewicht verloren. Heselwood bestritt meistens den Großteil der Unterhaltung, von sich selbst eingenommen und ermüdend, während Dermott Forrest wie eine Puppe dasaß und seine Frau für sich sprechen ließ. Pace MacNamara konnte amüsant sein, wenn er wollte. Er verfügte über ein Repertoire faszinierender Geschichten aus Irland, und manchmal sang er für sie. Adelaide lächelte. Sie hatte Pace oft am Klavier begleitet, sehr zu Georginas Verdruß; schließlich war es ihr Klavier. Aber selbst Brooks gab zu, daß Adelaide besser spielte als Mrs. Heselwood.
Es hatte jedoch auch andere Abende gegeben, wo Heselwood MacNamara derart auf die Nerven ging, daß der Ire tagelang verschwand und seine Mahlzeiten mit der Besatzung einnahm. Die einzigen wirklich angenehmen Stunden waren jene gewesen, in de-

nen der Kapitän mit ihnen speiste. Er und Brooks waren imstande, ein vernünftiges Tischgespräch zu führen.

Millbank kam an Deck und gesellte sich zu ihnen. »Wir liegen sehr gut in der Zeit«, sagte er. Er wirkte zufrieden mit sich selbst.

»Auf unsere Kosten, Käpt'n«, erinnerte ihn Heselwood.

»Oh Jasin, nun sehen Sie doch auch einmal das Positive«, tadelte ihn Adelaide. »Wenn wir am Kap den Hafen angelaufen hätten, wären wir jetzt noch auf hoher See und nicht kurz vor Port Jackson. Wann werden wir an Land gehen, Käpt'n?«

»Morgen früh. Da ich erst nach Sonnenaufgang in Port Jackson einlaufe, werden Sie alle einen hübschen Blick auf einen der prächtigsten Häfen der Welt haben. Es ist ein tolles Erlebnis, in den Hafen von Sydney einzulaufen. Sie werden einige der herrlichen Villen sehen können, die dort an den Ufern stehen.«

Pace MacNamara war überrascht. »Dort gibt es schöne Häuser, sagen Sie? In der Kolonie?«

»Ja, so ist es. Und außerdem werden die Kolonisten zusehen, wie wir einlaufen, weil wir Post für sie dabeihaben. Die Ankunft der Post ist immer ein großes Ereignis in Sydney.«

»Das kann ich verstehen«, sagte Georgina. »Man hat das Gefühl, wenn wir noch eine Meile weiterfahren, fallen wir vom Rand der Welt. Mir ist unbegreiflich, wie Menschen so weit von der Zivilisation entfernt leben können, und das auch noch freiwillig! Ich hatte keine Ahnung, daß es eine so weite Reise sein würde. Allein schon der Gedanke an die Rückfahrt ist absolut entsetzlich.«

Beim Lunch waren sie alle schweigsam. Sie waren erleichtert, in Sichtweite ihres Ziels zu sein, und dachten vielleicht aufgeregt daran, was in diesem fremden Land vor ihnen liegen mochte. Adelaide konnte die Nähe der gewaltigen Landmasse spüren, als das Schiff dicht an der Küste nach Norden fuhr. »Ich wußte gar nicht, daß dieser Kontinent so riesig ist, Käpt'n. Seit wir den südlichen Indischen Ozean hinter uns haben, ragt er ständig irgendwo neben uns auf. Er hat etwas Geheimnisvolles an sich, etwas Bedrohliches ...« Sie erschauerte. »Ich finde ihn ziemlich furchterregend.«

Falls Adelaide eine Vorahnung von tragischen Geschehnissen hatte, so galt das nicht für ihren Mann. »Furchterregend? Gewiß nicht, meine Liebe. Interessant. Geheimnisse sind die Würze des Lebens, und man sollte sich ihnen nicht verschließen. Der größte Teil dieses Kontinents ist noch unerforscht. Wir könnten Zeugen einiger wundervoller Entdeckungen sein.«
Selbst Jasin war in gehobener Stimmung. »Wer weiß? Kann sein, daß wir den Spaniern noch was vormachen und Städte aus Gold finden. Dann kommen wir alle so reich wie Krösus nach Hause.«
»Das liegt durchaus im Bereich des Möglichen«, sagte Brooks. »Ein uralter Kontinent wie dieser ... es wäre höchst unwahrscheinlich, wenn es hier kein Gold gäbe. Was meinen Sie, Käpt'n?«
»Ich würde Ihnen zustimmen. Aber wo soll man suchen? Das ist der springende Punkt.«
Jasin war überrascht, daß sie seinen Scherz ernst genommen hatten. »Ich muß schon sagen. Das ist ja ein Ding. Warum habe ich davon noch nie etwas gehört? Ich werde mich sofort auf die Suche nach einer Goldmine machen.«
»Wir auch«, kicherte Milly. »Stimmt's. Dermott?«
Dermott pflichtete ihr bei.
Adelaide bemerkte Georginas dünnes Lächeln und vermutete, daß sie von den Forrests genug hatte. Während der Fahrt hatte Milly, die eine ausgezeichnete Schneiderin war, Georgina einige Kleider aus Stoffballen angefertigt, die diese mit sich führte, und sich auch in weniger wichtigen Dingen nützlich gemacht. Sie hatte darauf bestanden, alle möglichen Handlangerdienste für Georgina zu verrichten, aber jetzt bereitete sich Georgina anscheinend darauf vor, Milly fallenzulassen. Das war natürlich keine Überraschung, überlegte Adelaide. Die beiden hatten nichts miteinander gemein.
Bevor sie zu Bett ging, bürstete Adelaide ihre Haare aus und ließ sie in schulterlangen goldenen Ringellöckchen herabfallen. Sie hatte wirklich hübsches Haar, aber sie beneidete Georgina um ihre glatten blonden Haare, die immer so ordentlich gekämmt waren.

»Du siehst heute abend ganz zauberhaft aus«, unterbrach Brooks ihre Gedanken.

»Danke«, sagte sie. »Aber ich werde etwas wegen meiner Haut unternehmen müssen. Sie ist ganz braun geworden. Der Himmel weiß, was der Gouverneur denken wird. Ich komme mir eher wie ein Bauernmädchen vor als wie die Frau eines distinguierten Astronomen.«

»Du siehst gut aus. Niemand könnte sich deswegen beklagen. Wir haben alle Glück gehabt, daß wir gesund angekommen sind. Also laß uns schlafen gehen, meine Liebe. Morgen wird ein aufregender Tag für uns werden. Ich freue mich schon darauf, Gouverneur Brisbane kennenzulernen. Was für ein Luxus, sein eigenes Observatorium auf dem Grundstück des Gouverneurgebäudes zu haben.«

Pace MacNamara stand nach dem Dinner draußen an Deck und schaute zu dem dunklen Schatten dieses geheimnisvollen Landes hinüber. Für ihn war die Reise eine Zeit gewesen, die er in einem Zwischenstadium verbracht hatte, weder hier noch dort. Er hatte die irischen politischen Gefangenen besucht und ohne Überraschung festgestellt, daß einer von ihnen, Caimen Court, ein Bekannter von ihm war. Er hatte ihnen zu helfen versucht, aber ihr Anführer Dinny O'Meara hatte sein Angebot zurückgewiesen.

»Dachte ich's mir doch, daß ich dein Gesicht kenne! Wie kommt's, daß du so vornehm reist? Bist du ein Informant oder bloß ein Deserteur? Wir wollen deine Hilfe nicht. Wir wollen nichts von dir!«

»Paß auf, was du sagst, O'Meara«, hatte Pace ihn angebrüllt. Court, der Friedensstifter, hatte sich eingemischt. »Laß gut sein, Pace. O'Meara läßt sich nichts sagen.«

»Das war doch der Scharfschütze, oder?« wandte sich ihr anderer Freund Brosnan an Court. Sein Flüstern hätte Tote aufwecken können und ärgerte O'Meara nur noch mehr.

»Wieso ist er dann auf diesem Schiff und benimmt sich wie ein Graf? Mit dem wollen wir nichts zu tun haben, ist das klar?«

Pace ließ sie wütend stehen, aber es tat ihm trotzdem weh, daß tapfere Männer, die für Irland gekämpft hatten, gezwungen waren, in so einem Dreckloch mit Verbrechern zusammenzuleben. Besonders Court. Er hatte sich in Maynooth auf das Priesteramt vorbereitet, aber nach etwa einem Jahr hatte er zwischen seinem Vaterland und seiner Kirche wählen müssen. Am Ende entschied er sich für Irland. Court war derjenige, der die Flugschriften verfaßte, die Druckerpressen bediente und die Augen nach neuen Rekruten offenhielt, bis er zusammen mit seinem Helfer Jim Connolly, der ebenfalls an Bord war, auf frischer Tat ertappt wurde. Sie waren beide wegen Landesverrats angeklagt worden. Pace grinste, als er sich daran erinnerte, welche Furore das gemacht hatte. Der Friedensrichter warf einen väterlichen Blick auf die beiden netten jungen Männer, die, wie ihr Anwalt behauptete, von ihren älteren Kameraden einfach verführt worden waren, und konnte sich nicht dazu durchringen, sie in der Blüte ihrer Jugend zum Tode zu verurteilen. Statt dessen verurteilte er sie zu lebenslänglicher Haft in New South Wales.

Was die Entscheidung des Friedensrichters möglicherweise beeinflußt hatte, war ein »anonymer« Brief, in dem ihm mitgeteilt wurde, falls Court und Connolly hängen sollten, würde sein eigener Sohn – ebenfalls in der Blüte seiner Jugend – noch am selben Tag sterben. Pace wußte alles darüber, und zwar nur allzu gut. Es gab keinen Zweifel, daß die Drohung wahrgemacht worden wäre. Sie hatten ihm seine Zielperson gezeigt.

Und hier waren sie nun, sann er, alle zusammen unterwegs zur Botany Bay. Er begann das Lied zu summen, das ihm Matrosen während der Fahrt beigebracht hatten, und dann kam es ihm unsinnig vor. Er sprach einen Matrosen an, der gerade Wache hatte.

»Fahren wir nicht nach Port Jackson?«

»Ja, Sir.«

»Wieso heißt dann das Lied, das wir singen, ›Unterwegs zur Botany Bay‹?«

»Botany Bay war der erste Hafen, Sir, aber da gab es kein Wasser.

Deshalb sind sie nach Norden zum nächsten Hafen gefahren, und der hieß Port Jackson. Es gibt aber immer noch haufenweise Leute, die mit diesen Schiffen herkommen und denken, sie laufen die Botany Bay an.«

Kein Wölkchen war am strahlend blauen Himmel zu sehen, als die *Emma Jane* auf die vorspringende Sandstein-Landspitze an der Einfahrt von Port Jackson zuhielt. Die Segel waren lose, kleine bunte Flaggen signalisierten dem Land ihre Ankunft, und dann feuerte eine Kanone einen Willkommensschuß ab, der über den Ozean hinaus und durch den ganzen Hafen dröhnte, um die Einwohner zu mobilisieren. Ein Kutter kam heraus, und sie ließen ein Boot zu Wasser, um den Lotsen an Bord zu nehmen; die Segel wurden wieder gesetzt, und die *Emma Jane* segelte an dem weißen Leuchtturm von Macquarie vorbei, bereit für die sechs Meilen lange Fahrt westwärts in den riesigen Hafen von Sydney Cove hinein. Die Matrosen sangen bei der Arbeit, als ob sie nach einem großen Sieg im Triumph heimkehrten, und die Passagiere standen an der Reling und waren ebenso aufgeregt wie die Besatzung.

Kapitän Piper, der Zollbeamte, war ein alter Freund. Als das Zollboot näher kam, sah Millbank erfreut, daß Piper selbst an Bord war.

»Schön, Sie wiederzusehen«, rief er Millbank zu, als ihn die Matrosen an Deck hievten.

»Ich bin froh, wieder hier zu sein«, sagte Millbank und schüttelte ihm die Hand. »Sydney scheint doppelt so groß geworden zu sein, seit wir das letztemal da waren.«

»Aye, das stimmt«, sagte Piper. »Eines Tages wird das noch mal eine tolle Stadt werden. Aber Sie transportieren jetzt Sträflinge, wie ich höre?«

Millbanks Gesicht verdüsterte sich. »Zum ersten und letzten Mal«, sagte er. »Wir haben neue Eigner. Ich denke daran, mich zur Ruhe zu setzen, wenn das so bleiben sollte.«

»Tut mir leid, das zu hören«, sagte Piper. »Und was wollen Sie tun? Sich ein kleines Häuschen auf dem Land kaufen?«

»Ich doch nicht«, lächelte Millbank. »Ich dachte eher an Buenos Aires. Ich hatte schon immer eine Schwäche für Südamerika.«

»Bei Gott, ich hätte nichts dagegen, mich mit Ihnen zusammenzutun«, sagte Piper, während er ihm nach unten zur Kabine folgte. »Ich setze mich auch zur Ruhe.«

Der Kapitän hatte die Schiffsmanifeste für Pipers Inspektion vorbereitet, aber sein Besucher schien es nicht eilig zu haben.

»Ist irgendwas nicht in Ordnung?« fragte Millbank.

»Oh nein«, wehrte Piper ab. »Ich bin bloß ein bißchen müde. Hatte ein paar finanzielle Probleme, das ist alles. Mußte mein Haus am Hafen verkaufen. Wentworth hat's mir abgekauft, und ich werde mit der Familie nach Bathurst rausziehen.«

»Das ist schade«, sagte Millbank bedrückt.

»Ist nicht so schlimm«, meinte Piper. »Sydney ist ein ödes Nest geworden, seit Darling am Ruder ist. Ein sturer kleiner Bürokrat. Bin froh, daß ich seinen Klauen entronnen bin.«

»Darling?« fragte Millbank. »Wer ist das?«

»Nun, unser neuer Gouverneur, Sir. Lieutenant-General Ralph Darling. Die Siedler hatten die Nase voll von Brisbane und haben dafür gesorgt, daß er abberufen wurde.«

Als Piper von Bord gegangen war, setzte sich das Schiff wieder in Bewegung und bereitete sich darauf vor, in Sydney Cove anzulegen. Währenddessen ging Millbank Dr. Brooks und seine Frau suchen. Sie hatten gepackt und waren bereit, das Schiff zu verlassen. Der Doktor hatte seine Tweedsachen und seine weiche Mütze an, und Adelaide sah mit ihrer hübschen braunen Haube und dem weiten Umhang sehr gut aus. Wie sie da an der Reling standen und sich die aufregenden Tage ausmalten, die vor ihnen lagen, hatten sie etwas von einem Gemälde. Er ging auf sie zu, der Überbringer schlechter Nachrichten.

»Würden Sie einen letzten Rundgang durchs Schiff mit mir machen, Doktor?« fragte er, und Brooks – entgegenkommend wie

immer – war einverstanden. Als sie am Heck ankamen, blieb er stehen und faßte Brooks am Arm. »Ich habe Neuigkeiten für Sie, und ich fürchte, es wird ein ziemlicher Schlag sein.«
»Was könnte das an einem derart schönen Tag sein, Käpt'n?« sagte Brooks so heiter, wie Millbank ihn all diese Monate über erlebt hatte. Der Kapitän, der nicht gerade für diplomatisches Vorgehen berühmt war, versuchte, sich ein paar Worte zu überlegen, die den Schlag mildern könnten, gab es jedoch auf. »Gouverneur Brisbane hat die Kolonie verlassen.«
Brooks lächelte immer noch, als ob sein Gesicht auf einmal erstarrt sei, und drehte sich mit einer unbestimmten Bewegung zum Ufer um.
»Haben Sie gehört, was ich gesagt habe?«
»Ja.«
Sie standen schweigend da, und eine leichte Bö wehte auf ihrem Weg zur See hinaus über das Wasser. Brooks hielt seine Mütze fest und stieß ein nervöses Lachen aus. »Das kann nicht stimmen, Käpt'n. Gouverneur Brisbanes Amtszeit dauert noch ein paar Jahre.«
»Doch, es stimmt. Er ist abberufen worden. Piper hat's mir erzählt. Es ging alles ziemlich schnell, sagt er.«
Möwen kreisten über ihnen, und Brooks schien ihrem Flug zu folgen. »Kennen Sie sonst noch jemand in der Kolonie?« fragte Millbank.
»Nein«, antwortete Brooks. »Wir sind keine Abenteurer. Wir haben zu Hause ein sehr ruhiges Leben geführt. Ich kenne nicht mal jemanden, der die Kolonie besucht hat. Keine Menschenseele. Was sollen wir tun?«
Millbank, der immer praktisch dachte, mußte es kurz machen. Er hatte eine Menge zu tun. »Nun, Sie können nicht einfach in der Villa des Gouverneurs auftauchen, wenn Sie nicht sicher sind, daß dieser Sie erwartet. Ich werde ein paar Nachforschungen für Sie anstellen. Ich denke, Sie sollten die anderen an Land gehen lassen und abwarten, bis ich herausfinde, was los ist.«

Sie schauten zu Adelaide zurück, die immer noch die Aktivitäten im Hafen beobachtete.

»Was soll ich ihr bloß sagen?« fragte Brooks. »Sie wird am Boden zerstört sein.«

»Die Wahrheit, Mann. Was sonst?« erklärte Millbank. »Nun machen Sie sich mal keine Sorgen. Wir werden uns schon was einfallen lassen.«

Er eilte davon und umging das hektische Treiben an Deck, wo die Besatzung die Segel einholte. Er konnte es kaum erwarten, wieder festen Boden zu betreten.

Die Heselwoods und die Forrests warteten schon, umgeben von Hand- und Schrankkoffern, und er fragte sich, was dieser Außenposten für sie bereithalten mochte. Um nicht auf diese Passagiere zu treffen, schlug er einen Bogen um die Steuerbordseite des Schiffes und stieß auf Pace MacNamara, der ganz anders aussah als jener mürrische, argwöhnische Bursche, der im Dunkel der Nacht an Bord gekommen war.

»MacNamara! Wie hat Ihnen das Leben als Seemann gefallen?«

»Hat mir die Augen geöffnet, Sir«, sagte Pace. »War schon ganz gut, aber ich bin froh, wenn ich wieder an Land bin.«

»Wollen Sie sich nicht überlegen anzuheuern? Wir hatten gehofft, Sie hätten vielleicht Lust, Seemann zu werden. Für einen Passagier haben Sie einen guten Matrosen abgegeben.«

»Nein, ich habe keine Lust, aber trotzdem vielen Dank. Sie waren sehr freundlich, Sir. Ich hab' nur hier und da ein bißchen mit angefaßt, um die Zeit auszufüllen.«

»Na gut. Schauen Sie bei Palmerston vorbei, bevor Sie von Bord gehen. Er wird Ihnen zum Lohn für Ihre Arbeit das Geld für die Passage zurückerstatten.«

Er tat MacNamaras Dank mit einer Handbewegung ab, schob die Probleme von Piper und Dr. Brooks beiseite und ging nach unten, um mit den Wachen zu sprechen, die die Gefangenen beaufsichtigten. Sobald die Passagiere aus dem Weg waren, wollte er die Gefangenen gründlich waschen lassen, bevor sie ihre Sträflingskleidung bekamen. Ganz gleich, wie lange es dauern mochte, sie würden die *Emma Jane so* korrekt verlassen, wie es nur ging, und damit Schluß. Er hoffte, daß Brooks soviel Verstand haben würde, seine Frau währenddessen fernzuhalten, denn ob sie nun im Hafen lagen oder nicht, er hatte keine Macht über die bösen Zungen dieser Schufte.

Sydney

9. Kapitel

Der Gouverneur hatte nicht vorgehabt, sich dem Empfangskomitee für einen derart bunten Haufen von Ankömmlingen anzuschließen. Er war rein zufällig vorbeigekommen, als er nach einer Konferenz der Australischen Landwirtschaftsgesellschaft mit seinem Sekretär Macleay auf dem Rückweg zum Gouverneursgebäude war. Die Vettern Macarthur und ein Schwager namens Bowman hatten die Gesellschaft zusammen mit dem furchterregenden alten John Macarthur und anderen wichtigen Leuten wie Forbes, Oxley und dem streitsüchtigen Reverend Marsden gegründet. Sie hatten mehr Land verlangt, als in den Richtlinien für die Größe von Farmen vorgesehen war, und da sie sich auf beträchtliche Geldmittel und den erheblichen Einfluß ihrer Hintermänner in London stützen konnten, bezweifelte Gouverneur Darling, daß er ihnen widerstehen konnte. Die Kolonie brauchte dringend weitere Investitionen, aber er hatte nicht die Absicht, sich von ihnen Anweisungen erteilen zu lassen.
Was er als Gegenleistung verlangen würde, war mehr Disziplin und eine Übereinkunft, daß diese Kolonisten – ganz gleich, wer sie waren – mehr Respekt für die Würde seines Amtes aufbrachten. Und bei Gott, er würde dafür sorgen, daß sie das taten!
Als er sich von ihnen verabschiedete, befahl er Macleay, dem Fahrer seiner Kutsche aufzutragen, ihn durch den Hafen nach Hause zu fahren. Obwohl er nicht viel von der Seefahrt verstand, war Darling fasziniert von Schiffen.
Die Kutsche rasselte mit ihrer Kavallerieeskorte vom 40. Regiment durch die George Street, und Darling lehnte sich weit zurück, um den Blicken des Pöbels zu entgehen.

Der geschäftliche Umgang mit diesen einheimischen Siedlern war eine heikle Sache. Sie hatten kein Gespür dafür, was sich gehörte, wenn es um sein hohes Amt ging. Sie hielten sich für Angehörige der besseren Kreise, was in einer Kolonie absolut lachhaft war, und noch schlimmer, sie besaßen die Frechheit, lauthals auszuposaunen, daß sie eine Nation gründeten. Er wünschte, sie wären nicht aus finanziellen Gründen so dringend auf diese Leute angewiesen. Walfangflotten lieferten ebenfalls Ausfuhrware, aber sie machten sich aus Sydney davon, um die Profite selbst zu behalten. Nein. Die Antwort hieß Wolle. »Na schön«, wandte er sich abrupt an Macleay, »wenn sie Tausende Morgen Land außerhalb der besiedelten Gebiete haben wollen, werde ich sie ihnen geben.«

»Ja, Sir«, sagte Macleay.

»Wenn sie so töricht sind, dorthin gehen zu wollen, wo es Schwarze und Buschklepper und Gott weiß was gibt, sollen sie doch gehen. Ich frage mich manchmal, ob es wohl möglich ist, die entlassenen Sträflinge und die bedingt Strafentlassenen zu zwingen, ebenfalls dort hinaus zu gehen. Schließlich sind sie deportierte Verbrecher.«

Macleay hoffte, daß der Gouverneur nicht versuchen würde, einen so radikalen Plan in die Tat umzusetzen – das würde zu Aufständen führen –, aber er wußte, daß dieser Gouverneur sich nicht im geringsten für die Meinung seines Kolonialsekretärs interessierte.

»Sagen Sie ihnen, sie sollen hier anhalten«, befahl Darling, und Macleay klopfte ans Fenster.

Die Kutsche und ihre Begleitung kamen zum Stehen. Die Pferde stampften ungeduldig auf. Darling starrte aufs Meer hinaus. Es war eine Sache, mit diesen Siedlern zu verkehren, als ob sie Gentlemen aus seinem Club wären, aber eine ganz andere, sie in dem Glauben zu lassen, sie hätten irgendwelche echte Macht. »Was ist das für ein Schiff?« fragte er, während er den Neuankömmling im Hafen betrachtete. »Das habe ich noch nie gesehen.«

»Die *Emma Jane*, Sir, aus London. Ist erst heute morgen eingelaufen.«

»Hat sie Post dabei?«
»Ja, Sir. Ich glaube schon.«
»Ah. Da wird sich meine Frau aber freuen. Ich glaube, ich werde mir mal ein bißchen die Beine vertreten. Holen Sie die dienstliche Post. Wir nehmen sie mit.«
»Ich glaube, sie dürfte schon unterwegs sein, Sir.«
Darling stieg aus der Kutsche. »Ich sagte, Sie sollen sie holen!« Er marschierte davon, genoß die frische Brise, die den Zigarrenrauch aus seinem Schädel vertrieb, und schritt mit kerzengeradem Rücken energisch aus. Er war sich bewußt, daß neugierige Blicke auf ihm ruhten. Als er an ein paar Hafenarbeitern vorbeikam, tippte sich einer von ihnen an den Hut. »Morgen, Gouv'neur.«
Der Gouverneur senkte die Wimpern vielleicht gerade genug, um den Gruß zu erwidern. Wie er festgestellt hatte, war es in diesem Land durchaus üblich, daß die niederen Schichten die Höherstehenden ansprachen, aber er würde sich ihren Sitten nicht noch weiter beugen. Selbst in den besitzenden Ständen begannen Hitzköpfe aufzutauchen, die Demokratie forderten, was immer das bedeuten mochte. Er, Darling, würde sie jedoch nicht unterstützen. Er drehte sich um und schaute auf die Stadt zurück. »Ihr könnt fordern, soviel ihr wollt«, sagte er. »Solange ich hier bin, geht alles genau nach Vorschrift. Ich muß nur den Status quo sechs Jahre lang aufrechterhalten und dann nach London zurückkehren, um mich zum Ritter schlagen zu lassen. Soll sich doch der nächste Gouverneur mit der Demokratie herumärgern.«
Macleay, der gerade zurückkam, tat so, als ob er nichts hörte. Der Gouverneur führte oft Selbstgespräche, was für einen Sekretär entnervend war, weil dieser erraten mußte, wann er angesprochen wurde und wann man von ihm erwartete, daß er nicht zuhörte. Aber das war Alexander Macleay ganz einerlei. Er hatte seine eigenen Pläne. Macleay hatte einen Sprung in seiner gesellschaftlichen Stellung vom Sekretär der Londoner Transportkommission zum lukrativen Posten des Kolonialsekretärs gemacht und war nicht so dumm, seine Karriere durch ein falsches Wort seinem Vorgesetzten

gegenüber zu gefährden. Er war neunundfünfzig Jahre alt, hatte keine Zeit zu verschwenden und eine große Kinderschar zu versorgen. Er hatte sein zwanzig Hektar großes Stück Land bereits zugewiesen bekommen – es lag an der Onslow Avenue in Elizabeth Bay – und wollte dort ein Herrenhaus im Regencystil bauen, das ebenso prächtig war wie jene, in denen die feinen Leute wohnten. Schaulustige kamen vom Kai herübergeschlendert, Fisch- und Gemüsehändler schoben ihre Karren vorbei, und der Gouverneur stand hochaufgerichtet da und machte seine Atemübungen, als Macleay sah, wie ein Zollbeamter einen bärtigen Kapitän auf ihn aufmerksam machte. Er nahm ebenfalls eine Haltung ein, die seiner hohen Stellung entsprach. »Entschuldigen Sie, Sir«, sagte Kapitän Millbank, »aber man hat mir gesagt, Sie seien der Kolonialsekretär?«
»Das ist richtig, Sir. Alexander Macleay, zu Ihren Diensten.« Millbank musterte seinen schottischen Landsmann. Er hörte die Worte, entnahm ihnen jedoch, daß ihm dieser Mann keineswegs zu Diensten war. »Na, das nenne ich Glück, wirklich und wahrhaftig. Sie sind genau der Mann, den ich brauche. Ich habe da eine ziemlich verzwickte Angelegenheit auf dem Herzen ...«
»Wenn es um geschäftliche Dinge geht, kommen Sie bitte in mein Amtszimmer«, unterbrach ihn Macleay.
»Aber es ist dringend.« Millbank ging dazu über, Macleay die Sache mit Dr. Brooks darzulegen, der immer noch an Bord der *Emma Jane* wartete.
Macleay warf einen nervösen Blick zu seinem Gouverneur hinüber, der in die andere Richtung davongegangen war. »Der Gouverneur und seine Gemahlin nehmen keine Fremden bei sich auf.«
»Nein, das habe ich mir schon gedacht«, sagte Millbank. »Ich werde eine Unterkunft für sie suchen, aber was ist mit seinem Posten am Observatorium? Vielleicht wäre es Ihnen möglich, mir einen Rat zu geben, wo Doktor Brooks sich vorstellen könnte, um mit seiner Arbeit fortzufahren.«
»Käpt'n, das Observatorium ist geschlossen. Es liegt auf dem

Grundstück des Regierungsgebäudes, und der Gouverneur wird nicht erlauben, daß dort Fremde herumlaufen. Ein neues wird an einem passenderen Ort erbaut, aber wir haben alle Astronomen, die wir brauchen. Es wird keine Stelle frei sein, das versichere ich Ihnen.«
»Aber wir können sie doch nicht auf dem trockenen sitzen lassen, Mister Macleay. Schließlich ist Doktor Brooks auf Einladung des Statthalters des Königs nach Sydney gekommen.«
Macleay war froh, als er sah, daß der Gouverneur zurückkam. »Ich habe keine Ahnung, was sie tun können, Sir, und ich sehe wirklich nicht, daß diese Sache die gegenwärtige Verwaltung betrifft.«
Gerade als er diesen hartnäckigen Burschen fast losgeworden war, kam ein Paar auf sie zu, und Macleay stellte fest, daß es sich um Adlige handelte, die, nach dem Schnitt ihres Anzugs zu urteilen, frisch aus London kamen. Der junge Mann war groß und blond. Er trug ein Jackett aus feinem Tuch und eine graue Weste mit Perlenknöpfen. Seine Hose schien aus Kaschmir zu sein, dem teuersten Stoff, den es gab, und seine Gattin, die fast genauso groß war wie er, sah in ihrem dunkelblauen Reiseanzug und mit dem kecken Hut auf ihren dicken Locken sehr elegant aus; vielleicht war das eine neue Mode für die Damen von Sydney, die immer noch an ihren kleinkarierten Hauben hingen.
Gouverneur Darling, der ebenfalls beeindruckt war, gab Macleay ein Zeichen. Dieser kam eilends zu ihm herüber. »Wer sind die beiden?«
»Das weiß ich nicht, Sir.«
»Dann finden Sie's raus. Und seien Sie diskret. Vielleicht möchte ich mich mit ihnen bekannt machen.«
Kurz darauf war Macleay mit den Neuankömmlingen wieder bei ihm. »Eure Exzellenz, darf ich Ihnen den Ehrenwerten Jasin Heselwood und seine Gemahlin Missis Heselwood vorstellen. Mister Heselwood ist der dritte Sohn von Sir Edward Heselwood, dem Earl von Montone.«
»Natürlich«, sagte Darling und entließ Macleay. »Kenne Ihren

Vater, Sir, sehr gut sogar. Colonel beim Siebenundzwanzigsten?«
»Ja, Eure Exzellenz. Wie freundlich von Ihnen, sich an ihn zu erinnern«, erwiderte Jasin.
Der Gouverneur wandte sich an Georgina. »Die neueste Mode aus London, nehme ich an, Madam. Sie müssen ins Gouverneursgebäude kommen und Missis Darling alles erzählen, was sich in London so tut. Sie ist immer gern die erste, die es hört. Ich fürchte, wir sind ein bißchen rückständig hier, so weit von der zivilisierten Welt entfernt.«
»Es wäre uns eine Freude, Eure Exzellenz«, sagte Jasin. Darling war in seinen Augen ein ziemlicher Parvenü. Er konnte sich nicht erinnern, daß er jemals im Moor House empfangen worden war, aber eine Einladung ins Gouverneursgebäude, bevor sie den ersten Schritt in Sydney getan hatten, war ein guter Start.
Genau in diesem Augenblick kam Milly Forrest herbeigeeilt.
Sie schleifte ihren Mann hinter sich her und versuchte Jasin zu bewegen, sie dem Gouverneur vorzustellen. Dieser tat es so steif, wie er es wagte. Die Störung ärgerte ihn.
Darling nickte den Forrests kühl zu und ging.
Sie sahen zu, wie die Kutsche davonfuhr und die prächtige berittene Garde in Gold und Scharlachrot hinter ihr in Trab fiel. »Wie aufregend, gleich bei unserer Ankunft ein Mitglied des Königshauses zu treffen«, rief Milly. »Was für einen Brief ich nach Hause schreiben werde.«
»Er ist kein Mitglied des Königshauses«, sagte Jasin, »und wir müssen jetzt gehen.«
»Oh nein, Sie können noch nicht gehen. Dermotts Bruder und seine Frau sind da hinten und holen unser Gepäck ab. Kommen Sie, ich werde Sie vorstellen.« Milly war so aufgeregt, daß sie Georgina am Arm packte, aber Georgina befreite sich aus ihrem Griff. »Im Moment nicht, danke. Wir müssen wirklich weg.«
»Wo sind Ihre Freunde?« wollte Milly wissen. »Sind sie nicht gekommen?«

»Wir haben eine Nachricht erhalten, daß sie verhindert sind«, log Jasin. »Aber sie erwarten uns.« Er befahl den Gepäckträgern mit einem Fingerschnippen, ihnen zu folgen.

»Ich habe keine guten Neuigkeiten für Sie«, berichtete Millbank Dr. Brooks und seiner Frau in ihrer Kabine. »Ich bin am Kai dem Kolonialsekretär begegnet. Er hat mir keine großen Hoffnungen gemacht, daß Sie unter dieser Verwaltung eine Anstellung bekommen könnten, Doktor Brooks. Vielleicht wäre es besser, wenn Sie sich selbst mit dem Gouverneur in Verbindung setzen würden, sobald Sie eine Unterkunft gefunden haben.«
Adelaide war angespannt, aber die vollen Konsequenzen dieses Rückschlags waren ihr noch nicht aufgegangen. »Gehen wir denn nicht ins Gouverneursgebäude? Wir sind doch eingeladen worden! Man erwartet uns, Käpt'n.«
»Anscheinend nicht«, sagte Millbank. »Da ist sozusagen eine neue Mannschaft.«
Dr. Brooks sank auf seine Koje. Sein Gesicht war aschgrau. »Was sollen wir denn dann tun?« rief Adelaide. »Wohin können wir gehen?«
»Ich kenne ein Haus, wo Sie bleiben können«, bot Millbank an. »Ich bin mit den Besitzerinnen, den Misses Higgins, befreundet. Sie haben eine anständige Pension. Ich bin sicher, daß es Ihnen dort gefallen wird.«
Brooks stand auf. »Also schön. Wir werden in die Pension gehen und dort bleiben, bis die *Emma Jane* wieder ausläuft. Sie waren sehr freundlich, Käpt'n Millbank. Könnten Sie uns eine Kabine für die Rückfahrt geben?«
»Das werden wir nicht tun!« schrie Adelaide. »Wie kannst du so etwas sagen, Brooks? Ich werde nicht zulassen, daß du uns so demütigst. Wir haben alles verkauft, bevor wir abgereist sind, unser Haus, unsere Möbel, hast du das vergessen? Wenn wir jetzt zurückgingen, würden sich alle über uns lustig machen.«
»Was sollen wir sonst tun?«

»Es ist noch zu früh, um das zu sagen«, unterbrach Millbank. »Wenn Sie auf mich warten, bringe ich Sie zur Macquarie Street und mache Sie mit den Misses Higgins bekannt. Sie sind so weit gefahren, da sollten Sie der Kolonie schon eine Chance geben.«
»Da haben Sie wohl recht«, meinte Brooks. »Manche sagen, daß Sydney recht exotisch ist.«
Adelaide rümpfte die Nase. »Ich würde die Stadt kaum als exotisch bezeichnen. Sie sieht eher unscheinbar aus, wenn du mich fragst.«

10. KAPITEL

Die Sträflinge stellten sich zur Abwechslung einmal ordentlich auf, wie obdachlose Kinder, die man sonst vielleicht nicht auf einen Ausflug mitnehmen würde. Die Männer, die nur kurze Strafen abzuleisten hatten, waren guter Dinge und prahlten damit, daß sie es nur ein paar Jahre in dieser sonnigen Stadt aushalten mußten, dann waren sie frei und konnten in die alte Heimat zurück.
Jack Drew, der Lebenslängliche, hatte keine derartigen Aussichten. Er hatte gerüchteweise gehört, daß man sich in die Berge schlagen und nach China fliehen konnte, und wartete nun ungeduldig darauf, daß ihn die langsam vorrückende Schlange an Deck bringen würde, so daß er diese Berge mit eigenen Augen sehen konnte.
Mit klirrenden Ketten stieg er an Deck, als er an der Reihe war, und dort unter dem unglaublich blauen Himmel von New South Wales sah Jack zum ersten Mal sein neues Gefängnis. Er schaute sich erstaunt um.
Am Hafen waren Menschen, die ihnen, den Sträflingen, zuwinkten und zujubelten! Sie riefen ihnen ermutigende Worte zu und lachten, während gelangweilte Soldaten, ihre Landeskorte, in einer unordentlichen Reihe dastanden und auf Befehle warteten. Neben

ihnen säumte eine Reihe hoher Masten den Kai wie eine Weidenallee im Winter.

Und dann geschah etwas Seltsames. Jack merkte, daß er lächelte. Er hatte lange, lange Zeit nichts zu lachen gehabt. Er schaute auf ein Stück des riesigen blauen Hafens hinaus, wieder zurück zu den weißen Häusern von Sydney und dann zu dem fernen Ring von Hügeln. Er hatte ein Gefühl von Weite, als ob eine endlose, nahezu menschenleere Welt vor ihm läge.

Ein paar farbenprächtige Vögel kreisten träge über ihm, schwenkten dann zu den Hügeln ab und verschwanden im blauen Dunst. Auf der *Emma Jane* herrschte überall um ihn herum hektisches Treiben, und er stolperte in der Reihe der Sträflinge an Land, aber er gehörte nicht mehr zu ihnen; für ihn waren all diese Menschen Eindringlinge in dieser grandiosen Landschaft.

Männer in Baumwollkitteln kamen nach vorn gelaufen, um Verbindungsketten an ihren Handgelenken anzubringen, während die Soldaten sie bewachten, und ein Offizier in einer grauschwarzen Uniform trat vor, um die Gefangenen zu mustern.

»Wer ist das?« fragte Jack einen der Arbeiter.

»Captain Noble, Oberaufseher der Sträflingsbaracken. Er ist aber alles andere als nobel«, flüsterte der Mann und huschte weiter.

Big Karlie war in der Reihe vor Jack. Er räusperte sich und spuckte aus Gewohnheit aus, aber Noble sah es.

»Ich will den Namen dieses Mannes wissen«, rief er den Wachen zu. »Ich dulde hier keine Frechheiten. Vierzig Peitschenhiebe.«

»Sind Sie ein Friedensrichter?« brüllte Connolly, einer der Iren. »Wird man hier ausgepeitscht, wenn man ausspuckt, um den Gestank dieses Schiffes loszuwerden?«

»Der bekommt auch vierzig Peitschenhiebe«, rief Noble, und Jack sah O'Meara an, der sprungbereit zu sein schien, aber die Soldaten waren jetzt auf der Hut. Sie umringten die Gruppe der in Ketten gelegten Gefangenen; ihre Musketen waren feuerbereit. Die Männer, deren Aufgabe es war, die Ketten festzumachen, duckten sich tief, um aus der Schußlinie zu bleiben.

Noble erfuhr die beiden Namen. Er rief einen jungen Offizier herbei, der in der Nähe stand. »Schicken Sie diese zwei nach Moreton Bay, und ...« Er sah die Gefangenen an, die jetzt mürrisch und still waren. »Und die zehn in der ersten Reihe. Die schicken Sie ebenfalls dorthin. Logan macht seine Sache in Moreton Bay sehr gut. Er kann noch ein paar Leute übernehmen.«
»Wo ist Moreton Bay?« fragte Jack einen der Arbeiter, während er die schweren Ketten voranschleppte.
»Irgendwo im Norden«, antwortete dieser. »Sieh zu, daß du nicht auffällst, Kumpel. Moreton Bay ist die Hölle auf Erden. Frag lieber gar nicht erst danach.«

11. Kapitel

Pace MacNamara hatte es nicht eilig, von Bord zu kommen. Wenn Roley Palmerston mit seiner Arbeit fertig war, würde er mit ihm an Land gehen. Pace hatte die Heselwoods beim Verlassen des Schiffes beobachtet, als sie dem Laderaummeister mit ihren schrillen Stimmen Anweisungen gegeben hatten, wie er ihr Klavier entladen sollte, und die Bemerkungen der Männer gehört, die an der Pier arbeiteten; wenn Georgina noch etwas mehr herumgekeift hätte, wäre das Instrument mit einem Plumps in New South Wales gelandet.
Dann kamen die armen Sträflinge wie alte Einsiedler aus ihren Höhlen heraufgekrochen und wurden von den gleichen Uniformen an Land verfrachtet, die in Irland eingedrungen waren. Pace hatte keine Ahnung, wie eine Strafkolonie funktionierte, und beim Anblick dieser Uniformen wurde ihm unbehaglich zumute. Er war froh, daß er auf Palmerston warten konnte, falls er an seinem ersten Tag gleich in irgendein Fettnäpfchen trat. Er hatte jetzt zwei

Ziele: soviel wie möglich über diese Kolonie in Erfahrung zu bringen und herauszufinden, wohin sie Caimen Court und die anderen drei Iren gebracht hatten.
Es war schon später Nachmittag, als Palmerston fertig war, und im Hafen wimmelte es von Spaziergängern. Am Ende von Campbells Wharf zögerte Pace. »Ich bin immer noch nicht ganz sicher«, sagte er. »Es ist so, als ob man in die Kasernen an der O'Connell Street stürmen würde. Ich habe in meinem ganzen Leben noch nie so viele Soldaten gesehen.«
»Sie können immer noch bei uns anheuern.«
»Nein. Ich bin auf der Flucht, Roley. Ich kann nicht wieder zurückfahren.«
»Dann machen Sie sich keine Gedanken wegen Sydney. Lassen Sie all das hinter sich. Hier sind Sie ein Einwanderer, und niemand wird Sie belästigen. Die Hälfte der feinen Pinkel hier sind selber auf der Flucht. Entweder hat man sie aus der Armee ausgestoßen, oder sie wollen ihren Gläubigern entwischen.«
Sie überquerten die Straße und gingen auf der George Street stadteinwärts. Je weiter sie in die Stadt hineinkamen, desto regeres Treiben herrschte auf den Straßen. Damen gingen mit ihren Herren spazieren, Geschäftsleute mit seidenen Hüten und Fräcken erörterten auf dem Bürgersteig ihre Angelegenheiten, Männer in Moleskin-Kleidern und hochhackigen Stiefeln schritten vorbei, und Händlerkarren versperrten ihnen den Weg; die Händler priesen Gemüse, Fische und Austern an. Pace hatte das Gefühl, auf einem dörflichen Jahrmarkt zu sein, wo sich Menschen aller sozialen Schichten an dem einen Tag im Jahr mischten. Zweispänner fuhren flink die sandige Straße entlang und wichen dahinrumpelnden Karren aus, und Reiter trabten vorbei, während sich Pace staunend umdrehte.
»Ich hätte nie gedacht, daß ich hier so schöne Pferde zu Gesicht bekommen würde«, sagte er und ging auf einen grauen Hengst zu, der an einem Geländer festgebunden war. »Das hier ist aber ein merkwürdiger Gaul.«

Palmerston war ungeduldig. »Nun machen Sie schon, MacNamara. Wegen Ihnen komme ich noch zu spät zu meinem Drink.«
Pace machte widerstrebend kehrt und lief in einen Burschen hinein, der genau wie ein englischer Junker aussah. »Tut mir leid, Sir«, sagte er und trat zurück.
Der Mann grinste. »Gefällt Ihnen das Pferd?«
»Ja, in der Tat«, antwortete Pace.
»Kennen Sie sich mit Pferden aus?«
»Recht gut, aber so eins hab ich noch nie gesehen.«
»Kein Wunder«, sagte der Fremde. »Den Gaul haben wir selbst gezüchtet. Er wird keine Preise für Reinrassigkeit gewinnen, aber in diesem Land brauchen wir solche kräftigen Tiere für die Entfernungen, die wir überwinden müssen. Sie sind bestimmt neu hier?«
Pace nickte. Das Pferd interessierte ihn immer noch.
»Na, wenn das so ist: Brauchen Sie einen Job?« fragte der Mann. »Wir sind immer auf der Suche nach guten Stallknechten.«
Pace schaute überrascht auf. »Ja, ich glaube schon.«
»Gut. Wie heißen Sie?«
»MacNamara, Sir.«
»In Ordnung, MacNamara. Wir treffen uns hier in vier Tagen. Gegen Mittag. Mein Name ist William Macarthur. Wir haben eine Farm bei Paramatta und eine gute Pferdezucht. Sie werden keinen besseren Job finden.« Er schwang sich auf sein Pferd, winkte den beiden lässig zu und ritt davon.
»Das sprichwörtliche Glück der Iren«, sagte Roley. »Sie sind noch keine zehn Minuten hier und haben schon einen Job und ein Dach über dem Kopf. Und jetzt gehen wir zu Jack Boundys Hotel, wenn Sie mit Ihren geschäftlichen Vereinbarungen fertig sind.«
Die Eingangshalle des kleinen, zweistöckigen Eckhotels war leer, als die beiden Männer eintraten. Roley warf einen Blick in die Bar und suchte seinen Freund Jack Boundy.
»Nicht da«, sagte er. »Vielleicht ist er in seinem Arbeitszimmer.«
Er ging einen Flur entlang und klopfte an eine Tür.

Eine Frau kam heraus, starrte ihn an und fiel ihm dann um den Hals. »Roley! Du bist wieder da! Herr im Himmel, ist das schön, dich zu sehen.«
»Ist großartig, wieder hier zu sein. Also, Katrin, das hier ist Pace MacNamara. Er ist neu in Sydney.«
»Wie geht es Ihnen?« sagte Pace. Sie war eine gutaussehende Frau, nicht viel älter als dreißig, mit pechschwarzem, hoch aufgetürmtem Haar. Nach der Art, wie Roley von ihrem Mann gesprochen hatte, hatte Pace eine ältere Frau erwartet.
»Na, wo ist Jack?« erkundigte sich Palmerston. »Er schuldet mir vom letztenmal noch ein oder zwei Bier.«
»Jack?« Ihre Stimme klang fragend. »Jack ist tot.«
»Oh nein!« Palmerston war wie vor den Kopf geschlagen. »Was ist ihm denn zugestoßen? Und wann ist das passiert? Tut mir leid, Katrin, daß ich hier so hereinplatze.«
Sie seufzte. »Das konntest du ja nicht wissen. Er ist vor ungefähr vier Monaten gestorben. Ertrunken. Er hat eine Weide draußen hinter Paramatta gekauft, für Schafe, erinnerst du dich? Da ist er immer gern hin, um nachzusehen, ob alles in Ordnung war. Aber manchmal hat's Überschwemmungen gegeben. Jack ist ertrunken, als er versucht hat, über den Fluß zurückzukommen.«
»Also das ist doch wirklich der Gipfel!« rief Palmerston. »Der arme Jack! Aber was ist jetzt mit dir?«
»Ich schmeiße den Laden hier, das ist alles«, sagte sie. »Hat keinen Zweck, Trübsal zu blasen. Kommt, ich lade euch zu einem Drink ein.«
Ihre erste Nacht in Sydney war eine wüste Zecherei. Mrs. Boundy ließ sich nicht lumpen, um Roleys Rückkehr zu feiern. Pace hatte noch nie eine Witwe gesehen, die in ihrer Trauerkleidung so gut aussah wie diese prachtvolle Frau in ihrem schwarzen Seidenkleid. Ihr einziger Schmuck war eine Perlenbrosche am hohen Kragen. Sie hatte auch ein ansteckendes Lachen, ein verblüffendes Lachen für eine Frau; es begann mit einem tiefen Glucksen, bis sie plötzlich kehlig losprustete. Aber er hörte, wie ihre Stimme zu schnar-

ren begann, als eins der Dienstmädchen ein Tablett mit Getränken fallen ließ.

Er ließ sich seine Reaktion auf die groben Befehle dieser Dame mit dem süßen Gesicht nicht anmerken, aber der jähe Wechsel in ihrem Ton überraschte und enttäuschte ihn. Ach was, sagte er sich, entweder man ist der Boß oder nicht. Sie spielt bloß ihre Rolle.

Am Morgen erwachte er mit rasenden Kopfschmerzen von zuviel Grog und stellte fest, daß er nicht in dem Hotelzimmer war, das Katrin ihm gegeben hatte. Kopfschüttelnd versuchte er sich an die Nacht zu erinnern, ließ sich dann auf das harte kleine Feldbett zurücksinken, in dem er nun lag, und lachte. Natürlich! Irgendwann im Lauf der Nacht hatte er mit Gwynneth den Weg hier heraus gefunden, einer Waliserin. Sie war eine der Mägde und hatte ihn wissen lassen, daß er für ein Entgelt ihr Bett teilen konnte. Er hatte vergessen, nach dem genauen Betrag zu fragen, aber da Gwynneth schon wieder ihren Pflichten nachging, legte er zehn Schilling unter das dünne, fadenscheinige Kopfkissen. Das war es durchaus wert gewesen. Er hatte letzte Nacht nichts weiter ausgegeben und gründlich seinen Spaß gehabt.

Er wusch sich und ging in sein eigenes Zimmer zurück, um ein sauberes Hemd anzuziehen. Dann stieg er gemächlich zur Küche hinunter, weil sich in dem Hotel niemand anders regte.

Gwynneth war bereits bei der Arbeit. Sie schälte Gemüse, und da es jetzt hell war, sah er, daß sich eine breite Narbe über ihr Gesicht zog, aber er äußerte sich nicht dazu. Arme Frau. Ihm fiel wieder ein, daß sie gesagt hatte, das gesamte Hotelpersonal bestünde aus Sträflingen, die aus ihren Heimatländern hierher deportiert worden seien. Die Köchin kam geschäftig herein und bestand darauf, ihm ein gewaltiges Frühstück mit Porridge und Eiern und einer großen Scheibe Fleisch zu servieren. Nach den monatelangen mageren Mahlzeiten auf der *Emma Jane* war das zuviel für ihn, aber er tat sein Bestes. Die beiden Frauen schienen alles über Sydney zu wissen und beantworteten eifrig seine Fragen.

Als er Boundys Hotel durch die Hintertür verließ, wußte er genau, wohin er wollte: zu den Sträflingsbaracken in der Nähe des Parks. Von dort wurden die Sträflinge zu der Arbeit geschickt, die man ihnen zugewiesen hatte. Er würde sich vor den Toren auf die Lauer legen – tagelang, wenn es sein mußte –, um zu sehen, was er über die Insassen herausfinden konnte.

Er ging eine lange Straße hinauf, die Sonne im Rücken, vorbei an Reihen von Läden, die Dublin alle Ehre gemacht hätten, und schaute in Lebensmittelgeschäfte, Pfandleihen und Wirtshäuser hinein. Er überquerte einen leeren Block, wo fette Kühe und Ziegen grasten, nickte Wäscherinnen zu, die ihre Körbe schleppten, und schlenderte weiter. Allmählich bekam er einen Eindruck von der Stadt. Er grinste vor sich hin. »Das ist doch keine Strafe hier.« Aber als er um die Ecke bog, kam er zum Gefängnis und dessen Galgen. Dort hing immer noch ein Toter, schwarz vor dem unschuldigen blauen Himmel.

»Oh Jesus Christus!« sagte er. Er hatte sich etwas vorgemacht, hatte sich von dem guten Wein, dem guten Essen und dem Geschäker mit den Mädchen benebeln, von der Schönheit von Port Jackson berauschen lassen, und jetzt das! Hier waren sie also auch, verseuchten dieses schöne Land wie zuvor schon Irland mit Galgen an den Kreuzungen als Warnung vor ihrer Grausamkeit. Er konnte die hohen Mauern der Kaserne und die Wachposten an den schweren Toren mit den Eisengittern sehen, und er konnte die Stimme von Dan Ryan hören, der ihn drängte, wieder wegzugehen, aber der Anblick des Galgens hatte seinen Zorn von neuem entfacht, und er war jetzt fest entschlossen, seine Landsleute zu finden.

Den ganzen Vormittag über saß er auf einer Bank auf der anderen Straßenseite, gegenüber von der Kaserne, sah zu, wie Trupps aneinandergeketteter Sträflinge vorbeischlurften, und musterte jedes Gesicht. Die Frauen hatten ihm erzählt, daß nur Arbeitstrupps, die hier tätig waren, in der Kaserne wohnten. Die meisten Sträflinge wurden weggeschickt und wohnten dort, wo sie arbeiteten.

Der Anblick der Männer, die in schweren Ketten mühsam die Stra-

ße entlangstapften, machte ihn wütend, aber er ließ sich nicht ablenken. Er konnte es sich nicht leisten, ein Gesicht zu übersehen. Gegen Mittag ritten zwei Zivilisten in die Kaserne, und nicht lange danach machte ein schwer beladener Rollwagen draußen vor den Toren halt. Die Pferde standen geduldig da und schlugen mit den Schwänzen nach Fliegen, während der Fahrer nervös herumfuhrwerkte, die Stricke festzurrte und die Abdeckplane überprüfte.
Etwa eine Stunde später kamen die beiden Zivilisten wieder heraus, gefolgt von zwei berittenen Soldaten. Pace beobachtete, wie sie auf die Straße einschwenkten und bei dem Rollwagen hielten. Zwei Männer, die die Straße entlangschlenderten, blieben stehen, um zuzusehen, was dort vorging.
»Wer ist dieser Kerl?« fragte Pace und zeigte auf den älteren Zivilisten, der elegante Kleider trug und eine Reitpeitsche unter dem Arm hatte. »Er sieht wie ein Soldat aus.«
»Das ist Major Mudie«, erwiderte einer der Fremden. »Ein Siedler und so reich wie der König, aber ein richtiger Teufel. Ein grausamer Mistkerl.«
»Friedensrichter ist er auch«, sagte der andere Mann. »Also legt man sich besser nicht mit ihm an.« Er spuckte auf den Boden, um seinen Abscheu deutlich zum Ausdruck zu bringen. »Er besitzt eine große Farm namens Castle Forbes. Der andere da bei ihm ist Larnach, Mudies Schwiegersohn und Vormann. Der ist auch nicht besser.«
Kurz darauf schwangen die Tore wieder auf, und vier Sträflinge mit kahlrasierten Stoppelköpfen wurden herausgeführt.
»Ha!« Einer der Fremden zeigte auf sie. »Schauen Sie! Mudie sucht sich die Besten aus. Er hat immer die erste Wahl. Gestern ist eine neue Gruppe angekommen.«
Pace war verwirrt. »Wieso das?«
»Mudie bezahlt Noble, den Oberaufseher, und darf sich als erster die Arbeiter für seine Farm aussuchen. Er nimmt nur Muskelpakete. Er läßt sie wie Pferde schuften, deshalb müssen sie groß und stark sein.«

Sie sahen zu, wie die Gefangenen zum Rollwagen gestoßen und ihre Ketten am Rückenbrett festgemacht wurden. Der Fahrer sprang auf seinen Sitz und ließ die Peitsche knallen. »Rauf mit euch!«
Mudie ritt an der Spitze der kleinen Kavalkade los, und der Rollwagen setzte sich ruckartig in Bewegung. Die schweren, eisenbeschlagenen Räder knarrten, und die Sträflinge hinten drin wurden nach vorn gerissen. Die Soldaten schienen es nicht eilig zu haben. Sie zügelten ihre Pferde und unterhielten sich noch mit den Wachposten, während Larnach lostrabte, um zu Mudie aufzuschließen.
Pace starrte die Gefangenen an, und als sie näher kamen, erkannte er das Falkengesicht von Jack Drew, dem Mann, der dem Kapitän die Meinung gesagt hatte. Den Mann neben ihm konnte er nicht erkennen, aber auf der anderen Seite war ein Gefangener, der wie O'Meara aussah. Er trat auf die Straße, um einen besseren Blick zu haben, und sah Brosnan. Er rannte nach vorn. »He, Brosnan! Wo bringen sie euch hin?«
Brosnan sah ihn erstaunt an, trat einen Schritt zur Seite und stieß O'Meara an. Er zeigte auf Pace.
O'Mearas Bullenkopf kam hoch. Sein Gesicht war voller Zorn. »Erin go Breagh!« rief er trotzig.
Larnach hörte den Ruf, wirbelte sein Pferd herum und kam im Galopp zurück. Er zog eine Reitpeitsche aus dem Sattel. Mit einem Knall wie von einer Pistole zischte die Peitsche durch die Luft und schnitt in O'Mearas Rücken, wo sie eine blutige rote Linie über das grobe Hemd zog.
»Du Mistkerl!« rief Pace. Seine Reaktionen waren so schnell wie eh und je; zu schnell für Larnach. Er packte die Reitpeitsche. »Du dreckiges Schwein«, brüllte er, zog die Peitsche herunter und den Mann mit ihr. Er ließ seine Faust ins Gesicht des Reiters krachen. »Behalt deine verdammte Peitsche bei dir!«
Inzwischen waren sie alle über ihm, die Soldaten und die Wachposten, während Larnach wüste Beschimpfungen ausstieß. Schwere Stiefel traten und stießen ihn, und als sie ihn wegschleiften, brüllte O'Meara ihm nach: »Du bist ein verdammter Idiot, MacNamara!«

Er lag übel zugerichtet und zerschlagen in einer Zelle. Ein Auge war zugeschwollen, und in seinem Unterleib tobten unerträgliche Schmerzen. Die Zelle war fensterlos und dunkel, aber der Steinboden war trocken. Er tastete sich an den Wänden entlang, entdeckte nur neue schmerzende Stellen an seinem Körper und fragte sich benommen, warum er sich die Mühe machte. Er ließ den Kopf wieder auf den kalten Boden sinken. Jede Bewegung war eine Einladung an weitere Schmerzen. Das geht vorbei, sagte er sich, du mußt nur eine Weile ruhig liegenbleiben. Dicht bei seinem Gesicht ging eine Tür auf, und ein Krug mit Wasser und ein Stück Brot wurden auf den Boden gestellt. Er trank ein paar kleine Schlucke von dem Wasser, ließ das Brot jedoch liegen. Schon beim bloßen Gedanken an Essen überliefen ihn Wellen der Übelkeit. Es war kein Laut zu hören und kein Licht zu sehen, und er war dankbar; nichts würde seine Kopfschmerzen erneut aufflackern lassen. Ein Segen.

Er rappelte sich hoch. Seine Knochen knirschten und seine Muskeln waren völlig unnachgiebig, wie ausgetrocknete Stricke. Er bereute es nicht, Larnach geschlagen zu haben, und grinste, als er sich erinnerte, daß der verrückte O'Meara ihn einen verdammten Idioten genannt hatte. Typisch für diese Trottel; sie fochten gern ihre Privatfehden aus, diese Burschen, im Kampf waren sie nie zu viel zu gebrauchen – keine Disziplin –, aber sie hatten eine Menge Kampfgeist, und ihr Herz schlug für Irland.

Zumindest wußte er jetzt, wohin zwei von ihnen kamen, wenn er sich auch nicht allzu sicher war, was aus Pace MacNamara werden würde. Er nahm an, daß die große alte britische Justiz selbst in der Kolonie eine gewisse Geltung haben mußte. Sie hatten kein Recht, ihn ohne Gerichtsverfahren einzusperren, und das hier war ohnehin kein anständiges Gefängnis, sondern eine Kaserne. Hier hatten sie die gleichen Tricks drauf wie zu Hause; Gefangene wurden in Militärkasernen gebracht, wo die allgemeinen Gesetze des Rechtssystems kaum etwas galten. Der einzige Unterschied war, daß es sich jetzt um eine Sträflingskaserne handelte. Früher oder später würde er wieder auftauchen müssen, versuchte er sich einzureden. Sie würden ihn freilassen oder vor Gericht stellen müssen, und dann hätte er eine Menge zu sagen.

Oben in seinem Amtszimmer kaute Captain Noble an seinen Knöcheln. Er wußte nicht, wer der Gefangene war, und es würde gefährlich sein, ihn zum Verhör nach oben zu bringen; es gab zu viele Augen in der Kaserne, und die Sträflinge hatten Drähte zu Freunden in der Außenwelt. Je eher Mudie den Burschen aus der Kaserne herausholte, desto besser. Irgendjemand würde bestimmt nach ihm suchen.

Er hatte recht. Palmerston und Katrin Boundy suchten ihn überall. Es stellte sich heraus, daß er bis zum Morgen mit Ruby und Gwynneth in der Unterkunft der Bediensteten getrunken hatte und schließlich in Gwynneths Bett gelandet war. Mrs. Boundy war wütend, hatte bis jetzt aber noch keine Strafen verhängt. Als sie unter sich waren, tratschten die Mädchen, daß Mrs. Boundy selbst ein Auge auf den Iren geworfen hatte, während es offensichtlich war, daß Roley Palmerston ihr gern den Hof gemacht hätte.

Einige Angehörige des Personals dachten, daß MacNamara vielleicht in den Rocks-Distrikt gegangen und ermordet worden war, aber Ruby sagte, dazu sei er zu schlau. Da sich Katrin mit der örtlichen Polizei gut stand, durchsuchten sie das Gebiet, fanden jedoch keine Spur von ihm.

Tage später erinnerte sich Palmerston an William Macarthur und wartete draußen vor den Geschäftsräumen der Australischen Landwirtschaftsgesellschaft, bis der Siedler kam.

»Könnte ich Sie wohl einen Moment sprechen, Sir?«

»Kenne ich Sie?«

»Ich bin der erste Offizier auf der *Emma Jane*, Sir. Sie haben meinen Freund MacNamara eingestellt. Er sollte bei Ihnen mit den Pferden arbeiten.«

William nickte. »Das ist richtig. Und ich stehe für mein Wort ein. Wo ist er?«

»Er wird vermißt, Sir. Wir können ihn nicht finden.«

William zuckte die Achseln. »Tja, das wär's dann wohl«, sagte er und stieß die Tür zu einem düsteren Treppenhaus auf, das zum Sitzungssaal hinaufführte.
»Nein«, beharrte Palmerston. »MacNamara ist ein guter Mann. Ihm ist bestimmt etwas zugestoßen.«
William stieg weiter die Treppe hinauf, und Palmerston rief ihm enttäuscht hinterher: »Es ist Ihr Verlust, Mister.«
»Man kann nichts verlieren, was man nie hatte«, sagte William tadelnd, aber Palmerston wußte, daß er den Köder geschluckt hatte und daß seine Neugier wach geworden war. »Pace MacNamara wird vermißt, Sir! Er wollte diesen Job bei Ihnen haben!«
»Aber was kann ich tun?«
»Sie kennen seinen Namen und wissen, wie er aussieht. Sie könnten behaupten, daß er einer Ihrer Angestellten ist. Sie könnten Nachforschungen anstellen, wo ich es nicht kann.«
»Na schön, ich werde mich mal umhören. Wo kann ich Sie finden, wenn ich etwas erfahre?«
»Im Nelson Hotel in der King Street.«
»Ah ja. Der Laden vom armen alten Boundy. Jetzt muß ich wirklich gehen.«
Zwei Wochen später lief die *Emma Jane* mit Getreide und Wolle aus Port Jackson aus. Allen an Bord vom Kapitän abwärts tat es leid, daß sie ohne Nachricht von MacNamara in See gehen mußten, aber Katrin Boundy hatte versprochen, die Suche fortzusetzen. Der Bootsmann schien zu glauben, daß man Pace überfallen und seine Leiche ins tiefe Wasser des Hafenbeckens geworfen haben mußte, und Palmerston neigte voller Bedauern zur gleichen Ansicht.
Aber Pace MacNamara wurde eines späten Abends vor einen Friedensrichter gebracht, der mit Mudie befreundet war, und für sechs fette Lämmer von Mudies Farm wurde er der tätlichen Beleidigung für schuldig befunden und zu vierzehn Jahren Zwangsarbeit verurteilt, abzuleisten im Gefängnis von Bathurst.

12. Kapitel

Nachdem er den Forrests entkommen war und sich vergewissert hatte, daß ihre Habseligkeiten sicher untergebracht waren, gelang es Jasin, eine Kutsche zu finden. Diese sollte sie zum Wilkin House hinausbringen, das sich, wie er dem Fahrer erklärte, an der South Head Road befand.
»Das kenne ich«, sagte der Fahrer. »Jimmy Wilkins' Haus.« Jasin war überrascht. »Ich war der Meinung, es würde Mister John Horton gehören.«
»Jetzt ja. Er hat die Tochter geheiratet, als der Alte abgekratzt ist.«
Jasin ignorierte ihn und half Georgina in die Kutsche. »Es ist unverständlich, daß Horton nicht hier ist, um uns abzuholen. Dafür muß er einen triftigen Grund haben.«
»Das finde ich auch. Es ist sehr beunruhigend. Er hätte uns wenigstens eine Kutsche schicken können. Vielleicht sollten wir in ein Hotel gehen.«
»Das wäre hinausgeworfenes Geld. Immerhin hat Horton uns eingeladen. Da können wir auch zu ihm hinfahren. Nach diesem stinkenden Schiff ist eine Ausfahrt jetzt genau das Richtige für uns.«
Sobald sie die Stadt hinter sich gelassen hatten, wurde die Straße zu einer Wagenspur, und fremdartige, schlanke Bäume mit hohem, gesprenkeltem Laub beherrschten die Landschaft. Dahinter lagen kleine Farmen und Hütten, die in der Mittagshitze verlassen wirkten. Außer dem rhythmischen Hufgetrappel der Pferde und dem Knarren der Räder war es still; so gut wie kein Lufthauch regte sich.
Jasin ging vieles im Kopf herum. Er war jetzt gezwungen, sich mit dem Problem zu befassen, wie sie die nächsten paar Jahre in der Kolonie leben sollten, bevor sie nach London zurückkehrten. Georginas Erbschaft war alarmierend geschrumpft, und er wußte,

daß er keine weitere Unterstützung von seinem Vater zu erwarten hatte.
Abgesehen von der Möglichkeit, sein Glück in Spielklubs zu versuchen oder auf die Pferde zu setzen, hatte Jasin keine Ahnung, was er tun könnte, um Geld aufzutreiben, aber er war optimistisch. Zumindest lagen seine Schulden in London weit hinter ihm. Er erinnerte sich an Hortons Briefe, in denen es geheißen hatte, daß viele Leute in New South Wales große Vermögen gemacht hätten. Jetzt dachte er, daß es nur darauf ankam herauszufinden, wie sie es angestellt hatten.
Sie kamen an einigen ziemlich stattlichen Häusern vorbei, die ein gutes Stück von der Straße entfernt lagen, und als sie um eine Ecke bogen, sahen sie ein großes Haus in einer sehr ansprechenden Gartenanlage.
»Ist es das?« rief er dem Fahrer zu. Der schüttelte den Kopf. »Nein, noch ungefähr eine Meile.«
Jasin nahm Georginas Hand. Ihre Mäkelei störte ihn nicht; er war ganz ihrer Meinung. Er glaubte, daß sie etwas Besseres verdient hatte, als er ihr bis jetzt hatte bieten können. Tatsächlich war es anständig von ihr gewesen, überhaupt in die Kolonie mitzukommen, obwohl sie so ehrlich gewesen war zuzugeben, daß ihre einzige andere Möglichkeit darin bestanden hätte, zu ihrer Mutter in Sussex zurückzukehren. Ihr Elternhaus war ein freudloser Ort, wo Georginas Mutter fortwährend um irgendeinen fernen Verwandten trauerte. Manchmal fragte er sich, ob sie die schwarzen Vorhänge in diesem Haus jemals abnahm.
»Da wären wir«, rief der Fahrer und sprang ab, um ein Tor zu öffnen.
Georgina holte ein winziges Parfümfläschchen heraus und betupfte ihr Gesicht mit einem zarten Spitzentaschentuch. »Ich muß schrecklich aussehen«, sorgte sie sich, aber Jasin widersprach. »Du siehst einfach großartig aus, meine Liebe.«
Die Kutsche folgte einer gewundenen Auffahrt zwischen wuchernden Bäumen hindurch zum Haus. Es war das seltsamste Haus, das

Jasin je gesehen hatte, aus Stein erbaut wie die große Hütte eines Arbeiters, aber aus ziemlich ansehnlichem sandfarbenem Stein, und auf allen Seiten von einer breiten Veranda geschützt.

Eine Frau kam aus der offenen Haustür gestürzt und eilte die Treppe hinunter. »Die Heselwoods! Meine Güte, Sie müssen die Heselwoods sein!«

Jasin verbeugte sich und schenkte ihr sein charmantestes Lächeln, und die Frau kicherte. Ihre Locken tanzten. »Oh wie furchtbar! Ich meine ... John ist nicht da!«

Jasin drehte sich um und half Georgina beim Absteigen. Die Erkenntnis, daß Horton nicht hier war, brachte ihn aus dem Gleichgewicht, aber er konnte es sich nicht leisten, seine Pläne zu diesem Zeitpunkt zu revidieren. »Ich nehme an, wir haben es mit der Dame des Hauses zu tun, Missis John Horton?«

»Oh ja, ich bin Vicky. Kommen Sie doch herein. Es tut mir so leid. Ich hatte Sie nicht so früh erwartet.«

Georgina raffte ihre Röcke und folgte ihr die Treppe hinauf. »Ich hoffe, wir bereiten Ihnen keine Unannehmlichkeiten, Missis Horton. Es stimmt, unser Schiff ist eher angekommen als geplant ...«

»Und es war niemand da, um Sie abzuholen!« fiel ihr Vicky ins Wort. »Das ist schrecklich. John wird sehr ärgerlich sein.«

»Macht ja nichts.« Jasin stellte erleichtert fest, daß das Innere des Hauses ziemlich erfreulich aussah.

Vicky führte sie durch breite, kühle Flure zu ihrem Zimmer, wobei sie die ganze Zeit redete, und Jasin warf Georgina einen verstohlenen Blick zu. Es war für sie beide das erste Mal, daß eine Gastgeberin sie persönlich zu ihrem Zimmer gebracht hatte, und sie waren peinlich berührt.

»Ich habe so viel von Ihnen gehört«, sagte Vicky. »Ich konnte es gar nicht erwarten, Sie kennenzulernen, Jasin. Sie haben doch nichts dagegen, daß ich Sie Jasin nenne?«

»Keineswegs«, murmelte er.

»John hat mir so viel von eurer gemeinsamen Schulzeit erzählt, und wieviel Spaß ihr hattet. Eines Tages wird er mich nach London mitnehmen. Und Georgina, er hat gesagt, Sie seien der Mittelpunkt der Londoner Gesellschaft. Oh, ich bin ja so aufgeregt! Er sagte, Sie seien das schönste Paar in der ganzen Stadt, und das sind Sie auch, da bin ich sicher.« Sie stieß die Tür auf und lief hinein, um die Vorhänge aufzuziehen.

Ein Himmelbett aus Mahagoni beherrschte den langen Raum, und französische Fenster gingen auf die Veranda hinaus. Ein dicker, moosgrüner, quadratischer Teppich bedeckte einen großen Teil des Bodens, und am anderen Ende des Zimmers standen weiche Polstersessel.

»Ich hoffe, das Zimmer ist Ihnen genehm«, rief Vicky. »Wenn Sie etwas brauchen, fragen Sie einfach. Oh, ich komme mir so dumm vor, daß ich nicht auf Sie vorbereitet bin!«

»Und ich komme mir wie ein Zirkuspferd vor«, flüsterte Jasin Georgina zu, aber sie weigerte sich, seine Bemerkung zur Kenntnis zu nehmen. Sie stand steif da und wartete darauf, daß Vicky sich zurückzog. Jasin konnte fast hören, wie ihr Fuß auf den Boden pochte.

Aber schließlich war Vicky im Begriff zu gehen. »Ich werde Ihnen Ihr Gepäck bringen lassen. Und Sie können es bestimmt kaum erwarten, endlich eine Tasse Tee zu bekommen. Kommen Sie einfach in den Salon, wenn Sie soweit sind.« Sie machte die Tür behutsam hinter sich zu.

Georgina schleuderte ihren Hut aufs Bett. »Also wirklich! Was für eine Person! Ich dachte zuerst, sie wäre die Haushälterin. Aber sie ist Hortons Frau. Seine Mutter wird Zustände kriegen.«

»Nun, sie scheinen nicht gerade arm zu sein, nach diesen Möbeln zu urteilen«, meinte Jasin.

»Nein«, erwiderte Georgina. »Um die Wahrheit zu sagen, dieses Bett sieht so einladend aus, daß ich es vorziehen würde, hier drin Tee zu trinken, aber unsere Gastgeberin bringt es fertig und gesellt sich zu uns.« Sie setzte sich aufs Bett und bewunderte die mollige Daunendecke und die Kissen in ihren weißen Bezügen, die mit feinen Spitzen besetzt waren. »Ihr Bettzeug ist wirklich exquisit, das muß ich sagen. Und das Zimmer ist sauber. Nirgends auch nur ein Stäubchen.«

»Ja, nach diesem furchtbaren Schiff ist das so eine Wohltat, daß ich John fast vergeben kann, daß er uns nicht abgeholt hat. Ich möchte wissen, wo er ist.«

»John ist draußen auf unserem Gut im Hunter Valley«, erklärte Vicky beim Tee. Sie schob ihnen ein Tablett mit belegten Broten hin. »Sie müssen ja fast umkommen vor Hunger.«

Auf warmes Teegebäck mit Marmelade und dicker Sahne folgten Schüsseln mit Pudding und eine Reihe von Kuchen, bei denen ihnen das Wasser im Mund zusammenlief.

Jasin aß reichlich, zum Entzücken seiner Gastgeberin. Er erklärte, daß es so eine Abwechslung sei, nach dem ekelhaften Zeug, das sie auf dem Schiff hätten ertragen müssen, etwas Anständiges zu essen zu bekommen.

Zwei Dienstmädchen umsorgten sie mit übergroßer Aufmerksamkeit, schenkten Tee nach und räumten Teller ab, und Georgina mußte sich alle Mühe geben, keine Miene zu verziehen, als Vicky sie vorstellte. »Das ist Lettie, und das ist Bridie. Sie werden sich um Sie kümmern, falls Sie etwas brauchen sollten.«

Die Mädchen nickten und lächelten, und Georgina, die Jasin überrascht blinzeln sah, war höchst amüsiert. Sie bemerkte, daß sie jetzt gerade zum ersten Mal seit ihrer Abreise aus London auch nur ansatzweise guter Laune war. Vielleicht würde dieser Abstecher in eine Kolonie schließlich doch nicht so schlimm werden.

»Was glauben Sie, wann er heimkommen wird?« fragte Jasin. »In ein oder zwei Tagen, denke ich«, sagte Vicky. »Sonst werde ich einen Boten zu ihm schicken müssen, um ihn wissen zu lassen, daß Sie hier sind. Aber Sie werden doch noch so lange warten, nicht wahr?«

»Wenn es nicht zuviel Mühe macht«, erwiderte Georgina.

»Wie weit ist dieses Gut entfernt?« Jasin war immer noch durcheinander. »Haben Sie da einen Bauernhof?«

»Nein, eine Tierfarm. Chelmsford. Eine Schafzucht. Mein Vater hat sie gekauft, aber er mochte den Busch nicht besonders. Er hat sein Wirtshaus und all seine Freunde vermißt.«

Jasin hustete. »Ihr Vater hat ein Hotel besessen?«

»Ja, da hat er John kennengelernt. Er hat jemand gesucht, der Chelmsford für ihn verwaltet, und John hat das übernommen.«

»Horton leitet eine Schaffarm?« Jasin war erstaunt.

»Oh ja, mein Wort. Sie ist jetzt viel größer, hat ein paar tausend Schafe. Sie macht sich außerordentlich gut. Nach unserer Heirat haben John und ich zunächst dort gelebt, aber als mein Vater starb, sind wir hier eingezogen. Es war wirklich traurig. Daddy wollte immer ein Haus wie dieses haben, aber er starb, bevor es fertig war. Wir haben das Hotel verkauft und einen Verwalter auf die Farm geschickt. In letzter Zeit hatten wir aber ein paar Schwierigkeiten mit den Verwaltern. Deshalb ist John jetzt da draußen.«

»Und wo ist das Gut?«

»Im Hunter Valley, rund hundert Meilen nördlich von hier«, antwortete Vicky. »Jetzt wüßte ich gern, ob Sie mich für eine Weile entschuldigen würden. Ich habe ein paar Dinge zu tun. Fühlen Sie sich einfach wie zu Hause. Wäre es Ihnen recht, wenn wir das Dinner um acht nehmen würden?«

»Ja, natürlich«, sagte Georgina und dachte an das weiche, einladende Bett. Sie würde den ganzen Nachmittag bequem ruhen. Jasin ging auf die Veranda hinaus, und Georgina folgte ihm. »Na, was soll man nun von alldem halten?« fragte Jasin, aber Georgina legte den Finger auf die Lippen. Alle Fenster waren geöffnet, und es konnte sein, daß jemand hörte, was sie sagten. Sie schlenderten bis zur Treppe am anderen Ende. »Ich werde einen Spaziergang zum Tor hinunter machen«, erklärte Jasin. »Mir ein bißchen die Beine vertreten. Willst du mitkommen?«

»Nein danke, ich werde mich hinlegen.« Sie sah zu, wie er sich auf den Weg machte, und als sie sich umdrehte, fiel ihr Blick in ein komfortables kleines Wohnzimmer. Überrascht sah sie Vicky dort an einem Schreibtisch gleich neben der Tür sitzen und arbeiten. Vicky schaute auf und lächelte. »Ich arbeite gern hier, weil ich von hier aus das Tor sehen und nach John Ausschau halten kann, wenn er heimkommt.«

Beim Frühstück am nächsten Morgen war Jasin gelangweilt und unruhig. Georgina war im Bett geblieben; sie behauptete, sie sei erschöpft, und so saß er Vicky am Tisch allein gegenüber. Er hatte ihr Geschwätz satt und ärgerte sich über die unmögliche Mahlzeit aus Beefsteak und Eiern, die jetzt vor ihm stand.
Er konnte sich nicht vorstellen, was Horton bewogen haben sollte, so eine gewöhnliche Person zu heiraten, außer natürlich, es war wegen des Geldes. Aber selbst dann schien es eine verzweifelte Maßnahme zu sein. Georgina hatte ihm erzählt, daß die Hortons der Frau zufolge offenbar glücklich verheiratet waren, aber warum sollte sie nicht glücklich sein? Horton war ein Gentleman und ein feiner Kerl obendrein. Ein guter Fang für sie. »Reiten Sie, Jasin?« fragte sie und störte ihn damit wieder in seinen Gedanken.
»Ja, in der Tat.«
»Nun, wenn Sie nichts anderes vorhaben, warum nehmen Sie dann nicht eins der Pferde und reiten aus? Dann fühlen Sie sich bestimmt gleich viel besser.«
Er funkelte sie an. Wie konnte sie es wagen, ihn so gönnerhaft zu behandeln! Aber die Aussicht, für eine Weile wegzukommen, versöhnte ihn. »Das ist eine ausgezeichnete Idee. Ich werde mich umziehen gehen.«
Vicky machte sich auf den Weg in die Küche. »Ich sage Fred, er soll Dossie satteln. Sie kennt sich hier aus.«
Jasin knirschte mit den Zähnen. Selbst wenn Horton zurückkam, sah er nicht, daß sie hier bleiben würden, aber das Problem war, wo sie als nächstes hinsollten. Er beschloß, Georgina nichts von seinen Überlegungen zu sagen, aber sie hatte selbst ein paar Enthüllungen für ihn. »Jasin, ich hatte einen ganz schrecklichen Morgen. Diese beiden Dienstmädchen haben mein Frühstück hereingebracht. Sie scheinen hier überall nach Belieben ein und aus zu gehen. Und hör zu.« Sie senkte ihre Stimme zu einem Flüstern. »Sie sind weibliche

Sträflinge, das haben sie mir selbst gesagt. Sie sind von Gott weiß woher hierher transportiert worden, und das geben sie auch noch ganz offen zu! Und als ob das noch nicht genug wäre: Alle Bediensteten hier sind Sträflinge!«

Er zog sich so rasch wie möglich um. Er hatte keine Erklärung für die seltsamen Angestellten; er sagte nur, daß sie in seinen Augen harmlos wirkten.

»Es kommt noch besser«, fuhr Georgina fort. »Der arme Horton ist draußen in der Wildnis, wo es wilde Eingeborene gibt, wie diese Dienstmädchen sagen, und Hunderte von Straßenräubern, alles Flüchtlinge aus den Gefängnissen. Sie sagen, Missis Horton macht sich die ganze Zeit Sorgen, wenn er weg ist, daß er umgebracht werden könnte.«

»Meine liebe Georgina«, meinte er gedehnt, »seit wann hörst du auf das leere Geschwätz von Bediensteten?« Er nahm seine Reitgerte und ging hinaus, aber als er die Tür schloß, war es, als ob er damit unüberwindliche Probleme einsperrte. Er war sich jetzt ganz und gar bewußt, wie tollkühn diese plötzliche Entscheidung gewesen war, nach New South Wales zu reisen, und er war wütend auf Horton, weil die Idee von ihm stammte. Er war auch wütend auf seinen Vater, dem er die Schuld an seiner mißlichen Lage gab. Es war sein Vater gewesen, der darauf bestanden hatte, daß er in Harralds Regiment eintrat, aber im Gegensatz zu seinem Bruder haßte Jasin das Leben beim Militär; er konnte es nicht ertragen, die ganze Zeit herumkommandiert zu werden. Also quittierte er den Dienst. Das hatte bei seinem Vater einen Wutanfall hervorgerufen, gefolgt von Beschuldigungen, daß Jasin in London ein unnützes Leben führe und in seinem Club zuviel Geld ausgebe. Aber was gab es denn sonst? Kein Heselwood konnte daran denken, einen Beruf auszuüben. Und wenn in den Schatztruhen der Familie nicht genug Geld war, um die drei Söhne zu unterstützen, dann war das nicht seine Schuld. Er konnte keinen Sinn darin sehen, im Moor House zu leben, da der älteste Sohn Edward schon bald den Titel und das Anwesen bekommen würde.

Alles sehr schön, dachte Jasin, so zu leben, wie es seiner gesellschaftlichen Stellung entsprach, aber keiner hatte ihm erklärt, wie das ohne Geld gehen sollte, außer indem man eine reiche Frau heiratete. Er hatte wieder rebelliert, indem er Georgina zur Frau nahm, die nicht viel Mitgift, sondern nur einen großen Namen zu bieten hatte, und er bereute dies nicht, aber es hatte seinen Vater noch weiter von ihm entfremdet.

Jetzt machte er sich Sorgen, daß Horton in Gefahr sein mochte, und gab seiner Familie an allem die Schuld. Es war ihr Fehler, daß er in einer derart mißlichen Lage war.

Er ging um den Hof herum und machte sich auf den Weg zu den Ställen. Wenn sein Vater starb, würde Edward alles bekommen.

»Oh Gott«, stöhnte er und betete, daß John Horton in Sicherheit war. Auf ihn war Verlaß, wenn es um ein Darlehen ging, falls sich die Situation verschlimmerte – und das würde gewiß so kommen. Es war erst zehn Uhr, aber er hätte sonst etwas für einen Whisky gegeben. Seine Nerven waren ruiniert. Die Monate auf See waren anstrengend gewesen. Er war verzweifelt und gereizt.

Als er das gesattelte Pferd sah, das für ihn bereitstand, wurde er wütend. Es war ein unscheinbarer Gaul, dickleibig und absolut lethargisch, ein Pferd für Matronen. Wenn das Mrs. Hortons Meinung von seiner Erfahrung mit Pferden war, dann würde sie diese wohl ändern müssen. Er marschierte an dem Stallburschen vorbei, blieb bei jeder Box stehen und prüfte sämtliche Pferde.

»Wer ist das?« fragte er und zeigte mit der Reitgerte auf einen lebhaften schwarzen Araber mit einer Blesse auf der Stirn.

»Das ist Prince Blue, Sir«, sagte der Stallbursche.

»Sattle mir den.«

Der Stallbursche duckte sich. »Das ist das Pferd der Missus, Sir.«

»Wirklich? Er könnte bestimmt ein bißchen Bewegung brauchen.«

»Missus Horton mag's absolut nicht, wenn jemand anders ihr Pferd reitet«, widersprach der Mann, während das Pferd geräuschvoll stampfte und schaubte, weil es eine Gelegenheit witterte.

»Unsinn.« Jasin ging weg. »Sattle ihn und bring ihn hier raus.« Auf der Straße fühlte er sich endlich frei. Eine kühle Brise kam auf, die den scharfen Geruch von Eukalyptus mitbrachte. Er fand ihn seltsam, aber nicht unangenehm. Ein eher reinigender Duft. Er ließ das Pferd in einen stetigen leichten Galopp fallen, entzückt von seinem leichten Gang, und tätschelte es anerkennend. An einer Kreuzung wandte er sich landeinwärts und ließ dem Pferd die Zügel schießen. Prince Blue galoppierte begeistert los, schoß nach vorn, und Jasin lachte und feuerte ihn an. »Du bist zu gut für eine Frau«, rief er. Das war ein Pferd, das er gern sein eigen nennen würde. Er zügelte es zu einem langsamen Trab und folgte den sandigen Straßen, um die Landschaft kennenzulernen.

Beim Lunch konnte er sehen, daß Vicky nicht erfreut war, daß er Prince Blue geritten hatte, aber sie äußerte sich nicht dazu, weil sie Hortons Gäste offensichtlich nicht verstimmen wollte.

Deshalb tat Jasin so, als sei es selbstverständlich, daß er Prince Blue von nun an jeden Morgen reiten konnte.

Die nächsten paar Tage ritt Georgina mit. Sie akzeptierte Dossie bereitwillig, obwohl sie selbst eine gute Reiterin und an bessere Pferde gewöhnt war. Einmal bat sie Jasin aber doch, sie eine Zeitlang Prince Blue reiten zu lassen.

»Ich habe ihn zuerst gesehen, meine Liebe«, lachte er. »Du wirst lernen müssen, früher aufzustehen.«

Am Samstag ritt Jasin allein, weil es nach Regen aussah. Es war seine einzige Ausrede, um von dem langweiligen Haushalt wegzukommen. Da Horton täglich zurückerwartet wurde, hatten sie alle Pläne aufgeschoben, die Stadt zu erkunden.

An einem imposanten Tor weiter unten an der Straße wurde er von Hortons Nachbar Lachlan Cormack angesprochen. »Sie müssen Mister Heselwood sein, Kommen Sie doch rein und sagen Sie meiner Frau guten Tag.«

Jasin fand diesen Mangel an Förmlichkeit befremdlich, aber da er nicht viel Besseres zu tun hatte, stieg er ab und ging die Auffahrt zum Cormack House hinauf, einem zweistöckigen Herrenhaus,

das einen großartigen Blick auf die See hatte, wie er feststellte, als sie zur Rückseite des Hauses gingen.
Mrs. Cormack war eine ruhige, verschlossene Person, aber sie nahm ihn für sich ein, indem sie gekühlten Weißwein herausbrachte, sogar zu dieser Stunde, um ihre Begegnung zu feiern. Sie waren beide Schotten, hörte er, die vor guten zehn Jahren nach New South Wales gekommen waren, um in Schafe zu investieren. Jasin schätzte, daß sie jetzt in den Vierzigern sein mußten, und war fasziniert davon, daß dieses Geschäft mit den Schafen so lohnend zu sein schien, aber er konnte sie nicht gut danach fragen. Außerdem interessierten sie sich sehr für Neuigkeiten aus der alten Heimat.
»Möchten Sie nicht den Lunch mit uns nehmen?« fragte Mary Cormack, aber Jasin lehnte ab.
»Dann ein andermal«, schlug Cormack vor. »Sie müssen Ihre Frau mitbringen und mit uns zu Abend essen, wenn Horton wieder da ist.«
Jasin stimmte zu. Er dachte, daß sich in letzter Zeit alles um Horton zu drehen schien.
Nachdem er das Haus der Cormacks verlassen hatte, ritt er weiter, aber auf dem Rückweg ließ ein jäher Regenschauer den Staub tanzen, und ein Blitz zerriß den sich verfinsternden Himmel, gefolgt von dem lautesten Donnerschlag, den er je im Leben gehört hatte. Bei dem ohrenzerfetzenden Krach fuhr Jasin ängstlich zusammen, aber das Pferd warf nur ärgerlich den Kopf herum und trabte ruhig weiter. Ein paar Minuten später war der Himmel schwarz, und eine Regenwand hüllte sie ein, aber das Pferd galoppierte mit sicheren Beinen stetig dahin. Jasin war so beeindruckt von diesem robusten Pferd, daß er fest entschlossen war, es zu erwerben. Bei einer seiner Lobeshymnen auf Prince Blue hatte er bereits erwähnt, daß er ihn gern kaufen würde, aber Vicky hatte ihn nicht ernst genommen.
Durch die herabrauschenden Sturzbäche sah Jasin, daß zwei Arbeiter das Tor geöffnet hatten, und galoppierte an ihnen vorbei, froh, daß ihm diese unangenehme Aufgabe in der Nässe erspart blieb. Sie waren zwei rauh aussehende Burschen mit dicken Bär-

ten, die sich mit schräg herabhängenden Decken und triefenden Lederhüten vor dem Regen schützten. Im Vorbeireiten bemerkte er, daß Pakete an ihre Sättel geschnallt waren und daß Flinten in schweren Halftern an den Hälsen ihrer Pferde steckten, und fragte sich, ob diese Burschen vielleicht Banditen waren. Er glaubte zu hören, wie einer von ihnen ihm etwas zurief, zog es jedoch vor, nicht kehrtzumachen, falls sie gefährlich waren. Es war wohl besser, im Haus Alarm zu schlagen. Aber dann kam Vicky ohne Umhang oder Schirm wie eine Verrückte angerannt. Ihre nassen Locken klebten an ihrem Kopf, und Wasser lief ihr über das Gesicht. Er zügelte sein Pferd, aber sie rannte an ihm vorbei.
Der erste Reiter gab seinem Pferd die Sporen und trieb es die Auffahrt hinauf, bückte sich, um die triefend nasse Frau hochzuheben, und plazierte sie im Damensitz vor sich.
»Gütiger Himmel!« rief Jasin bei diesem Schauspiel.
Eine laute Stimme drang an sein Ohr: »Heselwood, du Schurke!«
Ungläubig sah Jasin, daß der Mann hinter dem lächerlichen Bart Horton war. Das waren unverkennbar die fröhlichen Augen des Dandys, den er einmal gekannt hatte.
»Bei meinem Leben«, rief er. »Bist du's?«
Horton streckte den Arm aus und packte seine Hand mit festem Griff, während sich Vicky überschwenglich an ihren Mann klammerte.
»Lieber Freund«, rief Horton durch den Regen. »Was für eine freudige Heimkehr.«

Der Haushalt der Hortons erwachte schlagartig zum Leben. Horton regierte mit gestutztem Bart und eleganter Garderobe, die er gegen die groben Kleider eingetauscht hatte, über Abendgesellschaften, Lunches, fröhliche Picknicks und spätabendliche Kartenspiele mit seinen Bekannten. Freunde und Nachbarn kamen aus dem ganzen Distrikt, um an den Festlichkeiten teilzunehmen und die Besucher aus England kennenzulernen. Horton zog sich jeden Morgen in sein Arbeitszimmer zurück, um sich mit seinen

Büchern zu beschäftigen und eine Prozession von Besuchern zu empfangen, die aus geschäftlichen Gründen kamen. Jasin sah Reiter, Boten, Agenten und Siedler zuversichtlich am Haupthaus vorbei zu Hortons Tür stapfen. Er fühlte sich ausgeschlossen.
Georgina genoß den Neid der Frauen in der Kolonie, die ihre überwältigenden Kleider bewunderten, und merkte, daß sie im Mittelpunkt der Aufmerksamkeit stand. Sie ließ sich sogar zu Gesprächen mit den Männern herab, von denen einige nur primitive Bauern waren, soweit Jasin erkennen konnte. Zu seinem Erstaunen waren Vicky und Georgina, die vor Hortons Rückkehr auf Kollisionskurs gewesen waren, nun unzertrennlich. Als er einmal schlecht gelaunt war, sprach er seine Frau daraufhin an, aber sie erwiderte nur gelassen: »Ist dir klar, mein Lieber, daß wir zum ersten Mal seit unserer Heirat völlig sorgenfrei leben? Wir haben weder unter Gläubigern noch unter kalten Zimmern zu leiden. Genieß es, Liebling. Der Tag der Abrechnung kommt bestimmt.«
»Ich weiß nicht, was ich dazu sagen soll.«
»Dann komm ins Bett«, kicherte sie, »und du brauchst überhaupt nichts zu sagen.«
»Georgina! Ich glaube, du bist beschwipst.«
»Wahrscheinlich.« Ihre Stimme kam aus dem warmen, weißen Bett.
»Horton hat sich verändert«, knurrte er, während er im Zimmer auf und ab ging. »Er ist nicht mehr der alte. Sitzt nur noch zu Hause herum, das ist das Problem. Weißt du, daß er Mitglied eines Clubs in Sydney ist und dort noch keinen Fuß hineingesetzt hat, seit er vom Land zurück ist?« Er schaute zum dunkelblauen Sternenhimmel hinauf. »Ich will damit sagen, er hätte einen zumindest vorstellen können. Ich habe einiges zu tun.«
»Was denn zum Beispiel, Liebling?«
»Nun, du weißt ja, ich bin ein guter Kartenspieler.«
»Da habe ich aber etwas ganz anderes gehört. Man hat mir erzählt, daß du neulich abends ordentlich gerupft worden bist.«

»Gerupft? Was meinst du damit? Wo schnappst du denn diese schrecklichen Ausdrücke auf?«

»Es hat etwas mit Schafen zu tun, soviel ich verstanden habe. Aber du weißt, was ich meine, Jasin. Du hast verloren, Liebling. Hier sind sie zu gut für dich. Nicht die leichten Opfer, die du vorzufinden geglaubt hast.«

»Und du ziehst es vor, das zu glauben?«

Georgina zog es vor, darauf nicht zu antworten. Als Jasin mit seinen Freunden im Devonshire Club in London gespielt hatte, war niemals auch nur ein Wort von den Resultaten nach außen gedrungen. Kein Gentleman behelligte die Damen mit unerquicklichen Einzelheiten. Aber über die Spiele in Hortons Haus wurde offen gesprochen. Alle interessierten sich dafür, selbst die Bediensteten. Und Jasin hatte gegen Horton und seine Freunde fortwährend den kürzeren gezogen. Sie wünschte jetzt, sie hätte nichts davon gesagt. Zuviel Wein hatte ihr die Zunge gelöst, und sie hatte ihn geärgert.

»Es ist ziemlich schwül«, sagte er. »Ich werde draußen noch eine Runde drehen, bevor ich schlafen gehe.«

Er atmete die würzige Nachtluft ein, schnaubte angewidert und beobachtete eine quiekende Fledermaus, die über den dunklen Himmel zu einem riesigen Feigenbaum flatterte. Man hatte ihm erklärt, daß diese Dinger Flughunde seien und keine Ziegenmelker, wie man sie in Europa fand, aber er zog dennoch den Kopf ein, als eine über das Haus hinwegschwirrte. Es war erst elf Uhr. Um diese Zeit herrschte in den Spielkasinos Hochbetrieb, und er saß hier herum und beobachtete Fledermäuse!

»Ha, Jasin! Ich dachte, du wärst zu Bett gegangen!« Horton kam mit schweren Schritten heraus und ließ sich auf einen Stuhl in der Nähe fallen. »Tolle Nacht!«

»Es ist eine großartige Nacht«, sagte Jasin. »Warum reiten wir nicht in die Stadt und versuchen unser Glück an den Tischen?« Horton schwieg, und Jasin wartete mit dem Gefühl, als hinge sein Leben von der Antwort ab, bis er es nicht mehr aushalten konnte. »Wie in den alten Zeiten«, drängte er. »Mal wieder auf die Pauke hauen.«

»Jasin, ich glaube, ich habe dich ein bißchen vernachlässigt. Hier draußen muß es verdammt langweilig für dich sein, aber ich spiele nicht mehr viel.«

»Aha! Dachte ich's mir doch, daß ich einen geläuterten Menschen vor mir habe.«

»Nicht ganz. Aber laß mich erklären. Das Spielen in den Clubs ist hier etwas ganz anderes als daheim. Der Zutritt zu den Clubs hängt von zwei Faktoren ab, vom guten Namen oder vom Geld. Ich meine, es gibt in und um Sydney herum nicht genug Gentlemen, die die Clubs tragen könnten, und aus diesem Grund haben sie die Mitgliedschaft auf einige erschreckende Typen erweitert.«

»Solange sie nicht falsch spielen ...« begann Jasin.

John unterbrach ihn. »Nein. Du verstehst nicht. Die Neureichen versuchen, die Gentlemen auszustechen, und sie spielen um hohe Einsätze. So hoch, daß ich da nicht mehr mitziehen kann. Total verrückt. Und sie spielen um Bargeld. Das sind keine Spiele für Gentlemen, da heißt es Scheine auf den Tisch. Stell dir vor, sie wollten nicht mal einen Schuldschein von mir nehmen, als ich zum ersten Mal dort war.«

»Verteufelt schlechte Manieren«, meinte Jasin. »Das ist ein ziemliches Problem, würde ich sagen. Ich hatte gehofft, mein finanzielles Polster an den Spieltischen aufbessern zu können.«

»Sei gewarnt. Du wärst ein willkommenes Opfer für diese Emporkömmlinge. Die haben Geld wie Heu. Sie würden dich herausfordern, privat weiterzuspielen. Es ist verdammt ärgerlich, aber die Clubs können nichts dagegen tun. Und überhaupt, darf ich mir die Freiheit nehmen zu fragen, wie dick dein Polster denn ist, alter Knabe?«

»Man könnte sagen, daß man ziemlich hart sitzt«, antwortete Jasin mit einem Grinsen. »Man muß wirklich bald mal irgendwas anpacken.«

»Da wäre immer die Möglichkeit, in Land zu investieren. Du könntest hier Tausende von Hektar jenseits der Gebietsgrenzen erwerben, und zwar für einen Pappenstiel.«

»Wenn ›jenseits der Gebietsgrenzen‹ das bedeutet, was ich glaube, Horton, mußt du den Verstand verloren haben.« Horton lachte. »Dann vergiß das Land. Du kennst doch den Gouverneur. Du solltest mit ihm sprechen. Vielleicht findest du eine Stelle in seinem Stab.«
Jasin starrte ihn an. »Jetzt glaube ich, daß du wirklich nicht ganz bei Sinnen bist. Erst willst du mich in den Dschungel abschieben, und dann schlägst du vor, daß ich in einer schäbigen Amtsstube hocke und vor diesem Parvenü krieche.«
Horton stand auf und ging mit großen Schritten über die Veranda. »Jetzt hör zu, Jasin, es ist an der Zeit, daß wir mal offen miteinander reden. Komm mit. Genehmigen wir uns einen Brandy.«
Sein Gast folgte ihm schmollend ins Haus. Horton war ziemlich bürgerlich geworden, aber gegen einen Brandy hatte Jasin nichts einzuwenden. »Wie wär's mit einer Runde Cribbage?« fragte er.
»Gern, aber eins nach dem anderen. Ich wollte dir erklären«, begann Horton, während er die Drinks einschenkte, »daß ich mein Leben hier ändern mußte, ob es mir paßte oder nicht. Jetzt bin ich froh darüber.«
»Erspar mir die Mär von dem rechtschaffenen Bürger, alter Junge, sonst kommen mir noch die Tränen. Missis Hortons Mitgift muß dir gerade recht gekommen sein.«
»Durchaus, das will ich gar nicht abstreiten, aber ich habe schwer gearbeitet und ich weiß, was ich tue. Also, ich habe jetzt einen Vorschlag für dich.«
»Was ist es denn diesmal?«
»Ich brauche einen Verwalter für die Chelmsford-Farm.«
»Willst du mir allen Ernstes vorschlagen, daß ich in diese Wildnis gehen und deine Farm leiten soll?«
»Ja. Du bist mein Freund, und ich biete dir an ...« Jasin zählte die Karten. »In Gottes Namen, Heselwood, sitz still und hör mir zu! Mein verstorbener Schwiegervater konnte die Farm nicht führen, weil er nicht lesen und schreiben konnte. Hier werden gebildete Männer gebraucht, um die großen Unternehmen zu leiten. Da

muß eine Menge Papierkram erledigt werden. Viele Siedler haben ihr Land verloren, weil sie sich mit den ganzen Verordnungen nicht auskannten. Man kann diese Farmen nicht so einfach aus der hohlen Hand leiten. Man muß Listen über die Vorräte und den Tierbestand anlegen, die Löhne auszahlen und ein Tagebuch führen, alles mögliche. Was glaubst du, warum ich dir geschrieben habe, daß du herkommen sollst? Ich möchte, daß du Chelmsford leitest, ich brauche dich – jemanden, dem ich vertrauen kann.«
Jasin schüttelte den Kopf. »Das ist alles zu absurd. Ich weiß die Ehre zu schätzen, aber nimm's mir nicht übel, das ist nichts für mich. Ich sag dir, ich komme um vor Durst. Das ist ein verdammt guter Brandy.«
»Willst du's dir nicht wenigstens überlegen?«
»Nicht in tausend Jahren. Da fahre ich lieber zurück nach London.«
»Mit eingezogenem Schwanz, und der Gerichtsvollzieher wartet schon?«
»Nun mal sachte!« rief Jasin. »Das ist ein bißchen unter die Gürtellinie.«
»Du hast recht. Verzeih mir, aber denk darüber nach. Das Angebot bleibt bestehen, bis ich einen Verwalter finde.«
»Was ist aus dem letzten geworden?«
»Er ist gestorben.«
»Woran? An einem Speer?«
Horton brach in Gelächter aus. »Du bist zum Schreien, Heselwood! Nein, er ist an einer Krankheit gestorben. Seine Frau bleibt noch eine Weile da, um sich um das Gehöft zu kümmern.«
»Seine Frau? Diese Seite der Sache hatte ich ganz vergessen. Horton, kannst du dir Georgina als Bauersfrau vorstellen?«
»Sei nicht albern. Du sollst ja kein Bauer werden. Und du hättest einen Vormann. Jetzt vergiß es einfach und laß uns Cribbage spielen.«
»Gute Idee. Ich bin noch kein bißchen müde.«

Als die Sonne den Anbruch des Tages verkündete, indem sie den fahlgrauen Himmel mit rosaroten Strahlen streifte, trällerten Elstern aus den hohen Bäumen. Vicky wachte auf und stellte überrascht fest, daß ihr Mann noch nicht ins Bett gekommen war. Sie zog ihren Morgenrock an und tappte zur Küche hinaus, wo das Gesinde bereits bei der Arbeit war, ging dann die Veranda entlang und genoß die frische, taufeuchte Luft. Kühe trotteten von der hinteren Koppel herbei, um gemolken zu werden, und über ihr jagte ein Schwarm weißer Kakadus dahin, die unterwegs waren, um die Kornfelder zu plündern.

Als sie sich den offenen Türen näherte, hörte sie die Ausrufe und das Gelächter der beiden Zecher. Sie warf einen Blick hinein und sah belustigt, daß der sonst immer so steife Heselwood nun unrasiert war und daß ihm sein blondes Haar übers Gesicht hing. Dann sah sie, wie ihr Mann schwankend aufstand und verkündete: »Noch ein Spiel, dann ist Feierabend.«

»Noch ein Spiel«, stimmte Jasin zu, und Vicky schlich sich davon.

Horton räumte das Markierbrett ab. »Warum spielen wir diesmal nicht um einen guten Einsatz?«

»Sicher«, meinte Jasin. »Aber worum wollen wir spielen?«

»Ein guter Einsatz ist mit Risiko verbunden«, sagte John.

»Aber wenn wir die Einsätze erhöhen und ich verliere, muß ich mir etwas von dir leihen, um dich zu bezahlen«, erklärte Jasin. »Weil du meinen Schuldschein nicht annehmen wirst«, fügte er hinzu, und sie johlten beide vor Lachen.

Horton schlug mit der Faust auf den Tisch, und Jasin setzte sich gerade hin. »Ja«, sagte er, »also zum Thema. Jetzt müssen wir uns wirklich einen guten Einsatz überlegen.« Sein Blick schweifte durch den Raum.

»Das Barometer«, schlug John vor. »Ich setze mein Barometer gegen ... was hast du anzubieten?«

»Ich will das verdammte Barometer nicht haben. Wir müssen dafür sorgen, daß sich das Spiel lohnt.«

»Ich weiß«, rief John und beugte sich vor, um Jasin etwas zuzuflüstern. »Vicky hat nächste Woche Geburtstag. Sie wollte schon immer ein Klavier haben. Du hast ein Klavier auf Lager. Wir spielen um dein Klavier.«
»Oho! Moment mal, das ist Georginas Klavier. Sie würde mir bei lebendigem Leibe die Haut abziehen.«
»Du warst mit einem hohen Risiko einverstanden«, forderte John ihn heraus. »Gibt es ein größeres Risiko, als lebendig abgehäutet zu werden?«
»Na, dann bilde dir bloß nicht ein, daß ich mich mit deinem verdammten alten Barometer zufriedengebe«, erwiderte Jasin.
»Was dann? Gegen das Klavier?«
»Gilt die Wette?« fragte Jasin. In seinem Kopf nahm eine Idee Gestalt an.
»Natürlich.«
»Also schön«, sagte Jasin. »Das Klavier gegen das Pferd.«
»Welches Pferd?«
»Prince Blue.«
»Herrje, nein. Das ist Vickys Pferd.«
»Es ist Georginas Klavier«, erinnerte ihn Jasin.
»Aber Vicky kann mit dem Gewehr umgehen. Sie würde mit einer Schrotflinte hinter mir her sein.«
Jasin lachte. »Dann hätten wir ja unser hohes Risiko. Bei lebendigem Leibe abgehäutet oder auf der Flucht erschossen.« Er tippte mit den Fingern auf den Tisch und starrte Horton durch den Dunst aus blauem Rauch an. »Wenn du nicht mitmachst, können wir jetzt auch schlafen gehen.«
»Heb ab, ich gebe«, sagte Horton und knallte die Karten auf den Tisch.
Als sie die beiden Männer über den Flur taumeln und ein obszönes Lied singen hörte, glitt Georgina aus dem Bett und lief ins Badezimmer. Mit einem großen Handtuch um die Schultern und tropfnassem Gesicht rief sie Jasin, der fröhlich winkte und quer übers Bett fiel, wobei er immer noch sein Lied vor sich hinbrummte. Sie

zog ihm die Schuhe aus, schob ihn weiter aufs Bett und deckte ihn zu, damit er schnarchend den Tag verschlafen konnte.

Sie zog sich leise an und ging hinaus. Sie staunte darüber, daß sie, die nur selten vor zehn oder elf aus dem Bett kam, hier tatsächlich schon um sieben Uhr morgens auf den Beinen war, und fand neuen Gefallen am Frühaufstehen. Sie begann sich sogar auf ihre erste Mahlzeit an diesem Tag zu freuen, die sie im Frühstückszimmer einnehmen wollte, einer angenehmen Ecke des Hauses.

Vicky lachte noch über den Zustand ihrer Männer, als Georgina ankam, aber da die Bediensteten im Zimmer waren, konnte sich Georgina nicht überwinden, aus sich herauszugehen. Sie war schockiert, daß Vicky ihnen erlaubte, ebenfalls zu kichern.

»Es muß gut gelaufen sein«, meinte Vicky, als die Dienstmädchen fort waren. »Es wird einfach ideal für euch beide sein, Chelmsford zu verwalten.«

»Ich weiß nicht. Es beunruhigt mich immer noch. Wir wissen so wenig über eine solche Arbeit. Eigentlich gar nichts.«

»Mach dir keine Sorgen, Georgina. Auf der Farm ist ein ausgezeichneter Vormann. Er weiß, was zu tun ist, und seine Frau führt die Küche. Wir brauchen nur einen Verwalter, der auf dem Gehöft wohnt und ein Auge auf alles hat.«

Vicky hatte Georgina das Angebot bereits vorher erläutert, aber die beiden Frauen hatten beschlossen, ihr Wissen von dem Vorschlag für sich zu behalten, bis die Männer die Angelegenheit besprochen hatten.

»Das Anwesen ist komfortabel«, sagte Vicky, »aber ihr könnt es so einrichten, wie ihr wollt, und es gibt Zimmerleute auf der Farm. Ihr könnt mir schreiben, falls ihr irgendetwas braucht; ich helfe euch gern. Horton wird für alles aufkommen, was ihr verlangt, um das Haus in Schuß zu bringen. Das alles erhöht ja den Wert des Besitzes.«

Obwohl diese Aussichten sie nervös machten, sah Georgina darin ihre Rettung. Ein eigenes Dach, für den Anfang. Und Vicky hatte ihr ohne jede Scheu erklärt, daß sie genug Geld machen würden, um sich beizeiten ihren eigenen Besitz zu kaufen. Das klang für Georgina geradezu unerhört, aber schließlich war ihre Großtante Cecilia in die Wüsten der Levante geflohen, um dort mit einem Scheich zusammenzuleben, wie sie sich erinnerte, eine Geschichte, über die mit Außenstehenden niemals gesprochen wurde, die jedoch im Kreis ihrer Familie für lebhafte Gespräche gesorgt hatte. Und die Schafzucht schien hierzulande die einzige Beschäftigungsmöglichkeit für einen Gentleman zu sein.

»Ich kann nicht sagen, wie sich mein Mann entscheiden wird«, erklärte sie, »aber wenn er glaubt, daß dieses Arrangement angenehm ist, dann können wir es nur probieren, würde ich denken.«

Georgina hatte einen englischen Landsitz mit grünen Feldern, ordentlichen Hecken und einem sanften Strom vor Augen, auf dem es – wie sie es verstand – wesentlich mehr Schafe gab als zu Hause üblich.

»Vergiß nicht, daß wir morgen diese Gartengesellschaft im Gouverneursgebäude haben«, rief ihr Vicky in Erinnerung. »Es wird ein bißchen chaotisch werden, aber der Gouverneur legt besonderen Wert darauf, daß du mitkommst.«

»Es wird bestimmt sehr nett«, gab Georgina zurück. Sie freute sich schon auf die Gesellschaft und hatte bereits beschlossen, ihr aprikosenfarbenes Crepe de Chine mit dem reichen Besatz aus Brüsseler Spitze und eine dazu passende Haube anzuziehen.

Am nächsten Morgen kam sie wieder in aller Frühe ins Frühstückszimmer und ließ Jasin erneut ausschlafen. Wie sie gehofft hatte, war Horton schon mit dem Frühstück fertig und hatte sich in sein Arbeitszimmer auf der Rückseite des Hauses zurückgezogen. Nun hatte sie eine Chance, ihre Gastgeberin auszufragen. »Vicky, hat John mit Jasin über Chelmsford gesprochen? Jasin hat kein Wort gesagt.«

»Er hat abgelehnt«, sagte Vicky zornig.

»Oh.« Georgina nahm etwas Schinken vom Büfett und setzte sich. Es war ungewöhnlich still im Zimmer. Sie war ein bißchen erleich-

tert und gleichzeitig enttäuscht. Jasin hatte die Idee zweifellos unmöglich gefunden, und wahrscheinlich hatte er recht. In diesem Fall war es sinnlos gewesen, mit seiner Frau darüber zu sprechen. Jasin konnte manchmal unklug sein, räumte sie ein, aber er war kein dummer Mann. Es war töricht von ihr gewesen, sich wie ein romantisches Schulmädchen für den Vorschlag zu begeistern. Trotzdem konnte sie keinen Grund sehen, warum Vicky deshalb schmollen sollte, und sie würde auch keine Entschuldigungen für die Entscheidung ihres Mannes vorbringen. Sie aß ihr Frühstück in würdevollem Schweigen. Es war Sache ihrer Gastgeberin, etwas zu sagen, wenn sie es wünschte. Wenn nicht, auch gut.
Vicky trank keine zweite Tasse Tee und bot Georgina auch keine an. Statt dessen stand sie auf und rückte ihren Stuhl auf eine Weise zurecht, daß er mit der Lehne gegen den Tisch schlug. »Wir müssen um zwei Uhr fertig sein, um uns auf den Weg zum Gouverneursgebäude zu machen!«
»Danke«, sagte Georgina ruhig. Sie wünschte, ihre schlecht gelaunte Gastgeberin würde das Zimmer verlassen, so daß sie sich noch etwas Tee nehmen konnte. Nicht einmal die frechen Dienstmädchen ließen sich heute morgen sehen, wie Vögel, wenn ein Falke in der Nähe ist, dachte sie, um sich von der Gefahr fernzuhalten. Aber Vicky stand immer noch zornbebend vor ihr, während Georgina ein kleines Stück Toast nahm und Marmelade daraufstrich. Schließlich fauchte Vicky: »Wenn dir dein Mann nichts von Chelmsford gesagt hat, dann hat er dir vermutlich auch nichts von ihrer Wette erzählt?«
Georgina stellte die leere Tasse behutsam ab. »Nein«, sagte sie ruhig. »Hätte er das tun sollen?«
»Oh!« rief Vicky empört und lief aus dem Zimmer. Georgina konnte sich endlich die zweite Tasse Tee einschenken. Sie fand Vickys schlechte Laune ermüdend. Was für eine Wette das auch gewesen sein mochte, es ging sie beide nichts an. Horton und Jasin hatten ihr Leben lang alberne Wetten gemacht. Niemand nahm irgendwelche Notiz davon. Es war außerordentlich unhöflich von

Vicky, ihre Wut an einem Gast auszulassen. Nun ja, was konnte man schon erwarten?

Als Jasin hereinkam, erschien Lettie mit frischen Portionen Schinken und Ei und verschwand eilends wieder, aber Jasin war in prächtiger Stimmung.

»Vicky scheint ein bißchen verstimmt zu sein«, bemerkte Georgina.

»Sie wird drüber wegkommen.«

»Und worüber soll sie hinwegkommen, wenn ich fragen darf?« Jasin kämpfte mit harter Schinkenrinde, was ihm die Rechtfertigung gab, nicht aufzuschauen. »Horton und ich haben vorletzte Nacht um einen bestimmten Einsatz Cribbage gespielt, und ich habe gewonnen. Es war ein gutes Spiel. Er hätte mich beinahe besiegt.«

»Was war der Einsatz?«

»Das Pferd. Prince Blue.«

Da es Georgina an Spielerfahrung mangelte, versäumte sie es, sich nach dem anderen Einsatz zu erkundigen. »Aber war das nicht Vickys Pferd?«

»Das Pferd hat allen beiden gehört. Sie hat es kaum geritten. Das Tier ist zu gut, um wie ein Spielzeug behandelt zu werden. Horton wird ihr ein neues besorgen.«

Georgina zuckte die Achseln. Sie war immer noch böse auf Vicky, weil sie so unverschämt gewesen war. Abgesehen davon freute sie sich, daß Jasin ein gutes Pferd erstanden hatte. Das war in der Tat eine Rücklage.

In der Kutsche zum Gouverneursgebäude begannen Georgina Zweifel an der Wette zu kommen. Vicky nahm es sehr schlecht auf und zeigte ihnen allen die kalte Schulter. Sie lehnte es ab, sich von der allzu offensichtlichen Beflissenheit, mit der ihr Mann sie umsorgte, aufmuntern zu lassen.

Als die Kutsche in die Auffahrt des Gouverneursgebäudes einbog, spähten Fußgänger zu den Fenstern herein und versuchten die Passagiere zu erkennen, und Georgina war erleichtert, als sich ihre Wege trennten. Die Fußgänger wurden von den Posten neben dem

Haus entlang geleitet, während die wichtigen Gäste zum Haupteingang fuhren.

Livrierte Bedienstete traten vor, um die Türen der Kutsche zu öffnen, und sie begaben sich die Stufen hinauf, um von Seiner Exzellenz und Mrs. Darling überschwenglich begrüßt zu werden. Danach gingen sie durchs Haus zu dem dahinterliegenden Garten und dem Park, wo die Festlichkeiten bereits begonnen hatten.

Von dort aus hatte man einen prachtvollen Blick über den glitzernden Hafen, und die Kapelle des vierzigsten Regiments spielte zur Begrüßung Militärmusik. Ihre Galauniformen leuchteten in der Sonne. Die Stühle um den Musikpavillon herum waren von Gästen besetzt, die damit zufrieden waren, das Konzert zu genießen, aber andere aus dem einfachen Volk drängten sich bereits um mit Damast gedeckte Tische, um etwas vom Nachmittagstee abzubekommen, solange es welchen gab.

Ein Bediensteter gab Horton vier Karten mit Goldrand, mit denen sie Zutritt zum inneren Heiligtum hatten, einem großen, farbenprächtigen Zelt, in dem der Tee förmlich serviert werden würde.

John und Jasin geleiteten die Damen über den Rasen, wobei sie Freunde und Bekannte grüßten, und Georgina genoß das Ereignis bis zu dem Moment, als Milly Forrest mit ihrem Mann im Schlepptau über das Gras auf sie zugeilt kam, erfreut, sie wiederzusehen. Ihr blieb beinahe das Herz stehen.

Als Georgina keine Anstalten traf, sie miteinander bekanntzumachen, gingen die Hortons weiter. Jasin nickte. Dermott nickte knapp zu und blieb bei seiner Frau stehen, während Milly über ihre Freude sprach, eine Einladung ins Gouverneursgebäude erhalten zu haben, und sich darüber ausließ, wie wundervoll es in Sydney sei. Dabei holte sie so gut wie nie Luft.

Dermott wandte sich an Jasin. »Und wie stehen die Dinge bei Ihnen, Mister Heselwood?«

»Sehr gut, danke.«

»Das ist schön. Ist ein feiner Ort, die Kolonie, nicht wahr?«

»Ja.«

Da Jasin nichts zu der Unterhaltung beitrug, redete Dermott weiter. »Komische Sache. Milly und ich, wir haben hart gearbeitet und gespart, um hierherzukommen. Wir wollten viel Geld in der Tasche haben, bevor wir herkamen, verstehen Sie, bloß für den Fall. Aber wir hätten schon vor Jahren kommen sollen. Das Geld strömt nur so herein. Der Schuhmacherladen läuft so gut, daß wir ein paar Handwerker einstellen mußten, und wir haben auch eine Sattlerei aufgemacht. In unserem Distrikt werden dringend gute Sattler gebraucht. Und was machen Sie, Mister Heselwood?«
Jasin hob die Augenbrauen. Diese Leute brauchten nicht lange, um koloniale Sitten zu übernehmen. Daheim hätte dieser Bursche im Traum nicht gewagt, eine solche Frage zu stellen. Er stieß einen gelangweilten Seufzer aus. »Ich erwäge, eine ziemlich großen Schaffarm zu übernehmen. Ein Gut, wissen Sie.«
»Oh! Dann werden Sie also Siedler, hm? Na, das ist natürlich genau das Richtige für einen Mann in Ihrer Position«, sagte Forrest schleppend. »Und entschuldigen Sie, Mister Heselwood, da wir Sie nun wiedergetroffen haben, wüßte ich gern, ob ich Sie wohl um einen Rat bitten dürfte?«
»Worum geht's?« fragte Jasin. Er bemerkte, daß der Gouverneur in den Park gekommen war.
»Nun, wissen Sie, Sir, ich hab da einen ganzen Haufen Geld herumliegen und müßte eigentlich investieren, aber es ist schwer zu sagen, wer einem zeigen könnte, wie man's richtig macht. Wenn Sie irgendwann mal gerade nichts zu tun haben, dann könnten Sie mir vielleicht einen Tip geben.«
Jasin hörte plötzlich aufmerksam zu, sprach jedoch lächelnd mit einem vorbeikommenden Bekannten, bevor er mit kühler, herablassender Stimme antwortete. »Wenn Sie meinen, daß ich helfen kann.«
»Ich wäre Ihnen sehr dankbar. Wir sind in der Quay Street. Sie können sich den Laden jederzeit anschauen, wenn Sie zufällig vorbeikommen.«
Jasin runzelte die Stirn. »Wir werden sehen, was wir tun können.

Aber jetzt muß ich Ihnen meine Frau wirklich entführen. Wir werden erwartet.«
»Ja, natürlich.« Dermott trat ein paar Schritte zurück. »Komm, Milly. Missis Heselwood muß gehen.«
Jasin grinste, als sie sich entfernten. Ganz bestimmt würde er sich mit Mr. Forrest in Verbindung setzen. Er hatte bereits so seine Ideen, wie Dermott sein Geld anlegen konnte.
In diesem Moment kam der Sekretär Macleay auf Jasin zu, um die Heselwoods aufzufordern, zum Gouverneur an den offiziellen Tisch zu kommen, und Jasin erwiderte unter genauester Beachtung des Protokolls: »Wären Sie wohl so gut, Sir, Seiner Exzellenz für diese Liebenswürdigkeit zu danken. Wir würden die Einladung mit größtem Vergnügen annehmen, sind jedoch leider nicht dazu imstande, da wir heute mit unseren Gastgebern Mister und Missis John Horton hier sind. Wir können sie schwerlich im Stich lassen.«
Macleay zog sich mit der Botschaft zurück, und eine laute, gebieterische Stimme erklang in der Nähe. »Wohl gesprochen, Sir. Loyalität ist heutzutage ein seltenes Gut!«
Ein älterer, weißhaariger Mann kam mit ausgestreckter Hand herüber. »Macarthur, Sir, John Macarthur. Sie müssen der junge Heselwood sein, und diese reizende Lady muß Missis Heselwood sein.«
»Sie sind zu gütig, Sir«, sagte Georgina, und Jasin betrachtete den Mann mit Interesse. In der Kolonie sprach man von den Macarthurs, als ob sie Angehörige des Königshauses wären.
»Keineswegs«, strahlte Macarthur. »Ich bin entzückt. Ihre Gemahlin sieht noch besser aus, Heselwood, als ich gehört habe. Ich werde meine Informanten züchtigen müssen. Kommen Sie mit hinein zum Tee?«
Die beiden nickten. »Na schön, dann sollten wir gehen. Wir müssen uns nach der Masse richten. Bei diesen Anlässen fressen sie wie die Heuschrecken, wissen Sie. Wie ich höre, sind Sie daran interessiert, die Chelmsford-Farm zu leiten, Heselwood?«

Es kostete Jasin einige Mühe, seinen Unmut nicht zu zeigen. Er war noch nie an einem solchen Ort gewesen, wo jedermann genauestens über die Belange des anderen Bescheid wußte. »Horton hat davon gesprochen, ja«, gab er zu.
»Ein wichtiger Job, wissen Sie«, erklärte ihm Macarthur. »Sie sollten nach Camden kommen und sich anschauen, wie es gemacht wird. Zu viele Neulinge kommen in dem Glauben hierher, daß sie schon alles wissen, und richten letzten Endes nur ein gewaltiges Schlamassel an.«
Jasin fragte sich, ob der alte Knabe ihn ärgern wollte. Bei diesen Einheimischen wußte man nie. Aber Macarthur fuhr fort, ihm gute Ratschläge zu geben. Er redete immer noch, als sie das Zelt betraten. »Wie gesagt, zu viele Engländer tauchen hier auf und glauben, sie wüßten alles. Dabei haben sie von nichts eine Ahnung. Und das gilt auch für Statthalter des Königs«, fügte er laut hinzu und sah zu, wie der Gouverneur und seine Frau von Tisch zu Tisch gingen.
Jasin grinste. Er fand die Bemerkung in dieser Gesellschaft urkomisch, und als Macarthur seine Belustigung bemerkte, hob er die Stimme. »Eines Tages«, sagte er so laut, daß alle es hören konnten, »werden wir australische Gouverneure haben. Einheimische, die wissen, was sie tun.«
Seine Äußerung hatte die gewünschte Wirkung auf die Gäste in seiner Nähe. Sie stießen sich an und rutschten peinlich berührt auf ihren Plätzen herum.
Jasin hätte fast laut losgelacht. Es war ihm egal, wer ihr Gouverneur war, er erkannte, daß Macarthurs Bemerkungen schockieren sollten, und mochte ihn deswegen.
»Also, wann kommen Sie nach Camden?« fragte Macarthur.
»Irgendwann demnächst, Sir.«
Macarthur funkelte ihn an. »Verschonen Sie mich mit solchen Sprüchen! Sie können nächste Woche herauskommen. Ich bin sicher, Ihre Gattin kann Sie entbehren. Die Wollschur ist wichtig für dieses Land. Wir dürfen nichts verschwenden. Wir leiden alle.

Ah, da ist Missis Macarthur. Wenn sie mich ruft, muß ich gehorchen.«

Die Hortons warteten ebenfalls. »Ich muß schon sagen«, meinte John, »wir sollen alle am Tisch des Gouverneurs sitzen.«

Jasin lächelte. »Gut. Und übrigens, Horton, steht das Angebot noch, Chelmsford zu verwalten?«

»Ja. Hast du deine Meinung geändert?«

»Ich glaube schon«, erwiderte Jasin, und John klopfte ihm auf den Rücken. Er freute sich, daß sein Plan funktionierte. Jasin dachte jedoch nicht weiter als bis zu Camden, der Macarthur-Festung. Es würde interessant sein, sich unter die sogenannte Elite des Landes zu mischen. Man wußte nie, wo das hinführte. Und es würde eine Abwechslung von der Gefangenschaft im Haus der Hortons sein. Aber das hieß noch lange nicht, daß er sich draußen auf Hortons Farm vergraben würde.

Während er sich durch die Menge zum offiziellen Tisch drängte, entging ihm der Wortwechsel zwischen Horton und seiner Frau.

»Gute Neuigkeiten, Vicky!«

»Was für Neuigkeiten?«

»Heselwood hat sich doch noch einverstanden erklärt, Chelmsford zu übernehmen.«

»Hat er? Na schön, er kann hin, aber unter einer Bedingung. Daß er mir Prince Blue zurückgibt. Sonst werde ich es nicht zulassen. Hört du, John? Ich werd es nicht zulassen!«

»Du wirst es zulassen, Madam. Ich brauche sie da draußen. Ich habe ihm das Angebot unterbreitet, und ich werde keinen Rückzieher machen. Du wirst so gut sein, die Verwaltung der Güter mir zu überlassen. Und jetzt, wenn ich bitten darf, wir lassen den Gouverneur warten.«

13. Kapitel

Draußen auf dem Rasen hatten zwei andere Personen, die schon viel früher gekommen waren, vor dem Musikpavillon Platz genommen.
Dr. Brooks bestand darauf, daß Adelaide sitzenblieb, während er Tee und Gebäck holte. Sie wußte, daß sie es mehr zu schätzen wissen sollte, aber es war schwer für sie, sich von dieser Niedergeschlagenheit zu befreien. Brooks versuchte, ihr eine Freude zu machen; er wollte, daß sie den Ausflug genoß, aber Adelaide hatte seit ihrer Ankunft in Sydney an nichts mehr Freude gehabt.
Sie waren völlig ratlos, seit sie entdeckt hatten, daß Gouverneur Brisbane abgereist war, und wußten nicht, wie sie mit den Schwierigkeiten fertig werden sollten, die jetzt auf sie einstürzten. Das Zimmer im Bligh House war sauber, die Mahlzeiten ausreichend, und die Misses Higgins waren nett, aber es war merkwürdig, den ganzen Tag in einem Zimmer zu sitzen, ohne etwas zu tun zu haben. Brooks hatte keine Arbeit und Adelaide keinen Haushalt, den sie führen konnte.
Sie hatten die Stadt von einem Ende zum anderen zu Fuß erkundet, um zu sparen, hatten jedoch keine billigere saubere Unterkunft finden können, und als die Wochen ins Land gingen, zehrten sie von ihren mageren Ersparnissen.
Brooks hatte schließlich eine Audienz bei Gouverneur Darling erhalten, ohne etwas zu erreichen; er hatte nur die Einladung zu dieser Gartengesellschaft bekommen.
Als die Kapelle zu spielen begann, berührte er ihren Arm. »Sie sind wirklich ganz hervorragend, nicht wahr?«
Adelaide nickte. Sie wußte, daß Brooks alles tat, was in seinen Kräften stand, um sie aufzumuntern, aber die Kapelle interessierte sie nicht. Er redete wieder, und sie wünschte, er würde aufhören,

würde nur für eine Weile den Mund halten, und dann erfaßte sie, was er gesagt hatte.
»Wer?« rief sie aus.
»Milly Forrest. Schau, da drüben!«
Und sie war es. Milly Forrest unter vollen Segeln, in einer pompösen rosaroten Krinoline.
Adelaide hielt Brooks gerade noch rechtzeitig fest. »Wo willst du hin?«
»Ich dachte, ich bringe sie her. Es ist doch nett, jemand zu sehen, den wir kennen.«
»Wage es ja nicht, diese Frau hierherzubringen, damit sie über uns triumphiert. Tu so, als ob du sie nicht siehst.«
»Aber warum denn, meine Liebe? Wir müssen uns für nichts schämen.«
»Wirklich nicht? Nun, wenn du dich erinnerst, wir hätten im Gouverneursgebäude wohnen sollen, statt hier ein armseliges Leben zu fristen. Ich will sie nicht sehen.«
Brooks ließ sich wieder auf seinen Stuhl sinken und knabberte an einem Stück Gebäck, während Adelaide so tat, als würde sie die Musik interessieren.
Sie blieben, bis die Kapelle einpackte, und gingen dann schweigend nach Hause.
Danach verdoppelte Brooks seine Anstrengungen, Arbeit zu finden. Er war ein fähiger Mathematiker und hatte sich bei jeder Schule in Reichweite um einen Lehrauftrag beworben, aber da er ein ehrlicher Mensch war, hatte er sich geweigert, seine Glaubensgrundsätze über Bord zu werfen, und so wurden ihm die Türen vor der Nase zugeschlagen. Wenn die Frage nach seiner Religion auf den Tisch kam, hatte Brooks einfach »Keine« geantwortet. Keine Schulkommission würde daran denken, einen Atheisten einzustellen.
Er antwortete auf Anzeigen, probierte es bei den Banken, versuchte es überall, konnte jedoch keine irgendwie geartete Arbeit finden, und Adelaide wurde wütend auf ihn.

»Das ist deine eigene Schuld«, schrie sie. »Warum kannst du nicht einfach sagen, daß du zur Kirche von England oder sonst einer Religion gehörst? Was macht das schon aus?«
»Mir macht es etwas aus. Meine Liebe, ich finde, wir sollten nach England zurückkehren, solange wir noch können.«
»Nein! Das geht nicht. Wir hatten die Abschiedsfeiern und den ganzen Wirbel, als wir weggefahren sind. Wir können noch nicht zurück.«
Sie rief sich auch ins Gedächtnis, daß sie darauf bestanden hatte, sich vor ihrer Abreise aus London schicke Kleider und elegantes Gepäck zu kaufen, damit sie wie Leute aussehen konnten, die in der Gesellschaft von Sydney mitmischten. Dabei hatte sie mehr ausgegeben als geplant. Und jetzt hingen all diese schönen Kleider dicht an dicht im Kleiderschrank der Pension.
Wochen vergingen, und jedesmal, wenn er hinunterging, um ihre Miete zu bezahlen, sah Adelaide die Angst in seinem Gesicht, und sie verzweifelte.
Dann kam er eines Nachmittags mit einem grimmigen Lächeln auf dem Gesicht heim. »So, ich habe einen Job gefunden.«
Sie war so erleichtert. »Oh Brooks, ich wußte, du würdest es schaffen. Wo?«
»Ich bin jetzt Kirchenschreiber in der St. James's Church. Diakon Tomlinson hat mich eingestellt«, sagte er. »Soweit ich verstanden habe, soll ich mich um die Bücher kümmern, die Predigten des Gentleman für die Nachwelt festhalten und andere derartige Kinkerlitzchen.«
»Aber wie kommt das? Ich meine, was ist mit der Religion? Was hat er dazu gesagt?«
»Er hat mich nicht danach gefragt«, erklärte Brooks und warf müde seine Mütze aufs Bett. »Er ist eine unmögliche Gestalt, so pompös, daß es ihm gar nicht in den Sinn kam, danach zu fragen. Und freiwillig bin ich nicht damit herausgerückt.«
Der Gedanke, daß Brooks in einer Kirche arbeitete, machte sie nervös, aber sie schob ihre Sorgen beiseite. »Wieviel bezahlt er dir?«

»Die fürstliche Summe von dreißig Schilling pro Woche«, sagte Brooks bitter. »Und ich hoffe, du bist zufrieden. Es ist das Beste, was ich tun kann. Ich habe heute morgen meine Uhr verpfändet. Das war wirklich ein Erlebnis, ich kann dir sagen.« Adelaide umarmte ihn. »Jetzt wird alles gut.«

Brooks sah sich gern als demütigen Menschen, und als er sich am ersten Morgen auf den Weg zur Kirche machte, versuchte er, sich in die richtige Verfassung für diese ganz reale Demutsprobe zu bringen. Als Kirchenschreiber im stickigen Kirchenanbau inmitten all der religiösen Utensilien zu sitzen war nicht nur ein Abstieg, sagte er sich, sondern eine Art von Strafe. Nein, lächelte er, es war bloß eine unglaubliche Ironie. Er brauchte dringend Arbeit, gleich welcher Art, und diesen Job konnte er spielend bewältigen. Zumindest hatte er jetzt einen Ort, wohin er jeden Tag gehen konnte, und das war wichtig. Er behielt seinen neuen Job jedoch nur ein paar Stunden.
Als er die Bücher durchsah, stellte er fest, daß er dort die Unterlagen über jahrelange plumpe Unterschlagungen vor sich hatte, die der Diakon begangen hatte. Geänderte Quittungen, Spendensummen, die nicht den Zahlen auf den Einzahlungsbelegen der Bank entsprachen, gefälschte Belege, alles war falsch. Er war schockiert. Tomlinson hatte damit geprahlt, daß er eine Schafweide draußen bei Bathurst besaß, und erklärt, daß der Erzbischof, Dr. Scott, der jetzt in Parramatta residierte, ebenfalls zum Wohle der Kolonie in Landwirtschaft und Viehzucht investierte, und obwohl Brooks als nicht religiöser Mensch das alles ziemlich merkwürdig gefunden hatte, ging es ihn nichts an. Aber jetzt sah er, daß Tomlinson, statt sein Vertrauen in Gott zu setzen, von Gottes Geldern etwas abzweigte, um seine geschäftlichen Aktivitäten zu fördern. Diese Situation war absurd, und seine eigene Lage war hoffnungslos. Es hatte keinen Zweck, Tomlinson zur Rede zu stellen, es war zu schäbig, und er würde ohnehin gehen müssen.
Er nahm seinen Hut vom Haken hinter der Tür. Sein eigenes Le-

ben war schäbig geworden. Er hauste in diesem traurigen kleinen Zimmer, die Fortsetzung seiner Studien war ihm verwehrt, und seine ganze Existenz war sinnlos. Er ließ Tomlinsons Bücher offen auf dem Pult liegen, verließ den Kirchenanbau und machte sich auf den Weg zum stillen Trost des Meeres bei Darling Point, um auf den Anbruch der Nacht zu warten und seinen letzten Blick auf die Wunder des Universums zu werfen.

Adelaide schrie und schrie, bis die Misses Higgins sie mit ein paar Gläschen medizinischen Brandys beruhigten. Sie wollte nichts davon hören, daß ihr Mann Selbstmord begangen hatte, daß er sich ins Wasser gestürzt hatte.
Olive Higgins pflichtete ihr bei: Dr. Brooks hätte sich kaum ausgerechnet an dem Tag das Leben genommen, an dem er seine neue Stellung in der Kirche antrat. Die Frauen bestanden darauf, daß er einen Herzinfarkt erlitten haben und ins Hafenbecken gefallen sein mußte, aber der Leichenbeschauer erkannte trotzdem auf Selbstmord. Es habe Zeugen gegeben, sagte er. Adelaide verbrannte den Totenschein.
Die Beerdigung war eine jämmerliche Angelegenheit. Sie fand auf der windgepeitschten Sandfläche im Niemandsland des Friedhofs statt. Da kein Geistlicher die letzten Worte bei der Bestattung eines Selbstmörders sprechen wollte, las Olive Higgins den Trauergottesdienst, und ihre Schwester gab die Antworten, und sie brachten Adelaide zum Bligh House zurück, wo sie sich hinsetzte und an ihre Familie sowie an Freunde in England schrieb, daß der arme Brooks an einem Herzanfall gestorben sei.
Als sie Adelaide an diesem Abend Tee hinaufbrachte, schwor Olive Higgins, daß sie dem Erzbischof ein paar deutliche Worte über Diakon Tomlinsons Weigerung zu sagen haben würde, bei der Beerdigung eines so guten und freundlichen Menschen den Trauergottesdienst abzuhalten, und Adelaide begann hysterisch zu lachen. Sie war so schockiert gewesen, daß sie kaum wahrgenommen hatte, was sich um sie herum tat, aber nun faßte sie allmählich

wieder einen klaren Kopf. Brooks war Atheist gewesen; er hätte einen Gottesdienst mißbilligt, ja sogar schärfstens abgelehnt. Aber wie es nun einmal war, hatte er trotzdem einen bekommen.

Nach der Trauer kam die Rückkehr ins Leben. Als der Bäcker auf dem Weg zur Küche wieder zu pfeifen begann und die Dienstmädchen nicht mehr auf Zehenspitzen an ihrer Tür vorbeischlichen, zwang sich Adelaide, der Welt wieder ins Gesicht zu sehen. Ihr erster Weg führte sie zur Bank, wo sie entdeckte, wie es wirklich um ihre Finanzen stand, und schreckerfüllt wieder in ihr Zimmer floh.

Ermutigt von den Misses Higgins beschloß sie, es mit dem Schneidern zu versuchen, weil das ihr Beruf gewesen war, bevor sie Brooks geheiratet hatte. Sie fertigte Kleider für sich und für Mrs. Kelso an, die zusammen mit ihrem Mann, einem Major im Ruhestand, ein Zimmer im ersten Stock bewohnte. Mrs. Kelso gab Adelaide den Auftrag nur unter dem Druck ihrer Vermieterinnen, war jedoch so begeistert von dem Ergebnis, daß sie danach eine Reihe ihrer Freundinnen zu ihr brachte. Monate später – ihr kleines Geschäft machte gute Fortschritte – hatte sich Adelaide an ihr neues Leben gewöhnt und begann sich zu freuen, daß sie in Sydney geblieben war. Sie fühlte sich frei, glaubte tun und lassen zu können, was ihr beliebte, und ihr Gesundheitszustand besserte sich. Als sich ihre Nerven beruhigten, bekamen ihre Wangen wieder Farbe und ihre blonden Haare wieder Glanz.

Und eines Tages erschien eine neue Kundin auf ihrer Schwelle: Milly Forrest.

Adelaide war überrascht. »Aber Milly, ich habe die Kleider gesehen, die Sie auf dem Schiff gemacht haben. Sie sind eine viel bessere Schneiderin als ich.«

»Ich mache mir meine Kleider nicht mehr selbst«, erklärte ihr Milly, während sie Adelaides Skizzen zur Hand nahm. »Ich hab's nicht mehr nötig. Dermott und Fred haben zwei Sattlereien und dazu noch den Laden. Ist es nicht komisch, wie es manchmal so geht? Auf dem Schiff waren wir nur ein Schuhmacher und seine Frau, die in der Hoffnung herkamen, hier ihr Auskommen zu finden, und Sie gehörten praktisch zum Adel und wollten beim Gouverneur wohnen.«

Adelaide sah sie an und fragte sich, ob in den Worten der dummen Frau Gehässigkeit lag, aber wie auch immer, es war ohne Bedeutung für sie. Dafür würde sie Milly einfach mehr Geld abknöpfen. Milly plapperte weiter. »Wir lieben Sydney einfach. Und oh, Adelaide, es tut mir so leid, zu hören, daß unser guter Doktor gestorben ist. Er war so ein netter Mann. Stimmt es, daß er sich das Leben genommen hat? Ich kann es kaum glauben.«

Adelaide riß ihr die Skizzen aus der Hand. »Ich würde es begrüßen, wenn Sie nicht wieder davon sprechen würden – um seinetwillen. Ich habe den Leuten erzählt, daß er an einem Herzleiden gestorben ist.«

»Das ist eine gute Idee. Sie können auf mich zählen. Ich mochte Ihren Mann. Es ist egal, wie er gestorben ist, er ist tot, und das ist traurig. Aber Sie scheinen ganz gut zurechtzukommen.«

»Oh ja«, erwiderte Adelaide müde. »Zuerst war es ein Schock, aber man darf sich schließlich nicht unterkriegen lassen.«

Bevor sie auf den Stil von Millys Kleidern zu sprechen kamen, hatte diese noch etwas Interessantes zu erzählen.

»Erinnern Sie sich an unsere Freunde, die Heselwoods?« Adelaide nickte.

»Nun, wir werden geschäftlich mit den Heselwoods zusammenarbeiten. Als Partner, wissen Sie. Jasin prüft es gerade. Wir denken daran, eine Schaffarm zu kaufen.«

»Das ist ja wunderbar«, sagte Adelaide und meinte es auch so. Milly konnte zu einer guten Kundin werden.

14. Kapitel

Manchmal hatte Jasin das Gefühl, daß bei ihm alles schiefging. Nichts lief am Ende so, wie er es geplant hatte, und er war ständig zu Änderungen gezwungen. Er hatte Hortons Haus verlassen und war mit Prince Blue fortgeritten, zufrieden mit sich selbst. Georgina war vorläufig passabel untergebracht, und dies war das erste Mal, daß er in der Kolonie etwas allein unternahm. Er freute sich schon auf seinen Besuch auf Camden und wollte die Zeit so gut wie möglich nutzen, um Beziehungen zu den richtigen Leuten anzuknüpfen.
Der Ritt nach Parramatta, immer am Fluß entlang, war höchst angenehm gewesen, und er hatte in einem Gasthof übernachtet, wo er in netter Gesellschaft ein gutes Abendessen zu sich genommen hatte. Der Macarthur-Besitz war wohlbekannt, und man hatte ihm bereitwillig die Richtung gezeigt, die er einschlagen mußte, so daß er nun voller Zuversicht auf das Haus zuritt.
Ein Diener öffnete die Tür.
»Mister Macarthur«, verlangte Jasin.
»Welchen Mister Macarthur, Sir?«
»Mister John Macarthur.«
»Tut mir leid, Sir. Mister Macarthur ist nicht zu Hause.«
»Wann kommt er zurück?«
»Das weiß ich nicht, Sir. Mister Macarthur ist krank geworden. Er ist in Sydney und wird vorerst nicht wiederkommen.«
Jasin stand sprachlos da. Das war ja wirklich zu ärgerlich!
Der Diener war im Begriff, die Tür wieder zuzumachen. »Ist das alles, Sir?«
»Ich würde gern den anderen Macarthur sprechen.«
»Welchen anderen Macarthur, Sir?«
Herrgott, war der Kerl unverschämt. Wie viele Macarthurs gab es denn hier? »Ich schlage vor, Sie holen mir den Nächstbesten«, antwortete er müde.

Der Diener machte sich davon, und Jasin drehte sich um und betrachtete Prince Blue, der ruhig am Geländer stand. Er ließ den Blick zum Laub eines ausgedehnten Obstgartens schweifen.
Dies schien ein sehr großes Anwesen zu sein, aber das Haus war eine Enttäuschung. Jasin hatte ein Herrenhaus erwartet; er hatte bemerkt, daß die reichen Kolonisten ein Faible für ziemlich spektakuläre Häuser hatten, und jetzt fragte er sich, ob diese Leute hier so wohlhabend waren, wie es der Klatsch behauptete. Er hatte gehofft, die Welt des verarmten Adels weit hinter sich gelassen zu haben.
Ein Mann, der nicht viel älter war als er selbst, kam in Hemdsärmeln aus der Tür gestürzt. »Tut mir leid, daß ich Sie warten lassen habe, Sir. Ich bin William Macarthur. Sie wollten zu meinem Vater?«
Jasin war überrascht. Abgesehen von der verräterischen Flachheit mancher Vokale hätte er sich mit einem englischen Gentleman unterhalten können. »Ich fürchte, ich bin zu einem unpassenden Zeitpunkt gekommen«, entschuldigte er sich. »Mein Name ist Heselwood. Mister Macarthur hat mich für diese Woche hierher eingeladen. Ich sollte etwas von der Landwirtschaft lernen, um anderen Leuten nicht auf die Nerven zu gehen.«
William grinste. »Ja, das klingt nach meinem Vater. Er hätte Lehrer werden sollen. Er hat absolut nicht die Absicht, sein Wissen mit ins Grab zu nehmen. Freut mich, Sie kennenzulernen, Mister Heselwood.«
Jasin nickte und schaute mit berechnender Unschlüssigkeit die Auffahrt hinunter. »Na schön. Dann mache ich mich wohl besser auf den Rückweg nach Sydney.«
»Nein, das kommt gar nicht in Frage. Sie haben den weiten Weg hierher gemacht. Sie müssen bleiben. Auch wenn mein Vater nicht so davon überzeugt ist, mein Bruder James und ich sind durchaus tüchtig, und wir würden uns freuen, Ihnen alles beizubringen, was wir können.«
»Sind Sie sicher, daß ich nicht im Weg wäre?«

»Aber überhaupt nicht. Wir haben hier oft Leute wie Sie zu Besuch, die sich einen Einblick verschaffen wollen. Kennen Sie Percy Dalgleish? Er ist erst letzte Woche abgereist.«
»Kann nicht behaupten, daß ich ihn kenne«, sagte Jasin und versuchte es dann anders. »Aber ich habe den Eindruck, daß wir uns schon einmal begegnet sind.«
»Kann schon sein. Mein Vater hat mich nach England mitgenommen, als ich neun war, und ich habe eine Zeitlang dort gelebt.«
»Vielleicht im Devonshire Club?«
Jasins Frage war wohlüberlegt, aber William verfügte trotz seiner ganzen englischen Erziehung über die entwaffnende Offenheit der Einheimischen, der Currency-Burschen. Jasin hatte diesen Ausdruck schon gehört und wußte, was er bedeutete. Currency – Währung –, das waren die nur in der Kolonie geltenden Münzen und Geldscheine; damit wurde die erste Generation der im Lande frei geborenen Australier bezeichnet.
»Da bin ich nie gewesen«, sagte William. »Kommen Sie, wir holen Ihr Pferd, und ich bringe Sie zu den Unterkünften für die Junggesellen. Also wie steht's, ist es Ihnen ernst mit dem Lernen?«
Jasin versicherte ihm verblüfft, es sei ihm ernst.
»Gut. Sie müssen heute abend mit uns essen, und morgen können Sie dann ernsthaft anfangen. Ich muß Sie warnen, wir stehen um fünf Uhr morgens auf. Es gibt einen Haufen zu tun. Wir sind nahezu fertig damit, die Schafe zusammenzutreiben. Sie kommen also gerade zur rechten Zeit. Ich hoffe, Sie werden Camden interessant finden. Da es in England nichts gibt, was unseren Schaffarmen auch nur entfernt ähnlich ist, wird es für Sie am Anfang merkwürdig sein.«

Die Brüder waren sehr nett zu ihrem Gast, aber sie waren keine Landedelmänner, wie Jasin erwartet hatte. Am ersten Morgen weckte ihn der Vormann bei Tagesanbruch und warf ihm ein paar Kleidungsstücke aus Moleskin und ein kariertes Hemd aufs Bett.
»Der Boß sagt, die werden Sie brauchen, Mister Heselwood. Sie

dürfen sich Ihre guten Stadtkleider hier draußen nicht kaputtmachen. Ziehen Sie die hier an. Ich warte auf Sie.« Jasin stand ächzend auf und fragte sich, ob er in ein Gefängnis statt auf den Landsitz eines Gentlemans geraten war, zog sich jedoch die Arbeitskleidung an. Erleichtert stellte er fest, daß die Sachen neu rochen, und griff nach seinen Reitstiefeln.
»Herrje!« rief der Vormann. »Wir werden Ihnen ein anderes Paar Stiefel besorgen müssen.«
»Diese genügen vollkommen, danke«, sagte Jasin fest, aber der Vormann erklärte es ihm. »Es wäre eine Schande, die da draußen im Schlamm zu tragen. Ich habe noch nie ein feineres Paar Stiefel gesehen. Sie werden sich die Dinger ruinieren, und hier finden Sie bestimmt keinen Ersatz dafür.«
Er sprach eher wie ein Onkel mit Jasin als wie einer von Macarthurs Angestellten. »Wir holen Ihnen ein anderes Paar aus dem Lagerraum«, sagte er. »Übrigens, man nennt mich Slim.«
Jasin sah den Mann mit den staubigen grauen Haaren an, der in den Fünfzigern war, und betrachtete den langen Körper mit den schmalen Hüften, die kaum die Hose obenhalten zu können schienen, aber der Vormann hatte keine Zeit zu verschwenden. »Kommen Sie, mein Sohn. Sagen Sie Ihrem Bett adieu. Heute nacht werden Sie drauf niedersinken, als ob's Ihre Liebste wäre.«
Der Gast war entsetzt über die Unverfrorenheit des Mannes, tappte jedoch auf Socken hinter ihm her, um sich Stiefel geben zu lassen.
Den Rest der Woche über hatte er allen Grund, sich an Slims Prophezeiung zu erinnern. Jeden Abend fiel er erschöpft in sein Bett, und jeder Knochen tat ihm weh. Er war die ganze Zeit kaum aus dem Sattel gekommen. Meilenweit war er über diesen riesigen Besitz geritten, immer hinter dem Vormann und seinen Männern her, die in Wasserläufe und in den Busch stürmten, um verirrte Schafe einzufangen. Dann waren sie unten am Flußufer und trieben Tausende von Schafen in einem Chaos von Geschrei und Gerüchen in die Hürden und wieder heraus, die Hunde rasten herum, und

andere Männer standen bis zu den Hüften im Wasser und wuschen die Schafe.
Sie luden Jasin ein, es selbst einmal zu versuchen; es war eine Herausforderung. Also watete er hinein, nahm die Seife, die sie ihm gaben, und seifte die Schafwolle ein. Es wollte ihm nicht in den Kopf, daß sich jemand etwas so Lächerliches ausdenken konnte. Daheim hatte man jede Menge Schafe gesehen, aber sie wie dicke Babys zu waschen war unerhört. Als ihm ein Farmarbeiter ein weiteres Schaf zutrieb, tat er so, als ob er es nicht sähe, und taumelte aufs Flußufer hinauf. Er war kaum noch imstande, sich aufzurichten, und fragte sich, ob er noch auf sein Pferd kommen würde.
Er hatte das Gefühl, daß ihm sein Leben aus den Händen glitt, und wußte gar nicht mehr, wie er dazu gekommen war, in diese Schule für Schafhirten zu laufen. James Macarthur, den Verwalter des Besitzes, bekam er nur selten zu Gesicht, aber William Macarthur war überall. Er war eher so etwas wie ein Buschmann und zog es vor, mit seinen Männern zu reiten.
Die Erwartung der beiden Brüder, daß er sich mühelos einfügte, schmeichelte Jasin. Es war das einzige, was ihn davon abhielt, von der Farm zu flüchten. Sie hatten jedoch beide viel Humor. Sie lachten mit ihm, wenn er Fehler machte, nie über ihn, und sie waren stolz, ihren Farmarbeitern zu zeigen, daß ein englischer Gentleman ebenso hart reiten konnte wie sie, selbst wenn die Innenseiten der Schenkel des Gentlemans wundgerieben waren.
Sie hielten große Stücke auf ihre Pferde, was Jasin verstehen konnte, aber ihre Hütehunde – sonderbare, von den wilden Dingos abstammende Tiere – liebten sie ebensosehr. Jasin hielt die Hunde für bösartig und häßlich, was er nie zu sagen wagte, fand jedoch auch, daß sie klug waren; wie ernsthafte kleine Schulkinder liebten sie es, neue Tricks zu lernen, und sie waren richtige kleine Angeber, was ihre Herrschaft über die Schafe betraf. Er lernte, sie freundlich zu behandeln, aus Angst, sich den Zorn ihrer Herren zuzuziehen, aber er hätte lieber einen Wolf besessen.
Bei Sonnenuntergang entließen ihn die Arbeiter aus ihrer Gewalt,

damit er baden und sich ausruhen konnte, bevor er zum Haus hinaufging, um mit William und James zu speisen. Das war der zivilisierte Teil des Tages. Als er sich anzog, stellte er überrascht fest, daß seine Schmerzen und Wehwehchen endlich vergangen waren, aber er war immer noch fest entschlossen, Camden zu verlassen. Eine Woche reichte.
An diesem Abend wollte er bekanntgeben, daß er am folgenden Tag nach Sydney zurückkehren würde, aber wie üblich kamen sie seiner Ankündigung zuvor.
»Und wie macht sich Jasin?« erkundigte sich James bei William.
»Gar nicht mal schlecht«, antwortete William zu Jasins Verblüffung. »Ich muß mich entschuldigen, Jasin, daß ich nicht viel Zeit mit Ihnen verbringen konnte, aber das wird in ein paar Tagen anders. Er mußte selbst sehen, wie er zurechtkam«, erklärte er James, »und er hat sich recht gut gehalten. Ich muß zugeben, Jasin, ich dachte, ein paar Tage würden reichen, Sie Hals über Kopf nach Sydney zurückzutreiben. Erinnerst du dich an Wylie Mills, James?«
Die beiden lachten, und William erklärte: »Er kam direkt vom Schiff hierher und beschloß, Siedler zu werden. Er hat nicht einmal eine Woche durchgehalten. Er war ganz sicher, daß jeder Knochen in seinem Körper gebrochen sei. Und er hat nicht mal gelernt, sein Pferd selbst zu satteln.«
»Der arme Wylie«, sagte James freundlich. »Er hat mir leid getan. Er ist ein paarmal böse gestürzt. Und er hat's versucht. Es war einfach nicht das Richtige für ihn, das ist alles. Und die Jungs können gnadenlos sein, wenn sie ein Opfer finden.«
»Oh ja. Sie haben's ein paarmal bei Jasin versucht, aber als sie sahen, daß sie ihn nicht erschüttern konnten, haben sie's aufgegeben.«
Das war Jasin neu. Er hatte nichts davon bemerkt, daß die Farmarbeiter aufgehört hatten, ihn zu ärgern. Aber hier saßen James und William und lachten über einen Burschen, der die Flinte ins Korn geworfen hatte, und er war im Begriff, dasselbe zu tun. Er kaute an seinem Lammkotelett und dachte noch einmal über seine Ankündigung nach.

»Man will Ihnen nicht zu lange zur Last fallen ...« begann er in dem Versuch, einen Ausweg zu finden.
Aber William beharrte darauf, daß er ein gerngesehener Gast sei. »Nächste Woche fangen wir mit der Schur an. So lange müssen Sie noch bleiben. Dann habe ich mehr Zeit für Sie, und danach wird James Ihnen die Arbeit mit den Büchern erklären, ohne die meine ganzen Anstrengungen in einem wüsten Durcheinander enden würden.«
Jasin war zu müde, um sich auf eine Diskussion mit ihnen einzulassen. »Ich werde meine Frau benachrichtigen müssen. Wie lange, glauben Sie, muß man bleiben, um einen Einblick in das Verfahren zu bekommen? Ich fürchte, ich verstehe nicht das geringste davon.«
»Mindestens einen Monat«, erklärte ihm William. »Ich versichere Ihnen, Sie werden es nicht bereuen.«
Jasin nahm einen großen Schluck von ihrem ausgezeichneten Rotwein, um ein Stöhnen bei dem Gedanken an einen Monat dieser Strafe zu überdecken.
»Außerdem«, fuhr William fort, »freuen wir uns, Sie bei uns zu haben. Und Sie müssen unsere Freunde kennenlernen. Wir haben ihnen versprochen, daß wir Sie nicht fortlassen, ehe Sie in der Gesellschaft von Parramatta herumgereicht worden sind. Sobald die Scherer mit der Arbeit angefangen haben, werden wir eine Dinnerparty geben. Was meinst du, James?«
»Großartig«, sagte James. »Und wenn Sie das nächste Mal kommen, Jasin, müssen Sie Ihre Frau mitbringen. Zu einem formellen Besuch.«
Jasin seufzte. Ein formeller Besuch. Würde er so lange überleben? An diesem Abend schrieb er Georgina, daß er noch ein paar Wochen auf Camden bleiben müsse. Er trug ihr auf, Horton zu sagen, daß er hier wie ein Zugpferd auf Herz und Nieren geprüft werde; er habe Angst, daß er mit O-Beinen zurückkäme. Das würde Horton amüsieren. Da es keine Möglichkeit für einen ehrenvollen Rückzug gab, fand sich Jasin damit ab, es noch ein bißchen länger

zu ertragen, aber seine Pläne begannen Gestalt anzunehmen. In der zweiten Woche auf Camden erkannte er, daß er die Farm erheblich interessanter fand, als den ganzen Tag in Hortons Haus Trübsal zu blasen.

Die Landschaft war häßlich und eintönig, zernarbt von zickzackförmigen kleinen Bächen und übersät von unordentlichen Baumstümpfen. Es machte ihn rasend, daß er sich den gönnerhaften Farmarbeitern zugesellen, ihren rüden Witzen und ihrer rauhen Sprache zuhören mußte, aber James und William waren hervorragende Gefährten. Es war nur so, daß sie in einer Welt lebten, der er nichts abgewinnen konnte. Jasin hatte bereits beschlossen, nach seiner Rückkehr nach Sydney ihre Möbel zu verkaufen, mit einem anständigen Schiff nach London zurückzufahren und sich ein für allemal den Staub dieses Landes von den Stiefeln zu schütteln. Horton konnte seine Schaffarm und die ganze damit verbundene Arbeit behalten. Er hatte keine Lust, hinter dämlichen Schafen herzurennen.

Die Ausbildung ging erbarmungslos weiter, und der freundliche William ritt mit Jasin weiter ins Landesinnere hinein. Jasin stellte erstaunt fest, daß dieser Mann weit gereist war, fließend Französisch sprach und ein perfekter Pflanzenkenner war. Durch Williams Unterricht erfaßte er allmählich den Umfang dieses mehr als dreißigtausend Morgen großen Unternehmens. Auf der Farm gab es eine Herde von Milchkühen, etliche Rinder, Obstgärten und Weinberge und rund siebentausend Schafe. Dreihundert Morgen Land wurden bestellt, und sie beschäftigten im Durchschnitt hundertzwanzig Leute, die meisten davon Sträflinge.

Die Macarthurs kleideten ihre Arbeiter in stumpfweiße »Parramatta«-Baumwollsachen, sorgten für ihre Verpflegung und gaben jedem Mann gelegentlich etwas Schnaps oder normalen Wein und ein bißchen Tabak. In einem Speicher standen alle möglichen landwirtschaftlichen Geräte, und der Vorratsschuppen enthielt Bestände an Kleidung und Nahrung, darunter getrocknetes Fleisch, stark gewürzte Würste, Käse, Marmelade und Konserven.

William zeigte Jasin alles, vom Lammen bis zum Scheren, und erklärte ihm auch das Waschen. »Unser Bruder John verkauft die Wolle für uns in London, und wenn wir schmutzige Schurwolle schicken, dann ist die Hölle los. Im Staub und Schmutz dieses Landes werden die Schafe dreckig, sie sammeln Kletten und Zweige und alles mögliche in ihrer Wolle, um uns das Leben schwerzumachen. Deshalb müssen wir sie mehrmals waschen, um sie sauber zu bekommen, damit sie für die Scherer bereit sind.«

Für William war die Herstellung von feiner Wolle eine Kunst; für ihn war das Land nicht kahl und öde, sondern reich und fruchtbar. Er nahm Jasin mit zu den Weinbergen, den Weinkellern und hinaus zu den Viehhöfen, um eine Herde von Pferden zu begutachten, die von einem Pferdehändler hergebracht worden war. Und sie schauten den Scherern zu und ließen sich jeden Abend von der Aufregung anstecken, wenn die Männer Wetten auf die Stückzahl und das Tempo einzelner Scherer abschlossen.

Mit der Zeit lernte Jasin auch Einheimische kennen, die Camden besuchten, und sie nahmen Einladungen in die Häuser von Parramatta an, wo er den Siedlern zuhörte und aufmerksam von ihrem beiläufig zur Schau gestellten Reichtum und der Größe ihrer Anwesen Notiz nahm. James machte ihn mit den Gestütbüchern und den ordentlichen, ausführlichen Journalen vertraut, in denen die Menge der geschorenen Wolle und die Einnahmen, die sie sie damit erzielten, aufgeführt waren. Und er begriff allmählich, daß sie in die Fußstapfen ihrer Eltern traten.

»Australien hat letztes Jahr eine Million Pfund Schafwolle ins Ausland geschickt«, erzählte ihm James stolz. »Das hat sie aufhorchen lassen. Schließlich kam die Wolle aus ihrer Sträflingskolonie.«

Jasin horchte ebenfalls auf. Er hatte die Geldquelle in der Kolonie entdeckt und würde sich nicht so leicht davon abbringen lassen.

Die Brüder vergaßen nicht, was sie versprochen hatten. Sie veranstalteten zu Ehren Jasins eine prächtige Dinnerparty, zu der sie Leute aus dem ganzen Distrikt einluden. Das Essen war hervorragend, der Wein auch, und nach dem Dinner nahm William ihre Gäste mit zum Wollschuppen hinunter, wo der jährliche Tanz für ihre Arbeiter und Bediensteten stattfand. Einige der männlichen Gäste, unter ihnen Jasin, waren ein bißchen betrunken. Sie stürzten sich ins Getümmel, packten sich Mädchen und begaben sich mit ihnen auf den schmutzigen Tanzboden, um sie zum stampfenden Rhythmus der Fiedler und Akkordeonspieler wie toll herumzuwirbeln, während die Arbeiter sie klatschend anfeuerten.

Jasin hatte sich ein hübsches Mädchen mit einem wilden Schopf rotbrauner Haare und golden gesprenkelten grünen Augen geschnappt, und als der Tanz zu Ende war, weigerte er sich, sie gehen zu lassen. »Nein. Ich habe die Ballkönigin gefunden. Du gehörst mir.«

Das Mädchen lachte, beeindruckt davon, daß der Gentleman soviel Aufhebens um sie machte, und blieb bereitwillig bei ihm, um eine Polka zu tanzen.

Jasin begann sie genauer wahrzunehmen – den geschmeidigen Rücken, die schmale Taille, die vollen, straffen Brüste –, und er schaute ihr immer wieder ins Gesicht; ihre Haut war wie Rosenblüten.

»Ein Gesicht, das tausend Schiffe vom Stapel laufen lassen könnte«, erklärte er ihr, und sie kicherte.

»Wie heißt du?« fragte er sie und wirbelte sie herum.

»Dolour Callinan«, sagte sie.

Er zog sie fester an sich, tanzte zur Tür und in die Nacht hinaus. Beide lachten und atmeten schwer, und er zog sie zu einem schweren Rollwagen hinüber, der an der Wand lehnte, schob sich mit ihr um die großen Räder herum, kroch unter die Deichselarme in einen kleinen, abgeschiedenen Raum und ließ ihr aus Angst, daß sie weglaufen könnte, keine Zeit. Er küßte sie und hielt sie fest, und ihre weichen Lippen brachten ihn zum Träumen. Seine Hände legten sich auf ihre Brüste, umfaßten und streichelten sie, und da sie keine Anstalten machte, sich ihm zu entziehen, wurde er nun kühner und ließ eine Hand unter ihren Rock gleiten. Er berührte ihren bloßen Schenkel. Ihre Zunge reizte ihn auf, und ihre Arme waren um ihn geschlungen und preßten seinen Körper in einem

drängenden Rhythmus an ihren, und er fühlte sich stark und war sicher, daß er sie haben konnte. »Komm mit mir, Dolour«, flüsterte er. »Nein, ich kann nicht. Nicht jetzt.«
Jasin stöhnte. Seine Arme hielten sie fest. Der leichte Duft ihrer Haare streifte sein Gesicht. »Du mußt«, beharrte er.
»Nein, Sie werden mich erwischen. Ich komme später.«
»Wohin kommst du?« fragte er leise, nicht bereit, diese Wärme auch nur einen Moment lang aufzugeben.
»In Ihr Zimmer, Mister Heselwood. Heute nacht.«
Jasin war überrascht, daß sie seinen Namen kannte, und sie hielt das für ein Zögern. »Wollen Sie nicht, daß ich zu Ihnen komme?« fragte sie.
»Doch. Und vergiß es nicht, sonst komme ich dich suchen.« Im Nu war sie verschwunden, und er lehnte sich an die Wand und holte eine dünne Zigarre heraus, um sich zu beruhigen. Eine kleine Irin, sann er, aber fürs Bett geboren.
Der Rest des Abends schleppte sich zäh dahin. Er tanzte mit einem anderen Mädchen durch den Saal und begleitete die Damen dann zum Gehöft zurück, gefolgt von William und seinen Freunden, die über ihr Lieblingsthema sprachen: über Schafe. Zum Nachtisch wurde eine köstliche Kombination aus geschälten Früchten und diversen Käsesorten serviert, dazu noch mehr Wein, und Jasin knabberte und trank, um die endlosen Stunden herumzubringen, bis die Kutschen endlich vorfuhren, um die Besucher wegzubringen, und er in sein Zimmer flüchten konnte, besorgt, daß sie bereits gekommen und wieder gegangen sein mochte oder daß sie überhaupt nicht erscheinen würde.
Dolour Callinan hatte gewußt, wer er war. Alle auf der Farm wußten über ihn Bescheid, besonders die Frauen. Der gutaussehende englische Gentleman war das vorherrschende Gesprächsthema, und sämtliche jüngeren Mädchen und auch ein paar ältere nahmen kleine Umwege in Kauf, um einen Blick auf ihn zu erhaschen. Dolour arbeitete in der Wäscherei, und sie hatte seine feinen Seidenhemden gesehen, bevor es ihr gelungen war, deren Eigentü-

mer zu Gesicht zu bekommen. Sie hatte immer davon geträumt, einen Gentleman wie ihn zu heiraten und in einem schönen Haus zu wohnen. Bis jetzt hatte es keine Gelegenheit für ein irisches Dienstmädchen gegeben, in der Kolonie ihr Glück zu finden, aber sie gab die Hoffnung nicht auf. Mrs. Macarthur hatte sie aus der Frauenfabrik gerettet, in die alle weiblichen Sträflinge geschickt wurden, bis sie irgendwo untergebracht werden konnten, und Dolour hatte noch die Warnung der Oberaufseherin im Ohr, daß dieses Mädchen aufbrausend und unverschämt frech sei. Sie sei deportiert worden, weil sie ihre Herrin geschlagen habe.

Dolour lächelte darüber. Sie war mit dem Sohn und Erben erwischt worden – nichts weiter als ein paar Küsse, aber die Herrin hatte sie mit einem dicken Stock verprügelt, bis Dolour den Stock gepackt und zurückgeschlagen hatte. Der erste Teil der Geschichte kam nie zur Sprache, und Dolour wurde mit neunzehn in die Verbannung geschickt.

Als Mrs. Macarthur das Risiko mit ihr eingegangen war, hatte Dolour aus Widerspenstigkeit beschlossen, die Oberaufseherin Lügen zu strafen. Und nun arbeitete sie seit achtzehn Monaten ganz brav auf Camden, und die Wirtschafterin äußerte sich nur positiv über sie. Aber Dolour wartete auf den richtigen Augenblick. Sie wies die Annäherungsversuche der Arbeiter ab, die nicht besser dran waren als sie, und hielt die Augen in der Hoffnung offen, einen der unverheirateten Currency-Burschen zu treffen, die häufig aus der Stadt nach Camden kamen, aber das Glück war ihr nicht hold gewesen. Sie hatte noch Jahre ihrer Strafe vor sich und sehnte sich danach, sich aus dieser Knechtschaft zu befreien. Sie hatte öfters daran gedacht wegzulaufen, aber sie wußte, daß man sie finden und in die Fabrik zurückschicken würde. Also war sie geblieben.

Und an diesem Abend, als sie mit nichts dergleichen rechnete, wer kam da hereingestürmt und packte sie, während sie gerade auf dem Weg war, sich ein Glas von Mrs. Henrys Erdbeerbowle zu holen? Der englische Gentleman höchstpersönlich. Von nahem sah er besser denn je aus. Und er hatte sie nach draußen entführt, um sie zu küssen, hatte sich in sie verliebt. Davon würde sie keiner Menschenseele etwas erzählen. Irgend jemand würde plaudern, und dann würde man sie auf der Stelle wegschicken.

Er war noch oben im Haus, als sie splitternackt in sein Bett schlüpfte. Er wollte sie, und das würde vielleicht ihre einzige Chance sein. Niemand wußte, wie lange er noch blieb. Sie lag in seinem Bett, roch seinen Duft und dachte an ihn und an die Liebe, die sie ihm schenken würde, damit er sie ebenfalls liebte. Nicht einmal die Möglichkeit einer Schwangerschaft machte ihr Angst. Das einzige, was zählte, war, daß sie ihren Geliebten erwählt hatte.

Und als er hereinkam und ihren warmen Körper bereit für ihn fand, war er überglücklich; er nahm sie so leidenschaftlich in die Arme, daß sie selbst erhitzt und entflammt wurde und ihm so viel gab, daß er sie anflehte, ihn nicht vor der Morgendämmerung alleinzulassen.

»Ich muß gehen«, sagte sie erneut zu ihm. »Möchtest du, daß ich morgen nacht wiederkomme?«

Als sie ihn verließ, war das Zimmer leer und trostlos. Er lag im Bett und durchlebte jede Einzelheit der Nacht noch einmal. Noch nie hatte er eine Frau wie diese gehabt, so geschickt und hemmungslos, und er würde ihr noch mehr beibringen. Er fragte sich, ob er seine sexuelle Höchstform erreicht hatte und wie er sich diese neue Aufwallung von Leidenschaft erhalten konnte. Georgina würde diese Art von körperlicher Liebe weder billigen noch tolerieren. Außerdem war sie nicht dumm; vielleicht würde sie ihm Fragen stellen. An diesem Tag ritt er zu den Pferdekoppeln hinaus. Dort gelang es ihm zwar, einen interessierten Eindruck zu machen, aber er konnte an nichts anderes als an Dolour denken, an die Stunden, die er warten mußte, bis er sie wiedersehen und berühren konnte.

Er bekam einen Brief von Georgina, in dem sie schrieb, daß im Haus der Hortons große Aufregung herrschte. Vicky hatte verkündet, daß sie schwanger war. Horton freute sich, daß Jasin seinen Besuch auf Camden ernst nahm. Jasin ließ eilends ein Schreiben überbringen, in dem er den Hortons zu dem bevorstehenden Ereignis gratulierte und erklärte, er freue sich schon darauf, die Leitung von Chelmsford zu übernehmen. Diesmal meinte er es ernst. Die Macarthur-Brüder hatten ihn davon überzeugt, daß es ein gewaltiger Vorteil war, einen bereits existierenden Betrieb zu übernehmen, und Jasin war entschlossen, sich eines Tages seine eigene Farm zu kaufen. Auf Chelmsford würde er der Boß ein, mit einem erfahrenen Vormann; eine wunderbare Gelegenheit, wie er jetzt erkannte. Es machte ihn nervös, wenn er daran dachte, daß er sie beinahe verpaßt hätte. Aber er gab Horton die Schuld, weil der es ihm nicht genauer erklärt hatte.

William drängte ihn, so bald wie möglich sein eigenes Land zu kaufen. »Nicht weit nördlich vom Hunter Valley, wo Sie sein werden, gibt es Millionen Morgen Land, die für einen Pappenstiel zu haben sind.«

Jasin schüttelte den Kopf. »Ich habe mir eure Karten genau angesehen. Dieses Land ist jenseits der Grenzen. Es ist nicht einmal kultiviert.«

»Genau. Es ist praktisch umsonst zu haben. Es wird so sein, als ob man Gold fände. Ich wünschte, ich könnte in den Norden gehen, aber wir haben hier zuviel zu tun. Ein Freund von mir hat dieses Land erforscht, und er sagt, es sei großartiges Weideland. Riesige Flüsse und wundervolle Weideflächen.«

»Wie packt man so etwas an?«

»Nehmen Sie sich Führer. Gehen Sie von diesem Tal aus nach Norden und markieren Sie das Land, das Sie haben möchten. Lassen Sie ein paar Männer dort zurück, die es für Sie sichern. Wenn es vermessen ist, können Sie es auf Ihren Namen eintragen lassen und es pachten, bis Sie es kaufen können.«

»Wenn ich es täte, wieviel Land sollte ich beanspruchen?«

»Wir werden mit James darüber reden. Mindestens ein paar tausend Morgen.«

Jasin wurde es schwindlig. »Hat Ihr Vater so angefangen?«

»Ja, und es gibt noch einen halben Kontinent nördlich vom Hunter Valley, Land, das nur auf Männer wartet, die kühn genug sind, es mit Beschlag zu belegen.«
Sein Gast lachte. »Ich sehe mich kaum in dieser Rolle. Ich glaube wirklich nicht, daß ich der Typ des Pioniers bin.«
William sah ihn ernst an. »Vielleicht nicht. Aber Sie brauchen die Axt ja nicht selbst zu schwingen. Arbeitskräfte sind billig. Sie müssen nur das Land finden und Anspruch darauf erheben. Der Rest geht dann wie von selbst.«
Wenn Jasin eine Rechtfertigung dafür eingefallen wäre, länger zu bleiben, hätte er es getan, aber seine Zeit war fast um. Seit einer Woche kam Dolour nun in sein Bett, und ihr Zusammensein war intensiver geworden. Der Gedanke, sie verlassen zu müssen, machte ihn wahnsinnig. Selbst wenn er tagsüber an sie dachte, begehrte er sie so sehr, daß er sich wünschte, zu ihr gehen zu können, aber er mußte weiterhin auf Camden herumwandern, als ob es sie gar nicht gäbe.
»Ich liebe dich«, erklärte er ihr in dieser Nacht, »und ich werde dich niemals gehen lassen.«
Aber Dolour war still. »Du bist verheiratet. Sie haben mir erzählt, daß du verheiratet bist.«
»Ist das meine Schuld? Woher sollte ich wissen, daß ich dir begegnen und mich in dich verlieben würde? Ich habe nur aus Vernunftgründen geheiratet.«
Schockiert darüber, daß es stimmte, machte sie sich von ihm los, aber er weigerte sich, sie gehen zu lassen, und Dolour wußte, daß es zu spät war. Sie liebte ihn zu sehr, um die kostbare Zeit mit ihm zu vergeuden.
James suchte ihn auf, nachdem er mit William über die Frage des Landerwerbs gesprochen hatte. »Wenn ich Sie wäre, Jasin, würde ich in die Rinderzucht gehen. Ich glaube, Sie finden dieses ganze Herumgewerkel mit den Schafen und der Wolle ziemlich langweilig.«
»Chelmsford ist eine Schaffarm.«

»Ja, aber wenn Sie in den Norden gehen, stellen Sie sich Rinder auf Ihre Weiden. Die Bevölkerung wächst. Sie muß ernährt werden. Die Schafe brauchen wir wegen der Wolle.«
Jetzt war Jasin vollkommen verwirrt. »Ich muß darüber nachdenken.« Die ganze Idee, auf der Suche nach Land nach Norden vorzudringen, rückte in die Ferne.
»Ja, überlegen Sie es sich«, sagte James. »Aber um Schafe muß man sich intensiv kümmern. Man braucht Schäfer und Farmarbeiter, und je weiter man hinausgeht, desto schwerer ist es, Arbeiter zu finden. Mit Rindern ist es einfacher. Man muß sie bloß mästen und dann verkaufen.«
Am nächsten Tag ritten sie nach Parramatta hinein, und während die Brüder sich um ihr Geschäft kümmerten, begab sich Jasin in eine Taverne, wo er mit einem anderen Engländer ins Gespräch kam.
»Wo kommen Sie her?« fragte ihn der Engländer.
»Aus Camden«, sagte Jasin, der die Frage absichtlich mißverstand, und seine Antwort beeindruckte den Fremden.
»Mein Name ist Pelham«, sagte er. »Captain Pelham. Ich habe mein Regiment verlassen, um mich mal umzuschauen. Hier gibt's Chancen, die wir zu Hause nie bekommen würden.«
»Was für Chancen?«
»Schnellen Umsatz. Kaufen und verkaufen.«
»Was kaufen und verkaufen?«
»Rinder. Pferde. Und ich will Ihnen noch was sagen. Ich bin absolut überzeugt, daß es da draußen irgendwo Gold gibt.«
»Gold. Na, ich hoffe, Sie finden es, alter Freund. Wohin gehen Sie von hier aus?«
»Nach Sydney zurück. Ich muß mir einen Geldgeber suchen. Sind Sie interessiert?«
»Vielleicht. Wo kann ich Sie in Sydney finden?«
»Im York Hotel, Phillip Street. Hier ist meine Karte. Besuchen Sie mich.«
Jasin konnte die Macarthurs auf der anderen Straßenseite sehen.

»Ja, das werde ich tun. Ich interessiere mich für Rinder. Ich denke daran, in den Norden zu gehen, wissen Sie.«
»Gute Idee. Sie schauen in die richtige Richtung«, sagte Pelham.
Beim Mittagessen mit William und James sagte Jasin nichts von seiner Begegnung mit Pelham. Außerdem lag das alles zu weit in der Zukunft. Er würde einfach nach Chelmsford gehen und sich dort seinen nächsten Schritt überlegen. Eins nach dem anderen.
»Jasin, Sie sind doch mit der *Emma Jane* nach Sydney gekommen, nicht wahr?« fragte William.
»Ja.« Es hatte keinen Zweck, das abzustreiten.
»Hab ich mir gedacht. Ich habe da eine seltsame Geschichte für Sie.«
»Alles an der *Emma Jane* war seltsam. Es war wirklich eine schlimme Reise. Meine Frau hat sich immer noch nicht ganz davon erholt.«
»Erinnern Sie sich an einen Burschen namens MacNamara?«
»Dunkel.«
»Ah, gut«, sagte William. »Mister MacNamara ist anscheinend in Schwierigkeiten geraten, und sein Freund, der erste Offizier Palmerston, hat ihn gesucht.«
»Ah ja, an Palmerston erinnere ich mich. Was hat das mit mir zu tun?«
»Nun, sehen Sie, Jasin, auf Palmerstons Bitte hin habe ich versucht, MacNamara aufzuspüren, und ich habe ihn auch gefunden, aber es sieht nicht besonders gut aus. Anscheinend hatte er einen Zusammenstoß mit Mudie, einem Siedler aus dem Hunter Valley. Ein übler Typ, fürchte ich, obwohl er Friedensrichter ist. Mudie nimmt sich ungeheuer wichtig, aber er hat wirklich Freunde in den höheren Rängen. Sie haben MacNamara ins Gefängnis von Bathurst gesteckt, aber meinen Quellen zufolge ist bei der Verhandlung nicht alles mit rechten Dingen zugegangen.«
Jasin lachte. »Was hat MacNamara getan?«
»Ich glaube, er hat Mudie oder seinem Schwiegersohn ordentlich eins verpaßt, wofür ihm viele Kolonisten eine Medaille geben wür-

den, aber Mudie ist ein rachsüchtiger Mistkerl. Es war sehr unklug von ihm.«

»Das ist typisch für den Iren.«

»Ich dachte, weil Sie ihn kennen ... wenn Sie nach Sydney zurückkommen, würden Sie dann wohl im Nelson Hotel in der King Street vorbeischauen und seinen Freunden Bescheid sagen, wo er ist? Sie machen sich große Sorgen um ihn.«

»Selbstverständlich«, antwortete Jasin. Was sollte er seinen Gastgebern sonst sagen? Er würde versuchen, daran zu denken, aber wenn er nach Sydney zurückkam, würde er eine Menge zu tun und an vieles zu denken haben. Er wandte sich an James. »Sie haben davon gesprochen, daß ich neues Land beanspruchen soll. Wo könnte ich vertrauenswürdige Führer finden?«

»Das ist immer ein Problem«, sagte William.

»Diesmal nicht«, warf sein Bruder ein. »Wie wär's mit Clarrie Shipman und seinem Kumpel Snow?«

»Ha, ja! Die würden die Gelegenheit sofort beim Schopf ergreifen«, lachte William. »Dann hätten sie was zu tun. Die beiden sind alte Buschmänner, Jasin, und sie leben jetzt die meiste Zeit auf Camden. Das sind genau die Richtigen für Sie. Alles, was sie brauchen, ist ihre Verpflegung und eine Flasche Rum für Feier- und Ruhetage. Lassen Sie's uns einfach wissen, wenn Sie die beiden brauchen.«

Sie feierten Jasins letzten Abend auf Camden mit einem ruhigen Dinner, und die Macarthurs schenkten ihm eine schöne Pistole und eine Lederrolle mit einem Satz Karten der erforschten Gebiete von New South Wales. Sie brachten einen Toast auf seinen Erfolg auf Chelmsford und auf seine eventuelle Zukunft als Viehzüchter aus.

Als er zu den Unterkünften für die Junggesellen zurückging, fühlte er sich, als ob ihm die ganze Welt zu Füßen läge. Die familiäre Einheit und die Entschlossenheit der Macarthurs faszinierten ihn. Bei ihnen klang alles so einfach, was es bestimmt nicht war, aber er hatte hier eine gute, dauerhafte Beziehung angeknüpft, und bevor

er einen neuen Schritt tat, würde er ihren Rat suchen. Wenn der alte John Macarthur es so weit bringen konnte, dann war ein Heselwood ebenfalls dazu imstande. Er war derart mit seinen Plänen beschäftigt, daß er überhaupt nicht mehr daran dachte, daß Dolour auf ihn wartete. Dies war ihre letzte gemeinsame Nacht, und er begehrte sie so leidenschaftlich, daß er sie bat, mit ihm von hier wegzugehen. »Ich kann nicht«, sagte sie. »Das würde nicht gut für dich aussehen. Aber in ein paar Wochen laufe ich weg.«
»Ja, das mußt du tun. Und du mußt mich wissen lassen, wo du bist.«
»Du wirst keine Schwierigkeiten haben, mich zu finden«, sagte sie mit einer Spur von Furcht in der Stimme. »Sie werden mich in die Frauenfabrik stecken.«
»Nein. Du mußt dich vor ihnen verstecken. Ich werde dir helfen.«
»Das ist nicht so einfach. Früher oder später werden sie mich finden. Also werde ich mich stellen.«
Er setzte sich im Bett auf. »Aber warum denn?«
Dolour lächelte. »Weil sie mich hier nicht wieder aufnehmen werden. Und du kannst kommen und verlangen, daß ich dir als Dienstmädchen zugewiesen werde. Dann kann ich überall hingehen, wo du willst.«
»Aber was ist, wenn jemand anders Anspruch auf dich erhebt?«
»Ah, das ist das Schöne daran. Ich muß nicht gehen. Sie können mich nicht zwingen. Ich werde einfach auf dich warten. Aber es ist schrecklich dort, Liebster. Du wirst mich doch nicht zu lange dort alleinlassen, nicht wahr? Ich werde jede Nacht von dir träumen.«
Ihre Finger gruben sich in seine Haut, damit er es nicht vergaß, und er begann sie erneut zu liebkosen. Und während sie sich liebten, erzählte er ihr fortwährend, was sie tun würden, wenn sie erst zusammen waren und sich nicht mehr heimlich in diesem kleinen Zimmer treffen mußten; er sprach von den Nächten und den Tagen, die sie miteinander verbringen würden, und fand noch neue Varianten des Liebesaktes, die er sich nie auch nur im Traum vor-

gestellt hätte. Und als sie sich schließlich von ihm löste und in die Nacht hinausschlüpfte, blieb er einsam und verlassen zurück.
Wie im Traum verabschiedete er sich am nächsten Tag von William und James und dankte ihnen, daß sie so freundlich zu ihm gewesen waren. Es war ein anderer Jasin Heselwood, der sich in den Sattel schwang und über den Hang auf der anderen Seite des Bachs zu den Toren von Camden ritt. Er war jetzt zuversichtlich und ehrgeizig; keine Spur mehr von dem nervösen kleinen Gentleman, der darauf wartete, den Kolonisten vorgestellt zu werden, und sich nur seiner sozialen Stellung sicher war. Diese, so wußte er jetzt mit Bestimmtheit, würde ihm in New South Wales zustatten kommen, und den Rest konnte er aus eigener Kraft schaffen.
Er blieb über Nacht im selben Gasthof wie bei seiner Anreise, und als er am nächsten Morgen weiterritt, hatten seine Pläne klare Gestalt angenommen. Er mußte seinen Job auf Chelmsford unbedingt so bald wie möglich antreten. So würde er kostenlos nach Norden gelangen und eine Basis erhalten, von der aus er eine Expedition anführen konnte, um sich sein eigenes Land zu suchen. Er ritt in leichtem Galopp nach Sydney. Prince Blue hatte auf dem Land so viel Bewegung gehabt, daß er nun in sehr guter Form war. Die Kolonie war zu einem interessanten Ort geworden.
Auf der Straße nach Sydney wimmelte es von beladenen Rollwagen, die zu den Märkten fuhren, aber Jasin ritt ganz in seine Gedanken versunken an ihnen vorbei. Er sah nicht, wie Lachlan Cormack auf ihn zukam, bis dieser sein Pferd zügelte und seinen Namen rief. »Mister Heselwood! Jasin!«
»Na so was, Cormack! Sie sind's! Man rechnet ja nicht damit, auf diesen Straßen ein bekanntes Gesicht zu sehen. Ist etwas nicht in Ordnung? Sie sehen ziemlich aufgeregt aus.«
»Ich wollte Sie zurückholen, Jasin. Ich fürchte, ich habe schlimme Nachrichten für Sie. Tut mir leid, daß ich Ihnen schlechte Neuigkeiten überbringen muß, aber – John Horton ist tot. Gott hab ihn selig.«

Jasin war wie betäubt. »Horton? Nein! Sind Sie sicher? Hatte er einen Unfall? Ist er vom Pferd gestürzt?«
»Es war kein Unfall. Er hatte eine schwere Grippe, und als er sich gerade zu erholen schien, bekam er einen Rückfall. Der Doktor sagte, es sei doppelseitige Lungenentzündung. Er hat getan, was er konnte. Vicky und Ihre liebe Frau Georgina haben ihn Tag und Nacht gepflegt, aber gestern in den frühen Morgenstunden ist er dann plötzlich gestorben. Es ist schrecklich. Vicky nimmt es sehr schwer.«
Jasin konnte immer noch nicht recht glauben, daß Horton nicht mehr unter den Lebenden weilen sollte. Er war eher erstaunt als bekümmert. Horton war ihm unverwüstlich erschienen; ein Mann, der ein neues Leben begonnen hatte. Wie war es möglich, daß er von einem so dummen und vorzeitigen Tod dahingerafft worden war? Er hatte bemerkt, wie die Kolonisten – Leute wie Cormack zum Beispiel – zu Horton aufgeblickt hatten. Seltsamerweise hatte er an diesem Morgen an Cormack gedacht. Ihm war bewußt geworden, daß Hortons Freunde zu der gleichen Gruppe reicher Siedler gehörten, deren Bekanntschaft er auf Camden gemacht hatte.
Cormack war zurückgefallen, aber Jasin ritt weiter. Prince Blue galoppierte, als ob er wüßte, daß nun Eile geboten war. Mit der Zeit begann Jasin echte Bestürzung über Hortons Tod zu empfinden, aber als ihm das Endgültige daran aufging, dachte er an Chelmsford und Hortons andere Güter und sah, daß Vicky ihn jetzt mehr denn je brauchen würde. Eine Frau war nicht in der Lage, die Farmen zu leiten.

Zur Beerdigung waren viele Freunde und Nachbarn erschienen, aber die Witwe hatte es abgelehnt, irgendwelche Trauergäste hinterher in ihr Haus zu lassen.
»Ich kann sie verstehen«, sagte Georgina. »Ich könnte es nicht ertragen, wenn die Leute nach einem Todesfall in der Familie in meinem Haus saufen und fressen und sich amüsieren würden. Ziemlich unsensibel.«

»So ist es bei ihnen nun mal Sitte«, murmelte Jasin. Er war enttäuscht, daß ihm die Gelegenheit entgangen war, sich mit Hortons Freunden besser bekannt zu machen.

»Das ist in Irland Sitte, aber nicht bei uns«, erwiderte Georgina. Sie saßen allein im Salon, während die Dienstmädchen mit roten Augen Tee servierten. »Habt ihr Missis Horton Tee gebracht?« fragte Georgina sie.

»Sie will keinen, Madam. Sie sitzt nur in ihrem Zimmer, starrt vor sich hin und will kein Wort sagen.«

»Klopft leise an die Tür. Bringt den Tee hinein und laßt ihn dort stehen. Und laßt sie in Ruhe.«

»Ja, Ma'am.«

Als sie gingen, sah Georgina Jasin an. »Ich muß sagen, Heselwood, du siehst gut aus. Du bist sogar braun geworden.«

»Es ist ein Wunder, daß ich nicht schwarz verbrannt bin. Aber die Aktivität hat mir gut getan, nehme ich an, nachdem ich all diese Monate auf dem Schiff eingesperrt war.«

»Weißt du, daß Vicky in anderen Umständen ist?« fragte sie.

»Ja, das hast du mir in einem deiner Briefe geschrieben.«

»Es war eine solche Aufregung. Der arme Horton war entzückt, und jetzt wird er sein Kind nie zu sehen bekommen. Es ist so traurig. Und sie waren alle so aus dem Häuschen, daß ich das Gefühl hatte, es wäre nicht der richtige Zeitpunkt und vielleicht auch ein bißchen peinlich, mit meinen Neuigkeiten herauszurücken.«

»Was denn für Neuigkeiten?«

»Ich bin auch in anderen Umständen.«

»Wirklich?« Jasin hätte fast seinen Tee verschüttet. Auf einmal sah sie verletzlich aus. Sie suchte in seinem Gesicht nach seiner Reaktion, und seine alte Zuneigung zu ihr kehrte zurück. »Das ist eine gute Nachricht. Jetzt, wo ich einen eigenen Sohn und Erben bekomme, werde ich noch größere Anstrengungen unternehmen müssen. Ich glaube, wir werden hier schließlich doch noch sehr gut zurechtkommen.«

»Aber ich habe keine Lust, noch viel länger in diesem Haus zu bleiben. Schon bevor der arme John gestorben ist, hatte ich das Gefühl, daß wir die Gastfreundschaft der Hortons bereits zu lange beansprucht haben.«

»Meine liebe Georgina, man kann uns ja viel vorwerfen, aber bestimmt keine schlechten Manieren. Wir würden niemals länger bleiben, als wir erwünscht sind. Ich habe alles im Griff. Sobald Vicky dazu imstande ist, werde ich mit ihr reden. Nichts hindert uns daran, sofort nach Chelmsford aufzubrechen. Vicky wird eine Sorge los sein, wenn sie weiß, daß sie sich auf uns verlassen kann. Es war Hortons Wunsch. In der Zwischenzeit muß ich mich in der Stadt um ein paar geschäftliche Angelegenheiten kümmern, angefangen mit dem Gouverneur. Ich muß mein Recht auf Landerwerb begründen und ein bißchen netter zu dem alten Knaben sein.«

»Jasin. Du kannst jetzt nicht zu ihm gehen. Hast du's nicht gehört? Sein kleiner Sohn ist auch an der Grippe gestorben. Sie sind in Trauer.«

»Guter Gott! Hat es hier eine Epidemie gegeben? Nun, ich muß ihn einfach sprechen, bevor wir abreisen.«

»Du könntest zu Macleay gehen. Er scheint den größten Teil der Arbeit zu erledigen.«

»Mit diesem aufgeblasenen Dummkopf will ich nicht reden. Ich spreche nicht mit Untergebenen.«

Er zündete sich seine Pfeife an und dachte eine Weile über das Problem nach.

»Weißt du was? Ich werde Seiner Exzellenz einen Besuch abstatten, um ihm mein Beileid persönlich auszusprechen. Ihn meines aufrichtigen Mitgefühls zu versichern. Und wenn ich mein Taschentuch ausgewrungen habe, kann ich ihn wegen der Sache mit dem Land zu Rate ziehen. Eigentlich recht günstig.«

»Jasin! Das ist sehr grob!«

»Das Leben muß weitergehen, meine Liebe. So wie hier. Ich bin froh, wenn ich wegkann. Horton hat das Leben in diesem Haus mit ins Grab genommen.«

Gouverneur Darling machte tatsächlich eine Ausnahme, um den Ehrenwerten Jasin Heselwood zu empfangen, und war dankbar, daß dieser junge Mann, der Sohn eines Grafen, eine derart aufmerksame Geste machte. »Die jungen Leute scheinen heutzutage keinen Respekt mehr vor den Anstandsregeln zu haben«, beklagte er sich bei Jasin. »Und hier draußen gibt es nur wenige, die auch nur ansatzweise begreifen, was von ihnen erwartet wird.« Es war der Gouverneur, der das Thema Land zur Sprache brachte. »Haben Sie darüber schon einmal nachgedacht, Mister Heselwood? Ihr Vater würde es mir nie verzeihen, wenn ich Sie nicht ein wenig beraten würde.«
»Bis jetzt noch nicht. Man fragt sich aber doch, was man am besten tun soll. Aber ich möchte Sie zu diesem Zeitpunkt nicht mit so banalen Dingen aufhalten.«
Jasin erhob sich, um zu gehen, aber der Gouverneur hielt ihn auf. »Kommen Sie mit. Wir werden einen Blick auf die Karten werfen. Das wird mich für eine Weile von meinem Kummer ablenken.«
Sie sahen sich die Karten an, und Darling zeigte auf die Gebiete, die günstig zu haben waren, weil die Besitzer aufgegeben hatten oder wegen Verzug bei der Bezahlung von Pachtgeldern zum Rückzug gezwungen worden waren.
»Und wie steht's hier oben?« Jasin zeigte vage auf die nördlichen Gebiete außerhalb der Grenzen.
Darling war verblüfft. »Diese Gebiete sind noch nicht vermessen worden. Ich versuche, die Siedler von dort fernzuhalten.«
»Trotzdem gehen sie hin. Und wie ich höre, kann jeder Hans und Franz, der seine Markierungen in dieser abgelegenen Gegend anbringt, das Land letztendlich behalten. Das ist ziemlich unfair Leuten wie mir gegenüber, die es vorziehen, auf dem Boden der Gesetze zu bleiben.«
»Die Situation ist sehr schwierig. Ich möchte Sie nicht zurückhalten, Mister Heselwood, aber ich kann schwerlich eine Expansion billigen, bevor ich nicht alles einigermaßen unter Kontrolle habe. Sie haben doch Anspruch auf ein Stück Land innerhalb der Gren-

zen. Warum nehmen Sie sich nicht ein Grundstück bei Bathurst oder Goulburn?«

Jasin machte ein enttäuschtes Gesicht. Er wollte sich von diesem Dummkopf nicht dazu ermutigen lassen, seine Zeit mit den Resten zu verschwenden, wo er doch nun genau wußte, was wirklich zu haben war. »Euer Exzellenz, darüber sollten wir uns im Moment nicht den Kopf zerbrechen. Solange ich nicht die gleichen Chancen habe wie alle anderen, sind mir die Hände gebunden. Es ist wirklich schade. Ich dachte daran, den Grafen zu bitten, ein Syndikat zu gründen, ein Familiensyndikat, um hier zu investieren.«

Der Gouverneur zermarterte sich das Hirn, um eine Antwort zu finden. Er wollte es sich mit den Heselwoods nicht verderben. Ein Wort bei Hof aus dieser Ecke konnte ihm die Ritterwürde garantieren.

Jasin hatte einen Vorschlag. »Wie wär's, wenn ich mich später mal da oben umschauen und Ihnen meine Erkenntnisse zukommen lassen würde? Das einzige, worum ich bitte, ist eine kleine Vorinformation, wann das Land zugänglich sein wird. Ich glaube, ich habe Anspruch auf eine kleine Gefälligkeit.«

Darling wußte, daß es mehr als eine kleine Gefälligkeit war, aber in seinem Herrschaftsgebiet würde er die Heselwoods den aufsässigen Kolonisten vorziehen, die jetzt schon in Massen seine Grenzen überschritten. Es war viel besser, da draußen englischen Adel statt entlassene Sträflinge sitzen zu haben. »Ich glaube, das ließe sich machen, ohne daß wir unsere Pläne über den Haufen werfen müßten«, überlegte er.

»Aber in diesem Stadium ist das ohnehin bloß hypothetisch«, beendete Jasin den Satz für ihn und wechselte dann das Thema, damit Darling nicht mißtrauisch wurde. »Das Tragische an Hortons Tod – tut mir leid, Eure Exzellenz, ich komme immer wieder darauf zurück – ist, daß seine Familie erst in ein paar Monaten etwas davon erfahren wird. Sie glauben bis heute, daß er noch lebt.«

Tränen trübten die Augen des Gouverneurs. »Sie haben recht. Es ist wirklich entsetzlich, wenn man daran denkt, daß alle zu Hause meinem kleinen Sohn noch monatelang schreiben und ihn grüßen lassen werden. Und meine arme Frau und ich werden dies noch einmal durchmachen müssen, wenn die ersten Beileidsbriefe aus der Heimat eintreffen.«

»Ach ja. In solchen Zeiten fühlt man sich von der Außenwelt abgeschnitten. Niemand dort versteht, was für Opfer wir bringen müssen, um hier in der Kolonie zu bleiben.«

Der Gouverneur, der jetzt völlig sein inneres Gleichgewicht verloren hatte, ergriff seinen Arm. »Mein lieber Freund, Sie müssen mich entschuldigen. Ich danke Ihnen für Ihr Kommen und Ihr Verständnis. Bitte bleiben Sie mit mir in Verbindung. Man kann nur so wenige Menschen ins Vertrauen ziehen.«

Bevor er die Stadt verließ, schaute Jasin auf die Möglichkeit hin, Captain Pelham anzutreffen, beim York Hotel vorbei. Er war sehr zufrieden mit sich, weil er beim Rennen um Land einen Vorsprung herausgeholt hatte und weil der Gouverneur sich alle Mühe gab, ihn bei Laune zu halten.

»Ein Syndikat, du meine Güte!« schnaubte er. »Mein Vater hat mir nichts gegeben, und er kriegt auch nichts von mir. Außer seinen ersten Enkel.« Er überlegte, welchen Namen er seinem Sohn geben sollte. Es würde ein Sohn werden, da war er sicher. Warum nicht Edward? In der Familie der Heselwoods hießen die ersten Söhne immer Edward. Sein Bruder Edward hatte bis jetzt nur eine Tochter zustandegebracht.

Pelham war nicht da, und Jasin machte sich nicht die Mühe, seinen Namen zu hinterlassen. Der schielende Hotelier würde ihn zweifellos beschreiben, so daß Pelham sich denken konnte, wer der Besucher war. Es würde ihn neugierig machen. Sein Interesse wachhalten. Wenn er nach Norden gehen würde, konnte Pelham ein nützlicher Gefährte sein.

Tage vergingen, bis Vicky aus ihrer einsamen Wache herauskam, und Jasin fand sie im Salon. Alle Jalousien waren heruntergelassen,

und ihr Gesicht sah bleich und düster aus. »Geht es Ihnen besser, meine Liebe?«
»Ja.« Ihre Stimme war hart.
»Wir sind Ihnen ungeheuer dankbar für Ihre Gastfreundschaft und meinen, daß wir jetzt aufbrechen sollten, wenn es Ihnen recht ist.«
»Gut.«
»Wir werden uns direkt nach Chelmsford begeben, und ich kann Ihnen versichern, daß wir unser Bestes tun werden, uns um Ihre Interessen zu kümmern, wie Horton es gewünscht hätte.«
»Sie kümmern sich doch nie um die Interessen anderer Menschen, sondern nur um Ihre eigenen, Jasin Heselwood. Versuchen Sie nicht, mir den Blick zu vernebeln. Und Sie haben immer noch mein Pferd.«
»Meine Liebe! Gewiß ...«
Aber Vicky schnitt ihm das Wort ab. »Oh, das ist schon in Ordnung. Sie können das Pferd behalten, da es Ihnen ja so viel bedeutet. Aber Sie haben den einzigen Streit verursacht, den John und ich während unserer Ehe hatten. Das werde ich Ihnen nie verzeihen.«
»Vielleicht ist es dann ja gut, daß wir abreisen.« Jasin sprach beruhigend, da sie immer noch außer sich war. »Das ist eine sehr schwere Zeit für Sie. Aber Sie sind jung. Sie werden mit der Zeit darüber hinwegkommen. Wenn wir uns auf Chelmsford eingerichtet haben, werde ich Ihnen sofort schreiben.«
»Ja. Chelmsford. Ich werde Ihre Dienste dort nicht benötigen.«
Jasin war sprachlos. Sie redete mit ihm, als ob er ein Diener wäre. Sie entließ ihn! »Madam. Es war Hortons ausdrücklicher Wunsch, daß ich Chelmsford leite. Gewiß werden Sie seine Wahl des Verwalters akzeptieren.«
»Sie haben mich nicht richtig verstanden. Ich brauche niemanden für Chelmsford. Ich habe vor, die Farm zu verkaufen, und die anderen Weiden ebenfalls. Die Erlöse werden mir ein angenehmes Leben ermöglichen, und ich werde hierbleiben können, ohne mir darüber Sorgen machen zu müssen, was da draußen vorgeht.«

»Es wäre unklug von Ihnen, so überstürzt zu handeln. Sie sollten sich dabei beraten lassen.«
»Ich brauche keinen Rat, danke. Wenn Sie so an Chelmsford interessiert sind, Heselwood, dann kaufen Sie es.«
Sie nahm ein Gebetbuch zur Hand und begann provokativ zu lesen, während Jasin wütend stocksteif dastand und sich wünschte, er könnte sie schlagen. »In diesem Fall werden Sie mich entschuldigen. Wir werden so bald wie möglich abreisen.«
Vicky neigte zustimmend den Kopf, ohne aufzublicken.
Draußen hastete eins der Dienstmädchen davon, und er war sicher, daß es an der Tür gelauscht hatte.
Georgina schien nicht besonders überrascht zu sein. »Ich wußte, daß es zwischen ihnen Ärger wegen des Pferdes gab. Ich konnte es nicht gut in einem Brief erwähnen, aber Vicky war ziemlich kurz angebunden, während du weg warst, und ich habe mich hier sehr unwohl gefühlt. Ich bin froh, daß wir abreisen. Ich werde versuchen, mit ihr zu reden. Es wäre doch schade, wenn wir im Unfrieden von hier weggehen würden.«
»Glaubst du, du kannst sie überreden, ihre Meinung in bezug auf Chelmsford zu ändern?«
»Ich bezweifle es. Auf lange Sicht scheint es wirklich das Vernünftigste für sie zu sein, auch wenn sie glaubt, sie könnte es als Stock benutzen und uns damit prügeln.«
»Wenn sie glaubt! Sie hat ganze Arbeit geleistet, so wie sie auf mich eingeschlagen hat. Als ob es meine Schuld wäre, daß ihr Mann gestorben ist! Und sie weiß, daß wir nirgends hinkönnen. Das kleine Miststück ist jetzt im Machtrausch. Na schön. Ich werde mich umschauen und eine Unterkunft für uns suchen. Meinst du, wir könnten für eine Weile in ein Hotel gehen?«
»Nein. Das würde zu sehr wie ein Rückzug aussehen. Unsere Pläne haben sich geändert. Vicky verkauft Chelmsford, und wir sollten zeigen, daß wir mit diesem vernünftigen Vorhaben vollkommen einverstanden sind. Und gib ihr keinen Anlaß zu erklären, daß sie auf unsere Dienste verzichten will, wie sie angedeutet hat.«

»Angedeutet? Sie hat's mir frech ins Gesicht gesagt!«
»Das ist jetzt egal. Mit Chelmsford ist es aus, und wir brauchen jetzt als erstes ein Dach über dem Kopf. Ich glaube, ich habe da schon eine Lösung. Wie gesagt, sie hat mich gemieden, während du weg warst. Wenn Horton nicht da war, hat sie kaum ein Wort mit mir gesprochen.«
»Das tut mir leid, Georgina. Wenn ich gewußt hätte, daß diese Aufsteigerin es wagen würde, dich so zu behandeln, wäre ich sofort zurückgekommen.« Plötzlich kam ihm Dolours Gesicht in den Sinn, und er errötete. Er befühlte seine Wangen und brachte eine schnelle Entschuldigung vor. »Ich werde rot vor Wut, wenn ich daran denke, daß du an solch einem Ort bist.«
»Darüber sollten wir uns jetzt keine Gedanken machen. Ich war nicht bereit, einfach sitzenzubleiben und mich auf diese Weise abfertigen zu lassen, und habe mich recht gut mit den Nachbarn angefreundet. Mary Cormack ist eine ganz reizende Frau. Sie hat Lachie losgeschickt, damit er dich holt.«
»Aha! Lachie, was?«
»Jasin. Bitte, bring das Gespräch nicht auf dieses Niveau. Laß mich ausreden. Also, du warst ja selbst schon im Haus der Cormacks. Es ist ziemlich groß, und man hat einen Blick auf die Bucht. Aber im Moment ist das Haus ihr großes Problem. Sie haben vor, für ein Jahr oder so nach England zu gehen, und so lange kann man ein Haus nicht unbeaufsichtigt lassen.«
»Suchen sie Mieter?«
»Nein, mein Lieber. Sie sind extrem reich. Sie brauchen einfach jemand, der im Haus wohnt und sich darum kümmert, während sie weg sind. Mary sagte, sie wollte drei Angehörige des Personals behalten, eine Köchin, ein Dienstmädchen und einen Gärtner, alles zugewiesene Diener, aber sie kann sie nicht alleinlassen. Sie hat mir gegenüber bereits geäußert, wie schade es sei, daß wir nach Chelmsford gingen, wir seien genau die Richtigen, um uns um das Haus zu kümmern.« Georgina lehnte sich in den Sessel zurück und lächelte. »Es würde mir viel Freude machen, dort zu wohnen. Wie ist es mit dir?«

»Was für ein Witz! Wir würden Nachbarn von Missis Horton werden! Das ist die Lösung, meine Liebe. Du bist ein kluges Mädchen.«
»Ich finde es heute sehr stickig hier drin, Jasin. Warum gehen wir nicht ein Stück querfeldein und schauen bei den Cormacks vorbei?«
»Glänzende Idee. Und morgen reite ich wieder nach Sydney und spreche mit Dermott Forrest. Er weiß es noch nicht, aber er wird sein Geld in Rinder investieren. In viele Rinder.«
Georgina nahm ihren Schal. »Wirklich, Jasin, es ist schwer, dir zu folgen. Ich dachte, es wären Schafe.«
»Nein. Wir werden Rinder kaufen, und zwar mit jedem Penny, den wir kriegen können.« Er dachte bereits, daß Georgina ihre ganzen Möbel, die immer noch im Hafen lagerten, im Haus der Cormacks nicht brauchen würde. Und er mußte sich ein Darlehen besorgen. Mrs. Horton würde feststellen, daß die Heselwoods sehr gut ohne sie zurechtkamen.

15. KAPITEL

Jack Drew sah Pace MacNamaras Angriff auf einen der Bosse draußen vor der Kaserne und pflichtete O'Meara bei: Der Mann war ein Dummkopf. Was mischte er sich in einen fremden Streit ein? Aber er machte sich mehr Gedanken um die Ketten, die sie an den Rollwagen fesselten, und um sein eigenes Schicksal.
Brosnan stand ungeduldig zwischen O'Meara und Scarpy. »Seht ihr das, Leute? Wir hängen hinten an dem verdammten Wagen wie Schwänze an einem Drachen, solche Bastarde sind das!«
»Halt's Maul, Brosnan«, fauchte Jack. »Wir kommen aus dem Gefängnis raus. Wenn du nicht die Schnauze hältst, du verfluchter Ire,

dann landen wir wieder da drin. Was hast du denn erwartet? Daß sie uns in eine Kutsche setzen?«

Während sie warteten, stieg der Fahrer des Wagens wieder ab und kam nach hinten zu den Gefangenen. »Wer war denn der Kerl, der Larnach eine reingehauen hat?«

Keiner antwortete, und er zuckte die Achseln. »Na, der sitzt jetzt böse in der Patsche.«

Jack sah O'Meara an und kam zu dem Schluß, daß es nicht seine Sache war, wenn die Iren schwiegen. »Wo soll's denn hingehen?« fragte er den Fahrer.

»Castle Forbes«, antwortete der alte Mann. »Im Hunter Valley.«

»Wie weit ist das?«

Der Alte kaute auf seiner Pfeife. »Rund hundert Meilen mit den ganzen Umwegen und dem Bergauf und Bergab.«

»Gott schütze uns!« rief Scarpy. »Und das zu Fuß? Es wird uns umbringen!«

Der Fahrer lachte. »Wird euch guttun, mein Sohn. Da kriegt ihr ein bißchen frische Luft in die Lungen. Der Marsch ist noch das Beste. Wenn Major Mudie euch erst mal dort hat, werdet ihr euch den Arsch abarbeiten.«

Jack musterte den alten Knaben mit dem sich lichtenden Haar und dem tabakfleckigen Bart; ein möglicher Verbündeter. »Arbeiten Sie dort?«

»Keine Angst. Ich mach bloß den Transport mit meinem Wagen. Ich bleib nicht auf Mudies Farm. Der Mann ist so bösartig wie der Hund eines Viehtreibers. Und er hat einen fürchterlichen Auspeitscher da draußen, einen großen schwarzen Nigger namens Jeremiah. Es heißt, er kommt aus Jamaika. Er ist der Schmied auf Mudies Farm, wenn er nicht die Katze schwingt. Der fetzt euch die Haut vom Rücken.«

»Er versucht uns aufzumuntern, Leute«, sagte Brosnan und drehte sich dann zum Tor um. »Ah, da kommt der Boß persönlich.« Major Mudie ritt mit Larnach, dessen eine Gesichtshälfte übel zugerichtet war, zum Tor heraus, und Brosnan lachte.

»Eins mußt du zugeben, Dinny, dieser MacNamara hat gute Arbeit geleistet.«
Die Soldaten schwangen sich auf ihre Pferde, und die Kavalkade machte sich auf den Weg. Die vier Gefangenen schleppten sich hinterher.
Als die Tage vergingen, gewöhnten sich ihre Muskeln an die neuen Belastungen, und die Gefangenen entwickelten eine gewisse Geschicklichkeit im Umgang mit dem Rollwagen und hielten sich von den schweren Rädern fern. Während des Marsches sah sich Jack die Landschaft an und achtete auf alles, woran sie vorbeikamen. Es war ein seltsames Land. Abgestorbene Bäume standen störrisch da, als ob sie das gleiche Daseinsrecht hätten wie die lebenden; ihre weißen Stümpfe waren rissig und bedrohlich. Dieses Land hat nichts Weiches, dachte Jack, aber es störte ihn nicht; daß seine Kerkermeister hier ebenfalls leben mußten, gab ihm ein tröstliches Gefühl der Vergeltung.
Die sonderbare Gruppe bewegte sich langsam nach Norden. Sie lebten wie Zigeuner und bekamen Mudie und Larnach nur selten zu Gesicht. Jack stellte fest, daß mit den Soldaten und mit Tom, dem Fahrer, gut auszukommen war. Tom kochte für sie, wenn sie ihr Lager aufschlugen, und das Essen war nicht schlecht. O'Meara war still und brütete vor sich hin; Scarpy beklagte sich immer noch über alles und jedes, und Brosnan machte ständig Witze, wenn er nicht gerade Tom Löcher in den Bauch fragte oder Scarpy aufzog, der fürchterliche Angst vor Schlangen hatte. Jack konnte sich nicht entsinnen, je einen so fröhlichen Menschen wie ihn getroffen zu haben, und trotz seiner offen ausgesprochenen Absicht, sich von den Iren fernzuhalten, mochte er Brosnan.
Nach einer Woche sahen sie die ersten wilden Schwarzen, von denen Tom ihnen erzählt hatte. Bei seinen Geschichten am Lagerfeuer hatte Scarpy das kalte Grausen gepackt. Brosnan sagte, daß er kein Wort davon glaubte, aber Jack war nicht so sicher. Als sie in einem freundlichen Gehölz an einem Fluß schließlich auf ein Lager der Aborigines stießen, lachte er erleichtert. Dort waren Frauen

und Kinder, die nichts anderes als wohlriechenden Fisch auf den Kohlen ihres Feuers brieten, und sie saßen nervös da und warteten darauf, daß die weißen Männer weggingen. Nur die alten Männer kamen herbei, um mit ihnen zu sprechen.

Scarpy konnte den Blick einfach nicht von den Frauen lassen. »Ob man an die rankommt? Splitterfasernackt. Und schaut euch die Möpse an, die die haben, das haut einen echt um, verdammt noch mal!«

Die Soldaten ritten gleichgültig weiter, aber für die Gefangenen war der Anblick dieses paradiesischen Zustands eine unerträgliche Qual.

»Wir haben's schon schwer im Leben«, sagte Brosnan wehmütig, und sie sahen alle aufmerksam zu, als ein Mädchen mit geschmeidigem, glänzendem dunklem Körper zur Sandbank hinunterging und mit einer kleinen Holzkelle zu graben begann. Einer der alten Männer, dessen ledrige Haut so staubig war wie seine Haare, musterte ihre Ketten mit traurigen Augen. »Ketten nix gut. Du armer Bursche, weißer Mann«, sagte er und packte Tom anklagend am Arm. »Ketten nix gut«, rief er, aber Tom zuckte die Achseln. »Ich kann nichts dagegen machen.«

Manchmal führte der Weg auf eine offene Straße hinaus, und vorbeikommende Reiter hielten an, um mit den Soldaten zu schwatzen. Lange Ochsengespanne fuhren an den Straßenrand, um sie vorbeizulassen, und die Lenker schüttelten aus Mitgefühl für die Sträflinge die Köpfe, aber die Soldaten waren auf der Hut und verhinderten jede Einmischung.

Sie wurden mit Flußbooten über breite Flüsse befördert, und in Singleton warteten sie auf die Fähre, die sie über den Hunter River bringen sollte.

»Hier ist Schluß für uns«, erklärte ihnen Corporal Mitchell, der Vorgesetzte der Soldaten. »Auf der anderen Seite warten Mudies Männer auf euch.«

Drüben holten sie Mudies Aufseher Jock McAdam, ein mürrischer Schotte mit schmalem Gesicht und Muskeln wie Stricken unter der ledrigen Haut, und ein brutal aussehender Schlägertyp namens Lester von der Fähre ab. Die neuen Wachen ritten hinter dem Rollwagen her, die Gewehre auf die Sättel gestützt. Tom öffnete und schloß das Tor, ohne daß die Reiter ihm halfen, und fuhr auf einem Weg um das Haupthaus herum, das zu Jacks Überraschung weder ein Schloß noch eine Burg, sondern bloß ein großes Haus war, das in einem Gehölz stand. Auf der Rückseite des Hauses befand sich eine Ansammlung von Gebäuden, die eher wie ein Dorf als wie eine Farm aussahen, aber als sie den ausgelaugten, trockenen Hügel hinaufstapften, stand dort ein hohes, eisernes Dreibein Wache, und daneben saß Larnach auf seinem Pferd und wartete auf sie.

»Wißt ihr, was das ist?« brüllte er und zeigte mit seiner Peitsche auf das Dreibein, und die Gefangenen nickten.

»Ja, Sir«, brüllte Larnach. »Verstanden? Sagt: Ja, Sir.«

»Ja, Sir«, sagten sie alle mit zusammengebissenen Zähnen.

»In Ordnung. Ihr vier hört mir jetzt zu. Ihr seid nichts als Dreck. Verbrecher arbeiten hier aus einem Grund: um für ihre Verbrechen bestraft zu werden. Ihr seid immer noch im Gefängnis. Vergeßt das nicht. Es gibt keine Zäune um unser Land herum; wir haben etwas viel Besseres. Bis jetzt ist niemand von hier entwischt.«

Die Gefangenen standen da und hörten zu, während der Verwalter der Farm ihnen eine Predigt hielt wie ein Priester, der die ewige Verdammnis auf sie herabbeschwor. »Gott hat euch hierher gebracht, um für eure Taten zu sühnen. Am Sonntag nehmt ihr am Gottesdienst teil, der von Major Mudie selbst gehalten wird, und das gilt auch für alle papistischen Nonkonformisten. Wir hatten schon welche hier, und früher oder später gehen sie alle in die Kirche. Ihr werdet hart arbeiten und dem Herrn danken, daß er euch nach Castle Forbes gebracht hat.« Er wandte sich an McAdam. »Setzen Sie sie morgen zur Rodungsarbeit auf der Westkoppel ein und bringen Sie sie sofort zu mir, wenn sie meutern. Lester, du bringst sie jetzt weg.«

Jack konnte den Zorn spüren, den O'Meara und Brosnan aus-

strömten, als sie weggebracht wurden, aber diesmal hielten sie ausnahmsweise einmal den Mund.
Als erstes machten sie beim Schmied halt, um sich die Ketten von den verhornten Handgelenken abnehmen zu lassen, und sie musterten Jeremiah, während er arbeitete, um die Kraft seiner muskulösen Schultern und seiner gewaltigen Arme abzuschätzen.
»Wir haben von dir gehört«, sagte O'Meara. »Du bist der Auspeitscher. Bestimmt bist du stolz darauf, so einen schönen Job zu haben.«
Jeremiah machte sich nicht die Mühe, den Blick von seiner Arbeit zu heben. »Ich bin besser dran als ihr«, sagte er.
Lester warf ein paar Hemden auf den Boden. »Zieht die an.« Sie waren aus dem gleichen groben Baumwollstoff, aber jedes hatte eine Zahl auf dem Rücken. »Von jetzt an habt ihr keine Namen mehr, sondern bloß noch Nummern. Wie der Boß gesagt hat. Ihr seid immer noch im Gefängnis. Jetzt bewegt euch.«
Er führte sie an der Molkerei und den Melkställen vorbei und über eine Koppel zur Unterkunft der Sträflinge, einer langen Hütte mit einem Schindeldach.
»Wir haben noch vier dazubekommen«, rief er zur Tür hinein, und der chinesische Koch kam schreiend und mit fliegendem Zopf heraus und schwang ein Fleischmesser. »Wong kein Zauberer! Nicht kann noch vier zu essen geben«, kreischte er.
Lester sprang beiseite. »Du kochst verdammt noch mal, was man dir sagt, du gelber Affe!« Er riß sein Gewehr hoch und feuerte auf die Füße des Chinesen, der kreischend im Inneren verschwand.
Lester lehnte sich an einen Holzhaufen gegenüber von seinen Gefangenen. »Setzt euch hier hin. Wir müssen warten, bis die anderen kommen.«
Die Neuankömmlinge ließen ihre Seesäcke fallen und setzten sich an der Wand des Küchenhauses auf den Boden. Sie konnten Männer in den Ställen arbeiten sehen; andere halfen Tom, den Rollwagen zu entladen, aber der Schuß hatte Aufsehen erregt. Drei Kuhmägde tauchten mit ihren Eimern auf einem Weg zwischen den

Ställen auf, und Scarpy stieß Jack an, aber Lester hatte es gesehen.
»Starrt sie nicht so an. Die sind nichts für euch. Und noch was. Da oben ist das Haupthaus. Seht ihr, da, wo der weiße Zaun ist. Hinter dem habt ihr nichts zu suchen, also bleibt weg davon. Wenn wir einen von euch hinter dem Zaun erwischen, dann stellen wir keine Fragen, sondern wir schießen einfach. Da oben wohnt der Major mit seiner Familie. Die wollen keinen von euch Knastbrüdern in ihrer Nähe haben.«
Lesters Lektionen ließen seine Zuhörer kalt. Ihr ganzes Leben lang hatte es irgendwelche Grenzen für sie gegeben, und jeder von ihnen hatte sie überschritten, ohne sich um die Gefahr zu scheren. Der saubere weiße Zaun hatte keinerlei Anziehungskraft für sie. Das von Wald gesäumte weite Land und die dunklen Hügel in der Ferne waren viel interessanter.
Brosnan streckte die Beine aus. »Sieht hübsch aus, die Farm, Jungs. Hätte nichts dagegen, so was zu besitzen.«
Lester funkelte ihn an, knirschte mit den Zähnen und spielte an seinem Gewehr herum, und Jack stöhnte. Sie sollten in der Hölle sein, nicht im Himmel, und der Trick bestand darin, wie ein Leidender auszusehen. Das machte die Wärter glücklich. Brosnan war auf bestem Wege, sich Ärger einzuhandeln.
Als die anderen Sträflinge, ungefähr vierzig an der Zahl, von den Feldern zurückkamen, gesellten sich die neuen Nummern zu ihnen, um wäßrigen Hammeleintopf zu essen und trüben Tee zu trinken, dann wurden sie zur Arbeiterbaracke geführt, wo sie die Nacht verbringen sollten. Jack hörte die schweren Holzriegel herabfallen, und als er sich in dem langen Schlafsaal umschaute, sah er, daß die Fenster vergittert waren. Die ausgemergelten, müden Arbeiter scharten sich in der Hoffnung auf Neuigkeiten um sie, aber da ihnen die Neuankömmlinge nicht viel zu erzählen hatten, krochen sie in ihre Betten.
Jack gelang es, mit Polly Phipps ins Gespräch zu kommen, einem anderen Londoner, der das Bett neben ihm hatte. »Wie ist es hier so?«

»Ungefähr so schlimm, wie's nur kommen kann. Es gibt nicht genug zu essen, sie lassen dich bis zum Umfallen arbeiten und bringen dich dann mit der Peitsche wieder auf die Beine. Mudie ist zwar Friedensrichter, aber eigentlich darf er keine Auspeitschungen für seine Sträflinge anordnen. Er müßte uns zu einem anderen Friedensrichter schicken, damit der über uns zu Gericht sitzt und uns aburteilt. Aber das ignoriert er alles. Er tut, was er will, und fälscht hinterher die Bücher.«
»Warum meutert ihr nicht?«
»Die meisten von uns sind zu krank. Er sorgt dafür, daß wir schwach bleiben. Wir würden nicht weit kommen. Da hinten in der Hütte liegen vier von unseren Jungs, denen sie wegen eines Fluchtversuchs fast den ganzen Rücken zerfetzt haben.«
Es war ein sonderbarer Arbeitstrupp, der am nächsten Morgen hinausging, um den jungfräulichen Busch etwa eine Meile vom Haupthaus entfernt zu roden.
»Alle Neulinge kriegen diesen Job«, erfuhr Jack von Polly Phipps, »solange sie noch kräftig genug für diese Schwerstarbeit sind. Ich bin erst einen Monat hier, und es macht mich fertig, das kann ich dir sagen.«
Die Gefangenen waren wie ein Bergsteigertrupp aneinandergebunden, und ihre Hacken und Äxte wurden unter Bewachung in einem Karren mitgeführt. Lester und zwei andere Wachen ritten neben ihnen her, trieben sie an und riefen ihnen zu, sich den Busch genau anzusehen. »Wenn ihr euch mit dem Gedanken tragt, euch in die Büsche zu schlagen, ihr Neuen, dann versucht es nur.« Lester lachte.
Jack bekam eine Brechstange, um störrische Wurzeln hinter den Männern mit den Äxten auszugraben, die sich durch das Gestrüpp vorarbeiteten und Bäume fällten. Am Rand der gerodeten Fläche verbrannten andere das Holz, während Vögel kreischend über ihnen kreisten und kleine Pelztiere voller Panik davonliefen. Ein Känguruh kam mit einem Satz heraus, starrte sie an und hüpfte davon, als Lester, der keineswegs der beste Schütze der

Welt war, wie Jack sich für später merkte, es zu erschießen versuchte.

Jack hielt sich an seinen Plan, den Eindruck zu erwecken, daß er litt. Er arbeitete mit Hacke und Brechstange, mühte sich mit den knorrigen Wurzeln ab, die sich hartnäckig an die harte Erde klammerten, stöhnte, daß ihm der Rücken wehtäte, daß er Blasen an den Händen hätte und daß ihm der Rauch in den Augen brennen würde, und beobachtete dabei die ganze Zeit die Wachen, seine Umgebung und diesen geheimnisvollen Busch. O'Meara und Brosnan, die auf dem Land großgeworden waren, legten sich aus Gewohnheit voll ins Zeug und wurden bald zu Axtmännern befördert, während Scarpy herumstolperte und sich beklagte und Lesters Peitsche gefährlich nahe an seinem Rücken knallte, damit er weiterarbeitete.

Es war nicht schlimmer, als Jack erwartet hatte. Trockenes Brot und Tee bei Tagesanbruch, trockenes Brot und Käse mit Wasser zu Mittag und jeden Abend den gleichen Hammeleintopf. Dann wurden sie die Nacht über eingesperrt. Farmarbeit war hart, daran bestand kein Zweifel. Er hatte immer behauptet, daß es bessere Möglichkeiten gab, sich seinen Lebensunterhalt zu verdienen; er konnte sich nicht vorstellen, warum sich jemand freiwillig zu dieser Art von Arbeit bereitfinden sollte. Außerdem, dachte er, während er die Hacke in den bröckeligen Boden trieb, ist das hier immer noch besser als England. Das wird mein Land sein, wenn es mir gelingt zu fliehen. Er vergaß völlig, wozu er hier war, und schaute über die Felder hinaus, bis eine Peitsche auf seine Schulter niedersauste. Das feine Leder hinterließ einen Striemen, der noch tagelang brannte.

Nach einigen Wochen begannen alle vier Neuankömmlinge die Anstrengung der harten Arbeit zu spüren, weil auch die mangelhafte Verpflegung ihre Kräfte nicht wiederherstellte. Sie magerten ab und beklagten sich über Kopfschmerzen, bei denen es sich nur um Sonnenstich handelte, wie Lester ihnen erklärte. Die Iren waren bald so verzweifelt, daß sie einen Fluchtversuch unternahmen, als Brosnan ein Mißgeschick passierte.

Jack war gerade mit seiner üblichen Arbeit beschäftigt, als im Busch ein Schrei ertönte und O'Meara auf die Lichtung gestolpert kam. Er schleppte Brosnan mit.

»Himmelherrgott«, schrie Brosnan, »mir ist die verdammte Axt ausgerutscht. Ich bin aus der Übung, Jungs.«

Blut quoll aus seinem Fuß, und O'Meara zog sein Hemd aus, um es darumzuwickeln, aber Lester riß es ihm weg. »Kommt überhaupt nicht in Frage, daß du ein gutes Hemd als Verband benutzt«, rief er.

»Na, dann geben Sie uns was, um die Blutung zu stoppen«, rief O'Meara. »Er hat sich in den verdammten Fuß geschnitten.« Lester befahl ihnen, wieder an die Arbeit zu gehen, aber O'Meara rührte sich nicht von der Stelle. »Dieser Schnitt muß genäht werden. Tun Sie was!«

»Bringt ihn rauf zu Laidley ins Lagerhaus!« brüllte Lester.

Ein Wachposten schwang sich auf sein Pferd, und Lester zog Brosnan hoch. »Na los, beweg dich!«

»Er kann doch mit dem Fuß nicht laufen«, protestierte O'Meara, und Lester richtete sein Gewehr auf ihn. »Du gehst wieder an die Arbeit, oder ich verpaß dir eine Kugel.«

Die anderen sahen zu, während O'Meara mit zorngerötetem Gesicht drohend über Lester aufragte, aber Brosnan rief ihm zu: »Jetzt ist nicht die Zeit, den Märtyrer zu spielen, Dinny. Ich schaff's schon alleine.«

Jedesmal wenn Auspeitschungen stattfanden, was jeden zweiten oder dritten Tag der Fall war, mußten alle Sträflinge zusehen, bevor sie an die Arbeit gingen. Nachdem das schreiende Opfer in Salzwasser getaucht worden war, bekam es den Tag frei, um sich zu erholen und über Verbrechen und Strafe nachzudenken. Am nächsten Morgen wurden die Gefangenen zu dem Dreibein gebracht, wo Mudie mit Jeremiah wartete. Als Friedensrichter war Mudie immer gern bei den Auspeitschungen zugegen.

Brosnan, dessen Fuß genäht, verbunden und in seinen Stiefel gezwängt war, hinkte mit ihnen hin.
»Du hättest ihnen sagen sollen, daß du heute nicht arbeiten kannst«, meinte O'Meara. »Deine Wunde muß verheilen.«
»Glaubst du, das hätte ich nicht getan? Sie haben mir gesagt, ich sollte antreten. Die würden dich hier arbeiten lassen, selbst wenn du dir den Kopf abgeschnitten hättest.«
»Dann werden wir nach der Sache hier mit Larnach sprechen. Welcher arme Teufel ist denn heute dran?«
»Halt!« rief Mudie, als ob sie eine militärische Einheit wären. »Alle Mann stillgestanden!«
Die Sträflinge kamen schlurfend zum Stehen, und Mudie ritt zum Dreibein hinüber, wo Jeremiah wartete. »Wie lauten die Anklagen?« fragte er seinem Schwiegersohn Larnach mit lauter Stimme.
»Gefangener Achtundzwanzig, vortreten«, brüllte Larnach, und ein kleines Frettchen von einem Mann kam ein paar Schritte nach vorn und duckte sich furchtsam. »Oh nein, Sir, bitte nicht. Ich hab's doch nicht mit Absicht gemacht.«
»Hat eine Ablagerungsschüssel in der Molkerei zerbrochen, Sir«, meldete Larnach.
Alle Gesichter wandten sich Mudie zu, der darüber nachdachte.
»Zehn!« rief er abrupt, und Jeremiah neigte zur Bestätigung den Kopf, während zwei Männer Salz in einen Holzbottich mit Wasser schöpften, um ihn für das Opfer vorzubereiten.
»Der nächste«, rief Mudie.
»Gefangener Nummer zwölf, vortreten«, rief Larnach, und die Wachen stießen einen barfüßigen jungen Mann nach vorn, dessen Hände auf den Rücken gefesselt waren.
»Hat einen Fluchtversuch unternommen«, schnarrte Larnach. Mudie rückte sich den Hut zurecht. Seine Finger rollten die breite Krempe.
»Ah, der Ausreißer! Das war sein zweiter Versuch, nicht wahr?«
»Ja, Sir.« Sein Schwiegersohn grinste.
»Na schön. Er hat aus den vierzig nichts gelernt, also bekommt er diesmal fünfzig Hiebe.«

»Gefangener Nummer vierunddreißig, vortreten«, rief Larnach, aber diesmal rührte sich keiner. Ein paar Hände hinter ihm begannen Brosnan nach vorn zu stoßen. Er schaute sich verdutzt um, und Jack lehnte sich zurück, um einen Blick auf seinen Rücken zu werfen. »Die rufen deine Nummer auf, Brosnan«, flüsterte er.
»Weswegen?« fragte Brosnan.
»Weiß der Teufel«, sagte Jack, aber Larnach rief bereits die Wachen. »Holt ihn raus.«
Als sie ihn aus den Reihen der Sträflinge herauszerrten, rief Brosnan Mudie zu: »Was hab ich denn gemacht?«
Mudie gab Larnach mit der Peitsche ein Zeichen fortzufahren.
»Hat sich selbst eine verdammte Verletzung zugefügt«, brüllte Larnach.
»Seien Sie nicht albern, Mann!« schrie Brosnan ihn an. »Ich werd mir doch wohl nicht absichtlich in den vermaledeiten Fuß hakken!«
Jack hätte ihnen sagen können, was als nächstes passieren würde, da war O'Meara auch schon nach vorn gestürmt und schrie sie an, die Finger von Brosnan zu lassen, und Larnach blies auf einer Pfeife, so daß sich Mudies Pferd aufbäumte.
Der Ausreißer machte sich schon wieder über die Koppel davon. Er bewegte sich mit seltsamen, unsicheren Schritten, weil seine Hände immer noch auf dem Rücken zusammengebunden waren. Die überraschten Wachen liefen zu Fuß hinter ihm her, und Jeremiah, der sich keineswegs einen Klienten entgehen lassen wollte, hielt den kleinen Mann, der die Schüssel zerbrochen hatte, mit seinen kräftigen Armen fest, während dieser um sich trat und kratzte.
O'Meara war so schnell an Brosnan vorbeigeschlüpft, daß Larnach keine Chance mehr hatte, nach der tief an seiner Hüfte hängenden Pistole zu greifen, bevor sein Angreifer, der den Vorfall mit der Peitsche in Sydney nicht vergessen hatte, ihm einen Fausthieb ins Gesicht und dann noch einen in den Magen verpaßte, so daß er hintüber in den Salzwasserbottich stürzte. Dann machte O'Meara kehrt, um Brosnan zu helfen, der mit zwei Wachen rang.

Es schien, als ob der Versuch des Iren, die Auspeitschung zu verhindern, die ganze Sache nur etwas hinauszögern würde. Jack sah aus dem Augenwinkel, wie Polly Phipps und ein paar seiner Freunde zurückwichen, aber gleichzeitig war die Erregung zu viel für die Gefangenen in Brosnans Nähe. Sie stürzten sich unter Freudengeschrei ins Kampfgetümmel.

Jack beschloß, Pollys Beispiel zu folgen, solange es noch ging. Er rannte zum nächsten Gebäude und um eine Ecke, überquerte einen Hof, sprang über einen Zaun und lief auf einen Heuschober zu. Er konnte Schüsse und Schreie hören und sah einen Sträfling auf einem ungesattelten Pferd fliehen, und er hätte sich einen Tritt geben können, daß er nicht zu den Ställen gelaufen war. Er versuchte sich in den Heuschober hineinzuwühlen, aber das Heu war zu fest gepackt. Deshalb kletterte er die Leiter hinauf, stieß sie um, so daß sie krachend zu Boden stürzte, und machte es sich oben auf dem Haufen bequem. Von dort aus konnte er zwei Wachen sehen, die hinter dem barfüßigen Ausreißer hergaloppierten; Hunde rannten hinter ihnen drein. Da das Gelände, wo die Auspeitschungen stattfanden, durch den Lagerschuppen verdeckt war, kroch er zur anderen Seite hinüber, um zu sehen, was sich dort tat.

Zwischen den Gebäuden stahlen sich nun leise einige Sträflinge davon, die zu den äußeren Bereichen der Farm zu gelangen versuchten, und Jack beobachtete sie interessiert. Sie mußten eine weite, freie Fläche überwinden, bevor sie den schützenden Busch erreichten. Reiter konnten sie dort mühelos einholen. Ihre einzige Chance war, sich ein paar Gewehre zu besorgen. Es war schade, dachte er, daß O'Meara diesen konfusen Ausbruch ausgelöst hatte. Er, Jack Drew, hätte mit der Zeit einen Plan ausarbeiten können, die gesamte Farm zu übernehmen. Zu diesem Haus sollte der Zutritt verboten sein! Er lachte. Nach Mudies gesellschaftlicher Stellung und seiner goldenen Uhr zu urteilen, mußte es dort einiges zu holen geben.

Er hörte Schüsse in der Ferne, und unter ihm schlenderten drei Viehhüter gelassen und mit klirrenden Sporen zu den Ställen, als

ob dieser Tumult nichts mit ihnen zu tun hätte. Polly hatte ihm erzählt, daß es in der Umgebung der Farm circa zehn Viehhüter gab, Männer, die ihre Strafe verbüßt hatten und es vorzogen, hierzubleiben und im Busch zu arbeiten. Jack konnte das verstehen. Mit einem guten Pferd konnte man in diesem Land hingehen, wohin man wollte. Mudie und Larnach sprangen auch mit den Viehhütern niederträchtig um, hatte er gehört, aber die freien Männer wußten, was sie taten. Entweder ließen sie den Job sausen oder sie zahlten es Mudie heim, indem sie ihm ein paar Schafe stahlen.
Larnach selbst kam hinter den Viehhütern hergaloppiert. Er hatte seinen Hut und seine Reitpeitsche verloren, fuchtelte jedoch mit seiner Pistole herum und schrie sie an: »Los, auf die Pferde mit euch! Verfolgt diese Mistkerle!«
Jack rechnete damit, daß sie losrennen würden, aber statt dessen blieben sie frech stehen, schauten in alle Richtungen, bis sie sahen, daß niemand sie beobachtete, und dann stürzten sie sich plötzlich auf Larnach und zerrten ihn von seinem Pferd. Sie schlugen und traten erbarmungslos auf ihn ein, während er auf dem Boden herumrollte und sich zu schützen versuchte, und als er sich hochrappeln wollte, gab einer der Männer, ein hagerer Bursche mit rötlichen Haaren, den anderen ein Zeichen, ein Stück zurückzutreten. Er hob einen langstieligen Spaten auf, schwang ihn mit beiden Händen und schlug Larnach damit zu Boden.
Jack fragte sich interessiert, ob sie ihn umgebracht hatten.
Er sah ihnen nach, wie sie mit ihren hochhackigen Stiefeln gemächlich davonschlenderten, und ein paar Minuten später kamen sie aus den Ställen geritten, ohne den bewußtlosen Larnach eines Blickes zu würdigen. Sie hielten an, um über sein Pferd zu diskutieren, das mit hängenden Zügeln dastand und auf seinen Herrn wartete. Dann lachte der Viehhüter mit den rötlichen Haaren und pfiff dem Pferd, das gehorsam zu ihm getrabt kam. Er ergriff die Zügel und gab seinem Pferd die Sporen, und die drei Reiter setzten sich mit dem zusätzlichen Pferd in Trab, galoppierten zum letzten Gebäude hinüber und jagten um die Ecke herum zur Straße hinunter.

Es war nur eine Frage der Zeit, bis jemand Larnach fand, und es war ausgerechnet der chinesische Koch, der schreiend und kreischend im Kreis lief und um Hilfe rief, womit er es den Sträflingen, die immer noch in den harten Schatten der weißgetünchten Gebäude lauerten, nicht gerade leichter machte. Ein Mann, den Jack aus einiger Entfernung sehen konnte, machte seine Sache recht gut. Er schlich sich zu den Ställen. Jack kam zu dem Schluß, daß er sich auch ein Pferd schnappen würde, wenn er hier oben bis zum Einbruch der Nacht aushalten konnte. Wenn sie ihn in der Zwischenzeit erwischten, war nichts verloren. Er würde sagen, er sei auf den Heuschober geklettert, um sich in Sicherheit zu bringen.

Wachen waren gekommen, um sich um Larnach zu kümmern. Sie hoben ihn auf, während der Sträfling weiter vorn zu den Ställen rannte. Einer der Wachposten sah die gelben Kleider, die sich in aller Eile vom Schauplatz des Verbrechens entfernten, hob sein Gewehr und feuerte. Der Sträfling warf die Arme in die Luft, wirbelte herum und fiel im grauen Staub aufs Gesicht. »Heiliger Strohsack«, murmelte Jack enttäuscht.

Sie schleppten Larnach in einen Schuppen, und Lester erschien und rief Befehle. Auf den Koppeln auf der anderen Seite hasteten ein Dutzend Gefangene auf den Busch zu. Jesus, dachte Jack, sieht so aus, als ob sie's schaffen würden. Jetzt ärgerte er sich, daß er es nicht versucht hatte. Lester sprach jedoch mit zwei schwarzen Fährtensuchern, während eine Gruppe von Reitern hinter ihnen Aufstellung nahm. Sträflinge beluden einen Wagen mit Ketten, und Jack nickte. Ihm war klar, wie die Sache ablaufen würde. Die Schwarzen würden die Flüchtlinge finden, und die Weißen würden sie zurückbringen.

Der Gewehrschütze war hingegangen, um sich sein Opfer anzusehen. Wachen nahmen eine Borkenlage von der Wand des Stalls, benutzten sie als Bahre und warfen die Leiche darauf, und zwei andere Sträflinge mußten sie wegtragen. Als sie an seinem Heuschober vorbeistapften, sah Jack deutlich die Nummer. Vierunddreißig. War das nicht Brosnans Nummer? Er reckte wieder den

Hals, und da, direkt unter ihm, war Brosnan. Das braune Haar fiel ihm ins Gesicht, und sein Mund stand offen, als ob er gerade etwas sagen wollte. Tränen des Zorns traten ihm in die Augen. Warum mußte es ausgerechnet Brosnan sein! Noch nie hatte der Tod eines Menschen Jack so weh getan, obwohl er in der finsteren Gewalttätigkeit des Londoner Hafens sein ständiger Begleiter gewesen war. Er hatte Morde gesehen und gehört, wie Menschen jäh ihr Leben aushauchten, aber diesmal fühlte er einen Schmerz, der ihn innerlich verbrannte. Er sagte sich, daß Brosnan schnell gestorben war; es war kaum etwas zu sehen, wo ihn der Schuß getroffen hatte. Das hatte er oft genug zu hören bekommen, aber es half nicht. Er versuchte, sich das Gesicht des Schützen ins Gedächtnis zu rufen, der Brosnan getötet hatte, aber er hatte es nicht sehen können, nur das Gewehr.
Er rollte sich in der Wärme des Heuschobers zusammen und begann sich zu fragen, was mit ihm los war. Wurde er weich? Er beschloß abzuwarten, bis die ganzen Fluchtversuche und das Schießen vorbei waren, dann würde er hinunterklettern und sich stellen. Jack Drew war zu schlau, um wie ein kopfloses Huhn wegzurennen. Wenn er floh, dann würde er wissen, wohin.

Major Mudie ließ sich Zeit. Diese Schurken würden allesamt den Tag bereuen, an dem sie sich gegen ihren Vorgesetzten aufgelehnt und ihn im ganzen Distrikt zur Zielscheibe des Spottes gemacht hatten. »Sie werden bezahlen«, erklärte er seiner Frau. »Oh, wie sie bezahlen werden!« Und wie immer schlich sie sich fort, um ihre Töchter zu warnen, den Major ja nicht aufzuregen.

Mudie saß in seinem Arbeitszimmer und sah sich die Liste der Sträflinge durch, und Evan Laidley, sein Lagerverwalter, Buchhalter und zeitweilig auch Arzt stand unbeholfen hinter ihm und kaute an seinen Nägeln. Der Major war so freundlich gewesen, ihn aus England hierherzubringen, damit er sein Glück machen konnte. Bis jetzt war er damit zwar nicht so recht vorangekommen, aber er verdiente zwanzig Pfund pro Jahr und seine Verpflegung, und er wohnte im großen Haus, weit weg von den Arbeitern und den Verbrechern. Jeder einzelne dieser Männer – von den Sträflingen bis zu den großspurigen Viehhütern – jagte ihm eine Todesangst ein.

Der Major kam nur selten an seinen Arbeitsplatz, außer um Strafen über die Sträflinge zu verhängen, aber Mr. Larnach war immer dagewesen, und Laidley hatte sich in seiner Gegenwart sicher gefühlt. Jetzt mußte Mr. Larnach jedoch das Bett hüten; ebenjene Ungeheuer hatten ihn angegriffen, mit denen der Lagerverwalter jeden Tag seines Lebens Umgang pflegen sollte. Und Laidley rechnete an jedem dieser Tage damit, eine Axt in den Rücken zu bekommen, so übel war die Stimmung unter den Sträflingen.

Die Rebellion war vier Wochen her, und sie hatten sich immer noch nicht wieder beruhigt. Eine Prozession von Gefangenen war vor das Gericht des Majors geführt worden, und man hatte ihn, Laidley, dazu abgestellt, dem Gerichtsschreiber zu assistieren. Als ob er nicht genug zu tun hätte! Wenn die junge Tochter des Siedlers auf der nächsten Farm nicht gewesen wäre, Miss Jemima Cooper, hätte er schon längst seinen Abschied von Castle Forbes genommen.

Zwei Sträflinge waren gehängt worden und hingen immer noch an einem Baum in der Nähe der Schlachthöfe, wie man dem Lagerverwalter erzählt hatte, aber er ging nie dorthin. Mr. Larnach hatte Glück gehabt; es bestand kein Zweifel daran, daß die Schurken versucht hatten, ihn umzubringen, auch wenn sie vor Gericht Stein und Bein geschworen hatten, daß sie ihn nicht einmal angerührt hätten. Drei Viehhüter hatten Larnachs Pferd gestohlen, und die Soldaten waren hinter ihnen her. Da der Diebstahl eines Pferdes in diesem Land genauso schwer wog wie Mord, waren ihre Tage ebenfalls gezählt.

»Ihr Bericht, Sir?« fauchte der Major, ohne sich von seinem Schreibtisch umzudrehen.

»Ja, Sir. Der Verbleib aller Sträflinge ist bekannt, bis auf drei. Diese werden noch vermißt.«

»Dann ist der Verbleib aller Sträflinge also nicht bekannt. Wer wird vermißt? Die Namen?«
Laidley kämpfte mit seinem Buch und fuhr mit dem Finger von den Nummern zu den Namen. »Smith. O'Meara. Johnson.«
»Haben Sie die Behörden unterrichtet, daß sie noch auf freiem Fuß sind?«
»Ja, Sir.«
»Was ist mit dem Rest?«
»Für neunzehn weitere sind Strafen angeordnet, Sir. Für jene, die geflohen sind, aber wieder eingefangen wurden.«
Mudie schaute aus dem Fenster auf seine zweite Tochter, die auf der Schaukel im Garten leicht hin- und herschaukelte. »Wir können sie nicht alle gleichzeitig bestrafen, so daß sie als Arbeitskräfte ausfallen. Wir müssen die Auspeitschungen staffeln. Ist man mit dem neuen Hof bald fertig?«
»Ja, Sir. Ich glaube schon.«
»Was soll das heißen, Sie glauben? Wenn Sie hier fertig sind, gehen Sie sofort hin und schauen nach, und dann erstatten Sie mir Bericht!«
Mudie widmete sich wieder seiner Schreibarbeit. Er tauchte seine Feder in das elfenbeinerne Tintenfaß und schmückte seine Buchstaben mit Schnörkeln aus, und Laidley wartete. Er war nicht so dumm hinauszugehen, ohne entlassen worden zu sein. Der Hof, von dem Mudie sprach, war nichts anderes als ein Auspeitschungsgelände. Nach der Rebellion waren die Auspeitschungen verschoben worden, weil der Major sie in Zukunft auf einem sicheren, eingezäunten Gelände stattfinden lassen wollte. Laidley hatte gesehen, wie das Dreibein auf dem Hof errichtet wurde, und die Arbeiter – Sträflinge natürlich – gefragt, wann er fertig sein würde, aber seine Frage hatte ihm nur einen Schwall gemeiner Beschimpfungen eingebracht.
»Sie können gehen«, erklärte Mudie. »Und sagen Sie Missis Mudie, daß ich jetzt meinen Tee haben möchte.«
Da die Sträflinge wußten, daß die Auspeitschungen wiederaufge-

nommen werden würden, sobald der Hof fertig war, ließen sich die Steinmetze soviel Zeit wie möglich. Es gab immer noch keine Spur von O'Meara und den beiden anderen, aber die übrigen Flüchtlinge waren nach und nach aus dem Busch zurückgeholt worden. Scarpy war bereits nach zwei Tagen der erste gewesen.
»Um dir die Wahrheit zu sagen«, erklärte er Jack, »ich bin heilfroh, daß ich wieder hier bin. Sie hatten recht. Da draußen gibt's nichts als Bäume, und bei Nacht war's so stockfinster, daß ich auf einem Baumstamm gesessen und mich vor lauter Angst nicht gemuckst hab. Ich hab Wölfe heulen hören und ihre roten Augen gesehen, mit denen sie mich angestarrt haben.«
»Das sind keine Wölfe«, sagte Jack. »Das sind wilde Hunde.«
»Wo ist da der Unterschied, verdammt?«
Polly Phipps hielt zwei Wochen durch, bevor sie ihn auf die Farm zurückschleppten. Er war halb wahnsinnig vor Durst. Jack hörte sich all ihre Geschichten über den Busch an, und ihm schien, der einzige Weg, zu fliehen und nicht zu verhungern, war, nach Sydney zurückzukehren und sich dort zu verstecken. Er war mit Polly und Scarpy immer noch beim Rodungstrupp, aber die Männer waren nervös und zerfahren. Die Hinrichtungen durch den Strang hatten ihnen angst gemacht, und die Auspeitschungen standen ihnen noch bevor. Jeden Tag kam es zu Unfällen und Zwischenfällen, und bei Nacht gab es in der Arbeiterbaracke Schlägereien, weil alle so gereizt waren. Als die Auspeitschungen wieder begannen, schienen sie seltsamerweise die Spannung zu mildern, aber dann bekamen die Arbeiter den Auftrag, ein weiteres bekanntes Gerät zu bauen. Einen Stock! Jack sah erstaunt zu, wie sie mitten auf einer Koppel einen massiven Pranger errichteten, und fragte sich, wozu Mudie sich die Mühe machte. Hier gab es doch keine Passanten, die den Übeltäter verhöhnen konnten.
Jede Nacht lag er in seinem Bett und lauschte dem Stöhnen von Jeremiahs Opfern, wartete darauf, daß er an die Reihe kam, und wünschte Scarpy mit seinem Gejammer und Gemecker in den Busch zurück. Er vermißte O'Mearas unerbittlichen Zorn und

Brosnans gute Laune, die das Leben erträglich gemacht hatten. Ein Schäfer, der ausgepeitscht werden sollte, wurde auf die Farm gebracht, und Jack ging hin, um mit ihm zu reden, erkannte jedoch binnen kurzem, daß er seine Zeit verschwendete. Der Mann war schwachsinnig.
Polly Phipps lachte. »Aus dem kriegst du nichts raus. Diese Schäfer müssen alle verrückt sein, um so was zu machen.«
»Aber sie sind frei da draußen. Warum fliehen sie nicht?«
»Ach, hör auf, Jack! Wenn ein Schäfer abhaut, gibt's Ärger. Die Siedler drehen völlig durch, wenn eins ihrer Wolltiere verloren geht. Sie bringen den Schäfer zur Strecke, als ob er die Pest hätte. Aber man muß schon einen Dachschaden haben, um freiwillig mutterseelenallein da draußen zu sitzen und mit den Schafen zu reden. Sie sind die ganze Zeit draußen in der Wildnis, weißt du, kein Pferd, keine Waffe, kein gar nichts, und alle paar Wochen kommt jemand von der Farm vorbei, um die Schafe zu zählen und ihnen ein bißchen Fleisch und ein paar Prieme Tabak hinzuwerfen. Wenn die Schwarzen sie nicht fertigmachen, dann die Einsamkeit.«
Jack schüttelte den Kopf. Es mußte eine Lösung geben. »Sieht so aus, als ob O'Meara es geschafft hätte.«
»Ach komm, der liegt wahrscheinlich tot da draußen im Gestrüpp.«
Dann begannen die Auspeitschungen von neuem. Alle paar Tage wurden weitere Strafen für die gescheiterten Flüchtlinge vollstreckt. Jack hatte darauf beharrt, daß er sich nur aus Schwierigkeiten hatte heraushalten wollen, als er sich gestellt hatte, und jetzt schien es, als sei seine Ausrede akzeptiert worden, aber eines Morgens wurde er vor Larnach geschleift, der den Arm in der Schlinge trug und immer noch humpelte.
»Ich bin nicht weggelaufen«, erklärte ihm Jack hastig. »Ich bin hiergeblieben.«
»Aber du hättest es getan«, rief Larnach. »Ich kenne dich und deinesgleichen! Aber du wirst nicht ausgepeitscht. Der Major will ein Exempel an dir statuieren. Eine Lektion für jeden, der auch nur an

Flucht denkt. Bringt ihn dort hinüber«, sagte er zu den Wachen. »Ich habe noch nie eins von diesen Dingern in Aktion gesehen, aber der Major kennt sich bestens damit aus. Er hat angeordnet, den Mann zwei Tage an den Pranger zu stellen.«
Sie führten Jack über die Koppel und sperrten ihn in den Stock. Larnach ging um ihn herum und sah sich das hölzerne Gebilde fasziniert an. »Seid ihr sicher, daß er nicht herauskann?«
»Ja, Sir«, sagten die Wachen und legten die Riegel vor. Larnach schaute Jack ins Gesicht. »So, das wär's. Du kannst die Ameisen beobachten, und die Krähen können dich beobachten. Laß die Augen zu, sonst hacken sie sie dir aus.«
Jack fluchte und schimpfte, als sie gingen. Er leckte sich den Speichel von den Lippen. Zwei Tage! Mudie war verrückt. Die Peitsche wäre besser gewesen. Vielleicht. Er wußte es nicht. Über ihm krächzten Krähen, und er kniff erschrocken die Augen fest zu. Hackten sie wirklich Augen aus, oder war das bloß ein Scherz? Die Sonne brannte ihm heiß auf den Rücken, und er entlastete seine Beine, indem er jeweils eines ausstreckte. Dann versuchte er, seine Arme auszuruhen, und suchte nach der geringsten Möglichkeit, es sich ein wenig bequemer zu machen. Er versuchte zu dösen, um die Zeit herumzubringen, aber das Holz schnitt in seinen Hals.
Am Nachmittag war die Sonne ein Stück weiter über den Himmel gezogen. Sie stach auf seinen Kopf und seine Hände herab, und seine Augen brannten, etwas später auch seine Augenlider. Dann wurden seine Lippen rissig. Als am Ende des Tages die Wachen kamen, um nach ihm zu schauen, hatte sein Gesicht die Farbe von Roten Beten.
»Wasser«, krächzte er, und ein Wächter goß Jack seinen Wasserbeutel über den Kopf und lachte, als der Gefangene die Zunge herausstreckte, um die Tropfen aufzufangen. Dann war der Gong fürs Abendessen zu hören, und die Schaulustigen gingen. Niemand kam, um dem Gefangenen etwas zu essen zu bringen, und als sich die Dunkelheit um ihn schloß, hörte er Gekreisch und Geraschel im Busch und sah Nachtvögel hoch über den Bäumen mit den Flü-

geln schlagen. Es begann zu regnen. Das Wasser kühlte sein Gesicht, aber gleichzeitig begann er zu frieren, und er hing während der ganzen kalten, regnerischen Nacht schlaff da und litt Höllenqualen. Er öffnete und schloß die Hände, damit sie weiter durchblutet wurden, dann hörte er damit auf. Er glaubte Bewegungen um sich herum fühlen zu können, eine Veränderung im Wind, und er drehte den Kopf in der undurchdringlichen Finsternis, konnte jedoch nichts sehen. Die Furcht schnürte ihm die Kehle zu, und er wagte kaum zu atmen, aus Angst, daß die Geschichten über die Schwarzen wahr waren, daß sich ein Speer in seinen hilflosen Leib bohren würde oder daß sich die wilden Hunde an ihn heranschlichen, bereit, über ihn herzufallen. Er zwang sich, wach zu bleiben, bis die ersten blassen Sonnenstrahlen kamen und ihn retteten. Ein großer schwarzweißer Vogel kam herab, spazierte ganz in seiner Nähe umher und pickte Grassamen auf, sah jedoch hin und wieder mit einem schwarzen, glänzenden Auge zu ihm hoch und kam ein wenig näher. Jack hoffte, daß es nicht auch ein Augenaushacker war. Er schüttelte den Kopf und wackelte mit den Fingern, um ihn von sich fernzuhalten, aber der Vogel war geduldig. Er wartete, bis er mit dem Gehampel aufhörte, dann stieß er herab, um ein paar Späne von dem Holz aufzupicken, und flog mit seinem Schatz davon. Der Vogel kam an diesem Morgen noch mehrmals zurück, und der Gefangene begann sich auf seine Besuche zu freuen.
Bei Sonnenuntergang kam wieder ein Wächter mit etwas Brot und Wasser, und er wurde für fünfzehn Minuten befreit, wobei seine Fußgelenke zusammengebunden wurden, aber als es soweit war, daß er wieder in den Stock gesperrt werden sollte, tat er dem Wächter leid. Er stellte einen Becher Wasser auf den Boden unter Jacks Gesicht, befeuchtete einen Stoffstreifen, ließ ein Ende in den Becher hängen und steckte Jack das andere in den Mund. »Behalt das im Mund, Kamerad. Dann trocknest du nicht so aus.«
Es wurde wieder dunkel, aber die Wolken waren verschwunden, und der Mond ging wie ein riesiger orangeroter Penny auf. Das unheimliche Geheul von Dingos stieg in die stille Luft. Jacks Kopf

sank nach unten, und er träumte wirres Zeug von fremdartigen Orten und tiefen Wäldern. Als er aufwachte, stellte er fest, daß er den Stoffstreifen fallengelassen hatte. Er konnte nichts anderes tun, als den Stoff zu beäugen, so wie der Vogel ihn beäugt hatte. Es war unmöglich, ihn wiederzubekommen. Heiße, salzige Tränen stiegen ihm in die Augen, und dann spürte er wieder eine Bewegung in seiner Nähe, eine neue Wärme in der Luft, und stöhnte. Er war den Ungeheuern der Nacht hilflos ausgeliefert.
Als er den Kopf drehte, erkannte er, daß er auf Füße schaute, auf schwarze Füße und zwei kräftige schwarze Beine, direkt vor seinem Gesicht. Der Schreck ließ ihn zurückzucken, und er stieß sich den Kopf an dem Holzbalken. Er zwang sich, genauer hinzuschauen, und sah einen langen Speer und einen grimmig dreinschauenden Australneger, der vor ihm aufragte. Das war einer der wilden Schwarzen, von denen er gehört hatte, völlig nackt und mit weißer Farbe beschmiert. Es war zu anstrengend, den Kopf noch länger in diesem Winkel zu halten.
Er ließ ihn wieder sinken und wartete auf den unvermeidlichen Speer.
Dann sagte der Schwarze etwas. »Seltsam sperren in so was!« Beim unerwartet neugierigen Klang der Stimme raffte sich der Sträfling auf. Dann verstand er, was die Worte bedeuteten. Er war verwirrt, erkannte jedoch, daß die Stimme bis jetzt nicht feindselig war, und zwang sich zu sprechen, obwohl sich seine Zunge so anfühlte, als ob sie zu groß für seinen Mund wäre.
»Es bringt mich um«, sagte er.
»Major dich umbringen?«
»Ja.«
»Major böser Mann.«
Jacks Augen schlossen sich. Er war zu müde, um das Gespräch weiterzuführen. Er hörte, wie sich die Riegel lösten und der obere Balken abgenommen wurde, und die Stimme bemerkte: »Seltsam Falle.« Jack hob den Kopf und sackte befreit zusammen.
Der Schwarze nahm seinen Arm und zog ihn hoch. Das letzte,

woran sich Jack erinnerte, war, daß er sich wie ein Stück Wild auf den Schultern eines Wilderers vom Stock entfernte, nur daß diese Schultern nackt und glatt waren und nach Fett rochen. War er jetzt in den Händen von Kannibalen? Es kümmerte ihn nicht mehr.

16. Kapitel

Ganz Sydney war auf den Beinen, so schien es, um zu sehen, wie die majestätische argentinische Brigg in den Hafen segelte – ein prächtiger Anblick an einem windigen Tag. Die Rahsegel waren straff gespannt, und die ungewöhnliche Flagge war vom gleichen strahlenden Blau wie der Himmel. Georgina, die ihr erstes Kind erwartete, sah es aus den zur Bucht hinausgehenden Fenstern des Cormack Hauses, und Milly Forrest, die draußen mit ihrer Schwägerin spazierenging, winkte wie wild von ihrem guten Aussichtspunkt auf Kings Wharf.
Sie beobachteten, wie einige Passagiere von Bord gingen, aber als keiner der Offiziere an Land kam, verloren sie das Interesse und gingen. Wenn sie gewartet hätten, wäre ihnen nicht entgangen, wie ein eleganter junger Mann in schwarzer Hose, schwarzem Hemd und schwarzer Jacke mit hohem, besticktem Kragen und einer Kaskade weißer Spitze am Hals das Schiff verließ. Andere Damen bemerkten seine dunkle Gesichtsfarbe, die dunklen Augen und sein blitzendes Lächeln, als er sich von seinen Reisegefährten verabschiedete und sich auf den Weg in die Stadt machte.
Er ging an seinem ersten Morgen in New South Wales eine recht weite Strecke zu Fuß, bevor er sich entschloß, eine Droschke zu nehmen. »Ich möchte zum ...« Er zog sein Notizbuch zu Rate. »Zum Bligh House in der Macquarie Street.«
»Gewiß, Sir. Steigen Sie ein«, sagte der Kutscher.

Die ältere Miss Higgins machte dem Fremden die Tür auf. Ein mediterraner Typ, vermutete sie, und ihr Gesicht zeigte, daß sie nicht beeindruckt war.
»Könnte ich Miss Higgins sprechen?« erkundigte er sich.
»Ich bin Miss Higgins.« Sie fragte nicht, was sie für ihn tun könnte, und hielt die Hände fest vor der Brust verschränkt, als wollte sie ihm den Weg versperren.
»Ich habe ein Empfehlungsschreiben von Käpt'n Millbank.«
Miss Higgins nahm den Brief und zog sich in die Eingangshalle zurück, um ihn zu lesen. Den Überbringer ließ sie an der Tür stehen.
Millbank schrieb sehr positiv über den jungen Mann. Er stamme aus einer der angesehensten Familien Argentiniens und sei selbst ein reicher Mann. Miss Higgins runzelte die Stirn. Sie fand es ziemlich unnötig, daß Millbank das erwähnt hatte. Die Angelegenheiten des jungen Mannes gingen niemanden etwas an. Aber sie nahm an, daß der Kapitän es gut gemeint hatte. Er ließ außerdem auch Dr. Brooks und seine Frau grüßen, falls sie noch in Sydney waren. Sie seufzte. Der arme Brooks. Tot und begraben. Sie ging wieder zur Tür. »Möchten Sie ein Zimmer haben?«
»Ja, Madam.«
»Schön. Kommen Sie herein. Wo ist Ihr Gepäck?«
»Noch auf dem Schiff. Ich hielt es für das Beste, zunächst herauszufinden, ob Sie mich aufnehmen können, bevor ich mit all meinen Habseligkeiten vor der Tür stehe.«
Sie lächelte, erfreut über seine guten Manieren. »Kommen Sie mit, Mister Rivadavia, das Essen steht schon auf dem Tisch. Dann werde ich Ihnen Ihr Zimmer zeigen.«
Um sechs Uhr war er eingezogen, und als eine Glocke ertönte, erkundigte er sich bei einem Dienstmädchen, was das zu bedeuten hatte.
»Das ist die Dinnerglocke, Sir. Das Abendessen wird jeden Abend um sechs Uhr serviert, außer am Sonntag, wenn es eine kalte Abendmahlzeit mit Tee gibt. Die wird um halb sechs serviert.«

Er fand das recht früh, um zu Abend zu essen, aber er ging hinunter, um in sehr korrektem Englisch Fragen zu beantworten. »Ja, Käpt'n Millbank ist wohlauf. Er ist ein Freund meines Vaters. Er will sich in Argentinien zur Ruhe setzen, glaube ich.«

»Merkwürdige Idee«, sagte der Major. »Und was bringt Sie hierher, junger Freund?«

Juan hatte nicht vor, seine Familienangelegenheiten mit Fremden zu erörtern, aber seine Antwort war höflich. »Neugier, Sir. Ich wollte ein neues Land sehen. Neue Leute kennenlernen.«

»Hm! Nicht gerade der Ort, den ich als Ferienziel wählen würde. Sie hätten nach England gehen sollen. Ist näher als das hier. Waren Sie schon mal in England?«

»Nein, Sir.«

»Wie schade. Es ist viel interessanter als Sydney«, erklärte ihm die Frau des Majors.

»Warum bleiben Sie dann hier?« wollte Adelaide von ihr wissen.

»Das Klima, meine Liebe. Es ist viel besser für die Lunge des Majors.«

Jeden Morgen um sieben Uhr brachten die Dienstmädchen den Gästen Tee und Gebäck. Sie nannten es den Wecktee, aber wenn das Wetter es erlaubte, zog Adelaide es vor, ihren auf dem Hof einzunehmen. Und der neue Mieter, Rivadavia, tat das gleiche. Er kam in einem strahlend weißen Hemd mit offenem Kragen und schwarzer Hose herunter. Er wollte alles über Sydney wissen, und Adelaide, die sich jetzt praktisch für eine Kolonistin hielt, konnte ihm Auskunft geben. Er war ein guter Zuhörer, und sie fuhr fort, ihm ihre Eindrücke von Sydney zu schildern und wie anders hier alles war, weil die Jahreszeiten vertauscht waren. Sie sah sein Lächeln und lachte dann selbst über sich. »Ich vergaß völlig, daß Argentinien ja auch in dieser Hemisphäre liegt. Mein verstorbener Mann war Doktor der Astronomie. Er wäre erstaunt über mich gewesen.«

Der Frau des Majors erklärte sie: »Er interessiert sich wirklich für alles. Er ist ein sehr wohlerzogener junger Mann, soweit ich erkennen kann. England fasziniert ihn auch; da ist es ein Glück, daß ich mich in Geschichte ein wenig auskenne.«

Die Frau des Majors musterte Adelaide mit einem durchtriebenen Lächeln. Ihre Augen verengten sich, wie sie es immer taten, wenn sie im Begriff war, eine boshafte Bemerkung von sich zu geben, und sie reckte ihr spitzes kleines Kinn. »Wir haben uns schon gefragt, was ihr beide hier unten so früh morgens zu tuscheln habt.«

Adelaide reagierte verärgert. »Wir tuscheln nicht, Missis Kelso! Da der Hof direkt unter Ihrem Fenster liegt, wären Sie die erste, die sich beschweren würde, wenn wir uns laut unterhielten!« Aber sie war verlegen und merkte, wie sie errötete. Sie sah sein weiches weißes Hemd wieder vor sich, das morgens fast bis zur Taille offen war und den Blick auf seine glatte braune Brust freigab. Verwirrt sagte sie: »Sie sollten wissen, daß Juan ein Gentleman ist, und ich finde, diese Bemerkung war unangebracht.«

»Oh? Juan, ja?« fragte Mrs. Kelso.

»Warum nicht?« gab Adelaide zurück.

»Ich habe ja nur gefragt«, erwiderte die Frau des Majors und rauschte eingeschnappt davon.

Manchmal haßte es Adelaide, in der Pension zu wohnen, wo jeder seine Nase in ihre Angelegenheiten steckte. Warum sollte sich Juan nicht mit ihr unterhalten? Zumindest war sie keine alte Schachtel wie Mrs. Kelso. Sie strich sich die Haare mit der flachen Hand nach hinten, steckte lose Strähnen hinein und rieb sich den Hals. Sie waren einfach eifersüchtig. Schade, daß Juan so jung war. Er war wirklich ein sehr attraktiver Mann. Ein sehr attraktiver junger Mann.

Sie erschauerte und fragte sich, ob sie ihren Morgentee in Zukunft auf ihrem Zimmer nehmen sollte, aber dann beschloß sie, sich nicht von Mrs. Kelso sagen zu lassen, was sie zu tun hatte. Jetzt einen Rückzieher zu machen würde einen völlig falschen Eindruck vermitteln.

»Ach verdammt!« sagte sie zu der Katze, die sich durch die sei-

digen Falten ihres Rocks hindurch behaglich an ihrem Bein rieb.
Adelaides Leben verlief in geordneten Bahnen. Jeden Tag ging sie nach dem Frühstück in ihr Zimmer, ließ die Tür offen, damit sie nicht von der Welt abgeschnitten war, und konzentrierte sich auf ihre Schneiderarbeit. Jeden Tag außer Sonntag, natürlich. Sie fragte sich, wohin Juan tagsüber ging. Geschäfte, sagte er, aber was für Geschäfte, wußte sie nicht, und sie dachte auch nicht im Traum daran, ihn zu fragen.

Er kam immer am späten Nachmittag zurück. Dann hatte sich Adelaide bereits zum Dinner umgezogen und saß in ihrem Lieblingssessel auf der Veranda.

Sie begann sich darauf zu freuen, ihn zur Pforte hereinkommen zu sehen, denn meistens zog er sich einen Stuhl heran und setzte sich zu ihr. Je öfter sie ihn ansah, desto mehr fühlte sie sich unwiderstehlich von ihm angezogen, von seinem Körper, seinem charmanten Lächeln, seiner Stimme mit dem aufregenden Akzent, und natürlich von seiner schmeichelhaften Aufmerksamkeit. Spät in der Nacht dachte sie manchmal an ihn und erkannte, daß sie eine alberne Zuneigung zu ihm gefaßt hatte, es war so töricht, ein harmloser Tagtraum, aber sie sehnte sich danach, ihn zu berühren, nur seine Hand zu nehmen, reine elegante Hand, aber voller Kraft. Der Gedanke an ihn wärmte sie und trieb sie dann wieder zur Verzweiflung, und sie fragte sich, ob sie als kalte alte Frau enden würde, die man in irgendein Hinterzimmer verbannt hatte. Voller Selbstmitleid weinte sie um Brooks, den armen, lieben, sanften Brooks. Sie hatten so große Hoffnungen gehegt.

Der Major gab ihr immer die Zeitung, wenn er mit ihr fertig war, und sie las von Georgina und Jasin, den »Lieblingen der Darling-Clique«, aber sie erwähnte nie, daß sie die beiden kannte. Es deprimierte sie zu sehen, wie erfolgreich sie in der Gesellschaft waren und was für ein glückliches Leben sie führten. Das Leben konnte so ungerecht sein.

Nach dem Abendessen ging Juan immer allein weg. »Er macht seinen Verdauungsspaziergang«, erklärte die junge Miss Higgins.

Adelaide fand sein Kommen und Gehen mysteriös, wagte jedoch aus Angst, ebenso aufdringlich zu sein wie die anderen Mieter, nicht zu fragen.
Sie begann mehr Wert auf ihr Äußeres zu legen und nähte sich einige leichte Kleider aus Schweizer Voile, die besser zum Klima von Sydney paßten, und kühle, erlesene Kleider mit Samtschleifen und volantbesetzten Säumen, die für warme Abende auf der Veranda ideal waren.

17. Kapitel

Als die Heselwoods auszogen, spürte Vicky Horton, wie ihr eine Last von den Schultern genommen wurde. Ihre Anwesenheit hatte sie reizbarer gemacht, als gut für sie war. Jetzt konnte sie ihr Haus wieder ganz in Besitz nehmen.
Vor der Geburt des Babys gab es noch eine Menge zu tun, und obwohl sie wegen Johns Tod immer noch Weinkrämpfe bekam, schmiedete sie bereits neue Pläne. Wenn sie einen Sohn bekam, würde sie ihn John nennen, entschied sie, aber wenn es eine Tochter war, würde sie Marietta heißen, nach einem Lied, das John immer gesungen hatte.
Die Schafweiden bei Bathurst ließen sich schnell verkaufen, aber es dauerte eine Weile, die Chelmsford-Farm loszuwerden. Manchmal dachte sie, die Farmmakler hätten sie vergessen, aber sie versicherten ihr, daß sie den bestmöglichen Preis zu erzielen versuchten, und in der Zwischenzeit hielten Andy, der Vormann, und seine Frau die Farm in Ordnung. Sie war Andy und Dora dankbar. Die beiden waren ein zuverlässiges Paar, und sie hoffte, daß die neuen Eigentümer sie behalten würden.
Lettie hielt sie auf dem laufenden über das, was sich nebenan

tat, seit Mary und Lachie Cormack abgereist waren. Dort hatten sich zu Vickys Ärger die Heselwoods eingenistet, und Georgina bekam ebenfalls ein Baby. Nicht daß es Vicky interessierte. Die beiden waren für immer aus ihrem Leben verschwunden. Da sie wußte, daß es John nicht recht wäre, wenn sie Trübsal blies, plante sie bereits die Taufe, um die Geburt ihres Kindes zu feiern.

Sie bekam einen Brief von ihren Maklern, in dem stand, daß sie einen potentiellen Käufer hätten; dieser wünsche jedoch die gegenwärtige Besitzerin kennenzulernen. Vicky erklärte sich bereit, mit dem Mann zu sprechen. Sie fand sein Ansinnen ganz vernünftig.

Es wurde ein Termin vereinbart, und sie zog sich ihr bestes schwarzes Kleid aus moirierter Seide an und setzte sich an den Tisch in ihrem Wohnzimmer, um ihn zu empfangen.

Ihr erster Eindruck von Juan Rivadavia war beunruhigend. Sie hatte einen wesentlich älteren Mann erwartet, und hier war ein Gentleman, der nicht viel älter war als sie und so gut aussah, daß sie ein Prickeln spürte und errötete. Sie warf Lettie, die ihn bewundernd musterte, einen finsteren Blick zu. »Das wäre alles, Lettie, danke«, sagte sie und blieb sitzen, damit er ihren unförmigen Körper nicht zu sehen bekam.

Er nahm den Stuhl am Ende des Tisches. »Missis Horton, ich hoffe, Sie vergeben mir, daß ich Sie in Ihrer Trauer störe, aber ich bin fremd in Ihrem Land, und ich glaube, Sie können mir mehr über Ihre Ranch erzählen als irgendwelche Makler.«

»Oh ja«, erwiderte sie und hörte sich dann über die Farm, das Personal, die Tiere, das hübsche Hunter Valley und andere Belanglosigkeiten plappern, Dinge, die sie gar nicht hatte sagen wollen, und er saß die ganze Zeit schweigend da und hörte zu, ohne sie zu unterbrechen. Während sie redete, musterte sie die sorgfältigen Falten seines hohen Kragens und das mit Spitze eingefaßte Halstuch, das von einer Rubinnadel gehalten wurde, damit sie ihm nicht in die dunklen Augen schauen mußte, und als sie schließlich innehielt, lächelte er. »Ich hatte keine Ahnung, daß Missis Horton so jung sein würde. Man hätte mich warnen müssen.«

»Ich bin nicht so jung«, gab sie zurück, »daß ich nicht über ein Geschäft sprechen könnte.«

»Natürlich nicht«, sagte er. »Ich wollte Sie nicht beleidigen. Ich meinte nur, daß es mir unter diesen Umständen viel leichter fällt, mit Ihnen zu reden. Wir können die Sache aus unserem Blickwinkel betrachten, und Sie können mir sagen, ob Sie glauben, daß ich Erfolg haben werde.«

»Ich verstehe, glaube ich. Möchten Sie Kaffee?«

»Ja, gern. Vielen Dank.«

Sie unterhielten sich fast so wie Verschwörer. Vicky vergaß ihren Zustand, sprang auf und führte ihn zu Johns Arbeitszimmer hinaus, wo sie ihm die Tierlisten und Pläne zeigte, und er entschuldigte sich kein einziges Mal für die Belästigung in »ihrem Zustand«, wie es alle anderen taten. Als er ging, war sie enttäuscht. Sie hatte das Gefühl, sie hätte sich ewig weiter mit ihm unterhalten können.

»Glauben Sie, Sie werden die Farm kaufen?« hatte sie gefragt.

»Ich denke schon. Aber Sie müssen verstehen, Missis Horton, ich muß sie zuerst sehen. Das wird ein bißchen dauern. Aber wenn ich sie gesehen habe, werde ich Sie sofort meine Antwort wissen lassen.«

Sie schloß sich in ihrem Schlafzimmer ein, um Letties Grinsen zu entgehen, und bürstete sich verwirrt die Haare. Sie hatte nicht geglaubt, daß sie nach John Horton jemals wieder einen anderen Mann ansehen würde, aber nun hatte sie sich beinahe schon in diesen Argentinier verliebt.

»Du mußt verrückt sein«, erklärte sie ihrem Spiegelbild. »Wer sollte bei deinem Zustand an dir Interesse haben?« Jetzt tat es ihr leid, daß sie ihm gestattet hatte, zu ihr ins Haus zu kommen. Es wäre viel besser gewesen, einen solchen Mann nach der Geburt des Kindes zu treffen. Jetzt war es zu spät. Andererseits konnte er ja auch verheiratet sein. Er hatte ihr wenig über sich erzählt, stellte sie fest; statt dessen hatte er sich ihre Lebensgeschichte angehört.

Den Verkauf von Chelmsford hatte sie bereits vergessen. Es schien nicht mehr wichtig zu sein.

18. Kapitel

»Ich habe ein Pferd gekauft«, erzählte Juan Adelaide eines Abends. »Möchten Sie es sehen? Die Ställe sind gleich um die Ecke.«
»Sehr gern. Aber man mag es nicht, wenn wir zu spät zum Dinner kommen.«
Er schaute auf seine Uhr. »Wir haben noch Zeit.« Er bot ihr seine Hand an, und sie stand auf, um mit ihm zu gehen. Sie kam sich sehr wagemutig vor.
Die Stallburschen begrüßten Mr. Rivadavia, und sie gingen alle hinunter, um sein Pferd zu bewundern.
»Es sieht sehr stark aus«, sagte sie. »Wie heißt es?«
»Sie nennen ihn Rex, also habe ich es dabei belassen, aber es scheint mir ein sehr schlichter Name für so einen hübschen Kerl zu sein.«
»Oh nein, das paßt zu ihm«, rief Adelaide. »Er ist wunderschön. Und dieser Sattel da in der Box. Ist das Ihrer?«
»Ja.«
Adelaide betrachtete den großen schwarzen, geprägten Ledersattel mit den verschlungenen silbernen Verzierungen. »Der ist großartig. Wo haben Sie ihn gekauft?«
»Ich habe ihn mitgebracht.«
Die Stallburschen waren ebenfalls beeindruckt von dem Sattel, und sie zeigten ihr die silbergeschmückten Zügel und die bunte Decke, die dazugehörten. »Rex wird das hübscheste Pferd in der Stadt sein«, lachten die Männer. »Wir werden gut auf ihn aufpassen, Mister Rivadavia.«
Juan nickte. »Reiten Sie gern, Missis Brooks?«
»Ja. Aber ich habe auf keinem Pferd gesessen, seit ich hierhergekommen bin.«
»Das ist eine Schande«, sagte er.
Als sie zurückliefen, dachte Adelaide, was für ein seltsamer junger Mann er manchmal war.

Eines Abends kam er später als üblich zurück, als die anderen Gäste schon alle schlafengegangen waren, und klopfte leise an Adelaides Tür.
Sie machte ängstlich auf und spähte hinaus. »Oh, Sie sind es, Juan. Ist etwas nicht in Ordnung?«
»Darf ich hereinkommen?«
»Nun, Juan, ich war schon im Bett ...«
Sie zog ihren Morgenrock enger um sich und wußte nicht recht, was sie mit dem jungen Mann machen sollte. Vielleicht wußte er nicht, daß es sich nicht schickte, um diese Zeit an die Tür einer Dame zu klopfen, selbst wenn diese mehrere Jahre älter war als er. Aber sie bat ihn herein und schloß rasch die Tür. »Was ist, Juan? Warten Sie, ich zünde rasch die Lampe an.« Sie merkte, daß ihre Hände zitterten, als sie auf dem Tisch herumtastete, aber er gebot ihr Einhalt. »Nein. Tun Sie das nicht.«
Er nahm sie in die Arme und strich ihr über die Haare. »Es ist schön, Ihr Haar.«
»Juan, was fällt Ihnen ein? Das dürfen Sie nicht!« Adelaide konnte nicht glauben, daß es geschah, und sie hatte Angst, daß jemand sie hören würde. Selbst ihr Geflüster klang in dem schlafenden Haus ohrenbetäubend laut. Sie versuchte ihn wegzustoßen.
»Mögen Sie mich nicht?« fragte er.
»Natürlich mag ich Sie, aber nicht auf diese Weise.«
»Lassen Sie mich nur Ihre Haare und Ihren weichen Hals küssen«, sagte er leise. Seine starken Arme hielten sie sanft, ohne jede Gewalt, und sie probierte es mit einem heiteren Lachen, während sie immer noch versuchte, sich ihm zu entziehen. »Das müssen Sie verstehen, Juan. Ich mag Sie. Aber nicht auf diese Weise. Also wirklich, ich bin soviel älter als Sie.«
»Küssen Sie mich nur einmal«, sagte er, »dann werden wir ja sehen.« Sein Mund wanderte über ihre Wange zu ihrem, und er war so warm und liebevoll, daß sie nur diesen einen Augenblick darauf reagierte. Ein Kuß konnte doch nichts schaden.
»Sind Sie sicher, daß Sie mich nicht auf diese Weise mögen?« Er

küßte sie erneut und schob sie zum Bett. Dann löste er ihren Morgenrock, nahm ihn ihr ab und hängte ihn sorgfältig über einen Porzellanknopf am Ende ihres Messingbetts.
Adelaide wartete. Sie fühlte sich schuldig, wie ein dummes junges Mädchen. Sie wollte, daß er ging, sie war sicher, daß er sich nur über sie lustig machte, und doch wollte sie, daß er sie noch einmal küßte, aber als er es tat, zog er sie so fest an sich, daß sie spüren konnte, wie erregt er war, und das schockierte sie. Aber er war so warm, so liebenswert, daß sie tat, als würde sie nichts merken.
Als er sie losließ, strich sie ihr Nachthemd glatt und versuchte sich ein paar passende Worte einfallen zu lassen, da sie glaubte, daß er jetzt gehen würde, aber statt dessen zog er sich aus, und sie geriet in Panik und wich vom Bett zurück. »Bitte, Juan. Das dürfen Sie nicht tun.« Aber er küßte sie erneut, streichelte ihr Gesicht und ihre Haare und drückte sie sanft auf die Knie, und Adelaide fragte sich, was er von ihr wollte, dieser seltsame, schöne junge Mann. Er zog ihr Gesicht an seinen Bauch, und sie konnte den schwachen Duft des Parfüms riechen, das er benutzte, und war erstaunt über ihr eigenes wollüstiges Verhalten. Er schlüpfte mit ihr ins Bett, und Adelaide konnte es jetzt kaum erwarten, ihn zu spüren; es raubte ihr den Atem, daß sie nackt neben einem Mann lag, Haut an Haut, etwas, woran sie früher nie gedacht hatte, nicht einmal mit Brooks.
»Willst du mich jetzt?« fragte er, und sie rutschte näher zu ihm hin. Ihr ganzer Körper sehnte sich nach ihm.
»Nein«, sagte er. »Du mußt es mir sagen.«
Sie ließ ihren Kopf wieder aufs Kissen sinken. »Was meinst du?«
»Da du mich fragst: Wenn du mir nicht sagst, daß du willst, daß ich dich liebe, wirst du dir selbst einreden, daß ich dich gezwungen habe, und deine angelsächsische Moral wird beschwichtigt sein. Im Grunde bist du nicht damit einverstanden, daß ich in deinem Bett liege. Ich habe dir gezeigt, daß du eine begehrenswerte Frau bist, und ich begehre dich. Du wirst mir das gleiche Kompliment machen.«

»Sei nicht albern, Juan.« Ihre Hände streichelten seinen Rücken. Er konnte doch nicht ernsthaft von ihr erwarten, daß sie ihn bat zu bleiben. Immerhin war es seine Idee gewesen. Er war in ihr Zimmer gekommen. Sie lagen beide ganz still.
»Nun gut«, sagte Juan. »Dann werde ich gehen.«
Er schlug die Decke zurück und stand auf. Die Umrisse seines Körpers zeichneten sich gegen das Licht ab, das durch die Spitzenvorhänge drang.
»Nein, Juan. Geh nicht. Bitte. Ich will, daß du bleibst.«
Juan beugte sich herüber und lächelte sie an. »Das war doch gar nicht so schwer, nicht wahr? Jetzt werde ich dich lieben.« Er kniete sich neben sie aufs Bett und begann ihren Körper langsam und sanft zu streicheln, und dieser Genuß war so neu für sie, so köstlich, daß sie zu ihm hochkam und die Arme um ihn schlang.
»Du bist schön«, flüsterte er.
Als er das weiche Federbett verließ, war Adelaide trotz seiner Lektionen in Aufrichtigkeit wie gelähmt vor Angst, daß ihn jemand im Haus gehen sehen könnte. Sie wartete und rechnete damit, Stimmen zu hören, aber alles blieb still, und als sie sich wieder in ihr Bett kuschelte, umarmte sie ein Kissen. Er war wirklich anbetungswürdig. Sie fühlte sich wieder wie ein junges Mädchen.
Als sich Adelaide im kalten Tageslicht an ihre Hemmungslosigkeit in der Nacht erinnerte, war sie zu verlegen, um ihm ins Gesicht zu sehen, und am Nachmittag stellte sie fest, daß sie viel zuviel zu tun hatte, um ihre Zeit damit zu verschwenden, auf der Veranda zu sitzen. Beim Dinner war sie schweigsam und achtete darauf, ihm nicht in die Augen zu schauen, bis er sie direkt ansprach. »Sie sehen heute abend bezaubernd aus, Missis Brooks.« Er ignorierte ihre Bestürzung und wandte sich an die jüngere seiner Vermieterinnen. »Nicht wahr, Miss Higgins?«
»Ja, das stimmt, Adelaide. Sie sehen in letzter Zeit viel besser aus.«
»Das ist der Wind«, verkündete der Major. »Ich sage immer, daß

die Leute bei windigem Wetter viel gesünder sind. Bläst die Bakterien weg, frischt das Blut auf. Sie sollten häufiger spazierengehen, Missis Brooks. Also in der alten Heimat, da bin ich immer zehn Meilen pro Tag gelaufen, und je kälter es war, desto besser. Heutzutage hält mich nur dieses lahme Bein davon ab.«
Adelaide war zum ersten Mal froh, den geschwätzigen Major am Tisch zu haben. Wenn er erst einmal anfing, war jede Unterhaltung zu Ende. Sie stand auf und nahm ihren Tee oben; sie behauptete, sie müsse bis zum nächsten Morgen eine Arbeit fertigstellen, und verbrachte eine lange, demütigende Nacht damit, darauf zu warten, daß Juan wieder an ihre Tür klopfte.
Drei weitere Nächte vergingen, eine Ewigkeit, bis sie sich dazu entschloß, vor dem Abendessen wieder ihren Platz auf der Veranda einzunehmen und darauf zu warten, daß er nach Hause kam. Als er durch das Gartentor trat, schlenderte er über die gefliese Veranda, um wie üblich auf dem Rohrstuhl neben ihr Platz zu nehmen, als ob nichts geschehen sei. »Der Garten sieht prächtig aus, nicht wahr? Wie heißt es bei euch? Die Damen habe grüne Hände?«
»Grüne Daumen«, verbesserte sie ihn.
»Ah ja. Grüne Daumen. Ein seltsamer Ausdruck. Waren Sie heute sehr beschäftigt mit Ihren Näharbeiten?«
»Ja.« Sie dachte, sie würde verrückt werden. Sie wünschte, sie hätte den Mut, die Hand auszustrecken und ihn zu berühren, aber das wagte sie nicht. Es konnte sein, daß es jemand sah, oder noch schlimmer, daß er sie zurückwies.
»Fühlen Sie sich nicht wohl?«
»Mir geht es sehr gut, danke, Juan.«
»Was ist es dann?«
Sie brauchte eine Weile, bis sie die Frage stellen konnte, aber sie mußte sie stellen; sie fühlte, wie ein plötzlicher Anfall von Wahnsinn sie dazu trieb. »War ich eine Enttäuschung für dich?« Und noch während sie es flüsterte, hätte sie sich die Zunge abbeißen können.
Er lachte. »Nein.«

»Du bist seither nicht mehr in meine Nähe gekommen.« Sie hörte sich wie ein Fischweib fauchen, aber seine Antwort war beiläufig. »Ich habe dich seit Tagen nicht mehr gesehen. Möchtest du, daß ich komme?«
Adelaide schaute sich verstohlen um. »Ja.«
»Warum hast du dann nichts davon gesagt?«
Sie sahen zu, wie ein bunter Zigeunerwagen vorbeirollte.
»Adelaide ist ein sehr steifer und ernster Name«, bemerkte Juan. »Er paßt überhaupt nicht zu dir. Ich werde dich Dell nennen.«

Den Adleraugen von Dienstmädchen entgeht nichts, ebensowenig wie den schwatzhaften Zungen von Pensionsgästen, und binnen kurzem hatte sich der Skandal im ganzen Haus herumgesprochen. Mrs. Brooks hatte unsittliche Beziehungen zu diesem jungen Mann. Die Misses Higgins waren höchst beunruhigt, da Kapitän Millbank den jungen Mann in ihre Obhut gegeben hatte, und sie waren sehr enttäuscht von Adelaide, die keine Ahnung hatte, daß jeder im Haus Bescheid wußte. Die beiden erwogen, sie auf die Sache anzusprechen, scheuten jedoch davor zurück. Was, wenn sie es abstritt? Sie waren sicher, daß sie den jungen Mann verführt hatte, und sie beteten für ihn.
In der Küche hielten die Dienstmädchen den Koch auf dem laufenden.
»Ich möcht nur halb so viel Glück haben wie die«, sagte die alte Maisie. »Es heißt, diese Italiener sind feurige Burschen. Heißblütig, verstehst du. Und dieser Mister Rivadavia ist ganz in Ordnung, da beißt die Maus keinen Faden ab. Der könnte seine Stiefel jederzeit unter mein Bett stellen«, lachte sie und schwenkte ihre breiten Hüften. »Aber nun hat die feine Missis Brooks ihn sich geschnappt. Dabei sieht sie aus, als ob sie kein Wässerchen trüben könnte. Na ja, bei diesen stillen Wassern weiß man nie.«
Während sich die Misses Higgins Sorgen machten und die Pensionsgäste leise tuschelten, fuhr Adelaide fort, ihre Näharbeiten zu machen, und träumte von den Nächten in seinen Armen, ohne zu

merken, daß sie in Verruf geraten war und daß ihr der Hinauswurf drohte.

Ihre beste Kundin, Milly Forrest, kam vorbei. »Haben Sie schon gehört, daß Missis Heselwood einen Sohn bekommen hat? Sie haben ihn Edward genannt. Er ist ein süßes kleines Baby und sehr hübsch. Ich war drüben, um sie zu besuchen. Sie wohnt in einem Herrenhaus, aber sie ist sehr einsam. Sie vermißt Jasin.«

»Ist er zur Geburt zurückgekommen?«

»Nein, er konnte nicht. Er ist zu weit weg.«

»Wie schade. Die arme Georgina.«

»Warum sagen Sie das, Adelaide? Sie haben sie doch nie gemocht.«

»Ich hatte nichts gegen sie. Ich mag es nicht, wenn jemand einsam ist.«

Milly sah sie an. Sie hatte in letzter Zeit ein paar Geschichten über Adelaide und irgendeinen jungen Kerl gehört, aber sie bezweifelte, daß etwas daran war. »Ich nehme an, Sie sind auch manchmal ein bißchen einsam, so als Witwe?« Adelaide ging aber nicht darauf ein.

»Was macht Jasin denn diesmal auf dem Land?«

»Er und ein Freund von ihm, Captain Pelham, kaufen Rinder in Bathurst und bringen sie nach Norden. Sie wollen eine Rinderfarm aufmachen.«

»Jasin Heselwood! Ich kann's nicht glauben! Ich hätte nicht gedacht, daß er jemals aus dem Salon herauskommen würde.«

»Jasin hat sich verändert. Er war draußen im Busch. Er weiß, was er tut. Aber er hat immer noch seine reizenden Manieren, wenn er hier ist. Er ist unser Partner, wissen Sie.«

»Ja. Das haben Sie mir erzählt. Was ist mit Ihrem Haus? Haben Sie das neue Haus schon gekauft?«

»Nein. Dermott sagt, das wäre im Moment totes Kapital. Wir werden im Viehgeschäft viel mehr daraus machen.«

»Ist Dermott mit Jasin unterwegs?«

»Nein, er verdient im Augenblick zuviel mit seiner Sattlerei, Ade-

laide, Sie versprechen dauernd, daß Sie mal vorbeikommen, um sie sich anzusehen, aber Sie tun's nie.«
»Ja. Irgendwann komme ich bestimmt, aber im Moment habe ich hier einfach zuviel zu tun. Ihr blaues Kleid ist fertig. Sie können es heute mitnehmen.«
Milly, die es haßte, etwas zu verpassen, verpaßte Juan Rivadavia zum zweitenmal, wenn auch nur um ein paar Minuten. Er kam von den Ställen herauf, als ihre Kutsche eben wegfuhr, und Adelaide war dankbar dafür.
»Du siehst sehr zufrieden mit dir selbst aus, Juan«, lächelte sie.
»Mit gutem Grund. Ich habe mein Geschäft in Sydney unter Dach und Fach. Ich werde morgen abreisen.«
Bei dieser beiläufig hingeworfenen Neuigkeit wurde Adelaide blaß. »Du reist ab? Das geht nicht! Wohin willst du denn?«
»Zuerst per Schiff nach Newcastle und dann weiter ins Hunter Valley.«
»Wie lange wirst du wegbleiben?«
Er machte ein überraschtes Gesicht. »Wie lange? Ich gehe für immer. Ich glaube, ich werde da oben eine Ranch kaufen, aber zunächst muß ich sie mir einmal ansehen. Ich habe eine ganze Reihe von Ranches genauer geprüft, aber diese scheint die beste zu sein.«
Die Dinnerglocke ertönte. Adelaide sprang auf und lief am Speiseraum vorbei und die Treppe hinauf, um sich in ihrem Zimmer einzuschließen. Wie konnte er es wagen, ihr zu sagen, daß er sie verlassen würde? Einfach so! Es war offensichtlich, daß er sich nichts aus ihr machte. Und wie er es ihr gesagt hatte! Er hatte sich nicht einmal die Mühe gemacht, es vorsichtig zu formulieren. Na, dem würde sie es zeigen. Sie würde heute nacht ihre Tür absperren, und er konnte draußen bleiben. Stundenlang lief sie im Zimmer auf und ab, damit ihre Wut nicht abflaute, aber als sich die Nacht hinzog, begann sie wieder auf ihn zu horchen, und als er an ihre Tür kam, war sie offen.
Adelaide klammerte sich an ihn. Es war ihre letzte gemeinsame Nacht, und sie behielt ihn so lange bei sich, wie sie konnte, aber

dann kam die Dämmerung, und er mußte in sein Zimmer zurück, ehe die anderen aufstanden. Fröstelnd und nur in ein Laken gehüllt, stand sie an der Tür und wollte ihn immer noch nicht gehen lassen. »Juan. Ich kann es nicht ertragen, ohne dich zu sein. Bitte, geh nicht. Laß mich nicht allein.«
»Dann komm mit mir.«
»Was hast du gesagt?«
»Ich sagte, komm mit mir. Warum nicht? Es sei denn, du willst für den Rest deines Lebens in diesem häßlichen kleinen Zimmer bleiben.«
Sie hatte nicht gewußt, daß er ihr Zimmer häßlich fand. Es verwirrte sie. »Soll das ein Heiratsantrag sein, Juan?«
»Nein, Dell. Aber wir verstehen uns gut. Ich werde mich um dich kümmern. Du verdienst etwas Besseres als das hier. Wenn du mit mir kommen willst, dann fang an zu packen.«
Sie schaute sich verstört im Zimmer um. War es nicht genauso riskant, sich auf ihre wenigen Kunden zu verlassen, als ihr Glück zu versuchen und mit ihm zu gehen? Es würde hier weiß Gott unerträglich sein ohne ihn. Sie würde ihn so vermissen. Aber er war so jung. Würde er sein Wort halten? Und selbst wenn, wie würde sie in der Öffentlichkeit mit einem so jungen Mann dastehen? Was würden die Leute sagen? Du lieber Gott!
Sie lief zu ihrem Kleiderschrank und wühlte darin herum, als ob sie etwas suchte. Dabei zermarterte sie sich das Hirn, was sie antworten sollte. Was würde aus ihr werden, wenn sie hier bliebe? Bisher hatte sie sich noch keine größeren Gedanken über die Zukunft gemacht. Sie war allein auf der Welt, ganz allein, und schaffte es gerade, die Miete zusammenzubekommen. Jetzt kam ihr das Zimmer wie ein Gefängnis vor, in dem sie eingesperrt war. Würde sie eines Tages genauso verzweifelt sein wie Brooks? Oh Gott, nein! Aber Juan hatte wahrscheinlich recht. Sie kannten einander nicht gut genug, um schon von Heirat zu sprechen. Sie drehte sich um und sah ihn an. Er stand wartend an der Tür, ein wenig unduldsam, wie sie fand. »Starr mich nicht so an!«

Er grinste und breitete die Hände aus, die Handflächen nach außen. »Du willst doch wohl nicht hierbleiben!«
»Ich weiß nicht, was ich will«, rief sie. »Du sagst so ganz beiläufig, daß ich mit dir kommen kann, als ob ich dir leid täte! Das reicht mir nicht. Willst du wirklich, daß ich mitkomme?«
Er kam ins Zimmer zurück und nahm sie ihn die Arme. »Aber natürlich. Ich begehre dich«, setzte er mit einem Lachen hinzu, und seine Hände schlüpften durch das Laken.
Adelaide machte sich los und ließ sich auf einen Stuhl sinken. »Jetzt machst du dich über mich lustig. Ich werde es mir überlegen, und vielleicht komme ich später nach.«
»Nein. Du gehst mit mir zusammen zur Tür hinaus oder du kommst überhaupt nicht mit. Du schämst dich für uns. Du machst dir Sorgen, daß die Leute hier die Wahrheit über uns erfahren könnten. Sie wissen alle Bescheid, Dell. Sie haben es die ganze Zeit gewußt. Mir macht das nichts aus. Warum sollte es dir etwas ausmachen?«
Adelaide merkte, wie ihr Gesicht gefror. »Sie wissen es nicht! Sie können es nicht wissen!« Er zuckte die Achseln.
Sie ließ den Blick durchs Zimmer schweifen. »Was ist mit meiner Arbeit? Die Kleider. Sie sind erst halb fertig.«
»Laß sie liegen. Das ist sowieso Arbeit für Bäuerinnen.«
»Aber was soll ich Miss Higgins sagen? Was in aller Welt kann ich denen sagen? Und ich muß meine Miete bezahlen.«
»Aber, aber, aber! Das ist alles, was dir einfällt. Ich werde Miss Higgins sagen, daß wir abreisen, und deine Rechnung begleichen. Fühlst du dich nun besser?«
»Ja«, flüsterte sie, aber sie erschien nicht zum Frühstück.
Juan trug ihr Gepäck ins Vestibül hinunter und kam zurück, um sie zu holen. »Bist du fertig?«
»Ja.«
Sie hatte es an diesem Morgen immer noch nicht gewagt, ihr Zimmer zu verlassen, und jetzt war es soweit. Sie folgte Juan die Treppe hinunter und stellte erleichtert fest, daß niemand zu sehen war.

»Warte hier, Dell«, sagte er. »Ich rufe dir eine Kutsche. Du kannst das Gepäck zum Schiff bringen. Ich reite mit meinem Pferd hin.«
Die ältere Miss Higgins erschien. »Sie wollen uns doch gewiß nicht verlassen, ohne sich zu verabschieden, Missis Brooks?«
»Nein, natürlich nicht. Ich wollte Sie gerade suchen.«
»Nun, hier sind wir.« Die andere Miss Higgins kam über den Korridor. Sie schaute sehr geziert drein, und die Dienstmädchen drückten sich hinter ihr vorbei.
»Vielen Dank für alles, was Sie für uns getan haben, ich meine für meinen Mann, Doktor Brooks, und mich ...« Adelaides Stimme verklang.
Die beiden Frauen, die ihre Freundinnen gewesen waren, schienen nun zu Stein erstarrt zu sein. »In Ihrem Zimmer liegen noch ein paar Kleider. Haben Sie die vergessen?«
»Nein, sie gehören Kundinnen. Ich habe Namen darangeheftet. Würden Sie ihnen sagen, es tue mir leid, daß ich sie nicht fertigstellen konnte?«
Von der Kutsche war nichts zu sehen, aber Adelaide konnte es nicht mehr aushalten. Sie beschloß, auf der Straße zu warten.
»Also, auf Wiedersehen.« Sie drehte sich um, um ihnen zu entfliehen, aber die ältere Miss Higgins hatte noch etwas zu sagen. Ihre Stimme klang streng. »Einen Moment noch.«
Adelaides Herz klopfte. Hatte er die Rechnung nicht bezahlt? »Sie haben keine Nachsendeadresse hinterlassen, Missis Brooks. Wohin sollen wir Ihnen die Post schicken?«
»Was? Oh ja. Ich werde Ihnen aus Newcastle schreiben.«
»Wollen Sie dort heiraten?« fragte die jüngere Miss Higgins. In der Frage schwang Mißbilligung mit.
»Ja«, log Adelaide, aber sie war in Panik. Was um alles in der Welt tat sie hier? Die Misses Higgins standen da und warteten darauf, sie endlich loszuwerden. Ihr Mißfallen war ihren Gesichtern deutlich anzusehen. Aber da kam endlich die Kutsche, und hinterdrein ritt Rivadavia auf dem Braunen in seinen farbenprächtigen Reitkleidern, einen schwarzen, silbergesäumten Sombrero auf dem Kopf.

Alle Blicke richteten sich auf ihn. Ihr war noch nie aufgefallen, wie anders er aussah. Der Major und seine Frau waren auf der Veranda, aber sobald sie Adelaide sahen, drehten sie ihr den Rücken zu. Ihre Demütigung war vollständig.
Auf dem Schiff bezogen sie eine gemeinsame Kabine, weil Juan darauf bestand, und die kurze Fahrt war angenehm. Er setzte sie in das Paketboot, das sie flußaufwärts bis nach Singleton mitnahm, während er den Rest des Weges ritt. Im Singleton Inn teilten sie sich ein Zimmer, und Adelaide fragte sich, ob er sie als Ehepaar eingetragen hatte, bis der Wirt stammelnd darauf zu kommen versuchte, wie er sie anreden sollte. Da wußte sie, daß er es nicht getan hatte.
Am nächsten Tag verabschiedete er sich von ihr. »Ich muß jetzt weg, um mir diesen Besitz anzusehen. Es wird etwa eine Woche dauern, aber ich komme zurück. Sie werden sich hier um dich kümmern.«
Adelaide war entsetzt. »Ich will nicht allein hierbleiben.«
»Liebe Dell, sie haben mir erzählt, daß es von hier an keine Gasthöfe mehr gibt. Ich möchte, daß du es bequem hast.« Sie ging mit ihm hinaus, schaute ihm nach und glaubte, dies sei das letzte, was sie je von ihm sehen würde, und als sie in ihr Schlafzimmer zurückkehrte, fand sie fünfzig Pfund in einer Schublade und brach in Tränen aus. Es war so viel Geld, daß sie überzeugt war, er habe sie verlassen.
Das Geld war noch da, als er zurückkam.
Sie hatte jeden Tag voller Bangen darauf gewartet, daß ihr der Gastwirt die Rechnung präsentieren und sie zur Abreise auffordern würde, aber nichts war geschehen. Seine Frau und er waren so freundlich, wie es nur ging, da ihr Gast jedem Gespräch auswich.
»Ich habe die Ranch gekauft«, erklärte Juan bei seiner Rückkehr. »Jetzt fange ich an. Ich hoffe, du hast dich gut ausgeruht, denn wir müssen aufbrechen. Ich muß dir ein passendes Pferd besorgen. Wir werden den Rest des Weges reiten. Ein Fuhrmann kann uns unsere Sachen bringen.«

Sie gab ihm sein Geld zurück, aber er lachte und warf sie aufs Bett. »Es gehört dir, Dell. Jetzt zieh dieses Kleid aus. Ich war zu lange weg. Hast du mich vermißt?«
Für Adelaide war es eine Erleichterung, als sie aus Singleton wegritten, und sobald sie auf der Straße war und sich in Juans Gesellschaft geborgen fühlte, war sie glücklich. Sie bemerkte zum ersten Mal, daß die Blätter der hiesigen Eukalyptusbäume rot getönt waren – sie hatte immer gedacht, sie seien stumpfgrün –, und die riesigen Akazien blühten und erleuchteten den Busch mit ihrem strahlend gelben Flaum.
Sie machten an einem grob zusammengezimmerten, schäbigen Wirtshaus halt, um sich Erfrischungen zu besorgen, und die Frau des Wirts brachte eine Porzellantasse und eine Untertasse für Adelaides Tee zum Vorschein. »Die bewahre ich für besondere Gäste auf«, sagte sie. »Für die meisten unserer Kunden tun's auch Zinnbecher.«
»Sie sind sehr freundlich«, erwiderte Adelaide.
Die Frau betrachtete Juan, der draußen mit ein paar Männern sprach. »Ihr Gent da ist ja toll rausgeputzt«, sagte sie, und Adelaide war dankbar für das Halbdunkel im Raum, weil es ihre Verlegenheit verbarg. Sie hatte sich an Juans exzentrische Kleidung gewöhnt. Aber jetzt stellte sie fest, daß er im Gespräch mit den verstaubten Männern, die im Busch lebten und arbeiteten, hervorstach wie ein Pfau unter Hühnern.
»Er kommt aus Südamerika«, sagte sie. Es klang entschuldigend.
»Ah ja«, sagte die Frau. Offensichtlich war sie nun auch nicht schlauer.
Juan hatte sie gewarnt, daß es ein langer, ermüdender Ritt für sie werden würde, und am späten Nachmittag, als sie offene Weiden überquerten und die einzigen Menschen auf der Welt zu sein schienen, ertappte sich Adelaide dabei, daß sie immer holpriger ritt und sehr oft den Rhythmus des Pferdes verlor. Im Damensattel bekam sie steife Knie, und sie sehnte sich danach, sich strecken und wie ein Mann in die Steigbügel stellen zu können, oder noch besser, abzusteigen und eine Weile zu laufen.

Juan bemerkte ihre Nöte, führte sie in den Schatten einer Baumgruppe und half ihr vom Pferd. »Wie gefällt sie dir?« fragte er.
»Wie bitte?«
»Die Ranch. Wir sind jetzt schon seit sechs Meilen auf ihrem Gebiet unterwegs. Sie geht bis in die Hügel da hinten und hat reichlich Wasser vom Fluß. Und da ist das Haus.«
Sie sah eine riesige Schafherde auf einem schattigen Hügel und in der Ferne einen ausgedehnten Windschutz aus hohen Weiden, der zu dem Haus führte. Nur das Dach war zu sehen; es warf das Licht der untergehenden Sonne zurück. »Juan! All dieses Land! Gehört das alles dir? Und das ist unser Haus! Ich kann's gar nicht erwarten hinzukommen.«
»Mein Haus«, sagte er ruhig, und Adelaide errötete bei dem Verweis. Sie fühlte, wie ihr die Tränen kamen, und suchte in ihrem Ärmel nach einem Taschentuch.
Ein paar Reiter kamen heraus, um sie zu empfangen.
»Die Farm hat einen englischen Namen.« Juan schien nicht zu bemerken, daß seine Verbesserung verletzend gewesen war. »Sie heißt Chelmsford. Was bedeutet das?«
»Ich weiß es nicht«, sagte sie leise. Sie zog sich den Hut tiefer über die Augen und band das Musselintuch fester darum, um ihre Verwirrung zu verbergen. Dann wartete sie lustlos, während er vortrat und mit den Reitern sprach.

19. Kapitel

Bathurst war heiß und staubig, und die Einheimischen begannen sich bereits Sorgen zu machen, daß ihnen dieses Jahr eine weitere Trockenheit bevorstand. Clarrie und Snow, die beiden alten Farmarbeiter aus Camden, warteten vor dem Wirtshaus auf Jasin.

»Wenn ich Sie wäre, würde ich mit der Herde aufbrechen, solang's noch geht«, sagte Clarrie.
»Das versuche ich ja«, erwiderte Jasin. »Aber jeden Tag scheint irgendwas schiefzugehen.«
»Irgendwas geht immer schief, Mister Heselwood. Man muß einfach in die Hufe kommen. Wenn Sie letzte Woche aufgebrochen wären, müßten wir uns jetzt nicht einen neuen Trupp Viehtreiber suchen. Solche Burschen warten nicht.«
Jasin lief die Hauptstraße entlang und hielt Ausschau nach Pelham. Er sah sein Pferd vor der Schmiede. »Hat jemand hier Captain Pelham gesehen?« rief er über den Lärm hinweg.
»Hinten rum«, rief eine Stimme.
Pelham hockte zusammen mit vier Viehtreibern über einer in den Staub gezeichneten Karte. »Das hier ist der Boß«, sagte er. »Diese Jungs wollen mitkommen, Heselwood.« Er stellte sie einander vor. »Das sind Nick, Bobbo, Tommy und Lance – Mister Heselwood.«
»Tag, Boß«, antworteten sie alle, aber ihr Sprecher war Bobbo, der so aussah, als hätte er Aborigines-Blut in den Adern. »Wird 'n langer Viehtreck, was, Boß?«
Jasin nickte. »Ja. Aber wenn ihr gut arbeitet, werdet ihr auch gut bezahlt. Wo ist der Koch?«
»Wir haben noch keinen«, sagte Pelham.
Bobbo schaute überrascht auf. »Was ist aus dem Chinesen geworden?«
»Der ist uns abgehauen.« Pelham schien sich keine Sorgen zu machen.
»Oh Gott!« Jasin war wütend. Er hatte eine Herde von sechshundert Rindern auf dem Viehhof stehen, der Direktor knöpfte ihm für jeden zusätzlichen Tag Gebühren ab, die Pferde waren alle auf einer Koppel mit kaputten Zäunen, und er mußte einen Burschen dafür bezahlen, daß er sie beaufsichtigte.
»Ich hab 'nen Kumpel, der ist Deutscher«, erklärte Lance. »Er sagt, er ist 'n guter Koch. Soll ich mal sehen, ob ich ihn auftreiben kann?«

»Ja, bring ihn mit«, sagte Jasin. »Sag ihm, wir ziehen morgen früh los.« Es ärgerte ihn, daß er alles allein machen mußte. Er begann sich zu fragen, ob es eigentlich eine so gute Idee gewesen war, Pelham mitzunehmen. Der Mann war unfähig, Entscheidungen zu treffen; nicht einmal Vieh konnte er kaufen. Am Ende hatte Jasin auch das selbst erledigen müssen. Clarrie und Snow hatten ihm dabei geholfen.

William Macarthur hatte sein Wort gehalten. Er hatte die beiden alten Männer, die sich im Busch auskannten, zu Jasin ins Queens Hotel in Bathurst geschickt, und die beiden waren ganz begeistert, daß sie endlich wieder auf die Straße kamen.

»Ich zeige euch auf der Karte, wo wir hinwollen«, hatte Jasin erklärt, aber Clarrie hatte gegrinst. »Mister Macarthur hat uns schon gesagt, wo Sie hinwollen, Boß. Wir bringen Sie über die Berge, und dann werden wir weitersehen. Sollen wir irgendwas tun, während wir warten?«

»Würdet ihr die Vorräte prüfen und nachsehen, ob wir alles haben, was wir brauchen?«

Die Vorräte und die Ausrüstung, die Pelham beschafft hatte, erwiesen sich als unzulänglich, und Jasin war gezwungen gewesen, einen Tag im Kaufhaus zu verbringen, während Clarrie und Snow den Wagen wieder ausluden und neue Sachen bestellten. Pelham, der eigentliche Boß der Viehtreiber, wartete in der Bar nebenan.

»Eins muß man ihm lassen, er hat jede Menge Knarren und Munition besorgt«, bemerkte Snow. »Genug, um einen Krieg anzufangen, aber mit Mehl, Tee und Zucker war er nicht so großzügig.«

»Ich nehme an, es ist schwer, zu wissen, was wir brauchen werden«, meinte Jasin.

»Nein, keineswegs«, entgegnete Clarrie. »Die alte Regel sechs, vier, zwei Pfund pro Mann gilt immer noch, und er hat zwar Werkzeug und Hufeisen besorgt, aber die Hufnägel vergessen. Und wir brauchen Äxte. Keine Sorge, Boß, das kriegen wir schon hin. Kann sein, daß es Sie ein bißchen mehr kostet.« Snow widersprach ihm, wofür ihm Jasin dankbar war. »Sie brauchen nicht mehr zu bezahlen. Wir tauschen ein paar Gewehre gegen das ein, was wir benötigen.«

Jasin fühlte sich wohl mit den beiden Alten. Sie standen loyal zu Macarthur, also würden sie auch ihm gegenüber loyal sein. Die Viehtreiber waren eine unbekannte Größe. Er hatte gesehen, wie Pelham ihnen Drinks ausgab und sich bei ihnen anbiederte, aber das störte ihn nicht. Er brauchte sie als Arbeiter, nicht als Busenfreunde. Pelham spuckte große Töne. Sie hatten ins Auge gefaßt, tausend Stück Vieh mit nach Norden zu nehmen und dort auf die Weide zu treiben, dann hätten sie durch das natürliche Wachstum der Herde genug Vieh für eine ansehnliche Farm und könnten im nächsten Jahr mit dem Verkauf beginnen. Jasin hatte fünfhundert Rinder für durchschnittlich ein Pfund pro Stück gekauft, aber Pelham konnte sich nur hundert leisten.

»Auf der Route gibt es wilde Rinder. Ich werde mir unterwegs streunende Tiere einfangen«, hatte Pelham argumentiert, und später stieß Clarrie Jasin an: »Schon möglich – wenn er gut genug reiten kann, um sie aus dem Busch zu treiben. Aber er wird keinen von uns dazu bringen, für ihn wilde Stiere zu jagen.«

Aber das, dachte Jasin, würde Pelhams Problem sein. Im Moment brauchte er ihn als rechte Hand, als Vermittler. Pelham konnte mit diesen Leuten besser umgehen als er. Trotzdem warf er sich die ganze Nacht im Bett herum, während Pelham auf seiner Seite des Zimmers schnarchte. Das Ungleichgewicht war beunruhigend. Er hatte einen Haufen Geld in die Herde und die wenigen Ersatzpferde für die Viehtreiber, in den Planwagen und den Proviant gesteckt, alles auf Pump, ganz zu schweigen von den Löhnen, die bezahlt werden mußten, und danach würde er weitere Gelder für ein Haus und Verbesserungen benötigen; zuviel Geld, um sich von einem Gauner wie Pelham übers Ohr hauen zu lassen. Er redete sich ein, daß er sich wahrscheinlich umsonst Sorgen machte, aber Pelhams Investitionen waren jetzt wesentlich geringer als halbe-halbe, wie anfänglich vereinbart. Pelham hatte schließlich zugegeben, daß er nicht daran interessiert war, sich Land zuzulegen, sondern nur am

Umschlag von Vieh, und was sollte ihn da draußen in der Wildnis davon abhalten, sich die ganze Herde zu nehmen, wenn er die anderen auf seine Seite bringen konnte und nur die beiden Alten übrigblieben, um den eigentlichen Besitzer zu unterstützen? Jasin hatte jetzt den Eindruck, daß Pelham ihn für einen Trottel hielt, und während er auf den Morgen wartete, nahm eine Idee in seinem Hinterkopf Gestalt an. Er würde es tun.

Beim ersten Morgengrauen sah er zu, wie die Herde abzog. Alle waren guter Dinge, und Otto, der deutsche Koch, lenkte den Planwagen. Clarrie und Snow hatten die frischen Reitpferde mitgebracht, und Pelham ritt bestens gelaunt an der Spitze.

»Ich stoße später zu euch«, rief Jasin und ritt in die Stadt zurück. Er hatte reichlich Zeit. Die Herde konnte nur etwa zehn Meilen pro Tag zurücklegen. Das gefiel ihm. Die Tiere würden jeden Tag auf einer neuen Weide grasen, und wenn sie es ruhig angehen ließen, konnten sie unterwegs fett werden.

Jim Moran, der Besitzer des Queens Hotel, kam auf die Straße herausgelaufen, um ihn abzufangen. »Hey, Mister Heselwood. Gut, daß Sie noch mal zurückkommen. Wir wollten schon einen der Burschen hinter Ihnen herschicken. Da ist ein Telegramm für Sie. Sie haben einen Sohn bekommen. Er heißt Edward.«

Jasin lächelte überrascht. »Wirklich? Na, dann muß ich meiner Frau ja noch schreiben, bevor ich losreite.«

»Erst mal müssen Sie sich von mir zu einem Drink einladen lassen. Kommt ja nicht jeden Tag vor, daß jemand zum ersten Mal Vater wird.«

Jasin seufzte. Sie wußten alles. Aber andererseits konnte ihm das jetzt nützlich sein.

»Jim«, rief er seinem Gastgeber zu. »Kennen Sie den Direktor des hiesigen Gefängnisses?«

»Das ist der alte Rufus Donoghue. Den kenne ich gut. Er nimmt gern mal einen zur Brust. Kommt jeden Samstag vorbei.«

Jasin stieg ab und ging ins Hotel, wo er die Begeisterung der Anwohner über sich ergehen ließ, die aus dem Nichts auftauchten, um einen Toast auf seinen neugeborenen Sohn auszubringen und ein paar freie Drinks abzustauben. Jasin nahm den Wirt beiseite. »Vielleicht können Sie mir helfen. Ich hätte beinahe vergessen, etwas zu erledigen, während ich hier war. Ich mußte an so vieles denken...«

»Und dann war auch noch was Kleines unterwegs, hm?« erinnerte ihn der Wirt.

Jasin runzelte die Stirn wegen der Unterbrechung und wegen des Lärms, den die Rüpel in der Bar machten, und fuhr fort. »Als ich bei den Macarthurs auf Camden war, bat mich William, einen Gefangenen namens Pace MacNamara ausfindig zu machen. Er glaubt, daß er im Gefängnis von Bathurst sitzt. Anscheinend ist er ein guter Freund von ihnen, auf den sie große Stücke halten. Er wurde wegen einer Schlägerei mit einem Burschen namens Mudie eingesperrt, wie man mir erzählt hat.«

Der Wirt lachte. »Ach der! Ja, von dem hab ich gehört. Sie hätten ihm eine Medaille geben sollen, statt ihn ins Gefängnis zu stecken.«

»Ich habe William Macarthur versprochen, daß ich mir MacNamara zuweisen lassen würde, wenn ich könnte. Ich habe schon zwei andere von Macarthurs Männern dabei.«

»Ja, Clarrie und Snow. Gewiefte alte Buschleute, die beiden. Sie werden keine besseren Führer kriegen als die. Gehen Sie einfach rauf zum Gefängnis und sprechen Sie bei Rufus vor. Der wird die Sache für Sie regeln.« Der Wirt zwinkerte. »Er hat eine besondere Vorliebe für Whisky.«

Jasin verstand den Hinweis. »Dann verkaufen Sie mir eine Flasche von Ihrem besten. Warum kommen Sie nicht mit? Kann sein, daß Mister Donoghue mir nicht glaubt, wenn ich so aus heiterem Himmel bei ihm hereinschneie.«

Sie betraten das Gefängnis von Bathurst durch die Nebentür und trafen den Direktor beim Frühstück an. Er hatte jedoch nichts gegen ein paar Gläschen Whisky, um den Tag richtig zu beginnen. Der Wirt erklärte ihm die Sache mit MacNamara und trug dabei

noch dicker auf, als Jasin es gewagt hätte, aber er hätte sich die Mühe sparen können. Donoghue hatte seine eigene Meinung über den Gefangenen. »Netter Kerl, dieser MacNamara. Kommt aus Curragh, genauso wie mein guter alter Dad.«
Jasin griff diesen Punkt auf. »Deshalb brauche ich ihn. Ich werde unterwegs Pferde kaufen. Ich kann nicht behaupten, daß ich so viel von Pferden verstehe wie der Ire.«
»Da haben Sie wohl recht«, meinte Donoghue und griff nach der Flasche. »Und Sie möchten, daß er Ihnen zugewiesen wird?«
»Er möchte ihn gleich mitnehmen, Rufus«, sagte Moran. »Mister Heselwoods Rinder sind schon unterwegs. Er hätte den armen Kerl beinahe vergessen.«
Die Flasche ging noch einmal herum, dann wandte sich Rufus an Jasin: »Ich schicke jemand hin, damit er ihn herholt. Sträflinge dürfen nicht gezwungen werden, über die Grenzen hinaus mitzugehen. Sie wollen schnurstracks nach Westen, nicht wahr?«
»Nach Nordwesten«, berichtigte Jasin.
»Na, das ist alles dasselbe. Sie dürfen sie außerhalb der Grenzen nicht zur Arbeit zwingen, wenn sie nicht wollen. Sie können ihn selbst fragen.«
Jasin wurde in einen kleinen Hof mit hohen Mauern und einer Steinbank eskortiert, und ein Wärter entriegelte eine schwere Tür und verschwand im Gefängnis.
Als MacNamara erschien, war er kaum wiederzuerkennen. Er hatte einen dichten schwarzen Bart und sah in der formlosen, verblichenen Gefängniskleidung dünn aus.
»Hallo, MacNamara! So sieht man sich wieder«, sagte Jasin.
»In der Tat. Sie haben einen Job für mich, wie ich höre. Was ist das für ein Job?«
»Ich brauche einen Viehtreiber. Wir bringen Rinder nach Norden.«
»*Sie?*« Die braunen Augen funkelten erheitert.
»Ja.«
»Und Sie wollen, daß ich für Sie arbeite?«
»Ja.«

»Gehen Sie zur Hölle. Ich arbeite für keinen verfluchten Engländer. Das war auch so einer von euch Mistkerlen, der mich mit einem Scheinprozeß hier reingebracht hat.«

»Seien Sie nicht so dumm, MacNamara. Ich biete Ihnen einen Weg in die Freiheit.«

»Ich weiß. Ihnen zugewiesen, wie Ihr Diener.«

Jasin glaubte allmählich, daß die Sache ein Fehler war. »Schlagen Sie ein oder lassen Sie's bleiben!«

»Und was ist für Sie drin, Heselwood? Es ist doch wohl kaum Ihre Herzensgüte, was Sie dazu bringt, sich in ein Gefängnis zu wagen.«

»Ich muß unterwegs Pferde kaufen. Sie wissen mit Pferden Bescheid.«

»Versuchen Sie's noch mal. Es gibt fünfzig Männer in diesem Gefängnis und draußen noch viel mehr, die sich besser mit ihren Buschpferden auskennen als ich«, sagte MacNamara. Er setzte sich in einen kleinen, sonnenbeschienenen Fleck auf die Steinbank und genoß die Wärme.

Jasin versuchte sich eine andere Geschichte auszudenken. Er konnte MacNamara nicht erzählen, daß er in bezug auf Pelham unsicher war. Dann fiel ihm ein, daß Angriff die beste Verteidigung war.

»Dann bleiben Sie eben hier, Sie Dummkopf. Von mir aus können Sie verfaulen.«

Pace grinste. »Das klingt schon eher nach Ihnen. Also, wenn Sie mich rausholen können, sollte ich Ihnen dankbar sein, aber ich kann mir nicht helfen, ich glaube, die Sache hat einen Haken. Viehtreiber, sagen Sie?«

»Ja. Aber kommen Sie nicht auf dumme Gedanken. Wenn Sie zu fliehen versuchen, werde ich die Behörden unterrichten, und dann landen Sie postwendend wieder hier drin.«

»Ich bin sicher, daß Sie das tun werden, Heselwood. Und wohin soll die Reise gehen, wenn ich fragen darf?«

»Nach Norden, über die Berge. Auf die Liverpool Plains, würde ich denken.«

»Wollen Sie Anspruch auf Land erheben?«
»Das sage ich doch.«
»Nicht ganz, aber das soll uns jetzt im Moment mal nicht kümmern. Den Forscher nehme ich Ihnen nicht ab, Heselwood. Sind Sie sicher, daß Sie wissen, wo Sie hinwollen?«
»Selbstverständlich. Ich habe zuverlässige Führer. Kommen Sie nun mit oder nicht?«
»Ich habe keine große Wahl. Natürlich komme ich mit. Mal sehen, was Sie in Wirklichkeit von mir wollen.«
Da Donoghue noch eine Flasche Whisky gefunden hatte, hatte Jim Moran es nicht eilig, zu seinem Pub zurückzukehren. Das war Jasin ganz recht. Er unterschrieb die erforderlichen Papiere und ging zum Haupttor herum, um auf seinen zugewiesenen Diener zu warten.
Als MacNamara herauskam, trug er ein grobes Hemd, eine Moleskin-Hose und selbstgemachte Reitstiefel und hatte einen zerbeulten breitkrempigen Hut auf dem Kopf. »Man hat mir die Kleidung für den Job gegeben, wie Sie sehen. Die waren sehr freundlich.« Er grinste Jasin an. »Wollen Sie mir jetzt ein Seil um den Hals legen und mich an Ihre Steigbügel binden?«
»Mich können Sie nicht reizen, MacNamara, also sparen Sie sich Ihren Atem. Gehen Sie zum Pfandstall und besorgen Sie sich ein Pferd. Ich bringe Ihnen Sattel und Zaumzeug.«
»Zum Pfandstall, hm? Das paßt, würde ich sagen. Aber ein schönes Pferd haben Sie da«, meinte er mit einem bewundernden Blick auf Prince Blue. »Nichts Geringeres als ein Araber. Wo haben Sie den her? Am Spieltisch gewonnen?«
Jasin war verblüfft. Das war nur ein Schuß ins Blaue gewesen, aber er war nah dran. Er wirbelte das Pferd herum und schaute auf MacNamara herunter. »Ich habe eine Menge zu tun. Wir treffen uns beim Pfandstall.«
»Und wo soll der sein?«
»Fragen Sie jemand!«
Er ritt davon und ließ MacNamara auf der breiten, staubigen Stra-

ße zu Fuß in die Stadt gehen: Der Mann konnte einen rasend machen, aber das Gesetz würde dafür sorgen, daß er kuschte, und sein Haß auf die Engländer war genau das, was er jetzt brauchte. Jasin lachte. Warte, bis er herausbekommt, daß sein anderer Boß, der zweite Mann, ebenfalls Engländer ist, und noch schlimmer, ein rotes Tuch: ein Soldat, der jahrelang in Irland gedient hatte. Oh nein, MacNamara würde sich garantiert nicht auf Pelhams Seite schlagen.

Jasin hatte den Viehtrieb geplant. Er würde mit Clarrie und Snow vorausreiten, um die Route für die Herde festzulegen. Unterwegs wollte er auf Farmen haltmachen – man hatte ihm gesagt, daß Besucher dort willkommen seien –, und bei jedem Aufenthalt würde er mehr darüber erfahren können, was vor ihm lag.

Otto sollte mit dem Planwagen nachkommen, um das Lager aufzuschlagen und das Essen zu bereiten, und Pelham sollte mit den Viehtreibern die Herde hinterherbringen. Es würde seine Aufgabe sein, die Viehtreiber zur Arbeit anzuhalten, und er konnte sich gern mit MacNamara herumärgern. Jasin schlug sich mit dem Gedanken herum, daß er noch einmal nach Sydney hätte zurückreiten sollen; er hätte seinen Sohn gern gesehen, aber man konnte ja nicht überall sein.

Und dann war da Dolour. Er fragte sich, ob sie wirklich von Camden davongelaufen war. Wahrscheinlich. Sie war eine willensstarke kleine Frau. Leider hatte er keine Gelegenheit gehabt, in der Frauenfabrik nachzusehen. Wegen Hortons Tod und der plötzlichen Änderung ihrer Pläne schien das nun alles so lange her zu sein. Die Monate waren allzu schnell vergangen. Wenn er nach Sydney zurückkehrte, würde er sie suchen. Dann war er bestimmt auch in einer besseren Position, um die Dinge zu regeln. Aber im Moment galt seine ganze Aufmerksamkeit dem Viehtrieb: Das Wichtigste war, Land zu bekommen und sich niederzulassen. Er würde nicht zulassen, daß etwas dazwischenkam.

»Wer ist das?« fragte Pelham, als Jasin mit einem neuen Viehtreiber angeritten kam.

»MacNamara«, sagte Jasin mit unbewegtem Gesicht, »das ist der Boß der Viehtreiber, Captain Pelham.«
Pelham musterte MacNamara unbeeindruckt und befahl ihm dann, die Nachhut zu übernehmen. Als MacNamara wegritt, wandte er sich an Jasin. »Wo haben Sie ihn her?«
»Aus dem Gefängnis von Bathurst. Billige Arbeitskraft. Wenn mir das schon früher eingefallen wäre, hätten wir uns noch ein paar zuweisen lassen können.«
»Ich habe daran gedacht«, knurrte Pelham. »Aber die sind nicht zu gebrauchen. Sie würden bloß fliehen. Wir brauchen erfahrene Männer.«
»Es war einen Versuch wert. Ein Mann mehr. Ich dachte, Sie würden sich freuen, Pelham.«
Pelham schaute zu den Staubwolken zurück, während die große Herde unbeirrt weiterzog. Tommy und Lance ritten ruhig an den Flanken, und ihre stets wachsamen Hunde liefen neben ihnen her. »Beten wir, daß sie so ruhig bleiben, dann kommen wir prächtig zurecht.«
Die Rinder rochen die Brise, die von den weiten Ebenen herwehte, und trabten beherzt hinter ihren Führern her. Pace lächelte. Er bildete zusammen mit Bobbo das Schlußlicht. Also so läuft Ihr Spiel, Heselwood? Er bewunderte die Frechheit des Engländers, einfach so ins Gefängnis von Bathurst zu kommen und ihn mit einem Ammenmärchen darüber herauszuholen, daß der Gefangene höheren Ortes Freunde hätte. Und wozu? Um ihn gegen seinen schwarzen Ritter ins Feld zu führen.
»Guter Schachzug, Sir«, sagte er laut und ahmte spöttisch den britischen Tonfall nach. »Ich würde dem Bastard auch nicht trauen. Aber können Sie mir denn trauen?«

Die Frauen

20. Kapitel

Georgina Heselwood klingelte nach dem Dienstmädchen, damit es Milly Forrest hinausbrachte.
»Ich komme wieder, sobald ich kann«, sagte Milly, während sie endlich zur Tür ging. »Aber noch etwas, Georgina. Ich war so damit beschäftigt, das Baby und dieses wunderschöne Haus zu bewundern, daß ich vergessen habe, Ihnen den Klatsch zu erzählen. Adelaide Brooks ist mit einem Fremden durchgebrannt.«
»Was meinen Sie mit durchgebrannt? Die Frau ist Witwe. Sie hat das Recht zu heiraten, wen sie will.«
»Aber sie hat ihn nicht geheiratet. Sie ist einfach so mit ihm weggegangen, ganz plötzlich. Und meine Kleider hat sie halbfertig liegengelassen. Leute gibt's!«
Georgina begleitete sie zur Haustür, damit sie nicht noch einmal stehenblieb, und ging dann ins Wohnzimmer zurück. Das Baby schlief in seinem Kinderwagen, und sie schaukelte ihn, mehr um sich selbst zu beruhigen als ihren Sohn. Sie hätte sich nie träumen lassen, daß man so einsam sein konnte. Sie hatte sogar das Kindermädchen entlassen, damit sie sich selbst um Edward kümmern konnte, um jemanden bei sich zu haben. Es war demütigend, daß Milly Forrest kommen konnte, wann sie wollte, und sie immer allein antraf; und es ärgerte sie noch mehr, daß Millys Gesellschaft trotzdem angenehmer als gar keine war.
Heselwood hatte ihr geschrieben, wenn er Zeit dazu gehabt hatte, aber die Briefe brauchten immer länger, bis sie bei ihr eintrafen, und die einzige Adresse, die sie jetzt hatte, war eine Postlageranschrift in Singleton. Von dort würden ihm die Briefe nachgeschickt werden. Seit der Abreise der Cormacks hatte sie nur wenig Besuch bekom-

men, und Vicky Horton, die nur eine halbe Meile weiter unten an der Straße wohnte, ließ nichts von sich hören. Als Vickys Tochter Marietta zur Welt kam, schickte Georgina ihr einen Satz silberne Teelöffel zusammen mit ihren Glückwünschen, aber Vicky bedankte sich nicht für das Geschenk und schickte es auch nicht zurück, und als Edward geboren wurde, kam kein Wort von ihr.
Georgina hatte das Gefühl, Jasin in den Rücken zu fallen, weil es ihr in dieser angenehmen Umgebung so schlecht ging, während er alle möglichen Entbehrungen auf sich nahm und sein Bestes für sie tat. Sie schlenderte in den Speisesaal und spielte wieder mit dem Gedanken, eine Dinnerparty zu geben. Sie hatte von der prächtigen Taufgesellschaft gehört, die Vicky für Marietta veranstaltet hatte. Das Gesinde sagte, halb Sydney sei dagewesen, was ihr Gefühl der Isolation noch verstärkte. Aber es war wohl kaum das Richtige, sich in Jasins Abwesenheit mit Fremden zu amüsieren.
Zumindest versuchte Jasin, etwas zu tun. Sein Vater, der alte Lord Teddy, hatte in seinem ganzen Leben nie etwas anderes getan, als sein Erbe zu verschleudern, so daß für seine Söhne kaum etwas übrig blieb. Wenn Jasin mit seinem Plan Erfolg hatte, mußte sich Teddy auf einen Schock gefaßt machen. Er hatte kein Vertrauen zu seinem dritten Sohn. Georgina hatte ihm geschrieben, um ihn von der Geburt seines ersten Enkels zu unterrichten, und ihm mitgeteilt, daß sie in einem schönen Haus mit prächtigem Blick auf den Hafen wohnten, aber sonst nichts. Jasins Expedition hatte sie mit keinem Wort erwähnt.
Ihre Briefe an Jasin waren anders. Sie gab sich Mühe, ihre Einsamkeit nicht durchschimmern zu lassen, aber das war schwierig. Manchmal dachte sie, sie sollte Edward einfach nehmen und nach London zurückkehren, aber sie brachte es nicht über sich, ihren Mann im Stich zu lassen. Er würde monatelang weg sein, und ihr blieb nichts anderes übrig, als zu warten.

Seine Frau war vielleicht böse mit Jasin, weil er sie allein in Sydney zurückgelassen hatte, aber Dolour Callinan hatte eine unendliche

Wut auf ihn. Sie hatte ihren Teil des Abkommens erfüllt und arbeitete infolgedessen nun in der stickigen Wäscherei der Frauenfabrik in Parramatta, zusammen mit den schlimmsten Frauen der Kolonie. Sie begannen in der trüben Morgendämmerung mit harter, ätzender Seife an den Waschbrettern zu arbeiten, und für jede fertige Ladung, die hinausging, kam eine neue herein. Sie aßen in der Wäscherei, und in der Nacht stiegen sie die wackligen Stufen zum Schlafsaal hinauf, um auf Strohmatratzen zu schlafen.
In der Fabrik gab es keine Freundinnen. Jede Frau mußte selbst sehen, wie sie zurechtkam, und die Aufseherinnen, die selber Sträflinge waren, schoben die zusätzliche Arbeit den Neuankömmlingen zu. Damit bissen sie bei Dolour jedoch auf Granit. Sie beschwerte sich bei Flora, einer der Aufseherinnen. Die gab ihr zwei kräftige Ohrfeigen und schickte sie unter dem Gelächter der anderen Frauen wieder an die Arbeit.
Dolour ging in die Ecke der steinernen Waschküche, schnappte sich einen Besen und kam zurück. Sie zog Flora den Besenstiel über den Rücken, und die ältere Frau ging krachend zu Boden. Dolour stand über ihr.
»Wenn du mich verpfeifst, du alte Hexe, kriegst du das Ding eines Nachts über den Schädel.«
Danach ließen sie Dolour in Ruhe. Sie machte ihre Arbeit, aber nicht mehr. Sie hatte über einiges nachzudenken. Jasin war nicht gekommen, um sie hier herauszuholen, wie er versprochen hatte, und jetzt nahm sie sich ab und zu vor, ihn zu töten. Dann wieder legte sie sich Entschuldigungen für ihn zurecht und träumte davon, ihn wiederzusehen. Aber als die Tage kälter wurden und das elende Leben in der Fabrik ihr immer mehr zuzusetzen begann, wurde sie dünner und bekam rote, wunde Hände. Sie ging zum Vorarbeiter und meldete sich für eine Zuweisung. »Was hast du schon für eine Chance«, sagte er. »Die mögen keine Ausreißerinnen.«
»Tragen Sie mich ein«, befahl sie ihm und blieb stehen, um zu sehen, ob er es auch tat. Man konnte keinem Menschen auf der Welt trauen.

Katrin Boundy war überrascht, als sie aus heiterem Himmel einen Brief von Pace MacNamara bekam. Sie hatten ihn alle schon längst aufgegeben. Er schrieb ihr, er habe im Gefängnis gesessen, weil er mit dem Falschen aneinandergeraten sei. Jetzt sei er wieder draußen und arbeite als Viehtreiber. Er schickte ihr Grüße und hoffte, daß es ihr gut ging und daß das Hotel florierte. Falls sie sich die Mühe machen wolle, ihm zu antworten, könne er ihr nur eine Anschrift in Singleton geben. Was die Kleider anbetreffe, die er im Hotel zurückgelassen habe, so könnten sie weggegeben werden. Sie war erleichtert, als sie dies las; sie hatte es nämlich bereits getan.

MacNamara bat sie auch darum, so freundlich zu sein und sich einmal zu erkundigen, was aus ein paar Burschen geworden sein mochte, die als Sträflinge mit der *Emma Jane* gekommen waren; zwei Iren, Caimen Court und Jim Connelly.

Katrin antwortete umgehend, sie sei erleichtert, von ihm zu hören. Sie versprach, Nachforschungen über die Leute anzustellen, die er erwähnt hatte, und ermahnte ihn, das nächstemal vorbeizukommen, wenn er in Sydney war.

Da sie ihm gern den Gefallen tun wollte, begann sie nach seinen Freunden zu suchen. Sie fand heraus, daß Connelly nach Moreton Bay geschickt worden war; Court hingegen arbeitete als Schreiber in der Frauenfabrik von Parramatta, und so fuhr sie hin, um ihn aufzusuchen. Sie hatte eine gute Ausrede, weil sie immer auf der Suche nach geeignetem Personal für ihr Hotel war, aber sie gestand sich ein, daß an der Sache mehr dran war. MacNamara war ein gutaussehender, alleinstehender Mann. Die Tatsache, daß sein Freund in ihrem Hotel arbeitete, würde ihn bei der nächsten Gelegenheit wieder zu ihr führen. Je mehr sie über ihn nachdachte, desto entschlossener war sie, MacNamara zu heiraten. Sie war an jenem ersten Abend sehr von ihm angetan gewesen und hatte ihm sogar den Ausrutscher nachgesehen, daß er sich mit den Dienstmädchen einließ. Allerdings hatte sie die beiden sofort ausgewechselt, als Palmerston fort war.

Caimen Court war vorsichtig. »MacNamara hat Sie geschickt, sagen Sie?«

»Ja. Er hat sich Sorgen um Sie gemacht.«
»Und Sie bieten mir einen Job an, weil er es so will?«
»Weil ich es will. Ich brauche einen Barmann.«
»Und wo ist MacNamara jetzt?«
»Irgendwo oben im Norden. Er hat einen Job als Viehtreiber.«
Court lachte. »Ach wirklich? Na ja, ist auch nicht dämlicher als das, was ich hier mache. Ich messe Tuchstücke ab, ausgerechnet ich, wo ich in meinem ganzen Leben noch nie was messen konnte. Aber es ist nett von Ihnen, Missis Boundy. Wenn Sie's hinkriegen können, würde ich gern in Ihrer Bar arbeiten.«
»Dann wäre das geregelt«, sagte sie. »Und Sie kannten Pace also in der Heimat, ja? Was hat er da gemacht?«
Caimens blaue Augen wurden groß, und er lächelte sie wie ein Cherub an. Er hatte keine Ahnung, was MacNamara anderes getan hatte, als den Abzug einer Schußwaffe durchzuziehen. »Er war Bauer«, sagte er, und die Frau schien damit zufrieden zu sein.
Katrin beantragte, Caimen Court als bedingt Strafentlassenen zugewiesen zu bekommen, um ihn in ihre Dienste nehmen zu können. Da ihr Antrag schließlich abgewiesen wurde, ging sie zu Macleay, aber er teilte ihr mit, daß Seine Exzellenz keine Gründe anzugeben bräuchte, und lehnte es ab, einen zweiten Antrag entgegenzunehmen.
Dann fand sie heraus, daß politische Gefangene geringere Entlassungschancen hatten als Mörder. Sie setzte sich in die Postkutsche nach Parramatta, um es Caimen Court persönlich zu sagen und um einmal einen Tag vom Hotel wegzukommen.
Er nahm die enttäuschende Nachricht philosophisch auf. »Ich dachte schon, daß es zu schön war, um wahr zu sein, und ich bin Ihnen dankbar, daß Sie's versucht haben. Aber wo Sie schon mal hier sind, Missis Boundy: Wenn Sie ein gutes Werk tun wollen, da ist ein junges Mädchen aus Irland in der Waschküche, das nicht hier sein sollte. Wenn man sie bei diesen Frauen läßt, wird sie noch genauso schlimm wie die. Könnte ich sie herbringen, damit Sie sie kennenlernen?«

»Wenn Sie wollen.«
Caimen eilte davon, und Katrin seufzte. Sie fühlte sich in die Enge getrieben. Sie wollte das Mädchen nicht haben, aber Caimen besaß die Überredungskunst eines Pfarrers, und als er mit einer Rothaarigen mit einem Puppengesicht zurückkam, wußte sie, daß es mit ihr Ärger geben würde, obwohl das Mädchen mit gesenktem Blick dastand.
Eine Oberaufseherin kam herein. »Nehmen Sie sie?« fragte sie Katrin.
»Schon möglich.«
»Sie ist eine Ausreißerin«, lachte die Frau, und Katrin sah, wie die Irin trotzig die Locken zurückwarf, als sie weggebracht wurde.
Aber Caimen ließ nicht locker. »Bedenken Sie eins, Missis Boundy: Wenn sie noch mal wegläuft, kommt sie nicht in die Fabrik, sondern ins Gefängnis. Keine von denen will ins Gefängnis. Sie wird nicht wieder weglaufen. Und sie ist zu hübsch, um mit Frauen zusammenzusein, die schon fast hoffnungslose Fälle sind.«
»Das ist es ja gerade. Sie sieht gut aus. Wäre sie in meinem Hotel besser dran, mit all den Männern um sie herum?«
»Na klar. Sie können einen Mann für sie finden. Für ihre Hand wird bestimmt eine Menge geboten, würde ich sagen, und dann wäre sie frei und hätte ein eigenes Haus und Kinder, die sie auf Trab halten würden.«
Katrin lachte frei heraus. »Jetzt bin ich also eine Kupplerin?«
»Sie werden's nicht bereuen, wissen Sie. Eine gute Tat hat noch keinem geschadet.«
Dolour Callinan lebte sich gut ein, und Katrin sah überrascht, daß sie die Männer allesamt abblitzen ließ. Sie ging ihrer Arbeit nach und machte niemandem Kummer, wenn sie auch manchmal ein bißchen launisch war. Im Hotel lief alles glatt, und sie vergaß Dolour bald. Es gab andere Leute, über die sie sich Gedanken machen mußte, Leute wie zum Beispiel Pace MacNamara. Katrin freute sich auf seine Heimkehr, denn das würde es sein. Eine Heimkehr. Katrin Boundy hatte einem Mann viel zu bieten.

21. Kapitel

Jasin Heselwood machte einen Umweg auf dem Viehtreck, um sich Chelmsford Station anzusehen. Obwohl Vicky die Farm verkauft hatte, war er neugierig darauf, weil er ohnehin in der Gegend war. Clarrie hatte ihm den Weg beschrieben, und er ritt in leichtem Galopp dahin. Er mußte noch einen Bach überqueren, und von den Hügeln kam das grollende Echo eines aufziehenden Sturms.
Genau wie Clarrie gesagt hatte, tauchten vor ihm zwei hohe Akazien auf, die die Abzweigung nach Chelmsford markierten, und Jasin atmete erleichtert auf und entspannte sich im Sattel.
Er hatte sich zum ersten Mal ohne seine Führer ins Land hinausgewagt, und obwohl es nur ein Ritt von dreißig Meilen gewesen war, hatte es in Clarries Anweisungen von gegabelten Bäumen, aufragenden Felsen, Hügeln mit drei Kuppen und Wasserlöchern gewimmelt. Jasin war sicher gewesen, daß er sie nie identifizieren können würde. Er glaubte im Grunde nicht daran, daß man sich mittels alter Bäume und Sümpfe in diesem Land zurechtfinden konnte, und hielt es eher für Glück als für Geschicklichkeit, daß es ihm gelungen war, den Weg zu finden. Bis jetzt war ihm der Viehtreck ziemlich problemlos und keineswegs so riskant vorgekommen, wie er erwartet hatte. Die Farmbesitzer an der Route waren hilfsbereit gewesen, und ein paarmal hatte er sich zwei oder drei Tage lang bei ihnen aufhalten und auf die nachkommende Herde warten dürfen. Dann hatte er sich nach einer Besprechung mit Pelham wieder als Vorhut auf den Weg gemacht, wobei ihm entweder Clarrie oder Snow den Weg zeigten. Die Siedler und ihre Familien waren sehr nett gewesen, und alles lief bestens, bis auf die Tatsache, daß Pelham zunehmend vergrätzt war, weil er ein spartanisches Leben führte; während Jasin in weichen Betten schlief. Jasin wollte seine Pläne jedoch nicht ändern. »Sie haben gesagt, Sie würden die Verantwortung für das Vieh übernehmen. Ich

habe nie behauptet, daß ich ein Viehtreiber bin. Außerdem werde ich auch draußen kampieren müssen, wenn wir über die Grenze kommen. Und Sie müssen zugeben, daß die Farmleute äußerst entgegenkommend waren. Sie haben uns um Sümpfe und Treibsand herumgeführt und Männer geschickt, die uns durch dieses Buschland geholfen haben. Dadurch haben wir einen Tag gespart, und sie haben uns jedesmal zusätzlichen Proviant mitgegeben. Ich glaube nicht, daß Sie sich beklagen können.«
Er bemerkte, daß sich Pace MacNamara ruhig verhielt und daß die anderen Viehtreiber gut arbeiteten, obwohl sie sich ständig über Ottos Kochkünste beschwerten. Zwei Aborigines hatten sich dem Treck angeschlossen, Verwandte von Bobbo, wie sie sagten. Sie liefen neben der Herde her und lachten aufgeregt, als ob das Ganze ein großer, lauter Festzug sei. Jasin war in letzter Zeit auf viele Schwarze gestoßen, die auf den Farmen wohnten oder in den Häusern arbeiteten, und ihre Nähe interessierte ihn nicht; sie bestätigte höchstens seine Meinung, daß die Geschichten über ihre Bösartigkeit allesamt Märchen waren. Was er amüsanter fand, waren manche der Familien, denen er dort draußen begegnet war. Auf einer Farm zog sich eine englische Familie, die in einem großen, häßlichen Haus mit Strohdach wohnte, jeden Abend zum Dinner um, saß eisern und unerschütterlich an ihrem langen Eßtisch und ließ sich von unerträglich langsamen schwarzen Mädchen bedienen. Er fragte sich, was für eine Familie er auf Chelmsford vorfinden würde. Es begann zu regnen. Große Tropfen deuteten darauf hin, daß es einen Wolkenbruch geben würde, und Jasin tätschelte Prince Blue, um sich selbst zu beruhigen, als sich die Landschaft verdunkelte und der Busch vom Donner erschüttert wurde. In strömendem Regen bog er an einer falschen Stelle ab und mußte wieder umkehren, so daß es schon später Nachmittag war, als er den Wasserlauf fand.
Sie hatten gesagt, daß der Merri Creek seicht und leicht zu durchqueren sei, aber das hier war ein reißender Strom, der durch eine tief eingeschnittene Schlucht mit steil abfallenden Wänden rauschte.

Er ritt im Halbdunkel am Ufer entlang, wobei er hin und wieder einen Bogen um die verkrümmten Teebäume schlagen mußte, die den Weg überwucherten.

Der Regen kam in wahren Sturzbächen herunter, und Jasin suchte nach einer Sandbank. Er machte sich Sorgen, daß es binnen einer Stunde stockfinster sein würde. Entweder er fand eine Stelle, wo er den Wasserlauf sicher überqueren konnte, oder er würde die ganze verdammte Nacht hier draußen bleiben müssen. Hinter einer weiteren Biegung des sich endlos dahinschlängelnden Creeks sah er einen großen Baum, der über das Wasser hing, und dachte, dies sei vielleicht die Lösung. Er stieg ab und führte Prince Blue zum Rand der Uferböschung, aber das Pferd war nervös; es riß sich los und wollte sich nicht zum Wasser ziehen lassen.

»Na komm!« redete er ihm zu. »Wir können den Baum da als Halteleine benutzen. Er hält die Strömung zurück. Also komm schon!«

Das Pferd warf den Kopf hoch und schnaubte. Jasin schwang sich in den Sattel und versetzte ihm einen Hieb mit der Peitsche. Prince Blue bäumte sich zornig auf und stürzte sich die Böschung hinunter, wobei er den Reiter abzuwerfen versuchte, aber Jasin hielt sich fest, gab ihm die Sporen und zwang ihn in den Creek. Prince Blue tänzelte ins Wasser, aber es war tiefer, als Jasin erwartet hatte, und das Pferd begann kraftvoll zum anderen Ufer zu schwimmen.

»Guter Junge«, sagte Jasin und hörte, wie er die Worte der Viehtreiber benutzte. »Du Schöner! Nur weiter.« Sie hatten den Strom halbwegs durchschwommen, als er ein Knacken und ein Rauschen hörte. Der Baum war vom Ufer losgerissen worden und ins Wasser gefallen, wobei er eine wahre Flutwelle auslöste. Jasin wurde aus dem Sattel gerissen.

Plötzlich kam der Kopf von Prince Blue hoch, und er begann mit aller Kraft aufs Ufer zuzuhalten. Jasin packte den Sattel und spürte, wie das Pferd sich befreite. Er konnte die Rufe von Männern hören und sah andere Reiter im Bach an Seilen ziehen.

Jasin lag erschöpft am Ufer und hustete das Wasser aus seinen Lungen.

»Alles in Ordnung mit dir, Kamerad?« fragte eine Stimme, und es gelang ihm zu nicken.
Drei Männer schauten auf ihn herab, und er hörte ihre Stimmen. »Da hat er noch mal Glück gehabt, daß Mister Rivadavia gerade vorbeigekommen ist und das Pferd mit dem Seil eingefangen hat. Verdammt dumm von ihm, ausgerechnet hier rüberzuwollen.«
»Ja. Aber schade um das arme Pferd. Wirklich 'ne Schande.«
Jasin hob den Kopf. »Was ist mit dem Pferd?«
Dann ertönte eine Stimme mit ausländischem Akzent. »Es tut mir leid, Sir, aber Ihr Pferd hat sich ein Bein gebrochen. Es muß erschossen werden. Möchten Sie, daß ich es tue?«
Jasin war froh, daß er so triefend naß war, daß sie seine plötzlichen Tränen nicht sehen konnten. Er konnte nur nicken, sein Gesicht in der nassen Erde vergraben und auf das schreckliche Geräusch warten, und als der Schuß ertönte, zuckte er zusammen, als ob die Kugel in seinen Rücken gedrungen wäre.
Jasin ließ sich von ihnen auf ein fremdes Pferd helfen. Er hielt sich dort oben fest, geführt von diesen verschwommenen Gestalten, und sie ritten schweigend auf die fernen Lichter des Hauses zu.
Auf Chelmsford wartete Adelaide auf Juans Rückkehr. Es war eine dunkle, regnerische Nacht, und sie machte sich Sorgen um ihn, obwohl sie wußte, daß es überflüssig war. Sie erinnerte sich an ihre unnötige Verlegenheit während der ersten Tage auf der Farm, als sie gesehen hatte, wie sich die Männer angestoßen und über die modische Kleidung und den Sattel des neuen Bosses – Zirkussattel hatten sie ihn genannt – gegrinst hatten. Sie hatte die Farmarbeiter und selbst Andy, den Vormann, dabei beobachtet, wie sie Juans Arbeitskleidung musterten, von dem breiten schwarzen Hut mit dem herabhängenden Kinnriemen bis zu seinen auf Hochglanz polierten Stiefeln. Er trug eine weiche Lederweste über einem schwarzen Hemd und seiner Reithose, einem seltsamen Ding aus Rindsleder mit einem Ausschnitt für den Sattel. Beim Laufen bauschten sich die sonderbaren Überzieher, so daß er O-beinig dahinzuschwanken schien.

In jenen ersten Tagen hatte sich die ganze Farm über ihn lustig gemacht, und Adelaide hatte sich gefragt, was sie von ihr hielten, weil sie mit einem Mann zusammen war, der zehn Jahre jünger war als sie. Sie hatte ihr eigenes Zimmer, aber Juan behandelte es eher als ihr Wohnzimmer. Sie schlief in seinem Bett, und es war ihm egal, wer es wußte.

Das Gelächter hörte jedoch auf, und den Leuten blieb der Mund offenstehen, als sie sahen, wie Juan mit den Pferden im Korral umging. Er nahm sich jedes störrische Pferd vor, genauso wie die Zureiter, und er konnte ebenso mit der Peitsche knallen wie die besten von ihnen. Sie hatten noch keinen gesehen, der so gut mit dem Lasso war, und eines Tages hatte er ihnen Tricks mit dem Seil gezeigt. Sie sagten, er könne ein Seil beinahe zum Singen bringen.

Dora bewunderte den Boß nun grenzenlos, und Adelaide fand ihr taktloses Geschwätz nervtötend. »Als er zum ersten Mal hier auftauchte, dachten wir, er wäre so 'n richtiges Muttersöhnchen, Missis Brooks – soll keine Beleidigung sein, wissen Sie –, aber hat er nicht alle Männer in die Tasche gesteckt? Mein Andy hat einen richtigen Narren an ihm gefressen. Ich schätze, wir werden hier jetzt alle gut klarkommen. Es ist eine große Erleichterung für uns zu wissen, daß wir bleiben können, und ein guter Boß ist das Entscheidende dabei.«

Donner rollte über die Hügel, und Mary und Libbie, die schwarzen Mädchen, kamen im Flur um die Ecke gelaufen.

»Der Boß kommt, Missus!«

»Grad noch rechtzeitich. Großer Baum is auf dem sein Kopf gefallen, hätt nich geglaubt, dassers noch schafft.«

»Der Boß kommt mit 'nem annern Boß.«

»Neuer Boß hat 'n Haufen Rinder, sieben Meilen hinterm Bach.«

Es war immer ein Wettkampf zwischen ihnen, Adelaide als erste die Neuigkeiten zu bringen, und es fiel ihr zunehmend leichter, ihr Geschnatter zu verstehen. Sie wußte, daß keine von beiden eine Vorstellung von Entfernungen hatte. Sieben war Marys Lieblingszahl, und Libbie liebte die elf.

Sie fragte sich, wer der Besucher war und woher die Hausmädchen wußten, daß er irgendwo da draußen eine Herde hatte. Sie schienen alles zu wissen, was in dem Distrikt vorging.

Juan stiefelte durch den Flur und setzte sich auf den hohen Rosenholzstuhl, während sich Adelaide auf dem Fußschemel niederließ, um ihm beim Ausziehen der Stiefel zu helfen. »Juan, du bist ja naß bis auf die Haut. Du mußt schleunigst diese nassen Sachen ausziehen.«

»Wir mußten einen Mann aus dem Creek ziehen. Und ich mußte sein Pferd erschießen. Ich hasse so etwas.«

»Oh nein. Wie furchtbar für dich.«

»Andy hat ihn zum Badehaus gebracht. Würdest du ihm trockene Kleider hinbringen lassen? Und sag der Köchin, daß wir zum Dinner einer mehr sind.« Er reichte ihr seine Stiefel und ging in sein Schlafzimmer.

Adelaide brachte die Stiefel in die Küche und gab sie Billabill, dem schwarzen »Hausboy«. Dora wußte bereits, daß eine dritte Person beim Dinner zugegen sein würde, und Andy hatte trockene Kleidung für den Gentleman gefunden.

»Wer ist er?« fragte Adelaide.

»Ich weiß nicht. Andy sagt, er ist 'n piekfeiner Gent. Redet auch so.«

Adelaide war froh, daß sie in Juans Zimmer Feuer gemacht und ihm Sachen zum Umziehen hingelegt hatte. Sie eilte zurück, um mit ihm zu sprechen.

Er hatte sich bis zur Taille ausgezogen und wusch sich am Waschbecken.

»Möchtest du noch mehr warmes Wasser?« fragte sie.

»Nein danke, Dell.« Er knöpfte sich die Hose auf, zog sie aus und trocknete sich ab, und sie staunte wieder über seine Ungehemmtheit und ihre neu entdeckte Fähigkeit, genußvoll seinen nackten Körper zu betrachten. Sie versuchte, sich auf die Neuigkeiten zu konzentrieren, die sie ihm erzählen mußte.

Der Regen prasselte herab, und er rief sie ans Fenster. »Sieh dir die Hagelkörner an. Sie bedecken den Boden wie Schnee.«

Sie schaute zu den glitzernden Hagelkörnern auf dem dunklen Boden hinaus, und er zog sie an sich, legte ihren Kopf an seinen Hals und flüsterte ihr zu: »Es ist nicht fair von dir, daß du soviel anhast. Warum ziehst du dich nicht aus und wärmst mich auf? Ich hatte einen kalten Tag.«
Als sie sich im Bett aneinanderkuschelten, machte Adelaide sich Sorgen. »Ich liebe dich, Juan. Jedesmal wenn du mich berührst, ist es wieder so, als ob wir uns zum ersten Mal liebten, und ich möchte gar nicht aufhören.«
»Das müssen wir aber. Wir haben einen Gast zum Dinner. Aber wir werden früh zu Bett gehen.« Er begann sie wieder zu streicheln. »Ich werde einen guten Tropfen herausholen. Der macht meine Herzensdame stets noch aufregender.«
Sie holte tief Luft. »Juan, ich muß dir etwas sagen.«
»Ja?« murmelte er, und sie fühlte, wie er sie von neuem erregte.
»Hör einen Moment auf.« Aber er beachtete sie nicht. »Ich bekomme ein Baby.«
Er küßte sie. »Ich weiß.«
»Wirklich?«
»Du blühst auf, Dell. Deine Wangen sind rosig, und deine Liebe ist sanft und zärtlich. Natürlich weiß ich es. Jeder weiß es.«
»Was soll das heißen, jeder weiß es?«
»Jeder, sogar die schwarzen Mädchen, die Eingeborenen. Sie leben in enger Verbindung mit der Erde, mit Geburt und Tod. Sie fühlen es. Aber sie fühlen nicht das, was ich fühle, nicht wahr?« Er lachte, eine Reaktion, die sie als letzte erwartet hätte.
»Freust du dich darüber?«
»Selbstverständlich. Es ist mein Kind. Ich bin sehr stolz. Laß mich fühlen, wo mein Kind ist.«
»Juan. Wir sind nicht verheiratet. Wir können kein Kind bekommen.«
»Aber wir bekommen doch eins. Wir sind sehr schlau.«
»Du machst dich über mich lustig.«
»Nein. Was soll ich denn tun? Soll ich mich etwa nicht freuen?«

»Das Kind wird ein ... es wird keinen Namen haben. Verstehst du das nicht, Juan? Wir müssen heiraten, um des Kindes willen.«
»Nein.«
Adelaide lag ganz still. »Wenn wir nicht heiraten, werden die Leute sagen, daß das Kind keinen Vater hat!«
»Die Leute werden sagen! Das schon wieder. Das Kind wird ein Rivadavia sein, und damit basta. Worum machst du solches Aufhebens? Wenn du hier unglücklich bist, kannst du gehen. Ich werde für dich sorgen. Ich werde mich immer um dich kümmern.«
Adelaide wußte, daß sie ihn niemals aus freien Stücken verlassen würde, aber sie hatte immer geglaubt, er werde sie früher oder später zur Frau nehmen. Sie hatte gehofft, daß sie in aller Stille hier auf Chelmsford heiraten könnten. Ihre Stimmung trübte sich. Sie mußte sich jetzt mit der Tatsache abfinden, daß sie seine Geliebte war, und mehr nicht.

Adelaide inspizierte die Dinnertafel. Juan bestand darauf, daß sie jeden Abend formell gedeckt wurde, und die Mädchen lernten gerade, es richtig zu machen. Sie legte noch etwas Holz aufs Feuer und zündete die Kerzen an. Als die Männer hereinkamen, drehte sie sich um und sah sich Jasin Heselwood gegenüber.
»Na so was, Missis Brooks! Ist es denn die Möglichkeit!«
Adelaide war so überrascht, daß sie spürte, wie ihr eine tiefe Röte ins Gesicht stieg, und Juan, der zwei Flaschen Wein aus dem Keller heraufgebracht hatte und sie gerade abstaubte, blickte jäh auf.
Jasin trat zurück und machte alles noch schlimmer. »Ich bitte um Verzeihung. Sind Sie ...?«
»Sie kennen Missis Brooks?« unterbrach Juan und gab ihm damit die Antwort.
»Ja, wir sind mit demselben Schiff gekommen.«
Juan entkorkte eine Flasche, und Adelaide war nervös. Jasins Formulierung ließ den Eindruck entstehen, als seien sie beinahe so etwas wie Reisegefährten gewesen. Sie beeilte sich, ihn zu korrigieren. »Jasin und seine Frau hatten die Kabine neben der

unseren. Wie geht es Georgina? Ich würde sie gern einmal wiedersehen.«
»Da bin ich sicher«, sagte Jasin mit diesem unvermittelt aufblitzenden Lachen, das sie stets irritiert hatte. »Wenn Sie das nächste Mal in Sydney sind, müssen Sie vorbeikommen. Wir haben jetzt einen Sohn. Er heißt Edward. Ich habe ihn noch nicht einmal gesehen.«
»Ihr erster Sohn, und Sie haben ihn noch nicht zu Gesicht bekommen?« fragte Juan. »Ich würde Tag und Nacht reiten, um meinen ersten Sohn zu sehen.«
»Unglücklicherweise reite ich in die falsche Richtung«, gab Jasin zurück, und Juan zuckte die Achseln, eine Geste, die Mißbilligung ausdrückte, was seinem Gast nicht entging. Er wandte sich an Adelaide. »Und wie geht es Doktor Brooks?«
Das plötzliche Flattern seiner blonden Wimpern und seine geheuchelte Besorgnis gaben ihr die Gewißheit, daß er bereits wußte, was aus Brooks geworden war. »Mein Mann ist gestorben«, sagte sie.
»Oh. Tut mir sehr leid, das zu hören. Aber andererseits sind ja alle Ärzte durch ihre Patienten wahrscheinlich einem gewissen Risiko ausgesetzt. Ich würde denken, daß es ziemlich schrecklich ist, ein Doktor zu sein. Mein Gott, was die alles sehen müssen!«
»Brooks war kein Doktor der Medizin«, entgegnete Adelaide. »Er war Doktor der Astronomie.«
Jasin starrte sie an. Diesmal war seine Verblüffung echt.
»Dell.« Juans Stimme war leise und tief, ein Zeichen für Gefahr. »Würdest du den Mädchen sagen, daß sie servieren können, wenn du fertig bist? Mister Heselwood hat heute genug durchgemacht. Es ist nicht nötig, daß man ihn in der Tür stehen läßt, während sein Dinner kalt wird.«
Während des Essens war Adelaide still. Sie merkte, daß Juan aufgebracht war. Er ist eifersüchtig, dachte sie, und ausgerechnet auf Jasin Heselwood. Was alles noch schlimmer machte, war, daß Heselwood die Situation erfaßt hatte und sie genoß. Er versuchte immer wieder, sie ins Gespräch zu ziehen, indem er über das

Schiff sprach, weil er wußte, daß es ihr unangenehm war und daß es Juan ärgerte. Sie fragte sich, was er Georgina erzählen würde, wenn er nach Sydney zurückkehrte. Wenigstens wußte er nicht, daß sie schwanger war, das war ein kleiner Lichtblick; sie bezweifelte, daß sie andernfalls imstande gewesen wäre, ihm ins Gesicht zu sehen. Und sie trank mehr Rotwein als sonst, um ihre Nerven zu beruhigen.

Als sie Jasin jetzt in seinen geliehenen Kleidern betrachtete, kam er ihr eher wie ein Mann vom Lande vor. Sein Gesicht und seine Hände waren sonnengebräunt, und er sah ganz anders aus als der parfümierte Dandy, den sie auf dem Schiff kennengelernt hatte, aber der wahre Jasin Heselwood hatte sich keinen Deut geändert. Er hielt sich immer noch für einen Prinzen, und er hatte immer noch diese Boshaftigkeit an sich. Die Anspannung und der Wein machten sie beschwipst. »Ich glaube, ich höre nicht recht, Jasin. Sie wollen mir doch nicht erzählen, daß Sie mit einer Rinderherde nach Norden ziehen?«

»Wunder gibt es immer wieder, Adelaide«, antwortete er lächelnd, und sie spürte, wie der Stachel in seinen Worten auf sie und ihre Lage zielte. Gleichzeitig sah sie Juans Augen aufblitzen und wußte, daß er Jasins boshaften Blick mißdeutet hatte.

»Was verstehen Sie denn von Rindern, Jasin?« Ihre Stimme klang gehässig, aber das war ihr egal. Sie wollte Juan wissen lassen, daß sie diesen Mann nicht mochte und daß sein Argwohn grundlos war.

»Ich behaupte gar nicht, viel davon zu verstehen, Adelaide, aber ich habe gute Arbeiter. Einer meiner Viehtreiber – Pace MacNamara – ist sogar ein Freund von Ihnen. Erinnern Sie sich noch an ihn?« Er wandte sich an Juan. »Adelaide hat auf dem Schiff immer das Klavier gespielt, wenn er für uns gesungen hat. Sie waren sehr gut zusammen.«

Der letzte Satz wurde mit einem unschuldigen Lächeln hinzugefügt, und Adelaide sog den Atem ein. Sie beobachtete ihn, während er mit Juan sprach, lauschte auf seine schleppende Sprechweise und den überheblichen Tonfall und erkannte dann, daß er nicht

sie provozierte; er provozierte Juan durch sie. Sie wollte Juan warnen, wollte ihm sagen, daß er den Schuft hätte ertrinken lassen sollen. Für diesen Aristokraten war Juan ein Ausländer, der in seinen Augen tiefer stand als jeder englische Bauer. Er würde ihm keine Dankbarkeit dafür entgegenbringen, daß er ihm das Leben gerettet und ihn in seinem Haus aufgenommen hatte. Adelaide dachte, es wäre vielleicht eine gute Idee, an Jasins besseres Ich zu appellieren, falls er eins hatte. »Sie haben vor, in unbekanntes Land zu gehen, Jasin. Haben Sie keine Angst vor wilden Schwarzen?«
»Wir sind auf der Suche nach Weideland. Wir werden ihnen nicht in die Quere kommen. Sie interessieren sich nicht für Weideland.«
»Das glauben Sie doch wohl selbst nicht«, sagte Juan.
»Was?«
»Daß Sie ihr Land nur als Weideland haben wollen.«
»Wozu sollten wir es sonst brauchen?«
»Zum Erobern. Um ihre Zivilisation zu unterwerfen.«
»Mein lieber Juan, ich habe absolut nicht den Ehrgeiz, etwas zu erobern, wie Sie es nennen. Sie können uns einen Teil des Landes abgeben, das wird ihnen nicht weh tun.«
»Und was sollen sie dafür bekommen? Es ist ihr Land.«
»Es ist nicht ihr Land. Sie haben weder Städte noch Dörfer. Sie pflanzen nichts an. Es ist leer.«
»Es ist alles andere als leer. Ich habe mich erkundigt. Sie haben festgelegte Stammesgebiete.«
»Ach was, Stammesgebiete! Ihr Wein ist exzellent, Juan, aber Ihnen fehlt das richtige Verständnis für dieses Land. Die Überreste einer Rasse, die es niemals auch nur zu einem Dorf gebracht hat, können nicht als Stamm bezeichnet werden. Wir Briten kennen uns mit ihnen aus. Die Spanier sind an diesem Land vorbeigesegelt.«
Juan schlug mit der Faust auf den Tisch. »Sie reden ständig von mir, als ob ich Spanier wäre. Das bin ich nicht. Ich bin Argentinier. Wir betrachten die Europäer als dekadent.«
»Meinetwegen. Ich könnte Ihnen da sogar zustimmen. Wir Briten betrachten uns auch nicht als Europäer. Gott bewahre!«

Juan begann ihm einen Vortrag zu halten. »Wenn Sie sich die Zeit nehmen wollen, sich ins Gedächtnis zu rufen, daß ich Argentinier bin, werden Sie einsehen, daß wir Erfahrungen mit Indianern haben, die wie diese Schwarzen anscheinend keine eigene Zivilisation hatten, abgesehen von einer entfernten Verbindung mit den Inkas. Nun, ihr zieht nicht allein wegen der Weidegründe in dieses Land. Ihr werdet dort auch Häuser und Dörfer bauen. Ihr seid Eindringlinge.«

»Das ist ein hartes Wort. Wir haben bereits einen großen Teil von New South Wales kolonisiert, und es hat nur ein paar geringfügige Zwischenfälle gegeben. Also stört es die Schwarzen nicht.«

»In dem Punkt irren Sie sich. Die Schwarzen haben nicht begriffen, was geschehen ist, aber ich glaube, jetzt haben sie es erkannt. Und Kolonisierung ist auch das falsche Wort.«

»Wie würden Sie es denn sonst bezeichnen?«

»Als das, was es in Wahrheit ist: Eroberung. Sie sind aus dem gleichen Grund hier wie ich, nämlich um zu erobern, und diese unglücklichen Menschen müssen sich unseren überlegenen Waffen beugen, weil wir ihr Land haben wollen.«

»Sie dramatisieren die Sache.«

»Nein, keineswegs. Ich mag nur keine Heuchelei. Ich möchte Ihnen klarmachen, daß Ihnen nichts anderes übrigbleiben wird, als um diese Gebiete im Norden zu kämpfen, wenn Sie sie erobern wollen.«

»Du meine Güte. Jetzt malen Sie aber schwarz. Ich bin ein friedliebender Mensch.«

Juan lachte. »Wirklich? Wenn ich mit allem fertig bin, was ich hier zu tun habe, werde ich auch nach Norden gehen, aber ich bin mir der Gefahr bewußt.«

»Sie scherzen.«

»Nein. Das ist mein Ernst. Meinetwegen könnt ihr es weiterhin als Kolonisierung bezeichnen, aber ihr werdet Krieg führen müssen.«

Adelaide bekam es mit der Angst zu tun. »Ich verstehe dich nicht.

Warum willst du überhaupt weggehen, Juan? Du hast doch diese große Farm. Was willst du denn noch mehr?«
»Frag Mister Heselwood. Er weiß es. Er kennt diese Sehnsucht nach Land, eine Sehnsucht, die einen Mann in Todesgefahr bringen kann.«
»Es ist schwer zu erklären«, sagte Jasin. Er war jetzt nicht mehr so selbstsicher, und das freute Adelaide. Juan hatte ihn nervös gemacht.
Später am Abend explodierte Juan. Er beschuldigte sie, Heselwoods Geliebte gewesen zu sein, und wollte wissen, wer dieser andere Mann war, dieser MacNamara. Adelaide stellte fest, daß er sich sogar den Namen gemerkt hatte, und redete mit ihm, aber ohne Erfolg.
»Ich mag Heselwood nicht. Wie bist du bloß auf den Gedanken gekommen, daß ich etwas mit ihm hatte?«
»Wieso magst du ihn nicht? Auf seine farblose Weise sieht er sehr gut aus.«
»Weil er so überheblich ist. Er denkt, er ist etwas Besseres als alle anderen.«
»Er hat das Recht dazu«, erwiderte Juan. »Er ist etwas Besseres. Herkunft ist wichtig. Er gehört zur Oberklasse, das kann man ihm nicht nehmen.«
»Oh, ich verstehe«, sagte sie. »Willst du mich deshalb nicht heiraten? Weil ich nur zur Mittelklasse gehöre?«
Juan legte die Perlknöpfe seines Frackhemds in eine polierte Silberdose und klappte den Deckel energisch zu. »Und du, Dell? Bist du stolz darauf, meine Freundin zu sein? Hast du heute abend vor deinem Freund Mister Heselwood zu mir gestanden? Oder hast du es vermieden, mir in die Augen zu schauen? Ich kann dich nicht zu einer ehrbaren Frau machen, Dell, das mußt du schon selbst tun.«
Er zog seinen Morgenrock an. »Geh schlafen, Dell. Ich habe noch zu tun.«

22. KAPITEL

Mrs. Horton hatte sich wieder ins gesellschaftliche Leben gestürzt und ihre Freunde und Freundinnen um sich geschart. Sie wurde zu Bällen, Partys und fröhlichen Wochenenden in ihren Landsitzen auf den Emu Plains mitgenommen, aber sie dachte die ganze Zeit an Rivadavia. Sie schrieb ihm einen langen Brief, in dem sie ihm verschiedenes über Chelmsford erklärte, was er, wie sie hoffte, gern wissen würde, und er schrieb zurück, bedankte sich und gratulierte ihr zu der schönen Farm, die genau seinen Vorstellungen entsprach. Er wollte Wein anbauen und seine ersten Weine persönlich bei ihr abliefern.
Vicky schrieb erneut und teilte ihm mit, daß er nicht zu warten bräuchte, bis der Wein fertig sei; statt dessen solle er das nächste Mal, wenn er in Sydney sei, bei ihr vorbeikommen und ihr vom Zustand der Farm berichten. Diese sei so lange ein Teil ihres Lebens gewesen, daß sie Sydney nun ziemlich langweilig finde, schrieb sie.
Das stimmte nicht ganz. Sir Percy Rowen-Smith hatte sich heftig in sie verliebt und lungerte von morgens bis abends bei ihr herum. Er war viel älter als sie und recht nett, wenn er auch ein kleiner Wichtigtuer war; außerdem war er sehr reich. Vicky dachte jedoch weiterhin an Rivadavia, den Argentinier. Bis zu dem Tag, als Dora zu Besuch kam.
Es war seit Jahren das erste Mal, daß Dora in Sydney war, und sie war auch jetzt nur zur Beerdigung ihres Bruders gekommen. Sie hatte jedoch das Gefühl, daß sie nicht wieder abreisen konnte, ohne ihre frühere Herrin zu besuchen, um sich das Baby anzusehen und ihr ihr Beileid zum Tod von Mr. Horton auszusprechen, obwohl es schon lange her zu sein schien. Mrs. Horton freute sich, sie zu sehen, führte sie in ihr kleines Wohnzimmer und bestand darauf, daß sie zum Lunch bleiben sollte. »Und wie ist Ihr neuer Boß, Dora? Gefällt er Andy?«

»Oh, Missis Horton, er ist sehr nett, und Andy hält große Stücke auf ihn: Und er kommt auch gut mit den Männern klar. Er kann besser reiten als die meisten von ihnen, und das will da oben schon was heißen, stimmt's? Und er baut das Haus um. Es wird bestimmt prachtvoll aussehen, wenn es fertig ist. Andy glaubt, daß er uns irgendwann zu Verwaltern auf Chelmsford einsetzen wird. Er interessiert sich mehr für Vieh. Er hat ein paar Weiden draußen auf den Ebenen gekauft und hält sich dort Zuchttiere.«

Vicky war entzückt, diese ganzen Informationen über Rivadavia aus erster Hand zu bekommen.

»Sie wissen doch, daß er Argentinier ist, nicht wahr?« fragte Dora.

»Ja, ich habe mich mit ihm getroffen, um den Verkauf zu besprechen. Natürlich war es nur ein geschäftliches Treffen, bevor Marietta zur Welt kam.«

»Dann haben Sie ihn also gesehen?« Doras Augen glitzerten. »Er ist ein gutaussehender Mann, stimmt's? Und ich will Ihnen noch was sagen: Er mag nur das Beste, ganz gleich, was es kostet. Er ist sehr heikel, was sein Essen angeht, liebt große Steaks und achtet darauf, daß sie gut abgehangen sind. Außerdem ist er auch heikel mit seinen Kleidern und dem Haus, ja sogar in bezug auf die Laken. Es müssen die besten sein.«

»Ist er verheiratet?«

»Nein.«

»Ein Wunder, daß es noch keine von den Töchtern der Siedler da oben auf ihn abgesehen hat. Es klingt, als wäre er ein guter Fang für sie.«

Dora wandte den Blick ab. »Das glaube ich nicht, Missis Horton.«

»Warum nicht, um alles in der Welt?«

Dora zappelte nervös herum. »Ich weiß nicht, ob ich's Ihnen sagen soll. Er ist sehr gut zu uns, verstehen Sie. Andy wäre wohl nicht allzu begeistert, wenn ich darüber spreche, also haben Sie's nie von mir erfahren.«

»Was denn?«
»Da ist diese Missis Brooks, wissen Sie. Sie wohnt auch da.«
»Wer ist das? Seine Haushälterin?«
»Mehr als das. Es steht mir nicht zu, ihn zu kritisieren, und es geht mich auch nichts an, aber Sie wissen schon, was ich meine.«
»Wie interessant!« Vicky fand es tatsächlich interessant, aber auch ärgerlich. »Wie lange ist sie schon da?«
»Er hat sie mitgebracht. Sie ist sozusagen seine Freundin. Und viel älter als er, wohlgemerkt. Außerdem bekommt sie ein Kind von ihm. Es hat also nicht viel Sinn, wenn die dortigen Mädchen bei uns vorbeischauen.«
Doras Besuch schien Stunden zu dauern, während Vicky ihren Zorn zu bändigen versuchte. Sie war wütend auf sich selbst, weil sie nicht hatte wahrhaben wollen, daß ein solcher Mann bestimmt irgendwo eine Frau um sich hatte. Und überdies war sie enttäuscht. Sehr enttäuscht.
Aber Dora hatte noch mehr Neuigkeiten. »Kennen Sie diesen Mister Heselwood? Andy sagt, es ist der Gentleman, der hier bei Ihnen gewohnt hat, als Mister Horton starb. Er hat ihn dort einmal gesehen.«
»Ja. Was ist mit ihm?«
»Nun, er ist nach Chelmsford gekommen. Ist eine Nacht geblieben. Er hat Prince Blue geritten, Ihr Pferd; Andy hat's sofort erkannt. Prince Blue kann man nicht verwechseln.«
Vicky seufzte. Sie vermißte Prince Blue immer noch.
Dora schwieg einen Moment. »Jetzt habe ich eine schlechte Nachricht für Sie. Prince Blue ist tot. Mister Rivadavia mußte ihn erschießen. Er hatte sich ein Bein gebrochen.«
»Was?« Vicky sprang auf. »Wie ist das passiert?«
»Tut mir leid, Missis Horton. Der Gentleman ist im Creek in Schwierigkeiten gekommen. Es war eine schlimme Nacht. Sie mußten ihn rausziehen. Andy hat gesagt, es war dumm, den Wasserlauf an dieser Stelle zu durchqueren, bei der Strömung und wo er doch voller Baumstümpfe und Äste ist ...« Als sie Mrs. Hortons

Gesicht sah, hielt sie inne und machte sich Sorgen, daß sie schon zuviel gesagt hatte.
»Er hat mein Pferd umgebracht!« Vicky war aschfahl.
»Mister Rivadavia doch nicht. Er hatte keine Wahl.«
»Das weiß ich«, rief Vicky. »Heselwood, dieser Idiot! Das werde ich ihm nie verzeihen. Prince Blue! Mein schönes Pferd!« Sie brach in Tränen aus, und Dora versuchte sie zu trösten. »Es tut mir leid. Ich hätte Ihnen das nicht erzählen sollen. Weinen Sie nicht, Missis Horton, so was kommt nun mal vor.«
Für Vicky war der Rest des Tages grau. Das Haus wirkte leer und hallend, und sie hatte das Gefühl, daß sie nichts je wieder aufmuntern würde. Ihr ganzer Kummer über Hortons Tod kam wie eine Flutwelle zurück, und sie ging auf die Veranda hinaus. Sie wünschte, sie könnte all das hinter sich lassen und irgendwo anders hingehen. Als Sir Percy Rowan-Smith an diesem Abend kam, nahm sie seinen Heiratsantrag an und erklärte sich einverstanden, mit ihm nach England zu gehen. Mariettas Großeltern, die Hortons, würden sich freuen, sie zu sehen.

Monate später kam Juan Rivadavia nach Sydney, um einige Vollbluthengste für seine Zucht zu kaufen, und da er ein wenig Zeit übrig hatte, beschloß er, hinauszureiten und Mrs. Horton einen Besuch abzustatten. Sie hatte ja geschrieben, er könne jederzeit vorbeikommen. Sie war eine sehr attraktive Frau, sann er, so jung für eine Witwe.
Bei seiner Ankunft beim Wilkin House kam ihm ein Verwalter entgegen, der ihm mitteilte, daß das Haus verschlossen sei.
»Ist Missis Horton fort?«
»Sie ist nicht mehr Missis Horton, sondern Lady Rowan-Smith. Hat geheiratet und ist nach England gegangen.«
Juan lächelte. »Schön für sie.« Der Ritt war nicht umsonst gewesen; es war besser, als in einem Hotelzimmer herumzusitzen, und er hatte es nach den leeren Straßen im Tal genossen, sich wieder einmal all die schönen Häuser anzusehen.

»Kann Ihnen nicht mehr sagen«, erklärte der Hausverwalter. »Vielleicht weiß Missis Heselwood im nächsten Haus da drüben ihre Adresse.«

»Wer?«

»Missis Heselwood. Die englische Lady. Wohnt da drüben in dem Haus auf der Klippe.«

»Danke«, sagte Juan und ritt weiter die Straße entlang. Das mußte Heselwoods Frau sein. Da er nun schon einmal hier war, mochte es akzeptabel sein, sie zu besuchen. Er hatte von Jasin erfahren, daß sie ebenfalls aus einer aristokratischen Familie stammte. Die englische Aristokratie faszinierte ihn.

Georgina war überrascht, empfing ihn jedoch herzlich, da er Neuigkeiten von ihrem Mann brachte. Sie freute sich zu hören, daß Jasin gut ausgesehen hatte, als er zum letzten Mal gesehen worden war, und daß dieser junge Mann volles Vertrauen darin hatte, daß er mit seinem Unternehmen Erfolg haben würde. Juan munterte sie ungeheuer auf, indem er ihr Jasins Pläne noch besser erklärte, als ihr Mann das auf seine förmliche Weise getan hatte, und Georgina lud ihn ein, zum Lunch zu bleiben. Juan fühlte sich in ihrer Gesellschaft wohl und stellte fest, daß sie einen gemeinsamen Bekannten hatten: Lord Forster, der ihn anfangs ermutigt hatte, nach New South Wales zu kommen.

Da er wußte, was sich schickte, blieb er nach dem Essen nicht mehr lange. Er beobachtete, wie sie mit dem Gesinde umging, und ihm gefiel, was Dell als »ihre hochmütige Art« bezeichnet hätte. Er machte sich niemals mit seinem Personal gemein, und es arbeitete gut für ihn; er konnte nicht begreifen, warum Dell ständig in der Küche herumstand und mit der Köchin redete. Er konnte sich nicht vorstellen, daß sich Mrs. Heselwood mit dem Gesinde anfreunden würde. Er kam zu dem Entschluß, daß der Ehrenwerte Jasin Heselwood und seine bezaubernde Frau in seinem Haus immer willkommen sein würden, ob es Dell paßte oder nicht.

Das Land

23. Kapitel

Jack Drew hockte auf einem niedrigen Baumstumpf und wartete. Er war nun schon seit drei Tagen mit dem Schwarzen im Busch unterwegs, und die Soldaten waren ihnen immer noch auf den Fersen. Deshalb schlugen sie jetzt den Weg in die Berge ein, und Jack kam nur mit Mühe voran. Ihm war jetzt klar, daß ihn der Schwarze zu retten versuchte, und er trug seinen Teil dazu bei, indem er Anweisungen befolgte, ohne Fragen zu stellen, und aß, was er bekam.
Der Aborigine schien die Jagd als Wettkampf zu betrachten. Er verwischte sorgfältig ihre Spuren und bewegte sich vorsichtig durch den Busch, aber mit Jack war dies schwierig; er stolperte und brach Zweige ab, und als er sich einmal an einem Ast festgehalten hatte, um sich hochzuziehen, und der Ast abgebrochen war, hatte ihn sein Begleiter wütend mit zusammengebissenen Zähnen angefaucht. Als Jacks Füße bluteten und verräterische Blutflecken hinterließen, hatte der Schwarze den Kopf geschüttelt. »Kein Zweck, Boß. Soldaten finden deine Spur leicht.«
»Du willst mich doch nicht alleinlassen?« flüsterte Jack, aber der Aborigine schüttelte grinsend den Kopf.
Jack beobachtete ihn jetzt. Er stand reglos, fast unsichtbar dicht bei einem hohen Eukalyptusbaum. Die weißen Zeichnungen auf seinem Gesicht und seinem Körper verschmolzen mit dem Silber des Baumstamms. Er stand schon lange so da. Jack war nervös; er wollte weiter, aber er schwieg. Alles war so totenstill. Und dann glaubte er, drei weitere Schwarze ausmachen zu können, die sich kaum von ihrer Umgebung abhoben. Sie kamen vorsichtig heraus, alle so groß wie sein Freund, und alle mit Speeren bewaffnet. Ihre

Haare waren zusammengeknotet, und ihre borstigen Bärte verliehen ihnen ein so wildes Aussehen, daß ihn ein Schauer überlief. Sein schwarzer Freund rief sie an, aber die Neuankömmlinge wichen nicht zurück. Ihre erhobenen Speere waren auf Jack gerichtet, der bereit war loszurennen, zurück zu den Soldaten, wenn nötig. Die vier unterhielten sich mit leisen, gutturalen Lauten. Die Fremden betrachteten den Weißen immer noch argwöhnisch, aber Jacks Begleiter lachte, und Jack sah, daß er ihnen den Stock beschrieb und die Haltung eines Gefangenen im Stock nachahmte. Als ob er es beweisen wolle, brachte er sie zu ihm, damit sie sich Jacks Hals und seine Handgelenke ansehen konnten. Sie starrten die abgeschürfte Haut an und begannen zu lachen. Jack grinste ebenfalls, rührte sich jedoch nicht. Dann wurden sie wieder ernst. Sie zeigten zum Fuß des Berges und setzten sich hin, um zu beraten.
Einer der Männer fischte ein totes Opossum aus seinem Tragebehälter und briet es über ihrem kleinen Feuer, während sie sprachen. Jack wurde nicht aufgefordert, sich zu ihnen zu setzen, aber die Verzögerung beunruhigte ihn. Sollten sie nicht weitergehen? Würden sie ihn zu guter Letzt ausliefern und eine Belohnung für den weißen Mann verlangen? Warum sollten sie sich um ihn kümmern?
Wind kam auf, und die hohen Eukalyptusbäume rauschten über ihm, ein unheimliches Geräusch im Dämmerlicht des Waldes. Jack untersuchte seine Füße, wischte sich mit dem Ärmel die Nase ab und schnüffelte. Es roch gut, was sie da kochten – was immer es sein mochte –, aber der Geruch und der Rauch würden bestimmt weithin wahrnehmbar sein. Sie gaben ihm ein Stück Fleisch, und er aß hungrig, nickte anerkennend und rechnete jeden Moment damit, daß die Soldaten auf die stille Lichtung gestürmt kamen.
Schließlich nahmen sie ihre Speere auf und kamen zu ihm herüber. »Wir gehen jetzt«, sagte sein Begleiter. Jack sprang auf, erfreut, eine Leibwache von vier Mann zu haben, aber die anderen drei Schwarzen lächelten, klopften ihm einer nach dem anderen auf die Schulter und gingen den Weg zurück, den sie hergekommen waren.

»Wo gehen sie hin?« fragte er. Er dachte, daß sie den Soldaten vielleicht einen Tip geben würden.
»Sie töten diese schwarzen Fährtensucher. Die recht lästig. Töten auch Soldaten, wenn sie nicht schnell verschwinden.«
Jack war voller Bewunderung für sie und für die unkomplizierte Lösung seines Problems. Er wäre gern umgekehrt, um dabei zuzusehen.
»Gratuliere«, sagte er und klopfte seinen Freund auf den Rücken. »Du bist ein Mann nach meinem Herzen.«
Er lief hinter seinem Führer her und fühlte sich jetzt stärker, weil die Angst gewichen war. Sie begannen höher auf die felsigen Hänge zu steigen, wo es ihm schwerer fiel, mit dem Schwarzen Schritt zu halten. Er beneidete ihn um seine Behendigkeit und seine Kraft, kämpfte sich jedoch weiter voran und fluchte über seine Schwäche.
In dieser Nacht suchten sie in einer Höhle Schutz, und der Schwarze zündete ein Feuer an und brachte Rindenstücke herein, auf denen sie vor der Feuchtigkeit geschützt liegen konnten.
»Wie heißt du?« fragte Jack.
»Dimining. Wie dein Name?«
»Jack Drew.«
Der Schwarze ahmte die Laute nach. Was dabei herauskam, war Jackadoo, und das wurde sein Name. Jackadoo.
»Wo hast du gelernt, Englisch zu sprechen?«
»Auf den Farmen. Unsre Sippe Lager auf Farmen. Manche Weiße nichts dagegen. Kommen manchmal zu unser Lager runter und sagen: ›Wollt ihr ein Tag arbeiten, Fressalien kriegen?‹ und wir arbeiten auf Farm, jagen Schafe und so. Aber Major Mudie, er jagen uns alle von Farm. Peng, peng, töten Leute von Famillje.«
»Er hat Familienangehörige von dir getötet?«
Dimining nickte traurig.
»Warum tötest du ihn dann nicht?«
»Zuviel Gewehre. Wir töten sein Schafe. Zahlen ihm ständig heim.«
»Wo lebt ihr?«

Dimining machte eine ausschweifende Handbewegung, und Jack wußte nicht genau, ob er das verstanden hatte, aber er fragte weiter.
»Was ist auf der anderen Seite dieser Hügel?«
»Viel groß Land.«
»Auch Weiße da draußen?«
»Einige.«
Jack seufzte. Das war eine Enttäuschung. »Wohin gehen wir?«
»Wir warten auf andre Schwarze, dann wir gehen weit weg. Kamilaroi auch.«
»Was ist das?«
»Stamm. Wir Kamilaroi-Stamm. Du wollen mitkommen?«
»Ja. Ich werde auch ein Kamilaroi.«
Dimining rollte sich lachend auf die Seite und klatschte sich auf die Schenkel. »Du gut Kamerad«, sagte er, immer noch glucksend.
Am nächsten Tag blieb Jack in der Höhle, während Dimining jagte. In seiner Abwesenheit kamen die anderen drei Eingeborenen und freuten sich über ihre Taten. Sie sprachen kein Englisch, aber Jack entnahm ihrer Aufregung und ihren Gesten, daß sie die Fährtensucher mit ihren Speeren erledigt hatten, und dann hatten die Soldaten auf sie gefeuert, aber sie waren in den Busch verschwunden. Danach schienen die Soldaten um ihr Leben gelaufen zu sein, weil sie nicht wußten, wie viele Schwarze sie angegriffen hatten.
Als Dimining mit einem Fang Wallabys zurückkam, freute er sich ebenfalls über ihren Erfolg. »Wir Krieger. Kamilaroi-Krieger. Weißer Mann sagen, er geben Dimining Job, Schafe hüten.« Er wandte sich an die anderen, um es zu übersetzen, und sie lachten. »Eher Schafe töten.«
Einer der Krieger griff in seinen Tragebehälter und warf vier seltsam geformte Gegenstände auf den Boden. Jack beugte sich vor, um sie sich anzusehen, und zuckte dann schockiert zurück. Es waren Ohren. Die Ohren der schwarzen Fährtensucher, der Beweis, daß sie sie getötet hatten.

An nächsten Morgen verließen sie die Höhle und erreichten den Kamm der Bergkette. Von dort schauten sie auf eine weite Ebene hinaus; in der Ferne waren weitere Berge. Jack war enttäuscht. In dieser Richtung schien es keinen Fluchtweg aus dem Land zu geben. Er zeigte nach Norden. »Was ist dort? Warum gehen wir nicht dahin?«

Dimining sperrte den Mund auf. »Du nicht gehen zu viel weit dahin. Das Tingum-Land. Besser du gehen zurück zu Major Mudie. Tingum schlagen Kopf ab.«

Neben diesen hochgewachsenen, kräftigen Schwarzen kam sich Jack wie ein kümmerlicher alter Mann vor, und er erkannte, warum es immer hieß, daß Sträflinge hier draußen sterben würden.

»Bringst du mir das Jagen bei, Dimining?«

Der Schwarze zeichnete mit seinem großen Zeh Linien in den Staub. »Weiß nich. Wir bringen dich zum Lager. Besser du bleiben bei Frauen.«

Nach sechs Tagen erreichten sie das Lager am Ufer des Namoi River. Sie waren schnell marschiert, und Jack konnte kaum noch einen Fuß vor den anderen setzen. In dem Lager aus kleinen Borkenhütten schienen etwa sechzig Schwarze zu leben. Magere Hunde kamen heraus und schnappten nach ihm, gefolgt von einer Gruppe von Frauen, die schreiend wegliefen, als sie ihn sahen. Eine kletterte sogar auf einen Baum. Die Kinder drängten sich zusammen und sahen ihn scheu lächelnd an. Dimining sprach mit einer Gruppe alter Männer, die an einem Feuer saßen, und erklärte ihnen, wer der Fremde war. Sie drehten sich alle um, um Jack zu mustern, dann redeten sie weiter. Der Weiße ging zum Fluß hinunter, um seine schmerzenden Füße ins Wasser zu stecken. Ich hab mir wegen denen die Beine abgelaufen, nur damit die nach Hause kommen, grummelte er vor sich hin, und es ist nicht anders als draußen im Busch. Er hatte sich ein Dorf mit großen Hütten und einem Marktplatz vorgestellt, nicht so ein einfaches Lager. Das Wasser war kühl; Fische sprangen; Vögel tauchten unter die Wasseroberfläche, um welche zu fangen, und kamen ein gutes Stück von der Stelle entfernt wieder nach oben, wo sie getaucht waren. Schwarze Schwäne segelten majestätisch vorbei. Eine schwarze Frau kam auf ihn zugelaufen, stellte eine Holzschale neben ihm ab und rannte wieder davon. Jack musterte die Schale, die voller Nüsse und Beeren war, und begann zu essen, während er sich darüber klarzuwerden versuchte, was er als nächstes tun sollte. Die Schwarzen sahen genauso aus wie die Gruppe, der sie auf dem Weg nach Castle Forbes begegnet waren. Die Frauen saßen träge im Kreis und zerstampfen Pulver in Holzschüsseln, während die Kinder auf ihnen herumkletterten, und die alten Männer hockten am Lagerfeuer. Diesmal waren jedoch die jungen Männer bei ihnen, die Krieger, und in diesem Lager herrschte eine andere Atmosphäre. Jack wußte, daß er sehr vorsichtig sein mußte.

24. KAPITEL

Die große Herde bahnte sich drängelnd einen Weg durch Dart's Pass, trampelte Büsche und kleine Bäume nieder, brach tiefhängende Zweige ab und trat sie in den Staub. Noch frisch von der Nachtruhe, trabten die Rinder hinter den Reitern her, den kühlen Gebirgswind in den Nüstern; ihre Leittiere bestätigten sich schnaubend ihre Überlegenheit über die Masse, stupsten und stießen ihre Herausforderer wieder an ihren Platz zurück und schlugen mit beiden Hinterbeinen gegen die Hartnäckigeren aus. Viehtreiber ritten ruhig mit ihnen, wachten über die auf und ab tanzenden Köpfe und versuchten sie mit Pfiffen, Lockrufen und guten Worten in stetigem Trab zu halten, weil sie Angst vor einer Stampede in diesem beengten Bereich hatten, und die Hunde, die spürten, daß die Herde im Zaum gehalten werden mußte, tapsten

steif über den felsigen Boden, sprangen über Felsbrocken und auf Simse, um über das wogende Meer von Rindern zu wachen. Sobald sie den Paß hinter sich hatten und auf der Ebene waren, lief das Vieh befreit los, bis die Leittiere zu grasen beschlossen. Der größte Teil der Herde tat es ihnen gleich. Die Tiere liefen auseinander, um sich ihre eigene Weidefläche zu suchen und Konkurrenten Widerstand zu leisten, die auf ihr Territorium vordrangen.
Die Viehtreiber nahmen keine Notiz von kleineren Scharmützeln. Ihre scharfen Augen achteten auf das, was unvermeidlich als nächstes passieren würde, und tatsächlich nutzte ein einzelgängerischer Stier die Gelegenheit, um sich aus dem Staub zu machen. Nick war im selben Moment hinter ihm her; sein Pferd galoppierte in halsbrecherischem Tempo über die Ebene, wirbelte dann geschickt herum, als der Stier einen Haken schlug, und noch einmal, um den Ausreißer abzufangen, bevor er durch eine Baumgruppe brechen konnte; er drängte ihn ab, paßte sich dem Zickzackkurs des Stiers an, bis dieser plötzlich wie festgewurzelt stehenblieb, um Pferd und Reiter anzustarren. Das Knallen der Peitsche brachte ihn dazu, kehrtzumachen und zur Herde zurückzutraben. Neugierige Rinder wanderten zum Rand der Herde, um sich das Schauspiel anzusehen, und weit hinten schlossen die Langsamen und Scheuen, die Schlußlichter, endlich zu den anderen auf.
Pace MacNamara und Bobbo brachten die Ersatzpferde durch den Engpaß und schwärmten aus, um die geräuschvollen, langsam dahinziehenden Rinder herum. Das Leitpferd, ein großer, kastanienbrauner Waler, hatte seine kleine Herde gut im Griff. Snow schloß zu Pace auf. »Wir sind jetzt jenseits der Grenze, Sohn. Hier wird's interessant.«
»Was ist aus den beiden schwarzen Jungs geworden, Bobbos Freunden?«
»Die haben den Laden hingeschmissen. Sie wollen nicht in dieses Territorium gehen. Falsches Totem. Schlechte Medizin. Die haben alle ihre eigenen Gebiete, und gnade ihnen Gott, wenn sie den Fuß unerlaubt in ein anderes setzen.«

»Ist das wahr? Sieht doch gut aus, das Land, oder? Hätte beinahe Lust, mir selbst was davon zu nehmen, wenn die Engländer gerade mal nicht hinschauen.«

»Was weißt du über Pelham?« fragte Snow.

»Nicht viel. Ich hab ihn gestern nacht von seinem Regiment in Irland erzählen hören, also halte ich lieber ein bißchen Abstand.«

Snow zündete sich seine Pfeife an und ritt neben Pace her. »Ich schätze, Mister Heselwood hat sich da einen Wust von Schwierigkeiten aufgehalst. Meiner Meinung nach ist er reichlich bescheuert. Ein Glück, daß Lance und die Jungs wissen, was sie tun.« Er blinzelte Pace unter seinem staubigen Hut hervor an. »Warum hat Heselwood dich rausgeholt? Bist du 'n Freund von ihm?«

»Weit gefehlt. Das Gegenteil, könnte man sagen. Er ist ein eigensinniger Bursche. Ich glaube, er traut seinem Kumpel Pelham nicht; wahrscheinlich denkt er sich, wenn man die Wahl zwischen zwei Übeln hat, wählt man lieber das, was man schon kennt. Aber hier ist es immer noch besser als im Gefängnis von Bathurst, also will ich nicht meckern.«

Snow beließ es dabei. »Clarrie und ich sind schon jahrelang nicht mehr bei einem Viehtrieb dabeigewesen. Man verpaßt das Beste im Leben, wenn man auf einer Farm rumhängt und alt wird. Wenn das hier vorbei ist, brauchst du's bloß zu sagen, falls du dir selber Weideland suchen willst, dann helfen wir dir.«

»Gute Idee, aber wie macht man das ohne Geld?«

»Da gibt's Mittel und Wege. Warte ab, wie du mit dem Busch klarkommst. Wenn's dir da nicht gefällt, dann solltest du lieber nach Sydney gehen. Ich kann mir nicht vorstellen, daß dieser verdammte Captain Pelham hier draußen allzulange durchhält.«

»Und was ist mit Heselwood?«

»Das ist was anderes. Der ist wie ein Hund mit einem Knochen; er will seinen nicht loslassen, will aber den Knochen des anderen Hundes auch haben. Es gibt Bosse und Arbeiter. Ich bin immer ein Arbeiter gewesen. Heselwood wird immer ein Boß sein, aber dieser Pelham, der ist nur ein Arbeiter. Er weiß es bloß nicht.«

Er pfiff Bobbo, der im Sattel zu dösen schien, und gab ihm ein Zeichen, die Pferde auf Kurs zu halten. Bobbo galoppierte davon.
»Die Frage ist«, fuhr Snow fort, »was bist du? Ein Boß oder ein Arbeiter?«
»Kann nicht sagen, daß ich das schon rausgefunden habe«, antwortete Pace.
»Dann wird's Zeit, daß du's rausfindest. Du wirst auch nicht jünger. Und ich sag dir noch was. Das ist 'n gefährliches Land hier, da brauchst du 'ne Waffe.«
»Die geben einem Sträfling doch keine Waffe«, sagte Pace bitter.
»Doch, das werden sie, sonst könnten Clarrie und ich uns nämlich verdrücken und sie alle miteinander hier ihrem Schicksal überlassen.«
Das Problem führte an diesem Abend zu einem heftigen Streit im Lager. »Dem gebe ich doch keine Waffe, damit er mir eine Kugel in den Rücken schießt«, sagte Jasin, und die Führer wechselten Blicke bei dieser seltsamen Entgegnung.
Clarrie stand auf. »Mister Heselwood, wollen Sie, daß Ihre Herde bewacht wird, oder nicht? Da draußen gibt es so viele Dingos, daß sie in Rudeln jagen. Was soll er machen, wenn sie angreifen? Sie anspucken? Und wenn er keine Waffe hat, haben Sie einen Wachposten für die Nacht weniger, und das wird den Jungs nicht gefallen.«
Als die anderen Männer ins Lager kamen und Pelham im Busch rufen hörten, lachten sie.
»Otto macht einen Ausflug«, sagte Lance zu Bobbo. »Vielleicht kriegen wir heute abend mal was Anständiges zu essen, wenn Clarrie die Sache übernimmt. Ich habe noch keinen erlebt, der so einen Schweinefraß zurechtstümpert wie Otto. Er war deine Idee, Bobbo.«
»Er hat mir gesagt, er kann kochen. Woher sollte ich wissen, daß er nicht mal Wasser heißmachen kann?«
Pelham kam zurück. Er führte sein Pferd am Zügel. »Ich kann ihn nicht finden. Lauf ihm nach, Bobbo, und hol ihn zurück, aber schnell.«
Sie konnten Bobbo im Busch rufen und Krach schlagen hören,

bis die Geräusche leiser wurden, und sie waren schon mit dem Abendessen fertig, als er zurückkam. »Otto wird heute nacht da draußen bleiben müssen, wenn er den Rückweg nicht von allein findet. Morgen früh holen wir ihn raus. Habt ihr mir was übriggelassen?«

»Hast du irgendwelche Spuren von Schwarzen gesehen?« fragte ihn Pelham.

»Was für Spuren sollen das sein, Boß? Wenn irgendwelche freundlichen Schwarzen in der Nähe wären, hätten sie uns besucht, um was von Clarries Fraß zu kriegen. Und wenn hier finstere Gesellen rumschleichen, dann gibt's keine Spuren.«

Als Otto am nächsten Morgen immer noch nicht wieder da war, gab es Ärger. Beide Schichten von Viehtreibern waren mit dem Frühstück fertig, und Pelham gab ihnen seine Anweisungen. Lance unterbrach ihn. »Wir brauchen nur ein paar Jungs, die die Herde bewachen. Die anderen können ausschwärmen und Otto suchen.«

Pelham fuhr wütend zu ihm herum. »Ihr tut nichts dergleichen. Wir ziehen weiter. Bobbo kann mit einem Ersatzpferd hierbleiben, bis er den verdammten Idioten gefunden hat.«

»Ein Mann allein kann ihn in diesem Busch nicht ausfindig machen«, beharrte Lance, aber Pelham beachtete ihn nicht. Jasin merkte, daß sich eine Konfrontation anbahnte, und obwohl ihm daran lag, daß die Herde weiterzog, hielt er es für besser, sich nicht einzumischen.

Pelham stieg auf sein Pferd und schaute auf seine Männer herunter. »Auf geht's, Leute. Clarrie kann den Planwagen fahren, der braucht euch nicht.«

Lance stand ihm genau im Weg. »Wir gehen nirgendwohin, Kumpel, ehe wir Otto nicht gefunden haben. Vielleicht begreifen Sie das endlich.«

»Wenn ich einen Befehl gebe, erwarte ich, daß er befolgt wird«, rief Pelham. »Ich lasse Otto nicht im Stich. Bobbo wird ihn schon finden.«

»Bobbo könnte verdammt noch mal eine Woche brauchen, um ihn zu finden, wenn er alleine suchen muß«, entgegnete Lance störrisch.

»Das ist meine Sache, nicht deine«, fauchte Pelham. »Und jetzt geh aus dem Weg.« Er hieb mit seiner Reitgerte nach Lance, der ein paar Schritte von dem Pferd zurücktrat, die Augen auf die Gerte gerichtet. »Wenn Sie mich mit dieser verdammten Weiberpeitsche anrühren, die Sie da haben, Kumpel, dann beziehen Sie die Tracht Prügel Ihres Lebens.«

Pelham drehte sich zu Jasin um. »Das ist Ihr Viehtreck, Heselwood«, rief er. »Haben Sie die Absicht, sie jedesmal anhalten zu lassen, wenn denen danach ist?«

Jasin sah zu, wie alle Männer aufstiegen, auch Clarrie, was bedeutete, daß der Planwagen ebenfalls nirgendwohin fahren würde. »Es ist verdammt ärgerlich, aber vielleicht hat Lance recht. Wenn wir den Burschen alle gemeinsam suchen, finden wir ihn vielleicht schneller. Dann können wir ihn wieder auf seinen Wagen setzen und endlich weiterziehen.«

Pelham kochte vor Wut. Er war drauf und dran, Heselwood zu sagen, er solle die ganze verdammte Sache doch selber leiten, aber wenn er das tat, würde er auf den Status eines Viehtreibers herabgestuft werden. Und er konnte sich auch nicht von dem Treck absetzen. Nicht mit hundert Stück Vieh, die ihm gehörten.

»Einen Tag!« erklärte er Lance. »Ihr habt einen Tag, um ihn zu finden, nicht mehr!«

Jasin bemühte sich, optimistisch zu sein. »Wir müßten ihn eigentlich noch an diesem Vormittag finden, oder was meint ihr?«

»Wer weiß das schon, verdammt?« erwiderte Lance. »Wenn er in die falsche Richtung gegangen ist, könnte er mittlerweile zehn Meilen weit weg sein, und das ist dichtes Buschwerk da drin.«

»Also los, reiten wir.« Clarrie lenkte sein Pferd in das hohe Gras zwischen den verkrüppelten Bäumen und ritt auf den hochragenden Wald dahinter zu.

Sie suchten den ganzen Tag, hielten mit Rufen und Pfiffen Kontakt, erweiterten am Nachmittag den Bogen für den Rückweg und durchsuchten jeden Wasserlauf und jedes ausgetrocknete Flußbett, fanden aber trotzdem keine Spur von Otto.
Snow schloß zu Jasin auf. »Sieht so aus, als müßten wir morgen dem Fluß stromabwärts folgen. Er könnte im Kreis gelaufen sein.«
»Das ist ja zum Auswachsen. Bis jetzt lief alles so gut.«
Snow zuckte die Achseln und ritt voraus. Jasin war wütend auf den dummen Deutschen, weil er sich verirrt hatte. Inzwischen sollten sie eigentlich schon eines Tagesreise weiter draußen auf der Ebene sein, auf dem Weg zum Namoi. Das war der nächste Fluß, wie McPhie erklärt hatte, und seinen Worten zufolge bewässerte er gutes Land. Jasins Pferd suchte sich seinen Weg durch das Buschwerk, umging umgestürzte Baumstämme mit weit ausgreifenden Ästen und Zweigen und vermied unebenen Boden. Jasin spähte durch die graubraunen Bäume nach vorn. Es schien völlig still zu sein; nur das Rascheln von Pferdehufen auf trockenem Laub war zu hören, bis auf einmal ein Schuß ertönte. Er wirbelte sein Pferd herum, ritt dorthin zurück, wo der Knall hergekommen war, und stieß auf Lance und Snow.
»Da drüben«, sagte Lance und ritt durch den Busch voran. Sie trafen auf Pelham, der bleich und zitternd zu einer kleinen Lichtung zeigte.
»Haben Sie den Deutschen gefunden?« fragte Jasin, und Pelham nickte.
Otto saß aufrecht an einem Baum. Sein Körper war von einer Unzahl summender schwarzer Fliegen bedeckt. Ein Speer hatte seine Brust durchbohrt und ihn an den Baum genagelt.
»Oh Jesus, der arme Kerl«, sagte Snow, und Jasin starrte den Toten schockiert an.
Snow brach den Speer ab und zog ihn aus Ottos Körper. »Helft mir. Wir bringen ihn zum Lager zurück.«
»Wozu?« hörte Jasin sich flüstern.
»Um ihn zu begraben, was sonst?«

»Warum können wir ihn nicht hier begraben?«
»Weil wir keine Schaufel dabeihaben, verdammt noch mal!«
Sie begruben ihn am Rand des Buschwerks, und die Viehtreiber häuften Holz auf das Grab, um es vor Dingos zu schützen. Clarrie schnitzte Ottos Namen und das Datum seines Todes in einen nahen Baum, weil das alles war, was sie von ihm wußten.
»Sollten wir das Camp jetzt nicht lieber verlegen?« fragte Jasin.
»Hat nicht viel Sinn«, sagte Bobbo. »Sie hätten nicht die geringsten Probleme, uns zu finden. Aber wir werden Wachen aufstellen müssen.«
»Ich bezweifle, daß heute nacht jemand schlafen kann«, meinte Jasin. »Ich finde, wir sollten unser Zelt näher beim Wagen aufstellen, Pelham. Das ganze Lager sollte enger zusammenrücken.«
»Gute Idee«, sagte Pelham. »Ich reite mit Snow zu Hughie McPhie zurück, um es ihm zu erzählen, damit er die anderen Siedler warnen kann.«
Pace grinste. Pelham war Heselwood knapp zuvorgekommen. Der Captain war kein Mensch, der sich Sorgen um die anderen Schafzüchter oder ihre Familien machte. Er hatte sich bloß verdrücken und die Nacht in einem sicheren Haus verbringen wollen.
Nach einer ruhelosen Nacht packten sie früh am nächsten Morgen den Planwagen, und Clarrie machte sich auf den Weg. Er war jetzt der Koch der Truppe. Während die Viehtreiber die Herde in Bewegung brachten, kam ein Wind auf, und die Rinder reagierten darauf; sie trabten so munter dahin, als ob er sie antreiben würde.
Am Nachmittag nahm der Himmel am Horizont eine mattrote Farbe an, die in ein helles Orange überging, während der Wind auffrischte. Die Sonne verbarg sich im Dunst.
Jasin beobachtete, wie seine Männer sich Taschentücher vors Gesicht banden und ihre Ärmel herunterrollten. »Das ist ein sonderbares Licht«, sagte er zu Lance.
»Bald wird's noch sonderbarer sein, Boß. Da kommt ein Sandsturm auf uns zu.«
»Sollen wir das Lager aufschlagen?«

»Nein, wir reiten weiter. Die letzte Wasserstelle war trocken. Es hat keinen Zweck anzuhalten, wenn's nicht sein muß. Das Vieh wird die ganze Nacht über verrückt spielen.«
»Soll ich vorausreiten und nachschauen, was vor uns liegt?«
»Keine Angst, bleiben Sie nur da, wo Sie sind. Wenn der Sturm hierher kommt, werden Sie überhaupt nichts mehr sehen können. Sie würden sich nur verirren.«
Jasin war beunruhigt. Der Wind wurde immer stärker, und ihm wehte bereits Sand ins Gesicht, dicker, erstickender Sand von seltsamer Farbe.
»Wo kommt dieser ganze rote Sand her?«
»Tief aus dem Landesinneren, würde ich sagen«, meinte Lance.
»Ich hab nie an die Geschichten von einem Binnenmeer geglaubt. Ich glaube, es ist eine große Streusandbüchse, und ab und zu wird das Zeug tonnenweise auf uns runtergeschüttet.«
»Wollen Sie mir etwa erzählen, daß wir auf dem Weg in eine Sandwüste sind?«
»Nein. Wenn Hughie sagt, vor uns ist ein großer Fluß, dann ist da auch einer. Das kann man am Horizont erkennen und daran, wie lange der Sturm braucht, bis er hier ist. Der hat sich Hunderte von Meilen weiter draußen gebildet.«
Weiter draußen. Jasin ritt in den beißenden Wind hinein und dachte darüber nach. Lance hatte recht. Sand wie dieser mußte aus einer Wüste kommen. Sobald er Anspruch auf sein Land am Namoi erhoben hatte, würde er nach Norden aufbrechen. Die anderen konnten den Westen haben ...
Dann brach der Sandsturm mit voller Wucht über sie herein. Der Wind heulte, und der Sand war so dicht, daß er das Licht auslöschte. Die Herde kam zum Stillstand. Die Rinder drängten sich schutzsuchend aneinander. Ihr Fell war von rotem Sand bedeckt. Die Viehtreiber zogen ihren Pferden Jutesäcke über die Köpfe, hüllten sich in Decken und blieben auf ihren Posten.
Jasin kroch zu Clarrie unter den Planwagen. Dieser hatte zum Schutz Leinwand um sie herumgehängt, aber der Sand war im-

mer noch dicht, brannte ihnen in den Augen und ließ sie bei jedem Atemzug husten. An die Räder des Wagens gekauert, konnten sie nur dasitzen und warten, bis der Sturm nachließ. Bei Einbruch der Nacht war es vorbei.

Die Rinder waren die Nacht über unruhig, weil sie kein Wasser bekommen hatten. Nick ritt langsam um die Herde herum und spielte leise auf einer Blechflöte, und man konnte die anderen Viehtreiber summen hören, als sie die Runde machten. Das sollte die durstigen Rinder ruhig halten. Von Pelham und Snow war nichts zu sehen, und Jasin fluchte und spuckte Sand.

Da sie knapp an Leuten waren, mußte er eine Schicht mitmachen und hatte jetzt alle Mühe, im Sattel wach zu bleiben. Die Beharrlichkeit der Viehtreiber bei der Befriedung der Herde beeindruckte ihn, aber die Rinder waren immer noch auf den Beinen, ein Gefahrenzeichen, wie Lance gewarnt hatte; in diesem Zustand konnte sie alles zu einer Stampede veranlassen. Er konnte MacNamara sehen, der auf einer Anhöhe einsam Wache hielt; seine Silhouette auf dem Pferd zeichnete sich gegen den Nachthimmel ab, und er hoffte, daß der Ire es ebenso aufreibend fand wie sein Arbeitgeber. In den letzten paar Tagen hatte Jasin die Anstrengung gespürt und war versucht gewesen, im Wagen mitzufahren, aber er wußte, daß er dann bei den Männern das Gesicht verlieren würde. Jetzt schien ihm jeder Tag härter zu sein als der vorherige, aber er hielt sich mit dem Gedanken bei Laune, daß er fast am Ziel war.

Am Morgen mußten die Rinder nicht gedrängt werden; sie strömten vorwärts, und die müden Männer ritten mit ihnen. Jasin und Bobbo nahmen sich frische Pferde und galoppierten voraus, um eine Wasserstelle zu finden. Schließlich stießen sie in einem alten Bachbett auf einen Tümpel mit schleimigem, grünem Wasser. Jasin ritt ungeduldig hinunter, aber Bobbo warnte ihn. »Halt, Boß. Unter dem grünen Bewuchs da unten könnte Wasser sein. Dieser Bach fließt nicht mehr; er ist auch weiter oben schon trocken. Der Tümpel muß also tief sein, wenn er immer noch da ist.«

Bobbo stieg ab und ging zu Fuß auf das Unkraut zu, wobei er die

Wassertiefe mit einem Stock ertastete, und Jasin sah erschrocken, wie der behelfsmäßige Meßstab immer tiefer im Boden versank.
»Wie sollen wir die Tiere hier tränken?« fragte Jasin.
»Wir geben unseren Pferden auf der anderen Seite Wasser, und dann müssen wir das hier ausgraben«, sagte Bobbo. »Aber der kleine Teich hier ist prima; das reicht für heute. Wir müssen die Herde bloß zurückhalten und immer nur ein paar Tiere zum Wasser lassen, sonst gibt's ein fürchterliches Schlamassel.«
Als der Hauptteil der Herde näher zu dem Bach gelassen wurde, hatten die Viehtreiber alle Hände voll zu tun. Ihre Peitschen knallten, und die Pferde drehten sich im Kreis, um die Rinder im Zaum zu halten. Es war ein langwieriger Prozeß, jeweils ein paar Rinder durchzulassen, so daß sie auf ihre schwerfällige Weise zum Wasser traben konnten, und sie dann wieder herauszutreiben, damit sie dem nächsten Schwung Platz machten. Nick und Tommo hielten am Rand des Gewässers Wache und wateten gelegentlich hinein, um die Kälber zu retten, die von ihren Müttern getrennt wurden, während die Hunde auf der anderen Seite des Baches patrouillierten, um zu verhindern, daß die zufriedenen Tiere davonliefen.
Jasin war erschöpft. Er ritt zum Lager zurück, suchte sich eine Decke und legte sich hin, um sich auszuruhen. Er bettete den Kopf auf den Sattel. Es würde erst etwas zu essen geben, wenn die Herde für die Nacht versorgt war.
Als Pelham, der den Wagenspuren durch das Land gefolgt war, ins Lager geritten kam, mußte er Jasin wachrütteln. Mit trübem Blick und Dreitagebart setzte sich Jasin auf und starrte ihn an. Er brauchte eine Weile, um sich zu orientieren. Er wusch sich das Gesicht in dem Wasser, das Clarrie aus dem Bach geholt hatte, bevor die Tiere hineingewatet waren, und spuckte bei dem Geschmack aus.
»Wurde auch Zeit, daß Sie zurückkommen«, fauchte er.
»Es ging nicht eher. Der Sandsturm war schrecklich. Hat uns alle im Haus festgehalten.«
Jasin nickte. Jetzt, wo sie das Schlimmste überstanden hatten, kümmerte es ihn nicht mehr. Es war eine Erleichterung, daß Pel-

ham wieder da war. Er fühlte sich sicherer mit ihm, weil sie auf einer gemeinsamen Basis miteinander reden konnten. Die beiden Männer teilten sich ein Zelt, das immer etwas abseits vom Hauptlager stand, damit sie ihre Ruhe hatten. Die Viehtreiber waren mit Reisebündeln unterwegs, die tagsüber auf dem Planwagen lagen, und schliefen im Freien oder unter einer schrägen Plane, wenn es regnete. Er reckte sich und klopfte sich den Staub von der Reithose. »Sie haben Glück gehabt. Es war absolut gräßlich. Ich glaube, mein Magen ist voller Sand. Wir mußten die ganze letzte Nacht aufbleiben, damit uns die Rinder nicht davonliefen. Ich hätte beinahe Lust gehabt, den Bettel hinzuwerfen.«

Pelham pflichtete ihm bei. »Das kann ich verstehen. Dies ist kein Ort für einen Gentleman. Um die Wahrheit zu sagen, ich habe Neuigkeiten für Sie. Ich habe den Bettel hingeworfen.«

»Es ist doch Unsinn, jetzt aufzugeben. Wir sind fast da.«

»*Sie* sind fast da. Sie sind derjenige, der sich Land aneignen will. Ich handle nur mit Rindern, und die meinen habe ich an Hugh McPhie verkauft. Er hat fünf Pfund pro Kopf für sie bezahlt. Das ist ein enormer Gewinn.«

Jasin spürte ein Brausen in seinem Kopf und kämpfte darum, seine Wut zu bezähmen. »Sie haben kein Recht, diese Rinder zu verkaufen!«

»Es sind meine. Mit denen kann ich machen, was ich will.« Pelham lachte.

»Nein, verdammt noch mal, das können Sie nicht! Sie sollen hier draußen der Kern einer Herde sein. Wenn Sie verkaufen, machen Sie alles zunichte.«

»Seien Sie nicht so gierig, Heselwood! Sie haben noch jede Menge übrig.«

»Darum geht es nicht. Ich habe das Geld für den Viehtrieb aufgebracht. Ich müßte das Vorkaufsrecht haben.«

»Würden Sie mir fünf Pfund pro Stück bezahlen?«

»Warum sollte ich? Ich hätte sie in Bathurst für weniger als ein Pfund kaufen können.«

»Da haben Sie's. Es ärgert Sie, daß ich ein gutes Geschäft gemacht habe. Und von Ihnen hätte ich gern hundert Pfund dafür, daß ich Sie so weit gebracht habe. Arbeitslohn.«
Jasin hörte sich brüllen. Er hätte sich nie im Leben vorstellen können, daß er jemals so in Wut geraten könnte. »Sie haben mich so weit gebracht, Pelham? Wer hat denn den Proviant und die Viehtreiber bezahlt? Ohne Hilfe hätten Sie Ihr Vieh doch gar nicht bis hierher gebracht. Sie haben zu essen bekommen, und Sie hatten immer ein frisches Pferd. Ich werde Ihnen nicht erlauben, auch nur eins dieser Rinder zu verkaufen. Der Zweck dieses Viehtriebs besteht darin, das Weideland zu bestücken. Später werden Sie dann am natürlichen Zuwachs wesentlich mehr verdienen und trotzdem noch Ihre ursprüngliche Herde besitzen. Sie können McPhie sagen, daß es nichts zu verkaufen gibt.«
»Ich werde ihm nichts dergleichen sagen! Ich habe mein Vieh verkauft. Morgen früh werden wir ein paar Korrale bauen, die Herde durchschicken und meine Rinder aussortieren; das Brandzeichen ist ja deutlich zu sehen. Und das wär's dann. McPhies Jungs werden morgen hier sein, um mir zu helfen, ihm seine Rinder zu bringen.«
Für Jasin war das der Tropfen, der das Faß zum Überlaufen brachte. Diese Operation würde ihn einen weiteren Tag kosten. Und außerdem waren seine Viehtreiber draußen und arbeiteten sich den Arsch ab, um Pelhams Vieh zu tränken.
Pelham griff in seine Satteltasche. »Hier, ich habe Ihnen eine Flasche von McPhies Wein mitgebracht. Starker Stoff. Wir werden darauf trinken.«
Jasin stieß den Wein zornig beiseite und zog Pelham die Peitsche übers Gesicht. »Sie haben mich nur benutzt!«
Pelham reagierte schnell. Ein Faustschlag schickte Jasin zu Boden, und als er wieder aufsprang, stand Pelham mit seiner Pistole vor ihm. »Wie können Sie es wagen, mich zu schlagen? Holen Sie sich eine Waffe, Heselwood. Ich schieße keinen unbewaffneten Mann nieder, aber entweder entschuldigen Sie sich, oder Sie sind tot.«

Jasin tauchte in sein Zelt, holte seine Pistole und lud sie mit zitternden Händen. Keiner von beiden hatte vor, auf die ernüchternde Etikette eines Duells zu warten, und Jasin dachte in seiner Wut nicht daran, daß Pelham ein hervorragender Schütze war, er dagegen nicht.
Pelham wartete draußen. Er stand ruhig da, mit gespreizten Beinen, und seine Pistole war auf das Zelt gerichtet; er wußte, daß Heselwood sofort schießen würde, wenn er herauskam. Ein Gewehrschuß knallte, und die Pistole flog Pelham aus der Hand. Die Spitze seines Fingers war weggeschossen worden, und er schrie vor Schmerz auf, während Pace MacNamara ins Lager kam.
»Erschießen Sie ihn!« rief Jasin. »Er hat versucht, mich umzubringen.«
»Erschießen Sie ihn doch selbst«, sagte Pace und hob Pelhams Pistole auf. Jasin hob seine Waffe, zögerte und senkte sie wieder.
Pace lehnte an einem Baum; er hatte das Gewehr immer noch im Anschlag, um jede weitere Auseinandersetzung im Keim zu ersticken, als Lance angaloppiert kam.
»Was ist passiert?«
»Die Gentlemen hier hatten eine Meinungsverschiedenheit«, grinste Pace und überließ es Heselwood und Pelham, die Sache Clarrie und Snow zu erklären, die ebenfalls am Schauplatz des Geschehens erschienen waren.
Als McPhies Söhne am nächsten Tag angeritten kamen, blieb den Treibern nichts anderes übrig, als zu warten, während Pelhams Rinder von Heselwoods Brandzeichen, dem liegenden H, getrennt wurden. Anstatt zuzusehen, ritt Jasin mit Clarrie voraus und überließ es Lance, die Aussortierung zu beaufsichtigen. Seine Männer ärgerten sich über die Verzögerung, und er wußte, sie würden dafür sorgen, daß Pelham weder einen Stier noch eine Färse bekam, die ihm nicht gehörten. Er machte sich nicht die Mühe, MacNamara für sein Einschreiten zu danken, weil er glaubte, daß er mit Pelham auch allein fertig geworden wäre, wenn er die Chance dazu gehabt hätte; dann hätte er auch das Vieh behalten können.

Sie zogen endlose Tage westwärts durch trockenes Land, bis sich Jasin Sorgen zu machen begann, daß sie vom Kurs abgekommen waren. Schließlich erreichten sie jedoch den Kamm einer Anhöhe und konnten den Namoi River in der Ferne sehen, ein glänzendes Band, das sich durch langgestreckte Waldgebiete schlängelte.
»Da ist er«, sagte Clarrie, und Jasin schluckte. Er schaute auf die endlosen Meilen einer baumbestandenen Ebene jenseits des Flusses hinaus. »Wo hört dieses Land auf?«
Snow lachte. »Das weiß Gott allein, und der sagt's uns nicht.«
Jasin fühlte sich schwach. Während der letzten Tage hatte ihn nur sein Stolz im Sattel gehalten; er war sicher, daß er jetzt ebenso alt und wettergegerbt aussah wie Clarrie. Sein blonder Bart war von Schmutz verkrustet, und sein von der Sonne weiß gebleichtes Haar war fettig und hing in dicken, glanzlosen Strähnen herunter. Seine Haut fühlte sich wie Sandpapier an. Clarrie beschattete seine Augen und schaute sich blinzelnd um. »Hier gibt's jede Menge Wild. Heute abend werden wir Wildente essen.«
Aber Jasin war immer noch benommen. Dieses ganze Land gehörte ihm. Verglichen mit diesem Besitz würde das Gut seines Vaters winzig wirken. Er schaute auf die Herde hinunter, die sich im mannshohen Gras verteilte. »Eins macht mir Sorgen, Clarrie. Wenn die Treiber mit mir zurückkommen, wie sollen dann drei Männer die ganzen Rinder bewachen? Werden die Tiere nicht herumstreunen, wenn es keine Zäune gibt? Ich meine, schauen Sie sich das an!«
»Denen passiert nichts. Man muß sie trainieren, wie Pferde. Die Jungs können unten am Fluß einen Zaun errichten. Der wird sie nicht aufhalten, aber dann wissen sie wenigstens, wo sie hingehören. Und während sie Ihr Territorium markieren, werden sie das Vieh trainieren; sie werden es jeden Tag mit rausnehmen und es jeden Abend zur selben Stelle zurückbringen, bis sie ihr Weidegebiet kennen. Tiere haben einen Sinn für Territorien.«
»Sogar Rinder?«
»Aber sicher. Einige von den Mutigeren werden vielleicht herumstreunen, aber wenn das Vieh zusammengetrieben werden soll,

scheucht man sie aus dem Busch. Dazu muß man ziemlich gut reiten können, aber wenn Sie gute Viehhüter haben, werden die's schon hinkriegen.«
Das glaubte Jasin auch. »Ich hatte gehofft, daß Lance und die Jungs dableiben und für mich arbeiten würden, aber daran scheinen sie kein Interesse zu haben.«
»Nein. Sie sind Viehtreiber. Aber wenn Sie mal Tiere irgendwo hinbringen müssen, wissen Sie, wen Sie fragen können. Lance und seine Kumpels sind gute Leute. Lassen Sie sich von denen ein paar Viehhüter besorgen, wenn Sie wieder in Bathurst sind.«
Die Männer schienen abweisend zu reagieren, wenn die Sprache auf Sträflinge kam, aber Jasin fragte Clarrie trotzdem. »Die meisten Siedler scheinen Sträflinge zu beschäftigen, nicht wahr?«
Und Clarrie überraschte ihn. »Das ist durchaus in Ordnung. Für diese Burschen ist es eine Chance, es einigermaßen gut zu haben, aber Sie sollten ihnen lieber ordentlich zu essen geben und sie anständig behandeln, sonst brennen sie Ihnen Ihr Haus nieder.«
Die Landvermessung dauerte Wochen. Jasin hämmerte zusammen mit Clarrie und Snow Stöcke in das hohe Gras und verzierte Bäume mit einem »H« und numerierten Markierstäben, um die Grenzen zu kennzeichnen. Sie kletterten in überwachsene Wasserläufe und auf Hügel, und bei Nacht zündeten sie an einer Reihe von Stellen Laternen an, um eine gerade Linie zu erhalten; sie rodeten das Unterholz, um Zugang zu Wasserstellen zu bekommen, bis es Clarrie schließlich gelang, Jasin davon zu überzeugen, daß es nun wirklich genug war. »Ein Weidegebiet von zwanzig Quadratmeilen ist für den Anfang schon sehr gut, wie man's auch dreht und wendet. Damit es hier ordentlich vorangeht, brauchen Sie mindestens ein Dutzend Männer, die Ihnen Gehege und Schuppen bauen und den Betrieb vor der Inspektion nächstes Jahr in Gang bringen.«
Während das Land vermessen wurde, bauten die Viehtreiber eine Holzhütte mit Schlitzen für Feuerwaffen, falls die Eingeborenen angreifen sollten, und zäunten eine Koppel für die Pferde mit längs geteilten Baumstämmen ab. Die Rinder, die Jasin unterwegs aufge-

trieben hatte, bekamen das Brandzeichen, und die Herde ließ sich in ihrer neuen Heimat nieder.
Pace MacNamara erklärte sich einverstanden, mit Clarrie und Snow hierzubleiben, bis Jasin mit seinen Arbeitern zurückkam. Unter einer Bedingung ...
»Was für eine Bedingung?« knurrte Jasin. »Ich habe Sie aus dem Gefängnis geholt.«
»Das reicht nicht. Wenn Sie nach Sydney zurückkehren, möchte ich, daß mir die Reststrafe erlassen wird. Also keine bedingte Strafentlassung, sondern die Streichung aus den Büchern.«
»Geben Sie mir keine Befehle, MacNamara. Sobald ich Ihnen den Rücken zudrehe, markieren Sie sich doch Ihr eigenes Land.«
»Der Gedanke ist mir auch schon gekommen, aber wenn Sie mir nicht Ihr Wort geben, das für mich zu erledigen, könnte ich jetzt gleich damit anfangen.«
Lance versprach Pace, zwei Briefe von ihm mitzunehmen und abzuschicken. Auf Clarries Rat hin hatte er Katrin Boundy geschrieben.
»Kennst du niemand, der ein paar Schilling für ein Stück Land übrig hat? Für ein paar tausend Morgen«, hatte ihn Clarrie gefragt.
»Ein Partner, meinst du?«
»Nein, keineswegs! Du markierst dein eigenes Gebiet und zusätzlich noch ein zweites Stück Land. So kriegst du die Moneten für dein Vieh zusammen – indem du das zweite verkaufst.«
»Ich kenne eine Frau, die möglicherweise Interesse hätte.«
»Dann schreib ihr und frag sie. Fragen kostet nichts.«
Der zweite Brief ging an seine Eltern in Irland. Er teilte ihnen mit, daß er sich in New South Wales Land nehmen würde und daß sie seine Schwester Mary und seinen Bruder Brenden so bald wie möglich herschicken sollten, da er in diesem Land des Überflusses ihre Hilfe brauchte.
Heselwood hatte sich ein großes Stück Land genommen und hatte seine Herde an Ort und Stelle. Da er jetzt gesehen hatte, wie es ging, konnte Pace es kaum erwarten, ebenfalls Anspruch auf sein

Land zu erheben. Diese Gelegenheit würde er sich nicht entgehen lassen. Wenn Mrs. Boundy ablehnte, würde er einen anderen Investor finden oder einen Job annehmen müssen, bis er das Geld aufbringen konnte, um Vieh zu kaufen. In der Zwischenzeit würde er seinen Teil der Abmachung einhalten und hierbleiben, bis Heselwood zurückkam. Das war er ihm schuldig. Und er würde soviel wie möglich von Clarrie und Snow lernen.
Er sah zu, wie Heselwood und die vier Viehtreiber ihre Pferde sattelten und nach Osten davongaloppierten. Die Treiber waren fertig für den harten Ritt nach Hause, wo sie ihren Lohn ausgeben konnten. Pace war froh, daß er den Engländer los war. Er mochte den Mann nicht, ohne daß er sagen konnte, warum. Er hatte den Dreh heraus, Pace das Gefühl zu geben, daß er wertlos war und es nie zu viel bringen würde. Das war an sich schon eine Herausforderung, die Pace gern annehmen wollte. »Wir werden ja sehen«, sagte er sich. »Ich werde das Geld schon irgendwo auftreiben. Wenn du ein Rinderbaron sein kannst, dann kann ich's auch.«
Ein paar Tage später schlug Clarrie ihm vor, mit der Vermessung seines eigenen Landes anzufangen, aber Pace zögerte. »Ich möchte noch nicht weg. Hier gibt's eine Menge zu tun.«
Clarrie grinste. »Die Arbeit läuft nicht weg, MacNamara. Wir sind nicht die einzigen, die so was vorhaben. Hat keinen Zweck, rumzusitzen und nachzudenken. Ich komme mit.«
»Aber was ist mit Snow? Soll er ganz allein hierbleiben?« fragte Pace besorgt.
»Ich brauche kein Kindermädchen im Busch«, sagte Snow. »Die schwarzen Jungs aus dem Camp hinter der Anhöhe werden mir helfen, bis sie's satt haben. Und ihr kommt ja jeden Abend zurück. Was meinst du, wo er sich niederlassen sollte, Clarrie?« Clarrie zeichnete eine Karte des Flusses, soweit sie ihn kannten. »Der Boß hat seine Markierungen hier gesetzt. Du hast also schon eine gekennzeichnete Grenze. Da fangen wir an. Und der erste Block ist derjenige, den du verkaufst, also seid ihr beiden keine Nachbarn. Ihr scheint nicht gerade die allerbesten Freunde zu sein. Dann reiten

wir ein paar Meilen weiter und schauen uns das Land an, und wenn es in Ordnung ist, dann stecken wir dir ein Weidegebiet ab.«
Pace schaute zum Fluß hinunter, wo die Teebäume auf ihre sonderbare Weise blühten, wie alles in der Natur hier; weiße Blüten bedeckten das Laubwerk wie Schnee. Er war den beiden alten Buschkennern dankbar; ohne sie hätte er nie den Mut gehabt, einen solchen Versuch zu wagen.
»Was ist mit der anderen Seite des Flusses? Da drüben scheint auch gutes Weideland zu sein.«
Snow schüttelte den Kopf. »Nicht übertreiben, Kumpel. Da draußen gibt's einen Haufen Schwarze. Ich hab' ihre Feuer nachts in den Hügeln gesehen. Die auf unserer Seite halten ziemlich still, wenn wir ihnen ein oder zwei Ochsen abgeben, aber ich hatte schon immer das Gefühl, daß es da, wo sie herkommen, noch viel mehr von ihnen gibt. Lassen wir sie zufrieden, solange es geht. Von hier aus hast du eh schon ein gutes Stück Weg zurück zum Hunter vor dir.«
Pace lächelte. Er kam sich ein bißchen töricht vor. »Mein eigenes Land! Kaum zu glauben, daß ich ein Grundstück haben werde, das so groß ist wie Dublin.«
»Das kriegst du aber nicht, wenn du bloß rumstehst und darüber redest«, bemerkte Snow.

25. KAPITEL

Edward Heselwood hatte eine Kolik, und seine Nase war rot und lief. Es war ein kalter Tag; ein stürmischer Wind fegte durch den Hafen. Georgina stellte fest, daß dieses Haus mit seinem Marmorboden und den wenigen Kaminen nur für den Sommer gebaut war. Während der Wintermonate hatten sich die Cormacks immer in ihr Landhaus bei Parramatta zurückgezogen.

Bei Nacht klapperten die Fenster, und die Fensterläden schlugen auf und zu, so daß sie ängstlich wach lag und nicht einschlafen konnte. Die Dielenbretter knarrten, Türen ließen sich nicht richtig schließen, und die Flure waren zugig. Georgina war dazu übergegangen, in ihrem Morgenrock im Haus herumzuwandern. Sie stand spät auf und ging früh zu Bett. Jeden Tag schrieb sie Briefe, schickte sie jedoch nur selten ab, weil sie so schwermütig waren. Zweimal war sie mit einer Kutsche nach Sydney gefahren, um einen Blick in die Geschäfte zu werfen, aber das vulgäre Volk auf den Straßen widerte sie an.
Milly Forrest, die Georgina immer noch als ihre Freundin ansah und viel zu oft zu Besuch kam, war ebenso aufgebracht.
»Die Sträflinge hassen Einwanderer«, hatte sie erklärt. »Sie nennen uns die Legitimen.«
Georgina zuckte zusammen, als sie sich daran erinnerte. Sie hatte sich nie als Einwanderin betrachtet; das war ihr gar nicht in den Sinn gekommen. Aber Milly war fortgefahren: »Sie sagen, sie hätten die ganzen Straßen und staatlichen Gebäude ohne Entlohnung gebaut, und sie meinen, wir hätten kein Recht, einfach an Land zu gehen und alles kostenlos in Besitz zu nehmen.«
Jedesmal wenn Georgina darüber nachdachte, machte es sie wütend. Es war absoluter Unsinn. Sie fragte sich, wie Jasin reagieren würde, wenn man ihn als Einwanderer bezeichnete. Aber wenn sie letzten Endes in der Kolonie blieben, was Jasin anscheinend zu tun beabsichtigte, dann waren sie Einwanderer. Sie hatte Jasin geschrieben, wo er auch sein mochte, und nachdrücklich betont, daß ihre finanzielle Lage verzweifelt war. Georgina hatte auf den Namen der Cormacks in deren Abwesenheit Kredit in den Läden bekommen, und sie hatte auch ein paar Zahlungen geleistet, aber da sie das Haus bewohnte, wurde von ihr erwartet, daß sie auch das Personal beköstigte. Das kostete nicht wenig. Der Milchmann, der Schlachter und der Ladenbesitzer jagten ihr Angst ein. Wenn Tess nicht gewesen wäre, das gerissene Dienstmädchen der Cormacks, hätten diese sie wahrscheinlich persönlich zur Rede gestellt.

Entsetzt über die Unverfrorenheit, mit der sie Geld von ihr verlangten, hatte sie sich an Tess gewandt. »Wissen die nicht, wer ich bin?«

Das Hausmädchen hatte sie besorgt angesehen. »Es macht Ihnen hoffentlich nichts aus, wenn ich's Ihnen sage, Madam, aber das ist denen egal.«

Georgina würde ihr Leben lang nicht vergessen, was für einen Schock ihr diese Antwort versetzt hatte. Es war nicht bloß die Bestürzung über die Worte selbst, sondern die plötzliche Erkenntnis, wie verwundbar sie in diesem Land war. Hier war sie nicht mehr durch Titel und familiäre Bande geschützt. Sie wurde sich bewußt, daß sie sich an eine völlig andere Lage anpassen mußte, wenn sie hierbleiben wollte. Aber als die Tage vergingen, war sie mehr und mehr versucht, nach England zurückzukehren.

Als sie an diesem Abend allein beim Dinner saß, hatte sie eine ganze Flasche Rotwein getrunken. Sie hatte lange gebraucht, im Weinkeller der Cormacks den besten ausfindig zu machen, und es war ein sehr guter französischer Wein.

Heselwood war jetzt seit fünf Monaten fort. Sie stand auf, um sich noch ein Glas Wein einzuschenken, und stellte erstaunt fest, daß die Karaffe leer war. Um diese Zeit konnte sie schwerlich selbst an den Bediensteten in der Küche vorbei in den Keller gehen.

Sie klingelte, und Tess kam herein. »Füll die Karaffe mit dem gleichen Wein nach, bitte.«

»Ja, Madam.«

Als Tess den Wein ins Speisezimmer brachte, begann das Baby zu schreien.

»Beenden Sie in Ruhe Ihr Dinner, Madam, ich werde nach Edward schauen«, sagte sie, und Georgina war dankbar. Dem Kind ging es seit Tagen sehr schlecht.

Sie schaute über den Tisch und sprach mit dem leeren Stuhl, der ihr am anderen Ende gegenüberstand. »Ich werde mich nicht länger mit dieser Einsamkeit abfinden, Heselwood. Entweder komme ich zu dir aufs Land, oder ich nehme das Kind und fahre zurück nach

London. Ich kann meinen Eltern nicht einmal schreiben, wo wir uns im Augenblick befinden ...«
An der Haustür ertönte ein lautes Klopfen, und Georginas Monolog endete abrupt. Das war eine merkwürdige Zeit für einen Besuch. Sie starrte auf den düsteren Flur hinaus, als der Ankömmling erneut klopfte, und wartete darauf, daß eins der Dienstmädchen nachschauen ging, wer da war. Sie hörte, wie die Tür geöffnet wurde, dann hallten energische Schritte über den Marmorboden der Eingangshalle. Ein bärtiger Mann mit einem staubigen Umhang stand in der Tür, ohne darauf zu warten, daß er angemeldet wurde.
Georgina stand auf. »Ich muß doch bitten!«
Und dann starrte sie ihn an. »Gott im Himmel. Du bist es! Heselwood!«
Der Streit begann am nächsten Morgen beim Frühstück. Während der ganzen Zeit im Busch hatte Jasin wehmütig an den Komfort dieses Hauses gedacht, und was Georgina für ein Glück hatte, so gut untergebracht zu sein. Es irritierte ihn, sich mit ihren Klagen konfrontiert zu sehen, kaum daß er wieder daheim war.
»Es ist mir durchaus nicht gleichgültig, was du erreicht hast, Jasin«, sagte sie, »aber da wir jetzt Land besitzen, möchte ich dort leben und niemandem verpflichtet sein.«
»Versuch dir vorzustellen, wie primitiv es ist, Georgina. Das ist kein Ort für eine Frau.«
»Es soll aber einer werden, Jasin. Dort gibt es bestimmt noch andere Siedler. Und es ist unser Haus, was du dort bauen wirst. Ich will, daß es nach meinen Angaben gebaut wird. Das werde ich keinem Sträfling überlassen, der dort als Zimmermann arbeitet.«
»Und wo willst du in der Zwischenzeit schlafen? Unter einem Baum, wie Eva? Das ist kein Garten Eden und kein Ort für eine Dame. Du bleibst in Sydney.«
»Dann werden Edward und ich mit dem ersten Schiff nach London zurückkehren.«
»Kommt nicht in Frage. Mein Sohn bleibt hier bei mir.«

»Dein Sohn wird nicht bei dir sein. Du hast selbst gesagt, daß dein nächster Besuch auf unserer Farm sechs Monate dauern könnte.«
Er seufzte. »Es wird sechs Monate dauern, weil ich das Haus bauen und die Farm in Schwung bringen muß. Ich werde alle Hände voll zu tun haben.«
»Natürlich. Und ich werde dort sein und dir helfen. Damit ersparst du dir viele Reisen. Ich wünschte, du würdest aufhören, dir über mich Sorgen zu machen, Heselwood. Ich bin deine Frau, und ich bin hier, um dir zu helfen.«
Georgina wußte, daß sie ihn schließlich überreden würde, und wechselte das Thema. »Wo du jetzt wieder hier bist, müssen wir Gäste empfangen, solange wir können. Wir dürfen unsere Stellung in der hiesigen Gesellschaft nicht verlieren.«

Die nächsten paar Monate waren aufregend für die Heselwoods. Jasin erneuerte seine Freundschaft mit Gouverneur Darling, und die Statthalter des Königs waren die ersten, die Georginas Dinner-Einladungen annahmen. Danach ließen viele Besucher ihre Karten da, und die Einladungen zu Georginas Soirees waren heiß begehrt. Ihre Namen standen in der Zeitung; man nannte sie »die Lieblinge der Darling-Clique«. In der Zwischenzeit besprach Jasin seinen Anspruch auf Land mit dem Gouverneur, der Macleay anwies, sich um die Sache zu kümmern. Zudem erhielt er einen beträchtlichen Kredit von einem Bankdirektor, der sich freute, auf ihrer Gästeliste zu stehen.
Nachdem Jasin akzeptiert hatte, daß Georgina und das Kind ihn begleiten würden, begann er die Unterstützung seiner Frau zu schätzen. Sie würden Ausrüstungsgegenstände und Haushaltswaren zusammenstellen müssen, die mit einer Kolonne von Ochsengespannen angeliefert werden würden. Jasin hatte vereinbart, sich in Bathurst mit Lance und seinen Viehtreibern zu treffen und sie mit einer weiteren Herde loszuschicken. Und in Bathurst würde er die Arbeiter einstellen, die er für die Farm brauchte. Er versuchte Georgina davon zu überzeugen, daß sie mit dem Schiff bis New-

castle fahren und dann landeinwärts reisen sollte. Zuerst wollte sie nichts davon hören. Sie hatte vom Untergang der *Mandalay* gelesen, und das war nach ihrer Reise mit der *Emma Jane* das Tüpfelchen auf dem i.

»Du wirst mich nicht bei einem Viehtreck begleiten, meine Liebe. Das kommt überhaupt nicht in Frage. Und da du nicht mit dem Schiff nach Newcastle fahren willst und keine Flügel hast, um zu fliegen, mußt du eben in Sydney bleiben.«

»Dann fahre ich halt mit dem Schiff. Ich werde den Elementen trotzen.« Georgina lächelte. Sie fand, daß er jetzt ziemlich verwegen aussah. Seine Haare waren länger, und sein Gesicht war so braun, daß man ihn eher für einen Seeräuber gehalten hätte. Und er war jetzt stärker, aggressiver. Sie würde dafür sorgen, daß er heute abend seine Lieblingsspeisen bekam, daß sie niemand störte und daß ihr Bett früh aufgedeckt wurde. In den langen Monaten, in denen sie auf ihn hatte verzichten müssen, hatte sie entdeckt, daß sie sich danach sehnte, ihn wieder in ihrem Bett zu haben. Vorher hatte sie das für selbstverständlich gehalten und ihn kaum ermutigt, wenn er sich um sie bemühte. Georgina beschloß, den heutigen Tag damit zu verbringen, sich zurechtzumachen. Sie würde baden, sich die Haare waschen und das weiche blaue Kleid mit dem Decolleté anziehen.

Sie erinnerte sich daran, daß er nach seiner Rückkehr von Camden im Schlaf den Namen einer anderen Frau gemurmelt hatte, während er sie in den Armen hielt. Sie würde nicht zulassen, daß er noch einmal für sechs Monate oder länger verschwand.

Ihre Vorbereitungen gingen stetig weiter, bis zu dem Morgen, an dem Milly und Dermott Forrest vor ihrer Tür standen. Georgina war verärgert, daß sie einfach kamen, ohne sich vorher anzukündigen; sie befahl Jasin, sie schnell wieder loszuwerden, weil sie damit beschäftigt war, ein Picknick für diesen Tag zu organisieren. Aber als sie hereingestürzt kam, um ein paar höfliche Worte mit ihnen zu wechseln, saßen die Forrests wie angewurzelt in ihren Sesseln.

»Sie haben ein sehr geselliges Leben geführt, wie ich höre«, schmollte Milly.
Georgina spielte die Gelangweilte. »Ja. Seit Heselwoods Rückkehr scheint uns alle Welt zu besuchen. Es ist wirklich ermüdend.«
»Ich stelle fest, daß wir zu keiner Ihrer Partys eingeladen worden sind«, sagte Milly, und Dermott errötete.
Jasin trat vor und ergriff Millys behandschuhte Hand. »Meine liebe Milly, ich habe gerade gestern abend erst zu Georgina gesagt: ›Wir müssen wirklich die Forrests mal abends zum Dinner einladen. Nur wir vier.‹ Dieses Haus« – er zuckte die Achseln – »ist kaum für die Art von Gastfreundschaft geeignet, die wir gewohnt sind. Da muß man die Anzahl der Gäste beschränken.«
»Wir waren schon Freunde, bevor Sie auch nur einen von denen kennengelernt haben«, sagte Milly. »Ich sehe nicht ein, warum wir da nicht die ersten auf der Liste sein sollten.«
Georgina war entsetzt über Millys Grobheit; sie behielt ihr leises Lächeln bei, ging jedoch nicht auf ihren Vorwurf ein. Sie sah, daß Jasins Mund offenstand wie der eines Fischs.
Dermott ließ ein nervöses Hüsteln und einiges Geräusper hören, als er sich darauf vorbereitete, etwas zu der Unterhaltung beizusteuern. »Ach komm, Milly, Mister Heselwood hat gerade gesagt, daß sie uns abends allein zum Tee einladen wollen. Das ist doch viel besser, als mit einer Horde von Fremden zusammenzuhocken. Nicht wahr, Liebste?«
Milly rümpfte die Nase und rutschte in ihrem Sessel herum. Sie tippte mit dem Fuß auf den Boden. »Ja, mag sein. Jetzt erzähl Jasin, weswegen du gekommen bist, Dermott.«
Jasin sprang in die Bresche. »Ja, Dermott. Was kann ich für Sie tun? Ich hatte mich schon darauf gefreut, mich mit Ihnen zu treffen, sobald ich es einrichten konnte. Ich wollte Ihnen erzählen, wie furchtbar es war, das Vieh dort hinauszubringen. Unser Koch ist von Schwarzen mit einem Speer getötet worden. Ein anderer Bursche – dieser gemeine Schuft Pelham, Sie haben ihn kennengelernt – hat versucht, mich zu erschießen, und sich dann mit hundert der

besten Rinder davongemacht. Ich wäre beinahe in einem Fluß ertrunken und bin tagelang durch Sandstürme geritten, ohne Wasser. Es war wirklich schrecklich. Ich kann von Glück sagen, daß ich überlebt habe.« Er fuhr mit einer sehr farbigen Schilderung seiner Erlebnisse fort, wobei er besonders die Risiken und die Kosten betonte, die er auf sich genommen hatte, und Dermott hörte mit offenem Mund zu. Milly sah sich währenddessen verstohlen im Salon um. Bei ihren anderen Besuchen hatte sie in dem kleinen Wohnzimmer bleiben müssen, da Georgina keinen Wert darauf legte, jemanden im Haus herumzuführen. Trotz Jasins Kritik an dem Haus fand sie, daß es ein prächtiger Raum war, aber da die Heselwoods Schlösser gewohnt waren, nahm sie an, daß sie dies wohl als einen kleinen Abstieg betrachteten. Sie würde nicht vergessen, Bess gegenüber zu erwähnen, daß der Salon so groß wie ihr ganzes Haus war. Auf dem kalten Fußboden lagen große Teppiche, und die Möbel waren steif und unbequem. Die Sessel waren mit grünen Seidenbezügen verschönert, aber alles stand weit auseinander. Sie balancierte ihre Tasse samt Untertasse immer noch auf den Knien, während Jasin seine auf den Boden gestellt hatte. Es schien ein unnützer Raum zu sein, aber da es in der Gesellschaft allgemein üblich war, einen Salon zu haben, war Milly entschlossen, sich ebenfalls einen einzurichten, wenn sie ihr Haus bauten. Diese schönen Träume brachten sie abrupt in die Wirklichkeit zurück. Sie wohnten immer noch mit Bess und Fred in einem Haus. Die Brüder kamen bei der Arbeit gut miteinander zurecht, aber die Stimmung ihrer Frauen wurde immer schlechter. Milly fand Bess langweilig, und Bess beklagte sich, daß Milly vornehm tue.
»Zwei Frauen im Haus, das muß ja kleine Reibereien geben«, hatte Fred gesagt.
Aber Bess korrigierte ihn. »Ich bin hier die Hausherrin. Sie ist ein Gast.«
Millys einziges Bestreben war es, ein schönes Haus zu haben, und Dermott hatte ihr versprochen, daß sie eins bekommen würde, aber sein ganzes Geld war in die Partnerschaft mit Jasin gegangen.

Das Haus mußte warten. Trotzdem bereute Milly diese Transaktion nicht; sie hob sie auf eine gesellschaftliche Stufe weit über der ihrer anderen Freunde.
Auf Dermotts Drängen erzählte Jasin, wie er sein prächtiges Pferd Prince Blue verloren hatte, und Milly wurde ungeduldig. Ihr Mann saß da und schaute so kummervoll drein wie eine Kuh, die nicht gemolken worden war. Dabei sollte er eigentlich über das Geschäft sprechen! Also unterbrach sie die beiden, wodurch ihr der interessanteste Klatsch entging: der Aufenthaltsort von Adelaide Brooks.
»Entschuldigung, Jasin. Sie sagten, Sie würden in Kürze Besuch bekommen. Sie können uns alles übrige erzählen, wenn wir zum Dinner kommen. Im Augenblick möchte Dermott mit Ihnen über geschäftliche Dinge reden.«
»Selbstverständlich. Aber Dermott, falls Sie sich wegen all meiner Abenteuer Sorgen um das Vieh machen – das brauchen Sie nicht. Ich habe es heil und gesund ans Ziel gebracht. Auf die Liverpool Plains, wo das Land noch wild und unberührt ist.« Dermott drehte die braunen Handschuhe in den Händen, die er auf Millys beharrliches Drängen hin trug. »Ich weiß, Mister Heselwood. Das war sehr mutig von Ihnen, aber – was unsere Investition betrifft …«
»Das Geld ist sicher angelegt. Aber Sie können erst in einem Jahr damit rechnen, daß es etwas abwirft. Das habe ich Ihnen erklärt. Die Herde muß jetzt da oben bleiben und sich vermehren, und dann bringe ich ein paar Rinder zum Markt und verkaufe sie. Danach werde ich sofort dafür sorgen, daß Sie die Zinsen ausbezahlt bekommen. Ich bin derjenige, der Leib und Leben riskiert.«
Jasin fand, daß er das ziemlich gut formuliert hatte. Forrest würde einen bescheidenen Gewinn für sein Geld bekommen. Es war nicht nötig, einem Schuhmacher etwas von Spitzenpreisen für Rindern zu erzählen. Ein bescheidener Gewinn für einen bescheidenen Mann, das würde genügen.
»Das weiß ich, Mister Heselwood, aber da war dieser andere Teil«, fuhr Dermott fort.

»Welcher andere Teil?«
»Als wir den Vertrag schlossen, sagten Sie, wir würden uns das Land teilen, so daß wir ebenfalls Siedler wären.«
Jasin hob die Arme. »Oh Gott! Wenn man bedenkt! Es kommt mir vor, als wäre es Jahre her, daß ich in die Wildnis geritten bin. Wir steigern uns da alle ein bißchen in etwas hinein, wenn wir glauben, ein verwahrlostes Stück Land da draußen sei schon ein Camden. Man wußte ja kaum, wovon man sprach.«
»Ich schon«, sagte Dermott.
Millys kleine schwarze Augen wanderten vom einen zum anderen, und Georgina klingelte Tess, damit sie den Tee abräumte.
»Als ich das Geld zur Verfügung stellte, war ich nicht nur auf einen Gewinn aus«, fuhr Dermott fort. »Den hätte ich auch hier haben können, wenn ich es über einen Anwalt verliehen hätte, aber Sie sagten, wir würden Partner sein und uns das Land teilen. Und nun möchte ich etwas über das Land wissen.« Er zog eine zerknitterte Karte aus seiner Westentasche und ging zu einem der kleinen runden Tische hinüber. »Also, Mister Heselwood, bitte, zeigen Sie's mir hier drauf. Wo ist unser Land?«
»Mein lieber Freund, Sie sind so naiv, wie ich es war, was dieses Land betrifft. Also schauen Sie, das hier sind die Grenzen der Kolonie. Sie sind auf dieser Karte eingezeichnet, wie ich sehe. Gut. Unsere Rinder sind jetzt da draußen auf der Ebene, ungefähr hier, würde ich sagen, und laufen frei herum. Kein Zaun in Sicht. Ich habe zwei alte Männer dagelassen, die sich im Busch auskennen, um sie im Auge zu behalten.« Er hütete sich, Pace MacNamara zu erwähnen, der ihnen genau sagen konnte, wo sie waren, und es auch tun würde, wenn er die geringste Chance dazu hätte. »Nun müssen Sie sich folgendes klarmachen ...« Er richtete sich auf, um alle Anwesenden anzusprechen. »Erstens ist es illegal, da draußen zu sein. Der Gouverneur will keine Ansprüche auf dieses Land anerkennen, ehe es nicht von seinen eigenen Leuten vermessen worden ist. Wir haben nichts weiter als freies Weideland für unser Vieh.«

»Warum haben Sie dann all das Geld ausgegeben und sich halb umgebracht, um das Vieh dorthin zu bringen?« fragte Milly scharf. Dieser Punkt war ihr nicht entgangen.
»Wohin hätten wir es denn sonst bringen sollen, meine Liebe?« Jasin lachte. »Wir müssen mit unserem Anspruch auf das Land warten, bis der Gouverneur es freizugeben geruht.«
Dermott versuchte, daraus schlau zu werden. »Andere Leute haben es getan. Deshalb bezeichnet man sie als Ansiedler ohne Rechtstitel, als Squatter. Warum können wir's nicht tun?«
»Weil wir nichts Illegales tun sollten, nur um dann feststellen zu müssen, daß wir nichts in der Hand haben, wenn das Land freigegeben wird. Wenn ich Sie wäre, würde ich die Sache mit dem Land vergessen und mich auf meine Werkstätten konzentrieren. Georgina sagt, daß es bei Ihnen wirklich sehr gut läuft.«
»Das stimmt. Aber ich kann die Sache mit dem Land nicht vergessen, Mister Heselwood, und Sie ebensowenig. So lautet unsere Vereinbarung. Ich glaube, man hat Sie mit diesem ganzen Gerede über Illegale auf den Arm genommen. Da draußen gibt es Land. Erheben Sie trotzdem Anspruch darauf, wenn Sie wieder hingehen. Um die rechtliche Lage kümmern wir uns später. In unserem Vertrag steht, daß wir Partner sind und daß alles Land, was Sie beanspruchen, zur Hälfte mir gehört. Ich bin enttäuscht.« Er stopfte seine Karte wieder in die Tasche. »Ich hatte mich darauf gefreut, Milly zeigen zu können, wo unser Land ist.«
Er nahm die Hand seiner Frau. »Mach dir nichts draus, Liebes, Mister Heselwood wird's nächstesmal tun. Das Problem mit Ihnen ist, Mister Heselwood«, sagte er, »daß Sie dazu erzogen worden sind, das Richtige zu tun, und daß man damit nichts erreicht. Hier heißt es ›Wer zuerst kommt, mahlt zuerst‹.«
Nach dieser langen Rede schüttelte Dermott seinem Partner warm die Hand. »Machen Sie sich keine Sorgen deswegen. Ich finde, Sie haben Ihre Sache bis jetzt hervorragend gemacht, und es ist ja noch nicht zu spät, um einen Claim abzustecken. War nett, Sie zu sehen, Mister Heselwood, und meinen Glückwunsch zu Ihrem kleinen

Sohn. Eines Tages werde ich ihm eigenhändig seinen ersten kleinen Sattel machen.«

Georgina stand auf, als sie gingen, eine königliche Gestalt in einem grauen Sergerock und einer weißen Satinbluse. Ihr einziger Schmuck war eine Kette aus Bernsteinperlen. Milly fiel auf, wie schlicht ihre Kleider waren, und dennoch sahen sie so teuer aus; sie fragte sich, wie sie das machte. Jasin war guter Laune. Er begleitete sie bis zum Gartentor, vorbei an Reihen von Löwenmaul und Mohnblumen, die eine dichte grüne Hecke säumten.

»Glauben die beiden wirklich, daß ihnen die Hälfte unseres Landes gehört?« wollte Georgina von Jasin wissen, als er zurückkam.

»Anscheinend. Ich muß mir die Unterlagen über das Darlehen holen. Ich kann mich nicht mehr an den genauen Wortlaut erinnern.«

Georgina gab ihm die Papiere. »Ich dachte mir, daß du sie dir noch einmal ansehen wolltest.«

»Nein, im Moment nicht. Bring sie weg, sie sind so lästig.«

Seine Frau begann ein Dokument zu lesen, das nur ein Blatt umfaßte. »Hier ist es. Paragraph fünf. Und du hast es unterschrieben.«

»Das habe ich nicht unterschrieben. Ich habe unten auf der Seite unterschrieben.«

»Nun ja, es ist eine der Bedingungen, aber sie werden dich bestimmt nicht darauf festnageln, nach allem, was du durchgemacht hast. Niemand hätte die Schwierigkeiten vorhersehen können, die du überwinden mußtest, um diesen Besitz zu finden und zu vermessen. Und wir können sie nicht zum Dinner einladen, wir haben viel zuviel zu tun. Ich kann nicht glauben, daß du sie eingeladen hast, Jasin.«

»Was hatte ich denn für eine Wahl? Die Frau hat sich uns ja regelrecht aufgedrängt!«

»Sie glaubt, daß sie sich uns aufgedrängt hat. Es wird keine Einladung geben.«

»Guter Gott! Sie werden ungeheuer beleidigt sein.«

Georgina legte die Darlehenspapiere wieder in den Schreibtisch

zurück. »Und wenn schon. Ich betrachte das als einen Segen. Wir werden sie ein für allemal los sein, sobald du ihnen das Darlehen zurückzahlen kannst. Warum tust du's nicht jetzt gleich?«
»Nein. Ich brauche das Geld, das ich auf der Bank bekommen habe, für meine Unkosten, und um Vieh und Ausrüstung zu kaufen. Wir werden Löhne bezahlen und ein Haus bauen müssen. Wegen denen werden wir uns nicht in finanzielle Schwierigkeiten bringen. Übrigens ist mir gerüchteweise zu Ohren gekommen, daß unser Freund, Gouverneur Darling, Gefahr läuft, abberufen zu werden.«
»Warum? Was hat er getan?«
»Er hat sich praktisch mit allen angelegt. Er hat Macarthur und die ›Exklusiven‹ beleidigt und Wentworth und die ›Radikalen‹ verärgert. Unter anderem hat er versucht, Wentworths Zeitung – den *Australian* – zum Schweigen zu bringen. Aber ich bin nicht beunruhigt, weil sich Macleay mit unserem Gesuch befaßt; das heißt, es kommt durch, ob Darling nun bleibt oder geht. Es ist eine reine Formsache. In dem Augenblick, wo die Grenzen erweitert werden, gehört das Land praktisch uns.«
»Wie schön. Wir müssen dem Besitz einen Namen geben. Ist dir schon einer eingefallen?«
»Mir sind hundert eingefallen. Es hat mich die ganze Zeit beschäftigt, als ich nach Sydney zurückgeritten bin, aber ich kann zu keiner Entscheidung kommen.«
»Wie wär's mit Carlton Park, in Anlehnung an Carlton House, die Londoner Residenz des Prinzen von Wales? Das wird den König freuen. Wenn wir den Besitz darauf taufen, sollten wir es deinem Vater schreiben, damit er es Seine Majestät wissen läßt.«
»Eine ausgezeichnete Idee. Der Name ist Carlton Park.«

26. Kapitel

In der täglichen Arbeit im Nelson Hotel fand Dolour Callinan die Ruhe, die sie brauchte, um ihre Kraft wiederzugewinnen. Sie war von Natur aus eine Einzelgängerin, und die letzten paar Jahre waren eine einzige Qual für sie gewesen, vom überfüllten Gefängnis in Dublin über die Schrecknisse des Schiffes bis hin zur Frauenfabrik in Parramatta. Auf Camden war es ziemlich friedlich zugegangen, aber dieses Leben hatte Jasin zerstört. Sie konnte sich immer noch nicht verzeihen, daß sie so dumm gewesen war, wieder in der Fabrik zu landen, wo Meg, die alte Vettel, alles nur noch schlimmer gemacht hatte.
Nach ihrem Angriff auf Flora hatte Meg die Frauen vor ihr gewarnt. »Sie ist Tuathas Balg. Haltet euch fern von ihr.«
»Bin ich nicht«, hatte Dolour entgegnet. »Sie war meine Großmutter.« Und Meg hatte wie eine Nachteule gekreischt und war in ihren Teil des Schlafsaals geflohen. Dolour hörte die Frauen flüstern, aber in ihren Gedanken suchte sie nach dem Trost der Worte ihrer Großmutter. Sie erinnerte sich an die Abende, die sie am Herd gesessen und den mystischen Erzählungen gelauscht hatte. Jetzt versuchte sie, das Gesicht der alten Frau heraufzubeschwören, die ihre einzige Freundin gewesen war.
Im Dorf hatten sie gesagt, Tuatha sei eine Hexe, aber niemand wagte es, ihre Kräfte zu prüfen. Nicht einmal der Pfarrer. Dolour erinnerte sich an den Tag, als er gebückt in die Hütte kam. »Gib uns das Mädchen«, hatte er gesagt, aber Tuatha hatte sich geweigert. »Sie ist noch nicht soweit.«
Tuatha hatte ihr die Geschichten von den Zaubermenschen erzählt. Und war sie nicht selbst eine direkte Nachfahrin von Dana, ein Abkömmling der Druiden – der Wissenden? Und Dolour hatte zugehört, an die sanften Ziegen gekuschelt, die bei ihr schliefen, damit sie es warm hatte.

An diesem Tag war sie allein im Nelson Hotel. Die Bars waren geschlossen. Alle waren beim Show-Society-Karneval. Es war ein großer Tag in der Kolonie, der Geburtstag des Königs. Dolour hatte einen wunden Hals und Kopfschmerzen vorgeschoben, und Katrin Boundy hatte ihr erlaubt, zu Hause zu bleiben; sie war erleichtert, daß jemand im Hotel sein würde, weil es eine gute Zeit für Diebe war.

»Na schön, du kannst daheim bleiben. Aber mach die Zimmer im ersten Stock ordentlich sauber. Und in meinem Zimmer könnte auch mal gefegt und Staub gewischt werden ...«

Manchmal machte sich Katrin Gedanken über die Leute, die in der Frauenfabrik das Sagen hatten. Einige der Mädchen, die mit den höchsten Empfehlungen von dort kamen, waren richtige Schlampen gewesen, aber Dolour hatte sich trotz ihres schlechten Rufs als gute Arbeiterin erwiesen. Und sie war gut ausgebildet. Katrin fragte sich auch, warum dieses Mädchen den Macarthurs davongelaufen war; jeder sagte, daß sie ihre Sträflinge fair behandelten. Dolour wollte nicht über Camden sprechen. Sie gab Dolour die Schlüssel. »Du darfst niemand bedienen, sonst verliere ich meine Lizenz. Heute ist Feiertag, da ist überall geschlossen.« Und sie ging mit ihrem Personal, den Kostgängern und ein paar Gästen zu dem Pferdekarren hinaus.

Dolour sah zu, wie sie wegfuhren. Der Karren war mit rotweißblauen Fahnen geschmückt, und die Pferde trabten stolz voraneweg. Ihre Mähnen waren geflochten, und man hatte ihnen Girlanden um den Hals gehängt. Sie winkte den aufgeregten Passagieren ohne Bedauern nach. Einen ganzen Tag für sich allein!

Sie beschloß, die Arbeit rasch zu erledigen, sich dann eine Tasse Tee zu machen und dazu einen Happen kaltes Fleisch aus dem Fliegenschrank zu essen. Die Zimmer der Kostgänger waren klein und leicht sauberzumachen, aber für Mrs. Boundys großes Schlafzimmer brauchte sie länger. Dolour rückte mit äußerster Sorgfalt die Möbel beiseite, fegte das Zimmer aus und begann mit einem Öltuch Staub zu wischen, ärgerlich über den ganzen Nippes, mit dem das Zimmer vollgestopft war. Sie ging zum Fenster, zog die Vorhänge auf und starrte auf die leere Straße hinunter. Wenn Jasin jetzt in die Fabrik ging, um sie zu suchen, würde er sie nicht finden können.

Sie nahm Mrs. Boundys silberne Bürste und kämmte sich die Haare aus dem Gesicht. »Sei nicht so ein Trampel, Dolour Callinan. Er wird dich nicht suchen kommen. Jetzt nicht mehr. Du machst dir nur was vor, wenn du immer noch darauf hoffst. Er hat dich schlicht und einfach sitzenlassen. Es war dumm von dir, ihm zu glauben.«

Ihre Wut kam wieder hoch, und sie stürmte durch das Zimmer und machte wie besessen sauber. Mrs. Boundy war eine unordentliche Frau. Kleider waren achtlos auf Stühle und auf den Boden des Kleiderschranks geworfen worden; Schals hingen über den Spiegeln, und die Schubladen, die Dolour schloß, waren übervoll. Als sie fertig war, stand sie an der Tür und dachte über die oberflächliche Sauberkeit in dem Zimmer nach. Sie hatte das Gefühl, daß sie etwas festhielt und ihr befahl, nicht zu gehen. Bist du nicht zur Kammerzofe ausgebildet worden? Wäre es nicht eine großartige Idee, wenn Mrs. Boundy eine Kammerzofe hätte? Von selbst würde sie nie auf den Gedanken kommen. So etwas hatte man ihr nicht in die Wiege gelegt.

Dolour trat wieder ins Zimmer und machte sich an die Arbeit.

Als Katrin Boundy von der Pferderennbahn zurückkam, war sie erstaunt. Die Möbel in ihrem Zimmer waren umgestellt worden, so daß es geräumiger aussah. Die Kleider hingen jetzt ordentlich aufgereiht im Schrank, und die Schuhe standen in sauberen Reihen darunter. Ihre ganzen Schubladen waren geleert und ausgewischt, die Kleidungsstücke sortiert, gefaltet und wieder hineingelegt worden. Der Raum strahlte, und eine Vase mit rosaroten Rosen und fedrigem Farnkraut spiegelte sich im Spiegel ihrer Frisierkommode.

Sie rief über das Treppengeländer nach unten. »Mickey! Schick Dolour zu mir herauf.«

Als Dolour angelaufen kam, den roten Haarschopf hinten mit einem Band zusammengebunden, machte Katrin die Tür auf.
»Wer war das?«
»Ich, Madam. Ich hoffe, es stört Sie nicht. Ich hatte nichts zu tun.«
Katrin lief durchs Zimmer und machte Türen und Schubladen auf und zu, und der Duft der Rosen verstärkte den neuen Eindruck, den der Raum machte. »Danke, Dolour. Es ist schön zu sehen, daß jemand zur Abwechslung mal etwas tut, ohne daß man ihn darum bitten mußte.«
»Ich mache das gern, Madam. In Dublin war ich Kammerzofe. Und meine Herrin war nie so beschäftigt wie Sie. Sie haben ja gar keine Zeit, sich um sich selbst zu kümmern.«
»Ja«, sagte Katrin leise. »Das ist eine angenehme Überraschung.«
Dolour zog sich zurück. Das würde fürs erste genügen.
Katrin schenkte sich ein Glas Wein aus der Karaffe aus geschliffenem Glas ein, auf der jetzt kein Staub mehr lag. Seit Boundys Tod hatte sie kaum Zeit gehabt, an sich selbst zu denken, weil sie das Hotel allein führen mußte. Vielleicht war es eine gute Idee, Dolour heraufzuholen, damit sie sich um ihre Kleider kümmerte und das Zimmer sauberhielt. Das würde viel Zeit sparen.
Aber es gab andere Dinge, über die sie nachdenken mußte. Pace MacNamaras Vorschlag, sie solle das Land neben seinem kaufen, war interessant. Das war doch gewiß nicht nur ein geschäftliches Angebot? Es war schön zu wissen, daß sie zu seinen wenigen Freunden in der Kolonie gehörte. Beruhigend. Morgen würde sie sich eine Karte besorgen und nachsehen, wie weit draußen dieses Land war.
Unten riefen ihre Freunde nach ihr. Sie hatte sie noch zu Champagner und einem Abendessen eingeladen, und wie es sich anhörte, würde mehr getrunken als gegessen werden. Es waren gute, fröhliche Freunde, aber keiner von ihnen konnte ihr das geben, was sie brauchte. Sie wollte nicht ihr Leben lag Wirtin bleiben. Sie wollte ein eigenes Zuhause und einen Mann. Und sie fragte sich, wie es sein würde, draußen im Westen auf einer Farm zu leben.

DIE SIEDLER

27. Kapitel

Pace MacNamara stand im Bach und übergoß sich mit dem kalten Wasser. Es war ein langer, heißer Tag gewesen. Über ihm krächzten Krähen, die in Scharen auf fahlweißen Bäumen hockten, jeweils drei auf einem Ast in düsterer Dreieinigkeit. Ihre glänzenden Federn sahen wie schwarzes Schilfrohr aus, und aus ihren schwarzen Augen sprach eine Engelsgeduld, aber nicht das geringste Schuldgefühl. Pace haßte sie. Sie pickten im Schlamm steckengebliebenen, hilflosen Tieren die Augen aus und machten die Pferde scheu.
Ein scharfer Pfiff aus der Hütte sagte ihm, daß Snow das Essen fertig hatte. Er watete aus dem Bach und zog seine Arbeitskleidung an, ohne sich darum zu kümmern, daß er noch naß war; auf diese Weise würde ihm nicht so heiß werden. Er hob sein Gewehr auf und bahnte sich seinen Weg durch das Gestrüpp zu ihrem Stützpunkt.
Wochenlang hatten sie Eisenrindenbäume gespalten und stabile Zäune für Pferdekoppeln gebaut, und Pace freute sich schon auf den Tag, an dem sie damit fertig waren. Löcher für die Zaunpfähle zu graben und das Buschwerk zu roden war die härteste Arbeit, die er je gemacht hatte. Er schaute auf die trockene, stoppelige Landschaft hinaus. »Das Land hier sieht so müde aus, wie ich es bin. Diese Eukalyptusbäume – die machen den Eindruck, als ob sie beim ersten kräftigen Windstoß umfallen würden.«
»Die halten einiges aus«, sagte Snow und gab ihm einen Teller mit Rindfleischeintopf.
»Wo ist Clarrie?«
»Hinter den Wildpferden her. Er glaubt, daß sie sich in dem kleinen Tal im Osten verkriechen, und möchte sie gern im Auge behalten. Willst du sie dir morgen mal ansehen?«

»Ich würde gern ein paar davon einfangen.«
»Können wir machen, wenn dir danach ist, einen hübschen, stabilen Korral zu bauen.«
Pace stöhnte. »Wenn ich meine eigene Farm habe, überlasse ich den Zaunbau jemand anderem. Kann man diese Pferde nicht mit dem Lasso fangen?«
»Nein, denen muß man eine Falle stellen. Die sind zu schlau. Und sie sind mißtrauisch. Die Zäune müssen massiver als die Wände eines Gefängnisses sein, sonst läßt der Hengst seine Stuten dagegen anrennen. Es ist ihm gleich, ob sie sich dabei verletzen, wenn sie bloß durchbrechen und einen Fluchtweg freimachen. Und die Biester gehen richtig auf die Knie und machen den Zaun zu Kleinholz, damit sie rauskommen.«
»Machst du Witze?«
»Nein, keine Bange. Es ist schon eine Sache für sich, sie überhaupt in die Falle zu locken. Man muß ihre Wasserstelle einzäunen. Das ist zwar ein ziemlich fieser Trick, aber so kriegt man sie, wenn man Geduld hat. Sie lassen sich tagelang nicht blicken, weil sie wissen, daß es eine Falle ist, bis der Durst sie hintreibt.«
Snow zog an seiner Pfeife, und Pace setzte sich hin, um ihm zuzuhören. Er hörte diesen alten Männern gerne zu, wenn sie ihre Buschgeschichten erzählten.
Die Alten in seinem Heimatdorf, an die Pace sich erinnerte, waren Männer, die sich damit abgefunden hatten, von den Jahren besiegt zu werden, aber diese beiden hier waren zäh, leichtfüßig und schnell im Sattel. Sie hatten etwas Eifriges an sich, das ihr Alter Lügen strafte, und ihre Augen blitzten und waren stets hellwach.
»Ich hab mal einen dieser großen Hengste gefangen«, erzählte Snow. »Dachte, ich hätte meine Sache mit dem Lasso ganz toll gemacht. Ich band ihn an einen Baum, damit er sich beruhigte, aber er bockte und wieherte, und keiner kam an ihn ran. Am Schluß hat er sich selbst erdrosselt. Er brach zusammen und lag da, und Schaum tropfte ihm aus dem Maul. Schließlich sind wir zu ihm rüber und haben seine Flanken abgetastet; die waren glatt, und da waren wir

sicher, daß er tot war. Aber er hat uns mit dem Eidechsentrick reingelegt. Das Seil hatte sich in seinen Hals gegraben, also schnitt ich es durch, und prompt war er wieder auf den Beinen und schlug in alle Richtungen aus. Wir nichts wie weg, das kann ich dir sagen. Er hätte uns getötet, wenn er eine Chance gehabt hätte, und dann war er fort. Ich hab ihn danach noch öfters gesehen, ihn aber in Ruhe gelassen. Der war einfach zu gut für mich, verdammt.«
»Kaum zu glauben, daß es hier draußen Pferde gibt, die man umsonst kriegen kann. Das wäre ein gutes Geschäft nebenbei«, sagte Pace.
»Ich werde dir sagen, was ein besseres Geschäft ist, Junge. Ich hab mich mal in diesem Gebiet umgesehen, das du markiert hast, und du hast da ein paar hübsche Bestände Roter Zedern drin. Die sind ein Vermögen wert. Das Problem ist, daß diese Flüsse nicht zum Meer fließen; du müßtest das Holz also auf dem Landweg transportieren, aber es würde sich lohnen. Besorg dir Ochsen und ein paar Holzfäller, und du bist im Geschäft.«
Pace lachte. »Und da zerbreche ich mir den Kopf wegen dem Wald auf meinem Land und schaue mir Heselwoods Gebiet an, das aus mehr offenem Land besteht, und beneide ihn.«
»Ja, gleicht sich alles aus«, grinste Snow. »Was ist überhaupt mit dem Boß? Meinst du, er läßt dich vom Haken?«
»Der Kerl ist gerissen. Nicht, wenn's nicht sein muß. Und wir werden ihm vorläufig nichts von meinen Gebieten sagen. Er kriegt Krämpfe, wenn er rausfindet, daß sich sein Diener mehr Land genommen hat als er.«
Snow stand auf und schürte das Feuer. »Da kommt Clarrie. Und er hat jemand bei sich.«
»Wer könnte das sein?« fragte Pace, aber Snow schüttelte den Kopf. »Kann ich noch nicht erkennen. Ah, Moment, es ist einer der Jungs von McPhie. Sie müssen immer diese roten Hemden tragen, falls sie sich im Busch verirren. Und er hat ein Packpferd dabei. Wurde auch Zeit, verdammt noch mal. Endlich kriegen wir ein paar Vorräte.«

Der junge Jock McPhie hatte auch etwas Rum dabei, ein paar alte Zeitungen und einiges kostbares grünes Gemüse, das seine Mutter angebaut hatte. Und zwei Briefe für Pace. Den ersten, der von Heselwood stammte, las Pace ihnen vor. Heselwood schickte ihnen einen Zug von Ochsengespannen mit Ausrüstungsgegenständen und Vorräten und würde bei seiner Rückkehr eine weitere Herde mitbringen.

Der zweite Brief kam von Katrin Boundy, die von der Idee mit dem Land begeistert war und nach Newcastle kommen wollte, falls sie eingeladen würde, um die Angelegenheit zu besprechen.

Pace grinste und steckte den Brief ein. Alles lief bestens. Er würde Mrs. Boundy dieses Stück Land verkaufen, mit dem sie in ein paar Jahren einen guten Gewinn erzielen würde, und mit dem Geld, das er dafür bekam, würde er die MacNamara-Rinderfarm starten.

»Diesen Brief beantworte ich noch heute abend«, sagte er zu Jock. »Würdest du mein Schreiben morgen früh mitnehmen?«

»Klar, mache ich, Mister MacNamara. Und mein Pa läßt Sie grüßen. Hatten Sie irgendwelche Probleme mit den Schwarzen hier draußen?«

»Nein.«

»Bei uns unten gibt's echte Schwierigkeiten. Die Schwarzen bringen Rinder und Schafe um. Zwei von unseren Viehhütern sind mit Speeren getötet worden. Die Soldaten sind gekommen, um die Sache mit Ihrem Koch zu untersuchen, der auch mit einem Speer getötet wurde, und haben angefangen, wild in der Gegend herumzuballern. Als sie bei Stanton durchmarschiert sind – das ist die Farm südwestlich von uns –, haben sie ein paar Schwarze umgelegt, und der alte Stanton hat einen davon abgehäutet, ihn ausgestopft und an einen Baum gehängt, um den Rest des Gesindels abzuschrecken.«

Clarrie fuhr auf dem Absatz herum. »Was hat er getan?«

»Hab ich doch gerade gesagt. Er hat ihn wie 'ne Vogelscheuche aufgehängt.«

»Dieser verfluchte Mistkerl. Ich hoffe, die Schwarzen kriegen ihn.«

»War nur recht und billig, Clarrie. Die Schwarzen sind schlecht. Du solltest mal hören, was sie mit weißen Frauen anstellen.«
»Hör zu, du verdammter ...« Clarries Gesicht war purpurrot vor Zorn. »Wie alt bist du?«
»Achtzehn, glaube ich.«
»Na, dann solltest du lieber so langsam mal zu Verstand kommen.«
»Laß gut sein, Clarrie.« Snow drehte sich zu Pace um und sprach mit ihm, als ob Jock gar nicht da wäre. »Ist reine Zeitverschwendung, mit diesen Burschen zu reden. Die werden dazu erzogen, die Schwarzen zu hassen, und das tun sie dann auch. Das Denken hat man ihnen nämlich nicht beigebracht. Ich hab noch nie gehört, daß sich irgendein Schwarzer damit abgegeben hat, eine weiße Frau zu belästigen. Wenn ihnen nach Töten zumute ist, dann töten sie, das stimmt – auch Frauen, weil wir ihre Frauen töten. Aber dieser junge Spund hier – wenn der lernt, wie man's macht, wird er eines Nachts unten am Bach sein und nach den Gins Ausschau halten ...«
Jock machte den Mund auf, um etwas zu sagen, aber Clarrie kam ihm zuvor. »Du hast heute abend schon genug gesagt. Jetzt halt bloß die Klappe.«
»Ich wollte doch nur sagen, mir ist eingefallen, daß ich eine Botschaft für Mister MacNamara habe«, winselte Jock. »Sie ist in der Satteltasche. Einer der Grenzreiter hat sie erst gestern abend gebracht.« Er zog einen zerknitterten Brief heraus und gab ihn Pace. »Ist von einer Lady auf der Chelmsford-Farm, hat er gesagt.«
Der Umschlag war schmierig, weil er von Männern weitergereicht worden war, die über die Bedeutung jeder Botschaft im Outback Bescheid wußten.
Pace war überrascht. Es war eine Nachricht von Adelaide Brooks.

Lieber Mr. MacNamara,
Ich hoffe, Sie erinnern sich noch an mich. Wir waren beide auf der Emma Jane. Jasin Heselwood hat uns erzählt, daß Sie für ihn ar-

beiten. Ich lebe auf der Chelmsford-Farm im Hunter Valley, und ich muß unbedingt mit Ihnen sprechen. Können Sie herkommen?

Adelaide hatte die Nachricht spontan geschrieben. Jetzt war es ihr peinlich. Als sie darüber nachdachte, kam sie zu dem Ergebnis, daß sie es wahrscheinlich getan hatte, weil sie sich nach einem bekannten Gesicht sehnte.
Sie hatte sich während der ersten Monate ihrer Schwangerschaft so wohl gefühlt, daß sie fast ihre Bedenken überwunden hatte, in ihrem Alter noch ein Kind zu bekommen – zudem ein uneheliches –, aber jetzt waren ihre Sorgen zurückgekehrt.
Juan war sehr freundlich gewesen; er hatte alles bestellt, was sie brauchte, und es auf die Farm schicken lassen. Er hatte in einem Katalog ein Kinderbett ausgesucht und ein festliches Ereignis daraus gemacht, als es mit dem Ochsenkarren ankam. Seine Begeisterung hatte auf der Farm große Aufregung hervorgerufen. Das würde ein besonderes Baby sein, das Kind des Bosses, und alle schienen zu vergessen oder gleichgültig darüber hinwegzusehen, daß er nicht mit der Mutter verheiratet war. Alle bis auf Adelaide.
Dora war Hebamme, was Adelaide mehr Zuversicht gegeben hatte, aber die letzten paar Monate waren schwierig gewesen; sie hatte Rückenschmerzen und heftige Kopfschmerzen gehabt, die eine Niedergeschlagenheit mit sich brachten, mit der sie nicht fertig wurde. Sie zwang sich, Spaziergänge zu unternehmen, zu den leeren Scherschuppen oder den Rebfeldern, wo sie sich hinsetzte und so tat, als ob sie lesen würde. Sie dachte an ihre Freunde in England, an Brooks und sogar an die Misses Higgins. Damals war ihr auch Pace MacNamara eingefallen. Dora hatte begonnen, sich Sorgen um sie zu machen.
»Sie sollten einen Arzt konsultieren, Missis Brooks. Soll ich ihn herkommen lassen?«
»Was könnte ein Arzt schon tun?«
»Ich weiß nicht, aber er könnte es Ihnen leichter machen. Ich fin-

de, Sie sollten ins Krankenhaus in Newcastle gehen, solange Sie noch Zeit haben.«
Adelaide wurde es übel vor Angst. Ein Krankenhaus war noch schlimmer; da würde jeder über sie Bescheid wissen. Sie schüttelte entschieden den Kopf, unfähig, die Tränen zurückzuhalten.
Dora führte sie zu einem Küchenstuhl. »Setzen Sie sich. Ich mache Ihnen was Schönes zu trinken. Regen Sie sich nicht auf, Sie sind ja ganz aus dem Häuschen.«
Adelaide lief plötzlich hinaus, hinter einen Schuppen. Sie würgte trocken; ihr Körper verkrampfte sich, sie zitterte, ihre Augen schwammen und ihre Nase lief, als die Krämpfe von einem heftigen Schluchzen abgelöst wurden. Dora, die ihr nach draußen gefolgt war, hielt sie fest, während ein kummervoller Billabill danebenstand, das staubbedeckte Gesicht von Sorgen gefurcht. Die schwarzen Mädchen kamen angelaufen. »Was is los, Missus? Birrahlee da drin treibt zu toll?«
»Weg mit euch«, fuhr Dora sie an. »Kommen Sie, Missis Brooks, wir bringen Sie ins Bett.«
Sie rieb sie mit einem Schwamm ab und schüttelte die Kissen auf, um es ihr so bequem wie möglich zu machen, und stopfte das Netz ums Bett herum fest. »Jetzt schlafen Sie ein bißchen. Sie sind einfach übermüdet.«
Draußen schnappte sie sich Billabill. »Du nimmst dir ein Pferd und reitest zu Mister Anderson auf der Big-Sal-Farm. Sag ihm, er soll nach dem Arzt schicken. Mach schnell.«
Der alte Mann duckte sich. »Ich nicht. Boß sagen, ich bei Missus bleiben. Er sagen, Billabill bleiben hier und passen auf Missus auf.«
Dora lief nach draußen, aber es war keiner der Männer zu sehen. Das Haus war still; nicht einmal im Schuppen des Schmieds rührte sich etwas. Sie wurden alle gebraucht, um das Vieh zusammenzutreiben. Zwei Pferde, beide beschlagen und für Notfälle gedacht, grasten in der Pferdekoppel. Sie rannte hinaus, griff sich Zaumzeug und Sattel und pfiff dem nächsten Pferd. Dann rief sie Billabill.

»Komm her. Ich kann die Missus nicht alleinlassen. Du steigst jetzt sofort auf und reitest los, verdammt noch mal, oder ich hole das Gewehr.«
Billabill saß augenblicklich auf dem Pferd.
»Ab mit dir«, rief Dora und gab dem Pferd einen Klaps auf die Hinterhand.

Pace MacNamara ritt mit Jock McPhie über die Ebene zurück.
»Sie sind ein bedingt Strafentlassener, stimmt's?« fragte Jock.
»Bin ich«, sagte Pace. Das war einfacher als eine Erklärung.
»Was ist mit Mister Heselwood? Wenn er zurückkommt und feststellt, daß Sie weg sind, könnte er Sie einbuchten lassen.«
»Darüber würde ich mir keine Gedanken machen. Clarrie wird ihm sagen, wo ich bin. Und ich komme zurück, so schnell ich kann.«
»Trotzdem, Sie brechen das Gesetz. In Jerry's Plains gibt's eine Polizeistation. Wenn Sie keinen Passierschein haben, nehmen die Sie fest. Und wenn ich Sie wäre, würde ich mich auch verdrücken, wenn ich Soldaten sähe!«
Ein Passierschein. Daran hatte Pace noch gar nicht gedacht.
»Habt ihr bei euch zu Hause Feder und Tinte, Jock?« fragte er.
»Mein Wort darauf. Mein Pa schreibt recht gut.«
»Dann ist das Problem gelöst. Ich stelle mir einen Passierschein aus und lasse ihn von deinem Vater bezeugen.«
»Sie können sich doch nicht selbst einen Passierschein ausstellen.«
»Doch, kann ich, wenn ich mit Heselwood unterschreibe«, grinste Pace.
Überall um sie herum sahen die Bergketten in der Ferne gleich aus. Ganz egal, wie weit er in diesem Land ritt, immer tauchten am Horizont neue Berge auf. Ihr Weg führte jetzt querfeldein; sie kletterten durch dichtes Gestrüpp in felsige Hügel. Pace staunte darüber, wie Jock sein Pferd meilenweit durch den Busch trieb. Mag ja sein, daß er ein ziemlicher Hohlkopf ist, dachte er, aber dadurch hat er in seinem Oberstübchen garantiert genug Platz für einen Kompaß.

Bei den McPhies schien niemand zu Hause zu sein, als Jock und Pace angeritten kamen, aber sie fanden Mrs. McPhie hinter dem Haus, wo sie in einem Gemüsebeet grub.

»Wo zum Teufel sind die alle, verdammt noch mal?« rief Jock, und seine Mutter, eine wettergegerbte Frau mit wilden Augen, funkelte ihn an. »Ich hab's dir schon mal gesagt. Laß das Fluchen sein!« Sie strich sich ein paar Strähnen aus der Stirn. »Wer ist das?«

»Das ist Mister MacNamara. Er ist unterwegs zur Chelmsford-Farm. Er arbeitet für Mister Heselwood.«

Sie begrüßte Pace mit einer ruckartigen Bewegung ihres Kinns.

»Sie können drüben in der Schlafbaracke übernachten.«

Der Hof war ein Schrotthaufen aus undefinierbaren Teilen verrostender Farmgeräte, und überall lag Abfall herum. Hühner und Ziegen pickten sich ihren Weg durch das büschelige Gras, das bis zur Hintertür des Haupthauses wuchs. Er spähte im Vorbeigehen hinein. Der Lehmboden war mit Juteleinen bedeckt, und es sah so düster aus wie die Frau selbst. Ihm fiel ein, daß Heselwood hier über Nacht geblieben war. Da hatte er sich gleich an die Flöhe gewöhnen können. Pace hatte festgestellt, daß dies das Land der Flöhe, der großen, bissigen Ameisen, der Spinnen und Schlangen war. Er war froh, daß er in seinem Brief nach Hause nichts davon erwähnt hatte, sonst würde sich keiner aus seiner Familie hierherwagen.

»Diese Teufel von Buschräubern haben das Vieh deines Vaters gestohlen«, sagte Mrs. McPhie plötzlich zu Jock.

»Wie viele haben sie erwischt?«

»Gute zwanzig, sagt er. Haben sich auch noch die besten ausgesucht. Er hat die Jungs zusammengeholt und ist hinter ihnen her.«

Jock war eindeutig enttäuscht, daß ihm das Jagdvergnügen entging. »Herrgott noch mal!« Er funkelte Pace an, als ob es seine Schuld wäre. »Wo sind sie hin? Die hole ich schon noch ein.« Ein Schwarm Rosenkakadus flog über ihnen dahin – ein prachtvolles Farbschauspiel vor dem Blau des Himmels, ein Kontrast zu den düsteren Schöpfungen der Menschen unter ihnen. Mrs. McPhie war mit einem Satz bei ihrem Gewehr und feuerte auf sie. Pace stellte zu seinem Erstaunen fest, daß jemand mitten in einen Schwarm von Hunderten von Vögeln schießen konnte, ohne einen einzigen zu treffen, vermied es aber, zu lächeln.

Die seit vielen Jahren bestehende Chelmsford Station war das Gegenteil von McPhies primitiven Anfängen. An den Hängen grasten Massen fetter Schafe, und das Haus bezauberte Pace. Zwei Viehhüter kamen herbeigeritten, um sich den Fremden genauer anzusehen. »Mein Name ist Pace MacNamara. Ich bin gekommen, um Missis Brooks zu besuchen. Ist sie noch hier?« Die Männer wechselten Blicke. Ihre Gesichter waren ernst. »Ja. Sie ist oben im Haus, aber es geht ihr schlecht, der armen Frau, sehr schlecht. Aber vielleicht können Sie trotzdem zu ihr.« Die Frau des Vormanns führte ihn flüsternd ins Besuchszimmer. »Der Doktor und Mister Rivadavia sind jetzt bei ihr.« Sie schüttelte den Kopf.
»Was hat sie denn? Was ist passiert?«
»Das Baby. Sie hat ein prächtiges Mädchen bekommen, aber es gab einen Haufen Komplikationen. Es hat zu lange gedauert. Sie ist sehr schwach.«
»Wo ist Doktor Brooks?«
Dora machte große Augen. »Doktor Brooks? Ich glaube, Sie haben Missis Brooks eine ganze Weile nicht gesehen. Er ist gestorben. Das Herz, hat sie gesagt. Lange bevor sie hierherkam.« Pace war verwirrt. Dieses Gerede von einem Baby, und Brooks war tot? Sie mußte wieder geheiratet haben. Aber warum nannte man sie dann immer noch Mrs. Brooks?
»Es ist Mister Rivadavias Kind«, sagte Dora leise.
»Ach du meine Güte.«
»Es hat sie ungeheuer bedrückt, daß sie ein Kind zur Welt bringen würde, ohne verheiratet zu sein. Ich habe ihr gesagt, sie solle sich deswegen keine Sorgen machen, aber ich weiß, daß sie es doch tat.«

Pace dachte an die Adelaide, die er auf der *Emma Jane* gekannt hatte, eine muntere, selbstbewußte Frau. Was für ein Unglück war über sie gekommen? Er war wütend auf den Siedler, dem diese Farm gehörte; er hatte die Notlage der Frau offenbar ausgenutzt. Er sah sich in dem Besuchszimmer um. Die geschmackvollen Möbel waren bestimmt nicht billig gewesen. Er fragte sich, wie lange er selbst brauchen würde, um sein Haus zu bauen und es einzurichten.
Die Tür des Besuchszimmers öffnete sich, und ein gut gekleideter junger Mann kam herein. Er sah besorgt aus, aber die Begegnung war trotzdem eher eine Konfrontation. »Ich bin Rivadavia.«
»MacNamara. Ist das Ihre Farm oder die Ihres Vaters?«
»Sie gehört mir.«
»Ich verstehe. Missis Brooks hat ein Kind bekommen?«
»Ja. Eine Tochter.«
»Und es ist Ihre Tochter?«
»Ja. Aber ich sehe nicht, daß Sie das etwas angeht.«
»Da haben Sie durchaus recht. Aber ich würde Missis Brooks gern sehen.«
»Woher wußten Sie, daß sie hier ist?«
»Ich erhielt eine Nachricht«, sagte Pace. Rivadavia zuckte die Achseln. Diese Erklärung genügte ihm. Er machte die Tür auf und rief nach Dora. »Bringen Sie diesen Gentleman zu Missis Brooks.«
Der Arzt kam gerade aus ihrem Zimmer. »Wie geht es ihr?« fragte Pace.
»Sehr schlecht. Sind Sie ein Freund?«
»Ja. Wir sind mit demselben Schiff gekommen.«
»Ah, das ist gut. Vielleicht gelingt es Ihnen, sie aufzumuntern. Mister Rivadavia hat getan, was er konnte.«
Pace trat leise ein. Das abgezehrte Äußere der Frau in dem Bett schockierte ihn. Ihr verhärmtes Gesicht hob sich grau vom Weiß des Bettzeugs ab.
»Missis Brooks«, flüsterte er. »Ich bin's, Pace MacNamara.«
Adelaide schlug langsam die Augen auf, und Pace nahm ihre Hand.

Tränen rannen ihr aus den Augen, und sie schluchzte, aber die Anstrengung war zu groß; sie lag wieder still, den Blick auf ihn gerichtet.

»Na, na«, sagte er verlegen. »Es ist alles in Ordnung. Sie haben eine süße kleine Tochter. Sie müssen zusehen, daß Sie wieder zu Kräften kommen. Die Welt da draußen ist schön.«

»Nicht für mich«, flüsterte sie.

»Ach was, Sie fühlen sich nur elend; das ist ganz natürlich. Das Schlimmste ist vorbei, und Sie sollten stolz sein.«

Aber sie drückte seine Hand. »Ich bin nicht verheiratet, Pace. Das Kind hat keinen Namen.«

»Es wird einen Namen bekommen. Hier in diesem Sträflingsland sind Sie eine Heilige, also machen Sie sich keine Sorgen wegen eines Fetzens Papier.«

Aber sie wollte sich nicht trösten lassen. Sie schloß die Augen, wie um seine tröstenden Worte abzuwehren.

Pace strich ihre Haare glatt, sprach leise mit ihr und hielt erneut ihre Hand.

Später saß er in der Küche, während Dora ihm etwas zu essen herrichtete, wofür er ihr dankbar war. »Danke. Ich hoffe, Ihr Boß hat nichts dagegen. Ich glaube, er ist nicht allzu begeistert von meinem Besuch. Ich bin ihm nicht vornehm genug.«

»Mister Rivadavia ist nicht so. Er ist Argentinier. Wenn man ihn erst mal kennt, ist er ein anständiger Boß. Ein bißchen unnahbar, aber er ist nun mal ein Adliger, wissen Sie.«

»Seiner Haushälterin gegenüber war er nicht so unnahbar.«

»Bei wem? Missis Brooks? Sie war nicht seine Haushälterin. Sie ist mit ihm hergekommen, als er die Farm erworben hat. Er war immer sehr gut zu ihr. Hat ihr alles gekauft, was sie haben wollte, und sie mußte nie einen Finger krumm machen, wenn sie's nicht wollte.« Sie eilte hinaus und kam mit dem Baby zurück. »Das ist Rosa. Schauen Sie sich das kleine Würmchen an. Ist sie nicht wunderhübsch?«

»Das ist sie«, stimmte Pace zu. »Ein richtiger Schatz. So ein Baby kann seine Mutter doch bestimmt glücklich machen, oder?«
»Sie ist zu schwach, und wenn man so weit herunterkommt, scheinen alle Sorgen fünfzigmal so schwer zu wiegen. Wir haben ein schwarzes Mädchen, das die Kleine stillt.« Sie umarmte das Kind. »Ein Gutes hat das Ganze: Mister Rivadavia hat sich ohne Umschweife bereit erklärt, sie als sein Kind anzuerkennen, und er ist ein sehr reicher Mann. Es wird ihr an nichts fehlen.«
»Solange es ihm paßt«, warf Pace ein.
Dora sah ihn müde an. »Das gilt doch für jedes Kind. Rosa wird hier zumindest einen guten Start haben, und das ist mehr, als man von einem Haufen armer Teufel in der Kolonie sagen kann. Und wenn Sie mir's nicht verübeln: Missis Brooks hätte ins Krankenhaus gehen sollen, aber sie hat sich geweigert. Leuten, die sich nicht selber helfen wollen, kann man nicht helfen. Und jetzt möchte sie sich nur noch umdrehen und sterben. Sie macht sich mehr Sorgen darüber, was die Leute denken werden, als über das Baby.«
»Das hört sich sehr hart an.«
»Das hier ist ein hartes Land. Wenn sie nur wüßte, was für ein gutes Leben sie hat. Und sie wurde wie eine Dame behandelt.«
»Sie ist eine Dame.«
»Ich hab nicht gesagt, daß sie keine ist. Ich sage nur, Mister Rivadavia war gut zu ihr, wenn man bedenkt, daß er nur ein junger Mann ist, und ein gutaussehender obendrein. Er schaut keine andere Frau an.«
»Ein wahrer Ausbund an Tugend«, murmelte Pace.
An diesem Abend speiste Rivadavia allein, und Pace nahm das Abendessen mit den Viehhütern ein. Andy bot ihm ein Bett in der Schlafbaracke an, aber er zog es vor, in einem Sessel auf der Veranda draußen vor der Küche zu schlafen. Drinnen brannte immer noch Licht. Dora machte sich in der Küche zu schaffen, und Rivadavia hielt Wache am Bett.
»Mister MacNamara! Mister MacNamara!« Dora rüttelte ihn wach. Sie trug ihren Morgenmantel und einen Schal. »Sie ist von

uns gegangen. Mister Rivadavia hat gesagt, Sie sollen hereinkommen.«

Er taumelte ins Haus. Im Licht der Lampe sah Adelaide friedlich aus. Rivadavia saß neben ihr. Er weinte und wirkte plötzlich sehr jung.

Pace kniete nieder, begann laut zu beten und war überrascht, daß Rivadavia die silbernen Perlen eines Rosenkranzes zwischen seinen gefalteten Händen durchlaufen ließ.

Bei Sonnenuntergang am nächsten Abend wohnten alle Farmarbeiter sowie die Aborigines der Beerdigung bei. Rivadavia stand an der Spitze der Trauernden, aber es war Pace, der den Gottesdienst las. Dora weinte lautlos, während die schwarzen Mädchen ihren Kummer herausschrien und große Tränen über Billabills gewaschenes Gesicht flossen.

Am nächsten Morgen ging Pace Rivadavia suchen, um sich zu verabschieden. »Ich breche jetzt auf«, sagte er, und Rivadavia bemühte sich, höflich zu sein. »Vielen Dank, daß Sie gekommen sind, um Dell zu besuchen. Sie hätte nicht sterben müssen. Es ist meine Schuld, weil ich sie nicht dazu gebracht habe, ins Krankenhaus zu gehen.«

»Ich finde auch, daß es Ihre Schuld ist, aber ich weiß nicht, ob das Krankenhaus etwas geändert hätte. Sie ist an ihrem gebrochenem Herzen gestorben.«

»Dell ist aus eigenem Entschluß hergekommen und hiergeblieben. Menschen sterben nicht an einem gebrochenen Herzen.«

»Was ist mit dem Kind?«

»Ich werde für das Mädchen sorgen.«

»Und ihr Name?«

»Ihr Name ist Rosa Rivadavia.«

»Nicht nach dem Gesetz. Erst wenn Sie sie adoptieren.«

»Das werde ich tun.«

»Warum haben Sie dann nicht schon ihre Mutter geheiratet?«

»Das geht Sie nichts an. Sie waren ein Freund von ihr; Sie sehen ja, daß sie hier sehr geschätzt wurde.«

»Ist sie deshalb weinend gestorben? Weil sie so glücklich war?«
Rivadavia drehte sich um und ging ins Haus zurück, und Pace ging zu den Ställen, wo er den Vormann fand. »Jetzt bin ich schon so weit geritten«, sagte er, »da kann ich auch gleich nach Newcastle weiterreiten. Ich habe Land draußen im Westen und muß rausfinden, wie ich Anspruch darauf erheben kann, aber ich bin pleite, bis ich meinen Lohn bekomme. Können Sie mir ein Pfund oder so leihen?«
»Klar, kann ich«, erwiderte Andy. »Wir haben uns gefreut, daß Sie hergekommen sind, um Missis Brooks zu besuchen. Würden vier Pfund reichen?«
Mit den vier Pfund und Proviant in seiner Satteltasche ritt Pace zu Adelaides Grab, um ein letztes Gebet zu sprechen, wandte sein Pferd dann zum Hunter River und folgte ihm nach Süden.

In Singleton wartete ein Brief von Katrin Boundy auf ihn. Sie war im Globe Hotel in Newcastle. Er stellte sein Pferd in den Stall und lief zum Anleger hinunter, wo er gerade noch rechtzeitig kam, um das vollbesetzte Flußboot nach Newcastle zu besteigen.
In dieser Nacht schlief er mit den anderen Passagieren, die sich keine Kabine leisten konnten, an Deck, wo sie sich unter einer Segeltuchplane zusammenkauerten. Ein kalter, böiger Wind wehte wie aus einem Blasebalg über die weite Fläche des Flusses. Der nächste Tag war sonnig. Männer und Jungen ließen vom Heck des Bootes Leinen in den Fluß hängen, und Damen kamen aus ihren Kabinen herauf, um an Deck spazierenzugehen und die Szenerie zu genießen; ein Barbier setzte seine Kunden auf eine Seilrolle und ließ die Brise als seinen Besen agieren.
»Wie wär's mit Ihnen, Mister?« rief er Pace zu.
Pace lachte. »Also einmal Haareschneiden, und Sie können meinen Bart stutzen.«
Fliegende Händler breiteten ihre Waren auf Decken aus – Tuch, Perlenschnüre, Kämme, falsche Zähne, Nadeln, Baumwolle und Kisten mit Kleidungsstücken. Pace kaufte sich ein Hemd und eine

Arbeitshose und verhandelte mit einer dicken Frau, die mit gekreuzten Beinen auf dem Deck saß, um eine Jacke aus Schaffell.
»Hab ich selber gemacht, Schnuckel«, brüllte sie mit einer Stimme, auf die ein Auktionator stolz gewesen wäre. »Hab meinen Beruf in London gelernt. Zehn Schilling für dieses schöne Stück.«
Pace sah sich die Jacke genau an. »Ich gebe dir fünf.«
»Fünf Schilling? Also wirklich! Probier sie mal an, Schnuckel. Nur zu. So warm wie das Herz deiner Mutter.«
Er zog sie an. Es war die seltsamste Jacke, die er je gesehen hatte, aber sie paßte gut, sie war warm und bequem, und man konnte den Kragen hochstellen, genau das Richtige gegen die Kälte auf der Ebene.
»Genau die richtige Länge, um auf einem Pferd zu sitzen«, rief die Frau. »Schaut ihn euch an, paßt ihm wie angegossen! Na komm, Engelchen, zehn Schilling. Schau dir die Nähte an. Was Besseres kriegst du nirgends!«
Zuhörer mischten sich ein. »Gib ihr das Geld«, riefen sie. »Ist 'n gutes Geschäft.«
Pace war derselben Meinung, aber es behagte ihm nicht, weitere zehn Schilling auszugeben.
Die dicke Frau grinste und zwinkerte den Umstehenden zu. »Schaut euch seine Augen an. So große braune Augen! Können einem wirklich das Herz brechen, was? Na schön, du kannst sie für neun Schilling haben!«
Pace bückte sich und küßte sie auf die verschwitzte Wange. »Du bist in Ordnung, Lady. Ich nehme sie«, und die Zuschauer klatschten Beifall.

Katrin Boundy sah ihn ins Foyer des Hotels kommen. Er hatte eine Schaffelljacke an, in der er groß und breit wirkte, und sie dachte, es sei Pace, aber wegen des schwarzen Bartes war das schwer zu sagen.
Dann sprach er mit dem Wirt, und sie erkannte seine Stimme und den weichen irischen Akzent.

»Mister MacNamara?« rief sie, und er drehte sich um. Seine Freude, sie zu sehen, war so offensichtlich, daß sie ein leichter Schauer durchlief. »Ich habe Ihren Brief bekommen, Missis Boundy«, sagte er, »aber was tun Sie denn jetzt schon hier oben?«
»Oh, ich brauchte ein paar Tage Urlaub, und da dachte ich, ich könnte mir das Land ja einmal ansehen.«
Er lachte. »Es ist nicht gleich um die Ecke. Dort fahren keine Kutschen hin. Aber es ist gut, daß Sie hier sind. Da kann ich Ihnen alles gründlich erklären.«
Sie nahm ihn mit in den Gesellschaftsraum für die Damen, ein kleines, fensterloses Zimmer, in dem man für sich sein konnte. Dort gab es ein paar Stühle mit harten Lehnen und einem Tisch in der Mitte. Blumenschalen aus Messing quollen von Lilien und Eukalyptusblüten über, und ein Barmann steckte den Kopf durch eine Luke, um ihre Bestellung aufzunehmen.
Sie hatten sich viel zu erzählen. Er erklärte ihr sein Verschwinden und wie es kam, daß er jetzt draußen im Busch arbeitete, wo er auf dieses neue Land gestoßen war. Schließlich kam die Rede auf ihre gemeinsamen Interessen.
»Ich habe hier mit einem Anwalt gesprochen, während ich darauf wartete, von Ihnen zu hören«, sagte Katrin. »Und er ist der Meinung, daß unsere Vereinbarung fair ist. Ich kaufe zweitausend Morgen, die Sie für mich reservieren, bis wir das Land eintragen lassen können. Er arbeitet die Einzelheiten aus. Also, wenn Ihnen das recht ist, bin ich einverstanden.«
Pace strahlte. »Das muß begossen werden. Wir werden Schafzüchter sein, und bitte sagen Sie Pace zu mir.«
Katrin lächelte erfreut. »Natürlich. Und ich bin Katrin.«
Der Vormittag verging wie im Flug. »Pace, haben Sie vor, dort draußen zu leben, oder wollen Sie das Gebiet nur als Weideland nutzen, wie mein Mann es getan hat? Ich habe seine Ländereien übrigens verkauft und dabei einen hübschen Gewinn gemacht.«
»Ich werde da draußen leben, mir ein Haus bauen und alles daransetzen, etwas aus der Farm zu machen.«

»Es ist ein hartes Leben, wenn man einfach so ins kalte Wasser springt.«
»Stimmt, das habe ich schon festgestellt. Aber es ist ein guter Anfang.«
»Ich glaube, Sie haben recht. Warum bleiben Sie nicht und essen mit mir zu Mittag?«
»Das wäre sehr nett, aber ich muß weg. Ich habe nur wenig Zeit, und ich muß viel erledigen.«
Sie faßte ihn an den Arm. »Wenn es wegen des Geldes ist, Pace, dann machen Sie sich keine Sorgen. Ich bezahle.«
»Also wirklich, Katrin, das wäre nicht richtig.«
»Ach du meine Güte, Pace. Ich kann's mir leisten. Mir geht es so gut, daß ich jetzt sogar schon mit einer eigenen Zofe herumreise.«
Es war ihr wichtig, ihn mit ihrem Reichtum zu beeindrucken. Sie wollte ihn wissen lassen, daß er Geld heiraten würde und daß das Leben für ihn viel einfacher werden würde.
»Es wäre nicht das Richtige für eine Lady, in diesen neuen Städten an der Siedlungsgrenze allein zu reisen, nicht wahr?« fragte sie.
»Vielleicht nicht«, erwiderte er.
»Und Sie können mich nicht hier sitzenlassen, so daß ich allein essen muß.« Sie lächelte ihn verschmitzt an.
Er lachte und zwickte sie in die Wange. »Sie sind nicht allein, Katrin. Sie können mit Ihrer Zofe essen. Ich komme später wieder.«

Er sah sich Newcastle an, von den Kais bis zu den umliegenden Farmen. Es war ein geschäftiger Ort, und das gefiel ihm. Dies würde sein Marktplatz sein. An den Kais stapelten sich Wollballen, und Kohlenstaub wehte von offenen Waggons herunter. Es gab bereits zwei Banken in der Stadt, was ein gutes Zeichen war, außerdem ein kleines Krankenhaus, drei Kirchen und jede Menge Pubs. Die Viehhöfe platzten fast aus den Nähten von fetten, welligen Schafen, und es gab auch ein paar Rinder, aber nicht allzu viele. Er kam an einem Metzgerladen mit einem Schlachthof hinter dem Haus vorbei, ging hinein und stellte fest, daß der Schlachter ein Ire aus

Tipperary war, und sie hatten eine lange Unterhaltung, nach der sie sich in einen Pub vertagten, um eine zukünftige Kooperation zu erörtern.
Als er wieder die Hauptstraße entlangstapfte, fiel ein leichter Sprühregen. Die Geschäfte schlossen, und in den Wirtshäusern ging das Licht an. Am Eingang eines Tanzlokals forderte ein Türsteher jeden auf hereinzukommen, und der Affe eines Drehorgelspielers streckte Pace seine winzige Hand entgegen und lüpfte mit der anderen seine Pagenmütze. Pace fand einen Penny für ihn. Er hatte seine Freude an den Sehenswürdigkeiten des Stadtlebens. Newcastle schien ihm eine kraftvolle, lebenssprühende Stadt zu sein, ein Ort für die Jungen und Starken. Er ging in ein kleines Hotel und nahm sich ein Zimmer für die Nacht, und dann ging er wieder zurück und blieb an der Ecke gegenüber vom Globe Hotel stehen.
Wenn du jetzt rübergehst, sagte er zu sich selbst, werden sie gerade zum Dinner Platz nehmen, und dann geht es wieder von vorn los: Katrin will dir dein Essen bezahlen, als ob du ein armer Verwandter wärst. Warte lieber einen Moment.
Er zog sich in eine Bar zurück und sprach mit einer Gruppe von Waldarbeitern, stämmigen Burschen, die gerade durch die Stadt kamen und sich flußaufwärts als Holzfäller und mit einer Sägemühle selbständig machen wollten. Dies schien wahrhaftig das Land der unbegrenzten Möglichkeiten zu sein. Dan Ryan hatte ihm letzten Endes einen Gefallen getan.
Als er zum Globe Hotel zurückging und die Glastüren mit den eingravierten weißen Schwänen aufstieß, war es schon weit nach acht, später, als er beabsichtigt hatte. Erleichtert sah er, daß der Speisesaal geschlossen war. In der Bar klimperte jemand eine eingängige Melodie, als eine Frau aus dem Arbeitszimmer hinter dem kleinen Empfangstresen kam. »Ich möchte zu Missis Boundy«, sagte er.
Die Frau ließ sich Zeit mit ihrer Antwort, während sie die Tür des Arbeitszimmers sorgfältig zumachte. »Ich weiß nicht, wo sie ist.

Warten Sie, dann finde ich es heraus.« Sie bog um die Ecke und ging den Korridor zur Küche entlang, und Pace hörte, wie sie jemandem etwas zurief. »Da ist so ein Bursche, der zu deiner Herrin will.«
»Die ist schon zu Bett gegangen«, erwiderte eine Stimme.
»Dann komm raus und sprich mit ihm. Ich habe zu tun.«
Er konnte sehen, wie Katrins Dienstmädchen auf ihn zukam.
»Na so was! Da laust mich doch der Affe! Pace MacNamara. Ich dachte, sie hätten dich schon längst aufgehängt!«
Pace starrte das Mädchen an, das dastand und ihn anlachte.
»Allmächtiger! Dolour Callinan!« Er trat zurück und sah sie erneut an. Sie war es tatsächlich. In dem schwarzen Kleid mit weißem Kragen sah sie so spröde und tugendhaft aus wie eine Novizin, während sie zu Hause ein kleiner Teufel gewesen war.
»Erzähl mir nicht, du bist das Dienstmädchen!«
»Die Kammerzofe, möchte ich betonen, MacNamara. Und was kann ich für dich tun?«
»Ich war auf der Suche nach Katrin Boundy. Ich muß sie geschäftlich sprechen.«
»Aber nicht mehr heute abend. Sie ist schon zu Bett gegangen. Hat ihr Abendessen auf dem Zimmer eingenommen, und sie war höllisch wütend. Sie hat die ganzen Sachen, die ich so schön gebügelt hatte, einfach irgendwohin geschmissen. Ob du wohl der Grund bist, warum sie so schlechte Laune hat? Was hast du ihr angetan?«
»Nichts. Na, macht nichts, dann spreche ich morgen früh mit ihr. Also, Dolour, wir können hier nicht so stehenbleiben. Komm mit, ich lade dich auf einen Drink ein.«
»Geht nicht. Die haben hier ihre Vorschriften. Aber ich hole meinen Umhang, und wir treffen uns an der Hintertür.« Sie tätschelte seinen Arm wie eine Großmutter, die ein Kind wegschickt, und als sie davonging, erinnerte er sich an das magere Mädchen, das er in der Heimat gekannt hatte. New South Wales hatte ihr allem Anschein nach nicht geschadet. Dolour Callinan aus Curragh! Das letzte, was er von ihr gehört hatte, war, daß sie nach Dublin ge-

gangen war, um sich Arbeit zu suchen, wie so viele andere aus den armen Familien.

Sie gingen einen Block geradeaus, bogen nach dem nächsten ab und schlenderten dann an den lärmigen Hafenkneipen vorbei an den Docks entlang. Ihre Schritte knarrten auf den groben Holzplanken, und unter ihnen glitzerte das Wasser. Schiffsglocken schlugen den Wachwechsel, und Männer ruderten in Beibooten an Land und schwenkten Laternen. Der Wind trug ihre Stimmen mit dem Rauschen der Flut heran.

»Gehst du nach Irland zurück, wenn du frei bist?« fragte er sie.

»Vielleicht. Ich weiß nicht.«

»Vermißt du deine Familie nicht?«

»Kann man Menschen vermissen, die einen nicht vermissen? Ich glaube nicht.« Und sie ertappte sich dabei, daß sie wieder an Jasin dachte. Es war ihr jetzt ein Vergnügen, ihn zu hassen, weil er sie hereingelegt hatte, aber manchmal träumte sie davon, wie er sie in die Arme nahm, und wachte verwirrt auf. Pace redete von seiner Farm und seinen großen Plänen. Als er den Namen das erste Mal aussprach, war sie wie elektrisiert. »Wie war das? Von wem hast du da gerade gesprochen?«

»Von Heselwood. Diesem Engländer. Der Kerl ist so gerissen wie ein Sack voll Affen. Ich bin ihm zugewiesen, aber nicht mehr lange. Er ist einer von der Sorte, die einen reinlegen, sobald man ihnen den Rücken zudreht, aber solange man ihnen ins Gesicht sieht, ist man ziemlich sicher.«

»Wo ist er jetzt?«

»Er müßte noch in Sydney sein, würde ich sagen. Er bereitet einen neuen Viehtreck vor.«

»Wo ist seine Frau? Oh, hat er eine Frau?«

»Oh ja. Sie ist in Sydney. Eine äußerst vornehme, feine Lady.«

»Nimmt er sie mit auf die Farm?«

»Wen, Georgina? Keine Ahnung. Er zieht mich nicht ins Vertrauen. Wenn er sein Haus gebaut hat, wird er sie wohl mitbringen, nehme ich an. Sie und den Jungen.«

Die Straße führte sie in die Stadt zurück, und Pace blieb bei seinem Hotel stehen. »Hier wohne ich. Willst du reinkommen und noch was trinken?«
»Ich komme mit und trinke ein Glas Wein, um mich aufzuwärmen, aber nicht, daß du mir auf dumme Gedanken kommst, Pace MacNamara.«
»Gott bewahre, nie würde ich versuchen, mich einer Kammerzofe unsittlich zu nähern«, sagte er. »Aber mir ist in der Tat ein Gedanke gekommen. Ich finde nämlich, wir sollten heiraten.«
Dolour war sprachlos, dann schob sie sich an ihm vorbei durch die Tür. »Nimm mich nicht auf den Arm.«
»Ich nehme dich nicht auf den Arm. Ich gehe wieder zurück, um mir ein Haus zu bauen. Du wirst dein eigenes Zuhause haben. Wenn du mich heiratest, bist du frei.«
Sie setzten sich in eine Ecke des Wirtshauses. »Komische Art, jemandem den Hof zu machen«, bemerkte Dolour.
»Das tut mir leid, aber ich bin nur ein paar Tage hier.«
»Und was ist mit der Liebe? Davon hast du noch kein Wort gesagt. Du suchst nur eine Haushälterin!«
»Na komm, sei nicht so störrisch.«
An der Hintertür des Globe Hotel küßte er sie. »Wie lautet deine Antwort?«
»Ich muß darüber nachdenken.«
Sie stieg in das kleine Bett, das man ihr in der Dienstbotenunterkunft zugewiesen hatte, und zerbrach sich den Kopf. Pace MacNamara war ein guter Mann; er sah gut aus und würde auch zärtlich sein, aber sie hatte Angst. War das bei ihr nicht immer so? Ständig ging etwas schief. Pace zu heiraten war im Grunde ideal. Sie würde ihm eine gute Frau sein, aber wenn Jasin sozusagen auf der Türschwelle stand, war das unmöglich. Sie war sich ihrer Gefühle Jasin gegenüber nicht sicher, und sie wußte nicht, wie er darauf reagieren würde, wenn er sie als Mrs. MacNamara auftauchen sah. So wie es sich anhörte, konnten sich die beiden Männer schon jetzt nicht ausstehen. Aber das machte ja nichts. Es war jedenfalls besser, als

wenn sie gute Freunde gewesen wären. Natürlich konnte sie Pace von Jasin erzählen. Nein, niemals. Sie wachte immer wieder auf, drehte und wendete die Sache im Kopf hin und her und schlief wieder ein.

Als Pace MacNamara am nächsten Morgen pünktlich um neun Uhr erschien, war Katrin schlecht gelaunt. »Oh, Sie geruhen tatsächlich, herzukommen und mich aufzusuchen.«

»Tut mir leid, Katrin, ich war bereits gestern abend hier, um mit Ihnen zu sprechen, aber Sie waren schon zu Bett gegangen. Ich wollte Sie nicht stören.«

Katrin knirschte mit den Zähnen. Diesmal war sie wütend auf sich selbst. Sie hätte unten zu Abend essen sollen, dann hätte sie den Abend mit ihm verbringen können. »Nun, wenn Sie jetzt bereit sind, können wir dann zum Geschäft kommen? Wollen wir zum Anwalt hinübergehen und die Papiere aufsetzen?«

»Sind Sie sicher, daß diese Investition für Sie das Richtige ist?«

»Natürlich«, sagte sie.

»Gut. Ich werde ihm alle Einzelheiten nennen, damit er das Land auf unsere Namen eintragen kann, sobald die Grenzen erweitert werden. Und wenn ich überlege, wie viele Siedler ich gesehen habe, die nach Westen ziehen, wird das nicht mehr allzulange dauern. Sie werden die Liverpool Plains und die angrenzenden Gebiete bald freigeben müssen, aber wir haben unser Land schon. Wir sind bereits da, bevor der Ansturm losgeht.«

Mr. James Batterson von Batterson und Fleury stimmte ihm zu und war der Ansicht, daß fünf Schilling pro Morgen zu diesem Zeitpunkt ein fairer Preis für Katrins Land war. Er nahm die Einzelheiten über beide Grundstücke so präzise auf, wie Pace sie ihm angeben konnte, um sie eintragen zu lassen. »Ich würde keine Verbesserungen an den Ländereien vornehmen, bevor Ihre Pachtverträge gebilligt worden sind«, sagte er. »Manchmal beanspruchen mehrere Siedler das gleiche Gebiet. Das kommt sogar recht häufig vor. Und Sie wollen Ihre Energien doch bestimmt nicht auf Land verschwenden, das am Ende jemand anderem

gehören könnte. Ich bezweifle, daß das in Ihrem Fall passieren kann, Mister MacNamara, da Sie imstande sind, Ihr Land gegen Eindringlinge zu verteidigen. Sie werden wohl ein wachsames Auge darauf haben, daß niemand Missis Boundys Land zu usurpieren versucht.«
»Selbstverständlich. Ich würde gern zwei Bedingungen in diesen Vertrag aufnehmen, wenn Missis Boundy einverstanden ist. Erstens, daß ich die erste Option auf ihr Land habe, falls sie beschließt, es zu verkaufen.«
»Das ist vernünftig. Stimmen Sie dem zu, Missis Boundy?«
»Ja.«
»Und zweitens«, fuhr Pace fort, »daß mir das Recht übertragen wird, das Holz auf Ihrem Land abzubauen.«
Katrin war unschlüssig. »Was würde ich dafür bekommen?«
»Ihr Land würde von massivem Holz befreit werden – ich weiß noch nicht genau, was es da gibt, Zedern und Pinien, denke ich, ich habe es mir noch nicht so eingehend angesehen. Wir würden natürlich keinen Kahlschlag betreiben, aber ein Großteil des Landes muß ohnehin gerodet werden, um als Weidefläche nutzbar zu sein; es wäre also eine Ersparnis für Sie.«
Batterson war interessiert. »Wo wollen Sie dieses Holz auf den Markt bringen? Dafür wäre viel harte Arbeit nötig.«
»Ich müßte Holzfäller und Ochsengespanne einstellen, aber wenn mehr Siedler dort hinauskommen, werden sie Holz brauchen. Ich dachte mir also, ich baue selbst ein Sägewerk und verkaufe es an Ort und Stelle.«
»Ja, ich bin damit einverstanden«, sagte Katrin. Die Sache begann sie zu langweilen.
»Sehr gut. Nun muß ich Ihnen beiden einschärfen, nach Abschluß des Pachtvertrags die jährlichen Abgaben ans Grundbuchamt zu entrichten, Verbesserungen durchzuführen und Vieh auf die Weiden zu bringen. Nach fünf Jahren wird Ihr Land inspiziert werden, und wenn man Ihre Verwaltung der Gebiete billigt, bekommen Sie den einwandfreien Rechtstitel. Ist das klar?«

Sie nickten beide.
»Und wegen der Identifizierung im Distrikt ist es außerdem geboten, den Ländereien, die zu Farmen werden sollen, einen Namen zu geben. Haben Sie schon einen Namen im Sinn, Missis Boundy?«
»Daran habe ich noch gar nicht gedacht. Nennen Sie meins einfach Boundy.«
Batterson schrieb den Namen auf. »Was ist mit Ihrem Land, Mister MacNamara?«
Pace lächelte. »MacNamara geht einem nicht so leicht von der Zunge wie Boundy. Ich dachte daran, mein Land Kooramin Station zu nennen. Da draußen gibt's eine Menge Känguruhs, und die Schwarzen haben mir erzählt, daß Kooramin ihr Wort für Känguruh ist.«
Der Anwalt versprach, die Verträge am nächsten Tag fertig zu haben, und Katrin nahm Paces Arm, als sie die Kanzlei verließen.
»Ich dachte schon, wir würden nie mehr da rauskommen. Der alte Batterson mit seinem Wobei und Wohingegen!«
»Er nimmt es eben sehr genau. Besser, als wenn er schludrig wäre. Ich glaube, ich gehe jetzt zu den Viehhöfen hinaus. Ich möchte mir Rinder anschauen. Und ich muß mich nach ein paar guten Jungs erkundigen. Wie es aussieht, brauche ich sie eher, als ich gedacht hatte.«
»Oh nein, kommt nicht in Frage. Das können Sie alles noch heute nachmittag tun. Jetzt wird erst einmal gefeiert, darauf bestehe ich. Ich habe uns im Globe ein besonderes Essen mit Champagner und allem bestellt. Ich wette, es ist lange her, daß Sie Champagner bekommen haben, Pace.«
»Um die Wahrheit zu sagen, Katrin, ich habe noch nie welchen getrunken. Aber mir läuft die Zeit davon. Es gibt so viel zu tun.«
»Seien Sie nicht so schwierig. Wir sind jetzt Partner, Pace. Das Mindeste, was Sie tun können, ist, den Anlaß entsprechend zu feiern.«
Er hielt es für unhöflich, sie daran zu erinnern, daß es bei dem

Vertrag um den Verkauf von Land und nicht um eine Partnerschaft ging. Sie konnte ihr Gebiet schon morgen wieder abstoßen, wenn sie wollte. Aber da sie Nachbarn sein würden, hatte er das Gefühl, es wäre ungehobelt, ihre Einladung auszuschlagen. Außerdem gab es ihm eine Gelegenheit, ihr von Dolour zu erzählen.
Es war jedoch schwierig, den richtigen Moment abzupassen. Katrin war aufgeregt und begann, vom Champagner ermutigt, die Vereinbarung zu komplizieren. »Ich glaube, ich komme mit bis nach Singleton.«
»Warum wollen Sie das tun?« fragte Pace überrascht. »Das ist nur ein primitives Dorf. Und die Fahrt auf diesen Booten ist kein Vergnügen für eine Lady. Sie sind roh zusammengezimmert und überfüllt.«
»Das macht mir nichts aus. Ich denke daran, das Hotel zu verkaufen. Es wäre schön, da draußen auf dem Land zu leben, wenn Sie sagen, daß es dort so friedlich ist.«
»Katrin, wenn es soweit ist, sollten Sie sich durch nichts davon abhalten lassen, aber nicht jetzt. Es ist noch zu früh. Was ich da mache, ist ein Glücksspiel; dabei kann alles mögliche schiefgehen. Aber Sie haben Ihr Hotel; das dürfen Sie nicht so einfach aufgeben. Ich möchte nicht, daß Sie etwas tun, was Sie vielleicht bereuen könnten.«
»Und was ist mit Ihnen?«
»Ich habe keine andere Wahl. Ich muß in dieser Richtung weitermachen.«
»Doch, Sie haben eine Wahl, Pace. Warum vereinen wir unsere Kräfte nicht?«
Einen Moment lang saß er fassungslos da und hoffte, sie würde diese Idee nicht weiter ausbauen. Aber das tat sie.
»Ich werde auf Ihren Rat hören und das Hotel nicht verkaufen. Ich bin eine reiche Frau, Pace. Wenn wir heiraten würden, hätten Sie es nicht mehr nötig, sich da draußen im Busch abzurackern. Wir könnten Männer einstellen, die dieses Weideland roden, wie Boundy es getan hat, und uns dann in aller Ruhe da draußen ein

Haus bauen. Kommen Sie mit mir nach Sydney zurück, Pace. Wir werden diesen Engländer abfinden.«

Pace schüttelte den Kopf. »Es tut mir leid, Katrin. Sie sind eine prächtige Frau, und jeder Mann wäre stolz, Sie zur Frau zu bekommen, aber Sie gehören nach Sydney oder in eine ähnlich bedeutende Stadt. Ich gehöre aufs Land.« Er versuchte, die Sache auf die leichte Schulter zu nehmen. »In meinem tiefsten Inneren bin ich nur ein Bauernjunge. So einen wie mich wollen Sie doch bestimmt nicht.«

»Aber ja doch«, flüsterte sie.

Er seufzte. Na schön, jetzt war es soweit. »Katrin, ich muß Ihnen etwas sagen. Mir ist gerade etwas Seltsames passiert. Ich wußte nicht einmal, daß Dolour hier ist. Ich bin ihr zufällig gestern abend begegnet, als ich zu Ihnen wollte ...«

»Wem?«

»Dolour. Dolour Callinan.«

Katrin starrte ihn an.

»Ihrer Zofe.«

Ihre Augen funkelten.

»Wollen Sie mir erzählen, daß Sie mit meiner Zofe angebändelt haben? Mit einem Dienstmädchen? Oh ja, jetzt fällt es mir wieder ein. In Ihrer ersten Nacht in Sydney sind Sie mit meinen Mägden ins Bett gegangen. Ist das alles, wozu Sie taugen? Für Dienstmädchen?« Ihre Stimme wurde lauter. »Sagen Sie Dolour, daß sie gefeuert ist. Sie können sie haben!«

Die anderen Speisenden drehten sich um und schauten zu. »Ich glaube nicht, daß ich diese ganze Aufregung wert bin«, sagte er ruhig, aber sie griff nach ihrer Handtasche und stieß dabei ihr Glas um. Pace fing es auf und stellte es wieder hin, also nahm sie sein Glas, schüttete ihm den Champagner ins Gesicht und stürmte hinaus.

Pace wischte sich das Gesicht ab und grinste. »Dolour Callinan«, sagte er zu dem leeren Stuhl, »du hast einen schon immer in Schwierigkeiten gebracht. Ich hätte es wissen müssen.«

»Du hast es ihr gesagt? Oh du Dummkopf, MacNamara! Du hättest warten sollen, bis sie unterschrieben hat. Was machen wir denn jetzt?«

Dolour schlug die Küchentür hinter sich zu und kam auf die rückwärtige Veranda heraus. Dort saßen Männer aus dem Busch in der Nachmittagssonne und erzählten Geschichten, und ein Schuhmacher hämmerte an einem Damenschuh herum. Waschfrauen stapften auf dem Weg zur Wäscheleine vorbei, und Kinder tobten herum. Ein Barmann zog einen Handwagen an den Stufen vorbei.

»Aye, Miss Callinan. Ihre Herrin sucht Sie!« Er grinste sie an und zwinkerte Pace zu. Jedermann im Hotel hatte von dem Krach im Speisesaal gehört.

Pace nahm Dolours Arm und führte sie über den Hof, bis sie halbwegs für sich unter der überhängenden Dachkante der Ställe standen. »Laß uns gleich mal ein paar Dinge klarstellen. Ich mag es nicht besonders, wenn man mich einen Dummkopf nennt. Merk dir das. Und wenn sie dich rauswirft, dann besorge ich dir einen neuen Job und eine andere Unterkunft, bis ich zurückkomme, um dich zu holen.«

»Und wann wird das sein?«

»In ungefähr sechs Monaten, würde ich sagen.«

Auch Jasin hatte ihr versprochen, zurückzukehren und sie zu sich zu nehmen. Würde Pace ebenfalls in die Wildnis entschwinden und sie vergessen?

»Nein«, sagte sie. »Wenn du mich heiraten willst, Pace MacNamara, dann nimmst du mich mit. Ich werde nicht hier herumsitzen und auf dich warten. Du heiratest mich hier in Newcastle, und zwar jetzt gleich.«

»Gut, wir heiraten sofort. Dann fahren wir stromaufwärts, und du bleibst in Singleton. Jenseits des Hunter ist die Wildnis.«

Sie wußte, daß sie sich dazu hatte verleiten lassen, ihn zur Heirat zu drängen, obwohl es da Jasin Heselwood gab. Nun ist es geschehen, dachte sie. Gott helfe mir.

Sie gingen noch am Vormittag zum Priester, einem reizbaren alten

Iren, der darauf bestand, daß das Aufgebot in drei Wochen bestellt werden sollte, bis Pace ihn anbrüllte und das Hochzeitsdatum dann doch auf den nächsten Sonntag festgesetzt wurde. Katrin hatte Dolour befohlen zu packen, was einen Besuch beim Polizeirichter erforderlich machte, der sie eine Stunde warten ließ, bis er Zeit hatte, mit ihnen zu sprechen. Er betrachtete den weiblichen Sträfling Callinan mit Mißtrauen. »Ich neige dazu, Sie nach Sydney zurückzuschicken. Kommen Sie morgen wieder und bringen Sie die Heiratserlaubnis von Missis Boundy mit. Sie sind ihr immer noch zugewiesen.«
Dolour wäre am liebsten geflohen; aber Pace behielt einen klaren Kopf. »Das geht nicht. Wir würden nicht weit kommen. Es ist schon schlimm genug, daß ich mit einem gefälschten Passierschein unterwegs bin.«
»Ich gehe nicht zu ihr zurück, um diese Erlaubnis zu bekommen. Die würde sie mir nie geben.«
»Dann muß ich mit ihr sprechen«, sagte Pace.
»Du willst zu ihr gehen und für mich bitten?«
Er lächelte. »Das ist das Wenigste, was ein Mann für seine Braut tun kann, findest du nicht?«
Aus Respekt vor einer Kollegin hatte der Besitzer des Globe Hotel Dolour angewiesen, aus der Unterkunft des Personals auszuziehen, und jetzt schleppte Pace ihren Pappkoffer zu seinem Hotel.
»Du kannst mein Zimmer haben. Ich spreche morgen mit ihr.«
»Was ist mit eurem Geschäft?« fragte Dolour. »Das ist jetzt geplatzt, und wir stehen beide auf der Straße. Was soll aus uns werden?«
»Überlaß das Kopfzerbrechen mir. Wir könnten irgendwohin ausgehen. Hast du Lust?«
»Ausgehen? Wohin?«
»Weiter unten an der Straße gibt's ein Konzert. Da könnten wir hingehen.«
Dolour war verblüfft. Sie sah ihn unsicher an. »Könnten wir machen, nehme ich an, aber es ist schon ein komisches Gefühl. Ich

konnte jahrelang nirgendwohin. Ich bin ja ein Sträfling. Es war sehr schwer, sich nicht unterkriegen zu lassen. Mir ist gar nicht richtig klar gewesen, was sie Leuten wie mir angetan haben. Ist das nicht dumm?« Sie weinte. »Eines Tages werde ich es ihnen heimzahlen.«
Pace nahm sie in den Arm. »Ach was, das kannst du jetzt alles vergessen, Dolour, das ist vorbei. Ich werde nicht zulassen, daß sie dich mir wieder wegnehmen, und wenn ich dich draußen im Busch unter einem Coolibahbaum verstecken muß.«

Der Termin bei Mr. Batterson war für elf Uhr vormittags angesetzt, und Pace war pünktlich. Er hatte Dolours Papiere dabei, damit Katrin sie unterschrieb; er hatte beschlossen, damit zu ihr ins Hotel zu gehen, wenn sie nicht erschien. Er würde ihr nicht erlauben, Dolour zu bestrafen, selbst wenn sie das Land nicht kaufen würde.
Mr. Batterson redete über das Wetter, während er die Verträge auf den Schreibtisch legte. »Wie Sie sehen, Mister MacNamara, hat Missis Boundy alles unterschrieben, und hier ist der Scheck.«
»Wann war das?«
»Nun, sie ist sehr früh am Morgen gekommen. Sie sagte, sie müßte ein Schiff nach Sydney erreichen und hätte nicht viel Zeit. Aber es ist alles in Ordnung.«
»Welches Schiff?«
»Die *Rose*. Missis Boundy ist um zehn Uhr mit der *Rose* abgefahren.«
Pace stand da und starrte auf die Verträge. »Und sie hat unterschrieben? Sie will das Land immer noch kaufen?«
»Selbstverständlich. Missis Boundy bat mich, sie bei Ihnen zu entschuldigen, weil sie so in Eile war. Geschäfte, sagte sie.«
»Ach wirklich?« Und was sollte aus Dolour werden? Katrin wußte, daß Dolour Papiere brauchte; ohne diese konnte sie verhaftet werden.
Der Anwalt hing über seinem Schreibtisch in der Schwebe wie

ein zur Landung ansetzender Pelikan. Sein weißer Backenbart zog sich flaumig bis zu einem buschigen weißen Schnurrbart. Er wartete, bis Pace Platz genommen hatte, dann erst ließ er sich ganz in seinen Sessel sinken. »Stimmt etwas nicht, Mister MacNamara?«
»Mister Batterson, welchen Weg ich auch einschlage, es scheint immer der falsche zu sein. Da kann ich auch gleich aufs Ganze gehen. Ich werde diese Papiere nicht unterschreiben. Vielen Dank für Ihre Bemühungen. Würden Sie Missis Boundy diesen Scheck zurückschicken?«
»Wenn das Ihr Wunsch ist. Aber es scheint mir ein sehr ungewöhnlicher Schritt zu sein. Vielleicht sollten wir noch einmal eingehender darüber reden?«
»Ich weiß nicht. Wenn Sie ein bißchen Zeit haben, könnte ich Ihnen meine Lage erklären, angefangen bei meiner Landung in Sydney. Ich könnte gewiß einen Rat brauchen, was die seltsamen, verschlungenen Wege des Gesetzes in New South Wales betrifft.«
Drei Tage später gingen Mr. und Mrs. MacNamara an Bord des Schoners *Dove,* der nach Singleton fuhr, Dolour als emanzipierter Sträfling und Pace als bedingt Strafentlassener, der nicht länger Jasin Heselwood zugewiesen war, sondern einem Richter in Newcastle – Mr. Battersons Partner – über sein Tun und Lassen Bericht erstatten mußte. Auch die Anwälte waren der Meinung, daß diese Verurteilung unrechtmäßig war, und versprachen, Schritte zu ergreifen, um das Unrecht zu korrigieren. Zudem erfuhr er, daß seine Zuweisung an Heselwood ebenfalls widerrechtlich war, da es sich bei ihm um einen erstmalig Straffälligen und nicht um einen Deportierten handelte. Er hielt es für angebracht, Heselwood fürs erste nichts davon zu sagen.
Nachdem sie seine privaten Probleme geklärt hatten, kam die Rede auf die Ländereien, die er beanspruchen wollte. Batterson beschloß, selbst in das Land am Namoi zu investieren, und nahm sich das Gebiet zwischen den Grundstücken von Heselwood und MacNamara.

Da Pace nun über ein dickes Bankkonto verfügte und noch mehr Geld in Aussicht hatte, wenn Heselwood ihm seinen Lohn zahlte, buchte Pace eine Privatkabine für ihre Hochzeitsreise.
»Ich wußte gar nicht, daß Heiraten so leicht ist«, sagte Dolour freimütig. »Ich dachte, es wäre eine unangenehme Angelegenheit, wo man sich ein Bein ausreißt, damit sich jeder wohl fühlt.«
»Ist es auch. Ich hoffe bei Gott, daß wir nicht schon gleich einen schlechten Start erwischt haben.«
»Aber nein. Ich fühle mich bei dir ganz zu Hause.«
Er machte die Kabinentür auf. »Wie meine alte Mutter immer gesagt hat: Heirate das Mädchen von nebenan. Selbst wenn man schweigt, hat man sich immer was zu sagen.«

28. KAPITEL

Jasin Heselwood war endlich bereit, Sydney zu verlassen. Als er sich darangemacht hatte, Geld aufzutreiben, war Georgina strikt dagegen gewesen, daß er auch nur eins ihrer Möbelstücke verkaufte, nicht einmal das Klavier, und so besaßen sie nun alle erforderlichen Möbel für ihr zukünftiges Heim am Namoi.
Als Jasin zu Ohren gekommen war, daß Gouverneur Darling nach London zurückberufen werden sollte, hatte er seine Beziehungen zum Kolonialsekretär ausgebaut, indem er so tat, als ob ihn das Haus interessierte, das Macleay an der Elizabeth Bay baute. Er nahm Georgina zu einer Besichtigung des Anwesens mit, wo sie die Pläne in der richtigen Perspektive prüfen konnten, und sie waren erstaunt. Die geplante zweistöckige »griechische Villa« versprach, das schönste Haus in der Kolonie zu werden.
Jasin wunderte sich, wie sich ein Staatsbediensteter all das leisten konnte. Er kam zu dem Ergebnis, daß der Schotte ein kluger In-

vestor sein mußte, da er nicht der Typ war, der sich bestechen ließ. Aus diesem Grund bemühte er sich um so mehr, sich mit Macleay anzufreunden.

»Was meinen Sie, wann die Grenzen weiter hinausverlegt werden?« fragte er den Sekretär.

»Das sollte eigentlich bereits geschehen sein, aber Gouverneur Darling hat die Sache verschleppt. Er hat einen Haufen Probleme, und es geht ihm gesundheitlich nicht gut. Ihr Stück Land ist draußen am Namoi, nicht wahr?«

»Ja, und ich kann es kaum erwarten, wieder dorthin zu kommen.«

»Das verstehe ich durchaus. Es ist sehr klug von Ihnen, ein Auge auf das Land zu haben. Ständig ziehen Siedler dort hinaus und eignen sich bereits abgesteckte Ländereien an. Und die Australische Landwirtschaftsgesellschaft beabsichtigt, Anspruch auf ein Gebiet draußen beim Gwydir River zu erheben, so etwa dreihunderttausend Morgen.«

»Was? Das ist unmöglich!«

»Ganz und gar nicht. Henry Dangar hat es auf mehrere Flächen dieser Größenordnung abgesehen.«

Jasin war sprachlos und wütend auf sich selbst. Er hätte sich mehr Land nehmen sollen. »Dagegen wirkt mein Anspruch ja absolut armselig.«

»Das finde ich nicht. Er ist realistisch. Nur ein Syndikat könnte sich die Gerichts- und Anwaltskosten sowie die Pachtgebühren leisten, ganz zu schweigen von den Arbeitskräften, die man für ein solches Unternehmen brauchen würde. Normalerweise werden solche riesigen Flächen in mehrere Farmen aufgeteilt, die von der Hauptfarm aus geleitet werden. Denken Sie daran, das ist ein mächtiges Unternehmen; die bekommen, was sie haben wollen. Und ihre Forderungen entsprechen den besten Interessen anderer Siedler in der Gegend. Wenn der Gouverneur zum Beispiel die Pachtgebühren der Krone erhöhen wollte, würden sie sich garantiert dagegen zur Wehr setzen. Im Norden gibt es jedoch noch jede Menge Land; es ist endlos. Wenn Sie sich auf Carlton Park niedergelassen haben, können Sie Ihren Blick erneut nach Norden richten. Aber beherzigen Sie meinen Rat: Bilden Sie ein Syndikat.«

»Danke. Ich werde es mir überlegen.«

Jasin hatte keineswegs die Absicht, ein Syndikat zu bilden. Warum sollte ich? fragte er sich. Ich mache die ganze Arbeit, und die anderen Investoren sitzen bequem in Sydney. Nein, wenn Carlton Park fertig ist, nehme ich eine Hypothek darauf auf und ziehe weiter nach Norden.

»Ich bin in einer Zwickmühle«, sagte er zu Macleay. »Ich muß Sydney verlassen, und die Grenzen werden wohl irgendwann demnächst hinausverlegt. Ich werde es als letzter erfahren.«

»Machen Sie sich deswegen keine Sorgen, Jasin. Wenn der Gouverneur seine Unterschrift unter die Proklamation setzt, trage ich das Land für Sie ein. Lassen Sie mir nur die genauen Angaben hier, bevor Sie abreisen.«

»Das ist außerordentlich freundlich von Ihnen. Da fällt mir ein Stein vom Herzen.« Er war entzückt. Wer konnte den Papierkram besser für ihn erledigen als Macleay? Und Macleay hatte noch ein anderes Problem gelöst. Sein Freund John Burnett war Leiter des Grundbuchamtes in Newcastle, und er versicherte Jasin, daß die Burnetts in dem Dorf im Norden ein sehr angenehmes Leben führten. Er hatte den Burnetts die Zusage entlockt, Georgina und Edward aufzunehmen, bis das Wohnhaus der Heselwoods auf Carlton Park fertig war. »Ich bin sicher, ganz Newcastle wird entzückt sein, wenn Sie die kleine Gemeinde mit Ihrem Besuch beehren«, hatte er Georgina erzählt. Als Georgina mit ihrem Sohn an Bord des Küstenschiffs ging, neckte Jasin sie: »Du wirst ja richtig abenteuerlustig, meine Liebe.«

»Ich glaube, das gilt für uns beide«, gab sie zurück. »Wie lange werden wir in Newcastle bleiben müssen?«

»Das läßt sich noch nicht sagen, aber ich werde Zimmerleute nach Carlton Park mitnehmen; das Haus hat Vorrang.«

Um Milly und Dermott Forrest bei Laune zu halten, lud er sie zum Dinner in seinen Club ein. Er wußte, daß sie das beeindrukken würde.

»Georgina hat sich nicht einmal verabschiedet«, beschwerte sich Milly.

»Dazu war keine Zeit, meine Liebe. Sie kennen Georgina doch. Sie reist immer mit soviel Gepäck, und jetzt, wo das Kind da ist, mit noch mehr. Sie mußte die erste Kabine nehmen, die zu bekommen war, oder monatelang warten.«

»Was ist mit unserem Land?«

Jasin hob eine Augenbraue, und Dermott hustete.

»Sie bauen da draußen doch ein Haus, stimmt's? Wenn Georgina nach Norden geht, muß es so sein«, sagte Milly.

»Natürlich tun wir das. Ich kann von meiner Frau ja wohl nicht erwarten, daß sie in einem Zelt wohnt.«

»Bauen Sie auf Ihrem oder auf unserem Land? Wir sind Miteigentümer, vergessen Sie das nicht.«

»Wie könnte ich das vergessen?« Er bestellte noch mehr Wein. Dermott hatte den Kopf gesenkt und aß, als ob es seine Henkersmahlzeit wäre, aber Milly fuchtelte mit der Gabel in der Luft herum. »Was ist, wenn wir dort auch ein Haus bauen wollen?«

»Sie hat sich in den Kopf gesetzt, daß wir es uns auch leisten können, Farmer zu werden«, erklärte Dermott.

Milly errötete und trank einen Schluck Wein. »Warum auch nicht? Es heißt, die Leute auf diesen Farmen leben wie Könige, mit vielen Dienstboten, die die ganze Arbeit machen. Ich mag Sydney sowieso nicht. Hier läuft schlimmeres Gesindel auf der Straße herum als in London. Wenn dein Bruder hierbleiben will, Dermott, dann soll er doch. Bess ist damit zufrieden, die Frau eines Schuhmachers zu sein. Ich will etwas Besseres.«

»Da bin ich sicher«, murmelte Jasin. »Aber Dermotts Sattlerei läuft doch gut, oder?«

Dermott nickte begeistert, und Jasin brachte sie von dem anderen Thema ab, indem er sie in eine Diskussion über die verschiedenen Sättel verstrickte, die in der Kolonie benutzt wurden. »Mir ist auf-

gefallen, daß die Viehhüter einen anderen Sattel benutzen als ich. Er ist leichter, scheint aber hinten höher hinaufgezogen zu sein.«
»Ja, kommen Sie mal in der Werkstatt vorbei, Mister Heselwood, dann zeige ich's Ihnen. Wir fertigen die jetzt auch an. So einen sollten Sie haben; auf langen Ritten sind sie bequemer. Sie stützen den Rücken ab.«
Jasin ließ ihn weiter über Sättel und Reitstiefel reden, während Milly dem Wein zusprach.
Ein Kellner kam an den Tisch, um Jasin mitzuteilen, daß ihn ein Gentleman im kleinen Salon zu sprechen wünschte, und Jasin entschuldigte sich. Er war froh, eine Weile von ihnen wegzukommen. Macleay wartete auf ihn. Er brachte Neuigkeiten mit. »Der Gouverneur hat die Proklamation unterschrieben, Jasin. Ich habe Ihr Stück Land eingetragen, und Ihr Anspruch ist anerkannt worden.«
»Das ist ja großartig. Verdammt nett von Ihnen, daß Sie's mir sagen. Es ist für mich eine große Erleichterung, und vielen Dank für Ihre Unterstützung. Wenn wir uns eingerichtet haben, müssen Sie uns als erste besuchen und natürlich Ihre Frau mitbringen.« Während Jasin sprach, zerbrach er sich den Kopf. In Anbetracht der Tatsache, daß seine sogenannten Partner im Raum nebenan saßen, war diese Neuigkeit eher ein Schock. Er wußte, daß er Macleay einladen sollte, sich zu ihnen zu setzen, aber das kam überhaupt nicht in Frage. Deshalb brachte er das Thema selbst zur Sprache. »Ich wünschte wirklich, Sie könnten mir beim Dinner Gesellschaft leisten, aber ich sitze hier mit äußerst lästigen Leuten fest, nämlich mit der Schneiderin meiner Frau und deren Mann. Sie wissen ja, wie gutherzig Georgina ist. Sie hat darauf bestanden, daß ich sie zum Dinner einlade. Damit sie mal groß ausgehen können, wissen Sie. Aber es ist ziemlich schrecklich, und ich fürchte, die Frau ist allmählich ein wenig betrunken.«
Als er zurückkam, sah er, daß Milly zwar immer noch Wein trank, aber auffällig nüchtern war. »Ich dachte schon, Sie wären gegangen.«
»Meine Liebe, es würde mir nicht im Traum einfallen, so etwas zu

tun, aber ich muß mich um eine Menge geschäftlicher Dinge kümmern, die keinen Aufschub dulden.«
»Milly«, sagte Dermott tadelnd, »Mister Heselwood war so freundlich, uns hierher einzuladen. Verdirb uns das nicht.«
»Tut mir leid, Jasin«, sagte sie. »Aber es ist doch so, daß wir gern ein Haus auf unserem Land bauen würden, und zwar bald.«
Jasin zündete sich eine Zigarre an und lehnte sich in seinen Sessel zurück. Glaubte sie, daß er schachmatt war? In seinem Kopf reifte eine Idee, die ihm die Freiheit geben würde, mehr Land zu suchen, und zwar diesmal von annehmbarer Größe. »Ich wüßte nicht, was dagegen spräche«, sagte er. »Georgina würde es in der Tat sehr vorziehen, in Newcastle zu wohnen.« Über Georginas Reaktion würde er sich später Gedanken machen. »Aber glauben Sie denn, daß Sie die Farm leiten können, Dermott?«
Dermott schenkte ihm ein dünnes Lächeln. »Ich denke, wir sind alle Anfänger.«
Jasin konnte fast hören, wie Milly triumphierte, und ihm war auch die Folgerung nicht entgangen, daß sie ebensogut eine Farm leiten konnten wie er. Er hoffte, daß es stimmte; er verließ sich jetzt auf sie. Sie hatte sich so in die Sache hineingedrängelt, daß die Forrests jetzt das Haus bauen mußten, und nicht er. Und später – nun, das Land gehörte den Heselwoods, mit oder ohne Haus. »Nun, wenn Sie Carlton Park verwalten, dann hätte ich Gelegenheit, mich um meine anderen Geschäfte zu kümmern.«
»Carlton Park? Heißt es so? Oh, das gefällt mir. Was für ein schöner Name!« Milly war ganz aufgeregt.
»Am Jahresende teilen wir natürlich den Gewinn«, erklärte ihnen Jasin. »Fifty-fifty, wobei Sie besser dastehen, da Sie imstande sein werden, von der Farm zu leben. Sie werden nur ein paar Dinge kaufen müssen.«
»Das ist sehr großzügig von Ihnen, Mister Heselwood«, meinte Dermott, erstaunt über die plötzliche Wendung.
»Das ist es, was wir uns immer gewünscht haben«, sagte Milly atemlos.

»Nun, Dermott, ich reise morgen früh ab. Wenn ich Sie wäre, würde ich mich so bald wie möglich auf den Weg nach Westen machen. Sehen Sie zu, ob Sie ein paar Arbeiter finden, die Sie mitnehmen können, vorzugsweise Sträflinge, aber ziehen Sie ausführliche Erkundigungen über sie ein. Wir wollen keine Diebe oder Mörder haben.«
»Ich werde mich darum kümmern«, versprach Dermott.
»Gut. Bringen Sie sie nach Bathurst. Dort treffen wir uns. Aber Sie müssen bald aufbrechen. Wir bringen eine weitere Herde nach Norden, und ich möchte keine Zeit verlieren.«
»Ich komme auch mit«, sagte Milly, und Jasin lachte. »Das glaube ich kaum. Es ist ein harter Ritt, und wir müssen im Busch kampieren.«
»Ich komme mit«, beharrte sie. »Es sind auch schon andere Frauen nach Westen gegangen. Was die können, kann ich auch.«
»Aber natürlich«, sagte Jasin. Er war es leid, mit dieser Frau zu reden.
Während er ihrer Kutsche nachwinkte, erwog Jasin, ins Spielzimmer zu gehen, aber in letzter Zeit hatte er wenig Geschmack an den Karten gefunden. An den Grenzen der Kolonie waren die Einsätze höher und die Spiele aufregender. Er würde in das Land vorstoßen, das man »Darling Downs« nannte. Er hatte gehört, daß es prächtiges Weideland mit viel Wasser war. Und dann war da noch diese andere Information. Nach Georginas Abreise hatte er das Postboot flußaufwärts nach Parramatta genommen und der Frauenfabrik einen Besuch abgestattet, um sich nach Dolour Callinan zu erkundigen. Er fand heraus, daß sie einer Mrs. Boundy zugewiesen worden war, der Inhaberin des Nelson Hotel in Sydney.
Da Georgina nun unterwegs war, konnte er zu Dolour gehen. Warum auch nicht? Er hatte nur noch eine Nacht in Sydney vor sich und wußte nichts Rechtes mit sich anzufangen. Er konnte leicht erklären, warum er außerstande gewesen war, sie zu sich zu holen. Sie würde es verstehen. Und wenn nicht, machte es im Grunde auch nichts. Es war nur eine Laune, heute abend ritt ihn ein wenig

der Teufel; sie würde ihn bestimmt nicht abweisen. Und beim Gedanken an sie kribbelte sein ganzer Körper. Sie war mit Sicherheit die leidenschaftlichste Frau, mit der er je ins Bett gegangen war. Jetzt tat es ihm leid, daß er sie nicht früher aufgesucht hatte; vielleicht konnte er noch ein paar Tage in Sydney bleiben, um mehr Zeit mit ihr zu verbringen.
Das Hotel war noch geöffnet, aber von dem rauhen Ton, der normalerweise an solchen Orten herrschte, war nichts zu spüren. Männer hockten zusammen und schwatzten leise miteinander. Jasin bestellte sich einen Brandy und begab sich in eine ruhige Ecke, wo er sich unter den Arbeitern nicht so auffällig vorkam.
Ein dürrer alter Mann bediente ihn, verschüttete etwas von dem Drink und wischte die Pfütze mit einem schmutzigen Tuch auf. »Tut mir leid, Sir. Ich kann's nicht so gut. Nicht mein Job, verstehen Sie. Ich helfe hier heute abend nur aus. Wir sind alle ganz durcheinander wegen dem Mord, wissen Sie.«
Jasin wurde abrupt aufmerksam. »Ein Mord, sagen Sie? Wer?«
»Nun ja, Missis Boundy. Sie war auf dem Weg zur Bank, mit den Einnahmen. Ich hab immer gesagt, sie soll nicht die Abkürzung nehmen, durch diese Nebenstraßen, aber sie ließ sich ja nichts sagen. Und wo sie doch gerade von ihrer Reise zurück war! Niedergeschlagen und ausgeraubt hat man sie und sie dann wie einen Hund auf der Straße sterben lassen. Das ist ihr Bruder da drüben, der mit der Polizei spricht.«
Jasin erkannte, daß die Polizei die Gäste verhörte. Er hatte keine Lust, in die Sache hineingezogen zu werden. Sobald der geschwätzige Barmann weiterging, stürzte er seinen Drink hinunter und schlüpfte zur Seitentür hinaus. Er würde Dolour Callinan ein andermal besuchen.

29. Kapitel

Dolour hatte Pace überredet, sie bis nach Singleton mitkommen zu lassen, aber weiter wollte er sie nicht mitnehmen. »Das hier ist schon ein ziemlich erbärmlicher Ort für eine Frau.«
»Ach, du siehst das alles im falschen Licht. Schau dich doch bloß mal um! Es ist hübsch hier, mit den Wäldern und dem Fluß, und da sind auch eine Menge anderer Frauen.« Sie sah zu, wie ein Konvoi von Planwagen die Stadt verließ, beladen mit Haushaltsgegenständen; die Frauen liefen neben den Wagen her, und die Kinder saßen obenauf. Ihr Gesicht verdunkelte sich. »Wenn die gehen können, warum ich dann nicht?«
»Weil sie nirgends anders hinkönnen.«
»Gibt es denn überhaupt nichts jenseits dieser Stadt?«
»Ich hab's dir ein dutzendmal gesagt, da sind keine Städte mehr, sondern nur ein paar Lagerhäuser und Gasthöfe. Wir würden zwar an einigen Farmen vorbeikommen, aber die nehmen keine Gäste auf.«
»Ich besorge mir auf einer davon einen Job, dann bin ich ganz in deiner Nähe.«
»Meine Frau wird für keinen von denen arbeiten. Du mußt mich weiterreiten lassen, damit ich die Sache mit Heselwood regeln kann.«
Bei der Erwähnung von Jasins Namen überlief es Dolour kalt. Sie merkte, daß sie jetzt eine Todesangst vor ihm hatte; sie fürchtete sich davor, daß er alles zerstören würde, was sie mit Pace verband. Wie Pace vorhergesagt hatte, hatte sich die Liebe ganz von alleine eingestellt. Außerdem war Pace mit seinen Gedanken bei Land und Vieh. Er war ganz groß darin, mit Leuten zu sprechen und herauszufinden, was sich so tat. Dabei lernte er einen Burschen kennen, der nach Gold gesucht hatte.
»So ein Unsinn«, meinte Dolour dazu.

»Er findet das nicht. Aber da er hier kein Vermögen gemacht hat, ist er nach Amerika gegangen, um dort erneut nach Gold zu schürfen.«
»Dieser Dummkopf!«
»Ich wäre dir dankbar, wenn du ihm das nicht sagen würdest, weil ich gerade sein Haus gekauft habe, und ich möchte nicht, daß er es zurückverlangt.«
»Du hast sein Haus gekauft? Was hast du dafür bezahlt?«
»Fünfzehn Pfund. Das ist doch nachgeworfen! Ich habe ihm ein Schreiben an die Bank in Newcastle mitgegeben, daß sie es ihm auszahlen sollen. Er war nicht gerade begeistert. Er hat das Papier eingehend geprüft. Ich dachte, er würde den Text lesen, aber anscheinend haben Betrüger einen neuen Trick gelernt. Sie kochen das Papier, so daß es zerfällt, bevor der Besitzer seinen Schuldschein bei der Bank vorlegen kann. Aber meiner ist für gut befunden worden.«
Sie liefen wie Kinder die Straße entlang, die abrupt im Busch endete, und folgten einem Weg, der ein paar hundert Meter weiter zum Haus des Goldsuchers führte. Dolour ging um das Haus herum und sah es sich genau an. »Wie steht's mit Wasser?«
»Ich nehme an, er hat sich sein Wasser vom Bach raufgeholt.«
»Dieser faule alte Schuft! Er hätte einen Brunnen graben und einen Behälter für Regenwasser aufstellen sollen.« Drinnen kratzte sie sich die Beine. »Wenigstens hatte er hier immer reichlich Gesellschaft. Die Flöhe meine ich.«
»Wenn's dir nicht gefällt, kann ich es leicht wieder mit Gewinn verkaufen.«
Dolour war schockiert. »Das wirst du nicht tun.«
»Wenn du soviel zu meckern hast ...«
»Ich meckere ja gar nicht. Ich habe nur gesagt, er war faul. Er hat keinen Handschlag getan!«
Sie gingen in den Busch und suchten die Absteckpflöcke des Landvermessers, und Dolour umarmte ihn. »Gehört das alles uns? Ein halber Morgen, hast du gesagt?«

»Gehört alles dir, Dolour, aber das ist noch gar nichts. Ich sage dir doch dauernd, daß wir draußen im Westen Tausende von Morgen haben.«

»Die sind mir egal. Du konntest dir dieses ganze Land ja nicht mal anschauen, aber das hier kann ich sehen. Es ist wirklich.« Sie blieben bis zum Einbruch der Dunkelheit, dann kehrten sie in ihr schäbiges Zimmer zurück.

»Das ist die schönste Überraschung meines Lebens«, sagte sie. »Ich werde ein Heim daraus machen.«

»Ich mußte etwas unternehmen«, erklärte Pace. »Ich konnte dich nicht hier im Wirtshaus lassen, mein Schatz, und die einzige andere Möglichkeit schien ein Hinterzimmer in einem anderen Haus zu sein...«

»Oder mich mitzunehmen!«

»Das rückte allmählich in den Bereich des Möglichen«, gab er zu. »Aber jetzt lasse ich dir Geld hier, und du kannst zeigen, was in dir steckt. Ich habe keine Zeit, einen Brunnen zu graben. Ich schicke dir jemand, der einen Wasserbehälter aufstellt, und wenn ich zurückkomme, wird meine Frau in einer Rosenlaube sitzen.«

Pace war fest entschlossen, keine trübe Stimmung aufkommen zu lassen, weil er vorhatte, in ein paar Tagen loszureiten. Es war schade, daß er sich schon so bald von seiner Frau trennen mußte, aber es ging nicht anders. Zum Schutz vor Schlangen hatte er ihr eine Waffe gekauft und ihr das Schießen beigebracht.

Früh am Morgen brach er mit einem Packpferd auf. Er fühlte sich schuldig, weil er sie verließ, aber als er den Fluß überquerte und nach Norden ritt, merkte er, daß er sich wieder auf das weite, offene Land freute.

Da er ausgetretenen Pfaden folgen konnte, kam er rasch voran und machte einen Umweg zur Chelmsford Station, um Andy seine vier Pfund zurückzuzahlen. Ein Farmarbeiter zeigte ihm den Weg zu den Ställen, wo er nicht Andy, sondern Rivadavia selbst antraf, der sich in einer der Boxen um ein krankes Pferd kümmerte.

»Was hat es?« fragte Pace.
Rivadavia war überrascht, den Besucher zu sehen. »Sumpffieber«, antwortete er höflich.
Das Pferd lag schwitzend im Stroh. Rivadavia rieb es sanft mit einem Schwamm ab und wischte ihm den Schleim aus den trüben Augen.
»Ach, der arme Kerl«, sagte Pace und ging zu seiner Satteltasche zurück, in der er Zuckerstücke für sein eigenes Pferd aufbewahrte. Er nahm ein paar davon mit in den Stall, kniete neben dem kranken Pferd nieder und streichelte ihm den Kopf. »Hier hast du ein bißchen Zucker. Wenn's dir besser geht, kriegst du noch mehr.«
Das Pferd nahm den Zucker mit den Lippen.
»Gestern nacht war es ganz schlimm, aber ich glaube, heute geht es ihm schon ein bißchen besser.« Rivadavia machte Anstalten, die Box zu verlassen.
»Lassen Sie jemand bei ihm bleiben. Wenn Pferde krank sind, sind sie ängstlich«, meinte Pace.
Rivadavia starrte ihn an. »Sind Sie schon wieder hergekommen, um mir zu sagen, was ich zu tun habe?«
»Nein. Ich finde, ich war ein bißchen hart zu Ihnen. Vielleicht sollten wir noch mal von vorn anfangen.«
Rivadavia wirkte desinteressiert. Er rollte die Ärmel herunter und knöpfte sie an den Handgelenken zu.
»Ich bin nicht allzu gut darin, mich zu entschuldigen«, beharrte Pace, »und Sie auch nicht, wie mir scheint. Aber ich habe einen weiten Weg zurückgelegt, um Missis Brooks zu besuchen, und eine Tigerschlange wäre freundlicher empfangen worden.«
Sie sahen ein paar schwarzen Kindern zu, die an der Tür eines Schuppens mit jungen Hunden spielten.
»Möchten Sie Kaffee?« fragte Rivadavia, und Pace nickte.
Rivadavia rief den größten der schwarzen Jungen, der sofort angelaufen kam; er freute sich, daß er ausgewählt worden war. »Geh da rein und setz dich zu dem kranken Pferd. Es ist einsam.« Als der Junge losrennen wollte, hielt ihn Juan fest. »Nicht laufen. Du mußt

dich ruhig bewegen, sonst machst du ihm Angst.« Er wandte sich an Pace. »Haben Sie eine Schafweide?«
»Bis jetzt nur die Weidefläche, aber ich will mir Rinder anschaffen.«
»Ah! Das habe ich auch vor. Ich werde diese Farm hier als mein Heim behalten, und ich kann sie als Zwischenstation für die Rinder benutzen. Wo ist Ihre Weide?«
»Am Namoi.«
»Und ich habe etwas Land am Peel River aufgenommen.«
Pace blieb über Nacht. Er fühlte sich wohl in der Gesellschaft des jungen Argentiniers und wußte es zu schätzen, daß er endlich jemanden gefunden hatte, der sich gut mit Rindern auskannte.
Er kam lange vor Heselwood auf der Farm an, und Clarrie und Snow freuten sich, ihn zu sehen und Neuigkeiten zu erfahren. Sie saßen bis spät in die Nacht mit ihm am Lagerfeuer. »Wenn du nach Recht und Gesetz frei bist, warum bist du dann zurückgekommen?« wollte Clarrie wissen.
»Ich hatte es versprochen. Er hat mich immerhin aus dem Gefängnis geholt. Außerdem ist das hier meine Lehrzeit bei euch. Wie es aussieht, habt ihr ja auch nicht gerade auf der faulen Haut gelegen.«
»Wir haben bloß die Zeit überbrückt«, sagte Snow. »Die Schwarzen haben uns die ganze Baumrinde gebracht, die wir brauchten, und uns beim Bauen geholfen. Wir haben die Schlafbaracke länger als üblich gemacht, damit wir ein Ende für den Boß abteilen konnten. Und ich will dir sagen, was wir gefunden haben: In den flachen Hügeln da unten gibt's Kalkstein. Wir werden also einen richtigen Kamin für die Küche hochziehen können.«
Die Findigkeit dieser beiden Männer war beeindruckend. Am nächsten Morgen waren sie schon bei Tagesanbruch auf den Beinen und sägten Holz für die Zäune, bevor sie wegritten, um nach den Kälbern zu sehen. Sie wußten genau, wie viele es waren.
Während Snow im Lager blieb, nahm Clarrie ihn mit, um ihm zu zeigen, wie man Bullen einfing. Er ermahnte ihn, sich abseits zu

halten und zuzusehen, bis er den Dreh heraushatte. Der alte Mann ritt in erschreckendem Tempo hinter einem ausgerissenen Bullen her, suchte sich seinen Weg durch das grobe Gestrüpp und vollzog jeden Schwenk, jede Wendung des Bullen nach, bis er ihn zur Umkehr bewogen und ins Freie hinausgetrieben hatte, wo er sich wieder zur Herde gesellte.
»Ein störrischer alter Bursche«, grinste Clarrie, als Pace zu ihm aufschloß.
»Genau wie du«, sagte Pace. »Ich dachte, du brichst dir das Genick! Das war ein toller Ritt!«
»Nein. Ich muß nur dranbleiben. Das Pferd weiß schon, was es tut. Sieh zu, daß du deinen Busch kennenlernst, damit du nicht in dichtes Gestrüpp gerätst oder dir den Kopf an einem Ast einschlägst. Die alten Bullen führen dich direkt dorthin, wenn sie können, aber du hast vier Augen, die aufpassen können, und sie nur zwei.«

Zwei Monate später kam Jasin Heselwood mit seinen Männern und zwei Planwagen angeritten, und weit in der Ferne signalisierte eine hoch aufwallende Staubwolke die Ankunft einer weiteren Viehherde.
Pace machte große Augen, als die Wagen zum Tor rollten. Sie hatten eine Frau dabei! Er ging hinunter, um die Ankömmlinge zu begrüßen, und sah, daß die Frau Milly Forrest war. Ihr Mann Dermott half ihr vom Wagen herunter. Milly sah müde und staubig aus, und ihr langer Rock hatte unten einen Rand aus getrocknetem Schlamm.
»Ich glaube, ich sehe nicht richtig«, rief er. »Sie sind's, Dermott, und Milly! Was tun Sie denn hier draußen?«
»Wir sind hergekommen, um hier zu leben«, sagte Dermott in seinem schüchternen Ton, aber Milly schoß an ihm vorbei, um Pace zu umarmen. »Was sind wir froh, Sie zu sehen, Pace!« Und dann flüsterte sie: »Er hat uns erst gesagt, daß Sie hier sind, als wir schon die Hälfte des Weges hinter uns hatten.«
»Das ist schon in Ordnung«, grinste Pace. »Aber daß Sie so eine Reise machen, Milly ...«

»Ich könnte hier auf der Stelle umfallen«, flüsterte sie wieder, »aber verraten Sie mich nicht.« Sie nickte zu Heselwood hin, der weitergeritten war, um mit Snow und Clarrie zu sprechen.
»Na, dann kommen Sie und setzen Sie sich. Mal sehen, ob wir Tee für Sie auftreiben können.«
Immer noch verwirrt, begleitete er sie zur Schlafbaracke, und Clarrie rief ihn beiseite. »Was hat die Frau hier draußen zu suchen?«
»Frag mich nicht«, antwortete Pace. »Aber es sind Leute, die ich vom Schiff her kenne.«
»Tja, dann ist dem Boß sein Zimmer futsch«, grinste Clarrie. »Wir müssen es dem Ehepaar geben. Er wird bei uns schlafen oder in seinem Zelt bleiben müssen.«
In der Schlafbaracke, die die Männer gebaut hatten, gab es keine Möbel, aber Milly beklagte sich nicht darüber. »Wir haben ein paar Sachen mitgebracht«, sagte sie. »Nicht viel, ein Bett und einen Tisch, das wird für den Anfang reichen. Dermott ist ein guter Zimmermann.«
Pace schüttelte den Kopf und wartete auf eine Gelegenheit, mit Dermott zu sprechen. Dieser erklärte ihm, sie seien Heselwoods Partner.
»Ich war wie vom Donner gerührt«, erzählte er Clarrie hinterher. »Und wenn meine Frau erfährt, daß eine andere Frau hier ist, während sie zurückbleiben mußte, ist die Hölle los.«
Heselwoods Viehtreiber blieben als Viehhüter da, und die anderen Männer, die die Planwagen begleitet hatten, waren von Dermott eingestellt worden, um das Haus zu bauen. Snow übernahm das Kochen; Milly schloß sich ihm an, und da sie tat, was man ihr sagte, hatte er keine Einwände.
»Sie ist ein mutiges kleines Ding«, erklärte er Pace. »Ich schätze, sie hat mehr Mumm als ihr Mann.«
Milly und Dermott waren betroffen, als sie von Adelaides Tod erfuhren. Pace erzählte ihnen, sie sei an einem Herzleiden gestorben. Er sah, daß Heselwood ihn beobachtete, und wartete, bis er fragte: »Woher wissen Sie das alles, Pace?«

»Sie hat nach mir geschickt, und ich bin hingeritten.«
»Wer hat Ihnen erlaubt, hier wegzugehen, wenn ich fragen darf?«
»Ich selbst. Und was haben Sie in bezug auf meine Entlastung herausbekommen?«
»Das ist in diesem Stadium nicht möglich.«
»Sie sind ein verdammter Lügner. Ich habe selbst herausgefunden, daß Sie nichts in der Hand haben, womit Sie mich festhalten könnten.«
»Sie haben sich also um alles mögliche gekümmert, bloß nicht um das, wozu Sie hier sind?«
»Sie werden keinen Grund zur Klage finden, was Ihre Farm betrifft.«
»Ich nehme an, Sie verschwinden jetzt?«
»Hat keinen Sinn, mit leeren Händen zu gehen«, sagte Pace. »Sie haben ein paar Rinder, die man zum Markt bringen kann. Für zwei Pfund pro Mann werden Clarrie, Snow und ich sie für Sie hintreiben.«
»Zwei Pfund pro Mann? Nie im Leben!«
»Dann treiben Sie sie selber hin. Die anderen Leute werden hier gebraucht.«
»Ich werde es mir überlegen«, sagte Jasin.
»Wenn Sie schon mal dabei sind, dann beziehen Sie auch gleich zwanzig Pfund Lohn für jeden von uns ein.«
»Clarrie und Snow wollten keinen Lohn haben. Sie waren einverstanden, für ihre Verpflegung mitzukommen.«
»Schauen Sie sich um, Sie Mistkerl. Die beiden haben für zehn gearbeitet!«
»Sie sind als Sträfling eingestellt worden. Sie können nicht erwarten, daß ich Sie bezahle.«
»Alles oder nichts. Sie bezahlen uns, oder wir gehen, und Sie bringen Ihre Rinder selbst zum Markt.«
Am nächsten Tag stimmte Jasin der Vereinbarung zu. Pace hatte gewußt, daß er das tun würde. »Zweiundzwanzig Pfund für jeden, und kein Penny mehr!«

Dermott war betrübt, Pace gehen zu sehen. »Ich hatte gehofft, Sie würden bleiben. Es ist schön, einen Freund zu haben, auf den man sich verlassen kann. Bleiben Sie doch bei uns. Sie würden zur Familie gehören.«
»Behalten Sie's für sich, Dermott«, sagte Pace, »aber ich habe mein eigenes Stück Land nördlich von hier. Ich komme also wieder.«
Er fragte sich immer noch, warum Heselwood den Forrests erlaubte, die Farm zu übernehmen. Er konnte sich an Jasins Aufregung erinnern, als er seine Grenzen markiert hatte, und an seine Äußerungen, daß er hier sein Haus bauen wollte. Es war eine schöne Farm. Warum sollte er sie ihnen überlassen? Am Horizont mußte etwas Besseres aufgetaucht sein.

»Wo sind die Rosen?« rief Pace, als er über die kleine Veranda stapfte. Beim Klang seiner Stimme kam Dolour herausgestürmt, um ihn zu begrüßen.
»Ach, du Dummkopf, die muß ich züchten und nicht basteln«, sagte sie und stellte sich auf die Zehenspitzen, um ihn zu küssen. »Nun schau sich einer diesen Bart an! Du siehst aus wie ein Wilder.«
»So fühle ich mich auch. Es war ein harter Treck zurück. Die Flüsse führten Hochwasser, die Wege waren verschlammt, und es hat gar nicht mehr aufgehört zu regnen.« Er legte einen Arm um sie und führte sie ins Haus. »Ich freue mich schon auf ein trockenes Bett und ein wenig Gesellschaft.«
Dolour lief vor ihm hinein. »Wie findest du das Haus? Sieht es nicht gut aus? Bleibst du jetzt hier? Oh Pace, es ist so schön, dich zu sehen, und schau mich an! Ich sehe schrecklich aus. Hast du Hunger?«
»Du meine Güte.« Er küßte sie wieder. »Für mich bist du immer schön. Und das Haus sieht großartig aus, mit Vorhängen und allem.« Er ging zur Hintertreppe durch und zog sich die Stiefel aus. »Bleibst du jetzt hier?««
»Eine Weile. Wir hatten Glück. Wir hätten das Vieh gleich weiter

nach Bathurst bringen sollen, aber Heselwood hat seinen Preis bekommen und sie hier verkauft.«
Bei der Erwähnung dieses Namens stockte ihr das Herz, und sie wechselte eilends das Thema.
»Ich habe Arbeit gefunden. Ich koche im Wirtshaus. Sie konnten mich nicht bezahlen, aber sie haben mir Sachen fürs Haus gegeben, ein paar Stühle und Bettzeug, das ich geflickt habe, und ich habe sämtliche Federn von ihren Hühnern gesammelt und uns eine Daunendecke gemacht. Komm und schau's dir an, Pace.«
Er ging mit ihr durch das kleine Haus und freute sich darüber, wie es sich verändert hatte. »Es ist so gut wie neu«, sagte sie stolz. »Und ich habe hinten einen Gemüsegarten und vorne ein Blumenbeet angelegt.«
Sie gab sich solche Mühe, ihm zu gefallen, daß es ihn rührte. »Ich hätte gar nicht gemerkt, daß es dasselbe Haus ist. Das hast du toll gemacht. Ich bin stolz auf dich. Jetzt werden wir einen guten Preis dafür kriegen.«
»Was meinst du damit? Das ist unser Haus! Wir werden es doch nicht verkaufen?«
»Die Grenzen sind weiter hinausverlegt worden, Dolour. Inzwischen wird Mister Batterson Kooramin Station auf meinen Namen eingetragen haben. Es ist an der Zeit, daß wir Anspruch auf unser Land erheben. Ich dachte, du würdest vielleicht mitkommen wollen.«
»Natürlich will ich mitkommen. Aber ich finde es so schade, dieses Haus zu verkaufen. Ich habe mich richtig darin verliebt.«
»Wir brauchen das Geld«, sagte er schlicht, »aber vorerst bleiben wir noch hier. Ich muß noch mal nach Bathurst und Rinder kaufen.«
»Warum kannst du das nicht hier tun?«
»Weil sie hier nur Rinder verkaufen, die schlachtreif sind. Du kannst dich noch eine Weile an deinem Haus freuen, aber wenn ich zurückkomme, müssen wir uns auf den Weg machen. Und bevor du irgendwas sagst, muß ich dir erzählen, daß auf der Heselwood-Farm eine Frau wohnt.«

»Wer? Seine Frau?«
»Nein. Milly Forrest mit ihrem Mann.«
»Wer ist das?«
»Heselwoods Partner, aber ich habe sie auf dem Schiff kennengelernt. Das ist eine lange Geschichte. Ich erzähle sie dir später. Jetzt brauche ich erst mal ein anständiges Bad und was zu essen, und dann würde ich gern ein bißchen Zeit mit meiner Frau verbringen.«

30. Kapitel

Georgina hatte das Gefühl, in Newcastle zu ersticken. Sie war aus der Einsamkeit der Cormack-Villa ins Tollhaus der Burnetts gekommen, wo überall Hunde, Katzen und schreiende Kinder umherliefen; zudem wollte ein endloser Strom von Besuchern zu ihr. Es war eine einzige Strapaze für sie, und die Dinnerpartys waren nicht viel besser.
Ihr Sohn Edward hielt sie auf Trab. Sie nahm ihn auf lange Spaziergänge mit, um ihnen allen zu entfliehen, und wunderte sich über Mütter, die behaupteten, nicht auf ein Kindermädchen verzichten zu können. Sie war sicher, daß sie verrückt geworden wäre, wenn sie Edward nicht um sich herum gehabt hätte, und fragte sich, ob das Leben in der Kolonie schon zu stark auf sie abgefärbt hatte, weil sie es nicht nötig fand, sich an die Konventionen zu halten. In England hätte sie nie gewagt, ein Kind ohne Kindermädchen aufzuziehen. Sie betete ihren Sohn an und konnte es nicht ertragen, wenn er nicht in ihrer Nähe war. Sie hätte sich nie träumen lassen, daß man von einem Kind so vereinnahmt werden konnte.
Als Heselwood endlich von Carlton Park nach Newcastle kam, erfuhr sie die niederschmetternde Neuigkeit, daß er den Forrests

erlaubt hatte, ihre Farm zu übernehmen.« »Ich sitze seit Monaten in diesem Irrenhaus und warte darauf, endlich von hier wegzukommen, und du erzählst mir, daß diese Neureiche auf unserem Besitz lebt! Das ist zuviel, Heselwood! Ich werde eine Überfahrt buchen und in mein Elternhaus zurückkehren, bis du dir darüber klargeworden bist, wo wir leben werden.«

»Du tust so, als ob es meine Schuld wäre«, sagte er wütend. »Ich hatte keine Ahnung, daß sich dieses Paar wie Blutegel an uns klammern würde. Aber wenn du darauf bestehst, Madam, werde ich dir unverzüglich ein Haus auf Carlton Park bauen. Dort ist Platz genug. Und du wirst die beiden bis in alle Ewigkeit auf dem Hals haben.«

»Oder ich kann nach London zurückfahren«, erinnerte sie ihn.

»Hör zu, Georgina. Ich werde ihnen die Leitung von Carlton Park überlassen und mir mehr Land im Norden nehmen. Und zwar sofort. Ich habe gehört, daß es nur ein paar hundert Meilen weiter draußen hervorragendes Land geben soll, das sogar noch besser ist als unseres. Es wartet nur darauf, daß jemand zugreift, und diesmal werde ich nicht so zurückhaltend sein. Wir werden dort eine wirklich große Farm haben.«

»Die haben wir schon, Jasin. Du scheinst unser Haus unbedingt so weit von der Zivilisation entfernt wie nur möglich bauen zu wollen. Ich habe aber nicht die Absicht, Einsiedlerin zu werden.«

»Das wirst du auch nicht. Es gibt Gerüchte, daß die Sträflingsniederlassung in Moreton Bay in ein paar Jahren als Hafenstadt geöffnet werden soll. Das wird eine Stampede nach dem guten Weideland in einem Gebiet namens Darling Downs auslösen, das nach dem abgereisten Gouverneur benannt ist. Dem werden wir zuvorkommen.«

»Aber was wird aus Carlton Park?«

»Carlton Park gehört uns, aber wenn die Forrests dort arbeiten und die Gewinne mit uns teilen wollen, warum sollten wir uns da beklagen? Diese Milly ist felsenfest entschlossen, die Frau eines Siedlers zu sein. Das ist in ihren Augen ein gewaltiger gesellschaftlicher Aufstieg. Sie lebt da draußen im Schmutz und im Dreck und wartet darauf, daß ihr Mann ein Haus baut.«

»Sie muß verrückt sein!«

»Natürlich ist sie das. Ich habe ihr zu erklären versucht, daß eine Lady gar nicht auf die Idee käme, sich auch nur in die Nähe dieses Ortes zu begeben, bevor ihr Haus fertig ist, aber da war nichts zu machen, sie läßt sich einfach nichts sagen. Gib mir nur ein Jahr, Georgina. Das ist alles, worum ich dich bitte. Bis dahin werde ich die neue Farm besitzen, ein anständiges Haus gebaut haben und ein gutes Einkommen herausholen. Dann gehören uns zwei Güter, und wir sind fürs Leben versorgt.«

Georgina war immer noch unschlüssig. Sie ging zu Edward hinüber, der in seinem Kinderbett schlief, und schaute auf ihn hinab.

»Denk an den Jungen«, sagte Jasin. »Denk an all das Land, das er erben wird. Wenn er groß ist, werden diese beiden Rinderfarmen ein Vermögen wert sein.«

»Das ändert nichts daran, daß Edward und ich im Augenblick kein Zuhause haben. Ich habe dir gesagt, daß wir nicht hierbleiben werden.«

»Das müßt ihr auch nicht. Ich werde dir ein Haus suchen. Du kannst dir deine Möbel kommen lassen und deinen Wohnsitz hier in Newcastle nehmen, wo du Leute kennst, bis unser Haus fertig ist. Das ist alles, was ich dir anbieten kann. Wirst du mir dieses eine Jahr Zeit geben?«

»Das kommt darauf an, was für ein Haus du findest«, erwiderte sie, aber ihre Antwort war nicht gerade vielversprechend. Zudem waren die wenigen Häuser, die Jasin finden konnte, allesamt Bruchbuden. Er gab es auf und ritt zu den Viehhöfen hinaus, um sich die Tiere anzusehen und mit anderen Rinderzüchtern zu sprechen, von denen es nur wenige im Distrikt gab, da sich die meisten Farmen auf Schafzucht verlegt hatten. Er mußte Bullen für seine nächste Herde erwerben, und die Viehzüchter würden ihm Hinweise geben, mit welchen Preisen er rechnen mußte. Bei diesen Männern fand er eine Kameradschaft, die er noch nie erlebt hatte, und er wußte, daß er sich ihren Respekt durch seinen körperlichen Einsatz verdient hatte, was seinen Vater überrascht hätte. Er teilte die Trauer des alten Mannes um seinen Bruder Edward, der zu Weihnachten in dem bitterkalten englischen Winter gestorben war, aber da Harrald auf der Suche nach einem Krieg in Europa herumstreifte, hatte Jasin das Gefühl, es sei höchste Zeit, dem Earl zu zeigen, was sein dritter Sohn zustande brachte. Er hatte vorgehabt, seine Eltern zu einem Besuch auf Carlton Park einzuladen, sobald sie sich dort niedergelassen hatten, aber dieser Plan würde aufgeschoben werden müssen. Es war viel besser, ihnen zwei Anwesen zu zeigen, die so groß waren wie englische Grafschaften.

Er unterhielt sich gerade angeregt mit John Appleby und seinen Söhnen – Viehzüchtern mit einem riesigen Stück Land am Golbourn River – und trank Brandy, als er Rivadavia erblickte. Der Mann war nicht zu übersehen. In seiner schwarzen Reiterkluft und mit diesem unmöglichen Hut mit den silbernen Verzierungen sah er in Jasins Augen aus, als ob er auf dem Weg zu einem Kostümball wäre. Er wandte sich langsam ab, um nicht mit ihm reden zu müssen, aber Appleby rief den Burschen bereits herbei. »Na so was, Rivadavia! Juan! Hier drüben!« Und seine Söhne hatten allesamt ein breites Lächeln aufgesetzt, während er näher kam, als ob er irgendein Potentat wäre.

»Juan, was für ein Glück, Sie hier zu treffen! Darf ich Ihnen den Ehrenwerten Jasin Heselwood vorstellen?«

»Wir kennen uns bereits, Sir.« Juan schien sich zu freuen, ihn zu sehen, und Jasin war besänftigt. Wenn Appleby den Argentinier akzeptierte, dann konnte er das wohl auch; er rief sich ins Gedächtnis, daß Hortons Farm ziemlich eindrucksvoll war. Er hatte Rivadavia nichts davon gesagt, daß er ursprünglich geplant hatte, Chelmsford zu verwalten, und der Gedanke an diesen Plan ärgerte ihn jetzt. Er erkannte, daß die Macarthurs recht gehabt hatten. Wieviel einfacher sein Leben gewesen wäre, wenn er die Farm hätte übernehmen können – ein Heim für Georgina und den Jungen sowie ein stetiges Einkommen, und dabei genug Zeit, sich sein ei-

genes Land zu suchen. Er beneidete Rivadavia und wurde an Vicky Horton erinnert, die den alten Sir Percy geheiratet hatte und nach England gegangen war.
»Und wie geht es Missis Heselwood?« erkundigte sich Juan.
»Ausgezeichnet, danke. Ich hatte ganz vergessen, daß Sie sie kennengelernt haben.« Jasin beschloß, nicht auf seinen ungewöhnlichen Besuch im Haus der Cormacks zu sprechen zu kommen, da Georgina ihn mochte. »Sie ist gerade in Newcastle.«
»Ihre Frau ist hier?« Appleby war überrascht. »Also dann müssen Sie mit ihr zu uns auf die Farm kommen. Meine Frau wäre entzückt, Sie zu empfangen.«
»Das werde ich tun«, sagte Jasin, »aber im Moment treffe ich gerade Vorbereitungen, nach Norden zu gehen.«
»Wo wollen Sie hin?« Juan war interessiert, und Jasin überlegte, ob er es ihnen erzählen sollte oder nicht, aber er schien kaum eine Wahl zu haben. »In die Darling Downs; ich glaube, so heißt das Gebiet.«
»Oh, gute Idee«, sagte Appleby. »Ich habe noch niemand getroffen, der dort gewesen ist, aber es hat trotzdem schon einen ausgezeichneten Ruf. Gutes Land, wie man mir erzählt hat.«
»Hochliegendes Land«, meinte Juan. »Und ziemlich schwer zu erreichen, wie ich höre. Ich bin Leuten begegnet, die diese Hochebene in der Ferne gesehen haben. Die Karten der Forscher zeigen aber, daß es gutes Land mit prächtigen Flüssen ist. Wenn es Ihnen gelingt, dorthin zu gelangen, müßten Sie hervorragendes Rinderland vorfinden.«
»Freut mich zu hören«, sagte Jasin und nahm sich vor, mit Burnett darüber zu sprechen. Er würde gute Karten brauchen. »Ich hätte nichts dagegen, mit von der Partie zu sein«, sagte der junge Arthur Appleby schüchtern. »Meinen Sie, daß ich mitkommen könnte?«
Jasin war verblüfft, aber er sah Arthur an, der etwa zwanzig Jahre alt und kräftig war.
»Ich würde ordentlich mit zupacken, Mister Heselwood. Ich wäre Ihnen keine Last«, sagte der junge Mann.

»Nun ja, wenn dein Vater einverstanden ist?«
Appleby strahlte. »Meine Güte! Das ist eine Chance für dich, mein Junge. Schau dir an, wie es im Norden aussieht. Wenn Sie sicher sind, daß Sie ihn mitnehmen wollen, selbstverständlich, Jasin.«
Arthur war begeistert. »Wann geht es los?«
Jasin lachte. »Das wird noch ein Weilchen dauern. Ich werde nicht nach Bathurst reisen. Diese Aufgabe habe ich einem Vieheinkäufer übertragen. Er bringt eine Herde nach Singleton. Dort treffe ich mich mit ihm. Aber ich werde dir rechtzeitig vorher Bescheid geben, Arthur, und du könntest vielleicht nach ein paar Viehtreibern Ausschau halten, die mit uns kommen würden.«
Die Gruppe schlenderte über die Höfe, um bei den Auktionen zuzusehen, und Jasin fiel wieder ein, daß es ihm nicht gelungen war, ein Haus für Georgina zu finden. Sie würde sehr ungehalten sein und wieder mit ihrer Rückkehr nach England drohen. Er sah, daß Rivadavia in ein Gespräch mit Appleby über die wenigen Rinder vertieft war, die zum Verkauf standen, und lächelte. Natürlich! Georgina mochte den Burschen. Vielleicht konnte er sie vorläufig von dem Thema ablenken. Er tippte Rivadavia auf die Schulter. »Juan. Falls Sie gerade nichts anderes vorhaben – hätten Sie nicht Lust, mit zu uns zu kommen? Ich bin sicher, daß Georgina sich freuen würde, Sie wiederzusehen.«
Als sie in die Stadt zurückritten, klagte ihm Jasin sein Leid, daß er Schwierigkeiten hatte, eine anständige Unterkunft in Newcastle zu finden. »Georgina findet es lästig, unter dem Dach von Fremden zu wohnen, ganz gleich, wie nett sie sind. Ich habe sie inständig gebeten, in Sydney zu bleiben, wo sie es ganz bequem hatte, aber sie bestand darauf hierherzukommen. Jetzt bereut sie es, glaube ich.«
»Ich habe hier ein Haus gekauft«, sagte Juan. »Es war das Wohnhaus der großen Schaffarm, die den Matsons gehörte. Die Farm ist in kleinere Parzellen aufgeteilt worden, aber das Haus ist sehr massiv, und man hat einen Blick auf den Ozean. Ich wollte immer schon ein Sommerhaus am Meer haben.«
Jetzt tat es Jasin leid, daß er das Thema zur Sprache gebracht hatte.

Juans Antwort ärgerte ihn. Der Kerl schien so viel Geld zu haben, daß er gar nicht wußte, was er damit anfangen sollte.
»Wie schön für Sie«, bemerkte er.
»Sie können es gerne haben.«
»Ich bitte um Verzeihung?« sagte Jasin.
»Ich werde in nächster Zeit nicht dort wohnen«, erklärte Juan rasch. »Sie können es sich ansehen, und wenn es Ihnen geeignet erscheint, würde es mich freuen. Natürlich gibt es keine Miete oder dergleichen.«
Jasin war erstaunt. Er konnte das Angebot kaum glauben. »Das ist sehr großzügig von Ihnen, mein lieber Freund. Ich stehe schon wieder in Ihrer Schuld, aber die Entscheidung liegt natürlich bei Georgina.«
Er betete zu Gott, daß dieses Haus geeignet war. Georgina war nicht in der Stimmung, sich weiteren Unbequemlichkeiten auszusetzen. Jetzt, wo er ihr etwas anzubieten hatte, fühlte er sich besser, und er ritt mit seinem argentinischen Gast gut gelaunt durchs Tor. Die Stallknechte waren in gedämpfter Stimmung, und Georgina kam selbst zur Hintertür heraus, um sie zu empfangen. Sie küßte Jasin sanft, was dieser ziemlich merkwürdig fand, und begrüßte Rivadavia mit alles andere als überschwenglicher Begeisterung. Sie ließ ihren Gast im Salon Platz nehmen, da die Burnetts alle miteinander verschwunden zu sein schienen. »Würden Sie uns einen Moment entschuldigen?« bat sie Juan und führte Jasin in den Garten hinaus.
»Was ist denn los, Georgina?« rief er. »Das war wohl kaum ein angemessener Empfang für ihn, und ich habe ein paar gute Neuigkeiten für dich.«
»Ich werde mich bei ihm entschuldigen, Jasin, aber ich habe schlechte Nachrichten. Ein Brief von deiner Mutter. Es ist sehr schmerzlich. Dein Bruder Harrald ist im Krieg gegen die Türken gefallen.«
»Oh mein Gott! Harrald! Der arme Harrald. Was hatte er da überhaupt zu suchen?«

»Deine Mutter schreibt, er hat auf der Seite der Griechen gekämpft. Es klingt sehr bitter. ›Ein schicker Krieg‹, das waren ihre Worte.«

»Ach, meine arme Mutter, erst Edward und jetzt Harrald. Wie nimmt mein Vater es auf? Der verdammte Dummkopf hat Harrald zu diesem Wahnsinn ermutigt. Kriegsruhm, pah! In meinen Augen trägt er die Schuld an Harralds Tod. Nun ja, jetzt muß er mit mir vorlieb nehmen!«

Jasin hatte Tränen in den Augen. Georgina wußte, daß er Harrald, der immer so lustig gewesen war, sehr gern gehabt hatte. »Findest du nicht, du solltest dich etwas hinlegen, Jasin?«

Er seufzte schwer. »Ich weiß nicht. Aber ich will im Moment niemanden sehen. Vielleicht gehe ich auf mein Zimmer und schreibe meinen Eltern. Jetzt bin ich ihr Erbe. Ich bin derjenige, auf den der Titel übergeht, aber wie es aussieht, wird der Alte all seine Söhne überleben.« In seiner Stimme lag eine unüberhörbare Bitterkeit.

»Das glaube ich nicht«, sagte Georgina leise. »Als der Earl die Nachricht erhielt, bekam er einen Schlaganfall. Er erholt sich wieder, aber er ist noch sehr schwach.«

»Oh Jesus!« Er wandte sich von ihr ab und ging einen Weg entlang. Anscheinend versuchte er, wieder zu Atem zu kommen. Georgina folgte ihm. »Meinst du, wir sollten nach England zurückkehren, Jasin?«

»Vielleicht«, sagte er. Er machte einen gequälten Eindruck. »Aber wenn wir fahren, sind wir ruiniert. Ich werde meine Kredite nicht zurückzahlen können, und meine ganze Arbeit war umsonst. Nein, meine Liebe, wir müssen unbedingt hier durchhalten. Für mich ist die Chance zum Greifen nah, große Güter in New South Wales aufzubauen, und ich kann jetzt nicht aufhören. Der alte Knabe wird schon wieder auf die Beine kommen! Ich werde Mutter schreiben. Oh mein Gott, ich habe den Spanier ganz vergessen. Würdest du mit ihm reden? Er hat ein Haus für uns.«

»Ein Haus? Wo?«

»Bitte verzeih, aber mir ist jetzt nicht danach, darüber zu reden.«

Als Georgina in den Salon zurückkam, sah sie, daß Mr. Rivadavia immer noch stand. Er war nicht eingeladen worden, sich zu setzen. Sie lächelte. Er hatte untadelige Manieren, eine Abwechslung in dieser ungehobelten Gemeinde.
Ein paar Tage später bat sie Juan Rivadavia, sie zu dem Haus zu bringen, damit sie es sich ansehen konnte. Der Schock hatte Jasin gelähmt; er war von der Furcht besessen, daß sein eigener Tod unmittelbar bevorstand. Juan war wie immer sehr höflich. Er schien ein natürliches Taktgefühl zu haben, wofür sie dankbar war.
Als die Kutsche sie eine von Unkraut überwachsene Auffahrt hinaufbrachte, sank ihr Mut. Das alte Haus sah windgepeitscht und baufällig aus.
»Warten Sie noch mit Ihrem Urteil«, sagte Juan. »Kommen Sie und schauen Sie sich die Aussicht an.« Dann standen sie auf der großen Veranda und schauten aufs Meer hinaus. »Man kann Wale und vorbeifahrende Schiffe sehen. Der Blick aufs Meer wird nie langweilig.«
»Ja, ich weiß. Aber ich glaube nicht, daß das Haus geeignet wäre, Juan. Wirklich nicht.«
Ein breites Lächeln erhellte sein Gesicht. »Aber das ist ja der Grund, weshalb ich so froh bin, daß Sie mitgekommen sind. Sagen Sie mir, was würden Sie verändern?«
Sie blickte sich um und fragte sich, wo sie anfangen sollte. »Nun ja, ich weiß nicht. Ich habe so etwas noch nie gemacht.«
»Versuchen Sie es.« Seine Augen waren auf gleicher Höhe wie ihre, und als er sie ansah, faßte sie Mut. Denn es war, als ob er ihr Unterstützung und Freundschaft anbot.
»Das würde ich mir nicht erlauben.« Dann lächelte sie. »Ich habe das Gefühl, Juan, daß Sie das viel besser können als ich.«
»Aber dann würde die weibliche Note fehlen. Ich richte das Haus auf Chelmsford nach meinem Geschmack her. Das hier ist etwas ganz anderes als eine Hazienda; es ist ein Sommerhaus, kein Landhaus.« Er wartete. »Ihnen sind englische Sommerhäuser vertraut, mir nicht. Was würden Sie tun?«

Sie versuchte es. »Nun, sie haben keine so großen Veranden, aber ich mag sie recht gern, weil sie Schatten spenden.«
»Gut, die Veranda bleibt.« Er machte die knarrende Haustür auf. Sie verbrachten den Nachmittag damit, durch das muffige Haus zu gehen und seine Vorzüge und Nachteile zu erörtern. Die Holzfußböden waren hervorragend, und die hohen Decken gaben ihm eine geräumige Atmosphäre. »Was mir bei einem Haus am Meer nicht gefällt, sind diese dunklen Wandvertäfelungen«, äußerte sie.
»Die Wandvertäfelungen kommen weg«, sagte er, und sie gingen in die Küche hinunter, einen häßlichen, aus dem Stein herausgehauenen Raum unter dem Haus.
»Im Winter muß es hier unten eiskalt sein«, sagte er.
»Und schauen Sie, sie müssen hinausgehen, um das Essen nach oben zu bringen« setzte Georgina hinzu. »Es wäre kalt, bevor es auf dem Tisch stünde.«
»Oder es würde hineinregnen«, lachte Juan und schlenderte weiter durch das Labyrinth von Zimmern. »Die Einrichtung ist gräßlich. Ich finde, wir sollten alles hinauswerfen und ganz von vorn anfangen. Was für ein Glück, daß Sie hier sind, um mir zu helfen.«
Georgina errötete. Es machte sie ein wenig verlegen, daß er das Wort »wir« benutzte.
Sie gingen wieder nach draußen.
»Hier draußen werden Gärtner für Ordnung sorgen«, sagte er. »Also machen Sie sich keine Gedanken wegen des Grundstücks. Es gibt sogar einen Buschweg zur Küste hinunter, aber den können Sie sich ein andermal ansehen, Missis Heselwood. Ich wäre Ihnen sehr dankbar, wenn Sie die Renovierungsarbeiten für mich beaufsichtigen könnten.«
Er hatte sie gebeten, ihn mit seinem Vornamen anzureden, was ihr angesichts seines Alters nicht unpassend erschien, aber Georgina war erleichtert, daß er so taktvoll war, bei ihrem Ehenamen zu bleiben. Er war außerordentlich attraktiv, und alles an ihm schimmerte, bis hin zu seinen polierten Fingernägeln; er war ein sehr auf sein Äußeres bedachter Mensch. Sie wußte das zu schätzen, aber

Juan machte sie trotzdem nervös. Es fiel ihr schwer, die Gedanken an Adelaide zu verdrängen, an sie und ihn, ein Liebespaar; die Gedanken wollten nicht weichen, wie der Duft einer exotischen Blume.

»Mit dem größten Vergnügen«, sagte sie. »Dann hätte ich etwas zu tun, während Jasin fort ist.« Georgina fiel auf, daß sich noch etwas bei ihr verändert hatte. Bevor sie in dieses Land gekommen war, hatte sie nie daran gedacht, etwas tun zu müssen oder zu wollen. Und nun freute sie sich sogar darauf.

»Hätten Sie immer noch Lust, hier zu wohnen, wenn es Ihren Vorstellungen entspricht?«

»Aber ja. Wir wären Ihnen sehr dankbar.«

Er pfiff dem Kutscher, was sie amüsant fand. Als er ihr beim Einsteigen half, überlief es sie warm bei seiner Berührung, und sie verstand, warum sich die arme Adelaide so zu ihm hingezogen gefühlt hatte.

»Sagen Sie den Handwerkern, sie sollen ihre Rechnungen an meine Bank schicken«, erklärte Juan. »Ich bin schon sehr gespannt, was das Haus betrifft. Ich glaube, es wird das schönste Haus in Newcastle werden.«

Georgina stimmte ihm zu. Geld konnte Wunder wirken, dachte sie wehmütig. Wenn sie dazu kamen, sich im Norden ihr eigenes Haus zu bauen, würden sie hoffentlich genug Geld für etwas nur halb so Schönes haben. Sie wußte bereits, daß die Handwerker in diesem Land nur gegen sofortige Bezahlung arbeiteten, und machte sich Sorgen, daß ihr Mann im Gegensatz zu ihr einige Tatsachen über das Leben in der Kolonie noch nicht richtig erfaßt hatte.

Juan schien wieder in seine eigenen Gedanken vertieft zu sein, und sie dachte an Edward. Sie erinnerte sich an Juans Kind und beschloß, das Thema anzusprechen. Es konnte schwerlich für immer unter dem Teppich bleiben.

»Edward wird sich fragen, wo seine Mutter steckt«, sagte sie.

»Ich glaube, Sie haben eine Tochter, Juan?«

»Ja, Dells Tochter«, gab er freimütig zu. »Kannten Sie Dell?«

»Ja, wir kannten sie. Sie war sehr nett. Aber zu der Zeit, als ich hörte, daß sie von uns gegangen ist – nun, wissen Sie, ich war die letzte, die es erfuhr«, schloß sie lahm.
»Das ist schon in Ordnung«, sagte er. »Wissen Sie, ich habe Dell geliebt, aber ihre Gefühle für mich waren nicht tief genug, um mich zu heiraten.«
Georgina wollte nichts Näheres über seine Beziehungen wissen, aber sie hatte das Gefühl, es wäre unhöflich, ihr Desinteresse zu zeigen.
»Das tut mir sehr leid.«
Juans schwarze Augen waren traurig, als er fortfuhr: »Dells Freund Pace MacNamara hat mich beschuldigt, ich hätte sie unglücklich gemacht, indem ich sie nicht geheiratet habe, besonders als sie mein Kind unter dem Herzen trug, aber er hat es nicht begriffen.« Er sah Georgina an und wählte seine Worte sorgfältig. »Sehen Sie, Adelaide hat sich für uns geschämt. Sie wollte wegen des Stücks Papier verheiratet sein. Sie liebte mich, aber sie wollte nicht mit mir gesehen werden. Ich war zu jung, und ich bin kein Engländer. Sie wollte nie mit mir in die Stadt kommen oder andere Farmen besuchen, sie war nur auf unserer Farm glücklich, unter den Menschen, die ihrer Meinung nach nicht zählten. Und es stimmt, sie hat ständig von Heirat gesprochen, aber sie hat mich nicht genug geliebt. Ich wußte, dieses Stück Papier würde nichts daran ändern.«
»Das tut mir sehr leid«, meinte Georgina erneut, darauf bedacht, nichts zu sagen, was herablassend oder kritisch klingen konnte.
Dann wurde er wieder fröhlich. »Aber meine Tochter Rosa ist wunderschön. Ich werde sie eines Tages mitbringen, damit sie Sie kennenlernt, und wir werden ihr ein paar hübsche Sachen kaufen. Auf der Farm sorgt man gut für sie. Alle lieben sie.«

Während Georgina damit beschäftigt war, das Haus des Argentiniers herzurichten, stellte Jasin fest, daß er nichts mit sich anzufangen wußte. Er drängte sie, die Sache zu beschleunigen, damit sie einziehen konnten und ihre Ruhe hatten. Als er das Haus einmal

besichtigt hatte, waren gerade Wände eingerissen worden; Staubwolken hingen in den Räumen, und die Männer, die draußen das Grundstück in Ordnung brachten, hatten soeben etwas verbrannt. Der Geruch des brennenden Laubs hatte ihn an das Hinterland erinnert, wo am Ende des Sommers immer Rauch herangeweht kam, süß riechende Schwaden von brennenden Eukalyptusbäumen, die noch wochenlang nach den Bränden in der Luft hingen und vom Wind weitergetragen wurden.
Draußen auf Carlton Park hatten Clarrie und Snow damals gleich zu Anfang ein großes Stück Weideland in Brand gesetzt. Die Viehhüter hatte das anscheinend nicht gestört, aber er und MacNamara waren überrascht und nervös gewesen.
Clarrie hatte gelacht. »Wir brennen bloß dieses alte saure Gras ab, damit gutes, frisches Weidegras nachwachsen kann. Die Schwarzen machen das immer so. Dadurch gedeiht dieses Land. Man muß nur aufpassen, daß nicht das Haus oder die Ernte im Weg ist, sonst geht alles in Flammen auf. Ziehen Sie eine Feuerschneise in ordentlichem Abstand ums Haus rum, wenn Sie's bauen.«
Jasin erinnerte sich an diesen Rat und fragte sich, ob Dermott Forrest dies wußte. Er würde so bald wie möglich hinreiten und das Haus inspizieren, aber das würde noch eine ganze Weile dauern. Zunächst hatte er andere Dinge zu erledigen.
In Newcastle gab es keine Clubs und nur ein einziges Hotel, das einen halbwegs annehmbaren Standard anstrebte, aber es war fest in den Händen der Schafzüchter, die Rinderzüchter als Eindringlinge betrachteten. Jasin fand das ziemlich albern, da sie Wolle erzeugten, kein Fleisch, und beides benötigt wurde. Aber ihm war klar, daß er von ihrer feindseligen Haltung den Rindern gegenüber profitierte. Sie sorgte dafür, daß die Zahl der Rinder niedrig und die Preise hoch blieben.
Die Tage schleppten sich dahin. Jasin war nervös. Er dachte an den Tod seines Bruders und das Pech, das seine Familie zu verfolgen schien. Er konnte jedoch keine Vorbereitungen für seine Reise nach Norden treffen, bevor das Vieh nicht da war. Er wollte selbst

sehen, was Slater, der Vieheinkäufer, für ihn erworben hatte, bevor er irgendwelche Zahlungen leistete. Dann würde er die Rinder mehr oder weniger auf die gleiche Weise nach Norden bringen, wie er es bereits getan hatte, nur daß er diesmal bloß den Startschuß für den Treck geben und dann mit Arthur Appleby und ein paar anderen Burschen ohne Pause unterwegs sein würde, bis sie die Darling Downs erreichten.

Als das Vieh in Singleton eintreffen sollte, war er erleichtert, Newcastle verlassen zu können. »Diesmal bleibe ich nicht lange weg«, erklärte er Georgina. »Ich muß mir die Rinder ansehen und dafür sorgen, daß sie die Inspektionsstelle passieren. Dann muß ich sie irgendwo unterbringen, und danach komme ich zurück, um Männer und Ausrüstung für den Treck zu besorgen.« Er freute sich schon auf den Ritt nach Norden. Arthur hatte ein paar seiner Freunde dafür gewonnen, mit ihnen die abenteuerliche Reise in unbekanntes Land anzutreten, und sie konnten ihm beim Vermessen helfen. Diesmal würde es keine Spannungen wie beim ersten Treck geben. Man konnte sich darauf verlassen, wie er wußte, daß die Viehtreiber ihre Arbeit sehr gut ohne ihn erledigen würden.

Es war ein unangenehmer Ritt. Unterwegs kam er durch Maitland und blieb über Nacht in der Stadt. Er hoffte, daß der Regen nachlassen würde, aber dann zog ein neuer Sturm auf, und er kam an Planwagen vorbei, die sich durch den Schlamm quälten, während sein Pferd weitertrottete.

Sein schwerer Mantel war völlig durchnäßt, als er bei der Polizeistation abstieg, der Quelle aller Informationen im Singleton-Distrikt.

Der Sergeant freute sich, ihn zu sehen. »Ah, Mister Heselwood! Ein Reiter hat eine Botschaft für Sie gebracht. Wo hab ich sie bloß hingelegt?« Er nahm Papiere aus Ablegefächern. »Ganz schön naß da draußen, hm? Ah! Hier ist sie. Ein Viehtreiber hat vor ein paar Tagen hier Bescheid gesagt. Ich hab die Nachricht selber aufgeschrieben. Er konnte nicht schreiben, wissen Sie. Hier ist sie. Sie kommt von Harry Slater, dem Vieheinkäufer. Harry sagt, der Macquarie River ist über die Ufer getreten, und Ihre Herde steckt dort fest. Das ist wirklich Pech.«

Jasin war wütend. »Das ist kein Pech! Er hätte inzwischen ein gutes Stück weiter sein müssen. Was macht der Mistkerl bloß? Wie lange werden die jetzt brauchen, um hierherzukommen, was meinen Sie?«

»Das weiß nur der liebe Gott. Das Land ist ein einziger großer Sumpf. Der stärkste Regen, den wir seit Jahren hatten. Ich würde ihnen noch ein paar Wochen geben.«

»Verdammt!« Jasin hatte keine Lust, wochenlang in dieser schäbigen Stadt herumzusitzen. »Dann muß ich wiederkommen. Wo sollen wir das Vieh unterbringen, wenn sie auftauchen? Das wollte ich während meines Aufenthalts hier regeln.«

»Slater hat eine kleine Weide ein paar Meilen weiter draußen. Da könnte es eine Weile bleiben. Bringen Sie es raus zum Namoi?«

»Nein. Weiter nach Norden. Viel weiter.«

»Dann werden sie wohl noch 'n Weilchen hier sein, hm?«

Jasin sah ihn verständnislos an. Er verstand die Bemerkung nicht, aber er hatte andere Dinge im Kopf. »Hier ist meine Adresse in Newcastle. Sagen Sie Slater, er soll mich benachrichtigen, wenn er hier ist. Und kennen Sie einen Burschen namens Pace MacNamara? Wo könnte ich ihn finden?«

»Klar kenne ich den. Er wohnt am Ende der North Road.«

»Danke.«

Er brauchte nicht lange, um das Haus zu finden. Es war eher eine Baracke, verbesserte er sich. MacNamara gehörte nicht zu den Großverdienern; wahrscheinlich hatte er diese Bruchbude gemietet und machte Gelegenheitsjobs, falls er überhaupt arbeitete. Er fragte sich, ob sich der Ire wirklich Land im Westen genommen hatte. Niemand hatte etwas davon gesagt, und er würde sich nicht dazu herablassen, danach zu fragen. Wahrscheinlich hatte er seinen Lohn mittlerweile im Wirtshaus durchgebracht und würde nicht abgeneigt sein, einen Job als Viehtreiber anzunehmen. Er klopfte mit seiner Gerte an die Tür, und eine Frau öffnete, eine Frau mit einer Masse rotbrauner Haare, und Jasin trat erstaunt einen Schritt zurück. »Dolour! Bist du es?«

Sie war ebenso überrascht wie der Besucher. Sie errötete, und ihre weichen, rosaroten Lippen formten ein rundes »oh«, aber es kam kein Laut heraus.

»Meine liebe Dolour!« rief er. »Was für ein Glück! Ich habe dich überall gesucht. Ich bin nach Parramatta und zum Nelson Hotel geritten ...«

»Da hast du dir aber reichlich Zeit gelassen«, fauchte sie. »Was kann ich für Sie tun, Mister Heselwood?«

Er tat so, als ob er den wütenden Ton nicht hören würde, und legte ihr rasch einen Arm um die Taille. Sein Verlangen erwachte von neuem. »Oh, meine Liebe, du bist schöner denn je.« Aber sie stieß ihn weg.

»Nicht doch, Dolour«, sagte er leise. Er hatte das Gesicht in ihre Haare gedrückt, und seine Arme preßten ihren Körper jetzt an seinen. »Spürst du, wie sehr ich dich begehre? Weißt du noch, wie es damals war? Du hast mir so gefehlt.«

Seine starken Hände strichen über den vertrauten Körper unter dem dünnen Kleid, und der Drang, den er stets empfunden hatte, wenn er mit ihr zusammen gewesen war, befiel ihn erneut, und er wollte sie jetzt sofort haben, an Ort und Stelle. Sie waren zu lange getrennt gewesen.

Sie wehrte sich gegen ihn, den Mund fest gegen seine Küsse geschlossen, und ihr Körper entwand sich ihm. Er war benommen und verwirrt, als sie ihn wegschob und zurücktrat, um sich das Kleid glattzustreichen. »Geh weg, Jasin. Das ist vorbei!«

Lächelnd griff er wieder nach ihr. Er liebte sie. »Nein, Dolour. Es wird nie vorbei sein.« Er war jetzt sanfter und redete schmeichelnd auf sie ein; schließlich war es auch für sie eine Überraschung gewesen. »Komm und liebe mich, dann wirst du sehen, daß sich nichts geändert hat. Ich begehre dich jetzt mehr denn je. Wir brauchen auf niemand mehr Rücksicht zu nehmen. Ich bin allein hier, und wir haben alle Zeit der Welt.«

»Nein!«
Sie strich sich die Haare aus dem Gesicht, und er sah das schmale silberne Band. Wütend packte er ihre Hand. »Ist das ein Ehering? Warum hast du das getan? Ich hätte dich zu mir geholt! Ich habe es versucht!« Jetzt begann ihm zu dämmern, wessen Haus das war, und er wußte es, noch bevor sie es sagte.
»Ich bin mit Pace MacNamara verheiratet, und du solltest dich lieber damit abfinden.«
Er starrte sie sprachlos an und trat von ihr zurück. Er fühlte, wie sein Innerstes vor Enttäuschung erbebte. »Wann ist das passiert?«
»Das geht dich nichts an. Du bist hergekommen, um mit meinem Mann zu sprechen?«
»Ich bin gekommen, um ihm einen Job anzubieten«, sagte er eisig.
»Du kannst ihn auf den Viehhöfen finden. Dort werden gerade Pferde verkauft.«
Jasin erholte sich rasch. Er war keineswegs bereit, so einfach aufzugeben. Er ließ ein gezwungenes Lachen hören. »Vielen Dank, Missis MacNamara. Aber da wir einander jetzt förmlich vorgestellt worden sind und du getan hast, was man von der kleinen Frau erwartet, komm her zu mir.« Er breitete die Arme aus, die Handflächen nach außen. »Ich bin ebenfalls verheiratet, das weißt du. Es hat dich damals nicht gestört, also warum sollte es mir jetzt etwas ausmachen? Du bist immer noch meine schöne Dolour. Wir sind immer noch ein Liebespaar.«
Mit einer abwehrenden Bewegung zog Dolour die Tür etwas weiter zu. »Bitte sag nicht solche Sachen, Jasin. Du mußt weggehen und mich alleinlassen.«
Er konnte die Furcht in ihrer Stimme hören und glaubte sie zu verstehen. »Mach dir keine Sorgen wegen MacNamara. Ich schicke ihn mit meinem Vieh weg. Dann komme ich zu dir zurück.«
Statt die Tür zu schließen, stieß Dolour sie auf und ging auf ihn los. »Geht das nicht in deinen Kopf? Was immer ich für dich empfunden habe, es ist nicht mehr da. Sechs Monate in dieser Fabrik haben mir das gründlich ausgetrieben.«

»Das war nicht meine Schuld.«
»Es ist ganz gleich, wessen Schuld es war. Es war dumm, auch von mir. Und jetzt möchte ich, daß du gehst.«
»Das könnte ich tun«, sagte er grinsend. »Und ich könnte MacNamara von uns erzählen. Ich wette, das hast du nicht getan. Und wenn ich es ihm sage, dann ist deine kostbare Ehe keinen Pfifferling mehr wert.«
Dolour reagierte zornig. »Ich wußte, daß dieser Tag kommen würde, und ich habe mich darauf vorbereitet.« Sie langte nach hinten ins Innere des Hauses und stand ihm mit einem Gewehr gegenüber. »Ich habe dich immer gewarnt. Du hattest es nicht mit einer Kuhmagd zu tun. Wenn du MacNamara je etwas von uns erzählst, jage ich dir eine Kugel durch den Kopf.«
»Sei nicht so melodramatisch. Leg das Gewehr weg.«
»Das werde ich nicht tun! Ich meine es ernst! Und jetzt verschwinde von meinem Grundstück. Wenn du mit meinem Mann reden willst, dann geh ihn suchen.«
Jasin ließ es sich nicht nehmen, lässig davonzuschlendern. Er drehte sich um und winkte ihr zu, bewunderte die Kurven ihrer Figur und den sinnlichen Trotz in ihrer Haltung. »Du kleines Biest«, sagte er leise zu sich selbst. »In diesem Körper brennt ein Feuer. Es ist eine Prüfung, von dir wegzugehen, aber es gibt immer ein anderes Mal. Ich komme wieder.«
In dieser Verfassung hatte er das Gefühl, er würde alles tun, um Dolour zurückzubekommen. Gegenüber der kleinen Irin kam ihm seine Frau immer blasser vor. Er hatte die Absicht, MacNamara wieder einen Job zu geben, mit doppeltem Lohn, wenn es sein mußte, Hauptsache, er konnte ihn wegschicken. Aber bei dem Treffen mit MacNamara erreichte er nichts. Der Ire wollte seinen Job nicht haben und gab selbst Gebote auf Vieh ab.
»Was wollen Sie mit diesen Rindern machen?« fragte Jasin.
»Sie auf eine kleine Farm stellen.«
»Dann haben Sie sich also wirklich Land am Namoi abgesteckt. Wieviel Land?«

»Genug.«

»Gleich neben meinem?« fragte Jasin. Darin lag eine gewisse Komik, fand er.

»Nein. Das an Ihr Carlton Park angrenzende Land hat sich ein Anwalt aus Newcastle genommen. Aber warum kaufen Sie schon wieder Vieh? Ich hätte gedacht, Ihre Farm sei gut bestückt, bis sie mehr Land roden können.«

»Wir können immer noch was brauchen.«

Pace glaubte ihm nicht und zog bei dem freundlichen Sergeant nähere Erkundigungen ein. Dieser teilte ihm mit, daß Heselwood einen Passierschein besaß, der es ihm gestattete, Rinder weit nach Norden zu den Darling Downs zu bringen.

»Von diesem Gebiet habe ich schon gehört. Könnten Sie mir zeigen, wo das ist?«

Die Polizeistation diente auch als Nebenstelle des Grundbuchamtes. Er zeigte Pace die neuesten Karten. »Es ist eine mühselige Kletterpartie, auf dieses Plateau zu kommen, aber wenn man erst mal da ist, soll es so grün sein wie die Wiesen von England.«

»Was Sie nicht sagen.«

Das war es also. Pace geisterte tagelang im Haus herum und versuchte eine Möglichkeit zu finden, an zwei Stellen zugleich zu sein. Er mußte seinen Besitz mit Rindern bestücken, sein Haus bauen und die erforderlichen Verbesserungen vornehmen, oder er würde ihn verlieren.

»Sei zufrieden mit dem, was du hast, MacNamara. Wenn du so weitermachst, fällst du noch vom Rand der Welt, bevor du dich endlich mal niederläßt«, erklärte ihm seine Frau.

Sie verkauften ihr Haus, packten ihre wenigen Habseligkeiten zusammen und reisten zusammen mit sechs Viehtreibern und einer großen, wogenden Rinderherde nach Nordwesten zu ihrer Kooramin-Farm am Namoi. Ihr Mann sah Jahre harter Arbeit vor sich liegen, aber Dolour frohlockte. Sie hatte Heselwood besiegt. Er hatte es nicht gewagt, ihre Beziehung ihrem Mann gegenüber zu erwähnen, und sie dankte dem Herrn, daß sie ihn ein für allemal los waren. Und sie gelobte Maria in ihren heimlichsten Gedanken, daß sie die Wahrheit gesagt hatte, daß sie sich nichts mehr aus Heselwood machte. Er konnte ihrem Mann nicht das Wasser reichen, und dafür würde sie ewig dankbar sein.

Für Jasin war die Angelegenheit damit jedoch keineswegs erledigt. Er hatte Dolour jetzt gefunden, und er würde sie wiedersehen. Zuerst hatte er vorgehabt, den Iren zu melden, weil er sich als bedingt Strafentlassener nicht an die Abmachung gehalten hatte, aber dann entschied er sich dagegen. Es würde die Aufmerksamkeit auf ihn selbst lenken, und außerdem würde sich der Ire aus der Sache herausreden.
Dank Slaters Verspätung mußte er in ein paar Wochen wieder herkommen, und er glaubte nicht, daß MacNamara müßig in der Stadt herumlungern würde. Schließlich war das nur eine Zwischenstation. MacNamara hatte kein Geld, das wußte er. Es würde Jahre dauern, bis so ein Kerl genug Geld aufbringen konnte, um eine Farm bewohnbar zu machen. Wenn er das nächstemal nach Singleton kam, würde er wieder bei Dolour vorbeischauen und sie zur Vernunft bringen. Eines Tages würden sie Nachbarn werden, da sollten sie Freunde sein. Hatte er nicht sogar ihren Mann aus dem Gefängnis von Bathurst geholt? Vielleicht würde er sich sogar entschuldigen und ihr erklären, daß seine Reaktion bei ihrem Wiedersehen verständlich gewesen sei; jetzt war eine dezentere Annäherung vonnöten, um sie in die gleiche heimliche Beziehung hineinzumanövrieren, die sie früher gehabt hatten, denn im Grunde hatte sich nichts geändert. Seine Gedanken schienen sich nicht von Dolour lösen zu können, als ob er mit ihr wieder in diesem Bett wäre, unfähig, sich von ihr zu trennen, und die Erinnerung und die Gedanken an sie hielten ihn aufrecht und halfen ihm, die Enttäuschung über die vergebliche Reise zu überwinden, die, wie er jetzt erkannte, alles andere als vergeblich gewesen war.
Rivadavias Sommerhaus war mittlerweile bewohnbar, und Geor-

gina war mit Edward, einem Dienstmädchen, einer Köchin und einem Gärtner eingezogen. Jasin schauderte es. Zusätzliche Löhne, wo er doch jeden Penny brauchte, den er aufbringen konnte! Aber sie war in ihrem Element, und das war ein Segen. Er beschloß, Burnett in seiner Amtsstube aufzusuchen, wo er ungestört mit ihm sprechen konnte. Er wollte genauere Informationen über die Route nach Norden erhalten, mit deren Hilfe er abschätzen konnte, was für Vorräte er benötigen würde.

Burnett war überrascht. »Ich dachte, Sie wollten zum Namoi hinaus, Jasin.«
»Nein. Meine Pläne haben sich geändert. Da draußen sitzen jetzt Leute von mir. Ich bin am Land auf diesen Darling Downs interessiert.«
»Mein lieber Freund, es ist ein bißchen verfrüht, so weit hinauszugehen.«
Auf einmal fiel Jasin die Bemerkung des Sergeants wieder ein, daß er seine Reise nach Norden wohl »noch ein Weilchen« aufschieben müsse. »Ich verstehe nicht, warum. Demnächst bekomme ich eine neue Herde aus Bathurst. Ich hole sie in Singleton ab, und wenn der Winter vorbei ist, brechen wir auf.«
»Jasin, ich habe Cunninghams Aufzeichnungen ebenso eingehend studiert wie seine Karten. Anscheinend ist der Winter die beste Zeit für einen Treck dorthin. Weiter oben im Norden regnet es im Sommer mehr als hier bei uns in Jahren.«
»Woher kommt das?«
»Weil man in eine tropische Region gelangt.«
»Unsinn. Der Äquator liegt rund tausend Meilen nördlich von hier.«
»Na gut, in eine subtropische Region. Abgesehen davon gibt es bisher noch keine festgelegte Route. Bei diesem Spiel ist es nicht immer der klügste Kurs, der erste zu sein.«
»Ich war der erste draußen am Namoi.«
»Sie sind durch eine Ebene gezogen, und es gab Farmen in der

Nähe. Das hier ist etwas anderes. Man muß Berge überwinden. Im Gebiet von New England gibt es Land, das näher liegt. Schauen Sie sich das doch erst mal an.«

»Da ist alles längst abgegrast. Ich würde nur noch das schlechteste bekommen. Nein, ich bin fest entschlossen, mir meinen Anteil der Darling Downs zu erobern.«

»Das können Sie auch, Jasin, aber jetzt noch nicht. Es ist eine Sache, ein Pionier zu sein, und eine ganz andere, an der Grenze zu leben. Im Augenblick ist es noch viel zu gefährlich, sich so weit hinauszuwagen. Die Schwarzen dort sind immer noch wild und kriegerisch. Sie haben Captain Logan ermordet, den Kommandanten von Moreton Bay, als er auf einem Inspektionsritt war. Haben den armen Kerl enthauptet. Schreckliche Sache.«

»Sie meinen, ich soll einfach die Hände in den Schoß legen und das Land einem anderen überlassen.«

»Mein lieber Freund, Sie haben selbst gesagt, daß es da oben Tausende Meilen von Land gibt, auf das noch niemand Anspruch erhoben hat. Es ist sicherer zu warten.«

»Was ist, wenn ich trotzdem gehe?« fragte Jasin. Er weigerte sich immer noch beharrlich, seine Pläne aufzugeben.

»Ich könnte es Ihnen verbieten. Sie haben vor, die Grenzen weit zu überschreiten. Da ich Ihr Freund bin, werde ich das nicht tun, aber eins kann ich Ihnen sagen: Niemand wird Ihnen zu Hilfe kommen, wenn Sie in Schwierigkeiten geraten, kein einziger Soldat.«

»Aber es ist doch so nah an diesem Hafen am Brisbane River.«

»Der noch kein Hafen ist. Moreton Bay ist eine Sträflingsniederlassung. Lassen Sie's bleiben, Jasin. Ich bewundere Ihren Mut, aber es kommt nicht in Frage. Es schadet ja nichts, wenn Sie abwarten.«

Jasin war wie gelähmt. Alles hing davon ab, daß er so bald wie möglich neue Weidegebiete fand, bevor sein Kredit ablief. Er hatte eine Hypothek auf Carlton Park aufgenommen, um die Expedition auszurüsten, und darauf gesetzt, daß er als noch größerer Landbesitzer zurückkommen würde, mit weiteren Nebensicherheiten. Dieser Plan war ihm so einfach erschienen wie bei seiner ersten

Expedition. Wie konnte es bloß derartig schiefgehen? Er dachte an die Forrests, die selbstgefällig auf seinem Land saßen. Er hätte keine solche übereilte Entscheidung treffen sollen. Nichts schien jemals so zu laufen, wie er es geplant hatte. Sein Kopf schmerzte, und das Zimmer schien sich um ihn zu drehen.
»Man muß immer mit Rückschlägen rechnen«, sagte Burnett. »Es tut mir leid, wenn das eine Enttäuschung für Sie ist, aber wenn Sie ein Jahr oder noch etwas länger warten, haben wir wenigstens eine vage Vorstellung von dem Land, das vor der großen Hochebene der Downs liegt. Bis dahin haben wir genug Zeit, die neuen Claims an der Route aufzunehmen. Ich weiß, daß es dort breite Flüsse gibt, die man überqueren muß. Wir werden Ihnen mehr darüber sagen können, wenn –«
»Was ist mit meiner Herde? Ich habe eine große Rinderherde, die auf dem Weg hierher ist.«
»Die verlieren Sie doch nicht. Schicken Sie sie auf Ihre Farm am Namoi. Ich verstehe überhaupt nicht, warum Sie sich deswegen Sorgen machen.«
»Nein!« Nach all seinen Anstrengungen würde Jasin nicht zulassen, daß die Forrests die Tiere so einfach in die Finger bekamen. Dann konnten sie die Hälfte der Gewinne für sich beanspruchen.
»Dann verkaufen Sie die Rinder, sobald sie hier ankommen. Appleby wäre zum Beispiel hocherfreut, wenn er sie kriegen würde. Na kommen Sie, nehmen Sie einen Drink mit mir, alter Knabe. Wie ist es denn in diesem Haus am Meer? Wir vermissen Georgina und Sie jetzt bei uns daheim.«
Jasin stand zitternd auf. »Wenn Sie mich entschuldigen würden. Ich muß weiter. Ehrlich gesagt, ich bin ziemlich müde.« Er wollte jetzt nur noch nach Hause. Und mein Zuhause, dachte er bitter, gehört Rivadavia.
Es regnete in Strömen, als er heimritt, und er wurde erneut naß bis auf die Haut. Er zitterte, während er dahintrabte. Es gelang ihm trotz aller Anstrengungen nicht, die Gedanken an Tod und Verderben aus seinem Kopf zu verbannen.

Er war mehrere Wochen sehr krank, und Georgina pflegte ihn. Der Arzt diagnostizierte sein Fieber als Grippe, aber seine Frau war sich da nicht so sicher. Abgesehen vom Fieber hatte er keins der typischen Grippesymptome, und als sie ihm zuhörte, wie er vor sich hinmurmelte und sich quälte und manchmal laut aufschrie, wurde ihr klar, daß er einen Nervenzusammenbruch hatte. Als das Fieber abklang, war er am einen Tag mürrisch und in sich gekehrt, am nächsten reizbar und anstrengend; er wußte nicht, was er wollte. Georgina hatte Geduld mit ihm. Sie verstand ihn. Niemand konnte wissen, wie schwer es für Jasin in diesem Land gewesen war, welche körperlichen Strapazen er ertragen hatte; dazu kamen die allgegenwärtigen Geldsorgen. Seine Herkunft hatte ihn nicht auf solche Belastungen vorbereitet. Sie erzählte ihren Freunden, daß er noch immer von dem schweren Grippeanfall geschwächt sei, und wollte keine Besucher zu ihm lassen. Sie konnte nicht dulden, daß jemand Heselwood in diesem Zustand zu Gesicht bekam. Eine Nachricht von Harry Slater traf ein. Die Rinder standen auf seiner Weide, und er wartete auf Anweisungen. Georgina sprach Jasin vorsichtig auf das Thema an, aber er wollte nicht darüber reden. Seine Expedition nach Norden war abgeblasen, und alles andere schien ihm gleichgültig zu sein. Er hatte jedes Interesse verloren und saß schweigend und mit einer dicken Wolldecke über den Knien, wo sie ihn hinsetzte. Sie wandte sich ratsuchend an Burnett, und dieser arrangierte den Verkauf der Rinder und versicherte ihr, daß Jasin selbst die Absicht gehabt hatte, das zu tun.

Rivadavias Haus war fertig, und sie fand, daß es sehr schön aussah. Als das Wetter besser wurde, überredete sie Jasin, mit ihr zum Strand hinunterzugehen. Er schien in besserer Laune zu sein, wollte jedoch nicht über geschäftliche Dinge reden, und seine Briefe ließ er ungeöffnet liegen.

Ihre Bankkonten waren nach Newcastle transferiert worden, und in ihrer Verzweiflung suchte sie den Bankdirektor persönlich auf. Er war ein dünner kleiner Mann mit einer Glatze, einem dicken Schnurrbart und hervortretenden Augen.

»Meine werte Dame, was für eine Ehre, Sie kennenzulernen. Es tut mir leid zu hören, daß Mister Heselwood krank ist. Grüßen Sie ihn ganz herzlich von mir. Nun, ich sehe hier, daß Zahlungen überfällig sind, aber machen Sie sich deshalb keine Sorgen. Mister Heselwood wird gewiß bezahlen, wenn es ihm besser geht. Und dann ist da natürlich noch der zusätzliche Kredit, den er für seine Expedition aufgenommen hat. Ich bin sicher, daß er guten Gebrauch davon macht, und wenn er den Titel auf sein neues Land hat, werden Mister Heselwoods Besitztümer hervorragende Nebensicherheiten sein. Wir sind bereit, unsere Viehzüchter zu unterstützen, ihnen sozusagen ein wenig Spielraum zu gewähren, also machen Sie sich keine Sorgen, meine Liebe. Sagen Sie Mister Heselwood einfach, er soll bei mir vorbeischauen, wenn es ihm besser geht.«
Er begleitete sie zur Tür und gab einem Kassierer mit einem Fingerschnippen ein Zeichen. Dieser eilte herbei und händigte ihr einen Briefumschlag für Mister Heselwood aus. Dann brachte er sie zu ihrer Kutsche und blieb auf der Straße stehen, um ihr nachzuwinken. Sie riß den Umschlag auf. Ihr war übel. Von Carlton Park hatten sie nur wenig zu erwarten, und das war ihr einziges Einkommen. Das Darlehen, das Jasin für die Expedition nach Norden aufgenommen hatte, wurde von den Lebenshaltungskosten rasch aufgezehrt. Und dann war da natürlich noch das ursprüngliche Darlehen und das Geld, das sie sich von den Forrests geliehen hatten. Das mußte irgendwie zurückgezahlt werden, um diese Leute von der Farm wegzubekommen. Es war alles ein fürchterliches Durcheinander. Sie überlegte, ob sie an die Forrests verkaufen, ihnen Carlton Park ganz überlassen sollten. Das würde all ihre Probleme lösen.
Aber als sie die Idee Jasin gegenüber zur Sprache brachte, geriet er dermaßen in Wut, daß sie den Rest des Nachmittags brauchte, um ihn wieder zu beruhigen. Sie erwog, nach England zurückzukehren, aber wenn sie einfach verschwanden, würde die Bank die Hypothek für verfallen erklären. Dann würden sie Carlton Park verlieren, und zwar wahrscheinlich ohnehin an die Forrests.

Trotzdem sorgte sie dafür, daß im Haus um ihren Mann herum gute Laune herrschte, und ermutigte ihn, Edward auf dem kleinen Pony herumzuführen und ihm Geschichten vorzulesen. Sie stellte fest, daß ihr Sohn der einzige war, der von Jasins erzwungener Untätigkeit profitierte. Er betete seinen Vater an und lief ihm überallhin nach.

Als Juan Rivadavia nach Newcastle zurückkam, stattete er ihnen einen Besuch ab. Georgina hatte Angst, daß Jasin etwas gegen ihn haben könnte, aber er war durchaus freundlich zu ihm. Dann zog er sich desinteressiert zurück, um ein Nickerchen zu machen, während Georgina Juan das Haus zeigte. Beide waren sehr zufrieden mit den Ergebnissen.
Sie nahmen ihren Tee im vorderen Salon. »Haben Sie schon einmal daran gedacht, nach Argentinien zurückzukehren, Juan?«
»Nein. Argentinien wird jetzt von dem Diktator Rosas regiert. Im Moment ist die Situation für meine Familie sehr schwierig. Deshalb ist es viel besser, wenn ich hierbleibe.« Er lächelte.
»Aber Sie haben Ihr Land ebenfalls verlassen. Verspüren Sie denn nicht manchmal den Wunsch zurückzukehren?«
Sie sah ihn an. Sie brauchte jemanden, mit dem sie sprechen konnte, und kam zu dem Schluß, daß jetzt nicht der richtige Zeitpunkt war, sich zu zieren. »Ich würde mit Jasin gern nach England fahren, um Urlaub zu machen. Seit seiner Grippe ist er nicht mehr er selbst.«
Juan nickte, und sie hatte das Gefühl, er wußte, daß dies nicht alles war.
»Seine Krankheit hat ihn gezwungen, all seine Pläne aufzuschieben, was uns wiederum in eine sehr heikle Lage gebracht hat.«
»Ja. Arthur Appleby hat gesagt, der Plan, nach Norden zu ziehen, sei aufgeschoben worden, aber das ist nicht unbedingt schlecht. Ich fand damals, daß es ein bißchen zu früh war, so weit hinauszugehen. In Argentinien gibt es immer noch Land jenseits der Grenzen, aber wenn man sich zu weit von den Märkten entfernt und ins

Indianerland vordringt, kann man sich nicht vergrößern, verstehen Sie? In diesem Land ist es genauso.«
»Das ist mir klar. Es wäre ein guter Zeitpunkt, um nach England zu fahren. Jasins Eltern geht es nach dem Tod von Harrald und ihrem anderen Sohn ein paar Monate zuvor nicht gut. Ich würde mich freuen, wenn sie Edward sehen könnten. Er ist ihr einziger Enkel.«
»Dann fahren Sie. Machen Sie sich keine Sorgen, was das Haus betrifft. Ich hoffe, Sie bleiben nicht nur wegen eines Hauses hier.«
»Nein, das ist es nicht. Jasin muß sich in Geduld fassen, und das ärgert ihn. Er sitzt herum und kommt sich nutzlos vor. Aber um ganz ehrlich zu sein, die Banken sind nicht so geduldig. Ich möchte, daß Jasin Carlton Park verkauft, aber er will nichts davon hören.«
»Guter Gott! Sie dürfen nicht verkaufen! Das Land wird an Wert gewinnen, und es jetzt zu verkaufen würde bedeuten, alles wegzuwerfen, wofür er gearbeitet hat. Nie und nimmer!« Georgina machte ein erstauntes Gesicht. Sie griff nach einem kleinen Keks und legte es wieder hin. Sie hatte gehofft, in ihm einen Verbündeten zu finden.
»Da Jasin nicht wohlauf ist: Warum lassen Sie mich nicht mit Ihrer Bank sprechen? Ich glaube, ich könnte sie überreden, noch etwas Geduld zu haben.«
»Wie denn? Wir können die Zahlungen nicht leisten. Daran können Sie nichts ändern.«
»Ich könnte für Sie bürgen. Die Bank dazu bringen, Ihr Darlehen zu prolongieren. Und wenn Sie aus England zurückkommen, wird Jasin Land auf den Darling Downs beanspruchen können. Ich habe vor, irgendwann das gleiche zu tun. Es wird der Mühe wert sein, das kann ich Ihnen versichern.«
Sie betrachtete besorgt ihre Hände. »Ich weiß nicht. Jasin wird vielleicht nicht einverstanden sein.«
»Dann erzählen Sie's ihm erst, wenn es ihm besser geht. Auf der Fahrt nach England, das wäre ein günstiger Zeitpunkt.«
Er grinste.

»Würde die Bank Ihre Bürgschaft akzeptieren?« fragte sie neugierig. »Ich meine, können Sie es sich leisten, das für uns zu tun?«
»Das ist kein Problem für mich. Sehen Sie, meine Familie und deren Freunde legen durch mich in diesem Land Geld an. Hier, wo es keine Einmischung seitens der Regierung gibt, ist es sicherer. In Argentinien preßt der Diktator aus Viehzüchtern wie meinem Vater so viel Geld heraus, wie es nur geht. Da der spanische Dollar hier drüben höchst willkommen ist, bin ich bei den Banken sehr gut angeschrieben.«
»Oh, ich verstehe. Ausgezeichnet! Worin investieren Sie?«
»Für sie? In Kohle, Wolle und ins Schiffahrtsgeschäft – für mich selbst in Land und Rinder, weil ich hierbleiben möchte. Ich mag dieses Land. Um wieder auf Ihren Urlaub zurückzukommen: Lassen Sie sich von den Banken nicht vorschreiben, wie Sie zu leben haben. Sie verfügen doch über eine Sicherheit. Das Land innerhalb der Grenzen wird jedes Jahr wertvoller.« Noch lange, nachdem er gegangen war, saß sie auf der Veranda und dachte nach. Er besaß die Ungezwungenheit und den Charme der guten Kinderstube, war jedoch anders als die jungen Männer, mit denen sie aufgewachsen war. Ganz anders. Er hatte etwas Verführerisches an sich, eine Reife, die ihn viel älter und sogar geheimnisvoll wirken ließ. Sie wünschte, Jasin würde aufhören, ihn dauernd »der Spanier« zu nennen.
Am folgenden Nachmittag machte sie eine Ausfahrt mit ihrer Kutsche, und als sie nach Hause kam, trug sie ein Tablett mit einer Flasche Champagner und zwei Gläsern zu Jasin hinaus, der in der kleinen Gartenlaube schlief. »Mein Lieber, ich habe beschlossen, daß wir mit Edward nach Hause fahren, um Urlaub zu machen. Das müssen wir feiern.«
»Was für eine gute Idee«, sagte er und nahm ein Glas. »Famos.« Erst als sie das zweite Mal nachschenkte, kam er in die Wirklichkeit zurück. »Es ist eine großartige Idee, aber unter den gegenwärtigen Umständen ganz unmöglich. Du vergißt, daß wir fast schon arme Leute sind. Wir leben von der Wohltätigkeit des Spaniers.«

Jetzt war nicht der Zeitpunkt, mit ihm zu streiten und ihn daran zu erinnern, daß er in der Vergangenheit nichts dagegen einzuwenden gehabt hatte, in den Häusern anderer Leute zu wohnen.
»Ich habe den Bankdirektor aufgesucht, um ihn zu fragen, und er meinte, wir sollten fahren. Die Seeluft wäre sehr gut, da hier der heiße Sommer kommt, und dann könnten wir in London den Frühling genießen.« Die Lügen über den Bankdirektor und seinen prächtigen Rat kamen ihr leicht über die Lippen. »Er sagte, es wäre genau das Richtige, weil du deine Expedition aufschieben mußtest, und wir sollten uns keine Sorgen wegen der Finanzen machen, deine Vermögenswerte seien …« Georgina kam ins Stocken. Sie konnte sich nicht an Juans genaue Worte erinnern. »Ach, ich weiß nicht, Jasin, ich kann mich nicht erinnern, aber es ist alles in Ordnung. Wir brauchen uns keine Sorgen zu machen.«
»Hm? Klingt schon ganz anders, nicht wahr? Wahrscheinlich ist ihm aufgegangen, mit wem er's zu tun hat. Na schön, dann fahren wir. Aber Georgina, sorge um Himmels willen dafür, daß er uns die Überfahrt auf einem anständigen Schiff bucht, erster Klasse. Ich finde, wir sollten zur Feier des Tages noch eine Flasche aufmachen.«
Jetzt, wo er die Idee akzeptiert hatte, freute sich Georgina auf ihre Reise. Es würde ein stolzer Tag sein, wenn sie in England wieder an Land gingen, sie, ihr kleiner Sohn und ihr Mann, der besser aussah denn je und – nicht zu vergessen – Besitzer eines Guts mit Namen Carlton Park war, das die Besitztümer seiner Eltern in den Schatten stellte. Der Earl konnte auf seinen Sohn stolz sein. Sie wußte, wie wichtig das für Jasin war.
Da die finanzielle Belastung nun von ihnen genommen war und eine Reise in Aussicht stand, erholte sich Jasin rasch. Bald war er wieder auf den Beinen, erteilte Befehle und regelte seine Angelegenheiten. Er sagte, er hätte einige geschäftliche Dinge flußaufwärts in Singleton zu erledigen, irgendwelche Kleinigkeiten, bei denen es um Vieh oder Carlton Park ging, Georgina wußte es nicht so genau. Weil er damit jedoch aus dem Haus war und sie weiter

packen und ihre Garderobe mit der Schneiderin vorbereiten konnte, die sie für die verbleibenden Wochen eingestellt hatte, war es ein wahrer Segen.

Jasin hatte flußaufwärts keine Kleinigkeiten zu erledigen. Er wollte Dolour wiedersehen.
Er ritt zu ihrem Haus, ohne sich darum zu scheren, ob MacNamara daheim war oder nicht. Er konnte eine Reihe von Gründen vorschieben, warum er ihn sprechen wollte, falls er da war; und wenn nicht, was wahrscheinlicher war, würde er mit Dolour reden müssen. Er würde seine ganze Überredungskunst aufbieten, um sie ins Bett zu bekommen.
Auf dem Hof waren keine Pferde zu sehen. Das war ein gutes Zeichen. Er klopfte mit einem Lächeln auf dem Gesicht an die Tür. Ein unrasierter Mann erschien. Er trug ein Flanellhemd und eine abgetragene Hose. »Was wollen Sie?«
»Ich wollte zu Pace MacNamara«, sagte Jasin vorsichtig. »Sind Sie 'n Freund von ihm?«
»Ja.«
Der Mann zog seine Hose hoch und kam heraus. »Tut mir leid, Kumpel, die sind nicht da. Die Missus und ich haben das Haus hier gekauft. Sie sind vor 'n paar Tagen weg, zu ihrer Farm raus. Wollen Sie auch in die Richtung?«
»Ja. Ich muß sie verpaßt haben. Guten Tag.«
Als er auf sein Pferd stieg, rief ihm der Mann nach: »Wenn Sie sich beeilen, holen Sie die beiden noch ein. Sie haben Vieh dabei.«
»Danke«, sagte er und ritt wieder in die Stadt zurück. Es brodelte in ihm. Sie war fort. Er war umsonst hergekommen. MacNamara war unterwegs zum Namoi, zu seiner eigenen Farm, und er hatte Dolour mitgenommen. Während er davonritt, wuchs sein Zorn. Er war so eifersüchtig auf den Iren, daß er ihn mit Freuden umgebracht hätte. Wenn er gewußt hätte, daß dies passieren würde, hätte er ihn im Gefängnis von Bathurst verfaulen lassen.
Er blieb ein paar Tage in Singleton, wo er in den Wirtshäusern soff

und seinen Kummer in ihrem schlechten Whisky ertränkte. Als er mit wüsten Kopfschmerzen und einem Zweitagebart aus seinem Rausch erwachte, war er bei den Habenichtsen und Gaunern, die am Stadtrand lagerten, nicht weit vom letzten Wirtshaus entfernt, das nicht mehr als ein Steinschuppen war. Sie teilten ihren feurigen Schnaps mit ihm und überredeten ihn, neuen zu kaufen, und in seinem verwirrten Zustand saß er mit ihnen zusammen und hörte sich ihre Geschichten und ihr Gejammer an.

Als er am nächsten Morgen erwachte, stellte er fest, daß die Asche des Lagerfeuers verstreut und seine Kumpane spurlos verschwunden waren. Seine Geldbörse und seine Satteltasche waren ebenfalls fort.

Er verfluchte sich für seine Dummheit, wusch sich im Bach und ritt nach Singleton, wo er sein Pferd verkaufte und das Flußschiff nach Newcastle nahm.

Da er auf dem Schiff Zeit hatte, sich zu erholen, kam er halbwegs gut gelaunt zu Hause an und stellte erfreut fest, daß Georgina alles im Griff hatte.

Sie blieben einige Tage in Sydney, um noch ein paar elegantere Kleider zu kaufen, dann gingen die Heselwoods an Bord der *Spennymoor*, die der Ostindischen Kompanie gehörte und nach London fuhr. Die Nachmittagssonne färbte den Himmel, spendete jedoch kaum Wärme; sie hing über den Blauen Bergen und war im Begriff, hinter ihnen unterzugehen, wobei sie die dahinziehenden Wolken in einen goldenen Schimmer tauchte. Die Passagiere blickten jedoch nach Osten, als die *Spennymoor* vor dem Wind durch den Hafen auf Sydney Heads zulief, das Tor zum Pazifik. Diesmal segelten sie mit dem Wind nach Osten und ums Kap Hoorn herum, dann nach Norden in den Atlantik und nach England.

31. KAPITEL

Dinny O'Meara war »dem Scheißkerl Mudie glatt durch die Finger geschlüpft«, wie er sich ausdrückte. Dadurch war er jedoch ein entflohener Sträfling, ein Mann, den jeder erschießen konnte, wenn er ihn zu Gesicht bekam. Er machte sich auf den Weg in die Berge, wo er von drei wild aussehenden Burschen mit Bärten wie Vogelnester überfallen wurde. Hungrig und barfuß brach O'Meara lachend zusammen. »So bringt ihr's nie zu was, wenn ihr Habenichtse ausraubt!«
Er war bereits zu dem Schluß gekommen, daß seine einzige Überlebenschance darin bestand, Buschklepper zu werden, bis er genug Geld zusammenbringen konnte, um sich durch Bestechung eine Überfahrt aus der Kolonie nach Amerika zu erkaufen. Wenn er als entflohener Sträfling erwischt wurde, hatte er ohnehin gute Aussichten zu hängen, und er war der Meinung, da könne er genausogut »für ein Schaf wie für ein Lamm aufgeknüpft werden«.
Die drei Möchtegernräuber – ebenfalls entflohene Sträflinge – waren die ersten Mitglieder seiner Bande. Sie waren nicht nur als Buschklepper völlige Nieten, sie hatten auch keine Ahnung vom Busch und schafften es nur mit Mühe, genug Nahrung zu finden, um überhaupt am Leben zu bleiben. Sie waren bereit, O'Meara zu folgen, weil er zu wissen schien, was er tat. Und sosehr er durch die Sträflingsrationen abgemagert war, O'Meara erteilte seine Befehle mit einer Lautstärke, die sie zusammenschrecken ließ. »Als erstes brauchen wir Waffen«, sagte er. »Ich überfalle garantiert niemand mit einem Knüttel, wie ihr's getan habt. Dafür ist mir meine Haut zu teuer. Und wir brauchen Pferde. Dann gehen wir nach Norden und suchen uns ein sicheres Lager, weit außer Reichweite der Polizisten.«
»Da geh' ich nicht hin. Da oben gibt's Kannibalen«, sagte Jimmy Sims, das älteste Mitglied seiner kleinen Truppe.

»Du gehst dahin, wohin wir gehen, oder du kannst sehen, wo du bleibst«, erklärte ihm O'Meara. »Mit den Schwarzen befassen wir uns, wenn wir zu ihnen kommen. Als erstes müssen wir die Polizisten abhängen.«
Jimmy fügte sich. »Na schön. Aber wie heißt du?«
»John Minogue, aus Dublin«, log O'Meara und dachte, daß es die Minogue-Familie interessieren würde, zu erfahren, daß sie jetzt einen Buschklepper in ihrem Klan hatte. Er grinste in sich hinein. Er hatte stets vorgehabt, eins der Minogue-Mädchen zu heiraten und ihm seinen Namen zu geben. Jetzt war es umgekehrt gekommen. Aber falls er wieder fliehen mußte, würden nicht einmal seine eigenen Leute wissen, wer er wirklich war.

Alles lief bestens. Er überwachte Wege für einsame Reiter und überfiel sie einen nach dem anderen, bis die Bande zum Jagen und Reisen gerüstet war. Dann kehrte er ins Hunter Valley zurück.
Auf einem Hügel, von dem aus man einen guten Blick über das Tal hatte, sahen ihm seine Männer erstaunt zu, wie er sich mit einem gestohlenen Rasiermesser hinsetzte, sich den Bart abrasierte und die struppigen Haare schnitt, wobei er alle Haare auf einem Stück Rinde sammelte. Mit Hilfe von klebrigem Saft und dünnen Fellstreifen formte er die Haare zu einem falschen Bart. Als er sich mit einem Pfiff und einem Fingerschnippen plötzlich in einen anderen Menschen verwandelte, klatschten sie Beifall. »Ihr bleibt hier oben in den Hügeln, bis ich zurückkomme«, sagte er. »Und laßt euch ja nicht blicken. Ich muß zurück, um einen Kumpel von mir zu holen, und dann verschwinden wir im Galopp.«
Als sauber rasierter und obendrein protestantischer Priester verkleidet ritt er ins Hunter Valley hinunter, um Brosnan zu finden. In den Gasthöfen sprachen sie immer noch über die Rebellion auf Castle Forbes und über Mudies Rache. Drei Sträflinge hatte man gehängt, einer war zu den gefürchteten Norfolk-Inseln geschickt worden, und es hieß, daß Sträflinge wegen des Aufstands immer

noch ausgepeitscht würden. Aber niemand konnte sich an irgendwelche Namen erinnern.
Er kam zu dem Schluß, daß ihm nichts anderes übrigblieb, als Mudie mit seiner Anwesenheit zu beehren. Da er keine protestantischen Gebete kannte, machte O'Meara sich unterwegs einen Spaß daraus, Predigten von Hölle und Verdammnis zu erfinden, auf die ein Missionar hätte stolz sein können.
Major Mudie und Mr. Larnach seien in Sydney, um Arbeiter zu suchen, erzählte ihm Mrs. Mudie, als sie ihn in ihrem Haus willkommen hieß. Es werde immer schwieriger, Arbeitskräfte zu bekommen, erklärte sie. Womit du nicht-organisierte Arbeiter meinst, dachte O'Meara böse, aber er umschmeichelte die Frau maßlos und betete mit ihr.
Während sie mit ihren Bediensteten sein Abendessen zubereitete, entschwebte er nach draußen, vorgeblich um die Tabak- und Getreideernte zu segnen, und musterte die dürren, ausgemergelten Arbeiter, die im Gänsemarsch von den Feldern zurückkamen und sich den Hügel zu ihren Baracken hinaufschleppten. Er hatte von einem Reisenden einen schwarzen Hut erstanden, die Einkerbung herausgedrückt und ihn waagrecht aufgesetzt – »wie der letzte Dorftrottel«, hatte er gelacht, aber der Hut gab ihm genau den düsteren Touch, den er brauchte. Jetzt zog er ihn tiefer über die Augen, allerdings eher, um seine Wut zu verbergen als seine Identität, und er hatte schon fast die Hoffnung aufgegeben, ein vertrautes Gesicht zu sehen, da erblickte er Scarpy.
Eine Woche später, als die Sträflinge gerade zur Nacht eingesperrt worden waren, kam ein bärtiger Viehtreiber an den Ställen vorbei den Hügel herabgaloppiert. »Feuer! Feuer! In den Tabakfeldern!« Rauchwolken wälzten sich bereits über die Koppeln, als ein Pandämonium losbrach. Im Osten schwelten die Zuckerrohrfelder; dort konnte das Feuer jederzeit auflodern. Männer strömten aus den Küchen und den Schlafräumen, und Glocken läuteten.
Dinny sah zu, wie die Sträflinge von dem Gedränge mitgerissen wurden und heraustaumelten, und jemand schob ihm schwere Säk-

ke hin; also begann er sie an die Sträflinge auszuteilen. Um das Durcheinander noch zu vergrößern, schrie er sie an, sie sollten sich beeilen, bis er Scarpy sah. »Schnapp dir die Säcke hier«, rief er, »und lauf hinter mir her.«
»Wer zum Teufel ...« schrie Scarpy, aber O'Meara packte ihn am Hemd. »Halt's Maul und lauf, du Idiot, oder ich laß dich hier!«
»Herrje, du bist es, O'Meara!« keuchte Scarpy, aber er blieb nicht stehen.
Sie rannten hinter die Ställe, und O'Meara drehte sich zu Scarpy um. »Wo ist Brosnan? Ich hab ihn nicht gesehen.«
»Brosnan ist tot! Hast du das nicht gewußt?«
O'Meara war schockiert, aber sie hatten keine Zeit zum Reden. Er sprang auf sein Pferd und langte zu Scarpy hinunter. »Schnell, steig hinter mir auf.« Er riß das Pferd herum und ritt eilig in Richtung des Feuers, galoppierte an den Männern vorbei, die in dieselbe Richtung rannten, als ob er zu den Reitern aufschließen wollte, die vorneweg jagten, aber sobald er durchs zweite Tor war, bog er im Schutz des Rauchs zur offenen Straße ab.
»Brosnan ist also tot«, sagte er schwer, als sie im Busch in Sicherheit und auf dem Weg in die Hügel waren.
»Ja, das war Pech. Der arme Brosnan. Jack Drew ist auch entwischt, aber sie sagen, er ist tot. 'türlich sagen sie auch, daß du tot bist.«
»Was ist mit Brosnan passiert?«
»Einer von Larnachs Männern hat ihn erschossen, als er an dem Tag damals abhauen wollte.«
»Meine Güte, Brosnan! Er war der beste Freund, den ich je hatte. Wenn ich das gewußt hätte, hätte ich die ganze verdammte Farm niedergebrannt.«

Scarpy war der einzige von den Buschkleppern, der O'Mearas wahre Identität kannte, aber er würde sie nie verraten. Er war dem kühnen Iren dankbar für seine Rettung und schuldete ihm mehr, als er je zurückzahlen konnte, weil er ihm ein neues Leben geschenkt hatte. O'Meara brachte ihm das Reiten bei. »Ist doch nichts dabei«, sagte O'Meara, als er herausfand, daß Scarpy noch nie auf einem Pferd gesessen hatte. »Na komm, ich helf dir rauf.« Aber Scarpy scheute vor dem großen Tier zurück. Es war schlimm genug gewesen, auf der Flucht von Castle Forbes hinten auf und ab zu hopsen, wo er wenigstens die Möglichkeit gehabt hatte, sich an O'Meara festzuhalten, aber allein da oben zu sitzen – Scarpy wußte nicht so recht.

»Du reitest oder du kriegst nichts zu essen«, schrie O'Meara ihn an, und dann saß Scarpy oben und wurde von Dinny herumgeführt. Zuerst bewegte sich das Pferd ruhig, aber als es dann trabte, hopste und rutschte er auf ihm herum. Tage später lernte er, mit den Bewegungen des Pferdes mitzugehen, wenn es im leichten Galopp ritt, und auf einmal hatte er es kapiert und wußte, daß O'Meara die ganze Zeit recht gehabt hatte, er war wirklich ein richtiger Reiter.

Auf dem Weg nach Norden überfielen O'Meara und seine Buschklepper Reiter und Kutschen und knöpften ihnen Geld, Vorräte und Munition ab. Mit Geld konnten sie Nahrungsmittel von armen Siedlern kaufen. O'Meara tauchte gelegentlich als Priester auf, um die Gesetzeshüter im Auge zu behalten und Informationen darüber einzuholen, was vor ihnen lag. Dabei begegnete er einmal einem echten Priester.

An dem Tag, als Diakon Tomlinson sich ihm auf der Straße anschloß, war O'Mearas erste Reaktion, die Flucht zu ergreifen, falls ans Licht kam, daß er ein Betrüger war, aber seine Instinkte sagten ihm, daß dieser heilige Mann ebenfalls etwas Merkwürdiges an sich hatte. Kein Zweifel, Tomlinson war ein Geistlicher, aber O'Meara kam es so vor, als ob er eine dunkle Seite habe, und es dauerte nicht lange, da fand er heraus, daß der Diakon Weideland besaß und auf der Suche nach billigem Vieh war.

»Nicht daß ich mich damit besonders auskenne«, erklärte er Tomlinson. »Ich komme von Van Diemen's Land; bin neu hier, wissen Sie, bloß auf Besuch. Aber ich habe unterwegs ein paar Burschen sagen hören, sie hätten eine Viehherde und wüßten nicht, wohin damit. Die könnten Ihnen vielleicht helfen. Ich werde sie mit Ihnen zusammenbringen.«

Als er ins Lager zurücktritt, stand sein Entschluß fest, sein Leben zu ändern. »Wird Zeit, daß wir mit der Buschräuberei Schluß machen, Jungs. Die Konkurrenz ist zu groß, und es wird langsam ungemütlich. Am Ende werden sie uns noch was anhängen, was wir gar nicht getan haben. Wir steigen ins Viehgeschäft ein.« Er schickte Scarpy los, um sich mit Tomlinson zu treffen und sich zu vergewissern, daß ihr Käufer ihnen Rinder ohne Brandzeichen abnehmen würde, und Scarpy berichtete, daß dem Diakon »sonnenklar« sei, daß das Vieh gestohlen sein müsse, weil er keine Fragen gestellt hatte.

»Und es kommt noch besser«, rief Scarpy. »Er hat mir ein Brandeisen gegeben, sein eigenes. Ist registriert und alles. Also ist jedes Rind, das wir finden, von nun an unser, wenn's kein Brandzeichen hat oder im offenen Gelände rumläuft. Mit seinem Brandzeichen könnten wir überall durchkommen.« Er demonstrierte das umgekehrte doppelte T, indem er es in einen Baum einbrannte. »Seht ihr, T T, Tom Tomlinson.«

Auf dem Weg nach Norden sammelte O'Meara noch mehr Männer um sich, und sie stahlen Jungstiere, Bullen und Zuchttiere, bis sie ein gutes Stück außerhalb des Einflußbereichs der Siedler ihre eigenen Herden hatten und den Diakon mit Vieh zum halben Preis versorgen konnten. Mit Passierscheinen, die ihnen der Geistliche besorgte, brachten sie das Vieh zu den vorgeschobenen Siedlungsgrenzen und übergaben es Tomlinsons Treibern, und als die Siedler in dem Glauben, die ersten Viehzüchter in dem Gebiet zu sein, zu den Darling Downs zu ziehen begannen, waren sie überrascht, die Spuren von Viehtrecks zu sehen.

»Wir sind jetzt praktisch legal, Jungs«, sagte O'Meara. »Wird Zeit, daß wir unser Land kennzeichnen und andere Leute davon fernhalten.« Sie zogen in die Gegend westlich des Brisbane River und bauten sich ihre eigene Siedlung. »Markiert jeden Baum, der euch gefällt, Jungs«, erklärte er seinen Männern. »Malt ein dop-

peltes X drauf und hängt ein paar Schilder dran, auf denen ›Betreten verboten‹ steht. Wir wollen hier keine Besucher haben. Aber gebt den Schwarzen alles, was sie wollen.« Die Aborigines in der Gegend waren zunächst feindselig; sie drohten den Fremden mit ihren Speeren, damit sie wieder abzogen, aber O'Meara verbot den Männern streng, auf sie zu schießen. Statt dessen machten sie den Stammesangehörigen Geschenke; sie legten ihnen Fleisch, Tee, Zucker und Tabak hin, und die Schwarzen stellten fest, daß diese fremdartigen weißen Männer keine Anstalten machten, die Bäume zu fällen oder große Teile ihres Landes umzugraben. Die Eingeborenen wurden neugieriger und wagten sich näher heran, aber da niemand sie angriff, kümmerten sie sich wieder um ihre eigenen Angelegenheiten.
Scarpy und die anderen Männer waren mit dem Leben zufrieden. Sie konnten nach Belieben kommen und gehen, und O'Meara hatte im Durchschnitt rund zwanzig Männer in seiner Siedlung. Sie trieben Handel mit den Aborigines, Fleisch gegen Fisch, und zum Zeichen des guten Willens liehen die Schwarzen ihnen ihre Frauen aus. O'Meara war lange genug im Busch gewesen, um die Regeln zu kennen, und er schärfte seinen Männern ein, daß die Frauen geliehen waren; sie konnten nicht im Lager der weißen Männer bleiben, und man konnte sie den Schwarzen auch nicht wegnehmen.
O'Meara scheffelte Geld. Er bezahlte seine Männer für jedes Rind, das sie mitbrachten, und entlohnte die Treiber für den langen Treck nach Süden zum Treffpunkt mit Tomlinsons Treibern, unternahm jedoch keinen Versuch, die Siedlung politisch zu organisieren. Er erwartete von den Gesetzlosen, daß sie selbst jagten, sich mit Nahrung versorgten und miteinander teilten, wenn sie wollten, und sie konnten bei den Holzfällern am Brisbane River Vorräte kaufen. Als sie beschlossen, zum Schutz vor einem zukünftigen Überfall durch die Polizei einen Palisadenzaun um das Lager herum zu errichten, hatte er nichts dagegen einzuwenden, sondern packte selbst mit an. Zu dem Zeitpunkt, als der hohe Holzzaun fertig war, hatte die Hälfte der ursprünglichen Arbeiter das Lager bereits wie-

der verlassen, weil sie sich in dem kleinen Vorposten langweilten. Er verübelte es ihnen nicht; er wurde selbst allmählich unruhig. Er wußte, daß es nicht mehr lange dauern würde, bis die ersten Siedler bei ihnen eintrafen. Nach ihnen würden Farmer und Polizisten kommen, man würde einen lokalen Gendarmen ernennen, und dann war es für sie an der Zeit weiterzuziehen. Er war es langsam leid, der Zivilisation immer einen Sprung voraus zu sein; er wollte zu ihr gehören und nicht für immer ausgesperrt bleiben.

Er ritt oft ins Holzfällerlager hinunter und freundete sich mit einem der Bosse dort an, Jock McArdle. Dieser wußte, daß er der Anführer der Buschklepper war, aber es störte ihn nicht. »Von diesem Wespennest halten wir uns fern, genauso wie von den Schwarzen«, befahl McArdle seinen Männern.

»Warum vergeudet ein Mann von Ihrer Intelligenz bloß sein Leben hier draußen?« fragte er O'Meara.

»Um am Leben zu bleiben, weshalb sonst? Wenn sie mich erwischen, knüpfen sie mich auf.«

»Wofür?«

»Weil ich geflohen bin. Ich hab die erste Chance ergriffen und bin abgehauen.«

»Aber weswegen hat man Sie überhaupt hergebracht?«

»Wegen etwas, das sich Hochverrat nennt«, lachte O'Meara. Der Schotte nickte. »Hab ich mir gedacht.« Er stöberte in dem Borkenschuppen herum, der sein Heim und sein Arbeitszimmer war. »Wollen Sie einen Whisky mit mir trinken?«

»Mit dem größten Vergnügen. Aber warum sind Sie hier? Ist ein schrecklicher Platz hier am Fluß, und gefährliche Arbeit. Und ich will Ihnen noch was sagen: Ich würde lieber versuchen, die Disziplin in meiner Horde aufrechtzuerhalten als in dem Haufen, den Sie hier haben. Soll keine Beleidigung sein, aber Sie haben hier auch Ihren Teil an Strolchen, würde ich sagen.«

»Ach, einige von denen können ordentlich arbeiten. Manche von den anderen sind die Haut nicht wert, in der sie leben, aber ich sorge schon dafür, daß sie spuren, sonst jage ich sie auf ein Floß, und

weg sind sie. Ein paar von ihnen halten sich für clever; die tauchen hier mit einem Messer im Stiefel auf und glauben, sie könnten meinen Platz einnehmen, aber denen bin ich allemal gewachsen. Sehen Sie den silbernen Eukalyptusbaum dahinten?«
Bevor O'Meara antworten konnte, hörte er das zischende Geräusch, mit dem McArdles Arm neben ihm durch die Luft fuhr, und eine Axt flog an ihm vorbei und grub sich in den Baumstamm.
Der Holzfäller ging die Axt holen und kam lächelnd zurück. »Das jagt ihnen gewaltige Angst ein, Kumpel. Und es sorgt dafür, daß meine Quoten hoch bleiben. Ich hab Verträge zu erfüllen, und wir arbeiten immer gegen die Zeit. In der Regenzeit hauen wir ab; bei dem Wetter können wir nicht arbeiten, und der Fluß tritt über die Ufer.«
»Wohin geht ihr dann?«
McArdle machte ein überraschtes Gesicht. »Heim. Ich hab meine Familie in Sydney. Noch ein paar Jahre, und ich hab's hinter mir, dann bin ich der Zwischenhändler. Dann fälle ich das Holz nicht mehr, sondern ich verkaufe es.«
»Schön für Sie«, sagte O'Meara, aber es deprimierte ihn. Er hatte fast vergessen, wie es war, ein normales Leben zu führen, ein Heim und eine Familie zu haben. Er betrachtete den ruhig dahinströmenden Fluß. »Der fließt nach Brisbane runter. Das ist ein Hafen. Könnten Sie mich auf ein Boot schmuggeln, das das Land verläßt?«
»Nicht aus dem Gefängnis. Aus Moreton Bay kommt keiner raus. Ist schon ein dutzendmal probiert worden. Da sind immer Soldaten an Bord, und die Kapitäne müssen sich mit den Behörden gutstellen. Die würden Sie eher über Bord werfen, als ihre Lizenzen zu riskieren. Sie sollten lieber versuchen, über Sydney rauszukommen.«
»Ich kann nicht in den Süden. Ich habe keine Papiere.«
»Wenn Sie ein bißchen Geld haben, könnte ich Ihnen Papiere besorgen.«
O'Meara, der aus einem Zinnbecher trank, verschluckte sich. »Was?«

»Papiere«, sagte McArdle. »In Sydney kann man welche kaufen. Die da oben waren sehr clever. Sie haben haufenweise Ausweis- und Unterschriftenfälscher deportiert, genau die Leute, die gebraucht wurden. Da sie mit der Feder umgehen konnten, bekamen sie gute, gemütliche Jobs, und ehe man sich's versah, waren sie wegen guter Führung frei und konnten wieder ins Fälschergewerbe einsteigen. Das Geschäft blüht. Es gibt sogar freie Männer und Frauen, die Papiere haben wollen, die beweisen, daß sie niemals Sträflinge waren.«
»Könnten Sie für mich Papiere kaufen, und für meinen Freund Scarpy auch? Den kennen Sie ja.«
»Schon so gut wie geschehen. Ich mach's, wenn ich zu Weihnachten runtergehe. Ich gebe denen eure Beschreibungen, und sie werden euch schöne neue Namen und Geschichten verpassen.«
»Na, Donnerwetter!«
»Ich könnte Ihnen Arbeit in Sydney besorgen, wenn Sie wollen.«
»Ausgeschlossen. Ich bin immer noch ein entflohener Sträfling. Für mich gibt's keine Gnade. Ich will nach Amerika, wo ich nicht dauernd über die Schulter schauen muß. Aber ich habe über Moreton Bay nachgedacht. Als wir in Sydney gelandet sind, ist einer von uns in ein anderes Gefängnis geschickt worden. Die Namen waren für uns damals alles böhmische Dörfer – wir wußten ja nicht, wo wir waren –, aber bei dem Namen Moreton Bay hat's bei mir geklingelt. Ich hab neulich gedacht, daß er dort sein könnte.«
»Gott sei ihm gnädig, wenn er dort ist. Das ist ein schrecklicher Ort.«
»Das hab ich auch schon gehört. Glauben Sie, Sie könnten herausfinden, ob es dort einen Burschen namens Jim Connelly gibt?«
»Fragen kostet nichts.«
Einen Monat später hatte McArdle die Antwort für ihn. »Ihr Freund Jim Connelly war dort, aber er hat einen Freibrief bekommen. Man hat ihn in den Newcastle-Distrikt geschickt. Da er diesen Distrikt ohne Genehmigung nicht verlassen darf, könnten sie ihn dort wahrscheinlich ausfindig machen.«

»Verdammt noch mal, Connelly ist frei, und ich muß immer noch schwitzen! Der Kerl hat immer schon Glück gehabt!« Jock schüttelte den Kopf. »Den Freibrief hat er sich bestimmt sauer verdient.«

Als die Regenzeit kam, brachte O'Meara das Vieh auf höhergelegenes Gelände und kehrte in die Umzäunung zurück, um abzuwarten. Da die Zedernfäller nicht mehr da waren und ein Besuch in der Strafsiedlung nicht in Frage kam, lebten sie in völliger Einsamkeit, bis die meisten seiner Männer es nicht mehr aushielten und beschlossen, es darauf ankommen zu lassen und zu der kleinen Grenzstadt Limestone im Südwesten zu reiten. Sie versprachen, in der Trockenzeit zurückzukommen. »Warum reiten wir nicht auch hin?« fragte Scarpy. »Hier gibt's nichts zu tun.«
»Weil wir uns jetzt nicht erwischen lassen wollen. Wenn Jock zurückkommt, haben wir Papiere und können uns frei bewegen. Ich hab nur noch ein paar Sachen zu erledigen, dann geht's nach Amerika. Wir sind hier in Sicherheit, und wir machen Geld. Wenn die Siedler kommen, müssen wir ohnehin weg, also können wir genausogut noch so viel wie möglich verdienen, solange es geht.«
Es waren die Schwarzen, die ihnen die Nachricht brachten, daß die Holzfäller wieder da waren. McArdle hatte die neuen Ausweispapiere dabei. Jetzt konnten O'Meara und Scarpy »beweisen«, daß sie freie Einwanderer waren. O'Meara brach zu dem langen Ritt nach Süden auf und ließ die Siedlung in Scarpys Obhut zurück.
Auf dem Weg nach Süden bemerkte er, daß die Hitze nicht nachließ und das Land trockener wurde, und er konnte sich nicht entscheiden, was schlimmer war, die schwüle, feuchte Hitze des Brisbane Valley oder die sengende, glühende Hitze der Ebenen im Süden, denen noch eine lange Wartezeit auf ihre Winterregen bevorstand. Er folgte den Flüssen und ihren Nebenläufen und stellte zu seiner Überraschung fest, daß überall kleine Ortschaften aus dem Boden schossen. Er wollte eigentlich nach Newcastle, um Connelly zu suchen, erfuhr jedoch im Gespräch mit den Männern

in einem schäbigen Wirtshaus, daß der Newcastle-Distrikt aufgeteilt worden war und er besser beraten wäre, mit seinen Nachforschungen in Quirindi zu beginnen, da die meisten mit einem Freibrief Entlassenen auf den Farmen arbeiteten. Das würde ihm vielleicht den Ritt über die Berge zum Hunter Valley und weiter nach Newcastle ersparen, und er entschied, daß es einen Versuch wert war.

Drei Tage später ritt er halb verdurstet in die ausgedörrte kleine Stadt und schlug als erstes den Weg zum Wirtshaus ein. »Connelly kann warten«, sagte er sich. »In diesem Land könnte man vor Durst umkommen.« Da er sich trotz seiner kostbaren Papiere noch nicht so recht traute, in eine Polizeiwache hineinzugehen und sich nach einem Sträfling zu erkundigen, fragte er in der Bar herum, ob jemand Connelly kannte.

Ein junger Farmarbeiter wandte seine Aufmerksamkeit von der Fliege ab, die gerade im Bier ertrank. »Den Iren? Den, der in Moreton Bay war?«

»Ja« sagte O'Meara eifrig. »Wo kann ich ihn finden?«

»Draußen auf Kooramin Station.«

»Wo ist das?«

»Sie kommen wohl von ziemlich weit her, Kamerad«, sagte der Wirt. »Ist nordwestlich von hier, draußen am Namoi.«

»Na so was!« rief O'Meara. »Ich nehme noch ein Bier. Schenken Sie sich auch eins ein, Sir, und dem Burschen da ebenfalls.«

Er hatte keine Probleme, die Straße zu finden und ihr zu folgen; Wagenspuren hatten sich tief in den Boden gegraben. In dieser Nacht schlug er sein Lager auf hochgelegenem Gelände neben der Straße auf.

Am Morgen beobachtete er fasziniert, wie ein einsamer Buschräuber einen Überfall aus dem Hinterhalt vorbereitete. Zwei Reiter kamen in langsamem Trab vorbei – zweifellos Siedler, sagte sich O'Meara, gute Beute –, aber der Buschräuber ließ sie passieren. Vielleicht traute er sich nicht, es mit zwei Männern zugleich aufzunehmen. Er sah ohnehin ein bißchen alt für den Job aus, fand

O'Meara und schnappte sich sein Gewehr, um ganz leise nach unten zu schleichen, so daß er sich den Spaß ansehen konnte.
Er sah einen einsamen Reiter näher kommen, und der Buschräuber machte sich bereit. O'Meara sah sich den Reiter, der da auf sie zukam, genauer an. Seine Augen wurden groß. Es war dieser verdammte Narr MacNamara!
Dann knallte ein Schuß, und MacNamara wirbelte herum, fiel aus dem Sattel und stürzte zu Boden. »Hey! So geht das aber nicht!« rief O'Meara. Er zielte sorgfältig und schoß den Buschräuber ins Bein. Dann bahnte er sich einen Weg durch das Gestrüpp nach unten, nahm das Gewehr des Angreifers an sich und ging zu MacNamara zurück, der ihn sofort erkannte. »O'Meara, du mieser Dreckskerl! Das hätte ich mir denken können!«
»Setz dich hin, halt den Mund und gib mir dein Gewehr. Bei mir ist es gut aufgehoben«, sagte O'Meara. Er band Paces Pferd an einen Baum und legte die Waffen daneben auf den Boden. »Jetzt wollen wir uns mal deine Schulter ansehen.«
»Damit kommst du nicht durch«, schäumte Pace, als der andere Ire sein Hemd zusammenknüllte, um die Blutung zu stoppen. »Gib her. Das mach ich selbst.«
O'Meara schenkte Paces wütender Zurückweisung keine Beachtung. »Ich hole einen Riemen und mache dir eine Schlinge. Hast du dir irgendwelche Knochen gebrochen?«
»Nein, aber das habe ich nicht dir zu verdanken. Sie ist durch den Muskel rein und unter meiner Achselhöhle rausgegangen. Jetzt hau endlich ab!«
»Ich soll abhauen? Du hast Glück, daß ich zufällig da war. Im Busch da drüben liegt ein Kerl mit einem Loch im Bein. Der hat auf dich geschossen, nicht ich.«
Er stapfte zu dem Buschräuber hinüber, der stöhnend im dichten Gras lag, und Pace rappelte sich auf, um ihm zu folgen. »Und wer ist das?« fragte er wütend.
»Ich dachte, das würdest du mir sagen. Komische Sache. Warum wollte er dich umlegen?«

»Ist leichter, einen Toten auszurauben.«
»Das ergibt keinen Sinn. Der wollte dich nicht ausrauben, sondern umbringen, MacNamara!« lachte er. »Dein Glück, daß er kein guter Schütze ist.«
Pace lehnte sich haltsuchend an einen Baum. »Wer ist er?«
O'Meara gab dem alten Mann einen Tritt, ohne auf sein Geschrei zu achten.
»Wer bist du? Sag uns, was du vorhattest, oder wir nehmen dein Pferd mit und lassen dich hier draußen für die Krähen liegen.« Er schaute auf den alten Mann hinab, der sich zu seinen Füßen wand. Pace starrte in das ängstliche Gesicht. »Hab den Kerl noch nie gesehen.«
O'Meara gab ihm wieder einen Tritt. »Mach's Maul auf, bevor ich dir noch 'ne Kugel verpasse!«
»Ich bin dafür bezahlt worden, ihn zu erschießen!« schrie der Alte. »Ihn!« Er zeigte auf Pace.
»Was?« rief Pace. »Wer hat dich bezahlt?«
»Der Engländer. Er hat mir fünf Pfund gegeben und gesagt, ich bekäme noch mal fünf, wenn die Sache erledigt wäre. Ich hab Sie eine ganze Weile beobachtet. Er meinte, es hätte keine Eile.«
O'Meara lachte brüllend. »Viel bist du nicht wert, was, MacNamara?«
»Welcher Engländer?« fauchte Pace.
»Ich sag's Ihnen doch, der Engländer. Captain Pelham.«
»Allmächtiger!« sagte Pace benommen.
»Kennst du ihn?« O'Meara war fasziniert.
»Ja, ich kenne ihn. Ich hab ihm die Fingerkuppe abgeschossen, als ich ihn zum letztenmal gesehen habe, aber das ist Jahre her.«
»Na, er hat's nicht vergessen, oder? Du kannst nicht rumlaufen, den Leuten Finger abschießen und erwarten, daß du damit davonkommst, MacNamara. Ich verbinde dem alten Knaben hier das Bein, setze ihn aufs Pferd und schick ihn weg, falls du ihn nicht zum hiesigen Constable bringen willst. Dann komme ich aber nicht mit.«

»Nein, er kann gehen. Aber Moment noch, du verdammter alter Bastard. Wie heißt du?«

»Walter Smith, Sir. Man nennt mich Wally.«

»Woher kommst du?«

»Aus Singleton, Sir. Aber was soll ich denn jetzt dem Engländer sagen?«

»Kümmert mich einen Dreck, was du dem Engländer sagst«, brüllte Pace. »Herrgott noch mal, O'Meara, schaff mir den Kerl aus den Augen!«

O'Meara setzte den Attentäter auf sein Pferd, und Pace warnte ihn: »Wenn du je wieder hier herauskommst, wirst du ohne Vorwarnung niedergeschossen.« Er gab dem Pferd einen Klaps auf die Hinterhand, und es galoppierte auf der Straße davon. »Dann muß ich dir wohl danken«, sagte er zu O'Meara. »Wir reiten zur Farm zurück. Da kannst du meine Frau und meine Söhne kennenlernen. Ich habe Zwillinge. Connelly ist übrigens auch dort.«

»Kooramin Station, nicht wahr?« fragte O'Meara.

»Woher weißt du das?«

»Wie sich's ergibt, war ich gerade auf dem Weg dorthin. Aber mir ist schleierhaft, wie Connelly aus Moreton Bay rausgekommen ist. Ich hab gehört, daß Sträflinge es nur im Sarg verlassen.«

»Das hat Caimen Court gedeichselt. Der ist ganz groß im Briefeschreiben. Er hat behauptet, Connelly und seine Kameraden hätten gar nicht dorthin geschickt werden dürfen, das sei gesetzwidrig gewesen. Es ist nur für jene Sträflinge gedacht, die in der Kolonie eine weitere Straftat begehen. Als Caimen beim Gouverneur trotz aller Beharrlichkeit nichts erreicht hat; ist er zu den Zeitungen gegangen, und das hat gewirkt.«

»Dann ist er also gesund?«

»Klar. Er mußte ein bißchen aufgepäppelt werden, aber jetzt ist er in Ordnung. Er sagt, dieser große Kerl vom Schiff, Big Karlie, war auch in Moreton Bay, und sie haben ihm die Hölle heiß gemacht, bis er auf einen Wärter losgegangen ist. Hat ihn mit einer Hacke erschlagen. Sie haben ihn gehängt.«

»Oh heilige Maria, die Engländer haben allerhand auf dem Kerbholz. Aber wie kann Court sich solche Frechheiten leisten, wo er doch selber ein Sträfling ist?«

Pace lachte. »Jetzt kommt der Lichtblick in der Geschichte. Court hat den mächtigen Arm unserer Heiligen Mutter Kirche auf seine Seite gebracht. Die Kirchenleute hatten ihn binnen kurzem draußen, als sie herausfanden, daß er zwei Jahre in Maynooth gewesen war. Er studiert jetzt wieder für das Priesteramt. Er will in New South Wales bleiben, um unser aller Seelen zu retten.«

O'Meara runzelte die Stirn und ging weg, um die Pferde zu holen, und Pace rief ihm nach: »Weißt du, ich verstehe immer noch nicht recht, warum dieser alte Mann versucht hat, mich zu erschießen. Pelham muß verrückt sein. Ich dachte, ich hätte ihm einen Gefallen getan.«

»Wenn du mir den Finger abschießen würdest, würde ich das nicht als Gefallen betrachten«, lachte O'Meara.

»Es war nicht mein Kampf. Er hat bei einem Viehtreck Streit mit dem Boß gekriegt. Sie waren irgendwie Partner, ich hab das nie so richtig kapiert, beides Engländer. Der Boß hat nach seinem Gewehr gegriffen, aber Pelham war schneller. Wenn er den Boß erschossen hätte, wär er von den Jungs aufgeknüpft worden, soviel steht fest. Aber wenn der Boß ihn getroffen hätte – was meiner Meinung nach allerdings unwahrscheinlich war, weil sie keineswegs gleich stark waren –, dann bestimmt nicht in den Finger. So wie ich die Sache gesehen habe, wäre dieser verdammte Dummkopf Pelham so oder so tot gewesen. Hilf mir mal rauf.«

Er stieg auf sein Pferd und verzog vor Schmerz das Gesicht. »Um ehrlich zu sein«, erklärte er müde, »ich hatte es eigentlich gar nicht auf seinen Finger abgesehen. Ich wollte ihm bloß das Gewehr aus der Hand schießen.«

»Wirst langsam alt, was, MacNamara?«

»Keineswegs«, widersprach Pace. »Seltsame Waffen. Schwer, damit präzise zu schießen.«

O'Meara trieb sein Pferd weiter. »Weißt du, daß Brosnan tot ist?«

Pace stöhnte. »Nein. Wußte ich nicht. Was ist mit ihm passiert?«
»Er ist bei einem Fluchtversuch erschossen worden.«
»Gott helfe uns – und was ist mit dir? Hast du einen Freibrief bekommen?«
»So könnte man sagen. Ich hab ihn mir selbst ausgestellt.«
»Na, das würde Brosnan gefallen. Dann bist du also auf der Flucht?«
»Solange ich in diesem Land bleibe, ja. Und wie steht's mit dir, MacNamara? Wie kommt's, daß du auf diesem Schiff bei den feinen Pinkeln warst?«
»Herrgott noch mal, hörst du denn nie auf? Sie haben mich weggeschickt. Dan Ryan und seine Kumpels haben mich aus Irland rausgeschafft, und ich konnte nicht mehr als meinen Mantel mitnehmen. Damals war das für mich der schlimmste Tag meines Lebens. Aber hör mal, ich wäre dir dankbar, wenn du meiner Frau und den anderen daheim nichts von Pelham erzählen würdest. Wir werden sagen, daß wir bloß mit ein paar Buschräubern aneinandergeraten sind und daß sie uns entwischt sind. Aber bei Gott, wenn ich Pelham zu fassen kriege, ist er ein toter Mann.«
»Überleg dir das lieber noch mal. Sie werden dich wegen Mordes hängen.«
»Ich kann doch nicht rumlaufen und darauf warten, daß mir ein Fremder eine Kugel in den Rücken schießt …«
»Nein, das wohl nicht, aber es wäre einfacher, dem Mistkerl etwas Vernunft einzubleuen.« Weiter vorn sah er in einer Luftspiegelung über dem offenen Flachland eine Ansammlung von Hütten vor einem verschwommenem Hintergrund aus verblaßtem grünem Buschwerk. »Ist das deine Farm?«
»Ja«, sagte Pace. »Aber wir werden das Haus auf dieser Anhöhe dort bauen, wo wir ein bißchen frischen Wind kriegen können. Ich bin verdammt froh, wieder nach Hause zu kommen. Fühlt sich an, als hätte er mich mit einer Kanonenkugel getroffen.«
Wie O'Meara Scarpy später erzählte, war ihre Ankunft auf Kooramin Station »… so was wie eine Kreuzung zwischen Karfreitag

und dem Tag des heiligen Patrick. Dolour jammerte, daß man ihren Mann niedergeschossen hatte, während Connelly jubelte und eine Party gab, weil ich ins Reich der Lebenden zurückgekehrt war. Und es war eine tolle Party; alle machten mit, sangen Lieder und tranken den Whisky, den ich für Connelly gekauft hatte. Aber MacNamara hat nicht soviel davon gehabt. Nachdem wir ihn operiert hatten und seine Frau ihn verbunden hatte, wurde er ohnmächtig.«

Am Morgen wuselte Dolour um O'Meara herum, der eine herzhafte Portion Rührei mit Schinken vor sich stehen hatte und sich dazu ein paar dicke Scheiben Brot abschnitt. »Iß auf, Dinny. Wir kriegen nicht oft Besuch. Das ist unser eigener mit Zucker gepökelter Schinken.«

»Und er schmeckt wirklich köstlich«, sagte er. »Ist schon lange her, daß ich Schinken bekommen habe.«

Pace tauchte in der Tür auf. Verbände bedeckten seine Schulter und umhüllten seinen nackten Oberkörper.

»Ich wollte dir gerade das Frühstück bringen«, sagte Dolour. »Na, jetzt bin ich ja hier, Mädchen. Du kannst dir also die Mühe sparen. Hast du dich schon umgesehen, O'Meara?«

»Habe ich, ja. Ist ein hübsches Fleckchen, was du hier hast, aber gar nicht zu vergleichen mit meinem Land.«

»Deinem was? Ich dachte, du hättest gesagt, daß du auf der Flucht bist.«

»Stimmt, aber mir ist es trotzdem nicht allzu schlecht gegangen. Ich habe meine eigene Rinderfarm im Norden.«

»Wo im Norden?«

»Im Brisbane River Valley, jenseits der Darling Downs.« Er lachte. »Jetzt müßtest du mal dein Gesicht sehen, MacNamara.«

»Wie zum Teufel bist du da hingekommen?«

»Ganz einfach. Ich konnte nirgends anders hin.«

»Und du hast Vieh da oben?«

»Meine Rinder sind so fett, daß deine dagegen wie die reinsten Klappergestelle aussehen.«

»Wie viele Rinder hast du?«
»Zwei- oder dreihundert, nicht viele nach deinen Maßstäben, aber ich behalte sie nicht lange.« Er ging zur Bank hinüber. »Kann ich was von der Milch haben, Dolour?«
»Aber sicher.« Sie gab ihm einen Becher.
Pace starrte ihn an. »Du bist ein Viehdieb!«
O'Meara grinste. »Man muß sich ja irgendwie durchschlagen.«
»Der helle Wahnsinn«, murmelte Pace. »Herrgott, O'Meara, es ist schon schwer genug, hier eine Viehzucht zu starten, wo die Schwarzen die Tiere als Zielscheibe benutzen und es im Sommer kein Wasser gibt, auch ohne daß Kerle wie ihr Rinder klauen.«
»Du brichst mir das Herz, mein Freund«, lachte O'Meara. »Jetzt hör schon auf, Mann. Wir tun dir nichts.«
Pace schüttelte den Kopf. O'Meara schien dazu verurteilt zu sein, auf der falschen Seite des Gesetzes zu stehen. Aber er war neugierig, was dieses Land im Norden betraf. »Es wird viel geredet über das Land, in dem du lebst. Ich will schon seit langem hin. Ich würde mir dort gern Weideflächen nehmen.«
»Hast du hier nicht genug?«
»Hier draußen muß man immer mit einer Dürre rechnen. Es heißt, im Norden würde es mehr Regen geben. Ist das wahr?«
»So einen Regen wie dort hab ich noch nie gesehen. Wenn es regnet, dann gießt es tagelang, manchmal sogar wochenlang wie aus Eimern. Auch im Sommer, nicht im Winter. Der Regen ist aber warm, deshalb wächst alles wie wild.«
»Genau darum geht's mir. Wenn ich mehr Weideflächen im Norden hätte, könnte ich mein Vieh während der Trockenzeiten in den Regengürtel treiben.«
»Da oben gibt's auch schöne Seen«, sagte O'Meara. »Ist überhaupt ein besseres Land als das hier.«
»Sind schon viele Siedler da?« fragte Pace. Er hatte beinahe Angst vor der Antwort.
»Nein, nicht dort, wo ich bin. Aber so langsam kommen die ersten durch. Erst kürzlich habe ich einen Haufen Schafe gesehen, die zu

den Darling Downs unterwegs waren. Ich würde sagen, in einem Jahr haben wir Nachbarn.«
»Würdest du in Erwägung ziehen, mir was von deinem Land zu verkaufen?«
»Es gehört mir gar nicht. Ich wollte dich bloß aufziehen.«
»Wem gehört es dann?«
»Keinem. Ich hab's nur markiert, um Fremde fernzuhalten. Keiner von meinen Jungs will, daß jemand dort rumschnüffelt und Fragen stellt.«
Pace schüttelte den Kopf. »Wenn das so ist, gehört es dir, Dinny.«
»Und wie sollte ich's wohl anstellen, meinen Besitzanspruch eintragen zu lassen? Ich habe gefälschte Papiere, mit denen ich so durchkomme, aber ich würde nur ungern riskieren, daß jemand sie einer genaueren Prüfung unterzieht. Wenn ich versuche, das Land registrieren zu lassen, könnte ich wieder im Gefängnis landen.«
»Vielleicht könnte ich's für dich tun?«
»Es würde nicht klappen. Da oben gibt's Männer, die wissen, daß das Gebiet in der Hand von Gesetzlosen ist. Wenn ich zu lange dort rumhänge, wird irgend jemand reden, und dann werden sie mich früher oder später erwischen. Ich habe sowieso keine Lust, Farmer zu werden. Ich will nach Amerika gehen. Ich bin nur hierher gekommen, um mal nach den Jungs zu schauen.« Er ging zur Tür und schaute hinaus. »Und jetzt sehe ich, daß ihr alle Irland aufgegeben habt.«
»Oh Dinny«, meinte Dolour hinter ihm verblüfft, »das ist gemein, so was zu sagen!«
»Na ja, Connelly hat mir erzählt, daß ihr ihn hier zum Vormann machen werdet, also bleibt er hier. Brosnan ist tot, Court ist wieder in der Kirche, und du, MacNamara, du sprichst nie von Irland.«
Pace schob seinen Teller weg, ohne aufgegessen zu haben. »Wir können nicht zurück.«
»Aber du kannst sie von hier aus bekämpfen, und ich kann sie von Amerika aus bekämpfen. Wir können Geld und Waffen für die Jungs auftreiben. Hast du schon alles vergessen?«

»Ich hab nichts vergessen«, sagte Pace düster, »und es hat keinen Zweck, sich herauszureden. Wir haben hier ein neues Leben. Vielleicht machen wir's diesmal besser. Wir sind nicht freiwillig hergekommen, aber vielleicht ist es uns so bestimmt.«
»Ich bin auch nicht freiwillig hergekommen«, rief O'Meara.
»Das ist bloß ein anderes Land, das den Engländern gehört, und es ist nicht meine Bestimmung.«
»Dann wünsche ich dir alles Gute«, sagte Pace, »aber ich lasse nicht zu, daß du uns Schuldgefühle einredest.« Er wechselte das Thema. »Wie viele Hektare hast du da oben im Norden?«
O'Meara mußte sich zwingen, ihm zu antworten. Er wußte, daß er mit seinem Anliegen hier auf verlorenem Posten stand. »Woher soll ich das wissen? Wir ziehen herum, verstehst du, und wir hatten nicht vor, allzu lange zu bleiben. Wir haben ungefähr zehn Meilen am Westufer des Brisbane River abgesteckt.«
»Schon ganz gut für den Anfang«, sagte Pace. »Also, ich möchte dir einen Vorschlag machen. Du behältst dieses Land da oben noch ein bißchen, und ich kaufe es dir ab. Dann hast du das Geld für Amerika.«
O'Mearas breite Schultern erbebten unter polterndem Gelächter. »Also das ist doch wirklich der Gipfel! Ich mache Geld, indem ich Vieh verkaufe, das mir nicht gehört, und jetzt verkaufe ich auch noch Land, das mir nicht gehört.«
»Ich sage dir doch, es ist deins«, rief Pace. »Du hast es gefunden, du hast Anspruch darauf erhoben, und du hast das Recht, Geld dafür zu nehmen.«
»Wieviel?«
»Ich weiß nicht so genau. Wie weit seid ihr von Moreton Bay entfernt?«
»Ungefähr fünfzig Meilen.«
»Bei Gott, ich nehme es. Wie weit reicht dein Gebiet ins Landesinnere hinein?«
»Haben wir nie ausgemessen. Das mußt du selbst tun.«
»Also, wie wär's dann mit fünfhundert Pfund?«

»Fünfhundert Pfund sagst du? Dafür würde ich warten, bis die Hölle gefriert!«

Pace sah Dolour an. »Die Lady wirft mir finstere Blicke zu, wie ich sehe. Da ich ihr versprochen habe, ihr zum Dank dafür, daß ich gleich zwei Söhne auf einmal bekommen habe, dieses Jahr ein anständiges Haus zu bauen, muß ich das als erstes tun, aber ich gebe dir einen Schuldschein für den Verkauf.«

»Wo willst du fünfhundert Pfund herbekommen?« Dolour war besorgt.

»Das schaffe ich schon. Ich hab ein paar Landkarten, Dinny. Komm rüber ins Haus, dann kannst du mir zeigen, wo es ist.«

32. Kapitel

Milly Forrest trat aus ihrem Haus in die stille, warme Nacht hinaus und sang dabei eine Melodie vor sich hin, an deren Text sie sich erinnern konnte. Sie blieb unter der großen Akazie stehen und schaute zum Haus zurück, zu ihrem Haus. Es war endlich fertig, und gerade zur rechten Zeit. Sie hatte die Öllampen im Salon, in der Eingangshalle und den beiden nach vorn hinausgehenden Schlafzimmern angezündet, und es war wunderschön. Anfangs hatte es Diskussionen mit Dermott gegeben, aber sie hatten einen Kompromiß geschlossen, und jetzt war sie glücklich. Die großen Veranden, die das Haus eher flach als stattlich aussehen ließen, sorgten dafür, daß es im Inneren kühl war, aber sie hätte lieber einen einzelnen Portikus gehabt. Dermott hatte stur behauptet, daß jeder sein Haus auf dem Land des Klimas wegen mit Veranden baute, aber sie hatte ihren Willen insoweit durchgesetzt, als sie ihm verbot, die häßlichen Bohrlöcher in die Wände zu machen, und darauf bestand, daß es ein Empfangszimmer gab.

Sie raffte ihre Röcke und ging zur Haustür, wobei sie so tat, als ob sie ein Gast wäre; beim Eintreten bewunderte sie den Glanz der polierten Gelbholzböden und die neuen Möbel, die zum Teil aus dem Katalog bestellt und zum Teil von Dermott selbst angefertigt worden waren. Die Wände waren tapeziert; dort mußten eigentlich Familienportraits hängen, aber die Forrests hatten bis jetzt noch keine, und ihr fiel nichts ein, was sie sonst dort anbringen konnte. Milly bereute es nicht, daß sie monatelang in der primitiven Hütte gewohnt hatte. Es hatte sich gelohnt, weil sie auf diese Weise ein Auge auf jedes Stück Holz und jeden Ziegel haben konnte, die ins Haus gingen.

Dermott saß an seinem Schreibtisch im Wohnzimmer. »Willst du morgen immer noch zu MacNamara hinüber?« fragte sie.

»Ja. Ich habe ihm gesagt, daß ich jeden Sonntag vorbeischauen würde, bis ihr Haus fertig ist.«

»Na ja, nächste Woche kannst du nicht hin.«

»Ich weiß.«

»Sie haben unser Haus kopiert, nehme ich an.«

»Hier draußen sehen die meisten Häuser von außen gleich aus, das weißt du doch, Milly. Aber es wird viel kleiner sein.«

»Wie wollen sie es einrichten? Dolour sagt, sie hat noch gar keine Möbel bestellt.«

»Sie werden sich vorerst mit dem behelfen müssen, was sie haben. Pace hat kein Geld übrig. Und er hat gesagt, sie würden sich freuen, nächsten Samstagabend zu uns zu kommen.«

»Ich schicke ihnen eine schriftliche Einladung. Es gehört sich, daß man darauf schriftlich antwortet.«

»Na, du weißt ja, daß Pace sich um so was nicht kümmert.«

Milly kuschelte sich in den großen Sessel gegenüber von ihm. »Ich komme gar nicht darüber hinweg, daß Jasin Heselwood jetzt ein Lord ist. Meinst du, wir dürfen ihn trotzdem noch Jasin nennen?«

Dermott runzelte die Stirn. »Ich habe noch nie Jasin zu ihm gesagt. Es sind eher deine Freunde als meine, und er hat mich nie dazu aufgefordert. Aber ich finde, du solltest es jetzt lieber nicht mehr

tun, Liebes, du könntest ihn beleidigen. Und Missis Heselwood auch. Sie ist jetzt eine Lady; ich würde sie nicht mehr mit Georgina anreden, wenn ich du wäre.«
»Falls wir sie je wiedersehen. Die beiden sind einfach ohne ein Wort nach England gefahren.«
»Sein Vater war krank. Die beiden scheinen immer in Eile zu sein.«
»Aber wir mußten aus der Zeitung erfahren, daß sie wieder in unserem ›herrlichen Land‹ sind.«
Dermott widmete sich kopfschüttelnd wieder seinem Journal. Er arbeitete schwer und liebte das Leben auf der Farm. Er kam gut mit seinen Männern zurecht, hörte auf die Ratschläge der erfahrenen Arbeiter und führte peinlich genau Buch über den Viehbestand und die täglichen Aktivitäten auf der Farm.
Milly unterbrach ihn erneut. »Zeig mir diesen Brief von Jasin, in dem steht, daß er zu uns herauskommt. Wie hat er unterschrieben?«
Er nahm den Brief aus einer Schublade und gab ihn ihr.
»Oh! Einfach nur mit J. H. Ich dachte, Lords hätten was Besseres zu bieten. Schade, daß Pagets von Blair Station am Samstagabend nicht kommen können. Sie scheinen hier in der Gegend die wichtigsten Leute zu sein. Aber hast du Missis Pagets Brief gelesen, Dermott? Sie hat praktisch geweint, daß sie nicht kommen können, wo wir doch einen Lord zu Gast haben.« Milly kicherte.
»Ja, Liebling.«
Sie ging in die Küche, um nachzuschauen, was das Personal tat. Sie hatte zwei weibliche Sträflinge zugewiesen bekommen und zwei Mädchen aus dem Lager der Schwarzen angestellt, die ihnen helfen sollten. Milly beklagte sich bei Dermott zwar darüber, wie langsam die Mädchen waren, fand es jedoch herrlich, die Frau eines Squatters zu sein und die Verantwortung für einen Haushalt zu haben. Auch Milly liebte Carlton Park und das Leben, das sie führten. Bess hatte behauptet, daß ihr bei all diesen Bediensteten nichts mehr zu tun bleiben würde, aber eher das Gegenteil traf zu: Man mußte ständig auf sie aufpassen und dafür sorgen, daß immer

genug Vorräte für den Haushalt und für die Männer da waren. Der Garten mußte bewässert werden, und die Wäsche mußte gewaschen werden.

Jetzt, wo das Haus endlich fertig war, konnten sie Gäste einladen und sich amüsieren. Milly hatte das Reiten aufgegeben, als sie herausfand, daß sie schwanger war – ein Zustand, der sie weder begeisterte noch deprimierte, aber Dermott freute sich so, daß es für sie beide reichte.

Und nun stand ihr das wichtigste Ereignis ihres Lebens bevor. Nicht nur ihre erste Abendgesellschaft mit keinem Geringerem als einem Lord als Ehrengast, sondern auch die erste richtige Abendgesellschaft im unteren Namoi-Distrikt. Sie breitete ein Tuch über den glänzenden Tisch im Speisezimmer und setzte sich hin, um ihre Liste noch einmal durchzugehen.

Lord Heselwood, der Earl von Montone! Wer hätte gedacht, daß sie, Milly Jukes, eines Tages einen Lord zu Gast haben würde? Sie hatte ihren Eltern geschrieben und ihnen erzählt, welch ungeheures Glück sie in New South Wales gehabt hatten, aber die wenigen Briefe ihrer Eltern und ihrer Schwestern waren kurz und sogar grob gewesen. Darin hatte gestanden – »um ganz offen zu sein«, wie ihre Mutter es formulierte –, sie höre sich an, als ob sie größenwahnsinnig geworden sei. Sie hatten sogar angedeutet, daß sie log.

Die MacNamaras ... Pace hatte Dermott gesagt, daß sie kommen würden. Es war bedauerlich, daß Pace früher einmal für Jasin gearbeitet hatte, aber Dermott hatte darauf bestanden, und Milly fand auch, daß es eigentlich nichts ausmachte, da Pace ein Nachbar war. Und Dolour war eine sehr schöne Frau. Milly hatte bemerkt, daß alle Männer sie angafften, selbst Dermott, aber glücklicherweise hatte Dolour nur Augen für Pace. Sie hatte die McPhies nicht eingeladen. Die Frau war eine häßliche alte Vettel, und die ganze Familie war zu primitiv. Dermott war sicher, daß die Söhne der McPhies sein Vieh stahlen; er hatte mehrmals Krach mit ihnen gehabt, und wenn es so weiterging, würde er vielleicht die südöstliche Grenze einzäunen müssen. Er wollte mit Jasin darüber sprechen.

Die Pagets waren nicht da, aber die Einladung hatte ihren Zweck erfüllt, ebenso wie bei den Leuten von der großen Farm am Peel, die von Henry Dangar geführt wurde. Er hatte mit einem förmlichen Schreiben abgesagt und gebeten, Lord Heselwood seine besten Grüße zu übermitteln, obwohl Milly ganz genau wußte, daß er ihm noch nie begegnet war.

Dann waren da die Craddocks, das kleine Paar, das den Besitz des Anwalts zwischen Carlton Park und MacNamaras Kooramin verwaltete. Sie hatten natürlich zugesagt.

Und Bess und Fred Forrest waren schon unterwegs. Fred kam gern heraus und half Dermott, wann immer er konnte. Die beiden Männer hatten die Köpfe zusammengesteckt und beschlossen, daß Bess und Fred auf die Farm ziehen sollten. Sie würden hier draußen eine Sattlerei und eine Schuhmacherei aufmachen. »Wo sollen sie wohnen?« hatte Milly gefragt.

»Hier. Das Haus ist doch groß genug.«

»Ich möchte dich daran erinnern, Dermott Forrest, daß Bess selbst gesagt hat, es könnte nur eine Herrin im Haus geben. Sollen sie sich doch ihr eigenes Haus bauen.«

»Aber sie können hier nicht bauen. Jasin könnte etwas dagegen haben.«

»Sie hätten sich ihr eigenes Land kaufen sollen, als wir es getan haben.«

Und ganz unten auf der Liste stand Millys Überraschungsgast. Der Mann, der im Distrikt richtiggehend berühmt wurde. Außer seiner Schaffarm, den Rebfeldern und dem Gestüt auf Chelmsford hatte er Weideflächen am Peel River, nicht weit von der Stelle entfernt, wo dieser in den Namoi mündete, und niemand wußte genau, was ihm sonst noch alles gehörte. Bei einem Besuch im Hunter Valley hatte Milly darauf bestanden, daß Dermott sie nach Chelmsford mitnahm, damit sie Adelaide an ihrem Grab die letzte Ehre erweisen konnte. Mr. Rivadavia war ganz reizend gewesen. Er hatte sie

sogar eingeladen, über Nacht zu bleiben, und ihnen seine kleine Tochter vorgestellt.
»Das Haus ist eine einzige Pracht«, erzählte sie Bess später. »Aus Sandstein gebaut, und innen drin ist ein Hof mit Säulengängen wie in einem Nonnenkloster. Die Wände sind ganz weiß, die Böden sind mit Fliesen belegt, überall stehen riesige Möbel herum, und er hat prächtige Teppiche auf den Böden und an den Wänden. Auch in unserem Schlafzimmer; da gab's ein großes Bett und schwarze Möbel. Dermott wußte, was das für ein Holz war. Und über dem Bett hing ein Kreuz an der Wand. Ich glaube, er ist ein Papist, aber du solltest ihn sehen! Er ist absolut göttlich! Daß jemand wie Adelaide Brooks ihn sich schnappen konnte, werde ich nie verstehen. Schließlich war sie viel älter als er.«
Nur Dermott wußte, daß sie Rivadavia eingeladen hatte und daß dieser zugesagt hatte.
Carlton Park würde der gesellschaftliche Mittelpunkt des Distrikts werden, wenn alle erfuhren, daß Lord Heselwood und Mr. Rivadavia dort zu Gast gewesen waren.

Die Schwarzenkriege
I

33. Kapitel

Bei ihrer Rückkehr in die Kolonie New South Wales stand eine Kutsche bereit, um Lord Heselwood, den Earl von Montone, sowie Lady Heselwood und ihre Begleiter zum Gouverneursgebäude zu bringen, wo sie von Gouverneur Bourke und seiner Tochter empfangen wurden. Jasin hielt es für angebracht, ihre Trauerzeit zu beenden, da in der Kolonie nur wenige überhaupt etwas von seinem verstorbenen Vater gehört hatten
Gouverneur Bourke, ein irischer Protestant, hatte nichts von der Steifheit und Aufgeblasenheit Darlings. Er war ein intelligenter Mann von gutem Geschmack, der sich an den ersten sonnigen Tagen reizend um sie kümmerte, während sie sich wieder daran gewöhnten, festen Boden unter den Füßen zu haben. Er war kein großer Freund gesellschaftlicher Aktivitäten, die ihn bei der Arbeit störten. »Außerdem gibt es hier so viele Cliquen«, erklärte er Jasin, »daß man sich besser von ihnen fernhält.« Da seine Tochter – ein stilles Mädchen – zu schüchtern war, um Damen zu sich nach Hause einzuladen, hatte Jasin in den ersten paar Wochen Zeit, sich nach einer Abwesenheit von über einem Jahr in der Kolonie umzusehen und mit seinen Vorbereitungen fortzufahren.
In der letzten Zeit hatte sein Vater stets geklagt, und Jasin hatte in der Tat herausgefunden, daß es mit dem Familienbesitz keineswegs zum Besten stand. Er war jedoch überrascht gewesen, welche Türen sich ihm geöffnet hatten, kaum daß ihm der Titel übertragen worden war, Türen zu wichtigen Institutionen der Finanzwelt.
Nachdem er in London diverse Offerten geprüft hatte, die ihm wenig mehr als Sitze in irgendwelchen Aufsichtsräten eingebracht hätten – ein langer Weg zum Reichtum –, lehnte er sie alle ab. Er

bekam auch Angebote von Syndikaten, die bereit waren, in seine Unternehmungen in New South Wales zu investieren. Diese lehnte er ebenfalls ab. Er wollte mit niemandem teilen. Im Anschluß daran erhielt er jedoch Kredite, die von den wohlwollenden Direktoren der Bank von England bewilligt wurden. Ihm war klar, daß mit der zuvorkommenden Behandlung, die man ihm angedeihen ließ, bald Schluß sein würde, falls er seinen Verpflichtungen nicht nachkommen konnte, aber sie ermöglichte es ihm zumindest, seine Suche nach einer Farm im Norden schneller voranzutreiben. Unglücklicherweise war sein Vater kurz vor ihrer geplanten Rückreise gestorben, was seine Pläne erheblich verzögert hatte, und er machte sich Sorgen, daß das beste Land bereits vergeben sein würde, aber er erinnerte sich auch an Burnetts Hinweis, daß das Gebiet unendlich groß war und daß man Nachbarn brauchte. Er war jetzt froh, daß Burnett ihn von der törichten Idee abgebracht hatte, zu weit in das Gebiet jenseits der Grenze hinauszuziehen, und sein erster Gedanke war gewesen, Macleay aufzusuchen und herauszufinden, wie weit sie während seiner Abwesenheit vorgedrungen waren, aber Georgina warnte ihn.

»Damit wäre ich vorsichtig. Ich habe gehört, daß ein neuer Kolonialsekretär ernannt worden ist und gerade aus England herüberkommt. Außerdem geht das Gerücht, daß der Gouverneur selbst abgelöst werden wird.«

»Davon hat Bourke nichts gesagt.«

»Der Gouverneur behelligt uns nicht mit seinen Problemen. Ich glaube, das würde er für geschmacklos halten. Aber wenn du ihm ein oder zwei Fragen stellen würdest, wäre er bestimmt so freundlich, sie zu beantworten.«

Jasin konnte sich die Mühe sparen. Der Gouverneur hatte einen Gast zum Essen eingeladen. »Ein guter Freund«, hatte er ihnen erzählt, und Lord Heselwood stellte schockiert fest, daß es der hochtrabende, laute Wentworth war. Er und John Macarthur waren die reichsten Grundbesitzer im ganzen Land, aber ihre politischen Einstellungen waren diametral entgegengesetzt. Wentworth

machte Georgina überschwengliche Komplimente und stürzte sich gleichzeitig in eine der politischen Schmähreden, für die er berühmt war.
»Ich weiß nicht, ob Lady Heselwood daran interessiert ist, William«, sagte Bourke sanft, aber der Tadel wurde durch ein Lächeln gemildert.
»Unsinn! Die Frau hat doch Köpfchen. Das sehe ich von hier aus.« Er warf seine weiße Mähne nach hinten. »Wieso glaubt bloß alle Welt, daß die Frauen ohne Verstand geboren sind? Nun, was meinen Sie, Madam, sollten wir eine Volksvertretung in Form eines Unterhauses haben oder nicht?«
»Ich wüßte nicht, warum nicht«, erwiderte Georgina. »Früher oder später wird es soweit kommen, solange die Kolonie dem Westminster-System folgt.«
»Ha! Sehen Sie, ich hab's Ihnen ja gesagt«, rief er, von ihrer Antwort erfreut. Dann richtete er seine Aufmerksamkeit auf Jasin. Sein Blick war herausfordernd. »Aber Milord ist anderer Meinung, wie ich sehe.«
Jasin lehnte sich bequem in seinen Stuhl zurück und wartete auf einen Fingerzeig des Gouverneurs, aber Bourke ließ durch nichts erkennen, welcher Meinung er war. »Man müßte zunächst einmal untersuchen, was für Auswirkungen das hätte«, wich er aus.
Aber Wentworth griff an. »Was gibt's da zu untersuchen? Sind die Menschen in dieser Kolonie nicht genauso frei wie die in England?«
»Eine große Anzahl von ihnen nicht, muß man wohl sagen. Sollen die Sträflinge denn auch vertreten sein?«
»Das ist genau die spitzfindige Antwort, die man von Ihnen erwarten würde«, gab Wentworth grob zurück. »Sie tun so, als ob es keine Mittelklasse gäbe.«
»Nun mal langsam, William, jeder hat ein Recht auf seine eigene Meinung«, mahnte Bourke.
»Das ist auch Macleays Standpunkt!« bellte Wentworth. »Gouverneur, dieser Mann muß unschädlich gemacht werden. Er ist nichts

als ein hochnäsiger Aktenkrämer, der uns sagt, wir bräuchten kein Unterhaus, und es wagt, sich Ihren Bemühungen um zivile Geschworenengerichte zu widersetzen.«

Jasin war erstaunt über Bourkes gute Laune. Der Mann hätte in die Schranken gewiesen werden müssen, aber Bourkes Antwort verblüffte ihn. »Geduld, William, wir werden zivile Geschworenengerichte haben, ebenso wie ein Unterhaus, aber das braucht alles seine Zeit.«

Wentworth widmete sich besänftigt seinem Essen, und Bourke wechselte das Thema. »Lord Heselwood hat eine Farm draußen am Namoi, William.«

»Ja, ich weiß. Geht sie gut? Kann trocken werden da draußen.«

»Ich glaube schon. Ich werde ihr in Kürze einen Besuch abstatten«, sagte Jasin, »aber mein Blick ist nach Norden gerichtet.« Er lächelte gezwungen und bemerkte, daß Georgina die Unterhaltung richtig zu genießen schien.

»Wohin im Norden?« fragte Wentworth.

»Das Gebiet heißt Darling Downs, glaube ich.«

»Hm! Dieses Gebiet. Hat einen schlechten Namen. Moreton Bay ist eine Schande, Gouverneur.«

»Aber die Gefangenen in dieser Strafsiedlung sind Unverbesserliche«, protestierte Bourke. »Was sollen wir mit ihnen machen?«

»Da oben sind mehr als tausend Männer. Man sollte sie arbeiten lassen. Warum soll die Kolonie sie und die Faulenzer der englischen Armee unterstützen, die man dorthin abkommandiert hat, um auf sie aufzupassen? Das können doch nicht alles Unverbesserliche sein.«

»Heutzutage ist es schwer, genau festzustellen, wer einer ist und wer nicht«, bemerkte Bourke.

»Überhaupt, Gouverneur, was höre ich da? Sie reden davon, die Landzuweisungen zu stoppen?« fragte Wentworth.

Jasin legte Messer und Gabel auf den Teller und trank einen Schluck Wein, wobei er aufmerksam zuhörte. Er hatte Carlton Park zugewiesen bekommen und beabsichtigte, eine weitere Zuweisung in

Edwards Namen zu beantragen, da dieser in der Kolonie geboren war.
»Wir brauchen Geld für öffentliche Arbeiten«, erklärte Bourke. »Es ist sinnvoller, einen Mindestpreis von ein paar Shilling pro Morgen zu verlangen. Das ist nicht viel.«
Wentworth explodierte. »Nicht viel für eine winzige Farm, aber eine mörderische Belastung für Männer mit Weitblick, die große Weideflächen brauchen, ja unbedingt benötigen, damit sich ihre Investitionen bezahlt machen! Wir sind hier nicht in England. Dieses Land kann nur ein paar Schafe und noch weniger Rinder pro Morgen ernähren. Ich warne Sie, Gouverneur, in diesem Punkt werde ich mich entschieden gegen sie stellen.«
Bourke lächelte. »Wir werden sehen.«
Sie warteten, während der Nachtisch serviert wurde, und Jasin warf Georgina einen finsteren Blick zu, als sie die Unterhaltung wieder aufnahm. »Gibt es Informationen über die Darling Downs, Gouverneur?«
»Leider nicht viele«, erwiderte Bourke.
Wentworth schenkte ihr ein beifälliges Lächeln. »Dann sollten wir der Lady die wenigen Informationen geben, die wir haben. Wenn man die Gefahren mal beiseite läßt, ist es zweifellos hervorragendes Land, und obwohl es schon Jahre her ist, daß den von niemandem beweinten Captain Logan sein gerechtes Schicksal durch die Hände der Aborigines am Brisbane River ereilt hat, sind nicht allzu viele bereit, da draußen Land aufzunehmen. Ein schottisches Syndikat hat jedoch vor, dort eine große Schaffarm zu errichten. Über die wissen wir Bescheid; folglich muß es noch andere Männer geben, die dort ihre Claims abstecken und wieder einmal darauf warten, daß unsere zitternde Regierung die Grenzen weiter nach draußen verlegt.« Jasin war entsetzt. Wentworth schien außerstande zu sein, eine Meinung zu irgendeinem Thema zu äußern, ohne jemandem dabei einen Seitenhieb zu verpassen.
»Warum geben Sie nicht einfach das ganze Land frei, und damit Schluß, Gouverneur?« fragte Wentworth.

»Das haben wir doch alles schon mehrfach erörtert. Es wäre ein verwaltungstechnischer Alptraum, und ich habe nicht das Personal dafür.«
Wentworth wandte sich an Jasin. »Erzählen Sie mir nicht, Sie würden ernsthaft erwägen, sich in diese Wildnis im Norden zu wagen! Ich hätte gedacht, ein weicher Sitz im Oberhaus wäre mehr nach Ihrem Geschmack.«
»Ach wirklich?« sagte Jasin gedehnt, ohne sich seine Wut anmerken zu lassen. »Manche von uns finden es amüsanter, die Herausforderung des Unbekannten anzunehmen, als still auf dem Hintern zu sitzen und die Früchte der Arbeit unserer Väter zu ernten.«
Das stimmte zwar nicht – Jasin hätte lieber geerbt –, aber es traf ins Schwarze. Selbst Gouverneur Bourke reagierte sprachlos auf die Beleidigung, die Wentworth entgegengeschleudert wurde. Wie sie alle wußten, hatte dieser in New South Wales ein riesiges Vermögen von seinem Vater geerbt. Wentworth zwirbelte sein leeres Glas, und der Gouverneur gab dem Bediensteten ein Zeichen, die Gläser nachzufüllen.
»Bravo!« rief Wentworth auf einmal, und der Gouverneur blinzelte, als ob ihm plötzlich ein grelles Licht in sein hübsches Gesicht gefallen wäre.
Jasin grinste. Ich bin diesem Mistkerl ebenbürtig, dachte er. Er haßte das scharfe, spitze Gesicht, das nur von dem dichten, weibischen Haar gemildert wurde.
Aber sein Sieg war nur von kurzer Dauer.
»Dann beweisen Sie's, Sir!« sagte Wentworth und beugte sich über den Tisch.
Bourke ging dazwischen. »Lord Heselwood hat es bereits bewiesen. Seine eigene Farm auf Carlton Park ist der Beweis. Er hat dieses Land als erster erschlossen.«
»Ein Kinderspiel!« rief Wentworth. »Ich kenne dieses Gebiet. Man zieht von einer Farm zur nächsten, bis man schließlich über freies Land stolpert. Ich wette, Sie haben es sich unterwegs gutgehen lassen.«

»Ist das ein Verbrechen?« erwiderte Jasin, immer noch lächelnd. »Es ist keine Herausforderung.«
»Was ist dann eine Herausforderung?« Jasin setzte eine gelangweilte Miene auf. Er hatte diese Unterhaltung satt und ließ deutlich erkennen, daß Wentworth ihm nicht an den Karren fahren konnte.
»Nach Norden zu gehen«, lächelte Wentworth.
»Sie scheinen zu vergessen, Sir, daß ich bereits gesagt habe, ich würde nach Norden gehen.«
»Auf welcher Route?« Wentworths Stimme war seidenweich, als ob er in einem Gerichtssaal stünde.
»Vermutlich auf derselben Route wie die Schotten, die Sie vorhin erwähnten. Durch New England nach Norden und dann in die Berge, und wie ich höre, ist das wohl kaum eine Hauptstraße«, erwiderte Jasin.
»Dann nehmen Sie die andere Route.«
»Es gibt keine andere Route«, sagte Bourke, »also bringen Sie da nichts durcheinander, William. Das könnt ihr Anwälte ja hervorragend.«
»Doch, es gibt eine.« Wentworth war jetzt aufgeregt. Er verschob silberne Gewürzdöschen auf dem Tisch, um es zu demonstrieren. »Hier ist Sydney. Hier unten beim Senf. Hier oben unter dem Pfeffer ist die Strafsiedlung von Moreton Bay, wo der Brisbane River ins Meer mündet.« Eine gewölbte Gabel bezeichnete den Brisbane River. »Nun, ist Ihnen klar, daß es von Sydney bis Moreton Bay ungefähr achthundert Meilen sind?«
Sie nickten alle, und der Vortrag ging weiter. »Also, ein kleines Stück südwestlich der Strafsiedlung liegt Limestone.« Er pflückte eine kleine Blume vom Tafelaufsatz. »Das ist Limestane. Ist für uns nicht weiter wichtig, nur um Entfernungen zu demonstrieren. Nun, hier oben – und ich habe diese Karten sehr genau studiert, meine Damen und Herren – ist jener Ort, den wir alle Darling Downs nennen.« Für einen stämmigen Mann war er sehr behende. Er sprang auf, nahm eine kleine Porzellanfigur und stellte sie auf seine gestärkte weiße Karte. »Da sind sie, die Darling Downs! Jetzt

seht her. Von Sydney aus, unserer Quelle von Milch und Honig, sind es vielleicht siebenhundert Meilen. Einverstanden?«
Sein Publikum nickte erneut.
»Aber nun sehen Sie es sich in Beziehung zur Moreton-Bar-Siedlung an«, fuhr er fort. »Und zu Limestone. Achten Sie auf Limestone. Sie werden feststellen, daß die Darling Downs nur neunzig Meilen von Moreton Bay entfernt sind.«
Er lehnte sich zufrieden zurück, aber Jasin, der froh war, daß die Geographiestunde vorbei war, hob die Augenbrauen und sagte schlicht: »Ja und?«
»Na, da ist Ihre Route!« rief Wentworth und zeigte mit dem Finger auf den Tisch.
»Sie vergessen, Sir«, rief ihm Jasin ins Gedächtnis, »daß Moreton Bay eine geschlossene Siedlung ist. Zivilisten dürfen diese Route nicht benutzen.«
»Und Sie vergessen, Lord Heselwood, daß Sie am Tisch des Gouverneurs sitzen. Mit einem Federstrich könnte er Ihnen die Erlaubnis erteilen, diese Route zu nehmen. Stimmt's nicht, Gouverneur? Wenn Lord Heselwood über Moreton Bay zu reisen wünscht, würden Sie ihm diese schlichte Bitte doch sicher nicht abschlagen.«
»Ich glaube nicht«, ging ihm Bourke in die Falle.
Jasin, der einen leichteren Weg sah, per Schiff in den Norden zu gelangen, um sich diese Monate auf dem Pferd zu ersparen, sah den Gouverneur an. »Würden Sie mir diese Erlaubnis erteilen?«
Bourke war beunruhigt. Wentworth war nie hilfsbereit. Die Sache hatte einen Haken, aber er konnte ihn nicht finden. »Wenn Sie es wünschen«, sagte er.
»Dann wäre das geregelt«, sagte Jasin, der sich darüber freute, wie die Sache schließlich ausgegangen war. Er selbst würde mit dem Schiff fahren und sein Vieh auf dem Landweg hinbringen lassen. Es war zu einfach. Er fragte sich, wieso andere nicht schon früher darauf gekommen hatten, und mußte zugeben, daß Wentworth ein schlauer Bursche war.
»Gut.« William Charles Wentworth strahlte. »Nehmen Sie die

Route über Moreton Bay und folgen Sie Logan!« Er wartete mit dem Geschick eines erprobten Redners, bis ihnen die volle Bedeutung seiner Worte aufging. »Folgen Sie Logan!«

Als sie in ihrem Zimmer im Gouverneursgebäude allein waren, fuhr Georgina ihn an: »Das kannst du nicht machen, Jasin! Ich erlaube es nicht!«
»Oh doch, ich werde es tun. Der kriegt mich nicht unter!«
»Begreifst du nicht, daß er dich in eine Falle gelockt hat? Gouverneur Bourke hat sich doch für ihn entschuldigt. Er hat gesagt, du solltest gar keine Notiz von ihm nehmen.«
»Warum ist er dann ein so guter Freund des Gouverneurs?«
»Ich weiß es nicht. Ganz bestimmt nicht. Er ist ein sehr launischer Mensch. Daß Bourke sich mit ihm abgibt, geht über meinen Horizont.«
»Nun ja, eins haben wir herausgefunden. Wir müssen so bald wie möglich weg von hier«, sagte Jasin. »Dieser Gouverneur mag ja ein sehr liebenswürdiger Bursche sein, aber es ist ganz offensichtlich, daß die Macarthurs nicht zu ihm kommen.«
»Ich weiß nicht, wie es dir ging«, sagte Georgina, »aber mir fiel es ungeheuer schwer, Wentworth zu folgen; er scheint die Macarthurs zu hassen und ist doch einer von ihnen.«
»Versuch's gar nicht erst«, sagte ihr Mann. »Wentworth ist total verrückt, aber er hat mir den Fehdehandschuh hingeworfen, und ich muß ihn aufheben.«
»Mußt du nicht! Er hat dich hereingelegt.«
»Doch, ich muß. Er besitzt Zeitungen. Er könnte mich zur Zielscheibe des Spotts machen.«
»Was kümmert dich das?«
»So was darf man nicht auf die leichte Schulter nehmen. Aber Wentworth hat mich nicht besiegt. Ich sagte, ich würde nach Norden gehen, aber nicht, wann. Wir haben viel zu tun. Zuerst werden wir ein Haus mieten und uns ein schönes Leben in Sydney machen, und während wir auf gutem Fuße mit dem Gouverneur bleiben,

werden wir uns langsam von ihm absetzen. Kann sein, daß er bei einigen Leuten in der Kolonie beliebt ist, aber ich bezweifle, daß er bei den Gentlemen willkommen ist, die auf dem Finanzsektor die Fäden ziehen. Und dann muß ich natürlich irgendwann Carlton Park inspizieren. Willst du mitkommen?«
»Nein, will ich nicht.«
Jasin lachte. Georgina hatte den Forrests nicht verziehen. Für ihn waren sie schlichtweg von Vorteil, aber für Georgina waren sie ein Ärgernis.

34. Kapitel

Mr. und Mrs. Fred Forrest waren die ersten Gäste, die auf Carlton Park eintrafen. Sie rumpelten in ihrem leichten Einspänner über den Weg, weil Bess keine Lust hatte, lange Strecken zu reiten.
Der Fahrweg vom Tor zum Haus war noch nicht angelegt, aber das Gelände war von Pferden flachgetrampelt worden. Im Sommer machte es nicht viel aus, aber im Winter würde es ein einziger Sumpf sein. Milly hatte vor, beizeiten einen Sandweg anzulegen, der um einen Ziergarten herumführte. Jetzt wartete sie in einem braunen Leinenkleid mit einem Kragen und Ärmelaufschlägen aus cremefarbener Spitze an der Haustür und glättete die Vorderseite des Kleides, das sie an der Taille geschickt ein paar Zentimeter angehoben hatte, damit es voller wirkte und die Tatsache verdeckte, daß sie immer rundlicher wurde. Um ihre Rolle als Gastgeberin zu proben, winkte und lächelte sie, als Fred Bess vom Wagen half, aber die beiden kamen mit grauen, besorgten Gesichtern die Stufen heraufgehastet.
»Wo ist Dermott?« rief Fred und eilte an ihr vorbei.
»Er zieht sich gerade ein Hemd an. Was ist denn los?«

»Oh Milly«, sagte Bess und umarmte sie mit Tränen in den Augen. »Wir haben schlechte Neuigkeiten.«
»Was ist passiert?« fragte Milly, die gezwungen war, ihnen ins Haus zu folgen. »Seid ihr unterwegs überfallen worden? Der Constable war erst gestern hier, und er hat gesagt, da draußen wäre alles ruhig.« Ihre Stimme verklang, als sie sah, wie Fred sich Dermott schnappte und ihn ins Wohnzimmer steuerte. »Ich muß mal kurz mit Dermott sprechen«, sagte Fred über die Schulter, aber Milly kam hinterher. »Ganz gleich, was du zu sagen hast, Fred Forrest, du kannst es mir auch sagen.«
»Ja, komm rein und setz dich, Fred«, meinte Dermott. »Die arme Bess muß völlig erschöpft sein. Möchtet ihr was trinken, bevor du mir die Neuigkeiten erzählst? So schlimm kann es doch nicht sein.«
»Leider doch«, sagte Fred. »Ich glaube, das wird ein Schock für dich sein, Bruder, aber du mußt es erfahren. Weißt du noch, daß du mich gebeten hast, zum Grundbuchamt zu gehen und eine Kopie der Eigentumsurkunde für Carlton Park zu besorgen, damit du eine hier auf der Farm hast, wo doch jetzt ein Kind unterwegs ist?«
»Oh ja«, sagte Bess. »Wie geht's dir denn, Milly?«
Aber Milly beachtete sie nicht. »Was ist damit, Fred?«
Er schüttelte den Kopf und streckte die Hand zu Bess aus, die ein paar Papiere aus ihrer großen Brokathandtasche zog. Er reichte sie Dermott, als ob er eine protokollarische Form wahrte. »Das ist eine Kopie der Urkunde und des Berichts des Landvermessers der Regierung, und es hat mich ein paar Pfund gekostet, sie in die Finger zu bekommen.«
»Nehmen sie für solche Sachen Gebühren?« fragte Milly.
»Nicht, wenn es um die eigenen Unterlagen geht, aber wenn man seine Nase in fremde Angelegenheiten steckt, sind sie nicht so entgegenkommend.«
Milly seufzte. »Ich glaube, die haben dich übers Ohr gehauen, Fred«, lachte sie. »Zeig mir mal die Urkunde, Dermott.«

Aber Dermott starrte das Papier nur weiter an. »Du hast die falsche erwischt, Fred. Da stehen ja unsere Namen nicht drauf.« Er schaute auf und lächelte. »So was kann leicht passieren.«
»Das ist schon die richtige«, sagte Bess. »Du siehst ja, der Name ist Carlton Park, und die Beschreibung entspricht diesem Besitz.«
»Laß mich mal sehen.« Milly schnappte sich die Papiere, setzte sich und breitete sie auf ihrem Schoß aus, um sie zu studieren, während die anderen warteten. »Ja, das ist unsere Farm«, sagte sie schließlich. »Es ist Carlton Park, das kann man an der Form der Skizze erkennen, aber sie haben einfach einen Fehler gemacht. Sie haben Jasins Namen draufgeschrieben und den von Dermott vergessen. Vielleicht setzen sie immer nur einen Namen drauf.«
»Lies den Text der Eigentumsurkunde, auf den kommt es nämlich an. Da steht, das Land gehört dem Ehrenwerten J. Heselwood. Dein Name steht nicht drauf, Dermott! Glaub mir, ich hab sie immer wieder zurückgeschickt, damit sie noch mal ganz genau nachschauen. Dieses Land ist ihm unentgeltlich zugewiesen worden, zum größten Teil jedenfalls; er hat so gut wie gar nichts dafür bezahlt. Und schau dir die Unterschrift seines Zeugen an, die hat dem Schreiber Angst eingejagt. Als er die gesehen hatte, wollte er mich einfach nur noch loswerden. Heselwoods Landzuweisung ist von Macleay arrangiert worden, dem Kolonialsekretär persönlich.«
»Was hat das zu bedeuten?« fragte Milly bestürzt.
»Das bedeutet, daß ihr reingelegt worden seid«, sagte Fred unverblümt.
Dermott nahm die Papiere. Seine Hände zitterten. »So weit würde ich nicht gehen. Mister Heselwood wird das erklären können. Er kommt Freitag hierher. Er wird die Sache in Ordnung bringen.«
»Willst du damit sagen, Fred, daß uns nichts von diesem Land gehört?« flüsterte Milly.
»Ja.«
»Aber unser Haus steht drauf! Dieses Haus gehört uns!« rief sie.
»Sagt bloß, daß uns das Haus auch nicht gehört!« Sie sprang auf und funkelte die Männer an.

Dann brach sie in Tränen des Zorns aus. »Dermott, du hast zugelassen, daß er uns ausraubt. Und wir haben unser Haus, unser schönes Haus auf dieses Land gebaut. Ich bringe ihn um!« Sie war hysterisch, und die anderen brachten ihr ein Glas Brandy.
»Damit kommt er nicht durch«, schrie Milly, während sie wild im Zimmer herumlief. »Er schuldet uns immer noch Geld. Wir werden unser Geld von ihm zurückverlangen!«
»Dann könnte er verlangen, daß ihr von hier verschwindet«, sagte Fred. »Ihr seid auf dünnem Eis, Dermott.«
»Wie konnte er uns das antun?« rief Milly. »Warum hat er das getan? Wie kann ich eine Dinnerparty für einen Lord geben, der nichts weiter als ein Dieb ist!«

Zur gleichen Zeit gab es auf Kooramin Station ebenfalls eine Auseinandersetzung: Dolour weigerte sich, zu Millys Dinnerparty mitzukommen.
»Aber ich habe für uns beide zugesagt«, erklärte ihr Pace. »Und Milly wird beleidigt sein, wenn wir nicht erscheinen. Dermott sagt, sie plant das schon seit Wochen.«
»Hier ist zuviel zu tun!« rief Dolour. »Wir müßten über Nacht bleiben, und jemand muß die Kühe melken.«
»Connelly hat gesagt, er würde das übernehmen.«
»Ich kann ihm nicht noch mehr aufhalsen, er hat schon genug zu tun. Und was ist mit der Arbeit am Haus? Da geht uns ein ganzer Tag verloren!«
»Das Haus ist einen Tag später auch noch da. Du arbeitest eh viel zu hart, Dolour. Ich sage dir dauernd, du sollst dich ausruhen. Du bist von frühmorgens bis spätabends auf den Beinen. Es wird eine Abwechslung für dich sein, und eine Gelegenheit, dir mal was Schönes anzuziehen. Du hast doch keine Angst vor ihnen, oder?«
»Natürlich nicht«, sagte sie elend. »Aber wir brauchen nicht hinzugehen, Pace. Milly wird uns nicht vermissen. Sie hat uns wahrscheinlich nur aus Höflichkeit eingeladen.«
»Das ist ein Grund wie jeder andere hinzugehen, meinst du nicht?

Wir kommen und unterstützen die beiden ein bißchen. Wenn Milly für Heselwood eine große Show abziehen will, warum nicht? Gott weiß, er wird's nicht zu schätzen wissen, aber wenn sie ihre Freunde um sich hat, kann es trotzdem ein schöner Abend werden. Und überhaupt«, lachte er, »wozu habe ich eine schöne Frau, wenn ich sie nicht vorzeigen kann?« Er nahm sie in die Arme und küßte sie.

Als Dolour am Freitagabend immer noch nicht gehen wollte, sagte er zu ihr: »Dolour. Ich bitte dich nicht mehr, ich befehle es dir. Wir sind hier draußen auf Nachbarn angewiesen; wir müssen einander helfen. Wir dürfen Milly nicht im Stich lassen. Wenn sie so nett ist, uns einzuladen, dann sind wir auch so nett hinzugehen. Manchmal muß man sich wegen anderen Leuten Umstände machen.«

Dolour rutschte bleich und nervös auf ihrem Stuhl herum. Von dem Augenblick an, als die Dinnerparty erwähnt worden und dabei Jasins Name gefallen war, hatte sie sich Sorgen gemacht. Jetzt war Pace böse mit ihr, und ihr fielen keine Ausreden mehr ein, aber sie würde nicht hingehen, nicht, wenn Jasin da war. Es war zu gefährlich. Man konnte nie wissen, was er sagen würde. Pace wartete auf ihre Antwort, und sie bereute ihre Affäre mit Jasin von ganzem Herzen, aber es hatte keinen Sinn, sich damit herumzuquälen. Sie hatte zu Gott gebetet, daß sie ihn nie wiedersehen würde, aber jedesmal, wenn sein Name fiel, wurde ihr übel.

Plötzlich reichte es Dolour, und sie beschloß, reinen Tisch zu machen.

»Jetzt ist ein für allemal Schluß!« sagte sie, und Pace sah sie überrascht an.

»Schluß womit?«

»Ich hab dir was zu sagen, Pace, und ich kann's ebensogut jetzt gleich tun, dann hab ich's hinter mir. Ich liebe dich, und die Sache macht mich allmählich fertig. Es geht um Jasin Heselwood ...«

Er saß die ganze Nacht in dem großen alten Segeltuchstuhl draußen auf der Veranda. Er hatte kein einziges Wort zu ihr gesagt. Er

befürchtete, daß seine ganze Wut herauskommen würde, wenn er den Mund aufmachte. Jedes Wort, das sie gesagt hatte, brannte sich sengend in sein Herz, und es hatte keinen Zweck, zu denken, daß er anders reagiert hätte, wenn es nicht gerade Heselwood gewesen wäre. Es war Heselwood! Und ein weiteres Rätsel war jetzt gelöst.
Sobald seine Schulter ausgeheilt war, war er ins Hunter Valley hinuntergeritten, um Pelham zu suchen. Er hatte ihn gefunden: auf einem Friedhof in Maitland.
»Ist vor 'ner Weile bei einem Kampf ums Leben gekommen«, erzählte ihm der Constable. »Hat in einem Wirtshaus im Busch Streit bekommen und jemand zum Duell herausgefordert. Aber der Bursche, den er sich ausgesucht hatte, wußte nicht, wovon er sprach; er hatte noch nie was von einem Duell gehört. Pistolen auf vierzig Schritt, oder was sie da machen! Er drehte sich einfach um und haute Pelham eine rein, und im nächsten Moment ist der Captain draußen, fuchtelt mit seiner Pistole rum und droht, Silver zu erschießen. So hieß der Viehhüter. Tja, da ist Silver mit seinem Steigbügel auf ihn losgegangen und hat ihn totgeschlagen. Wir haben eine Untersuchung durchgeführt, aber wie Silver sagte: ›Wenn jemand halb besoffen ist und mit einer geladenen Pistole auf einen zielt, verschwendet man seine Zeit nicht mit Fragen!‹ Es gab jede Menge Zeugen. Silver wurde freigesprochen.«
Dann ritt Pace nach Singleton, suchte den alten Knaben, der angeheuert worden war, um ihn zu töten, und tauchte ihm den Kopf so lange in einen Pferdetrog, bis er nüchtern genug war, um mit ihm zu reden.
»Ich hab ihn nie wiedergesehen«, winselte er. »Er ist nicht zurückgekommen, um mir die anderen fünf Pfund zu geben, die er mir versprochen hatte, wenn ich die Sache erledigt hätte.«
»Die hast du dir nicht verdient, du alter Bastard.«
»Das hätte ich ihm nicht gesagt.«
»Dann will ich dir mal was sagen. Sein Name war nicht Pelham. Captain Pelham war schon tot. Also wer zum Teufel war er?«

»Keine Ahnung. Woher soll ich das wissen? Den Namen hat er mir genannt. Er war Engländer, das kann ich beschwören. 'n richtiger feiner Pinkel. Er hat mal mit uns gesoffen.«
Pace war zu dem Schluß gekommen, daß es sich um eine Verwechslung gehandelt hatte. Da es keine weiteren Anschläge auf sein Leben gab, hatte er den Vorfall vergessen.
Er hatte andere Dinge im Kopf. Seine Herden wurden immer größer und die Farm machte sich allmählich, aber er hatte sein Versprechen O'Meara gegenüber trotzdem noch nicht einlösen können. Er wußte, daß er O'Meara und seinen Freund nicht bitten konnte, noch länger zu warten, aber bisher war es ihm nicht gelungen, das Geld aufzubringen, um das Land im Norden zu erwerben. Wenn er es nicht kaufen konnte, dann konnte er zumindest eins für O'Meara tun, nämlich den Verkauf an jemand anderen vermitteln. Aber er hatte sich noch nicht dazu durchringen können, in dieser Sache etwas zu unternehmen.
Seine Gedanken wanderten zu dem geheimnisvollen Engländer und dem Burschen zurück, der versucht hatte, ihn zu erschießen. Im Licht von Dolours Geständnis wurde jetzt alles klarer. In ihrem Eifer, ihm zu beweisen, daß es mit Heselwood endgültig aus war, hatte sie ihm von der Begegnung vor ihrem Haus in Singleton erzählt, und wie sie Heselwood weggejagt hatte. Er hatte mit steinerner Miene dagesessen und sie reden lassen. Er zweifelte jetzt nicht mehr daran, daß Heselwood hinter dem Anschlag steckte. Er hatte überall seine Fingerabdrücke hinterlassen, auf die dumme, amateurhafte Weise, in der er vorging. Typisch für ihn! Pace lachte, aber es kam nur ein Knurren heraus. Im Grunde ging es gar nicht um Heselwood. Dolour hatte mit einer Lüge gelebt. Sie hatte den Mann, den sie zu lieben behauptete, zum Narren gemacht. Sie war mit einem Mann, den er kannte, ins Bett gegangen und hatte kein Wort davon gesagt. So oft hatte er von Heselwood gesprochen, und sie hatte ihn reden lassen, ohne auch nur einmal zu sagen, daß sie ihn kannte. Wie lächerlich mußte er sich angehört haben!
Und die Forrests! Dolour hatte ihnen zugehört, wie sie über ihren

Partner gesprochen hatten, den Ehrenwerten Mister Heselwood. Oder wußten die beiden, daß Heselwood und MacNamaras Frau früher einmal ein Liebespaar gewesen waren? Sie hatte ihn entehrt.
Der Kummer und die Wut, die er verspürte, waren eine Qual für ihn, und er haßte sie beide. Dolour, weil sie ihn getäuscht und vor den anderen zum Tölpel gemacht hatte, und Heselwood, weil er immer noch ein königliches Recht auf sie zu haben glaubte. Und was war mit ihrer Geschichte, daß Heselwood zu ihr gekommen sei und mit ihr gesprochen und daß sie ihn weggejagt habe? Was war da sonst noch passiert? Wieviel davon stimmte? Der Zorn war wieder in ihm, und er schlug sich mit der Faust in die offene Hand.
Dolour stand in ihrem Nachthemd an der Tür. »Es ist schon spät, Pace, kommst du nicht ins Bett? Es tut mir leid, ich hätte dir das liebend gern erspart, aber ich wußte nicht, was ich tun sollte.«
Er fühlte, wie sich etwas in ihm aufbaute, ein gewaltiger Seufzer oder sogar ein Schluchzen, und unterdrückte es. Davon bekam er Schmerzen in der Brust, aber die Bitterkeit war so überwältigend, daß er nicht einmal den Kopf wenden und sie ansehen konnte. Nach einer Weile ging sie weg, und er blieb draußen im Dunkeln sitzen.
Schließlich beschloß er, daß er ohne sie nach Carlton Park reiten würde. Er würde an Millys Party teilnehmen. Hinterher war noch genug Zeit, um die Rechnung zu begleichen.

Im Haus auf Carlton Park herrschte ein großes Durcheinander, als Pace ankam. Man bemerkte nicht einmal, daß Dolour nicht bei ihm war. Dermott hatte einen Herzanfall gehabt! Heselwood war nach einem heftigen Streit mit seinen Partnern abgereist, und Pace konnte kein vernünftiges Wort aus Milly herausbekommen, die ebenfalls völlig aufgelöst zu sein schien. Der Arzt kam aus dem Krankenzimmer, um mit der Familie zu sprechen, und da Pace immer noch im Flur stand, gehörte er auch dazu.

»Es geht ihm sehr schlecht«, sagte der Arzt, und Millys Tränen flossen noch reichlicher. »Ich glaube, Sie sollten sich lieber hinlegen, Missis Forrest. Ich werde Ihnen etwas Laudanum geben, damit Sie schlafen können.«
»Ich will nicht schlafen! Was ist mit Dermott?«
»Pst! Sie dürfen nicht so laut sein. Ich fürchte, er ist rechtsseitig gelähmt. Er hatte einen Schlaganfall.«
»Geht die Lähmung wieder weg?« fragte Fred, und der Doktor schüttelte den Kopf. »Das kann ich nicht versprechen. Es wird lange dauern, bis er wieder laufen kann, wenn überhaupt.«
»Oh, dieser Jasin Heselwood! Er ist daran schuld! Das hat er meinem Dermott angetan!« schrie Milly wieder. »Ich muß zu ihm hinein.« Sie machte sich auf den Weg zur Tür, aber der Arzt hielt sie zurück. »Nein. Er schläft jetzt. Lassen Sie ihm seine Ruhe.« Mit Bess' Hilfe führte er Milly in ein anderes Zimmer.
»Was ist hier passiert?« erkundigte sich Pace bei Fred.
»Ich könnte jetzt einen Drink brauchen. Wie ist es mit Ihnen?« Ohne eine Antwort abzuwarten, ging Fred ins Speisezimmer, und Pace folgte ihm. Als er an der Tür zum Salon vorbeikam, sah er die Craddocks von Battersons Farm drinnen nervös auf der Stuhlkante sitzen. Er nickte ihnen zu und eilte Fred nach. Bei einem Glas Rum erzählte Fred Pace, was der Grund für die Aufregung war: Heselwood. Pace fragte sich, ob er überrascht sein sollte. Wenn man feststellte, daß man keinen Anspruch auf sein eigenes Land hatte, und schlimmer, daß man ein Haus auf dem Land von jemand anderem gebaut hatte, so reichte das, um zu einem Herzanfall zu führen.
»Das ist eine schlimme Sache«, sagte Pace zu Fred. »Aber Heselwood war gestern hier, wie ich gehört habe. Hat Dermott ihn danach gefragt?«
»Selbstverständlich. Aber stellen Sie sich vor, Heselwood hat Dermott einfach nur angesehen, als ob er kein Recht hätte, ihm Fragen zu stellen. Er hat ihn ignoriert. Dann hat Milly natürlich das Wort ergriffen. Er hat ihr erklärt, es sei alles ein Mißverständnis und es

gebe keinen Grund zur Besorgnis. Na, Sie kennen Milly ja, das Mädchen hat Temperament. Sie hat ihm die Blätter der Eigentumsurkunde und ein paar häßliche Worte an den Kopf geworfen. Sie sagte, es sei ihr egal, ob er ein Lord oder sonstwas wäre, sie wollte die Sache mit dem Besitztitel in Ordnung gebracht haben und das Geld bekommen, das er ihnen schuldet.«

Trotz seines eigenen Elends mußte Pace lächeln.

»Und wissen Sie, was Heselwood getan hat? Er ist seelenruhig aufgestanden und hat sie hochnäsig angeschaut. ›Ich bin nicht hergekommen, um mich beleidigen zu lassen‹, sagt er. ›Ich habe mich auf der Farm umgesehen, Dermott. Sie scheinen sie sehr gut in Ordnung zu halten.‹ Und damit stolzierte er hinaus. Gleich darauf sehen wir ihn mit ein paar Farmarbeitern wegreiten, die eher wie Leibwächter aussahen. Dann ist Dermott plötzlich zusammengebrochen, und den Rest kennen Sie ja.«

Da der Arzt aufbrechen wollte, ging Fred hinaus, um ihn zu verabschieden, und Pace schlenderte in den Salon.

»Meinen Sie, wir sollten gehen?« fragte ihn Bill Craddock.

»Das weiß ich wirklich nicht«, sagte Pace. »Aber wenn Sie einen Drink haben wollen, die Getränke stehen im Speisezimmer bereit.«

»Hol mir einen Sherry, wenn du schon dabei bist«, bat Mrs. Craddock ihren Mann leise.

»Okay«, sagte Craddock. »Was ist mit Ihnen, Pace?«

»Einen Rum bitte. Ich war schon lange nicht mehr betrunken, und ich fange allmählich an zu glauben, daß heute der richtige Tag dafür ist.«

Fred und Bess Forrest kamen zu ihnen herein, und sie bildeten eine betretene, gedrückte Gruppe, bis Milly in der Tür erschien. Sie hatte sich das Gesicht gewaschen und die Haare gekämmt.

»Du solltest eigentlich schlafen«, sagte Bess.

»Ich nehme dieses Laudanum nicht. Das Zeug schmeckt eklig. Ich hab's weggeworfen.« Sie sah Pace an, als ob er gerade gekommen wäre, und ging zu ihm, um ihm die Hand zu geben. »Oh Pace. Ich

bin so froh, daß Sie hier sind. Haben Sie gehört, was uns dieser Heselwood angetan hat?«
»Ja. Aber ihr dürft ihn nicht damit davonkommen lassen. Ihr braucht einen guten Anwalt, und wer wäre besser als Batterson?«
»Ja, der wäre genau der Richtige«, echote Bill Craddock. Batterson war sein Onkel.
»Und was ist mit Dermott? Er kann die Farm nicht mehr führen, und ich weiß doch nicht, was man da tun muß. Sie müssen mir helfen, Pace.«
Pace sah Fred an. »Ich habe schon darüber nachgedacht. Milly muß hier ausharren. Könnten Sie mit Bess bei ihr bleiben? Wenn sie die Stellung räumt, gibt es keinen Fall mehr fürs Gericht.«
»Wir bleiben hier, Milly«, sagte Bess beherzt. »Nicht wahr, Fred?«
»Bei meiner Seele, ja! Solange Dermott nicht gesund genug ist, um zu arbeiten, werden wir uns um alles kümmern.«
Pace wandte sich wieder an Milly. »Ich weiß nicht, was Ihnen ein Rechtsanwalt raten würde, aber ich finde, ihr solltet ihn vor Gericht bringen, um zu beweisen, daß die Farm zur Hälfte euch gehört. In der Zwischenzeit würde ich ihm keinen Penny für die Rinder geben, die ihr verkauft. Nicht einen Penny! Da er euch Geld schuldet, glaube ich, daß ihr damit im Recht wärt.«
Bess hielt das für einen drastischen Schritt. »Aber, Pace. Was ist, wenn er recht hat und es doch nur ein Irrtum ist? Wenn irgendein Schreiber bloß vergessen hat, Dermotts Namen auf die Urkunde zu setzen?«
Pace sah sie an. Sein Gesicht war grimmig, und seine Augen waren hart. »Legt niemals etwas zu Heselwoods Gunsten aus.« Hinter ihnen ertönte ein Hüsteln, und eine Stimme sagte: »Guten Abend. Ich habe geklopft, aber anscheinend hat mich niemand gehört.«
Juan Rivadavia war angekommen. In seiner kurzen, schwarz bestickten Jacke, dem weißen Hemd mit der Spitzenkrause und dem breiten Seidengürtel über der tadellos sitzenden Hose sah er großartig aus.

Milly starrte ihn an und brach in Tränen aus. Sie hatte die Dinnerparty völlig vergessen.

Bess ließ die Gänge in rascher Folge auftischen, während Milly steif und schweigsam am Tischende saß. Eine Stunde später hatten sich die Craddocks bereits aus dem Staub gemacht. Milly verließ das Speisezimmer und kam nicht zurück. Bess verschwand in der Küche, und Fred ging zu Dermott, um bei ihm zu sitzen.
»Das ist sehr traurig für Dermott«, sagte Rivadavia zu dem letzten verbliebenen Gast, Pace MacNamara.
»Sie wissen nicht einmal die Hälfte.«
»Ach nein? Was ist denn sonst noch los?«
Pace schüttelte den Kopf. »Wir wollen uns doch den prächtigen Abend nicht verderben«, sagte er mit einem Grinsen, und Juan, der noch ganz betreten war, warf ihm einen raschen Blick zu, weil er nicht recht wußte, was er davon halten sollte, dann begann er ebenfalls zu lachen.
Er ging zur Anrichte und holte eine Flasche Wein, als die Uhr gerade acht schlug. »Es wird eine lange Nacht werden.«
Da sie sich selbst überlassen waren, sprachen sie über das Wetter, die Wertsteigerungen für Vieh und über ihre Farmen.
»Ich habe ein Stück Land im Norden«, sagte Pace, »aber ich werde es verlieren, weil ich nicht genug Geld aufbringen kann. Sie wären nicht daran interessiert einzusteigen?«
»Wo ist es?«
»Jenseits der Darling Downs, im Brisbane Valley.«
Juan war sofort interessiert. »So weit draußen? Ich hätte da oben gern etwas Land.«
»Ich gehe hin, sobald ich kann«, erklärte Pace. Er wußte nicht, ob es der Alkohol war, der aus ihm sprach, oder seine Verbitterung Dolour gegenüber.
»Ich würde gern mitkommen. Aber ich habe den Besitz neben meinem gekauft, um dort ein Gestüt aufzubauen. Da gibt's zuviel zu tun. Schade, ich wollte dieses Gebiet schon immer erforschen.

Aber ich verspreche Ihnen, wenn es gutes Land ist, werde ich darin investieren.«
»Soweit ich erkennen kann, ist es wertvolles Land, und es sind mindestens zwanzig Quadratmeilen abgesteckt, die nur auf einen Käufer warten.«
»Das ist schon ganz gut für den Anfang«, sagte Juan, und seine Worte waren wie ein Echo von Paces eigenen Gedanken. »Vielleicht bekommen wir sogar noch mehr.«
Pace erinnerte sich an das Haus, das er gerade baute. Er fühlte sich an sein früheres Versprechen gebunden. »In Ordnung, dann machen wir halbe-halbe. Ich muß erst noch mein Haus fertigbauen, und dann gehe ich dort hinauf.«
Als er wieder auf seiner eigenen Farm war, stellte er mehr Leute für die Arbeit am Haus ab und half selbst mit, von Tagesanbruch bis spät in die Nacht. Wenn es nötig war, arbeiteten sie mit Laternen. Er weigerte sich immer noch, mit Dolour zu sprechen. Er wußte, daß es sie verletzte, und sah, daß ihre Augen ständig rotgeweint waren, aber er konnte sie nicht anschauen. Mit der Zeit verfestigte sich seine Haltung ihr gegenüber.
Er war immer noch wütend, daß er die Chance verpaßt hatte, Heselwood zu geben, was er verdiente; er schwor sich, es ihm heimzuzahlen, und sein Zorn blieb. Seit seiner Rückkehr von Carlton Park hatte er auf der Veranda geschlafen, und er wußte, daß es auf der Farm Gerede gegeben hatte, aber niemand wagte ihn darauf anzusprechen. Sie wurden alle sehr schweigsam in seiner Gegenwart und hüteten sich vor seinen Wutanfällen, und er freute sich schon darauf, von der Farm wegzukommen. Hier wird es fröhlicher zugehen, wenn ich nicht mehr da bin, dachte er bitter, und am Abend vor seiner Abreise rief er Connelly zu sich herein.
»Ich gehe nach Norden, um Anspruch auf das Land zu erheben, das O'Meara für mich hält«, sagte er und glaubte einen Ausdruck der Erleichterung auf dem Gesicht seines Vormanns zu erspähen. »Kannst du hier alles in die Hand nehmen, während ich weg bin?«

»Ja, das geht schon klar. Ich hoffe bei Gott, daß O'Meara noch da ist.«
»Ich auch. Ich würd's ihm nicht verübeln, wenn er mich abgeschrieben hätte. Du und die Jungs, ihr macht jetzt das Innere des Hauses fertig und sorgt dafür, daß Dolour mit den Kindern einzieht. Wenn du willst, kannst du hier einziehen.«
»Ich hab nichts dagegen, in der Schlafbaracke zu wohnen. Wir könnten in dieser Hütte eine Molkerei einrichten. Die braucht mehr Platz.«
»Nein. Wenn du nicht willst, behalte sie als Arbeitszimmer und mach aus dem Schlafzimmer einen Lagerraum.«
»In Ordnung. Wie lange bleibst du weg?«
»Schwer zu sagen«, meinte Pace. Er dachte, daß er vielleicht nie zurückkommen würde. »Mindestens ein paar Monate. Wird eine gute Übung für dich sein, die Bücher in Ordnung zu halten.«
»Wir brauchen noch mehr Männer. Warum holen wir uns nicht ein paar Sträflinge her?«
»Ich verstehe nicht, wie du das sagen kannst, Connelly. Du warst doch selber einer.«
»Aber sie hätten hier ein besseres Leben als im Gefängnis. Und wir würden ihnen dasselbe bezahlen wie freien Männern. Auf Carlton Park haben sie auch welche.«
»Auf mein Land kommen mir keine Sklaven. Dann würden hier ständig Regierungsbeamte rumlungern, um sie zu überprüfen, und wenn einer abhaut, müßten wir ihn melden oder würden selbst angeklagt werden, weil wir einem Flüchtling geholfen hätten. Ich werde unterwegs nach Leuten Ausschau halten, und wenn ich irgendwelche geeigneten Burschen sehe, schicke ich sie dir runter. In der Zwischenzeit mußt du zurechtkommen, so gut es geht.«
Er rollte sich seine Sachen in eine Wolldecke und legte Proviant beiseite, der auf das Packpferd geladen werden sollte. Er ging sehr spät ins Bett und versuchte zu schlafen.
»Reitest du morgen weg?« Dolour stand neben seinem Bett, in eine Decke gehüllt.

»Ja.«
»Ohne auf Wiedersehen zu sagen?«
»Geh wieder ins Bett.«
»Was soll ich denn noch tun? Ich habe gesagt, es tut mir leid. Soll ich auf die Knie gehen? Ich werde es tun, Pace, aber ich flehe dich an, geh nicht einfach so weg. Ich habe das schreckliche Gefühl, daß du nicht zurückkommst. Kommst du zurück?«
»Ich weiß es nicht.«
Er hörte, wie sie nach Luft schnappte. »Danke, daß du das Haus gebaut hast. Es ist ein schönes Haus. Aber ohne dich ist es nichts wert.«
Sie setzte sich auf die Stufen am Fuß seines Feldbetts und schaute in die Nacht, und er konnte ihre Verzweiflung spüren, während sie dort wie ein Schatten kauerte, aber er wollte nicht reden. Die Dinge, die ihm einfielen, waren viel schlimmer als sein Schweigen.
Am Morgen war sie immer noch da. Ihr Gesicht war weiß und verhärmt, aber er zog sich an, schlüpfte in seine Stiefel, ging ins Schlafzimmer, um Kleidung zum Wechseln und seine Schaffelljakke zu holen, blieb ein paar Augenblicke stehen und schaute seine Söhne an. Dann ging er zur Hintertür hinaus.

35. KAPITEL

Dimings Stamm waren die Kamilaroi, aber er sagte, seine Sippe seien die Warrigal-Leute, und Jack erfuhr bald, daß der Warrigal der Dingo war, dem nie etwas zuleide getan werden durfte, weil er ihr Totem war. Sie erlaubten Jack, bei ihnen zu bleiben, und er versuchte, ihnen Englisch beizubringen, aber sie machten sich darüber lustig; für sie war es ein neues Spiel, und sie mochten Spiele. So war er gezwungen, ihre Worte zu lernen und ihr Gelächter zu ertragen, wenn er Fehler machte. Sie teilten sogar ihre Frauen mit ihm. Ngalla und Kana durften zu ihm kommen, aber Dimining erklärte ihm, daß er warten mußte, bis er an der Reihe war, eine eigene Frau zu haben.

Jack dachte nicht so weit voraus. Er hatte vor, eines Tages zu verschwinden, aber noch gefiel ihm dieses angenehme Leben. Sie schienen mehr Vorschriften zu haben als die Armee, aber er hörte höflich zu, als Dimining ihm diese wichtige Angelegenheit mit den Frauen erklärte. Er konnte sich keine Frau nehmen, selbst wenn eine verfügbar sein sollte, ehe er nicht in den Klan aufgenommen war, aber als Jack die Spuren der erforderlichen Zeremonien zu sehen bekam, beschloß er, doch lieber ein Außenseiter zu bleiben. Die jungen Männer zeigten ihm voller Stolz ihre Narben und die Zahnlücke, wo ihnen von irgendwelchen Respektspersonen ein Schneidezahn ausgeschlagen worden war, und Jack zog sich in seine Hütte zurück, froh, die Frauen als Leihgabe zu bekommen. Die Älteren hatten den Vorrang bei der Frauenwahl; manche hatten zwei oder drei, und da es keine ledigen Frauen gab, mußten die jungen Männer warten, bis die Mädchen ins heiratsfähige Alter kamen oder Witwen wurden.

Jack dachte, daß die alten Männer Lustmolche sein mußten, wenn sie so viele Frauen hatten, aber er sah bald, wie klug sie waren: Die Frauen suchten Wurzeln, Honig und Beeren und ernährten auf diese Weise die alten Männer, wenn deren Fähigkeit zum Jagen nachließ.

Jack lernte allmählich, für sich selbst zu sorgen. Er streifte auf der Suche nach Nahrung ein bißchen herum und fischte, was ihm eine bessere Position in der Gemeinschaft verschaffte, und jedesmal, wenn er ans Weggehen dachte, schob er den Zeitpunkt hinaus, und Wochen wurden zu Monaten. Er lernte, sich mit Emufett einzuschmieren, damit ihm nicht kalt wurde, und sich Staub auf die Haut zu streichen, um Moskitos fernzuhalten, und als sein Körper von der Sonne gebräunt war und seine Haare zu einer dicken, verfilzten Masse gewachsen waren, bemalten ihn die Frauen mit

rotem Ocker und schnitten ihm den Bart mit scharfen Muscheln, so daß er wie ein verlängertes Kinn nach vorn ragte.
Dieses Leben gefiel ihm. Jeder Tag begann mit der Suche nach Nahrung, und wenn sie genug gefunden hatten, verbrachten sie den Rest des Tages damit, sich auszuruhen und allen möglichen Vergnügungen nachzugehen.
Eines Morgens wurde er von lauten »Bullera! Bullera!«-Rufen geweckt, und als er aus der Hütte rannte, sah er, wie sie alle aufgeregt auf einen Regenbogen zeigten. Er schien Jack keine solche Aufmerksamkeit wert zu sein, aber dann stellte er fest, daß sie das Lager abbrachen.
»Wo gehen wir hin?« fragte er Dimining.
»Wir gehen jetzt auf Walkabout«, sagte Dimining, und Jack war um nichts schlauer.
»Wie heißt der Fluß hier?« fragte er, damit er wußte, wo er sich befand, wenn er zurückkam.
»Namoi River. Dieser Mann laufen von nun an schnell. Du bleiben bei Moorego und Kamarra. Sie passen auf dich auf«, lachte Dimining, »wie auf Birraleh.«
Ein Birraleh war ein Baby, wie Jack wußte, und er grinste und gab Dimining einen Schubs. Er staunte über seine Fähigkeit, sich diesem Stamm anzupassen, dessen Angehörige genauso wild waren, wie sie aussahen. In guten Zeiten waren sie blendend gelaunt, aber sie hatten häßliche Methoden, Streitigkeiten zu regeln. Er achtete stets darauf, niemanden zu beleidigen. Ein Speerstich in den Oberschenkel war die übliche Strafe für einen Mann, und man erwartete, daß der Übeltäter stehenblieb und sie hinnahm. Selbst die Frauen konnten brutal sein. Er hatte gesehen, wie sie in Zorn gerieten und sich prügelten, wobei sie sich abwechselnd mit Holzkeulen auf die Köpfe schlugen, bis eine von ihnen halbtot liegenblieb. Dann pflegte die Siegerin die Verliererin wieder gesund. Das war alles zu kompliziert für Jack, der sich aus alldem heraushielt.
Die Frauen packten bereits ihre Tragebehälter und ihre Stöcke zum Graben zusammen. Sie legten ihre Babys in Trageschlingen, die sie

um den Hals gebunden hatten, und Moorego gab Jack mit einem Pfiff zu verstehen, daß er sich beeilen sollte. Er war etwa vierzig Jahre alt und hatte ein lahmes Bein, und Kamarra war sein Sohn. Die Jäger waren schon vorausgegangen, und jetzt versammelten sich die Frauen, die Kinder und die langsameren Männer erwartungsvoll, als Jack näher kam. Moorego trat vor und hielt ihm mit übertriebener Förmlichkeit einen neuen Speer hin.

Jack dankte ihm mit einer höflichen Verbeugung, die wahre Lachsalven hervorrief, und reckte den Speer in die Luft. Ihm war klar, daß dies nicht nur ein Geschenk war, sondern ein Ausdruck der Anerkennung. Er wußte irgendwie, daß es ein langer Marsch werden würde.

»Plurryell!« sagte Moorego grinsend, und Jack nickte erfreut. Moorego hatte ein paar Worte von Jack aufgeschnappt, aber sein Lieblingsausdruck war »plurryell«. Den hatte er gelernt, als Jack barfuß in einen Dornbusch gelaufen war und »Bloody hell!« gebrüllt hatte. Moorego hatte sich vor Lachen geschüttelt und sich den Ausdruck gemerkt, um ihn bei besonderen Gelegenheiten anzubringen. In ihrer Sprache schien es keine Flüche zu geben, oder falls doch, dann hatte Jack sie noch nicht entdecken können.

Er erfuhr von Moorego, daß sie dem Fluß nach Süden folgen und dann nach Osten auf die Morgensonne zugehen würden, und das machte ihn nervös; ihr Weg führte zum Land des weißen Mannes zurück. Jenseits der Ebenen und hinter den Bergen lag das Hunter Valley. Er würde sich vorher absetzen müssen. Moorego zeichnete ihm Karten in den Sand, so daß er mit der Zeit etwas über das Land und die Orte auf ihrem Weg erfuhr. Baddawaral war ein Ort, von dem man sich fernhalten mußte, eine Ebene, auf der es kein Wasser gab; also machten sie einen meilenweiten Bogen drumherum. Und am Eingang zu einem kleinen Tal war Girrawheen, Ort der Blumen. Jeder Orientierungspunkt im Gelände hatte einen Namen, und es machte ihnen Spaß, ihn darauf aufmerksam zu machen. Während sie weiterzogen, sprach er die Namen immer wieder aus und versuchte sie sich zu merken. Die Jäger kamen jeden Abend

mit Känguruh- oder Opossumfleisch zurück, und die Frauen warfen Wurzeln ins Feuer, über dem das Fleisch geröstet wurde, und sie saßen ums Lagerfeuer herum und sangen oder hörten sich Geschichten an, und dann gingen sie schlafen und bereiteten sich auf den nächsten langen Tag der Wanderung vor.
Eines Tages, als sie sich gerade im Gänsemarsch durch dichtes Buschwerk arbeiteten, machten alle halt, um zu warten, und Jack setzte sich hin, dankbar für die Verzögerung. Sie warteten mehr als eine Stunde, bis sie ein »Kuuuh-iehh!« hörten, einen seltsamen, weit tragenden Ruf aus der Ferne. Moorego antwortete, als Reaktion ertönten weitere Rufe, und dann tauchten mit einemmal Fremde auf, deren Gesichter und Körper mit Federn geschmückt waren.
»Bralga-Männer«, erklärte Moorego. Jack beobachtete, wie die Anführer miteinander sprachen, und sah dann, wie auf allen Gesichtern rundum ein Lächeln erschien. Es ging weiter durch den Busch, bis dieser sich lichtete und sie auf ein großes Lager stießen, das sich zwischen den spärlichen Bäumen ausbreitete. Die Warrigal-Leute liefen hin, und es gab viel Gelächter und aufgeregte Unterhaltungen. Die Frauen schoben sich mit ihren Kindern nach vorne durch und hockten sich an die Feuer. Jack blieb zurück, weil er unsicher war, was seine neue Sippe anging, aber Moorego kam ihn holen und zeigte ihn wie eine Trophäe herum, und die Bralga-Leute waren fasziniert. Sie untersuchten jeden Zentimeter von ihm, selbst seine Geschlechtsteile, und lachten über seinen winzigen großen Zeh. Ihre großen Zehen waren riesig, weil sie ihr Leben lang auf Bäume geklettert waren.
Er murrte, als sie den Schutz des Buschwerks verließen und sich auf den Weg über das Flachland machten, obwohl sie durch hohes Gras marschierten. Er blieb zurück und überlegte, ob er versuchen sollte, zu den Bralga-Leuten zurückzukehren, aber schließlich mußte er weitergehen, weil er kein Wasser hatte. Aus einem Grund, den er noch nicht verstand, hielten sie es für ungehörig, Wasser mitzunehmen. Deshalb lief er ihnen nach und wünschte

sich, er hätte einen Hut. Niemand schien je als Führer zu fungieren, und die Kolonnen waren unregelmäßig, aber der Kurs führte immer schnurstracks geradeaus, als ob sie genau wüßten, wohin sie wollten, und am Ende des Tages gelangten sie unter Garantie an eine Wasserstelle. Die verhaßten Berge, durch die er sich mit Dimining gekämpft hatte, waren jetzt näher, und Jack stellte plötzlich fest, daß er Dimining seit Tagen nicht mehr zu Gesicht bekommen hatte. Er versuchte Moorego zu erklären, daß er nicht weitergehen sollte, aber der Aborigine verstand ihn nicht. Jack wünschte, daß Dimining zurückkäme; der kannte die Gefahr.
Sie schienen es nicht eilig zu haben, diese Wasserstelle zu verlassen. Jack war dankbar dafür. Es gab jede Menge Wild, darunter auch Scharen wilder Vögel und Fledermäuse, die man mit Stökken aus den Bäumen schlagen konnte. Jack hatte alles andere zu schätzen gelernt, was sie aßen, aber Fledermäuse – da war bei ihm Schluß. Er wußte, daß es reiner Aberglaube war. Die Schwarzen selbst hatten jede Menge abergläubischer Bräuche, aber er konnte ihnen die Sache mit den Fledermäusen nicht erklären, weil er die Kamilaroi-Wörter zur Beschreibung von Aberglauben erst noch lernen mußte.
Eines Morgens weckte ihn Kamarra, bedeutete ihm, daß er leise mitkommen sollte, und brachte ihn zu einem Platz ein gutes Stück vom Lager entfernt, wo Moorego und einige Fremde warteten. Er fragte sich, was sie von ihm wollten, aber sie liefen unter Führung von Moorego über freies Land davon, und Jack rannte hinterher, bis sie endlich anhielten und auf ein paar seltsame Spuren zeigten.
Moorego stieß Jack stolz nach vorn, um zu sehen, ob er sie identifizieren konnte. Die anderen traten respektvoll zurück, aber Jack genügte ein einziger Blick. »Oh Gott«, sagte er. »Wagenspuren!«
Es war ein Schock für ihn, daß Weiße schon so weit herausgekommen waren, aber es fiel ihm schwer, die Spuren zu erklären. »Planwagen«, sagte er und erntete verständnislose Blicke. Er kratzte sich am Kopf, weil ihm das Wort für Pferd nicht einfiel. Er mußte

Dimining danach fragen. »Weißer Mann«, sagte er und hielt seinen Speer wie ein Gewehr. »Peng. Peng!«
Mooregos Gesicht legte sich besorgt in Falten, und sie setzten sich alle in einen kleinen Kreis auf den Boden, um das Problem zu erörtern. Jack kam sich wichtig vor. Der Anblick der Wagenspuren war für ihn kein Grund zur Freude. Er lebte unter Freunden, und er wollte nicht, daß sich irgend jemand einmischte und alles verdarb. Er entwickelte allmählich Geschicklichkeit im Umgang mit dem Billah, dem Speer, und konnte jagen, wenn es nötig war. Seine Muskeln waren härter, und er fühlte sich stärker als je in seinem Leben.
Zum erstenmal, seit er bei den Schwarzen war, traf er eine Entscheidung für sie. »Wir werden diesen Spuren folgen und sehen, wohin sie führen«, und sie nickten zustimmend.
Die Spuren führten sie zwei Tage lang über flaches Land, und dann standen sie im Busch, unsichtbar für die Weißen, die in der Nähe des Flusses Viehgehege bauten.
Jack zeigte mit der Hand. »Planwagen. Da drüben. Planwagen.« Und die Schwarzen starrten mit offenem Mund hin. Kamarra zeigte auf die Pferde. »Yarraman.« Jack schnippte mit den Fingern. »Genau, Yarraman. Ja, Pferde.«
Als sie an den Ort zurückkehrten, wo die Sippe lagerte, sah Jack zu seiner Erleichterung, daß Dimining und seine Freunde wieder da waren. Sie wußten bereits über die Wagen Bescheid. »Die weißen Männer haben Durchlaßstelle in Bergen gefunden. Jetzt hält sie nichts mehr auf. Sie werden ihre Schafe und Rinder und ihre Pferde mitbringen, und sie werden sich hier auf unserem Land niederlassen und dort leben.« Er drehte sich um und rief Jack, der immer im Hintergrund saß, zu: »Habe ich recht?«
»Ja«, rief Jack. Er spürte, wie sich seine Bauchmuskeln nervös verkrampften, wie immer, wenn sie auf die Weißen zu sprechen kamen.
Ein Redner stand an seinem Feuer und hielt eine lange Rede. Man hörte ihm schweigend zu, dann stand ein anderer Mann auf und

sprach, und danach ertönte ein Durcheinander von wütenden Stimmen. Selbst die Frauen stimmten mit ein. Sie sprachen alle zu schnell, als daß Jack sie verstehen konnte.
»Was ist los?« fragte er Ngalla.
»Der eine Mann hat gesagt, wir müssen zurück, wir müssen schnell weg von hier. Der andere sagt nein. Das ist unser Land. Wir bleiben, töten die weißen Männer.«
Ein weiterer Redner stand auf, ein alter Mann namens Jung Jung. In dieser Sippe gab es keinen Häuptling, aber Jung Jung war hochangesehen und hatte drei Frauen. Er sprach leise und langsam, und Jack verstand ihn. »Wir nehmen keine Notiz von den Weißen. Sie sind nicht wichtig. Warum regt ihr euch alle so auf?«
Jack Drew hatte keine Skrupel, was das Töten der Weißen betraf. Er betrachtete sie als eine Reihe von Landbesitzern wie Mudie, die rücksichtslos Gebrauch von den Sträflingen machten.
Dimining kam nach hinten und hockte sich neben ihn. »Was meinst du?«
»Ich weiß nicht. Gegen die Soldaten und ihre Gewehre habt ihr keine Chance, wenn sie hierher kommen.«
Die leidenschaftliche Diskussion ging weiter, und Dimining wartete, bis die Leute ruhiger waren. Er trat an sein Feuer und erzählte ihnen von den Schußwaffen, wobei er genau erklärte, was sie anrichten konnten. In dieser Nacht gingen sie ängstlich und verwirrt schlafen, aber am nächsten Morgen setzten sie ihre Wanderung auf den alten Wegen fort, die diesmal nicht durchs Hunter Valley führten, wie Jack erleichtert feststellte. Sie kamen an den Planwagen vorbei, und alle schlichen der Reihe nach hin und sahen sie sich genau an. Sie durchquerten den Fluß, verließen die Ebene und marschierten landeinwärts zu den kühlen Bergen, um der Hitze und den Moskitos zu entgehen. Wenn sie in kleine Täler kamen, zündeten sie Feuer an und gingen durch den Rauch, um ihre Körper von den kleinen Quälgeistern zu befreien und die Täler von ihnen freizuhalten. Sie schwammen und fischten in Bergbächen und in den Teichen am Fuß von Wasserfällen. Sie streiften durch

die Wälder, hielten Versammlungen ab und besuchten andere Sippen. Sie zeigten Jack die Zonen, wo alles Leben geschützt war; dort wurden keine Tiere getötet und keine Vögel gejagt, man durfte keinen Honig anrühren und mußte die Wurzeln in der Erde in Ruhe lassen. Als der Winter kam, wandten sie sich nach Norden, der Sonne entgegen.

Als Ngallas Mann starb, bat sie um die Erlaubnis, Jackadoo heiraten zu dürfen, und es wurde ihr gestattet, weil Jackadoo ein großer Jäger und ein Gegenstand großen Interesses bei den Stämmen geworden war. Über die Jahre hinweg bekamen seine eigenen Frauen sowie andere, mit denen er zusammen war, Babys mit hellerer Haut; aber nur zwei davon, zwei Jungen, wurden als seine Söhne betrachtet. Die Schwarzen glaubten, daß ihnen Babys von den Geistern geschenkt wurden, ohne jeden Zusammenhang mit der Kopulation. Kleine Sterne waren das weit entfernte Zwinkern von Babys, die darauf warteten, geboren zu werden, und die großen Sterne und Sternbilder, die sie alle gut kannten, waren majestätische Figuren der Traumzeit.

Jack lebte viele Jahre lang friedlich mit seinem auserwählten Volk zusammen, und sie durchwanderten ein so riesiges Gebiet in so gemächlichem Tempo, daß er das Land beim Namoi fast schon vergessen hatte, als sie schließlich zurückkehrten. Besucher, die in ihre Lager kamen, berichteten, daß die Schwarzen immer noch vom Namoi aus über die Ebene und die Berge ins schöne Tal gehen konnten. Das stimmte; es gab nichts, was sie aufhalten konnte, aber die Weißen waren überall, und sie konnten sehr grausam sein.

»Das darf nicht sein«, sagte Moorego. »Warum habt ihr das geschehen lassen? Dies ist das Gebiet der Kamilaroi. Wenn die Weißen alles an sich reißen, wo können wir dann noch hin?«

»Sie kommen wie eine Flut«, sagte ein Mann bekümmert. »Wie sollen wir sie aufhalten?«

Jack verstand jetzt die Territorialrechte der verschiedenen Stämme. Land war ein Geburtsrecht. Selbst wenn die Weißen das gesamte Territorium der Kamilaroi in Besitz nahmen, konnte das Volk

nicht auf Land ziehen, das einem anderen Stamm gehörte. So etwas war undenkbar, und außerdem befanden sich die Totems, die Begräbnisstätten und all die heiligen Orte auf dem eigenen Stammesgebiet. Wenn die Kamilaroi diese vertrauten Orte verließen, fürchteten sie, daß sich ihre Geister verirren und außerstande sein würden, in ihrem Traum eine Heimat zu finden.
Männer von anderen Stämmen kamen nur in das riesige Kamilaroi-Land, wenn sie eingeladen wurden. Sie kamen normalerweise auf Handelsreisen, und wenn das geschah, berichteten ihnen die Kamilaroi von Tragödien, die kein Ende zu nehmen schienen. Die Weißen hatten den Namoi überschritten und waren zum Gwydir River weitergezogen, wobei sie andere große Flüsse mit Tausenden von Tieren überquert hatten. Sie hatten jetzt mehr als die Hälfte des Landes der Kamilaroi mit Beschlag belegt, und diese fürchteten nun, daß sie wie andere Stämme im Süden verschlungen werden würden.
Aus dem verzweifelten Wunsch heraus, ihnen zu helfen, sagte Jack zu Dimining: »Sie sind jetzt nah genug. Vielleicht kann ich hingehen und ein Gewehr und etwas Munition stehlen.«
»Nein«, lehnte sein Freund ab. »Tu's nicht. Bei uns bist du in Sicherheit, solange du keine Schußwaffe hast. Das würde die Leute nur daran erinnern, daß du ein Weißer bist, und jemand könnte Angst bekommen und dich töten.«
Jack saß beklommen am Lagerfeuer. Er wußte, daß die Gruppe Vorbereitungen traf, nach Osten zu gehen, in Richtung zum Meer. Sie warteten nur noch auf ein paar Nachzügler, dann würden sie aufbrechen. Er stand auf und hob die Hände, um ihre Aufmerksamkeit auf sich zu lenken. »Geht nicht in diese Richtung«, bat er sie. »Laßt uns statt dessen zum Warrego und weiter zum großen Fluß gehen, weit weg von den Weißen.«
Aber sie erklärten ihm, daß sie den Weg zum Meer einschlagen mußten. Es war an der Zeit, in diese Richtung zu gehen. Dort gab es Familien, die sie wiedersehen wollten, Freunde, die wußten, daß sie kamen, und es würde eine aufregende Reise werden. Ihm war

klar, daß sie sich alle darauf freuten, das Tal zu besuchen, das sie das schöne Tal nannten und das er als Hunter Valley kannte, und ihm entging auch ihre Neugier nicht, die Weißen und die Wunderdinge zu sehen, mit denen sie sich umgaben. Nur Dimining unterstützte ihn.

Ngalla konnte nicht verstehen, warum er sich so sträubte. »Wir lassen uns nur für eine Weile bei den Warrain-Leuten im schönen Tal nieder. Die Weißen geben ihnen gut zu essen«, setzte sie spitzbübisch hinzu.

»Sie werden euch auch einen Tritt in den Hintern oder Schlimmeres geben!« erwiderte Jack.

Die Männer diskutierten tagelang, und Dimining verlor an Boden. »Die Weißen sind gefährlich. Sie erschießen einen Schwarzen aus nichtigeren Gründen als eine schwarze Ente.« Aber es gelang ihm nicht, ihren Zorn auf einen Feind zu wecken, den sie nicht sehen wollten. Sie kannten Schwarze, die bei den Weißen gewesen und unbehelligt zurückgekehrt waren, und hatten Geschichten von Speisen gehört, den Speisen der Weißen, bei denen einem das Wasser im Munde zusammenlief. Sie konnten es kaum erwarten, endlich aufzubrechen, um all diese wundersamen Dinge selbst zu sehen.

Die Hitzköpfe klatschten Jung Jung Beifall, wenn er sprach. »Dies ist unser Pfad. Wir müssen auf den alten Pfaden bleiben, damit wir die Geister nicht verwirren. Von hier aus gehen wir durch das lange Gras und über die Berge zu dem Tal, wo die Warrain-Leute im Hain der Gelbblütenbäume auf uns warten. Wir haben niemals einen anderen Weg genommen«, ermahnte er Dimining, »weder mein Vater noch dessen Vater. Wie kannst du so grausam sein, unserem Volk zu sagen, daß es von hier aus nicht mehr auf die Morgensonne zugehen darf! Wer erkühnt sich, zu behaupten, daß die Kamilarois nicht über ihr eigenes Land wandern dürfen?«

Ngalla weinte tagelang, als Jack seine Entscheidung verkündete. Er würde nicht mit ihnen gehen. Er versuchte ihr zu erklären, daß die Weißen ihn einsperren würden, wenn sie ihn erwischten, aber

sie verstand nicht, was »einsperren« war. Es lag jenseits ihrer Erfahrung. Deshalb sprach er vom Schießstock, dem Gewehr, das ihn töten würde, und sie bekam vor Interesse an dieser Waffe ganz runde Augen. Dann kam die reizende Kana im Auftrag von Ngalla zu ihm und brachte ihm besondere Leckereien, die sie für Jackadoo zubereitet hatte, und als sie bei ihm lag, flüsterte sie ihm zu, wie traurig es für Ngalla sein würde, ohne ihren Mann weiterziehen zu müssen.
»Dann bleibt sie hier bei mir«, sagte er, und daraufhin flossen so viele weitere Tränen, daß er nachgab. Aber er wußte, daß er sich die ganze Zeit Sorgen machen würde, solange sie fort waren.
Auf nächtlichen Ausflügen hatte er sich die Farmhäuser und die grob zusammengezimmerten Hütten genau angesehen, die in dem Gebiet aus dem Boden schossen, und er hatte bemerkt, daß einige davon Löcher in den Wandbrettern hatten, richtige Schießscharten. Er fragte sich, warum Weiße Häuser im Land der Schwarzen bauten, wo sie von Tausenden von Feinden umgeben waren, und die Älteren stellten Jack die gleiche Frage, aber da er nichts vom Hunger nach Land wußte, hatte er keine Antwort darauf.
Einige Schwarze, die das Lager besuchten, behaupteten, für die Weißen gearbeitet zu haben und dafür mit köstlichem Essen entlohnt worden zu sein, und Dimining ging mit schnellen Schritten davon, zu wütend, um ihnen noch länger zuzuhören. Moorego war schockiert. »Wir sind Jäger und Krieger! Und was tut ihr? Ihr laßt euch Essen geben, als ob ihr verkrüppelte, zahnlose alte Weiber wärt!« Der Streit endete in Gelächter, als die Besucher erklärten, worum es sich bei der Arbeit handelte, und beim Tanzen in dieser Nacht ahmten sie die Arbeiter nach, die sich den ganzen Tag mühten und abplagten und in die Sonne schauten und dafür einen Klumpen Fleisch ausgehändigt bekamen.
Der Führer des Tanzes, der Wortführer, rief: »Wozu die Schinderei, wenn uns die Geister soviel Nahrung geben, wie wir brauchen? Das kann nicht richtig sein. Wenn der weiße Mann Nahrung übrig hat, dann teilt er sie eben mit euch. Legt nicht zuviel in ihre

Zeremonien hinein. Ich bitte euch inständig, Angehörige meines Volkes, wandert allein, haltet euch fern von ihnen und kehrt beim dritten Mond zu uns zurück.«

Jack fragte Neuankömmlinge nach den Rotröcken aus, und es schien nur so von ihnen zu wimmeln, ebenso wie von berittenen Polizisten, und damit war die Sache klar für ihn. Er würde in den Bergen warten. Er wußte, daß Ketten sein Ende bedeuten würden. Deshalb mußte er sehr vorsichtig sein und außerhalb ihrer Reichweite bleiben. Eines Tages würde er vielleicht wieder in diese andere Welt hinübergehen, wenn die Geister ihm diesen Tag zeigten. Sein Leben war zunehmend enger mit der Welt der Aborigines verknüpft. Manchmal verblüfften sie ihn mit ihrem Wissen, und er empfand einen widerwilligen Respekt für die Geschichten aus der Traumzeit.

Es gab reichlich Zeit zum Nachdenken. Zum Beispiel über seine Geschichten. Er sprach über die Welt des weißen Mannes, über unglaublich hohe Häuser und über Schiffe, die viele Menschen und dazu noch Tiere beförderten, und all das bezeichneten sie als seinen Zauber, einen Teil seines Traums.

Er hatte viele Nächte wachgelegen und zugesehen, wie die Wolken abgezogen waren und den Blick auf die Sterne freigegeben hatten. Und wenn ihr Traum so real war wie seiner? Ihre Geheimnisse und ihre Magie flößten ihm Ehrfurcht ein, und er begann darauf zu achten, die mächtigen Geister nicht zu verstimmen.

Kamarra kam eines Abends mit einem Jagdtrupp zurück und brachte nichts als eine Menge Nierenfett von Rindern mit, die sie mit ihren Speeren getötet hatten. Dieses Fett war zur meistbegehrten Delikatesse geworden. Er erzählte Jackadoo von einem Tor mit Zeichen des weißen Mannes darauf, das über einem Weg errichtet worden war, und Jack wurde neugierig. Er bat den nächsten Jagdtrupp, ihm das Schild mitzubringen.

»Wozu?« wollte Moorego wissen.

»Ein Scherz, das ist alles. Um ihre Zeichen zu lesen.«

»Ah, plurryell!« lachte Moorego.

Als sie mit ihrer Beute zurückkamen, erwies sich diese als großes, poliertes Holzbrett, auf dem der Name der Farm in großen Buchstaben eingebrannt war: »CARLTON PARK«.

Am Abend, bevor seine Freunde aufbrachen, saßen sie um ihre Feuer herum, sangen und klapperten zum leiernden Klang eines Didgeridoos – eines langen, hölzernen Blasinstruments – mit Stöckchen, während die Kinder, die niemals ausgeschimpft wurden, wie wild herumtollten, und Ngalla saß Jack gegenüber und sah ihn mit ihren großen, traurigen Augen an. Plötzlich war es still, als ob alle Geräusche auf einmal abgeschnitten worden wären. Keine einzige Stimme klang nach.

Jack sah einen riesigen, furchterregend aussehenden Schwarzen auf einem Felsbrocken über ihnen stehen. Sein Gesicht und sein Körper waren mit Asche bedeckt und von weißen Strichen überzogen. Er hatte einen Knochen in der Nase, und sein Haar war zu einem lehmigen Kegel aufgetürmt. Dingozähne hingen um seinen Hals, und Fellstreifen hingen von seinen Hüften und Knöcheln herab. Auch die anderen, die mit dem Gesicht zu dem Felsbrocken saßen, konnten ihn sehen, aber niemand sonst drehte sich um und schaute hin. Sie blieben wartend sitzen.

»Wer ist das?« fragte Jack Ngalla im Flüsterton, aber sie saß nur steif vor Angst im Schneidersitz da. Keine Frau durfte seinen Namen aussprechen.

»Ilkepala«, flüsterte Dimining. »Zauberer der Warrigal.«

Wenn er es nicht mit eigenen Augen gesehen hätte, würde Jack es nicht geglaubt haben. Im einen Moment stand Ilkepala noch auf dem Felsbrocken, und im nächsten mitten zwischen den Feuern. Es war unmöglich, so weit zu springen. Zuerst dachte Jack, es müsse zwei von ihnen geben, aber im Lauf der Jahre hatte er oft von den ganz besonderen Zauberern gehört, die an zwei Orten zugleich sein konnten.

Die Gestalt in ihrer Mitte stimmte einen Singsang an, und sie hörten alle zu und antworteten mit gedämpften Lauten, die tief aus ihren Kehlen kamen.

»Er gibt uns den Mondsegen. Das ist eine große Ehre«, sagte Dimining. Tränen der Rührung rannen ihnen über die Wangen, und schwarze Augen glänzten vor Ehrfurcht und Freude. Jack fragte sich, ob der Segen auch für ihn galt, und beschloß, alle guten Wünsche, die ihnen mitgegeben wurden, auch auf sich zu beziehen.
Er fuhr erschrocken zusammen, als er wieder hinschaute. Ilkepala war in ihrer Mitte von einem großen Dingo mit roten, funkelnden Augen ersetzt worden, in denen sich die Feuer spiegelten, und der Singsang begann von neuem; er schwoll an, und Jack wußte, daß es zu viele Stimmen für die Zahl der Menschen im Lager waren. Es kam ihm so vor, als ob Tausende von Stimmen aus voller Kehle die Lieder sangen, aber außer ihm schien es niemand zu bemerken. Und dann kam ein Wind auf, Rauch wirbelte um sie herum, die Aborigines begannen sich wieder zu unterhalten, und Jack fragte sich, ob er das Ganze nur geträumt hatte. Niemand wollte darüber reden. Es war zu heilig.
In dieser Nacht kamen weder Ngalla noch Kana zu ihm, und er ging sie suchen und fand sie zusammengekuschelt bei den Kindern.
»Warra warra«, sagten sie. »Geh weg. Heilige Nacht.« Im Lager war es still. Selbst die ewig kläffenden Hunde waren verstummt.
Am Morgen wartete Jung Jung auf ihn. »Ilkepala sagt, du mußt die Tingum-Leute suchen gehen.«
Jack lachte. »Was? Soll ich mir den Kopf abschneiden lassen? Nie im Leben!«
Jung Jung sammelte eine Handvoll Staub auf und ließ ihn durch die Finger rieseln. Er sah auf einmal sehr alt aus. »Ilkepala sagt, du wirst die Warrigal-Leute verlassen.«
»Wohl kaum«, sagte Jack. »Du siehst müde aus. Geht heute noch nicht. Bleibt hier bei mir.«
»Ich muß gehen. Mein Geist wartet.«
Jack sah zu, wie sie aufbrachen. Er verabschiedete sich nicht von ihnen. Sie hatten eine schöne Zeit vor sich, und er würde monatelang hier oben warten müssen. Die Soldaten und die Siedler waren schuld daran, daß er von seinen Freunden getrennt wurde.

36. Kapitel

Jasin Heselwood bestieg mit Arthur Appleby und zwei anderen jungen Männern im Schlepptau ein Küstenschiff nach Brisbane. Die drei waren sehr beeindruckt davon, mit einem Lord zu reisen. Dabei hatten sie keine Ahnung, wie man sich einem Lord gegenüber benahm, dachte Jasin, aber woher sollten sie auch. Um sie los zu sein, schlenderte er zum Heck des Schiffes, wo er stehenblieb und zusah, wie das Kielwasser das blaue Meer aufschäumen ließ.
Bourke war nach England zurückgefahren, aber der neue Gouverneur, George Gipps, hatte Bourkes Unterstützungszusage eingehalten, und die Expedition war bislang problemlos verlaufen. Der Gouverneur hatte eine Botschaft an das Militär in Moreton Bay vorausgeschickt, daß man Lord Heselwood und seinen drei Begleitern Pferde, Ausrüstungsgegenstände und einen schwarzen Führer zur Verfügung stellen sollte.
Er dachte an die Forrests und an Millys Zorn zurück. Dermott würde gut daran tun, dafür zu sorgen, daß sie ihre Zunge im Zaum hielt. »Die beiden können froh sein, daß ich sie bei meiner Rückkehr nach Newcastle nicht mit einer Räumungsverfügung rausgeworfen habe«, murmelte er. Tatsächlich hatte er überhaupt nichts gegen sie unternommen. Sein Besuch hatte ihm gezeigt, was er wissen wollte – daß Dermott die Farm in Ordnung hielt und dafür sorgte, daß das Vieh gesund blieb. Es störte ihn nicht, daß sie das Fehlen ihrer Namen auf der Eigentumsurkunde für Carlton Park entdeckt hatten. Da konnten sie schreien, so laut sie wollten. Die Gerichte ertranken in Grenzstreitigkeiten und Prozessen um Landbesitz, und das Recht versuchte mit den Siedlern, Landbesetzern und »Kakadus« Schritt zu halten. In der Theorie schien das System zu funktionieren, aber niemand hielt sich an die Vorschriften, und wenn der eine seinen Grenzverlauf beschrieb, sagte sein

Nachbar unter Garantie etwas völlig anderes. Er grinste. Oh ja, die Forrests konnten gern vor Gericht gehen.

Er würde außerdem dafür sorgen, daß die Eigentumsurkunden mit seinem vollen Titel neu ausgeschrieben wurden. Bei sich hatte er die Kolonie in zwei Klassen eingeteilt: jene, die gern mit Titelträgern Umgang pflegten, und jene, die sofort feindselig eingestellt waren, aber letztere waren meistens nur neidisch. Auf den Richterbänken saßen vor allem Gentlemen der ersten Kategorie, die es sich zweimal überlegen würden, ein Urteil gegen den Earl von Montone zu fällen.

Die Forrests hatten sich auf Carlton Park eingerichtet und führten dort ein angenehmes Leben, und er verstand nicht, worüber sie sich beklagten. Er hatte ihnen das ermöglicht. Sie konnten zurückschlagen, indem sie ihm dieses Jahr seinen Anteil an den Gewinnen vorenthielten. In diesem Fall würde er ihnen eine Räumungsverfügung zustellen lassen, und dann konnten sie ihn von ihrer Schuhmacherwerkstatt aus bekämpfen. Aber wenn es ihm gelang, Dermott allein zu sprechen und ihm klarzumachen, daß sie das Leben führten, das sie sich wünschten, würde er sich fügen. Da war Jasin sicher.

Nur eins enttäuschte ihn, als er Carlton Park so rasch wieder verließ, nämlich daß er die Gelegenheit verpaßt hatte, Dolour zu sehen. Er lächelte. Er hatte eine verschwommene Erinnerung an ein Zechgelage mit einigen Säufern am Stadtrand von Singleton; damals hatte er vor sich hingebrummt, daß er MacNamara loswerden wollte, und einer seiner Saufkumpane hatte sich freiwillig bereit erklärt, das für ihn zu erledigen. Von Viehtreibern, denen sie unterwegs begegnet waren, hatte er erfahren, daß MacNamara noch gesund und munter war. Nicht daß er etwas anderes erwartet hätte; der alte Trunkenbold war ja kaum fähig gewesen, sich selbst in den Fuß zu schießen … aber es wäre ihm gelegen gekommen.

Er hatte festgestellt, daß die Damen in London heutzutage kekker waren, ziemlich lüstern und zu jeder Intrige bereit, aber ab und zu dachte er immer noch an Dolour. Keine von ihnen konnte es mit ihr aufnehmen. Er seufzte. Vielleicht übertrieb er in seiner Phantasie. Schwer zu sagen. Aber er würde sie trotzdem gern wiedersehen.

Ihre Durchreise durch Brisbane verlief ereignislos. Berittene Polizisten eskortierten sie von der Strafsiedlung aus flußaufwärts und setzten sie mit dem Boot ans andere Ufer über, während Sträflinge mit ihren Pferden durch den Fluß schwammen.
Jasin war froh, aus Brisbane herauszukommen. Die zwei Tage dort erschienen ihm lang. Er fand den Ort abstoßend. Der Anblick der Massen von Gefangenen, die dort kettenklirrend herumliefen, war abstoßend, und die Besucher wurden von Flöhen und Moskitos buchstäblich aufgefressen. Wie diese Offiziere auch nur daran denken konnten, ihre Frauen an einen solchen Ort zu bringen, ging über seinen Horizont. Er schlug das Angebot des Kommandanten aus, mit der Kompanie zu essen, und lehnte die Einladung ab, sich durch das Gefängnis führen zu lassen. »Ich glaube, ich habe genug gesehen, Captain.«
Ihr Aborigine-Führer, ein alter Knabe namens Zed, wartete auf sie. Er trug eine zerlumpte Hose und eine Halskette aus Haifischzähnen.
»Von hier bis Limestone sind es nur rund sechzig Meilen«, sagte Arthur, »und wir haben reichlich Gesellschaft auf dem Fluß. Ich kann mir nicht vorstellen, daß wir größere Probleme bekommen sollten.«
Jasin stimmte ihm zu, aber sie stellten fest, daß es auf dem Pfad wesentlich schwieriger als auf dem Fluß war, den richtigen Kurs zu halten. Das grüne Unterholz war so dicht wie Stroh und manchmal auch dornig. Zed hackte mit einer Machete auf das Gestrüpp vor ihnen ein, aber oftmals schuf er nur genug Platz für sich selbst und verschwand aus ihrem Blickfeld, weil er vergaß, daß sie mehr Platz für die Pferde brauchten. Sie durchquerten Wasserläufe, bogen vom Fluß ab und machten einen Umweg durch bewaldete Hügel, kamen dann wieder an den Fluß und wateten durch Sümp-

fe, wobei sie auf dicke Kriechtiere und klebrige grüne Ranken einhieben.

»Ist das der richtige Weg?« rief Jasin.

»Richtiger Weg, Boß. Alles wachsen schnell im Nassen.«

»Wir hätten mit dem Boot nach Limestone fahren sollen«, meckerte Len Almond, und sein Freund Robert stimmte ihm zu. »Das ist 'n richtiger Scheißweg.«

»In Limestone bekommt man aber keine Pferde«, sagte Jasin ärgerlich. Seine Begleiter gingen ihm auf die Nerven.

Als sie schließlich in dem kleinen Vorposten ankamen, schloß Arthur sich Jasin an, um Erkundigungen über die Route einzuholen und weitere Vorräte zu kaufen. Die anderen beiden begaben sich ins Gasthaus, wo sie sich betranken.

»Machen Sie sich wegen denen keine Gedanken«, entschuldigte sich Arthur. »Morgen früh sind sie wieder okay.«

»Das wäre auch besser«, fauchte Jasin.

Von Limestone aus stiegen sie in leichteres Gelände hinab, aber die Dornen der Akazienbüsche zerrissen ihnen die Kleider und die Haut, und die Pferde waren reizbar. Zed, der vor ihnen herlief, zeigte auf die hohe Bergkette in der Ferne. »Downs-Land, Boß. Da oben!« Jasin war verblüfft, daß es so nah war. Er war entzückt und beglückwünschte sich selbst, und das besserte seine Laune erheblich. Vielleicht hatte Wentworth ihm zu guter Letzt doch einen großen Gefallen getan. Bis auf eine Gruppe von etwa zwanzig Personen, die hintereinander in eine andere Richtung marschierten und keine Notiz von seinem kleinen Trupp nahmen, hatten sie keine Schwarzen zu Gesicht bekommen. Jasin hatte das Gefühl, die berühmten Darling Downs beinahe berühren zu können, wenn er die Hand ausstreckte.

Sie jubelten und ritten mit größerer Begeisterung auf das vor ihnen aufragende Plateau zu, und je näher sie herankamen, desto höher schien es zu werden. Aber das störte Jasin nicht. Er wußte, daß dort oben dieses Königreich darauf wartete, erobert zu werden. Sie kamen an ein paar vereinzelten schäbigen Bauernhäusern vorbei,

wo Siedler kleine Bodenflächen für den Anbau ro[...]. [...] wohl er sich durch ihre Anwesenheit sicherer fühlte, beun[...] es ihn, daß auch Bauern über diese neuen Gebiete Bescheid wußten. Er hatte von den Macarthurs erfahren, daß diese kleinen Familiengruppen mit Kakaduschwärmen verglichen wurden, die auf ihren Zäunen saßen, weil sie sich auf Farmland breitmachten und die Behörden wenig Neigung zeigten, sie von dort zu vertreiben. Als sie mit dem Aufstieg in die Ausläufer des Gebirges begannen, hatte Jasin den Eindruck, daß die Hochebene sehr nahe war, aber hohe Bäume versperrten ihnen die Sicht, bis sie zu einer senkrecht aufragenden Felswand kamen.
Zed zeigte zum Himmel. »Da oben, Boß.«
Jasin machte große Augen. »Sehr gut. Und wie kommen wir da hinauf?«
Zed sprang auf einen Felsvorsprung. »Ganz einfach, Boß. Raufklettern.«
»Das geht nicht. Die Pferde kommen doch da nicht hinauf, du Dummkopf.«
Wie seine Landsleute konnte auch Zed mit Pferden nichts anfangen. »Nein, Boß. Pferde hierlassen.«
Jasin seufzte und bemühte sich, geduldig zu sein. »Wir müssen die Pferde mitnehmen. Also, es gibt einen Weg dort hinauf. Zeig uns, wo er ist.«
Ihr Führer war verwirrt. »Dieser Mann gehen oft hinauf, an viele Orte. Keine Pferde.«
»Ich glaube, er weiß nicht, wo der Durchlaß ist«, sagte Arthur, und Jasin schüttelte ärgerlich den Kopf. »Ach, was soll's. Wir werden ihn selber finden. Er ist auf der Karte gekennzeichnet. Wir schlagen hier unser Lager auf und machen uns auf die Suche.«
Arthur nahm die Karte und sah sie sich genau an. »Das Problem ist, Mister Heselwood, daß diese Karte zeigt, wie man Cunninghams Durchlaß aus der Richtung der Downs findet. Sie sagt nichts darüber, wie man ihn von hier aus findet.«
Len und Robert, der dritte Reiter, waren bereits dabei, Feuer zu

. schon«, sagte Len. »Er muß hier irgend-
.m vor Hunger. Laßt uns was essen.« Jasin
.ı hatte immer Hunger, und dabei war es erst

der Felswand zu folgen, und schickte die anderen
Osten, während er mit Arthur westwärts ritt. Beide
.tießen jedoch nur auf blinde Schluchten und undurch-
dring.. ..ıes Gestrüpp. Die massiven Felsklippen, die hoch über
sie aufragten, schienen entschlossen zu sein, unnahbar zu bleiben.
Mehrmals glaubten sie, den Durchlaß in der Bergkette gefunden zu
haben, aber nachdem sie ihre Pferde durch die Wälder und über die
steilen Pässe geführt hatten, landeten sie jedesmal in einer neuen
Sackgasse. Jasin zog seine Karte zu Rate, bis sie völlig zerfleddert
war, aber der Maßstab war so klein, daß sie auf diesem schwierigen
Terrain keine Hilfe war.
Zed hing im Lager herum; er schämte sich, daß er sie enttäuscht
hatte, und blieb ihren Zelten bei Nacht fern. Die Weißen beachte-
ten ihn nicht.
»Wir sollten es aufgeben«, meinte Len, aber Jasin wollte nichts davon hören. »Es gibt einen Weg dort hinauf, und wir werden ihn
finden.«
Robert lachte. »Wir haben alles mögliche gefunden, bloß diesen
Durchlaß nicht. Ich finde, als Entdecker sind wir ziemliche Nieten.«
Auf einmal kam Zed auf die Lichtung gerannt und warf sich auf
Jasin. Die beiden Männer fielen rücklings ins Gebüsch und rollten
den Hang hinunter.
»Was soll das, zum Teufel?« schrie Arthur und lief los, um Jasin zu
helfen. Len und Robert waren zu erschrocken, um sich zu bewegen,
bis das Geräusch von berstenden Baumstämmen die Felsbrocken
ankündigte, die donnernd auf sie herabstürzten. Len kam gerade
noch davon, aber Robert wurde von einem riesigen, zerklüfteten
Steinbrocken getroffen und an einen Baumstamm geschleudert.
Als nur noch ein paar von den Felsbrocken mitgerissene Steine von

den Felsen herunterpolterten, sah Jasin sich benommen um. »Was ist passiert? War das eine Lawine?«

»Nein, Boß«, sagte Zed. »Schwarze oben. Besser, wir gehen weg von hier.«

Roberts Bein war gebrochen. Arthur verband es, so gut er konnte, und baute eine Bahre aus Schößlingen, die Len und er abwechselnd mit Zed trugen, während Jasin mit den Pferden vorausritt. Es war eine lange, langsame Reise nach Limestone zurück, wo sie einen Arzt fanden, der das Bein richtete. Dann wurde Robert mit dem Boot nach Brisbane geschickt.

Jasin war niedergeschlagen. Wentworth hatte ihn zum Narren gehalten. Er vermutete, daß er einen anderen Führer finden konnte, der ihn direkt zu Cunninghams Durchlaß bringen würde, aber er wußte jetzt, daß die Darling Downs von Süden und nicht von Brisbane aus besiedelt werden würden.

Obwohl er den Hafen mit eigenen Augen gesehen hatte, wollte er Land in der Nähe haben. Warum sollte er von Sydney und Newcastle aus Aberhunderte von Meilen reisen, wenn es nicht allzuweit von Brisbane entfernt genauso gutes Land geben mußte? Es ging das Gerücht, daß der Hafen von Brisbane bald geöffnet werden sollte, und das würde zu einem Ansturm auf Land führen. Die Hafenanlagen waren bereits vorhanden, es gab gute Werften und Geschäfte, und der Verwaltungsbezirk war auch schon eingerichtet. All das wurde an Sträflinge verschwendet, die natürlich ein verfügbares Reservoir kostenloser Arbeitskräfte darstellen würden. Der Gouverneur hatte gesagt, daß es rund tausend Gefangene in Moreton Bay gab. Wentworth hatte recht gehabt; der beste Verwendungszweck für Sträflinge war, sie arbeiten zu lassen. Die Unverbesserlichen, die sich weigerten, sollten auf die Norfolk-Insel verfrachtet werden. Darüber wollte Jasin bei seiner Rückkehr nach Sydney mit dem Gouverneur sprechen.

Auf dem Weg von Limestone nach Brisbane ritten die drei Männer in ein primitives Holzfällerlager. Arthur und Len konnten es kaum erwarten, wieder nach Brisbane zu kommen, aber Jasin gab nicht so leicht auf. Er suchte den Boß des Lagers auf. »Was ist flußaufwärts von hier?«

»Vergessen Sie's, falls Sie das Land da im Auge haben, Kumpel«, erwiderte der Holzfäller. »Viele von unseren Jungs hier haben sich im ganzen Brisbane Valley Land abgesteckt, und sie schlagen sich deswegen jetzt schon die Schädel ein. Westlich vom Fluß haben ein paar Burschen ein großes Stück Land mit Beschlag belegt und eine verdammte Festung drauf gebaut. Die lassen keinen auch nur in die Nähe. Aber warum gehen Sie nicht schnurstracks nach Norden?«

»Das höre ich immer wieder. Aber was ist mit den Schwarzen?«

»Du liebes bißchen, wenn Sie Angst vor den Schwarzen da oben haben, können Sie genausogut nach Hause reiten. Die gehören nun mal zum Leben, wie Überschwemmungen und Brände, nur daß sie nicht ewig da sein werden.«

»Wohin im Norden würden Sie denn gehen?«

»Einfach immer an der Küste entlang. Nur rund achtzig Meilen, und keine chinesische Mauer, die einem den Weg versperrt«, lachte er. »Und das Land ist absolut okay. Wenn für mich was dabei rausspringt, bringe ich Sie selbst rauf.«

Jasin zögerte keine Sekunde. »Wann können wir aufbrechen?«

Nach vier Tagen und einem gemütlichen Ritt nach Norden waren sie in dem grünen, fruchtbaren Land, das an einen anderen prächtigen Fluß grenzte, und trotz der winterlichen Jahreszeit waren die Tage warm und der Himmel blau. Jasin staunte über das milde Klima; in Newcastle und Sydney war es jetzt kalt und naß.

Der Holzfäller kehrte in sein Lager zurück, und Jasin begann mit Hilfe von Arthur und Len Grenzen zu markieren, während Zed im Basislager Wache hielt.

»Ist verdammt gutes Land hier draußen«, sagte Arthur zum hundertsten Mal, aber wie immer nickte Jasin nur und ließ sie weiterarbeiten. Len hatte den Job schon langsam satt; er fand, daß die Landvermessung eine viel schwerere Arbeit war, als er sich vorgestellt hatte. Arthur hingegen war ziemlich schwer von Begriff.

Jasin vermißte Clarrie und Snow. Die beiden Alten aus dem Busch hatten sich durch nichts aufhalten lassen, aber diese zwei beklagten sich über alles und jedes, über das Gestrüpp, über Schlangen, gebrochene Axtstiele und wie lange alles dauerte. Er wußte, daß sie nicht gerade großartige Arbeit leisteten, aber im Moment würde es genügen müssen.

»Nur eins macht mir Sorgen«, erklärte ihm Arthur. »Könnte sein, daß dieser Boden ein bißchen feucht für Rinder wird.«

»Das macht nichts«, erwiderte Jasin. »Das hier ist nur die Hauptfarm. Von hier aus schauen wir uns landeinwärts nach trockeneren Weideflächen um.«

»Oh nein!« rief Len.

»Nicht jetzt«, beruhigte ihn Jasin. »Später. Diese Farm wird uns ernähren, und ich werde mir da draußen im Westen größere Weiden besorgen. Das hier wird uns retten, wenn es eine Dürre gibt.«

Zed konnte ihnen den Namen der Aborigines für das Gebiet sagen. Sie nannten es Gimpi Gimpi, was er jedoch nicht übersetzen konnte. Hin und wieder sahen sie wilde Schwarze, aber sie zeigten keinerlei Feindseligkeit und kamen auch nicht in die Nähe des Lagers. Jasin war stets neugierig, was hinter dem allgegenwärtigen Horizont der Berge lag. »Wenn du nächstesmal welche siehst, frag sie, was da draußen ist«, befahl er Zed, aber der Aborigine schüttelte den Kopf. »Nie im Leben, Boß. Das Tingum-Leute.«

»Sprechen sie eine andere Sprache?« fragte Arthur, aber Zed zuckte nur die Achseln.

Als sie alles getan hatten, was sie konnten, um die Grenzen zu kennzeichnen, verkündete Jasin zu ihrer Erleichterung, daß es Zeit war, die Rückreise anzutreten. »Ich werde die Farm Montone Station nennen«, sagte er, und sie schnitzten den Namen in einen Baum.

Er war zufrieden. Was konnte man mehr verlangen? Kostenloses Land, kostenlose Arbeitskräfte und ein Hafen vor der Haustür. Georgina würde es zu schätzen wissen, daß sie den größten Teil des Weges per Schiff und Flußboot zurücklegen konnte, und dieses gemäßigte Klima würde ihr zusagen. Wenn er die Farm mit Rindern ausgestattet hatte, würde auch das Haus fertig sein, und die ersten Nachbarn würden sich angesiedelt haben.

Während sie auf ein Schiff warteten, das die drei jungen Männer nach Newcastle zurückbringen und Jasin weiter bis nach Sydney mitnehmen würde, spazierte er auf der Suche nach allem und jedem, was ihm beim Aufbau der Farm helfen konnte, in der Strafkolonie herum. Er warb einen Sergeant namens Krill an, der demnächst seinen Abschied aus der Armee nehmen würde und in der Kolonie bleiben wollte. »Ich kann nicht sagen, daß ich allzuviel über Rinder wüßte, Sir, aber da ich lernwillig bin und Befehle ausführen kann, werde ich Ihre Farm gut in Schuß halten. Ehrlich gesagt, hätte ich gern einen Job als Vormann.«

»Den haben Sie hiermit, Sergeant«, erwiderte Jasin. Krill würde genau der richtige Mann sein; er war ein starker Kerl und würde den Männern mit seinem militärischen Hintergrund keinen Unsinn durchgehen lassen. Außerdem hatte er jahrelange Erfahrung in Moreton Bay.

»Captain Barry hat mir erzählt, daß ein Besitz von der Größe von Montone Station mir das Anrecht auf zwanzig Sträflinge geben würde. Ich möchte, daß Sie sich nach ein paar zuverlässigen Männern umschauen, wenn Sie welche finden können.«

»Es gibt einen Haufen braver Burschen, die bereitwillig arbeiten würden, um hier herauszukommen, Sir.«

»Ausgezeichnet. Ich schicke Ihnen mit dem Schiff Werkzeug und Ausrüstung her, und Sie können alles bis zu meiner Ankunft hier lagern. Das Vieh wird auf dem Landweg kommen. Aber suchen Sie mir ein paar Zimmerleute. Ich möchte, daß mein Haus anständig gebaut wird. Gibt es unter den Sträflingen welche?«

»Wir haben jede Art von Arbeiter, die Sie benötigen könnten, Sir. Überlassen Sie das nur mir.«

Das tat Jasin mit dem größten Vergnügen. Endlich hatte er einen Mann gefunden, dem er vertrauen konnte. Einen Engländer, der ihm den gebotenen Respekt erwies. Montone Station würde schon bald ein gutgehendes Unternehmen sein.

37. Kapitel

Zur gleichen Zeit, als Jasin aus dem Norden zurückkehrte, befand sich Pace MacNamara auf der langen Reise über Land zu seinem Treffen mit O'Meara. Unterwegs schloß er sich Siedlern und Holzfällern an und half ihnen, wo er konnte, denn er war dankbar für ihre Gesellschaft. Da er selbst eine Farm besaß, war er in den Farmhäusern auf der Route willkommen und erhielt überall bereitwillig Auskunft, welche Richtung er einschlagen mußte. Er durchquerte New England und ritt zu einer riesigen, neu gegründeten Farm am Condamine River in den Darling Downs hinauf, die den Namen Canning Downs trug und Patrick Leslie gehörte.
Die Leslies waren die Söhne eines Gutsherrn aus Aberdeen, die dem von Cunningham gebahnten Weg in das Land gefolgt waren, das den Schilderungen zufolge »besser war, als man es sich je hätte träumen lassen«. Wie sich herausstellte, war das nicht übertrieben. Da der alte Gutsherr sich wegen des schwindenden Reichtums der Familie Sorgen machte und kein Mann war, der alles auf eine Karte setzte, hatte er seinen ältesten Sohn nach Hongkong geschickt, wo er im legalen Opiumhandel gute Geschäfte machte; die anderen drei Söhne schickte er in die Kolonie New South Wales.
Mit einem Gefolge von zwanzig Männern, allesamt Sträflinge oder mit einem Freibrief Entlassene, waren diese unglaublichen Schotten mit viertausend trächtigen Mutterschafen, elfhundert Jährlingen, hundert Böcken und fünfhundert Hammeln nach Norden aufgebrochen. Die Größenordnung eines solchen Viehtrecks erstaunte Pace, und Patrick Leslie, der auf seine Männer stolz war, stellte sie seinem Besucher vor. »Der mutigste Haufen aller Zeiten«, sagte Leslie. »Die sind mehr wert als vierzig Soldaten.«
Es war eine fröhliche Gruppe von Männern, die spielend mit den Gefahren fertig geworden waren, wenn man ihren abenteuerlichen Erzählungen Glauben schenken durfte, und Pace vernahm mit In-

teresse, daß die Schwarzen in dieser Gegend »ganz zahm« waren. Aus dem Norden kamen jedoch alarmierende Berichte.

»Schwer zu sagen, ob die Schwarzen auf Ihrer Strecke feindselig sind, weil die hiesigen Schwarzen nicht darüber reden wollen. Häufig wissen sie's auch nicht, weil es ein anderer Stamm mit einer anderen Denkweise ist. Da gibt's nur eins: immer auf der Hut sein.« Das war Patrick Leslies Kommentar.

Mit einer neuen Karte und frischem Proviant ausgerüstet, brach Pace zur nächsten Farm auf, die rund achtzig Meilen entfernt lag. Es war ein einsamer Ritt, und als er in dieser Nacht sein Lager aufschlug, wünschte er, er hätte Gesellschaft. Er hatte keine Angst vor den Schwarzen, aber das Alleinsein ließ ihn an Dolour und an die hoffnungslose Situation denken, in der sie sich befanden. Er konnte keine Lösung sehen.

In diesem hochgelegenen Gebiet waren die Nächte eiskalt. Deshalb kauerte er sich nah ans Feuer. Ihm war zu elend zumute, als daß er schlafen konnte.

Das Lagerfeuer hatte Aufmerksamkeit erregt, und am Morgen, als der Boden noch weiß war vom Frost, weckten ihn sechs berittene Polizisten, die seine Papiere sehen wollten.

Pace zeigte ihnen das Empfehlungsschreiben von Patrick Leslie an Ephraim Duncan, den Besitzer der nächsten Farm, und ihre Grobheit verwandelte sich in Höflichkeit. »Tut mir leid, Sir«, sagte der Sergeant, »aber wir müssen nach entflohenen Sträflingen aus Moreton Bay Ausschau halten.«

»Reiten Sie nur so hier in der Gegend herum und suchen nach Sträflingen?«

»Nein, Sir. Man hat uns hergeschickt, um mal nachzusehen, ob wir marodierende Schwarze finden. Vor ein paar Wochen ist hier oben der Fahrer eines Ochsenkarrens getötet und sein Gespann geschlachtet worden, und in der Woche davor haben sie einen Schäfer mit dem Speer ermordet. Sie sollten nicht allein reiten. Ich könnte Ihnen eine Eskorte geben.«

»Ich möchte Ihnen keine Ungelegenheiten bereiten«, sagte Pace, der befürchtete, daß er O'Meara die Polizei auf den Hals bringen könnte.

»Das ist eine gefährliche Gegend, Mister MacNamara«, sagte der Sergeant. »Zwei meiner Leute werden mit Ihnen reiten. Sie kennen den Weg.«

»Macht uns nichts aus, Sir«, sagte ein junger Polizist, zu Pace gewandt. »Auf der Farm kriegen wir was Anständiges zu essen, was Besseres als bei uns im Lager.«

Sie ritten bis zum Einbruch der Dunkelheit. »Von hier aus reiten wir nach Westen, zum Oakey Creek«, erklärten ihm die Polizisten. »Dies ist alles Mister Duncans Land, und das Haus ist nur ein paar Meilen von hier. Von dem Hügel da vorn aus werden wir's sehen können.« Der Corporal – sein Name war Jim Cheel – gab seinem Pferd die Sporen. Er freute sich schon auf das Ende des Ritts, aber als sie aus den struppigen Teesträuchern herauskamen und den Hang hinunterreiten wollten, war kein Licht zu sehen.

»Seid ihr sicher, daß ihr den Weg kennt?« fragte Pace.

»Doch, doch, da unten ist es«, sagte Jim, und der andere Polizist pflichtete ihm bei. »Er hat recht, Sir. Der Corporal hat einen ausgeprägten Ortssinn.«

Pace zuckte die Achseln. Es war eine dunkle Nacht, und für die Pferde war es gefährlich, wenn sie einen Weg durch das unebene Gelände zu finden versuchten. Wenn er nicht aufpaßte, stand er hinterher mit einem lahmen Pferd da. Er erinnerte sich, daß Heselwood bei ihrem ersten Viehtrieb mit einem prächtigen Tier weggeritten war, um eine Farm zu besuchen – Chelmsford, wie sich herausgestellt hatte –, und ohne das Tier zurückgekommen war. Heselwood hatte nie gesagt, was aus dem Pferd geworden war. Die Jungs hatten angenommen, daß man ihm einen guten Preis dafür geboten hatte und daß er es verkauft hatte, aber sein neues Pferd war auch nicht annähernd so gut. Pace hatte sich immer darüber gewundert. Eines Tages mußte er Rivadavia danach fragen. Aber nun dachte er schon wieder an Heselwood. In letzter Zeit schien jeder Gedanke, der ihm durch den Kopf ging, aus dieser einen Quelle zu stammen.

Ein Schuß knallte, und das Pferd an der Spitze bäumte sich auf.
»Himmel!« rief Pace. »Das galt uns. Zurück, dann zünden wir eine Fackel an.« Er suchte etwas totes Holz, zündete es an und hielt es hoch.
»Wir sind Polizisten!« rief der Corporal. »Nicht schießen!« Sie warteten auf eine Reaktion.
Ein Farmarbeiter wartete mit einer Laterne auf sie. »Habt ihr hier draußen irgendwelche Schwarzen gesehen?«
»Keinen einzigen«, sagte Pace.
»Also entweder sind sie weg, oder ihr seid die größten Glückspilze, die es gibt.«
»Wieso? Was ist hier passiert?«
»Es ist furchtbar«, antwortete der Mann. »Bringt eure Pferde hinten herum. Bleibt dicht beim Haus. Die Schwarzen haben heute angegriffen, als wir draußen waren, um die Herde zusammenzutreiben. Missis Duncan und ihre Schwester sind getötet worden; Sandy, ihr Kleinster, und der chinesische Koch ebenfalls. Sind alle von Speeren durchbohrt worden. Wirklich schrecklich, verdammt noch mal. Eine der schwarzen Frauen von der Farm ist meilenweit gerannt, um uns zu holen, aber als wir hier ankamen, war alles ruhig. Wir haben die Mistkerle verfolgt; wir haben zwar überall Spuren gefunden, aber sie sind verschwunden.«
Er führte sie ins Haus, und im Halbdunkel konnten sie etwa zehn Mann in der Küche und im Flur herumstehen sehen. Im Speisezimmer stießen sie auf Ephraim Duncan, der am Tisch saß und im Licht einer kleinen Lampe in der Bibel las.
Da sie sich angesichts einer solchen Tragödie genauso hilflos fühlten wie seine Männer, schüttelten sie ihm nur stumm die Hand und zogen sich zurück.
Am nächsten Tag fand die Beisetzung der Opfer statt, und anschließend schickte Duncan seine anderen Kinder in der Obhut der Polizisten und einer Wache von vier Viehtreibern nach Canning Downs, um sie in Sicherheit zu bringen. Pace sprach Duncan sein Beileid aus und machte sich wieder auf den Weg, diesmal im

Galopp. Er hatte sein Gewehr und die Pistole schußbereit, und seine Peitsche hing sorgfältig aufgerollt an seinem Sattel.
O'Meara hatte ihm gesagt, er solle in einem der Holzfällerlager am Brisbane River nach einem Schotten namens Jock McArdle suchen. Er brauchte einen ganzen Tag, um den Mann ausfindig zu machen, aber dann erfuhr er, welchen Weg er nehmen mußte, und brach wieder auf. Er war erleichtert, daß O'Meara gewartet hatte. Er bog vom Brisbane River ab und ritt durch das Tal nach Westen, wobei er auf jeder Anhöhe nach dem Haus Ausschau hielt, und als er es sah, zügelte er sein Pferd. »Du meine Güte, hat man so was schon gesehen?« Er tätschelte das Tier. »Sei brav, nur noch ein bißchen weiter, dann bekommst du ordentlich zu fressen und zu trinken.«
Das Tor in dem Holzzaum war weit offen, und Pace ritt auf einen Hof, der von einem riesenhaften Baum mit herrlichen orangegelben Blüten beschattet wurde. Das Gebäude sah eher wie eine Baracke als wie ein Farmhaus aus, und überall herrschte reges Treiben. Ein Schmied hämmerte sein metallisches Lied, zur Linken führten Männer ihre Pferde am Zügel vorbei, während sich Aboriginefrauen unter dem Baum in der Mitte ausruhten und ihren Kindern beim Spielen zusahen.
Pace hatte diese sonderbare Oase in dem abgeschiedenen Tal mit offenem Mund bestaunt, so daß er gar nicht bemerkt hatte, daß das Tor bewacht war.
»Wo willst du denn hin?« krächzte eine Stimme hinter ihm, und als er sich umdrehte, sah er einen graubärtigen Farmarbeiter, der ihn mit einer Flinte bedrohte, aber O'Meara kam in einem roten Hemd, einer abgetragenen Hose und Schaftstiefeln mit großen Schritten über den Hof. »Laß ihn zufrieden, Alf, er ist ein Freund. Wurde auch langsam Zeit, daß du auftauchst, MacNamara.«

Auf dem Rückweg machte Pace die Bekanntschaft anderer Männer, die Land gesucht und Weideflächen weit nördlich von seiner Farm abgesteckt hatten. Viele waren Siedler aus New England und

amüsante Begleiter. Es waren wohlhabende, aber abenteuerlustige Männer, die Loblieder auf das Land nicht weit im Norden sangen, das sie zu Millionären machen würde. Da sie es eilig hatten, nach Hause zu kommen, ritten sie schnell und kampierten am Wegesrand, statt sich damit aufzuhalten, auf den Farmen Gesellschaft zu suchen, und die Gespräche am Lagerfeuer eröffneten Pace eine weitere Perspektive auf dieses neue Leben, das er angefangen hatte.
Einer von ihnen war ein Amerikaner namens Jonah Willoughby. »Willoughby der Faulpelz« wurde er von den anderen genannt, weil er sich bei jedem Lagerplatz hinsetzte und verlangte, daß man auf ihn wartete; er behauptete, sein Alter gebe ihm das Recht dazu. Sie ließen es ihm durchgehen, weil sie ihn mochten. Abgesehen davon, daß Willoughby ein bemerkenswerter Pferdekenner war, schien er eine Menge über das Expansionsgeschäft zu wissen. »Ist dir aufgefallen, daß man das Land hier oben schon ›Den nahen Norden‹ nennt?« sagte er zu Pace. »Ich wette, du bist in deinem ganzen Leben noch nie so weit geritten.«
»Sonst wäre ich in die Nordsee gefallen«, lachte Pace.
»Da siehst du, wie schnell man sich anpaßt. Ihr Burschen müßt in großen Dimensionen denken, weiträumig und großzügig, bevor es zu spät ist. Du glaubst, du bist clever, weil du dir diese paar Morgen unter den Nagel gerissen hast. Das sind doch alles kleine Fische. Was sind in diesem Land schon zwanzig oder dreißig Quadratmeilen? Wie viele Rinder hast du da unten?«
»Ich weiß nicht. Rund tausend, würde ich sagen.«
»Kinderkram«, sagte Willoughby. »Hast du schon mal einen Blick auf eine Karte von dieser Küste geworfen? Und ein Lineal genommen und gemessen, wie lang sie vom Pazifik bis zum Indischen Ozean ist? Hier könnte man Ranches mit einer halben Million Rinder haben, und dann wäre immer noch genug Platz übrig.«
»Haben Sie so etwas vor?« fragte Pace.
»Da kannst du Gift drauf nehmen, verdammt noch mal.«
Pace sah ihn mit düsterer Miene an. »Dazu braucht man Geld.«
Willoughby funkelte ihn an. Seine weißen Augenbrauen und sein

Schnurrbart bebten. »Das ist mal wieder typisch. Du gibst schon auf, bevor du angefangen hast. Beschaff dir das Geld! Wenn du keine Freunde hast, die dir unter die Arme greifen, geh zu den Händlern in Goulburn. Das sind die Leute, die Männer mit Unternehmungsgeist finanzieren. Wenn ich an der Regierung wäre, würde ich keine Fahrtkosten für verwahrloste kleine Einwanderer zahlen, sondern ich würde die Geldleute in Europa aufstöbern, Männer mit Weitblick, die wissen, daß die Enkel der Leute hier irgendwann mal in derselben Liga spielen werden wie sie selbst.«
»Wo sind Sie zu Hause?« fragte Pace fasziniert.
»Auf dem Rücken meines Pferdes. Ich kann einen Schuldschein auf einem Stück braunem Papier ausstellen, und keine Bank in dieser Kolonie würde ihn ablehnen. Da, wo ich herkomme, habe ich gesehen, was man alles machen kann. Ihr seid ja alle Grünschnäbel.« Er sah Pace an und lachte. »Ist nicht so schlimm, wie es sich anhört. Ich habe eine Frau und zwei Töchter, die haben ein schönes Haus in Sydney. Zu Weihnachten besuche ich sie immer. Sie freuen sich, wenn ich komme – und wenn ich wieder verschwinde.«
Bei den Gesprächen mit ihm verspürte Pace eine Woge der Erregung. Träume und große Pläne tauchten auf, und Willoughby versicherte ihm, daß sie in greifbarer Nähe waren. »Wenn du bei Rindern bleiben willst, Junge, mußt du weg aus dem Süden und darfst das Brisbane Valley nur als Bereitstellungsraum benutzen. Die großen Ranches werden weit im Norden sein. Ich würde alles darum geben, zu erfahren, wie das Land da oben aussieht. Garantiert nicht viel anders als Rinderland in den Staaten oder sogar in Argentinien.«
»Das ist ja wirklich interessant«, sagte Pace. »Mein Partner, Mister Rivadavia, ist Argentinier.«
»Den kenne ich!« rief Willoughby. »Der weiß alles über Rinder, aber er ist vorsichtig. Er überlegt sich's zweimal oder dreimal, bevor er was in Angriff nimmt. Manchmal muß man aber einfach was riskieren.«
Pace trennte sich in der Nähe von Armidale Station von ihnen und

machte sich gemächlich auf den Weg zum Hunter Valley. Er sagte sich, daß es wichtig war, so bald wie möglich mit Rivadavia zu reden, aber er wußte, daß er nur seine Rückkehr nach Kooramin und zu Dolour hinausschob. Er sehnte sich danach, sie wiederzusehen, aber er war immer noch verletzt und zornig.

Rivadavia ritt ihm entgegen, um ihn zu empfangen. »Schön, daß Sie wieder da sind! War Ihre Reise erfolgreich? Haben Sie das Land gekauft?«
Pace beugte sich hinüber, um ihm die Hand zu geben. »Die Antworten sind ja und ja«, lachte er. »Diesen Kauf werden wir nie bereuen.«
»Das sind gute Neuigkeiten. Kommen Sie, reiten wir zum Haus zurück. Sie müssen über Nacht bleiben. Wie steht's auf Ihrer Farm?«
»Ich war noch nicht zu Hause.«
Juan sah ihn neugierig an, sagte jedoch nichts dazu.
»Ich habe eine vollständige Beschreibung des Landes«, fuhr Pace fort. »Die nehme ich mit nach Newcastle und überlasse es Batterson, es zu registrieren, wenn es soweit ist. Zumindest haben wir jetzt Unterlagen darüber.«
»Was ist mit dem Geld?«
»O'Meara will, daß es auf ein Bankkonto in Brisbane eingezahlt wird, das auf den Namen von McArdle Timbers läuft.«
»Warum?«
»Weil sie Gesetzlose sind«, lachte Pace und freute sich über den erschrockenen Ausdruck auf Juans Gesicht. »Aber nehmen Sie's nicht zu schwer. Er war ein politischer Gefangener, der aus Irland verbannt wurde, und hatte keine große Lust, sich auf Mudies Farm zum Sklaven machen zu lassen. Deshalb ist er in den Busch abgehauen.«
Juan lächelte. »Was ist mit seinen Rindern? Lohnt es sich, sie zu kaufen?«
»Die sind in gutem Zustand, glauben Sie mir. Mir wurde ganz

warm ums Herz. Aber es sind ein paar mit recht merkwürdigen Brandzeichen dabei.«
»Sie wollen mir doch nicht erzählen, daß Ihre Freunde Viehdiebe sind?«
»So könnte man's nennen. Sie selbst sagen dazu, daß sie sich eben durchschlagen, so gut es geht. Aber ich würde eigentlich lieber auf ihre Rinder verzichten.«
»Das scheint mir das Klügste zu sein.« Juan sah ihn wieder an, als wüßte er nicht recht, ob er sprechen sollte. »Haben Sie überhaupt schon etwas von Kooramin gehört? Von Ihrer Frau?«
Pace hatte ein ungutes Vorgefühl. »Nein.«
»Wir hatten einen trockenen Winter. Es hat kaum geregnet. Draußen auf der Ebene ist es sehr trocken. Es gibt nur wenig Futter.«
»Das habe ich bemerkt. Ist das alles?«
Juan seufzte. »Sie waren den ganzen Winter weg, Pace, und Sie sind durch das halbe Land geritten. Jetzt bin ich an der Reihe. Ich reite nach Newcastle und regle alles. Sie können mir mein Geld geben, wenn Sie soweit sind. Das ist das mindeste, was ich tun kann, damit Sie jetzt heimreiten können.«
»Was ist da draußen los?«
Juan schien den Weg zu mustern, der sich um die Eukalyptusbäume herum zur Rückseite seines Hauses schlängelte. »Ihr Vormann ist ums Leben gekommen«, sagte er leise.
»Wer? Jim Connelly?«
»Ja.«
»Lieber Gott. Wie ist das passiert?«
»Soweit ich gehört habe, ist er oben auf der Böschung am Fluß entlanggeritten. Die Böschung muß durch die Erosion ausgehöhlt worden sein. Sie ist eingestürzt, und sein Pferd fiel auf ihn drauf. Er wurde schwer verletzt und starb ein paar Tage später.«
»Wann war das?«
»Nur ein paar Wochen nach Ihrer Abreise. Fred Forrest kam vorbei. Er hat es mir erzählt.«
»Wer leitet die Farm?«

Juan machte ein überraschtes Gesicht. »Natürlich. Das können Sie ja nicht wissen – Ihre Frau.«

Als er durch den Paß aus dem Hunter Valley ritt, hingen die hohen Eukalyptusbäume mit trockenen Blättern schlaff über ihm. Seine Rückkehr nach Hause hätte ein Triumphzug sein können. Der Erwerb des prächtigen Weidelandes im Norden war wie ein Goldklumpen im Schrank, aber jetzt war Connelly tot. Wie Brosnan hatte er nie eine Chance gehabt. Er war aus seiner Heimat verstoßen worden, um in einem fremden Land zu sterben, ohne daß seine Familie und seine Freunde um ihn trauern konnten.
Und Dolour. Beim Gedanken an sie verdüsterte sich seine Stimmung. Er würde ihr bald gegenübertreten müssen.
Alles beunruhigte ihn, das trockene Land, selbst die Schwarzen. Er hatte das Massaker auf Duncans Farm noch nicht vergessen. Es war kaum anzunehmen, daß die wilden Schwarzen so weit nach Süden kommen würden, aber er würde trotzdem dafür sorgen müssen, daß die Frauen und Kinder auf der Farm tagsüber beschützt wurden, während die Männer draußen auf dem Land waren. O'Meara hatte ihn davon überzeugt, daß es falsch von ihm gewesen war, nicht wenigstens ein paar Sträflinge bei sich aufzunehmen. Er konnte sich welche zuweisen lassen, sie gut behandeln und sie bezahlen. Genau dasselbe hatte ihm auch Connelly klarzumachen versucht.
O'Meara war nicht so rücksichtsvoll gewesen. »Das ist nur deine verfluchte Sturheit. Mit frommen Gedanken hat das nichts zu tun«, hatte er gesagt. Also beschloß Pace, sich einen Schmied und einen Mann für die fälligen Reparaturen im Haus zu besorgen und beide zu bewaffnen.
»Ist schon eine merkwürdige Welt«, hatte einer der Gesetzlosen zu ihm gesagt. »Ich bin wegen Wilderei deportiert und hierhergebracht worden, wo es rechtmäßig ist, auf dem Land der Schwarzen zu wildern. Und wenn denen das nicht paßt, dann kriegen die eins aufs Dach.«

Einer der Gesetzlosen hatte die Namen von ein paar Stämmen im Norden gekannt. »Unsere Schwarzen heißen Kamilaroi«, hatte Pace gesagt. »Aber die sind friedlich. Mit denen haben wir keine Probleme.«
»Schön für euch«, hatte ihn der Gesetzlose angefaucht, und Pace merkte, daß seine Worte herablassend geklungen hatten. Die Buschklepper waren ein streitsüchtiger Haufen und keineswegs davon erbaut, daß ein Siedler mitten in ihr Lager geritten war, aber es war O'Mearas Lager, und O'Meara war ein Mann, dem die Macht zur zweiten Natur geworden war, und er wurde von Scarpy unterstützt, seinem loyalen Mitarbeiter und Bewunderer. Ein Freund von O'Meara (oder Minogue, wie er hier genannt wurde) mußte akzeptiert werden – wenn auch nur widerwillig, dachte Pace. Mit der Zeit begann er das freie, lockere Leben ebenfalls zu genießen. Er hatte keine anderen Verpflichtungen, als die Grenzen zu markieren, und er bekam Hilfe von vielen Freiwilligen, die sonst nichts zu tun hatten. O'Meara hatte einen Schießwettbewerb angesetzt und trat mit Pace gegen die besten Schützen im Lager an, und natürlich gewann er sämtliche Wetten, während er seinen Kumpanen gleichzeitig demonstrierte, daß sein Freund mit Respekt behandelt werden sollte.
»Was werden die Jungs dazu sagen, daß du hier oben verkaufst?« fragte Pace.
»Du hörst nicht zu, MacNamara«, sagte Dinny. »Das hier sind nicht die Burschen, die ursprünglich mit Scarpy und mir hergekommen sind. Dies ist nur eine zeitweilige Zuflucht; die Leute bleiben eine Weile hier, dann hauen sie wieder ab. Sie holen mir Rinder und ziehen weiter. Ich sorge dafür, daß die richtig schlimmen Typen schneller wieder gehen als die anderen, aber die Welt rückt ihnen immer näher auf den Pelz.«
Pace kam an der Abzweigung nach Carlton Park vorbei. Er war neugierig, wie die Forrests mit Heselwood fertig geworden waren – schon wieder dieser Name! –, und hätte gern gewußt, ob Dermott sich erholt hatte, aber er konnte sich jetzt nicht mit fremden Problemen herumschlagen. Er hatte selbst genug. Der einzige

Lichtblick in seinem Leben waren seine beiden Söhne, John und Paul. Er freute sich auf das Wiedersehen mit ihnen.

Seit Monaten hatte er nun über Dolours Beichte nachgegrübelt. Was hatte er für eine Wahl? Er würde vergessen müssen, was sie ihm erzählt hatte, oder die Ehe war beendet.

»Vergib ihr«, sagte eine Stimme in seinem Kopf. »Vergib jenen, die wider uns sündigen.« Er reagierte ungeduldig, riß an den Zügeln und sprach mit seinem Pferd, das sich an diese Unterhaltungen gewöhnt hatte.

»Vergeben?« fragte er und wunderte sich, woher dieser Gedanke gekommen war. »Da ist nichts zu vergeben. Ich bin nicht Gott. Ich bin auch nicht der Gemeindepriester.« Dolour hatte ein elendes Leben gehabt, und er hatte gehofft, sie dafür entschädigen zu können. Alles, was Dolour zugestoßen war, gehörte zum traurigen Schicksal Irlands. Sie war am Abend vor ihrer Hochzeit zum Priester gegangen, um ihre Beichte abzulegen, und hatte am nächsten Morgen ihre Kommunion empfangen, aber sie hatte ihm keine Fragen gestellt, weil er sich ihr nicht anschloß.

Der alte Tyrann von einem irischen Priester in Newcastle hatte ihn wütend angefunkelt, als er sich bei der Kommunion abwandte, aber er hatte sie trotzdem getraut.

»Er hat schon gefrühstückt, Vater«, hatte Dolour zu seiner Verteidigung vorgebracht, und Pace mußte jetzt lachen, als er an ihren flinken Verstand dachte. Er wünschte, sie könnten die Dinge zwischen sich zurechtrücken, damit wieder alles so war wie zuvor. Er wünschte sich auch, er könnte mit der Kirche ins reine kommen, so wie damals, als er noch ein Kind gewesen war, aber das Leben war nicht so einfach. »Als ich ein Kind war, dachte ich wie ein Kind«, zitierte er. »Jetzt, wo ich ein Mann bin – also, das ist was anderes!« Es war ihm nicht möglich gewesen, mit ihr zur Kommunion zu gehen, wie es ein Ehemann am Anfang einer guten Ehe tun sollte. Pace MacNamara, der Scharfschütze, der Killer, war exkommuniziert worden.

Pace hatte mit O'Meara darüber gesprochen, dem einzigen Men-

schen, den er kannte, der über die Regeln Bescheid wußte, und O'Meara hatte gelacht. »Und du hast es trotzdem fertiggebracht, dich kirchlich trauen zu lassen? Dieser alte Priester, von dem du mir erzählt hast, hätte einen Tobsuchtsanfall bekommen, wenn er das gewußt hätte. Und zu Dolour, deiner hübschen Frau, solltest du lieber nett sein. Du willst doch nicht, daß sie erfährt, daß ihr in den Augen der Kirche gar nicht verheiratet seid.«
»Wovon redest du, Mann? Natürlich bin ich verheiratet.«
»Da wäre ich mir nicht so sicher, mein Junge«, brüllte O'Meara vor Lachen über seine Bestürzung. »Du kannst keine Sakramente empfangen, wenn du nicht im Stand der Gnade bist, weißt du, und so wie's bei dir aussieht, würdest du den Papst brauchen, damit er dir die Tür wieder aufmacht. Und die Ehe ist ein Sakrament, vergiß das nicht.«
Es machte Pace immer noch wütend, daß O'Meara das Ganze als grandiosen Witz betrachtet hatte. »Natürlich bin ich verheiratet«, wiederholte er, während das Pferd weitertrottete; es war jetzt müde, genau wie er. Es würde schön sein, nach Hause zu kommen.

Das Haus lag still und schläfrig in der Nachmittagssonne, und er erschauerte, als er an die Tragödie auf Duncans Farm in den Darling Downs zurückdachte. Er nahm sich erneut vor, dafür zu sorgen, daß der Haushalt tagsüber beschützt wurde.
Ein Stallknecht kam aus einem Schuppen geschlendert, ohne den Reiter zu beachten, bis er erkannte, um wen es sich handelte. »Ay! Guten Tag, Mister MacNamara! Ich dachte, Sie wären einer von den Jungs. Wieder daheim, hm?«
»Ja, ich bin wieder daheim«, sagte Pace grimmig. Die Verwundbarkeit der Farm beunruhigte ihn immer noch.
Ein junges Mädchen steckte den Kopf aus der Molkerei und starrte ihn an. »Wer ist das?« fragte er.
»Das ist Sheila, ein Dienstmädchen, das die Missus hergeholt hat, um im Haus zu helfen. Die schwarzen Mädchen geben sich ja Mühe, aber sie taugen nicht viel, wissen Sie.«

Pace nickte. Vernünftig von Dolour; sie arbeitete immer zu hart. Er stieg ab und gab dem Stallknecht sein Pferd. »Du bist Claudie, stimmt's?« sagte er. »Mit diesem Bart hab ich dich gar nicht erkannt.«
Claudie grinste und befingerte seinen gekräuselten, rötlichen Bart. »Die haben gewettet, daß ich mir keinen wachsen lassen kann.« Dann brach er ab. »Haben Sie schon gehört, daß Jim Connelly tot ist, Boß?«
»Hab ich, Claudie. Gott hab ihn selig.«
Er ging um die verlassenen Nebengebäude herum zum Haus, wo die schwarzen Mädchen grinsend auf der Hintertreppe saßen. Hinter ihnen schliefen die beiden Jungen, John und Paul, Kopf an Fuß in einem Bett unter einem dicken Moskitonetz. Er schaute zu ihnen hinein, lächelte die Mädchen an, legte den Finger auf die Lippen und ging ins Haus, aber es war niemand da. Enttäuscht kam er wieder auf die Veranda. »Wo ist meine Frau?«
Die beiden Mädchen kicherten. »Missus ist weg zum Arbeiten, Boß.«
Da er nichts anderes zu tun hatte, wanderte er im Haus herum. Er bemerkte, daß Dolour es behaglich eingerichtet hatte. Nach irischen Maßstäben war es ein großes Haus, mit einem breiten, offenen Durchgang.
Er hörte Reiter von den südlichen Weiden heraufkommen und schlenderte hinaus, um sie zu begrüßen.
Dolour war bei ihnen. Sie ritt im Herrensitz. Die Männer grinsten und beugten sich herunter, um dem heimgekehrten Boß die Hand zu geben, ritten jedoch taktvoll weiter, als Pace seine Frau anstarrte, die eine Hose trug. »Was in Gottes Namen machst du in diesem Aufzug?« war das erste, was er zu ihr sagte. Sie schob den Hut auf ihrem Kopf nach hinten und schwang sich von ihrem Pferd, ohne die Frage zu beachten. »Bist du also doch nach Hause gekommen, du Mistkerl!«
»Noch einmal diesen Ton mir gegenüber, Frau, und ich reite wieder weg.«

»Und was hält dich auf?«
Er machte auf dem Absatz kehrt, marschierte ins Haus zurück und setzte sich an den weißgeschrubbten Küchentisch, um auf sie zu warten, aber sie ließ sich Zeit.
Als sie schließlich doch zur Tür hereinkam, war es, als ob ein Wirbelsturm hereinfegte. Sie knallte die Tür zu und drehte sich zu ihm um. »Was hast du zu deiner Verteidigung zu sagen, MacNamara? Du kommst nach all diesen Monaten hier hereinspaziert, als ob du erst gestern weggegangen wärst, und dabei hast du nie auch nur ein Wort von dir hören lassen.«
»Ich sollte dich wohl eher fragen, was du zu sagen hast«, knurrte er. Die Dinge entwickelten sich nicht so, wie er es sich vorgestellt hatte. Obwohl er ihr Aussehen mißbilligte, war es schwer, den Blick von ihr zu wenden. Das Hemd mit dem offenen Kragen und die Latzhose machten sie jünger und begehrenswerter.
»Wozu?« fragte sie trotzig. »Wie es deinen Söhnen geht? Was mit Jim Connelly passiert ist? Wie wir hier zurechtgekommen sind?«
»Du weißt, das habe ich nicht gemeint.«
»Oh. Ich verstehe. Ich muß immer noch Buße tun, ja? Also ich sag dir, was ich dazu zu sagen habe. Die Zwillinge ziehen in mein Zimmer um, und du kannst in ihrem Zimmer schlafen. In meinem Bett schläfst du nicht. Als wir uns zum letztenmal gesehen haben, hast du mich angeschaut, als ob ich eine Dirne wäre. Ich bin aber keine. Ich bin verflucht noch mal die Herrin dieses Hauses, vergiß das nicht.«
»Deine Sprache hat Fortschritte gemacht, seit ich dich zum letztenmal gesehen habe«, sagte er leise.
»Was erwartest du denn? Ich mußte die Farm führen und die Männer zum Arbeiten bringen«, schrie sie.
»Wir haben jetzt noch eine Farm im Norden«, sagte er in der Hoffnung, sie zu beruhigen.
»Du hast noch eine Farm im Norden. Ich will nichts davon wissen. Ich habe hier genug zu tun. Kooramin ist mein Zuhause.«

Die Schwarzenkriege
II

38. Kapitel

Lord Forster hatte seiner Enkelin, der Ehrenwerten Delia Francombe, versprochen, daß er sie zu einem Besuch bei seinen Freunden in Argentinien mitnehmen würde, wenn sie achtzehn sei, aber sie waren zu einem ungünstigen Zeitpunkt gekommen. Jorge Luis Rivadavia war krank, und obwohl seine Frau Esther Maria liebenswürdig und gastfreundlich war, wurde sie von der Sorge um ihren Mann und von den politischen Unruhen in der Pampa abgelenkt. Banditen und Viehdiebe suchten ihre Herden heim und beunruhigten die Dorfbewohner.
Forster wurde gewarnt, daß es nicht mehr sicher für ihn sei, von der Hazienda wegzureiten, nicht einmal mit einer Eskorte, weil er Gefahr lief, entführt zu werden. Er beschloß, ihren Besuch abzukürzen und mit Delia und ihrem Mädchen, Miss Lee, nach Buenos Aires zurückzukehren. Dann faßte er den Plan, ihre Reise auszudehnen und New South Wales mit einzubeziehen, um danach über Kapstadt nach England zurückzufahren. Die Rivadavias waren traurig, als sie abreisten, freuten sich jedoch, daß Forster und seine Enkelin nach Sydney fahren wollten, und bestanden darauf, daß sie ihrem Sohn Juan einen Besuch abstatteten.
»Er hat jetzt mehrere Landgüter in New South Wales«, sagte Jorge.
»Freut mich, daß es ihm so gut geht«, erwiderte Förster. »Es kommt mir vor, als wäre es gar nicht so lange her, daß wir über den Plan für seine Abreise sprachen.«
»Und über die Malvinen«, fügte Jorge sarkastisch hinzu. Forster lächelte ein wenig peinlich berührt. Die Briten hatten die Malvinen annektiert und bezeichneten sie jetzt als die Falkland-Inseln.

»Aber darum werden wir uns ein andermal kümmern«, fuhr Jorge fort. »Wir haben genug Probleme mit Rosas, der jetzt ein Diktator ist und Argentinien ins finstere Mittelalter zurückführt. Juan ist gerade noch rechtzeitig entkommen. Viele seiner Freunde haben es nicht mehr geschafft. Andere mußten nach Chile flüchten.«
»Was meinen Sie, wie lange sich dieses Regime halten wird, Jorge?«
»Noch Jahre. Das Volk will nicht glauben, daß Rosas bei den politischen Morden die Hand im Spiel hatte. Es weiß nichts von der Korruption, und wenn es davon Kenntnis erhält, wird er zu mächtig sein. Wir können nur im Hintergrund bleiben und abwarten. Aber ich möchte Miss Francombe nicht mit unseren Problemen behelligen. Juan hat sein Exil in einen Triumph verwandelt, und das freut uns.«
»Sie müssen wirklich sehr stolz auf ihn sein«, sagte Forster. »Ich glaube, New South Wales ist heutzutage viel zivilisierter. Wir freuen uns schon auf unseren Besuch dort.«
»Was macht Ihr Sohn dort, Mister Rivadavia?« fragte Delia.
»Er hat breitgefächerte Interessen, darunter auch Schaf- und Rinderfarmen.«
»Wie aufregend«, rief Delia. »Er muß ein sehr kluger Mann sein.«
»Ja. Und er sieht auch gut aus«, lachte Forster und zwinkerte Delia zu.
»Großvater! Also wirklich!« tadelte ihn Delia, aber ihre Augen funkelten interessiert.
Jorge schrieb seinem Sohn, legte den Brief jedoch nicht zu den Geschenken, die er Lord Forster für Juan mitgab, sondern sorgte dafür, daß er vom Kapitän des Schiffes nach New South Wales mitgenommen wurde.

Mein lieber Sohn,
Deine Mutter und ich schicken Dir unsere Segenswünsche und wie immer unsere große Liebe. Wir sind stolz, daß Du in New South Wales ein erfolgreiches und befriedigendes Leben führst und das

hohe Niveau Deiner geliebten Familie beibehalten hast, und wir sind überglücklich, daß so häufig Post von Dir kommt, wenn man die Unwägbarkeiten der Beförderung bedenkt. Ich kann Dir gar nicht sagen, was für ein Trost das für Deine Mutter ist. Aber ich weiß nicht, wie lange wir noch imstande sein werden, mit Dir zu korrespondieren. Rosas kapselt das Land unter dem Deckmantel der Förderung des Nationalbewußtseins nach außen hin ab. Er hat eine übertriebene Abneigung gegen Außenstehende und gegen den Kontakt mit Ausländern entwickelt. Von unseren Freunden in Chile hören wir nichts mehr; die Post wird nicht zensiert, sondern verbrannt, wie man uns sagt.

Wir schicken unserer Enkelin Rosa unsere tiefe Liebe und freuen uns, daß Du Deine Verantwortung ernst nimmst und sie mit der Liebe wahrnimmst, die Du ihr offensichtlich entgegenbringst, aber wir meinen, es wäre an der Zeit, daß Du heiratest. Zweifellos hast Du das bereits selbst erwogen, und Deine Mutter hat den Eindruck, daß Dir keine geeignete Frau vorgestellt worden sein könnte. Wir haben eine junge Dame kennengelernt, die Ehrenwerte Delia Francombe, welche die Enkelin von Lord Forster ist. Sie sind unterwegs nach Sydney und werden Dich besuchen. Deine Mutter sagt, ich soll Dir mitteilen, daß die junge Dame sehr hübsch ist und eine ideale Lebensgefährtin abgeben würde. Was mich betrifft, so lautet mein väterlicher Rat, Dir eine Verlobung zu empfehlen; falls Du die junge Dame für geeignet hältst, solltest Du jedoch behutsam vorgehen, da es keinen Vertreter der Familie gibt, der im voraus für Dich in Erfahrung bringen könnte, ob Deine Gefühle entsprechend erwidert werden, um Deinen guten Namen vor einer Zurückweisung zu bewahren. Du mußt immer daran denken, daß den Briten eine Verbindung mit einem Argentinier in manchen Fällen nicht akzeptabel erscheinen könnte, so verletzend diese Aussage auch sein mag. Aber wir haben ja ähnliche Vorurteile.

Wir hoffen, daß Du die von uns ausgesuchte Frau für Dich in Erwägung ziehen und zu Gott beten wirst, damit er Dir den richtigen Weg zeigt. Ich werde voller Interesse beobachten, ob mein Sohn diese Heirat arrangieren kann, die unserer Überzeugung nach eine Verbesserung für sein Leben und seine Reputation darstellen wird. Deine Mutter schreibt Dir gerade die Neuigkeiten über Deine Brüder und Deine Familie, damit ich ihre Zeilen diesem Brief beilege. Wir beten für Dich zu Maria, und unsere Liebe überwindet die Weite der Ozeane. Gott sei mit Dir.

Jorge Luis Rivadavia

Nach ihrer Ankunft in Sydney blieben Forster und die Ehrenwerte Delia ein paar Wochen im Gouverneursgebäude. Sydney war eine willkommene Überraschung. Forster fand die Stadt bezaubernd und den spektakulären Hafen idyllisch. Das Klima sagte ihm zu, und die Gastfreundschaft war schier grenzenlos. Delia wurde in den Strudel des gesellschaftlichen Lebens hineingezogen; die jungen Burschen der Stadt standen Schlange, um sie zu Soirees und Bällen zu begleiten, die ihr zu Ehren stattfanden.
Als er die Partys satt hatte, überließ Forster es Delia, sie zu besuchen, und zog es vor, abends ruhig mit Gouverneur Gipps zusammenzusitzen und schwierige Staatsangelegenheiten mit ihm zu erörtern. Forster stellte fest, daß er ein gerechter und ehrlicher Mann war, der die Finanzen der Kolonie fest im Griff behielt. In London war man sehr zufrieden damit, wie Gipps die Dinge in New South Wales regelte, und die Beschwerdebriefe über seine Regentschaft, unter denen alle Gouverneure zu leiden hatten, da die Kolonisten eifrige Briefschreiber waren, setzten im Kolonialministerium in Westminster Staub an.
»Ich arbeite gerade an neuen Gesetzen«, erzählte ihm Gipps eines Abends. »Die Sache kann mich den Kopf kosten, deshalb muß ich es richtig machen. Ich weiß, daß Sie in Westminster hochangesehen sind, und ich könnte Ihren Rat brauchen, wenn Sie soviel Zeit für mich hätten.«
»Mein lieber Gipps, ich stehe zu Ihrer Verfügung.«
»Mein Problem ist folgendes. Wir brauchen Gesetze, um die Aborigines zu schützen.«

»Warum?«
»Weil sie von den Weißen überrannt und umgebracht werden.«
»Ich hätte eher gedacht, daß es hier draußen Auge um Auge, Zahn um Zahn geht.«
Gipps setzte sich an seinen Schreibtisch. »Dieser Meinung war ich auch, bis ich hierherkam. Es stimmt aber nicht. Obwohl es in Sydney so scheinen mag, als ob wir keine Probleme mit den Schwarzen hätten, ist es doch der Fall. Nicht in großem Umfang; es gibt hier keine Schlachten wie in Indien, aber wir müssen uns trotzdem der Tatsache stellen, daß wir ihr Land kolonisiert haben und daß sehr viele von ihnen unnötigerweise umgebracht worden sind.«
»Bei Kämpfen?«
»Nicht in großem Maßstab, auch nicht in organisierter Form; aber bei zufälligen Schießereien, ja, und durch Krankheiten. Ich habe wirklich keine Ahnung, in welchem Ausmaß, aber sie verschwinden mit alarmierender Geschwindigkeit aus dem zivilisierten Sektor. Ich kenne hier Elemente, die sich einen Sport daraus machen, die Schwarzen abzuknallen. Und das tun sie, weil sie davon überzeugt sind, daß sie über dem Gesetz stehen.«
»Ich glaube, es geht noch tiefer. Diese Burschen halten es nicht einmal für ein Verbrechen. Das ist überall auf der Welt ein Problem.«
»Dann werde ich nicht zulassen, daß diese Ignoranz als Verteidigung benutzt wird. Ich möchte ganz klar machen, daß jeder, der einen Schwarzen tötet, die vollen rechtlichen Konsequenzen tragen muß.«
»Wozu brauchen Sie dann neue Gesetze? Sie haben doch bereits welche, die Mord unter Strafe stellen, ohne nähere Angaben zu Hautfarbe und Glauben zu machen.«
»Weil eine weiße Jury keinen Weißen verurteilen wird. Ich muß meine Vollmachten ausbauen, damit ich eine Jury zwingen kann, sich integer zu verhalten.«
»Da wäre ich vorsichtig. Sie können einem Gericht keine Anweisungen erteilen.«
»Es muß etwas geben, was ich tun kann.«

Kana war immer furchtsam. Sie schreckte schon beim Anblick ihres Schattens zusammen. Als der weiße Mann zur Wasserstelle bei den großen Akazien geritten kam, lief sie weg und versteckte sich, aber die anderen lachten sie aus. Weiße kamen oft dorthin, um Wasser zu trinken und damit sich die riesigen Pferdetiere abkühlen konnten, oder um an ihren Feuern zu sitzen und mit Frauen Liebe zu machen, und es war stets ein aufregendes Ereignis, eine Abwechslung. Die Warrigal-Leute aus den Bergen waren fasziniert; einige ihrer Freunde konnten sogar mit den Weißen reden, obwohl sie sich von den riesigen Tieren fernhielten, auf denen sie saßen.
Moorego seufzte und ging mit den Älteren, um diese Weißen zu begrüßen, erstaunt über die Art, wie sie angaloppiert kamen, ohne auf eine Einladung zu warten. Bei den Bergvölkern war so etwas undenkbar; ein paar Speerwürfe hätten ihnen auf der Stelle Manieren beigebracht. Aber hier unten, sagten die Sippen der Schwarzen, sei das anders. Sie sagten, nur böse Schwarze bekämen Ärger mit den Weißen.
Moorego hatte fortgehen wollen, ebenso wie Dimining, weil man hier nicht mehr viel jagen konnte. Man erklärte ihnen, daß die Weißen es als kriegerisch auffaßten und Angst bekamen, wenn sie mit Speeren hinausgingen, und daß sie versuchen würden, sie zu erschießen. Es war besser, hierzubleiben und die leckeren Speisen des weißen Mannes zu essen, und es beunruhigte Moorego, daß einige seiner Leute möglicherweise nicht mehr heimgehen wollten.
Die Alten lächelten die Weißen an, die auf sie zugeritten kamen, und Moorego stand steif und höflich da, ohne zu lächeln, aber dann leuchtete Silber wie Blitzschläge aus heiterem Himmel auf, die Pferde ritten direkt über sie hinweg, und Schüsse krachten.
Kana sah das Blut aus Mooregos Hals spritzen, und ihr Mann kam auf sie zugerannt, aber dann klaffte ein blutiges Loch in seiner Brust, als sein Körper wie von einem gewaltigen Windstoß erfaßt nach hinten geschleudert wurde. Kamarra kam ihm schreiend zu Hilfe, alle rannten weg, und ein Säbelhieb warf Kamarra zu Boden. Kana sprang aus dem Gebüsch und lief los, um die Kinder zu

packen, aber die Männer waren von ihren Pferden gesprungen; sie traten, hieben und stachen im Blutrausch auf die Alten, die Kinder und alles ein, was ihnen in den Weg kam. Ein riesiger Mann packte sie am Arm und schleifte sie mit, rief irgendetwas über die »Gins« und reichte sie an ein grinsendes, bärtiges Gesicht weiter, und überall um sie herum wurden Warrigal-Leute niedergemetzelt, selbst die kleinen Kinder, und ins Feuer geworfen, und Weiße durchstöberten den Busch nach denjenigen, die geflohen waren. Sie riß sich los und rannte in die andere Richtung zum Fluß hinunter, flog zwischen den Bäumen hindurch, die ihr in ihrer Magie Platz machten; kein einziger stand ihr im Weg, als die häßlichen, lauten Stimmen der hinter ihr herstolpernden Weißen erklangen, und dann sprang sie vom hohen Ufer aus in den barmherzig tiefen Fluß.

Weit weg in den Bergen war Dimining immer noch auf der Jagd. Das war sein Leben. Dies war immer noch Kamilaroi-Land, ganz gleich, was die weißen Bosse sagten. Auf dem Rückweg zum Lager war er nervös, und als er näher kam, roch er Furcht im Wind.

Da im Lager alles still war, kroch er im Dunkeln näher heran und meldete sich mit lauter Stimme, aber die einzige Antwort war Schweigen, und nun roch es nach Blut. Feuer schwelten noch, als er auf das Blutbad stieß. Man hatte die Leichen seiner Freunde aufgehäuft, um sie zu verbrennen, und Erde über sie geschaufelt. Seine Frau und sein Kind waren tot, Moorego ebenfalls. Es war zu schrecklich, als das er weitersuchen konnte. Er stieß das hohe Dingogeheul aus, und die Tiere selbst antworteten auf seinen Schmerz. Dann entfernte er sich von dem schrecklichen Ort, wusch sich im Fluß und setzte sich hin, um sich mit weißer Trauerfarbe zu bemalen. Er schnitt sich die Arme und die Brust auf, mischte das Blut mit der Farbe und schmierte es sich ins Gesicht, dann erhob er sich mit seinem Speer und seinem Bumerang und schaute zu den Bergen hinüber. Völlig gefaßt und bewaffnet marschierte er dahin, die Morgensonne im Rücken.

In der Ferne sah er sein erstes Opfer, einen Mann, der gerade Schafe

zusammentrieb. Er ging schnurstracks weiter, und als ihm die Entfernung richtig zu sein schien, nahm der Kamilaroi-Krieger seinen Bumerang und warf ihn mit aller Kraft. Die Waffe zischte durch die Luft, und das harte Schwarzholz brach dem Farmarbeiter das Genick. Das Pferd wieherte, bäumte sich auf und ging durch, wobei es die Leiche hinter sich herschleifte. Es galoppierte zum Farmhaus, und die Schafe liefen in alle Richtungen auseinander.
Als das Pferd mit seiner blutigen Fracht auf Chelmsford Station ankam, befahl Juan Rivadavia all seinen Männern, in Deckung zu gehen, und das Haus wurde zu einer Festung. Sie hatten die Schwarzen auf der Station, die mysteriöserweise verschwunden waren, über Morde tuscheln hören, und Juan rechnete mit einem Aufstand der Eingeborenen. Er glaubte, daß die Schwarzen das Recht hatten zurückzuschlagen – Auge um Auge, Zahn um Zahn –, aber über die Koppel kam ein einsamer Schwarzer, anscheinend in voller Kriegsbemalung. Juan fragte sich, ob er die Vorhut ihres Angriffs war, und beschloß, am besten einmal mit diesem Schwarzen zu reden, um herauszufinden, was geschehen war.
»Paß auf das Kind auf«, sagte er zu Dora. »Ich gehe hinaus und rede mit ihm. Wir wollen kein weiteres Blutvergießen.«
»Tun Sie das nicht, Boß«, warnte ihn Andy. »Dieser Kerl sieht nicht so aus, als ob er Lust auf ein Plauderstündchen hätte.«
»Ich gehe unbewaffnet hinaus. Das wird er sehen, und er wird auch sehen, daß eure Waffen auf ihn gerichtet sind, so daß es möglich sein sollte, miteinander zu reden. Ich muß es tun, sonst wird hier weiß Gott was passieren.«
Dimining marschierte immer noch direkt auf das Haus zu. Er sah den weißen Boß herauskommen und erkannte ihn; er war ein friedliebender Mann. Er war oft auf dieser Farm gewesen, aber die Dinge hatten sich geändert. Er war jetzt wieder ein echter Schwarzer, und er würde nach den Gesetzen der Schwarzen leben. Er sah den Boß herauskommen, die Arme weit ausgebreitet, ohne Waffen, wie es sein sollte, auf die korrekte Weise, die Einladung, es ihnen heimzuzahlen. Mit einer blitzschnellen Bewegung schoß Diminings

Speer nach vorn und grub sich in Rivadavias Oberschenkel, aber noch bevor er traf, fand Dimining im Kugelhagel den Tod.

»Sie haben zwölf von ihnen getötet«, sagte Gouverneur Gipps. »Eine schreckliche Sache. Die Bastarde müssen Amok gelaufen sein, wie es sich anhört. Ihr Freund, dieser Rivadavia, hat das Massaker gemeldet, aber es wurde nichts unternommen. Ich habe eine Untersuchung angeordnet, aber die Spur ist längst kalt. Niemand wird reden. Das erste, was ich tun werde, ist, den Polizeirichter abzusetzen. Damit fange ich an, so daß die Polizisten wissen, daß sie ihren Job zu tun haben, wenn so etwas noch einmal vorkommt.«
Forster nickte. »Es ist eine üble Situation, aber Sie sind im Recht. Es gibt doch bestimmt anständige Leute in der Kolonie, die Sie unterstützen werden. Ich will sehen, was ich aus Rivadavia selbst herausbringen kann, während ich dort bin.«
»Vielen Dank, das war es, was mir vorschwebte. Ich würde es zu schätzen wissen. Wann brechen Sie zum Hunter Valley auf?«
»Sobald ich Delia aus Sydney loseisen kann. Sie amüsiert sich so glänzend wie noch nie in ihrem jungen Leben.«

39. Kapitel

Kana schwamm stromaufwärts, stieg auf der anderen Seite in der Deckung von hohem Schilfgras aus dem Wasser und lief zu Fuß zum nächsten Lager hinter der Biegung des Flusses, aber das Lager war verlassen, und die Feuer waren erloschen. Sie lief immer weiter, allein in einer Welt des Schreckens, bis sie eine rasch zusammengezimmerte Hütte im Busch sah, vor der Freunde saßen und kleine Lieder summten. Noch während die Männer mit ihr sprachen und die grausame Geschichte zu begreifen versuchten,

packten die Frauen alles zusammen und traten die Feuer aus, und kurz darauf verschwanden sie alle in das hochgelegene Land und über die weite Ebene, um sich in den großen Bergen im Westen in Sicherheit zu bringen.
Läufer eilten ihnen voraus, und die Nachricht verbreitete sich unter dem gesamten Kamilaroi-Volk. Jack Drew war mit ein paar Freunden auf dem Walkabout gewesen, Verwandten von Jung Jung, wie sie behaupteten, aber er hatte schon seit langem den Versuch aufgegeben, ihre komplizierten Familienstrukturen zu verstehen und herauszufinden, ob sie Bluts- oder Totem-Verwandte waren. Bei dieser Sippe handelte es sich um Goanna-Leute, aber sie erwarteten nicht von ihm, daß er allein nächtigte. Nur Ausgestoßene blieben nachts allein.
Sie weinten alle, als sie Kana zu Jackadoo brachten, damit sie ihm erzählen konnte, was geschehen war. Kanas Augen zeigten, daß sie noch immer unter Schock stand. Sie zitterte am ganzen Leib, und ihr großer Mund verzog sich vor Schmerz, weil sie sich die Greueltat in Erinnerung rufen mußte.
Er konnte es nicht glauben. »Warum?« rief er so schmerzerfüllt und verwirrt wie die anderen auch. »Warum?«
Sie nannten ihm die Namen derjenigen, die entkommen waren. »Was ist mit Ngalla?« schrie er. »Und mit Moorego und ...« Aber sie brachten ihn zum Schweigen. Die Namen der Toten durften nicht ausgesprochen werden. Er riß sich los und rief: »Dimining? Was ist mit Dimining?« Aber sie drehten ihm den Rücken zu.
»Und die Kinder?« fragte er und beschrieb mit den Händen die beiden kleinen, braunhäutigen Jungen, von denen er zuverlässig wußte, daß sie seine Söhne waren – es waren immer so viele Kinder dagewesen –, und sie drehten sich wieder zu ihm um und schüttelten den Kopf. Er sah die Tränen in ihren Augen und ihre mutlos herabhängenden Schultern, als sie traurig davonschlichen. Haß erfüllte sein Herz. Wenn er die Männer nur finden könnte, die das getan hatten – er würde sie eigenhändig umbringen.
Jack Drew hatte sich die Lebensweise der Aborigines bereitwillig

zu eigen gemacht, nicht nur, weil er bei ihnen das Gefühl hatte, daß er gebraucht wurde und daß man zu ihm aufblickte, sondern weil ihnen etwas an ihm lag. Ja, sie liebten ihn sogar. Jack wurde verlegen, als er an dieses Wort dachte. Was hatte ihm die Welt der Weißen zu bieten, außer dem Gefängnis? Und selbst wenn es ihm gelang, darum herumzukommen, würde er sich ohne Geld nur mühsam ernähren können.

Es war ein schwerer Schlag, daß ihm seine Familie auf so grausame Weise entrissen worden war, und er wanderte nun mit Kana durch die Randgebiete anderer Sippen und wußte nicht, was er tun sollte. In der Welt der Weißen war kein Platz für ihn, und er haßte sie dafür. Eines Tages würden sie dafür bezahlen.
Sie waren jetzt zum Ort einer großen Zusammenkunft unterwegs, wie ihm Kana erklärte, einem großen Korrobori. Sie wanderten nach Norden, hoch hinauf in die Berge, wo die Bäume leuchtend grün waren, und ließen die Grenzen des Kamilaroi-Territoriums hinter sich. Er war noch nie so weit nördlich gewesen, und er erinnerte sich an die Warnungen seiner Freunde. »Wir sollten lieber umkehren«, sagte er zu Kana. »Wir kommen ins Tingum-Gebiet.« Aber Kana machte sich keine Sorgen. Sie zeigte auf zusammenlaufende Wege, die von nackten Füßen ausgetreten worden waren. »Diesmal großes Treffen. Alle gehen hin.« Sie freute sich auf den Korrobori, wo man singen, tanzen und Geschichten erzählen würde, aber Jack war trotzdem nervös. Sie schlossen sich anderen Gruppen an. Hunderte von fremdartigen Schwarzen waren unterwegs. Von den Bergen stiegen die Rauchwolken ihrer Lagerfeuer auf, und er fragte sich, wie sicher er war. Die Fremden schienen ihn jedoch zu kennen, und niemand äußerte sich zu seiner Anwesenheit.
Als sie schließlich aus dem Busch auf eine hochgelegene Ebene herauskamen, die an einen See grenzte, sah Jack zu seinem Erstaunen, daß Tausende von Schwarzen am Ufer zu lagern schienen, bis hin zum dichten Wald am anderen Ende des Sees. »Bloody hell«,

sagte er und fuhr dann in der Kamilaroi-Sprache fort: »Wir sollten lieber hier oben bleiben.«
Kana schmollte. »Bloody hell« waren die einzigen beiden englischen Worte, die Jack je benutzte, und sie hatte immer noch nicht herausgefunden, was sie bedeuteten. Manchmal benutzte er sie im Zorn, manchmal unter Gelächter. »Nein. Wir müssen runtergehen. Ich hab dir doch gesagt, diesmal große Zusammenkunft.«
»Hier sind zu viele Fremde. Die könnten einen Weißen töten.« Sie lachte. »Du bist ein ulkig aussehender Weißer!«
Sie schlossen sich ihrer Gruppe an, die zu einem Lagerplatz schlenderte, und Jack setzte sich rasch hin und betete darum, unsichtbar zu sein. Er hatte die Hand am Speer, und das scharfe Messer, das er sich angefertigt hatte, steckte fest in seinem Gürtel.
In dem Lager herrschte reges Treiben. Ein Fest wurde vorbereitet, man schmückte Tänzer für den Abend, und Händler kamen mit ihren Waren vorbei. Ein Mann setzte sich zu den Frauen, um ihnen Halsketten, Perlen, farbige Steine, Muscheln, Kämme und anderen Schmuck in seinem Korb zu zeigen. Die Frauen lachten und redeten laut auf ihn ein; sie hatten Körbe, Fischernetze, Tragebehälter und geflochtene Leibriemen anzubieten. Jack drehte die Steine zunächst müßig hin und her. Es waren einfach nur hübsche Kiesel, milchige Steine mit leuchtenden Farben darin und blaue, glasartige Brocken, die wie dunkle Saphire aussahen, aber da er sie nie im Rohzustand gesehen hatte, war er sich nicht sicher. Als er die Steine so aufnahm und wieder weglegte, stieß er auf einen zernarbten, schmutzigen Metallklumpen, der schwer in seiner Hand lag. »Was ist das?« fragte er den Händler, aber das Wort »Gold« war nicht in ihrem Wortschatz. Alle Steine wurden nach ihren Farben benannt.
Er war sofort ebenso aufgeregt wie die Frauen und wühlte im Korb herum, um zu sehen, ob er noch mehr finden konnte, aber da war nur dieser eine Klumpen. Er rieb voller Furcht an dem Stein, daß die Farbe abgehen könnte oder – da der Klumpen schwer wie Blei war – daß etwas ebenso Wertloses wie Blei in der Hand hielt, aber das Gelb glänzte an den scharfen kleinen Spitzen nur noch

mehr. Es sah überhaupt nicht so aus, wie er sich Gold vorgestellt hatte, aber er wußte, daß es welches war. Er lachte so sehr, daß er sich am Boden herumwälzte, und die anderen lachten vergnügt mit ihm, aber als er sein Messer gegen das gelbe, unförmige Ding eintauschte, das nicht gerade ein schönes Schmuckstück abgeben würde, hielten sie ihn für verrückt.

Kana griff nach dem Kleinod, weil sie dachte, es sei für sie, aber er wollte es ihr nicht geben. Sie machte ein Spiel daraus und versuchte es ihm wegzunehmen, und sie wollte nicht aufhören, bis er ihr eine feste Ohrfeige gab. Während sie schmollte, fertigte er einen kleinen Lederbeutel an, um den Stein darin aufzubewahren, und hängte ihn sich mit einem Band um den Hals. Dann ging er wieder zu dem Händler. »Wo hast du den gelben Stein gefunden?«

Die Antwort half ihm nicht weiter. Da Jack keine Ahnung von dem Gebiet im Norden hatte, konnte er mit der Beschreibung des Händlers nichts anfangen, aber er war fest entschlossen, es herauszufinden. Er war nicht so enttäuscht von der Welt der Weißen, daß er darauf verzichtet hätte, als reicher Mann in sie zurückzukehren.

»Zu welchem Stamm gehörst du?« fragte er den Händler.

»Zu den Tingum«, kam die Antwort, und Jack fuhr zusammen. Der Name jagte ihm Angst ein, aber der Händler sah nicht furchteinflößend aus. Während sie sich unterhielten, ließ Jack den Blick über die Begleiter des Händlers schweifen und erkannte, daß er wie ein Trottel in diesen Kreis gestürmt war, ohne auf ihre Stimmung zu achten, was ungehobelt und gefährlich war. Die anderen Männer trugen sorgfältig roten Ocker, weiße Farbe und weiße Daunenfedern auf einen sechzig Zentimeter hohen Kopfschmuck auf, der in Kegelform auf einem Bambusrahmen erbaut worden war. Während er zusah, fügten sie farbenprächtige Federn und bunte Stücke von Austernschalen hinzu. Neben ihnen, nur ein paar Fuß von Jack entfernt, saß ein hochgewachsener Mann im Schneidersitz und ließ sich den Körper von den Künstlern für die Feiern bemalen. Sie sprachen eine andere Sprache, die sich dennoch so streng und guttural wie die Kamilaroi-Sprache anhörte,

als ob sehr strenge Wörter die Barriere ihrer großen weißen Zähne benötigten, um den richtigen Klang zu bekommen. Jack hatte oft mit Wörtern wie Warrego geübt, dem Namen des großen Flusses, und er schien jeden Muskel in seinem Mund zu brauchen, um die Wangen aufzublähen und den Klang aus tiefster Brust in das Wort hineinrollen zu lassen, aber er hatte es nie richtig hingekriegt. Seine Stimme klang dünn im Vergleich zu den ihren.
Der Mann, der gerade geschmückt wurde, drehte sich um und sagte etwas zu Jack, der die großen weißen Zähne anstarrte. Damit konnte man einem Mann den Arm abbeißen, dachte er. »Was hat er gesagt?« fragte Jack den Händler.
»Er hat gefragt, von welchem Stamm du bist.«
»Sag ihm, ich bin ein Kamilaroi.«
Als der Händler die Antwort weitergab, sah der große Mann Jack an und lachte, aber in dem Lachen lag keine Belustigung. Jack fand, daß es an der Zeit war, sich zurückzuziehen.
»Wir reden ein andermal«, erklärte er dem Händler.
»Du bleibst hier!« befahl der Fremde, und in dem Kreis wurde es still.
»Du sprichst die gleiche Sprache wie die Warrigal-Leute?« Jack war überrascht.
»Besser als du«, gab der Mann ungeduldig zurück.
Der Händler beugte sich vor. »Er spricht viele Sprachen, so wie ich«, erklärte er Jack. »Die zwitschernden Vögel, die von einem Heimatland zum anderen fliegen, bringen sie uns bei.«
Der Fremde unterbrach ihn, indem er sich in seiner eigenen Sprache an den Händler wandte. Jack konnte erkennen, daß sie über ihn redeten; der Händler schilderte ihr Gespräch in epischer Form, mit schwungvollen Handbewegungen. Jack nahm an, daß er auch ein beachtlicher Geschichtenerzähler sein mußte. Er hoffte, daß er die Geschichte wahrheitsgemäß wiedergab; diese Burschen neigten dazu, alles zu übertreiben und auszuschmücken. Was immer er ihnen erzählt, dachte er, es erregt jedenfalls ihr Interesse. Weitere Tingum kamen dazu, und er sah, daß die Zuhörer hin und wieder

lächelten, dann erhob sich ein großes Stöhnen, und der Fremde neben ihm schlug vor Wut mit den Fäusten auf den Boden. Jack wünschte, der Händler würde aufhören; er hatte den Eindruck, daß er zur Zielscheibe gemacht wurde.
Der Fremde stellte eine Frage, und der Händler zeigte auf Jack. »Sein Name ist Jackadoo.«
Der andere Schwarze schüttelte jedoch den Kopf. »Er ist kein Kamilaroi. Auf keinen Fall Kamilaroi.« Er stieß Jack den Zeigefinger vor die Brust. »Du Mann aus Gefängnis? Du läufst weg?«
»Ja.« Jack hob die Hände, um seine Antwort interessant zu machen. Er hoffte, daß das Verhör vorbei war. Diese Männer bewirkten, daß er sich klein und unscheinbar vorkam. Ihre Augen waren hart und unnachgiebig, und er hatte bereits bemerkt, daß ihre Speere mit Widerhaken versehen waren und daß ihre Tomahawks im Sonnenlicht glänzten; nur wenige seiner Freunde hatten Tomahawks.
Plötzlich änderte sich die Atmosphäre. Der Fremde schnalzte mit der Zunge, und ihm wurden weiße Blüten gereicht. Er suchte sorgfältig eine davon aus, langte hinüber und steckte sie Jack sanft ins Haar. »Für dein Weinen«, sagte er. Seine Augen schwammen in Tränen, und seine Gefährten neigten die Köpfe. Jack nickte zum Dank. »Wie heißt du?« fragte Jack, und die Männer um ihn herum sogen vor Überraschung über die Frage den Atem ein.
»Ich bin Bussamarai«, sagte der Mann, »von den Tingum-Leuten.«
Der Weiße war beeindruckt. Das war genau der Mann, den er brauchte, um die Erlaubnis zu bekommen, mit dem Händler nach Norden zu ziehen und das Gold zu suchen, aber er kam zu dem Schluß, daß jetzt nicht der richtige Zeitpunkt war, um Gefälligkeiten zu bitten. »Ich bin sehr erfreut, Euch kennenzulernen, Euer Ehren«, sagte er, wobei er ein paar englische Worte einfließen ließ, um den anderen zu beeindrucken.
Der große Korrobori in dieser Nacht war ein Spektakel. Wie üblich ließ sich Jack direkt hinter dem großen Kreis der Männer nie-

der, nah bei den Frauen, und versuchte herauszufinden, worum es bei den Tänzen ging. Oftmals langweilten ihn diese Tänze; Männer sprangen herum und taten so, als ob sie Känguruhs, Schlangen oder Borobis wären, manchmal auch Bären, die niemals Wasser tranken, und andere, nicht so offensichtliche Geisterfiguren, aber in dieser Nacht lag etwas Neues darin, mehr Entschlossenheit, und er spürte, wie sich eine Spannung aufbaute.
»Was geht da vor?« fragte er Kana.
»Es hat weitere Morde gegeben«, sagte sie. »Im Kamilaroi-Land. Wieder ganze Sippen.«
»Wer ist getötet worden?«
»Wir wissen es noch nicht. Nachrichtenstöcke bringen die traurige Nachricht. Alle hier haben großes Mitgefühl mit den Kamilaroi.«
Aber als Jack zusah, erkannte er, daß es mehr als Mitgefühl war.
Das Hauptereignis des Abends begann mit einer großen Stille. Die Didgeridoos verstummten, die Klapperstöcke und das Stimmengemurmel wurden zum Schweigen gebracht, und weiß bemalte Gestalten in langen Gewändern aus dünner Borke schwebten umher. Sie trugen allesamt Masken. Er wußte, daß diese Masken Tote darstellten. Männer lagen reglos da, um Wasser darzustellen, andere standen neben ihnen, Köpfe und Schultern von kleinen Zweigen bedeckt, und Jack, der jetzt verstand, wartete so atemlos wie die übrigen.
Das Spiel ging weiter. Angreifer stürmten in die Stille, wobei sie entsetzliche Schreie ausstießen, die Musik setzte wieder ein, und alle Stämme bekamen zu sehen, was den Kamilaroi zugestoßen war, und dann waren sie alle auf den Beinen und stampften und summten vor Kummer. Als es endete, trat Bussamarai, der jetzt seine komplette königliche Aufmachung trug, in den Kreis. Der Kopfschmuck bewirkte, daß er die anderen überragte. Er sprach auf Tingum zu den Leuten. Seine Stimme dröhnte über den See und hallte in den Bergen wider, und seine Botschaft war klar.
Einer der Kamilarois vor ihnen stand auf und rief: »Bussamarai fragt: Warum haben wir das geschehen lassen? Er sagt, wir haben

zu lange abseits gestanden und zugelassen, daß der weiße Mann unser Land nimmt und unsere Leute tötet.«

Der Mann hörte wieder zu, während Bussamarai fortfuhr, und aus der Versammlung kam ein Schrei. »Er sagt, die Männer der Stämme im Norden sind Krieger, die kämpfen werden. Sie werden sich nicht im Gebüsch verkriechen und dort auf die Säbel des weißen Mannes warten.«

Andere Männer im Kreis wandten sich in ihren eigenen Sprachen an sie, und Jack sah, daß sie Bussamarai zustimmten, wer sie auch sein und aus welcher Region dieses Landes im Norden sie auch kommen mochten. Diesmal stand den Weißen ein Krieg bevor. Er ertappte sich dabei, wie er aufstand und zusammen mit den Schwarzen auf den Boden stampfte, um seine Verachtung zum Ausdruck zu bringen. Ihre Erregung hatte ihn mitgerissen. Er würde ebenfalls gegen die Eindringlinge kämpfen.

Im kalten Licht des Morgens war er nicht mehr so enthusiastisch. Wenn es wirklich Krieg geben sollte, würde er es vorziehen, so weit weg zu sein wie möglich. Er sah sich schon mit einer Kugel in der Brust oder mit einem Speer im Rücken. Es wäre besser, den Weg zurückzugehen, den er gekommen war, und dann weiter nach Westen zu ziehen, tief ins Landesinnere hinein. Die Weißen würden Jahre brauchen, so weit hinauszukommen, wenn sie es überhaupt je schafften. Aber andererseits war da das Gold. Er berührte den kleinen Beutel an seinem Hals. Es wäre eine Sünde, wenn er nicht versuchen würde, es zu finden.

Die Tage vergingen mit Geselligkeit und Feiern, während die Älteren und die Stammesführer im Hintergrund Versammlungen abhielten, aber Jack wich dem Händler nicht von der Seite. Vor Jahren hatte er davon geträumt, selbst ein Führer zu werden, aber dieser Traum war ausgeträumt. Es war schwer, ihnen in dieser Umgebung in irgendetwas ebenbürtig zu sein, und die Führerschaft hing hier von Stärke, familiären Beziehungen und der allgegenwärtigen Magie ab.

Er erwähnte dem Händler gegenüber, daß er gern mit ihm auf den

Walkabout in das riesige Tingum-Gebiet gehen würde, aber der Händler wollte sich nicht festlegen. Dann probierte er es auf andere Weise. »Im Kamilaroi-Land ist es jetzt zu gefährlich für mich. Die weißen Männer suchen mich. Sie werden mich einsperren.«
Er wußte, daß diese Strafe in ihren Augen schlimmer war als der Tod, und der Händler sah ihn sorgenvoll an. »Ich werde mit Bussamarai sprechen und ein gutes Wort für dich einlegen.« Die Stämme begannen den Versammlungsort zu verlassen. Kana erzählte ihm, daß ihre Sippe bald abreisen würde und daß sie mitgehen müßten. Deshalb eilte Jack wieder zu dem Händler, der ihn zu Bussamarai brachte. Der Tingum-Führer verlor nicht viele Worte. »Du weißer Mann, Jackadoo. Du wirst mit diesem Mann gehen. Wir werden den Feind aus unserem Land jagen.«
Als sie sich von ihren Freunden verabschiedeten, brüstete sich Kana damit, daß ihr Jackadoo ein sehr bedeutender Mann geworden war, ein Freund des großen Tingum-Chefs, der nun die wildesten Krieger des Landes der heißen Sonne zusammenrief, um die Feinde zu zerschmettern.

40. KAPITEL

Juan Rivadavias Bein war verheilt, aber da die Muskeln noch verkrampft waren, hinkte er ein wenig. Vor der Ankunft von Lord Forster und seiner Enkelin inspizierte er jeden Winkel von Chelmsford Station, und Dora war vor Nervosität ganz aus dem Häuschen.
»Es sind doch nur ganz normale Menschen«, erklärte ihr Andy.
»Nicht bei dem Theater, das der Boß macht. Und diese ganzen neuen Kleider für Rosa, was soll das? Ich kann sie nicht dazu bringen, sie anzubehalten, sie möchte lieber Reithosen anziehen. Ihr

Vater hat strikte Anweisung gegeben, daß sie jeden Tag ein Kleid tragen muß, wenn die Gäste hier sind.«
»Komm rein, Rosa!« rief sie, als das Kind die Hintertreppe heraufstapfte und einen Korb hinter sich herzog. »Und laß diese Kätzchen mit ihren Flöhen draußen!«
»Draußen ist es zu kalt!« rief Rosa, und Dora ging hinaus, um sie ihr wegzunehmen.
»Du bist gemein, Dora«, sagte Rosa. »Die armen kleinen Dinger.«
Rivadavia stand in der Küchentür. »Zieh das Kind jetzt an, bitte«, sagte er. »Man hat mir mitgeteilt, daß unsere Gäste unterwegs sind.«
Rosa schnitt ein Gesicht, und er bückte sich, um sie auf den Arm zu nehmen. »Willst du denn nicht hübsch aussehen?«
Dora lächelte. Wenn der Vater mit ihr sprach, kam von Rosa keine Widerrede mehr. Er war der einzige, der sie halbwegs im Griff hatte.
Juan und seine Tochter nahmen vor dem Haus Aufstellung, um die Gäste zu erwarten, flankiert von Andy und Dora und den aufgeregten schwarzen Hausmädchen in ihren neuen Kleidern, und Viehhüter und Feldarbeiter blieben stehen, um die Ankunft von Leuten zu beobachten, die so wichtig waren, daß sie Anspruch auf eine Eskorte von berittenen Polizisten hatten. Juan trat vor, um Lord Forster und danach seiner Enkelin beim Absteigen zu helfen. Er lächelte. Die Wahl seines Vaters fand seine Billigung. Diese Lady würde seine Frau werden. Da der erste rasche Blick, den sie ihm zugeworfen hatte, taxierend gewesen war, nahm er ihre behandschuhte Hand mit kühler Höflichkeit, ohne sich anmerken zu lassen, daß er ebenfalls beeindruckt war. Sie war sehr hübsch und garantiert Bewunderung gewöhnt, und als er sie ins Haus geleitete, wußte er, wie er um sie werben würde. Er würde der gute Gastgeber sein; er würde sie nach besten Kräften unterhalten, die abendlichen Dinner würden romantisch sein, mit gutem Essen, Wein und Musik – und er würde sie auf Distanz halten.

Rosa war entzückt, diese reizende Lady kennenzulernen, und schloß sich sofort an Delia an. Diese war jung genug, wie Juan bemerkte, um nichts dagegen zu haben. Rosa ging mit Dora, um der Lady ihr Zimmer zu zeigen.
»Ich wußte gar nicht, daß Sie ein Kind haben«, sagte Lord Forster.
»Oh ja. Ihre Mutter starb nur wenige Tage nach ihrer Geburt.«
»Mein lieber Freund, das tut mir sehr leid. Und was für ein Jammer, so ein hübsches kleines Mädchen.«
Sie verbrachten die Tage auf angenehme Weise damit, sich die Farm anzusehen und heimische Weine zu probieren.
»Ich hatte gehofft, Cormacks Farm einen Besuch abstatten zu können, während ich hier draußen bin«, sagte Forster.
»Sie sind fort«, sagte Juan kurz.
»Aber ich glaube, der Vormann ist dort ansässig. Sein Name ist James Mackie...«
»Ich habe nichts mit ihm zu tun.«
»Oh. Und warum nicht?«
»Der Bursche ist ein Renegat. Er war in die Ermordung der Schwarzen auf meinem Grund und Boden verwickelt, das weiß jeder, aber wir konnten ihm nie etwas beweisen. Ich habe ihm unmißverständlich klargemacht, daß er auf Chelmsford nicht willkommen ist.«
»Ich verstehe. Dann werden wir auf einen Besuch bei ihm verzichten. Der Gouverneur war sehr beunruhigt über diesen Zwischenfall.«
Juan sah ihn nachdenklich an. »Ich würde meinen, daß ›Zwischenfall‹ ein zu mildes Wort dafür ist.«
Forster nickte. »Sie haben ganz recht, mich zu korrigieren, mein Junge. Ich weiß noch, wie Sie das Englisch Ihres Vaters korrigiert haben, als wir uns zum ersten Mal begegnet sind. Ich fürchte, ich habe das Wort nur wie ein Papagei nachgeplappert.«
»Wenn die Schwarzen Weiße getötet hätten, würden wir es als Massaker bezeichnen, und das war es auch.«

»Sehr richtig. Aber sagen Sie mir, ist jemand angeklagt worden?«
»Da braucht man sich gar keine Hoffnungen zu machen. Aber im Wachthaus in Newcastle hat es eine Umbesetzung gegeben.«
»Freut mich zu hören. Gouverneur Gipps hat dem Polizeirichter die Aufruhrakte verlesen; sieht so aus, als ob seine Warnungen gewirkt hätten. Hoffen wir, daß die neuen Leute die Dinge besser unter Kontrolle haben.«
Eines Abends, als Lord Forster mit einer Erkältung im Bett lag, speisten Delia und Juan allein. Er war ihr gegenüber sehr aufmerksam gewesen, hatte jedoch eine förmliche Distanz gewahrt und so getan, als würde er Delias gesenkte Wimpern und die gelegentlichen flirtenden Blicke nicht bemerken, die sie ihm zuwarf, wenn Forster ihnen den Rücken zudrehte. Er hatte auch umsichtig darauf geachtet, daß sie bis jetzt nie allein gewesen waren, und den Eindruck erweckt, als würde er die Gesellschaft ihres Großvaters vorziehen. Wenn ihn jedoch niemand dabei sehen konnte, hatte er sie von oben bis unten gemustert, am liebsten von seinem Zimmer aus, wo er sie auf dem Rasen unter den Bäumen mit Rosa beobachten konnte. Delia war wirklich eine Schönheit. Er sehnte sich danach, die Hand auszustrecken und die makellose Haut und das feine blonde Haar zu berühren, das sie im Nacken zu einer weichen Schlinge aufsteckte, und wenn sein Blick auf das Himmelbett hinter ihm fiel, konnte er sie mit ihm darin sehen. Er malte sich in seinen Tagträumen aus, wie er dieses zarte Geschöpf lieben würde. Es würde sanft und behutsam geschehen, die Liebe, mit der man eine Jungfrau erweckte, denn er liebte sie wahrhaftig und leidenschaftlich.
Es fiel ihm schwer, den Blick von ihr abzuwenden, aber er mußte sich auf den englischen Stil einstellen, sonst würde er bei ihr nichts ausrichten können. Delia war eine verzogene junge Frau, die es gewohnt war, ihren Willen zu bekommen. Juan hatte daran nichts auszusetzen. Ihre gesellschaftliche Stellung verlangte es so. Wenn sie seine Frau war, würde er sie ebenfalls verziehen. Ihm war klar, daß Delia sich durch nichts aufhalten lassen würde, wenn sie sich selbst einen Mann aussuchte.

»In Sydney ist man vor lauter Bällen und Partys kaum zum Schlafen gekommen«, erzählte sie ihm. »Und dann hatte ich ja auch so viele Kavaliere.«
»Da bin ich sicher. Und in London hatten Sie ja wohl auch welche, oder?«
»Natürlich, Dutzende.«
Dora brachte den Nachtisch herein und verschwand wieder in der Küche. »Ich nehme an, Sie haben hier ein paar Freundinnen?« fragte Delia.
»Ja. Sie kommen mit ihren Männern, um sich die Pferde anzusehen und sich ein Reittier auszusuchen. Sie helfen mir gern dabei, Namen für die Fohlen zu finden.«
»Das würde ich auch liebend gern tun.«
»Dann müssen Sie im Frühling wiederkommen.«
»Bis dahin sind wir schon nach England zurückgekehrt.« Dazu sagte Juan nichts. »Möchten Sie noch ein Glas Wein? Er ist leicht.«
»Danke, gern.«
Er sah zu, wie sie dieses feine Haar um die Finger wickelte und es hochhob, um sich damit dicht bei ihren Lippen über die Haut zu streichen. »Finden Sie mich nicht hübsch?« fragte sie.
»Ich würde es vorziehen, mich nicht über Ihre Schönheit zu äußern«, sagte er in melancholischem Ton, aber Delia hörte dieses eine Wort, und ihre Augen leuchteten.
»Warum nicht?« Ihre Stimme und ihre Augen waren schelmisch; sie flirtete mit ihm, aber er antwortete ernsthaft.
»Wenn ich Ihnen gegenüber derartige Worte in den Mund nähme, würde ich nicht mit der Stimme eines Charmeurs sprechen. Von solchen Dingen rede ich nur, wenn es von Herzen kommt. Wenn ich einer Dame sagen würde, daß sie die Allerschönste ist, würde ich es auch so meinen.« Er schaute sie an und sah, wie sich ihre Augen vor Entzücken weiteten. »Um so etwas zu Ihnen sagen zu können, müßte ich die Erlaubnis von Lord Forster haben.«
Delia erhob sich vom Tisch, und Juan stand auf, um ihren Stuhl zu nehmen. Er folgte ihr in den Salon, und sie blieb vor dem Ka-

minfeuer stehen. In diesem blauen Seidenkleid sieht sie reizend aus, dachte er. Sie nahm einen kleinen Elefanten aus Elfenbein zur Hand, in dessen rotes Satteltuch Juwelen eingesetzt waren. »Das ist hübsch.«
»Es gehört Ihnen«, sagte er.
»Aber es muß ein Vermögen wert sein.«
»Wenn es Ihnen gefällt, ist es Ihres.« Er hatte daran gedacht, ihr Schmuck zu kaufen, aber das wäre zu dreist gewesen. Es war jedoch nicht unziemlich, der Lady etwas zu schenken, was sie bewunderte.
»Sie sind sehr großzügig.«
»Nur bei Leuten, die ich mag.«
»Dann mögen Sie mich also, Juan?«
Er beschloß, das Spiel für diesen Abend zu beenden, und entschuldigte sich. »Es tut mir sehr leid, daß ich Sie verlassen muß, aber ich habe noch mit meinem Vormann zu sprechen.«
Lord Forster stand am nächsten Tag erst spät auf und machte beim Lunch einen geistesabwesenden Eindruck. »Ich glaube, Sie kennen die Heselwoods?«
»Ja. Sehr gut.«
»Es heißt, daß Heselwood jetzt wegen seines Titels und der Ländereien, die er hier draußen besitzt, massive Unterstützung in London genießt. Ist seine Farm im Norden so groß wie Chelmsford?«
»Viel größer. Er bewirtschaftet inzwischen schon seine Montone Station. Ich habe da draußen auch ein Stück Land, im Brisbane Valley. Ich teile es mir mit einem Partner, aber wenn wir dort die Arbeit aufnehmen, teilen wir es in zwei Farmen auf. Da draußen gibt es fast grenzenlos Land. Diese Farm hier gilt als klein, aber ich mag sie, weil sie nett und überschaubar ist, der ideale Ort für ein Zuhause. Ich habe außerdem noch Land am Peel und am Gwydir River, aber das sind bis jetzt nur Weideflächen.«
»Kein Wunder, daß Ihr Vater mit Ihnen zufrieden ist«, sagte Forster.

Juan mußte mehrere Tage warten, bevor Forster auf das Thema Delia zu sprechen kam. »Ich muß eine delikate Angelegenheit mit Ihnen besprechen, Juan, also sollte ich vielleicht einfach damit herausrücken – es ist mir peinlich, wissen Sie. Delia scheint einen richtigen Narren an Ihnen gefressen zu haben, und sie denkt anscheinend, daß Sie ihre Gefühle erwidern. Nun, ich weiß, Sie haben sich ihr gegenüber wirklich mit dem gebührenden Anstand benommen, das hat sie mir selbst gesagt, aber junge Männchen, Sie wissen ja, wie die sind, sie besteht darauf, daß ich mit Ihnen spreche ... oje ...« Er wischte sich die Stirn mit dem Taschentuch ab. »Sie droht, sie würde sonst selbst mit Ihnen sprechen.« Er sah Juan an, der ihm nicht zu Hilfe kam.
Verlegen fuhr Forster fort: »Nun, Sir, was sagen Sie dazu?«
»Es bringt mich in eine schwierige Lage. Bei uns ist es nicht üblich, irgendwelche Erklärungen abzugeben, ehe wir nicht sicher sind, daß unsere Brautwerbung positiv aufgenommen werden würde.«
Forster tippte auf den Tisch. Sein Blick ruhte auf seinem goldenen Ring mit dem Rubin. Ihm war jetzt klar, daß die Sache für Rivadavia nicht überraschend kam. »Ich kann nicht für ihre Eltern sprechen«, sagte er, »aber ich kann auch nicht heimfahren und sagen, daß sie mir weggelaufen ist. Sie hat einen sehr starken Willen, die junge Dame.«
Juan enthielt sich erneut jeden Kommentars, und Forster mußte wieder die Initiative ergreifen. »Um die Karten auf den Tisch zu legen: Es scheint, als ob Delia Sie heiraten will, und was mich betrifft, so sehe ich nichts, was dagegen spräche. Sie sind ebenfalls Katholik, stammen aus gutem Hause und sind ein Gentleman. Das werde ich ihren Eltern sagen. Wenn Sie sich etwas aus Delia machen, dürfen Sie nun also mit Fug und Recht mit der Sprache herausrücken. Wenn Sie es nicht tun, werden wir die Sache nicht weiter erörtern. Sagen Sie mal, könnte ich wohl ein Glas von Ihrem guten alten Portwein haben? Dies ist einer der schwierigsten diplomatischen Akte, mit denen ich je zu tun hatte. Es fiel mir schon

schwer, mir darüber schlüssig zu werden, wie ich das Thema zur Sprache bringen sollte.« Rote Blutgefäße zeichneten sich auf seinen Wangen ab, und er lockerte seinen Kragen.
Juan reichte ihm ein Glas Portwein und schenkte sich auch eins ein. »In diesem Fall habe ich die Ehre, Sir, Sie um die Hand Ihrer Enkelin zu bitten. Ich kann Ihnen versichern, daß ich sie so behandeln werde, wie es der Würde ihres Standes entspricht, und daß es ihr an nichts mangeln wird.«
»Großartig!« sagte Forster erleichtert. »Glückwunsch, mein lieber Junge! Ich sollte Delias Vater jetzt wohl besser einen Brief schreiben, und wenn ich Sie wäre, würde ich mit ihr reden, ehe sie es sich anders überlegt.« Er zwinkerte Juan zu und ging auf sein Zimmer, aber Juan fand diese Bemerkung beunruhigend. Eine plötzliche Windbö blies Rauch aus dem Kamin ins Zimmer, der ihn irritierte, während er über die Bemerkung nachgrübelte. Er zerbrach sich den Kopf darüber, bis sie ihre ätzende Wirkung richtig zu entfalten begann. »Wenn sie so wankelmütig ist, werde ich ihr mehr Zeit geben«, sagte er zu sich. »Sie kann warten, sich ein bißchen bemühen und herausfinden, wie es ist, etwas wirklich haben zu wollen, woran sie nicht so recht herankommt. Aber wenn sie ihre Meinung jetzt ändern möchte, nachdem ihr Großvater zugestimmt hat, dann sei's drum.«
Lord Forster konnte Delia auch nicht erklären, warum Rivadavia Tage brauchte, bevor er mit ihr über eine Verlobung sprach. Während dieser Tage war sie nervös, und oftmals hatte sie sogar Tränen in den Augen.

41. KAPITEL

Am Horizont braute sich ein Wirbelsturm zusammen, und die schwarzen Mädchen beeilten sich bereits, das Haus dichtzumachen. Für sie war der Wirbelsturm ein Spaß, aber für Dolour bedeutete er Staub und Zerstörung. Sie holten die Stühle herein, schlossen sämtliche Fensterläden und Türen und hängten Decken, Laken und Teppiche – alles, was sie finden konnten – vor die Türen, damit der Staub nicht hereinkam. Dolour hatte das bei den heftigen Stürmen gelernt, die aus dem Westen herangeheult kamen und tonnenweise roten Staub über ihnen abluden. Sie vergewisserte sich, daß Claudie die Läden am Hühnerhaus zugemacht und daß Tom Gates, der neue Schmied, die Ställe zugesperrt hatte.

In letzter Zeit hielten sich tagsüber mehr Männer in der Nähe des Hauses auf. Pace hatte einen großen Gemüsegarten, der bewässert werden mußte, und er hatte zwei Sträflinge beauftragt, sich ständig darum zu kümmern. Es war etwas ganz anderes, so viele Mäuler zu stopfen. Toms Frau hatte die Aufsicht über das Küchengebäude übernommen, so daß Dolour sich um ihre eigene Familie kümmern konnte, aber es gab trotzdem noch jede Menge zu tun. Die Herde Milchkühe war jetzt größer, und Dolour machte Butter und Käse, die sie an andere Farmen und an Reisende verkaufte. Alles in allem gab es mit den Farmarbeitern keine Probleme, sie arbeiteten gut mit Pace zusammen, und da Mrs. Gates eine gute Köchin war, gab es nur wenige Beschwerden.

Ein neues Baby, ihr dritter Sohn, war einen Monat alt. Da die schwarzen Mädchen zu glauben schienen, daß jedes Kind berechtigt war, ein eigenes Kindermädchen zu haben, hatten sie ein neues Mädchen ins Haus gebracht. »Das Kindermädchen, Maia, Missus. Sie sorgen gut für neues Baby«, erklärten sie Dolour. Es hatte keinen Zweck zu widersprechen. Nachdem das Mädchen seinen Platz auf der Farm zugewiesen bekommen hatte, würde es den Job kaum einer anderen abtreten.

Maia war interessant. Sie war größer und ernster als die einheimischen Frauen. Sie hörte genau zu, wenn etwas gesagt wurde, und lernte rasch Englisch. »Woher kommt Maia?« erkundigte sich Dolour bei Lena.

»Eulen-Leute, Missus. Das Mädchen von Eulen-Leuten.«

Dolour wußte bereits, daß die meisten Schwarzen auf der Farm vom Dingo-Totem waren, und ihr ganzes Gerede über Zauberei faszinierte sie. Es erinnerte sie an die Legenden ihrer Großmutter von den Druiden, die gar nicht so anders waren. »Ja, aber von welchem Stamm?«

»Tingum, Missus.«

»Tingum«, wiederholte Dolour. »Und du bist eine Kamilaroi?«

»Ja, Missus.«

»Und Maia ist mit dem alten Bulpoora verheiratet?«

»Ja, Missus.« Alle drei Kindermädchen waren verheiratet, aber es schien ihre Männer nicht zu stören, daß sie die meiste Zeit fort waren.

»Woher kommen die Tingum-Leute?«

Lena drehte sich um und zeigte nach Norden. »Daher. Langer Weg.«

»Wo hat Bulpoora sie denn gefunden, wenn sie von so weit her kommt?«

Lena wollte gerade antworten, aber auf einmal stand Minnie in der Tür, und Lena wandte rasch den Kopf ab und schwieg. Minnie stand sehr still da, was bei ihr ungewöhnlich war. Es kam Dolour albern vor, sich wegen so etwas aufzuregen, deshalb beantwortete sie die Frage selbst.

»Hat er sie bei einem Walkabout kennengelernt?«

Lena rollte ängstlich mit den Augen und duckte sich. Sie wollte nicht antworten.

»Ja«, fauchte Minnie, und Dolour wußte aus einem unerklärlichen Grund, daß es eine Lüge war. Aber das machte nichts. Sie schickte die beiden wieder an die Arbeit. Sie konnte Maias Mann nicht leiden. Er war ein häßlicher alter Mann mit einem kalten, bösen Blick, der nie mit einem Weißen sprach, aber die schwarzen Viehhüter erzählten Pace, daß er bei seiner Sippe hochangesehen war und daß es Ärger geben würde, wenn man ihn wegschickte. Nicht daß Dolour wirklich wollte, daß er ginge; er würde Maia mitnehmen, und sie war ein gutes Kindermädchen.

Der Wirbelsturm hämmerte auf das Haus ein und schüttelte es, und sie sah, wie sich die Hunde in Sicherheit brachten. Sie hatte jedoch schon Schlimmeres erlebt, und der Sturm zog schon bald weiter. Sie begannen Türen und Fenster wieder zu öffnen, und Dolour ging ins Schlafzimmer, um dort etwas frische Luft hereinzulassen.

Über dem Doppelbett hing ein Herz-Jesu-Bild, und immer, wenn sie so allein war wie jetzt und ein wenig Zeit hatte, setzte sich auf den harten Holzstuhl und betete. Sie betete, daß das Herz ihres Mannes weich werden würde. Mit der Zeit war er ab und zu für eine Nacht zu ihr gekommen, und sie hatte es zugelassen; dann war er wieder in sein eigenes Bett gegangen. Was sollte sie sonst tun?

Aber es war nie mehr so wie früher. Wenn sie sich liebten, lag kein Zauber mehr darin. Man sollte es nicht einmal Liebe nennen, dachte sie traurig. Es sind seine ehelichen Rechte, nicht mehr, er macht sich nichts aus mir, wir sind nicht einmal Freunde. Wir reden wie Geschäftspartner oder wie Eltern miteinander, aber nicht wie Menschen, die sich lieben, und es kommt leicht zu einem Krach. Manchmal spricht er mit mir, als ob ich das Hausmädchen wäre. Ich versuche ihn zu ignorieren, aber das erlaubt mir mein Temperament nicht, und ich sage ihm, was ich denke, und lasse ihn wissen, daß er nicht so erhaben und fabelhaft ist. Ich wünschte, ich könnte das bleiben lassen.

Als die Einladung zur Hochzeit von Juan Rivadavia und dem englischen Mädchen gekommen war, hatte sie Angst gehabt. Sie hatte sogar daran gedacht, das Schreiben zu verbrennen. Sie befürchtete, daß Heselwood da sein könnte. Aber dann führte ein gütiges

Schicksal Milly Forrest zu ihnen, die von nichts anderem redete als von der Hochzeit und davon, was sie anziehen würde.
»Und wenn Jasin Heselwood da ist?« hatte Dolour geflüstert.
»Er kommt nicht. Das habe ich gleich als erstes rausgefunden. Er ist oben im Norden auf seiner Farm.«
Dolour war so erleichtert, daß sie nur mit halbem Ohr zuhörte, als Milly von ihrem Rechtstreit mit Jasin erzählte und klagte, wie lange es dauerte, den Fall vor Gericht zu bringen. Der Gedanke daran, wie er die Forrests hereingelegt hatte, war ihr jedoch unerträglich und verstärkte ihre Schuldgefühle. Es war gerade so, als ob sie ihnen Jasin auf den Hals gewünscht hätte. Und sie wußte, daß bei Pace jedesmal Erinnerungen wach wurden, wenn sie mit ihrem Schwager herüberkam und sich über Jasin beklagte. Hinterher würdigte er seine Frau stets keines Blickes.
Die Männer machten sich Sorgen wegen der Rinder; der letztjährige Winter war trocken gewesen, und dieser war genauso schlecht. Die Wasserläufe trockneten aus, und das Futter wurde knapp. Pace redete davon, die Herden nach Norden zu treiben und Kooramin aufzugeben.
Sie liebte es, draußen auf dem Land mit den Männern zu arbeiten, in all dem Lärm und der Aufregung der großen Weiden, und sie war entschlossen, wieder hinauszureiten, sobald sie aufhörte, das Baby zu stillen. Da sie nach Connellys Tod gezwungen gewesen war, mit den Männern zu reiten, konnte Pace sie jetzt nicht gut daran hindern.
Sie hatten gewartet, bis Pater Caimen Court zur Taufe auf die Farm herauskommen konnte, weil es für sie wichtig war, daß ein Priester, den sie beide kannten, den Gottesdienst abhielt, und als Carmen eintraf, wurden Reiter mit Einladungen an alle für den folgenden Sonntag ausgeschickt.

Die Rivadavias waren fort, aber den ganzen Sonntag über trafen Freunde von den Farmen auf der Ebene ein: Besitzer, Arbeiter und ganze Aborigine-Sippen, die von den Schwarzen auf Kooramin eingeladen worden waren. Es ähnelte eher einem Buschkarneval als einer Taufe. Die jungen Männer forderten einander zu Pferderennen und Holzfällerwettbewerben heraus, die Frauen kamen in ihren besten Hauben und Umhängetüchern, und die auf Böcken stehenden Tische bogen sich unter ihren Beiträgen zum »Frühstück« durch. Die Forrests brachten Dermott in ihrem leichten Einspänner mit und setzten ihn in einen Rollstuhl, und alle freuten sich mit den MacNamaras, als ihr dritter Sohn auf den Namen Pierce getauft wurde.

Ein Faß Bier ergänzte die anderen Getränke, und es wurde ein großartiges Fest mit Fiedeln und Flöten und einem Schifferklavier, bei deren Spiel Füße auf den Boden tippten und Paare tanzten. Pace war in guter Verfassung, der freundliche Gastgeber, der für seine Gäste sang und Dolour sogar in den Arm nahm. Für sie war es ein großer Tag, wenn man bedachte, daß sie einen so weiten Weg von der elenden kleinen Hütte daheim zu einer riesigen Farm mit mehr Rindern zurückgelegt hatte, als es ihrer Überzeugung nach in ganz Irland gab. Aber das Glück wurde von dem Riß zwischen Mann und Frau getrübt, den stolzen Eltern. Um es noch schlimmer zu machen, fing Milly wieder von ihrem Ärger mit Heselwood an. Sie erzählte jedem am Tisch, was er ihnen angetan hatte, als ob sie das nicht schon oft gehört hätten, und was sie den Anwälten geschrieben hatte und was diese ihr geantwortet hatten. Dolour warf Pace einen verstohlenen Blick zu und sah erleichtert, daß er immer noch lächelte.

»Und der ist ein Lord!« rief Milly erbittert. »Und sein Sohn, dieser Edward, wird auch ein Lord sein!«

Alle lachten, auch Pace, der mit einem Glas in der Hand aufstand. »Ist das so? Nun, wenn Heselwoods Sohn ein Lord sein kann, dann kann mein Sohn ein Duke sein.« Die Gäste jubelten, und Pace nahm das Baby auf. »Meine Damen und Herren, Duke MacNamara!« Alle lachten über den Scherz, und Dolour lächelte ebenfalls und hoffte, daß Pace es dabei bewenden lassen würde. Das tat er. Aber Pierce wurde nun von allen Duke genannt.

Bevor Pater Court abritt, suchte er Dolour auf. »Ist alles in Ordnung mit dir, Mädchen?«
»Alles ist bestens, Caimen. Schau uns an, wir sind glückliche Menschen.«
»Wirklich?« sagte er. »Den Eindruck macht ihr beiden mir nicht, trotz der fröhlichen Miene, die ihr zur Schau stellt.« Dolour zuckte die Achseln. »Es ist nichts.«
Er rollte seine Soutane in eine unkirchliche Wolldecke ein und lächelte ihr zu. »Ich werde für dich und deine Familie beten.«

Zwei Tage später brachen Buschfeuer aus. Sie rasten über die Ebene, wo sie Hunderte von Morgen der besten noch verbliebenen Weideflächen verbrannten, und jagten weiter auf Batterson's Run zu, wie die Farm genannt wurde. Batterson war vor einem Jahr gestorben und hatte die Farm den Craddocks vermacht.
Tage nachdem sie das Feuer gelöscht hatten – der Rauch hing immer noch in der Luft –, kam Pace erschöpft nach Hause. »Jetzt reicht's«, sagte er. »Ich werde Rivadavia einen Besuch abstatten, sobald er aus dem Norden zurückkommt. Ich muß das Vieh von hier wegtreiben, solange es auf dem Trail noch Futter gibt.«

42. Kapitel

Georgina verblüffte Jasin. Sie übernahm die Leitung des abgeschiedenen Haushalts auf Montone Station mit Begeisterung und begann sofort, einen Blumengarten und einen Obstgarten zu planen, angeregt von den prächtigen tropischen Blumen, die in Hülle und Fülle auf ihrem Land wuchsen. Jasin hütete sich anfangs davor, die seltsamen tropischen Früchte zu essen, aber Sergeant Krill hatte ihnen versichert, daß die Mangos und Papayas an Sträflingen aus-

probiert worden waren. Mittlerweile hatte die zweite Mangosaison auf Montone begonnen, und sie waren seine Lieblingsfrüchte geworden und hatten sogar die köstlichen Bananen verdrängt.
Er liebte Montone. Es war, als ob man sein eigenes Dorf besäße, wie seine Vorfahren es getan hatten, bis der Niedergang einsetzte. Dieses grüne Land gehörte ihm, so weit das Auge reichte, außerdem große Herden von Kurzhornrindern und fast hundert Pferde. Krill machte sich gut in seiner Rolle als Vormann. Er hatte mehr als fünfzig Morgen unter dem Pflug, wo er Getreide, Mais, Kürbisse und Kartoffeln anbaute.
Wie Jasin vorhergesagt hatte, strömten Einwanderer nach Brisbane, und die erste Woge hatte sich in der Nähe des Hafens niedergelassen. Der Markt für Montone-Rinder war gefestigt. Andere Rinderzüchter hatten Land im Brisbane Valley und weiter nördlich aufgenommen, und sie stammten alle aus dem Süden, manche sogar von jenseits von Sydney. Draußen auf dem Weg gab es ein Wirtshaus namens Planters Arms, wo sich Jasin ab und zu mit den anderen Viehzüchtern traf. Sie waren bereits die Elite des Distrikts, und der Besitzer des Wirtshauses hatte ihnen klugerweise einen Raum reserviert, der sie von dem Gejohle der Viehtreiber und Fahrer von Ochsengespannen trennte, die die Hauptkundschaft bildeten.
Jasin genoß die frühmorgendlichen Inspektionsritte mit Krill und die Abende, wenn er sich nach dem Dinner an seinen Schreibtisch setzen und sich mit seinen Büchern befassen konnte. Er führte detailliert Buch über Verluste, Verkäufe und Zuwachs von Rindern und kam sich dabei wie ein Bankier vor, der sein Geld zählte. Er führte Unterlagen über alles und jedes: über die Daten der Rodungen weiterer Flächen, die er auf eigenen kleinen Karten präzise verzeichnet hatte, wie sich seine Feldfrüchte entwickelten, über sein Personal, Sträflinge sowie freie Männer, und über die Anzahl der Schwarzen, denen unter der Auflage guten Benehmens »Einlaß gewährt« worden war, und bis vor kurzem hatte er auch noch die Lebensmittelversorgung der Farm kontrolliert, aber das hatte nun Georgina übernommen.

»Diese Männer müssen gut ernährt werden, sonst gibt es Ärger. Ich habe sie murren hören, Jasin. Sie beschweren sich über den Koch, und er sagt, es sei nicht seine Schuld. Du würdest ihm nicht genug Vorräte geben.«
Georgina hatte das sehr schnell geregelt. Sie hatte zusätzliche Vorräte herangeschafft und dann den Koch hinausgeworfen. Jetzt hatten sie zwei, einen Burschen, der für die Männer kochte, während seine Frau den Haushalt beköstigte, und es war ein normaler Anblick, Georgina zum Küchengebäude marschieren zu sehen, um das Essen zu probieren, das den Männern serviert werden sollte. Es schmerzte Jasin, wenn er hörte, wie sie von ihnen »Missus« genannt wurde; seine Frau sollte mit Lady Heselwood angesprochen werden, aber sie fand es amüsant.
»Ich habe hier schon vor Jahren gelernt, mein Lieber«, erklärte sie ihm, »daß es ihnen egal ist, wer wir sind.«
Jasin war überrascht. »Merkwürdig, daß du so etwas sagst. Das Gegenteil ist wohl eher angemessen. Was sie denken, ist unerheblich. Laß dir nur keine Frechheiten gefallen.«
Und das tat sie auch nicht. Als sie es leid war, daß ihre Röcke ständig durch den Staub schleiften, hatte sie alle auf Knöchellänge gerafft und marschierte nun in ihren polierten Stiefeln und mit einem Jagdstock herum, mit dem sie gebieterisch auf vernachlässigte Arbeiten zu zeigen pflegte, ohne daß es jemanden zu stören schien. Das Gesinde arbeitete fieberhaft, um alles zu erledigen, was sie ihm auftrug, und wetteiferte darin, ihr zu gefallen.
Jasin hatte zu seiner Überraschung festgestellt, daß es in diesem Land keine Dämmerung gab. Die Sonne ging abrupt hinter den Bergen im Landesinneren unter und hinterließ nur eine Farbschicht aus Rosa-, Rot- und Gelbtönen. Als er an seinem Schreibtisch saß, sah er durch die offenen Türen seines Arbeitszimmers zu, wie der Mond aufging und die Landschaft in ein klares nächtliches Licht tauchte.
»Das ist schön, nicht wahr?« sagte Georgina, die leise hereinkam, nachdem sie das Küchenpersonal weggeschickt hatte. »Ich hatte

keine Ahnung, daß dieses Land so schön sein würde. Auf Carlton Park bin ich ja nie gewesen; ist es genauso malerisch wie Montone?«

»Oh nein, meine Liebe. Im Vergleich hiermit ist es ziemlich kahl und öde. Dabei fällt mir ein, daß ich mir die Forrests vorknöpfen muß. Diese Schufte haben mir meinen Anteil von den Viehverkäufen immer noch nicht geschickt. Wie ich höre, gibt es da unten eine Dürre. Wollen mal sehen, wie die Forrests damit fertig werden, diese Dummköpfe. Wenn sie kooperativer gewesen wären, hätten sie gegen Weidegeld eine Herde hierhertreiben können.«

»Aber wird uns das nicht auch Geld kosten? Ich meine, wenn sie eine Dürre haben?«

»In meinen Augen macht das keinen großen Unterschied, wenn ich mein Geld eh nicht von ihnen bekomme. Sie sind aber trotzdem verantwortlich für mein Vieh. Das heißt, sie schulden mir noch mehr, und ich muß ihnen für ihren Kredit noch weniger zurückzahlen.«

Sie schaute ihm über die Schulter. »Sitzt du immer noch über diesen Büchern?«

»Nun ja, ich weiß noch, was Macarthur mir erzählt hat. Hier sieht man, wie es um die Farm bestellt ist.«

»Dann sag mir, Buchhalter, wie macht sie sich denn?«

»Ganz großartig. Wenn wir ein paar Jahre hierbleiben, sind wir unabhängig von den Banken. Und manche der Jungs erzählen mir, daß es nördlich von hier noch besseres Land gibt. Tausende von Meilen Land!«

»Nun, dann wollen wir's für erste dort lassen. Meinst du, du könntest die Männer dazu bringen, sich um die Ställe zu kümmern? Das Dach ist undicht. Sag ihnen, sie sollen es neu decken. So wie es im Moment aussieht, werden die Pferde beim nächsten Regen patschnaß. Es ist ein Schandfleck.«

»Das mache ich gleich als erstes.« Er hatte das Gefühl, daß ihre neugewonnene Energie mit ihrer Trennung von Edward zusammenhing, der jetzt in England zur Schule ging.

Die Zimmerleute hatten das Farmhaus von Montone nach Georginas Entwürfen gebaut, mit großen Räumen und hohen Decken, damit es kühl blieb, aber die Küche hatten sie entgegen ihren Anweisungen vom Haus abgetrennt, was einen Wutausbruch ausgelöst hatte, als sie es herausfand. Die innere Küche war erst vor kurzem fertiggestellt worden, aber in der Zwischenzeit hatte Georgina das restliche Haus in Ordnung gebracht.
»Brauchst du sonst noch was, bevor die Gäste kommen?« fragte er sie.
»Ich brauche hier immer etwas. Ich glaube nicht, daß das Haus je so sein wird, wie ich es haben will, aber es wird schon gehen. Wir können durchaus dafür sorgen, daß sie es bequem haben. Ich hoffe bloß, sie denken daran, ein paar Bücher mitzubringen. Es wäre schön, wenn wir eine Bibliothek aufbauen könnten.«
Jasin seufzte. »Wo denn?«
»Gleich da draußen, mit einem Garten davor und einem Zaun bis zu den Palmen dort. Das wäre sehr reizvoll.«
»Ich denke, das ließe sich machen«, räumte er ein. Es war eine Erleichterung, daß Georgina das Landleben gefiel. Er hatte befürchtet, ihr ein Haus in Sydney zur Verfügung stellen zu müssen, falls sie etwas dagegen hatte, hier zu leben, da Brisbane immer noch ein einfaches Dorf war.
Er war ihr dankbar; es war viel verlangt von einer Frau ihres Standes, sich in der Wildnis häuslich niederzulassen, mitten im Nichts und ohne ein weibliches Wesen ihrer eigenen Klasse in der näheren Umgebung. Sie waren beide entzückt gewesen, von Lord Forster zu hören, und hatten ihn sofort auf Montone Station eingeladen.
»Hast du dir überlegt, wo wir Delias Mädchen unterbringen?« fragte er.
»Im vierten Schlafzimmer.«
»Bei uns im Haus?«
»Wo denn sonst? Sie kann nicht in der Unterkunft des Kochs wohnen, und ich kann sie nicht auf die Veranda ausquartieren. Die Frau würde wahrscheinlich vor Angst sterben.«

»Welches Badezimmer soll sie denn benutzen? Doch wohl nicht unseres. Ich meine, wir können uns das Badezimmer doch nicht mit einem Dienstmädchen teilen.«
Georgina begann ein paar Blumen aus einer Vase zu nehmen. »Sie wird im Haus wohnen müssen, und wenn dich das stört, dann verstehst du vielleicht endlich, warum ich von Anfang an Unterkünfte fürs Dienstpersonal bauen wollte. Die schwarzen Mädchen sind durchaus gutwillig, aber ich hätte vorher schon ein paar richtig ausgebildete Dienstmädchen herbringen sollen. Der Koch wird mir bei unseren Gästen aushelfen müssen. Jetzt schau dir die Blumen hier an! Ich habe den Mädchen gesagt, sie sollen diese großen tropischen Blumen nicht ins Haus bringen, die schließen sich! Das sind keine Hausblumen.«
Sie warf die verwelkten Blumen in einen Eimer. »Sie kommen morgen, nicht wahr? Wir haben nichts von ihnen gehört.«
»Ja, soweit ich weiß.« Er drehte sich in seinem Stuhl um. »Ich komme immer noch nicht drüber weg, daß Forster seiner Enkelin erlaubt hat, den Spanier zu heiraten.« Er lachte. »Merkwürdig. Ich meine, es sieht so aus, als ob Forster das Mädchen überall auf der Welt wie Sauerbier angeboten hat, damit es sich einen Mann angeln konnte. Die Kleine muß so reizlos wie ein Marmeladeneimer sein.«
»Ich bezweifle, daß Juan sich mit einer häßlichen Frau zufriedengeben würde. Der nicht.«
»Warum nicht? Er hat doch auch Adelaide genommen, oder? Die war viel älter als er. Außerdem würde dein Freund Rivadavia sein Pferd heiraten, wenn es einen Titel hätte, darauf wette ich.«
»Du könntest auch darauf wetten, daß Lord Forster nicht entgangen ist, daß Juan ein sehr reicher junger Mann ist. Das könnte den Ausschlag gegeben haben.«
»Ah ja, die Forsters haben vor langer Zeit die falsche Kirche unterstützt. Haben sich nie davon erholt. Sie sind nicht mehr weit vom Bankrott entfernt.«
»Wie eine andere adlige Familie, die ich kenne«, warf sie ein.

»Na na, sei nicht so empfindlich. Wie dir bestimmt schon aufgefallen ist, habe ich nicht zu einer Geldheirat Zuflucht genommen, und was die finanziellen Nöte der Heselwoods angeht, so bin ich gerade dabei, sie zu kurieren. Mein Sohn wird niemals arm sein.«
Georgina zuckte die Achseln. Es war schwer, in einer Diskussion mit Jasin die Oberhand zu behalten. Aber er hatte ihr ins Gedächtnis gerufen, daß die Forsters römisch-katholisch waren. Das konnte der entscheidende Faktor gewesen sein. Sie beschloß, Jasin nichts davon zu sagen, um ihm keine Veranlassung zu einem weiteren Seitenhieb auf Juan zu geben. Da Jasin den Titel geerbt hatte, kamen sie leichter an Kredite heran. Wie sie insgeheim herausfand, hatte die Bank Juans Bürgschaft gelöscht, und sie hatte ihm ein Dankschreiben geschickt, ohne Jasin je etwas von der Sache zu sagen. Da er ihre ursprüngliche Geschichte geglaubt hatte, schien es nicht nötig zu sein.
Und nun freute sich Georgina darauf, Juan nach all dieser Zeit wiederzusehen. Endlich war sie in der Lage, ihn in ihrem eigenen Haus willkommen zu heißen, und überdies platzte sie vor Neugier auf seine Braut, obwohl sie es Jasin nicht merken ließ. Sie fragte sich, ob die junge Delia wirklich ein reizloses Mädchen war. Und stellte fest, daß sie es fast hoffte.
Der nächste Vormittag schleppte sich dahin, während sie warteten. Alles war für die Ankunft der Gäste vorbereitet. Es kam selten vor, daß Jasin zum Lunch zu Hause war. Obwohl er es nicht zugab, wußte Georgina, daß er die Mahlzeiten am Lagerfeuer mit Krill und den Viehhütern draußen im Land genoß und den Tee aus dem Blechtopf nicht mehr missen mochte.
Georginas Briefe nach Hause waren in diesen Tagen von einer Freude über ihr neues Leben auf dem Land erfüllt, die von ihrer Traurigkeit über Edwards erzwungene Abwesenheit gedämpft wurde. Edward hatte nur ein Jahr auf Montone verbracht, als die Farm noch im Anfangsstadium gewesen war, aber sie schrieb ihm von den Tieren: vom Vieh, von den Milchkühen und den großen Herden, von den Bären und Kängeruhs, die es hier gab, von dem

großen, zahmen Emu, den sie Clarence nannten und der sich wie eine riesige Henne in der Nähe des Hauses herumtrieb, von den Hunden, den klugen, aber wilden Hütehunden, und von den Schlangen ... das Thema war schier unerschöpflich.

Georginas Mutter war immer noch skeptisch, was Jasin betraf. Sie hatte ihn nie gemocht. In London hatte Jasin mühelos sein früheres Leben wiederaufgenommen; er war mit seinen Kumpanen in den Clubs verschwunden und in schicker Kleidung zu den Versammlungen der Pferdesportvereine abgerauscht. Seine Schwiegermutter konnte nicht glauben, daß derselbe Jasin in seinem Leben als Rinderzüchter wirklich alles im Griff hatte. Es fiel Georgina schwer, die richtigen Worte zu finden. »Er ist so mutig wie jeder andere Buschfarmer auch«, hatte sie gesagt. Ihrer Mutter die Ausmaße von New South Wales zu beschreiben war ebenso unmöglich, wie ihr die Anstrengungen ihres Mannes zu schildern. Nur eins wollte sie zugeben, nämlich daß Jasin gesund aussah und nicht heruntergekommen wirkte, wie sie früher behauptet hatte.

Abgesehen von Krill, der Jasin abgöttisch verehrte, mochten die Männer auf der Farm Jasin eigentlich nicht. Das hatte Georgina ihrem Mienenspiel und einigen Bemerkungen entnommen, die sie zufällig aufgeschnappt hatte. Aber sie respektierten ihn, weil er erstaunlicherweise wußte, was er tat, wie sie ihrer Mutter zu erklären versuchte. Er wachte über seine Rinder, zählte und prüfte sie und sorgte dafür, daß die Männer draußen auf den Weiden blieben, wenn die Kühe kalbten.

Er hatte einen Sträfling gefunden, einen Mann namens Victor Passey, der gut mit kranken oder leidenden Tieren umgehen konnte, und hatte ihn zum Tierarzt gemacht, und Passey spielte nun ebenfalls eine große Rolle im Leben auf der Farm. Neben Krill war er der zweite Mann in einer Vertrauensposition.

Georgina machte sich Gedanken über all diese Männer, obwohl sie Sträflinge waren. Keine Frau brachte etwas Sanftheit in ihr Leben, um die Härte ihres Exils zu mildern. Es entsetzte sie, daß nicht wenige von ihnen bei den armen Aboriginefrauen Trost suchten, eine

Information, die ihr von den vergnügt kichernden Hausmädchen zugetragen worden war und die sie zu ignorieren beschloß. Sie erwähnte es nicht einmal Jasin gegenüber, weil sie keine Lösung für das Problem sah. Sie hatte gehört, daß eine Schiffsladung lediger Frauen aus England unterwegs war und in Kürze in Brisbane eintreffen sollte, und Jasin vorgeschlagen, er solle ein paar Sträflingen von der besseren Sorte erlauben, sich dort nach einer Frau für sich umzuschauen, aber er wollte nichts davon hören. »Wir müßten Unterkünfte für Ehepaare bauen, und außerdem würden wir mit ein paar Frauen unter all diesen Männern nur Probleme heraufbeschwören. Ehe wir uns versehen, hätten wir hier ein Chaos.« Und sie nahm an, daß er recht hatte.
Während des ganzen Lunchs war Jasin unruhig. »Wir hätten schon längst etwas hören müssen. Ich bin sicher, daß sie Reiter vorausschicken würden, um ihre Ankunft anzukündigen.«
»Kann sein, daß sie Probleme mit der Kutsche gehabt haben. Auf diesen Wegen kommt man nur langsam voran. Sie hätten zu Pferd herkommen sollen. Das wäre viel einfacher gewesen.«
»Vielleicht ist Missis Rivadavia keine so gute Reiterin wie du, meine Liebe. Und ich glaube, Forster ist ein bißchen zu alt für so einen langen Ritt. In seinem Brief stand, daß Rivadavia in Brisbane eine komfortable Kutsche ausfindig gemacht hat. Sie haben ein paar Männer von Chelmsford und die Polizeieskorte dabei, die ihnen der Gouverneur mitgegeben hat. Die könnten sie praktisch schon allein ziehen.«
Aber später am Nachmittag war seine Geduld erschöpft. Er nahm Krill und Passey mit und ritt seinen Gästen entgegen. Georgina ertappte sich dabei, wie sie unruhig umherlief und dem Wind zuhörte, der an den Bambusrohren rüttelte. Sie zündete die Lampen an und setzte sich an ihr Klavier.
Es dauerte nicht lange, da hörte sie flüsternde Stimmen auf der Veranda, und weil sie wußte, daß die Schwarzen gern herbeischlichen und der Musik lauschten, war sie nicht mehr so nervös. Sie spielte Chopin-Etüden für ihre Zuhörer und lächelte über ihre genieße-

rischen Seufzer. Wenn sie ihre Anwesenheit zur Kenntnis nahm, würden sie in alle Richtungen weglaufen, weil Jasin es nicht mochte, wenn sie sich in der Nähe des Hauses aufhielten. Deshalb blieben sie ganz still, bis ein Mann leise in beiläufigem Ton sagte: »Boß kommen, Missus.«

Georgina klappte das Klavier zu und ging nach draußen. Von ihrem Publikum war keine Spur zu sehen, auch nicht von irgendwelchen Reitern. Sie wartete jedoch, weil sie darauf vertraute, daß der anonyme Schwarze recht haben würde, und nach einer Weile hörte sie die Pferde in der Ferne und Stimmen, die von einer leichten Brise hergetragen wurden. Als sich die Reiter näherten, pfiff Krill und rief die Farmarbeiter, die sofort angelaufen kamen, und die Farm schien zum Leben zu erwachen.

»Wo ist die Kutsche?« rief sie Jasin zu.

»Steckt unten an der Straße fest«, erwiderte er und stieg ab, um Mrs. Rivadavia die Hand zu reichen. »Du kümmerst dich um Delia.«

Sie waren alle bei ihm, Juan, Lord Forster, Delia und ihr Mädchen.

Forster war grau und müde. Da er aussah, als ob er jeden Moment zusammenbrechen würde, brachte ihn Jasin in den Salon, wo er etwas trinken und sich in einem bequemen Sessel ausruhen konnte, und Georgina wandte ihre Aufmerksamkeit Delia zu. Die phantastischen blonden Haare und die zarten Züge von Mrs. Rivadavia, die ganz anders aussah, als sie erwartet hatte, raubten ihr die Sprache.

Delia war erhitzt und nervös, aber ihr Mädchen schien ihre Abenteuer recht aufregend zu finden. Sie war eine stämmige, rotgesichtige Engländerin in einem Tweedkostüm und einem Filzhut, die im Vergleich zu Delias perlgrauer Reitermontur mit Revers und Aufschlägen aus schwarzem Samt auffallend unelegant wirkte.

Delia wollte sich sofort zurückziehen, und das Mädchen schnappte sich seinen Schützling mit forschem, munterem Gebaren und folgte Jessie, Georginas Köchin, die als Haushälterin fungierte, da

Georgina ihre Gäste unmöglich von einem schwarzen Dienstmädchen ins Haus führen lassen konnte.

Nach all ihren Vorbereitungen war sie über diesen unschönen Beginn ihres Besuchs enttäuscht. Es war eine Schande, daß sie alle erschöpft und zerzaust ins Haus stolperten.

Juan legte ihr die Hand auf den Arm. »Es tut mir leid, daß ich zu so später Stunde auf diese Weise bei Ihnen hereinplatze, aber es ist schön, Sie wiederzusehen. Ich habe mich sehr auf den Besuch auf Montone gefreut.«

»Juan, nein ... entschuldigen Sie sich nicht. Ich mache mir Sorgen um Missis Rivadavia. Kann ich etwas für sie tun?«

»Miss Lee wird sich um Delia kümmern. Es geht ihr gut. Sie ist nur müde.«

»Dann kommen Sie doch herein«, sagte sie, und er folgte ihr in den Salon. »Also, was ist passiert?« fragte sie. »Sie sehen alle erschöpft aus.«

»Frag lieber, was ihnen nicht passiert ist!« sagte Jasin. »Sie sind von Buschräubern angegriffen worden, und wenn Juan nicht so weitsichtig gewesen wäre, eine Gruppe seiner eigenen Leute nachkommen zu lassen, wären sie alle ausgeraubt und ermordet worden.«

»Ich glaube nicht, daß die Buschräuber darauf aus waren, uns umzubringen.« Juan lächelte. »Regen Sie sich deshalb nicht auf, Lady Heselwood. Sie wollten bloß unsere Pferde.«

»Und wie lange hättet ihr da draußen ohne Pferde überlebt?« rief Jasin.

»Bis meine Männer gekommen wären«, erwiderte Juan schlicht.

Jasin machte gerade die Drinks fertig. »Meine Hand zittert beim Einschenken, wenn ich mir vorstelle, was hätte passieren können.«

»Was ist denn nun passiert? Mit den Buschkleppern, meine ich«, sagte Georgina.

»Sie sind verjagt worden. Es gibt also keinen Grund, sich Sorgen zu machen«, antwortete Juan. »Das ist ein sehr schönes Haus.«

»Meine Güte, ja«, pflichtete Forster ihm bei. »Es ist schön, die

Füße hochlegen zu können. Und die Landschaft hier oben ist ganz anders als unten bei Ihnen, nicht wahr, Juan? Viel tropischer, als ich gedacht hätte, mit all diesen wogenden Palmen. Erinnert mich an Colombo.«
»Ja, sehr reiche Vegetation«, erwiderte Juan, »und wesentlich wärmer.«
Georgina beobachtete ihn, während er mit Jasin über die Farm redete. Sie bemerkte, daß seine neue Frau nichts an seinem höchst individuellen Bekleidungsstil geändert hatte. Er trug immer noch seine klassischen schwarzen, gut geschnittenen Kleider und sorgte dafür, daß seine Frisur stets ordentlich saß – mit Hilfe von Öl, wie sie vermutete. Forsters weiße Haare standen aufgrund der Strapazen wild vom Kopf ab, und Jasin hatte den Versuch aufgegeben, diese eine blonde Locke aus seinem Gesicht fernzuhalten. Georgina gefiel es so eigentlich ganz gut; es gab ihm ein jungenhaftes Aussehen, obwohl er jetzt einen dicken Schnurrbart hatte. Die meisten Männer hierzulande trugen Bärte, und sie sah erfreut, daß Juan auch der Mode widerstanden hatte. Seine dunkle Haut war so glatt und attraktiv wie eh und je. Er war kleiner als Jasin, aber robuster, stärker und interessanter. Dann merkte sie, daß sie zu lange bei diesem Mann verweilte, und beteiligte sich wieder an der Konversation. Ihr wurde klar, daß auf ihrer Reise von Brisbane hierher mehr geschehen war, als sie ihr erzählt hatten.
»Was ist ihnen sonst noch zugestoßen, Jasin? Da Juan und Lord Forster offensichtlich nicht näher darauf eingehen wollen, mußt du's mir erzählen.«
»Da draußen sind Schwarze«, sagte Jasin. »Hunderte von ihnen!«
Sie sah ein kurzes Aufflackern von Zorn in Rivadavias Gesicht. Offenbar wollte er in ihrer Gegenwart nicht darüber sprechen, aber sie mußte es aus Jasin herausbekommen, und zwar jetzt. Später würde er Zeit haben, sich etwas auszudenken.
»Wilde Schwarze, meinst du? Aber wir kriegen hier auf der Farm kaum jemals einen zu sehen. Und selbst wenn sie da draußen sind – es scheint doch niemandem etwas geschehen zu sein.«

»Sie wollten Lord Forsters Gruppe nicht durchlassen. Sie waren gezwungen, einen Umweg von mehr als zehn Meilen zu machen. Deshalb sind sie schließlich steckengeblieben. Krill wird die Kutsche morgen mit ein paar Männern holen.«
»Waren sie angriffslustig?« fragte sie Juan.
Er schüttelte den Kopf. »Eigentlich nicht. Eher stur. Sie sahen wilder aus, als sie waren, denke ich. Aber es war offensichtlich, daß sie beschlossen hatten, uns an dieser Stelle nicht über den Fluß zu lassen.«
»Wo, Jasin? Bei Massey's Crossing?«
»Ja«, sagte er aufgebracht. »Genau da, wo wir ihn immer überqueren. Mir stellen sie sich das nächste Mal, wenn ich hinüberwill, besser nicht in den Weg.«
Forster schnaufte und schenkte sich noch einen Brandy ein. »Es war eine Frage der zahlenmäßigen Stärke, mein Freund. Es waren mehr als dreißig Schwarze, die uns den Weg versperrten, und noch einige mehr oben auf den Felsen. Wir konnten nicht genau feststellen, wie viele.«
»Wir wollten keinen Ärger«, mischte sich Juan ein. »Lord Forster ist sehr geschickt mit ihnen umgegangen.« Er lächelte Forster an. »Unser Diplomat. Er ist zu ihnen hinuntergeritten und war außerordentlich höflich. Er hat sich vor ihnen verbeugt und sie um Rat gebeten, welche alternative Route wir nehmen sollten.«
»Sprachen sie denn Englisch?« fragte Georgina erstaunt.
»Nein«, lachte Forster. »Wir haben uns mit Charaden und Zeichensprache verständigt, und schließlich wurden sie ganz umgänglich. Wissen Sie, ich hatte den Eindruck, daß diese Burschen auf Befehl handelten, aber nicht recht wußten, was sie tun sollten. Und sie wußten, was Schußwaffen sind. Sie haben unsere Polizisten sorgfältig im Auge behalten. Jedenfalls haben wir ihnen ein paar Geschenke gegeben, zwei Satteltaschen und Angelhaken und dies und jenes ...«
»Geschenke!« schnaubte Jasin. »Ich hätte sie einfach niedergeritten.«

Rivadavia musterte ihn. »Vielleicht. Aber sie hatten keine Frauen dabei, was ein gefährliches Zeichen ist. Aber ich hatte meine Frau und ihr Mädchen dabei.« Er wandte sich an Georgina. »Lord Forster hat eine sehr richtige Bemerkung gemacht, die mir im Augenblick nicht einfallen will. Was war noch gleich der bessere Teil der Tapferkeit …«
Georgina sah wieder sein strahlendes Lächeln und dachte, daß Delia ein sehr glückliches Mädchen war.
»Diskretion, mein Junge«, rief Forster lachend, aber Jasin war immer noch wütend. »Morgen werden wir hinreiten, und wenn sie noch da sind, treiben wir sie auseinander.«
Forster war beunruhigt. »Bitte vergessen Sie es, Jasin. Die Schwarzen haben ja kein Verbrechen begangen. Stiften Sie unseretwegen keine Unruhe. Gouverneur Gipps versucht Mittel und Wege zu finden, um mit den Eingeborenen auf der Basis von Goodwill Frieden zu halten. Deshalb möchte ich nicht in irgendwelche Streitigkeiten verwickelt werden.«
»Gipps ist ein Dummkopf!« rief Jasin. »Wir werden uns dieses Auftreten nicht bieten lassen. Bewaffnete Schwarze, die meine Gäste bedrohen! Die arme Delia muß zu Tode erschreckt worden sein.«
»Da hat Jasin recht«, sagte Georgina. »Was für ein Erlebnis für sie. Vielleicht wäre es ihr lieber, wenn sie heute abend auf ihrem Zimmer essen könnte. Was meinen Sie, Juan?«
»Ich werde es herausfinden«, sagte er.
Als er hinausging, bemerkte Georgina, daß er hinkte. »Hast du mir wirklich alles erzählt?« fragte sie Jasin vorwurfsvoll. »Nun, wir haben noch nichts über die Schiffsreise von Newcastle nach Brisbane und über den nicht so aufregenden Teil der Reise gehört, meine Liebe, aber wir müssen Lord Forster doch zwischendurch mal Luft holen lassen.«
»Wieso hinkt Juan?«
»Hinkt er? Das ist mir gar nicht aufgefallen«, sagte Jasin. Forster erklärte es ihnen. »Er hatte ein schlimmes Erlebnis mit einem Ein-

geborenen. Hat einen Speer ins Bein gekriegt, der ein Stück eines Muskels abgetrennt hat oder so ähnlich, glaube ich, aber es war ein Glück, daß der Bursche nicht besonders gut zielen konnte.«
Jasin war fassungslos. »Du meine Güte! Was ist denn bloß los? Sie wollen doch nicht sagen, daß das im Hunter Valley passiert ist? Da unten haben sie doch gewiß keine Probleme mit den Schwarzen?«
»Eigentlich nicht. Sie hatten Probleme mit den Weißen; die haben eine schwarze Sippe umgebracht. Anscheinend haben sie ein paar unschuldige Schwarze als Vergeltungsmaßnahme dafür getötet, daß sie Schafe verloren haben, und damit einen armen Aborigine dazu gebracht, Rache zu nehmen. Er hat einem Viehhüter den Hals gebrochen und ist dann auf Juan losgegangen, bevor sie ihn erschossen. Eine traurige Geschichte, aber Delias Mann ist schon ein toller Kerl. Er hegt keinen Groll gegen die Schwarzen; er sagt, der Eingeborene war im Recht. Da sehen Sie, was ich mit Goodwill meine, Jasin. Rivadavia hat es abgelehnt, Vergeltung zu üben. Oh, wirklich ein toller Bursche! Ich mag ihn sehr. Sein Vater ist natürlich ein guter Freund von mir, wissen Sie.«
»Ja, das habe ich gehört«, sagte Georgina interessiert. »Wie ist es dazu gekommen?«
Während Forster es ihr noch erklärte, kam Juan zurück. »Delia wäre sehr dankbar, wenn sie heute abend eine leichte Mahlzeit auf dem Zimmer einnehmen könnte, Lady Heselwood. Sie ist doch ein bißchen mit den Nerven herunter.«
»Das müssen wir wiedergutmachen. Ich fühle mich dafür verantwortlich. Aber wir sind jetzt seit zwei Jahren hier, und dies ist das erste Mal, daß es Ärger gibt«, sagte Georgina.
»Außer wenn sie unsere Rinder abstechen«, knurrte Jasin.
»Ach, um Gottes willen! Wir haben so viele Rinder, was macht es da schon, wenn sie ab und zu mal ein paar töten, um sie zu essen?«
Jasin wandte sich aufgebracht an Juan. »Ich versuche Georgina immer wieder klarzumachen, daß sie nicht der Nahrung wegen töten, sondern bloß aus Blutdurst, aber natürlich bekommen wir

die Übeltäter nie zu Gesicht. Was soll ich tun? Beide Augen zudrücken?«

»Ich würde den Schwarzen auf Ihrer Farm mehr Geschenke geben, mehr Nahrungsmittel, damit die wilden Schwarzen sehen, was für ein netter Kerl Sie sind«, schlug Juan vor.

»Ihnen scheint das nichts genützt zu haben«, erwiderte Jasin mit einer Anspielung auf Juans Bein, aber der Argentinier zuckte die Achseln.

»Ich glaube nicht, daß mich dieser Eingeborene töten wollte«, sagte er ruhig.

»Was für ein Blödsinn!« gab Jasin zurück, und Georgina wurde nervös. Wenn Jasin wütend war, sagte er das erstbeste, was ihm in den Sinn kam, und sie machte sich Sorgen, daß seine unterschwellige Abneigung gegen Juan zu einer allgemeinen Verstimmung führen würde.

Forster versuchte, ihr zu Hilfe zu kommen. »Sagen Sie mal, Juan, wo wir doch jetzt in den Subtropen sind: Wo liegt Ihre Farm im Norden, von hier aus gesehen?«

»Südwestlich von hier, würde ich meinen. Vielleicht nicht mehr als hundert Meilen entfernt.«

»*Sie* haben hier oben ein Stück Land?« Jasin hörte sich an, als ob der Argentinier den Fuß auf die britische Fahne gesetzt hätte.

»Ja. Am Brisbane River, im Tal.«

»Wie viele Morgen?«

»Ich weiß nicht genau, etwa fünfzig Quadratmeilen. Nicht viel.«

Georgina merkte, wie sie tiefer in ihren Sessel sank. Das hatte Jasin gerade noch gefehlt: Juans Besitz war größer als Montone. Aber wieder einmal mischte sich Lord Forster in dem Glauben ein, ihr zu helfen. »Nicht viel für einen Argentinier mit ihren großen Ranches«, schmunzelte er, »aber riesig für einen Engländer, was?«

Georgina erwärmte sich für Lord Forster. Sie hatte ihn viele Jahre nicht gesehen, aber er war ein so netter Mann, und sein Stolz auf den Mann seiner Enkelin war unübersehbar. Jasin andererseits war wütend, das konnte sie sehen. Sie hatte das Gefühl, sie sollte in die

Küche gehen und dem Koch sagen, er solle sich mit dem Abendessen beeilen, aber dann kam sie zu dem Schluß, daß es vielleicht besser war, wenn sie hierblieb und versuchte, die Situation ein wenig im Griff zu behalten.

»Sie sind früh dran.« Jasins Stimme war seidenweich und nicht gerade höflich. »Wie kommen Sie zu einem Stück Land hier oben, wenn Sie noch nie einen Fuß in dieses Gebiet gesetzt haben?«

»Ich habe einen Partner«, sagte Rivadavia. »Er hat es für mich abgesteckt.«

Das gefiel Jasin. »Oh, ich verstehe. Es gehört nicht alles Ihnen.«

»Nein. Tut mir leid, mein Englisch läßt mich manchmal im Stich«, erklärte Juan, aber Georgina sah ein hartes Glitzern in seinen dunklen Augen, und sie wünschte, Jasin würde es dabei bewenden lassen. Trotz Juans höflicher Antworten auf Jasins Fragen wußte sie, daß er gereizt war.

Aber Jasin ließ nicht locker. »Und wer ist Ihr Partner? Erzählen Sie mir nicht, daß Sie zu einem dieser Syndikate gehören, die sich ungeheure Landflächen aneignen, nur um damit zu spekulieren!«

»Gewiß nicht, Lord Heselwood. Ich spekuliere nie. Das Land wird eine gute Auffangstation für Vieh bilden, wenn wir Zeit haben, ein paar Herden hier heraufzubringen.« Mit dem Absenken seiner Stimme bei den letzten paar Worten hatte Juan angedeutet, daß das Thema erledigt war, daß es nicht interessant genug war, um weiter verfolgt zu werden.

»Da Sie und Ihr Partner in diesem Gebiet sein werden, könnten Sie uns sagen, wer es ist? Vielleicht ein Landsmann von Ihnen?«

»Nein«, sagte Juan ruhig. »Er ist Ire. Ich glaube, Sie kennen ihn. Pace MacNamara.«

Jasin fiel das Glas aus der Hand und zerbrach auf dem Fußboden. Als sie in dieser Nacht im Bett lag und Jasin bereits fest schlief, dachte Georgina noch einmal über die Unterhaltung nach und lachte. Jasin hatte es nicht anders gewollt. Aber es war trotzdem sehr merkwürdig. Zwischen Pace und Jasin hatte vom ersten Tag an, als sie sich auf dem Schiff begegnet waren, Feindschaft geherrscht. Sie rief sich ins Gedächtnis, daß sie MacNamara anfangs auch nicht gemocht hatte, wenn sie ehrlich war, weil sie das Gefühl hatte, daß er nicht zu ihnen paßte, aber nach einer Weile hatte sich das ein wenig gelegt. Der Ire hatte einen scharfen Verstand, und wenn sie es recht bedachte, war er immer freundlich gewesen, viel männlicher und hilfsbereiter als Dr. Brooks oder dieser elende Dermott Forrest. Vielleicht hatte sie ihn falsch beurteilt. Das Leben in der Kolonie veränderte den Blickwinkel. Aber dann war da diese seltsame Geschichte mit Jasin, der Pace angestellt hatte, obwohl er ihm ein Dorn im Auge war. Das Merkwürdige daran war, daß sich Jasins widerwilliger Respekt vor MacNamara in Haß verwandelt hatte. Da war sie sicher. Das konnte nur daran liegen, daß sein Angestellter eine Farm in der Nähe von Carlton Park hatte, die in keinerlei Hinsicht an ihre heranreichte, aber das konnte doch wohl nicht der einzige Grund dafür sein, daß Jasin jedesmal wie eine Kiste mit Feuerwerkskörpern hochging, wenn der Name des Mannes erwähnt wurde. Das alles ergab keinen Sinn.

Juan Rivadavia hatte seine eigenen Pläne für diesen Besuch, sonst hätte er die Einladung nicht angenommen. Zwar fand er Georgina bezaubernd, aber auf den Umgang mit Heselwood konnte er durchaus verzichten. Ebensowenig hätte er aus freien Stücken untätig auf Montone Station herumgesessen, obgleich es zu Hause soviel für ihn zu tun gab. Sobald es die Höflichkeit erlaubte, wollte er mit seinen Männern zu dem Grundstück am Brisbane River reiten und es in Augenschein nehmen. Ihm lag daran, daß seine Viehtreiber mit dem Gebiet dort ebenfalls vertraut waren, weil sie die ersten Herden nach Norden bringen und – falls Pace einverstanden war – mit der Arbeit auf der Farm beginnen würden.
Die ersten paar Tage auf Montone verliefen ereignislos. Delias Lebensgeister erwachten wieder, und sie fühlte sich in der Gesellschaft englischer Freunde sehr wohl. Sie stellten alle fest, daß sie viel miteinander zu reden hatten, und Juan freute sich; er brauchte

keine Bedenken zu haben, seine Frau für ein paar Tage in ihrer Obhut zu lassen. Auch im Hunter-Valley-Distrikt gab es nicht allzu viele Leute, zu denen Delia eine Beziehung finden konnte, und er wollte alles tun, was in seiner Macht stand, um sie glücklich zu machen. Er wußte aus eigener Erfahrung, was für ein Opfer sie brachte, indem sie sich bereit erklärte, in New South Wales zu leben. Im großen und ganzen fand er die Kolonisten ziemlich primitiv, selbst die Leute, die Geld hatten. Sie besaßen kaum eine Vorstellung davon, was feine Lebensart war. Er vermißte die Musik und die Fröhlichkeit Argentiniens. Für sich selbst verlangte er nicht allzuviel, aber von nun an würde er sich mehr darum bemühen müssen, Leute zu finden und als Gäste ins Haus zu holen, an deren Gesellschaft Delia vielleicht Freude haben würde, in erster Linie Frauen. Im Sommer würde sie im Haus am Meer in Newcastle wohnen können, und sie brauchte Freunde, die sie dorthin einladen konnte, da es ihm nicht möglich war, die ganze Zeit dort zu bleiben.

Am dritten Tag ihres Besuchs trafen zwei zähe Schotten von ihrer Farm draußen bei Burnett Waters ein, und Juan wurde mit ihnen bekannt gemacht. Sie behaupteten, daß in einer Nacht mindestens vierzig ihrer Rinder von Schwarzen getötet worden seien, was eine große Zahl von Dingos angelockt habe. Die fünf Männer, darunter Juan und Lord Forster, nahmen am Tisch im Speisezimmer Platz, um die Angelegenheit zu erörtern.

Davey Morrison hatte eine ganz klare Vorstellung davon, was zu tun war. »Die Siedler in diesem Distrikt sollten sich zusammentun und gegen die Schwarzen vorgehen, um ihnen eine ordentliche Lektion zu erteilen.«

Lord Forster warnte davor. »Es wäre klüger, wenn ihr das Militär rufen würdet, statt die Sache selbst in die Hand zu nehmen.«

»Wir haben den Gouverneur schon um Unterstützung gebeten, aber der hatte nicht mal die Höflichkeit, uns zu antworten. Denen ist es doch egal, was hier oben passiert«, sagte Davey.

»Aber euer Problem besteht darin, die wahren Schuldigen zu finden. Wenn ihr an unschuldigen Schwarzen Vergeltung übt und einige von ihnen dabei ums Leben kommen, könntet ihr wegen Mordes verhaftet werden.«

Laddie Morrison, Daveys rotbärtiger Bruder, verlieh seiner Wut lautstark Ausdruck. »Das kann nicht Ihr Ernst sein, Mann! Niemand würde es wagen, mich zu verhaften, weil ich auf meinem Land einen Schwarzen erschossen habe.«

»Wir sind friedliche Leute«, sagte Davey Morrison, »aber wir können es uns nicht leisten, daß das so weitergeht. Lord Heselwood ist auch unserer Meinung.«

»Natürlich«, pflichtete ihm Jasin bei. »Die Weideflächen sind zu groß, um sie zu bewachen; wir können die Schwarzen nicht verjagen, und wir wollen's auch nicht. Eines Tages sind sie vielleicht zivilisiert genug, um für uns zu arbeiten.«

»Sie wollen doch wohl nicht die Hände in den Schoß legen und darauf warten, daß sie mal arbeiten«, schnaubte Davey. »Wir sind nicht hergekommen, um närrisches Zeug zu quatschen. Wir müssen zurückschlagen.«

Lord Forster war beunruhigt. Er erinnerte sich an seine Gespräche mit Gouverneur Gipps. »Was genau meinen Sie mit zurückschlagen, Mister Morrison?«

»Es gibt nur eins, was wir tun können. Wenn wir welche von ihnen auf frischer Tat ertappen, was mehr als unwahrscheinlich ist, schnappen wir sie uns und verpassen ihnen eine Tracht Prügel, aber wenn nicht ...« Er sah seinen Bruder an, der den Satz ergänzte: »Dann haben wir keine andere Möglichkeit, als ein paar von ihnen als Warnung zu erschießen.«

»Menschenleben für Vieh?« fragte Forster.

»Menschenleben!« murmelte Davey Morrison verächtlich, während er sich wütend Tabak in seine Pfeife stopfte, aber er sah Lord Forster nicht an.

»Welche Lösung haben Sie denn anzubieten, Forster? Daß wir uns zurücklehnen und zusehen, wie sie unsere Herden dezimieren?« Jasin war nicht in der Stimmung, Kompromisse zu schließen.

»Wir haben zwei unserer besten Bullen verloren«, sagte Laddie Morrison. »Verstehen Sie denn nicht, Sir, daß diese Tiere für uns unersetzlich sind? Wir müssen bis nach Newcastle oder sogar nach Bathurst reiten, um gute Zuchtbullen zu kriegen.«
»Das stimmt«, sagte Davey und lachte. »Wir werden Schwierigkeiten haben, die Bullen zu ersetzen, aber wir hätten keine Schwierigkeiten, ein paar Schwarze zu ersetzen.«
Forster wandte sich an Juan. »Was meinen Sie?«
Juan suchte nach einer Lösung. »Ich habe Verständnis für Ihre Einstellung, aber denken Sie daran, Vergeltung führt nur zu neuer Vergeltung. Wenn Sie einige von deren Männern töten, ist es doch wohl klar, daß sie als nächstes Ihre Männer töten, nicht bloß Ihr Vieh.«
Das dämpfte Jasins Entschlossenheit. Er hatte nur ein paar Rinder verloren, und die Morrison-Brüder waren weiter westlich als Montone; vielleicht waren die Schwarzen dort wilder. »Vielleicht sollten wir den Dingen einfach noch eine Weile ihren Lauf lassen. Das war eine gute Idee von Ihnen, Davey, die Schuldigen auszupeitschen.«
Davey Morrison drehte sich wütend zu ihm um. »Sie haben gut reden! Sie sind ja bis jetzt noch ziemlich ungeschoren davongekommen, aber bauen Sie nicht darauf, daß es so bleibt. Da ist was im Busch, ich sag's Ihnen. Die Schwarzen bei uns auf der Farm sind verflucht still geworden; sie reden überhaupt nicht mehr, und ganze Lager sind verschwunden.«
»Kann auch sein, daß sie sich aus Angst verdrückt haben, wir könnten ihnen genauso einen Streich spielen, wie sie's bei den Schwarzen auf Kilcoy gemacht haben«, sagte Laddie.
»Ach, vergiß das doch!« Davey sah seinen Bruder finster an, aber Lord Forster mischte sich ein. »Moment mal. Was für einen Streich haben sie den Schwarzen gespielt?«
Laddie grinste. »Sie haben ihnen vergifteten Pudding gegeben, Kilcoy-Pudding, wie sie's nennen. War mit Arsen versetzt.«
»Mein Gott!« Froster war schockiert. »Ich kann nicht glauben, daß jemand zu so etwas fähig ist!«

»Wir hatten nichts damit zu tun«, sagte Davey Morrison rasch, »aber Sie müssen sich klarmachen, daß diese Unruhe unter den Schwarzen schon vor dieser Episode da war. Die hatten ebenfalls Probleme mit ihnen.«

»Trotzdem, es ist absolut abscheulich, so etwas zu tun. Damit will ich nichts zu schaffen haben«, sagte Jasin. »Ich schlage vor, wir kümmern uns um unsere eigenen Farmen. Ich schließe mich nicht mit Burschen zusammen, die zu derartigen Methoden greifen. Und das«, erinnerte er sich plötzlich, »war wahrscheinlich der Grund für den Ärger, den Ihre Gruppe auf dem Weg hierher hatte, Forster. Sie sind durch diese Gegend gekommen.«

»Mein Gott! Wenn ich das gewußt hätte, hätten wir Brisbane wohl kaum verlassen!« erwiderte Forster. »Diese Mörder haben sämtliche Weißen hier in Gefahr gebracht. Ich werde das dem Gouverneur melden, und es wird eine Untersuchung geben müssen.«

»Dann möchte ich Sie bitten, nicht zu erwähnen, wo Sie die Geschichte gehört haben«, knurrte Davey Morrison. »Wir haben schon genug Probleme, da müssen wir uns nicht auch noch mit anderen Siedlern anlegen.«

»Verabscheuenswert, so etwas«, sagte Forster, der mit den Gedanken immer noch bei dem Giftanschlag war. Er schüttelte den Kopf, als wollte er sich glauben machen, daß es nicht stimmen konnte.

Juan stand auf, ging zur Tür und ließ den Blick über die friedliche Landschaft schweifen. Georgina hatte überall auf der großen Veranda Farne und Eukalyptusblüten aufgestellt, und es wirkte so ruhig und friedvoll, ein Zufluchtsort auf dem Land, wie man ihn sich nur vorstellen konnte. »Dann hat die Vergeltung, von der Sie sprechen, also bereits begonnen«, sagte er. »Wenn ich Sie wäre, würde ich Vorbereitungen treffen, mich zu schützen.« Er erinnerte sich daran, daß die Kämpfe mit den Indianern in Argentinien ganz ähnlich angefangen hatten.

»Wogegen denn?« fragte Davey Morrison. »Sie würden es nicht wagen, die Farmen anzugreifen. Da sind Sie auf dem Holzweg. Was wir schützen müssen, ist unser Vieh.«

»Da wäre ich mir nicht so sicher«, warnte Juan. »Die Aborigines stehen uns in puncto Mut und Tapferkeit in nichts nach. Wenn ihre Leute in diesem Distrikt ermordet worden sind, könnt ihr euch auf einiges gefaßt machen.«

»Wenn sie rauskriegen, was sie umgebracht hat«, sagte Laddie hoffnungsvoll, und Juan drehte sich um und sah ihn mit solcher Verachtung an, daß Jasin eingriff, um das Gespräch zu beenden. »Laßt uns einen Happen essen. Georgina hat im offenen Durchgang den Tisch gedeckt. In der warmen Wintersonne ist es da sehr angenehm. Und ich würde es zu schätzen wissen, wenn dieses Thema in Gegenwart der Damen nicht zur Sprache käme.«

Er führte den Vorsitz bei dem kleinen Imbiß und tat sein Bestes, um die Anwesenden zu unterhalten. Der normalerweise weltgewandte und gesprächige Forster war schweigsam, und Rivadavia brütete in seinem Ärger vor sich hin, wie es Lateinamerikaner eben taten, während die Morrison-Brüder von nichts anderem als von Rindern sprachen. Jasin war froh, als sie sich verabschiedeten, um sich auf den Rückweg zu ihrer Farm zu machen.

»Nun, was meinen Sie?« fragte er Forster in der Stille des Nachmittags.

»Ich weiß nicht. Es wäre besser, Sie würden mit Rivadavia sprechen. Er hat in diesen Dingen mehr Erfahrung als ich.«

»Das hat nicht viel Zweck. Man kann die Aborigines nicht mit Indianern vergleichen. Diese Burschen haben ja nicht einmal Pferde. Wir könnten sie niederreiten, wenn wir wollten. Nein, solange sie mein Vieh in Ruhe lassen, habe ich keinen Streit mit den Schwarzen.«

Sie gingen den Weg entlang, der zum Haus führte, und blieben bei ein paar Rieseneukalyptusbäumen stehen, deren glatte Stämme grauweiß gesprenkelt waren. Forster erschauerte unwillkürlich.

»Sie müssen sehr alt sein, diese Bäume«, bemerkte er. Er blickte zu dem Holzhaus zurück, das mit den ganzen Flügelfenstern, die zu allen Seiten auf die Veranden hinausführten, sehr ungeschützt wirkte, und erinnerte sich an Juans Sandsteinhaus, das sich nur

nach innen zu einem Hof hin öffnete. Juan hatte das Haus nach Art der Haziendas gebaut, die ästhetisch attraktiver und einfacher zu verteidigen waren. Er hatte die Veranden an den Seiten abgeschafft, wobei er diese Form eher aus Nostalgie als wegen des Schutzes gewählt hatte, aber Forster dachte nun, daß dies vielleicht eine bessere Bauart für Montone gewesen wäre. Er seufzte. Seine Überlegungen waren nur die weitschweifigen Gedanken eines alten Mannes, und es lohnte sich wirklich nicht, sie zur Sprache zu bringen.
Am frühen Morgen gingen die drei Männer auf Truthahnjagd, und als sie mit Jagdtaschen voller plumper Vögel auf dem Rückweg waren und sich schon auf ein üppiges Mahl freuten, kam Krill auf sie zugaloppiert. »Da ist irgendwas im Gange, Sir«, rief er, an Jasin gewandt. »Sie sind alle beim Haus, auch die ganzen Reiter, die die Zäune kontrollieren. Sie glauben, daß es auf der Farm von wilden Schwarzen wimmelt.«
Sie starrten über das gerodete Land auf die blaßgrüne Linie des Buschs, die sich scharf vor dem wolkenlosen blauen Himmel abzeichnete, und dann wieder auf das dunklere Grün der Berge. »Sind Sie sicher?« fragte Jasin. »Für mich sieht alles normal aus.« Zwei kleine Loris zogen in schnellem Flug auf Futtersuche krächzend über sie hinweg. »Kann sein, daß Morrisons Männer unseren Leuten mit ihrem Geschwätz einen Schrecken eingejagt haben.«
»Nein, Sir. Meine Jungs sagen, daß es keine gewöhnlichen Schwarzen sind. Sie sind alle in voller Kriegsbemalung und so lautlos wie Schatten. Das gefällt mir nicht. Die Schwarzen von der Farm sind samt und sonders verschwunden, und manche von unseren Jungs sind kurz davor, Reißaus zu nehmen. Was sollen wir tun?«
»Bewaffnen Sie die Männer. Stellen Sie ein paar als Wachen für die Ställe ab – wir können es uns nicht leisten, die Pferde zu verlieren – und lassen Sie die übrigen ums Haus herum Aufstellung nehmen. Besser, wir sind vorbereitet, nur für alle Fälle.«
Er drehte sich gelassen wieder zu Juan und Lord Forster um. »Es tut mir leid, anscheinend gibt es ein bißchen Ärger. Wir sollten lieber machen, daß wir nach Hause kommen. Es ist zwar lästig, aber

ich finde, wir sollten lieber vorsichtig sein.« Im Haus schlossen sie die Fensterläden und verriegelten die Türen, und Jasin bestand darauf, daß sich Georgina, Delia und die anderen beiden Frauen – Miss Lee und die Köchin – ins große Schlafzimmer begaben, während sich die Männer in der Küche und im Salon versammelten. Delia war bleich vor Angst, aber Georgina beruhigte sie. »Ich finde, das ist eine gute Idee. Wir frühstücken da drin, nur die Frauen.«
»Ich würde viel lieber bei Juan bleiben.«
»Oh nein, meine Liebe, lassen Sie den Männern ihren Spaß. Ich bin sicher, daß sie sich ordentlich amüsieren. Es gibt keinen Grund, sich Sorgen zu machen.« Sie bugsierte Delia ins Schlafzimmer und schloß die Türen, als die Männer Schußwaffen auszuteilen begannen.
Am Mittag war immer noch keine Spur von den Schwarzen zu sehen, und die Frauen begannen wieder herumzulaufen und Sandwiches und Tee zu servieren. Da im ganzen Haus der Tabakrauch hing, erlaubte Jasin, daß ein paar Türen geöffnet wurden.
»Meinen Sie, wir sollten jemand rausschicken, um nachzuschauen, was los ist?« wollte Jasin von Krill wissen.
»Geht in Ordnung, Sir«, erwiderte Krill und drehte sich um, um auf echt militärische Art einen Befehl zu geben, aber Juan schaltete sich ein. »Jetzt noch nicht«, sagte er. »Wenn sie weg sind, brauchen wir uns keine Sorgen zu machen, aber wenn sie noch da sind, könnte es für die Kundschafter gefährlich werden.«
»Es ist verdammt albern, hier eingesperrt zu sein, wenn es keinen Grund zur Besorgnis gibt«, wandte Jasin ein.
»Aber es schadet nichts, Geduld zu haben«, erwiderte Juan. »Wir kennen diese Leute und ihre Gewohnheiten nicht. Nach allem, was wir wissen, können sie durchaus friedfertig sein, aber wenn sie uns angreifen wollen, könnten sie warten, bis es dunkel ist. Die Schwarzen, denen wir auf dem Weg hierher begegnet sind, sprachen eine andere Sprache als die bei uns zu Hause. Das hat mich überrascht. Ich dachte, sie würden alle die gleiche Sprache sprechen. Ich möchte wissen, was für Schwarze das hier oben sind.«

»Das weiß ich, Sir«, sagte Krill. »Die Schwarzen bei Ihnen sind Kamilaroi...«
»Ja, das stimmt«, sagte Jasin.
Krill nickte. »Nun, diese hier sind ein anderer Schlag. Sie nennen sich Tingum.«

Bussamarai und seine Krieger tauchten wie eine weiße Farbschicht an der langen Baumlinie auf und standen wartend im Mondlicht. Sie hielten ihre weiß bemalten Schilde fest und hatten die Speere hoch erhoben.
Es war Jack Drew untersagt worden, mit ihnen zu gehen, weil er nicht initiiert war, wofür er seinen Glückssternen dankte, weil er Bussamarai angefleht hatte, die Sache bleiben zu lassen. »Sie werden euch alle töten. Ich kann euch einen besseren Weg zeigen.«
»Es gibt keinen besseren Weg«, hatte Bussamarai gesagt, während er hoch aufgerichtet in dem kleinen Kreis stand, der den Kriegsrat bildete.
»Das ist Wahnsinn«, hatte Jack sie angeschrien, und die Tingum-Männer hatten mißbilligend geknurrt. Es war impertinent von diesem Fremden, ihre Entscheidung anzuzweifeln, selbst wenn er ein Freund des großen Bussamarai war.
Jack blieb nichts anderes übrig, als am Waldrand ein gutes Stück hinter den anderen stehenzubleiben und zuzusehen, wie Bussamarais vierhundert Krieger ihre Plätze einnahmen. Er wollte über die Koppeln zu dem Haus laufen und den Weißen zurufen, daß sie nicht schießen sollten, aber dann würde der alte Alptraum Wirklichkeit werden, vor dem er sich jahrelang gefürchtet hatte. Es ging nicht; es würde nicht sehr weit kommen. Entweder ein Speer oder eine Kugel.
Als die vier langen Reihen stattlicher Krieger Aufstellung genommen hatten, setzte der Singsang ein; hinter ihnen begannen Stöcke zu klicken, und weit weg im Wald hörte Jack den eintönigen Klang eines Didgeridoos. Rasselähnliche Instrumente stimmten ein und brachten mit tiefer, ohrenbetäubender Wildheit den Donner herab,

und er fröstelte, als er sich fragte, welche Wirkung dieser Lärm auf die Weißen haben würde, die im Haus Zuflucht gesucht hatten. Und dann war es abrupt still. Die schwarzen Regimenter machten vier Schritte nach vorn, und achthundert nackte Füße begannen im gleichen Takt zu stampfen, und der dumpfe Rhythmus pflanzte sich im Boden fort und rollte in die Hügel hinein.
»Allmächtiger!« sagte Lord Forster, der durch die Rippen eines Fensterladens spähte. »Sie sehen wie Zulus aus, verdammt. Hat Sie niemand darauf aufmerksam gemacht, daß es in diesem Gebiet solche Stämme gibt?«
»Nein, niemand«, sagte Jasin steif.
»Ich hatte den Eindruck, daß diese Eingeborenen nur hin und wieder auf eine kleine Rauferei aus wären«, fuhr Forster fasziniert fort. »Aber schauen Sie sich diese Schilde an. Die sind bestimmt einen Meter achtzig lang und zwei, drei Zentimeter dick. Solche Schilder habe ich in Afrika gesehen. Sind höllisch schwer, die Dinger. Das müssen starke Burschen sein. Ich will damit sagen, daß es viel Zeit gekostet haben muß, sie anzufertigen. Diese Schwarzen, die alle wie Geburtstagstorten angemalt sind, haben diese Sache schon seit einer Weile vorbereitet.«
Jasin hörte dem Engländer zu. Da stand ihnen ein schwerer Angriff bevor, und Lord Forster gab dazu seinen laufenden Kommentar ab, als ob er ein Tourist und nicht selbst in Gefahr wäre.
»Haben Sie um Hilfe geschickt?« fragte er Jasin.
»Ja, sechs Reiter sind in drei verschiedene Richtungen losgeritten. Aber das braucht seine Zeit. Beten wir, daß diese schwarzen Teufel noch länger da draußen herumtanzen.«
Während Juan sie beobachtete, rückten die Krieger erneut zwanzig Schritte vor und fuhren mit dem Gestampfe fort. Ihre gutturalen Stimmen nahmen wieder den monotonen, bedrohlichen Singsang auf.
Heselwoods Vormann kam in den vorderen Salon, wo die ganzen Möbel beiseite geschoben worden waren, damit die Verteidiger Platz hatten, sich zu bewegen. Er stellte zusätzliche Gewehre und

Munitionskisten an die Wand. »Ein paar von den Männern sind abgehauen«, berichtete er.

»Wer? Diese verdammten Sträflinge, nehme ich an?« fauchte Jasin.

»Nein, ein paar Viehhüter. Die Sträflinge sind noch auf ihren Posten.«

Lord Forster drehte sich entgeistert zu ihm um. »Doch wohl keine Engländer, hoffe ich?« Juan verkniff sich ein Lachen. Das Ganze hatte etwas Unwirkliches. Die Köchin kam mit einem weiteren Tablett mit Tee für die Damen an der Tür vorbei. Er warf von neuem einen Blick auf die näher kommenden Krieger. Im Wald versteckt, wartete Jack auf den nächsten Zug. Er hörte, wie Bussamarai den Kampfruf ausstieß und wie die Krieger ihn aufnahmen, wie sie den weißen Männern zuriefen, daß sie herauskommen und wie Männer kämpfen sollten, so daß dieser Krieg jetzt und sofort beigelegt werden konnte. Er blieb in Deckung, lief nach vorn und sprang auf den Stamm eines umgestürzten Baumes, um sich auf einen höher gelegenen Aussichtspunkt hinüberzuziehen. Er zog den Kopf zwischen die Schultern, als er hörte, wie sein Freund Bussamarai den Weißen zurief, sie sollten herauskommen und kämpfen, Speer gegen Speer, auf die korrekte Weise. »Herrje«, stöhnte er. »Ihr verdammten Dummköpfe. Die verstehen doch kein Wort.« Er betete zu Gott, daß ein paar Schwarze von der Farm im Haus waren, die den Kampfruf deuten konnten, und er verfluchte die Dummheit dieser Weißen, die ohne jedwede Verhandlungen mit den Schwarzen einfach ins Tingum-Gebiet marschiert waren. »Das einzige, worum es ihnen geht, ist die Herausforderung«, rief er, als der Singsang wieder aufgenommen wurde. Wenn ein Mann auf einer Seite fällt, ist der Kampf vorbei. Die Verlierer müssen abziehen.«

»Sie kommen näher«, sagte Forster zu Jasin. »Kann sein, daß sie es mit einem alten Eingeborenentrick versuchen. Vielleicht wollen sie uns hypnotisieren, so daß wir sie nah genug herankommen lassen, um uns anzugreifen.«

»Feuert über ihre Köpfe hinweg«, sagte Juan. »Eine Warnsalve.«

Aber Jasin beachtete ihn nicht. »Wenn sie noch weiter vorrücken, sind sie in Schußweite. Wir werden sie nicht näher herankommen lassen.«

Das Haus lag im Dunkeln, als Bussamarais Krieger zum letztenmal vorrückten, wobei sie erneut ihren Kampfruf ausstießen und den weißen Feiglingen, die zitternd hinter ihren Wänden hockten, Beleidigungen entgegenschleuderten.

»Feuer!« rief Jasin, und die Gewehre krachten in kurzen, scharfen Salven. Die Krieger fielen, wo sie standen, brachen reihenweise zusammen, wurden wie Kegel umgemäht, und die Gewehre feuerten weiter, immer weiter.

Und im Wald schrie Jack auf sie ein, sie sollten in Deckung gehen. Er sprang auf den Boden, um dem furchtbaren Anblick zu entrinnen, und haßte die Selbstgefälligkeit der Weißen, die immer noch schossen, obwohl kein einziger Speer geschleudert worden war, und nach einer Ewigkeit rannten Überlebende an ihm vorbei, graue, gespenstische Gestalten, die in der Nacht verschwanden.

Oben im Haus hielten sie bis zur Morgendämmerung Wache. Die Schwarzen hatten die Körper ihrer Toten im Schutz der Dunkelheit mitgenommen, aber die Massen von Schilden und Speeren, die liegengeblieben waren, erzählten die ganze Geschichte.

»Das wird ihnen eine Lehre sein«, sagte Jasin. »Sie werden nicht so schnell wieder in die Nähe von Montone kommen.«

Das Personal und die »Bosse« auf Montone feierten ihren Sieg an diesem Morgen mit einer großzügigen Zuteilung von Rum und Milch, aber Delia war immer noch so entsetzt, daß Juan mit ihr auf ihr ruhiges Zimmer ging, um sie zu trösten.

Als die Köchin einen Rundgang durchs Haus machte, um alle Fenster wieder zu öffnen, platzte sie dort hinein und zog sich rasch wieder zurück. Mit rotem Kopf lief sie in die Küche. »In ihrem Zimmer kann ich nichts machen, sie sind im Bett, aber sie schlafen nicht! Am hellichten Tag!«

Georgina errötete. »Dann mach mit dem übrigen Haus weiter«, fauchte sie, aber als sie an einem Spiegel vorbeikam und ihr eigenes

strenges Gesicht sah, mußte sie plötzlich lachen. »Na so was, Madam«, sagte sie zu ihrem Spiegelbild, »ich glaube wahrhaftig, Sie sind eifersüchtig.« Und wieso auch nicht, dachte sie. In den letzten Tagen hatte sie sich in Delias Gesellschaft zunehmend gelangweilt. Diese dumme Pute! Sie war hübsch, das ließ sich nicht bestreiten, aber sie war auch eigensinnig und arrogant. Georgina fragte sich, ob sie in ihrer Jugend genauso schlimm gewesen war, und fand diesen Gedanken unangenehm naheliegend.
Delia war Georgina mit endlosen Listen auf die Nerven gegangen, was Juan ihr alles noch kaufen mußte, und dann war da natürlich auch ihre Ansicht über das Strandhaus in Newcastle, wo sie mit Juan ihre Flitterwochen verbracht hatte. »Die Einrichtung ist furchtbar«, hatte sie Georgina erzählt, »ganz weiß und kahl wie ein Schneesturm. Es sieht aus, als ob man es sich nicht leisten könnte, es anständig einzurichten. Ich werde das ganze Haus selbst renovieren lassen. Juan ist es egal, wieviel ich ausgebe, damit es hübsch aussieht.«
Georgina hatte Jasin davon erzählt, und er war vor Lachen halb erstickt. »Da hast du's, meine Liebe. Deine Arbeit an dem Haus war totale Zeitverschwendung. Wenn Rivadavia deine Einrichtung wirklich gefallen hätte, würde er ihr befehlen, die Finger davon zu lassen.«
Und das hatte bewirkt, daß Georgina böse auf sie alle wurde, obwohl sie hoffte, daß Juan seiner Frau schlicht und einfach nur eine Freude machen wollte. Zweifellos hatte ihm der Stil gefallen, den sie dem Haus gegeben hatte. Jetzt war sie unsicher. Es war beunruhigend. Delia war gleichzeitig eine Nervensäge und eine Klette. Georgina beschloß, sich gründlich auszuruhen, sich dann die Haare zu waschen und sich mit ihrer Garderobe fürs Abendessen besondere Mühe zu geben. Alles, was Delia tat, führte dazu, daß sie sich alt und unattraktiv vorkam. Nach all dieser Aufregung würde sie der jungen Dame heute abend einen ordentlichen Kampf liefern.

»Ich hasse diese Farm«, sagte Delia zu ihrem Mann. »Ich will nach Hause. Diese schrecklichen Schwarzen könnten zurückkommen. Du mußt mich heimbringen.«
»Aber sicher. Wir werden so bald wie möglich abreisen«, sagte er, und Delia kuschelte sich entzückt an ihn. Es war wundervoll, verheiratet zu sein und einen Mann zu haben, der so eifrig darauf bedacht war, ihr jeden Wunsch zu erfüllen.
Juans Ankündigung kam nicht unerwartet. »Ich bedaure, daß ich die Gelegenheit verpasse, mir mein Land anzusehen, aber ich denke wirklich, daß wir abreisen sollten.«
Forster pflichtete ihm bei. »Sie sollten mit uns kommen, Georgina. Dies ist ein gefährliches Gebiet. Warum ziehen Sie sich nicht eine Weile zurück – Sie auch, Jasin –, bis wir ein paar Soldaten herholen können.«
»Kommt nicht in Frage«, sagte Jasin. »Ich kann Montone nicht verlassen. Nicht zu diesem Zeitpunkt. Aber wenn du gern etwas Abwechslung hättest, Georgina, nur zu.«
»Sie können mit uns nach Chelmsford kommen«, lud Delia sie ein. »Die kleine Rosa wird begeistert sein, daß wir schon so bald zurück sind. Sie wollte unbedingt mitkommen, aber Jasin meinte, die Reise wäre zu hart für sie, und er hatte natürlich recht. Ich hatte ja keine Ahnung, in was wir da hineingeraten würden.«
Georginas Stimme klang herablassend. Das letzte, was sie wollte, war, mit Delia irgendwohin zu gehen. »Ich bleibe hier. Auf der Farm ist keinem etwas geschehen. Aber vielen Dank für Ihre Anteilnahme.«
»Dann seien Sie bitte vorsichtig«, bat Juan. »Ich glaube, Sie könnten hier noch mehr Schwierigkeiten bekommen. Ich frage mich, ob diese Demonstration gestern nacht bloß eine Zurschaustellung von Stärke war.«
Jasin lachte. »Das kann man wohl sagen. Es war eine Zurschaustellung von Stärke, aber auf unserer Seite. Wir haben sie in die Flucht geschlagen, und wir sind gut geschützt.«
Als sie sich verabschiedeten, küßte Juan Georgina auf beide Wan-

gen, und sie spürte, daß diese Freundschaft echt war. »Es tut mir leid, Sie so bald schon wieder abreisen zu sehen«, sagte sie. »Vergessen Sie uns nicht.« Sie blickte ihnen nach, als sie in ihrer Kutsche mit ihrer Eskorte und einer zusätzlichen Wache aus Farmarbeitern von Montone wegfuhren, die bei ihrer Rückkehr melden würden, daß sie sicher in Brisbane angekommen waren, von wo aus sie per Schiff nach Newcastle zurückfahren würden.

Zwei Wochen später wurde Laddie Morrison keine hundert Meter von seinem Haus entfernt von einem Speer tödlich getroffen.

Die Schwarzenkriege
III

43. Kapitel

Um die Mittagszeit bat Bussamarai Jack Drew um Verzeihung und als sie ihm gewährt wurde, um einen Ratschlag. Diesmal, versprach er, wollte er besser aufpassen.
»Sie haben nun mal zu viele Waffen«, sagte der Weiße. »Glaub mir, ihr habt keine Chance gegen sie. Überlaßt ihnen doch das Gebiet.«
»Nie und nimmer. Es ist unser Land!«
»Na gut. Schlagt aber erst dann zu, wenn sie es nicht erwarten. Vor ihren Augen darf jetzt keiner mehr aus der Deckung gehen. Ihr stoßt auf sie herab wie die Adler.«
Kana stand indes schüchtern im Abseits. Sie wartete ergeben, bis der große weiße Mann sie wahrnahm. Endlich rief Jack sie zu sich herüber.
Sie lief davon, um sogleich in Begleitung eines Jungen mit kupferfarbener Haut und glattem braunem Haar zurückzukommen. Jack nahm ihn auf den Arm. »Das ist mein Sohn.« Bussamarai streichelte den Kleinen. »Ein prächtiger junge. Wie heißt er?«
»Wodrow«, sagte Jack. Bussamarai versuchte es nachzusprechen: »Wodoro.«
»Richtig.«
»Was bedeutet das?«
Die Frage verblüffte Jack. »Das weiß ich nicht. Es ist ein Teil meines Namens. Über die Bedeutung habe ich mir noch nie Gedanken gemacht.«
Mit einem Auflachen wandte Bussamarai sich an Kana. »Und gefällt dir der Name?«
»O ja. Wodoro ist ein schöner Name. Er bedeutet schwarzer Fels.«

»Schwarzer Fels?« rief Jack. Er hörte das zum ersten Mal. »Ach leckt mich doch alle, heißt das«, brummelte er auf englisch. Doch er war stolz auf den Jungen, und wenn er ihn herumzeigte, wuchs sein Ansehen in der Gemeinschaft.

In den kommenden Monaten überfielen und töteten Bussamarais Männer weiße Viehhüter, die sich allein hinauswagten, und trieben ihre Tiere auseinander. Die Weißen schlugen zurück.

Jeder Schwarze, den sie erwischten, wurde erschossen. So zogen die Eingeborenen sich bis weit in den Westen zurück, wo sie in Sicherheit waren. Nur die Krieger inszenierten weiter Überfälle. Horden aus dem Hochland berannten immer wieder wütend die Farmen in den Darling Downs im malerischen Brisbane Valley, doch wurden sie jedesmal von den Weißen zurückgeschlagen.

Da die schwarzen Krieger bis zu fünfzig Meilen täglich zurücklegen konnten, wußte freilich niemand, wo sie als nächstes auftauchen würden. So blieben die Siedler in ständiger Alarmbereitschaft. Von Tag zu Tag sank die Moral der Arbeitskräfte mehr. Weil sie aber kaum Schaden verursachten, wurden die Überfälle gern mit Mückenstichen verglichen. Bei einer ihrer regelmäßigen Zusammenkünfte beschlossen die Siedler die Bereitstellung schneller Pferde, damit sie sofort einen Boten mit der Bitte um Hilfe zur nächsten Farm schicken konnten, sobald sich auch nur ein feindlicher Schwarzer blicken ließ. Und selbst wenn die Warnung zu spät erfolgte, konnten sie immerhin die fliehenden Krieger verfolgen und töten.

Eines Abends griff eine Horde von etwa zwanzig Schwarzen erneut Montone Station an. Diesmal waren Jasins Leute gewappnet und trieben sie zurück, noch ehe sie die Außengebäude erreicht hatten. Sechs wurden erschossen. Den schnellen Erfolg verdankten sie Krill, denn er hatte die Männer darauf gedrillt, beim Läuten der Alarmglocken sofort ihre Posten einzunehmen.

Wegen der hohen Verluste zog sich Bussamarai den Zorn der Tingumkrieger zu. Einmal mehr erklärte Jack ihnen, daß sie für das weite Gebiet zu wenig Männer waren und sich besser in den

Westen zurückzogen, wo es keine Weißen gab. Ersteres sah der Häuptling zwar ein, doch weigerte er sich nach wie vor, die Niederlage einzugestehen.

»Dann reisen wir in die heiße Sonne und sprechen mit den Mandanggia, den Kungai und anderen Stämmen. Ich werde ihnen sagen, daß sie die nächsten sind, wenn sie uns nicht helfen. Habe ich nicht recht?«

»Ja, das ist unvermeidlich«, erwiderte Jack.

»Gut. Du kommst mit und hilfst mir dabei, ihnen das begreiflich zu machen. Ich habe viel darüber nachgedacht. Weil die weißen Männer vor unseren Überfällen keine Angst haben, werde ich die anderen Stämme bitten, sich gemeinsam mit uns zu einem blutigen Angriff zu erheben. Wie totes Laub werden wir sie hinwegfegen. Wie eine Sturzflut werden wir von den Bergen herabfluten. Und bei meiner Rückkehr werden sich alle Tingumkrieger unter mir vereinigen. Doch bis dahin soll sich an den nutzlosen Angriffen nichts ändern. Die weißen Männer werden sich in Sicherheit wiegen. Es wird jedoch das Auge des Sturms sein.«

Jack begriff. Er hatte die wütenden Stürme schon erlebt, die über Bussamarais Land hereinbrachen, hatte gesehen, wie gewaltige Hagelschauer und Sturmböen die Bäume zerschlugen und entwurzelten. Und wenn das Unwetter sich scheinbar verzog, blieben die Schwarzen weiter in ihren Höhlen. Sie hatten Ringe für ihn in die Erde gezeichnet, um ihm die Logik dieser Windhosen verständlich zu machen. Und er war bei ihnen im Schlupfwinkel geblieben, denn mit noch größerer Wucht kehrten die Stürme zurück. Es faszinierte Jack, wie gut sie ihr Land kannten.

In der Theorie hörte sich Bussamarais Plan gut an. Und was blieb ihm schon anderes übrig? Sollte er sich etwa hinlegen und freiwillig sterben? Da konnten sie genausogut ein paar von den weißen Führern mit in den Tod nehmen. Ngalla und seine Söhne, Dimining und all die anderen fielen ihm ein. Noch keinen hatten sie bislang gerächt.

»Sag den Kriegern von den anderen Stämmen, daß es nicht nur um

den weißen Mann geht. Er bringt auch Schafe und Rinder mit, und die verwüsten das Land, fressen alles Gras weg und zerstören die Wasserlöcher. Haben sie das erst einmal verstanden, kannst du sie leicht auf deine Seite ziehen. Und wenn sie es nicht glauben, sollen sie eine Abordnung hierher schicken, damit sie es mit eigenen Augen sehen. Zuvor muß ich euch aber Gewehre besorgen und euch zeigen, wie man damit umgeht. Viele von euren Kriegern haben das Leben verloren, weil sie die Gefährlichkeit der Gewehre nicht erkannten. Nichts Böses ahnend sind sie mit ihren Speeren in den Kugelhagel gelaufen. Daran mußt du sie unbedingt hindern.«
»Du bist sehr weise, Jackadoo«, sagte Bussamarai. »Manchmal glaube ich, ich bin sehr dumm und bitte die Geister, mir den richtigen Weg zu zeigen. Aber was wissen die schon vom weißen Mann? Nichts, und darum haben sie dich zu uns gesandt.« Das hörte Jack zum ersten Mal. Aber woher wollte er wissen, ob es nicht doch zutraf?
Mit einer Gruppe von Kriegern brach er zur Küste auf. An einem vielbenutzten Siedlerpfad hielten sie an und warteten. Bald näherte sich eine weiße Familie in einem schweren Pferdewagen. Seine schwarzen Gefährten brannten auf einen Überfall, und nur mit Mühe konnte Jack sie zügeln. Er hatte Mitleid mit den Frauen und Kindern. Abgesehen davon hätte der Lärm unnötig auf sie aufmerksam gemacht.
»Aber sie haben Gewehre, und das war der Grund für unsere Mission«, protestierten die Schwarzen.
»Es sind nicht die richtigen«, sagte Jack hastig. »Wir brauchen bessere. Ich weiß schon, was ich tue.«
So ließ er die Siedler ungehindert vorbeiziehen. Neugierig lauschte er ihrem Gespräch. Anscheinend waren sie sich über den Weg nicht im klaren. Am liebsten hätte er ihnen gesagt, der beste Weg sei immer noch der zurück dahin, woher sie gekommen seien. Damit hätte er sich freilich als Weißer zu erkennen gegeben, und das hätte die Soldaten auf den Plan gerufen.
Die Eingeborenen blieben geduldig. Zwei Tage harrten sie auf

ihrem Posten aus. Über soviel Pflichtbewußtsein konnte er nur staunen. Schließlich lief ihnen geeignete Beute über den Weg. Jack konnte sein Glück kaum fassen. Eigentlich hatte er mit Siedlern oder Viehhütern gerechnet, doch jetzt kamen tatsächlich zwei Soldaten dahergeritten. Einer davon war sogar Sergeant. Solche Kerle verdienten es am allermeisten. Er nickte den Schwarzen zu. Lautlos bezogen sie Stellung.

Die Soldaten sollten nie erfahren, wie ihnen geschah. Die großen Speere schlugen zwischen ihren Schultern ein, und sie plumpsten wie Kartoffelsäcke zu Boden. In panischer Angst galoppierten die Pferde davon, um erst in einigem Abstand stehenzubleiben. Die Schwarzen zerrten die Leichen ins Gebüsch, während Jack die Gewehre an sich nahm und zu den Pferden ging, um auch den Proviant und die Munition zu holen.

Fast hätten die Buschkrieger auch die Pferde getötet, doch im letzten Moment konnte Jack sie daran hindern.

»Nicht! Das sind gute Tiere.« Er befreite sie von Zügeln und Sätteln und gab ihnen einen Klaps. Grinsend sah er ihnen nach, wie sie in die Freiheit davonstoben.

Mit ihrer Beute kehrten sie heim. Endlich konnten Bussamarai und Jack den Stammesmitgliedern zeigen, wie die Gewehre funktionierten. Sie setzten sich mit dem Ältestenrat zusammen und erörterten Bussamarais Absicht, mit den Stämmen aus dem Norden gemeinsam in den Krieg zu ziehen. Am eifrigsten wurde, soweit Jack das erahnen konnte, über Totems und Tabus diskutiert. So leicht, wie er es sich vorgestellt hatte, ließ sich der Plan also nicht in die Tat umsetzen. Und mittlerweile drangen immer mehr Weiße in das Gebiet ein.

Die Pazifisten wollten lieber bei den Stämmen im Norden um Asyl bitten. Dieser Vorschlag versetzte Bussamarai in Rage. »Welchen Nutzen soll das haben? Die Weißen ziehen nur immer weiter, und am Ende müssen wir das Wasser überqueren und uns bei den Kebishus verstecken! Wollt ihr das etwa?«

Alle schüttelten besorgt den Kopf. Die Stämme im fernen Norden waren berüchtigte Kopfjäger. Vor ihren blutrünstigen Riten hatten alle Angst.

»Dann laßt es mich versuchen«, bat Bussamarai. »Ich werde meinen Freund und Ratgeber in die heißen Gebiete mitnehmen. Dort werden wir mehr Krieger anwerben und gemeinsam mit ihnen werden wir zurückkehren. Diesmal soll der weiße Mann uns fürchten lernen. Und wenn ich scheitere, werdet ihr mich nie wiedersehen.«

Jack hoffte auf einen nicht allzu weiten Weg. Er hatte die Vierzig überschritten und fragte sich, wie lange er noch mit Bussamarai würde Schritt halten können. Der war ja unermüdlich, und das, obwohl er allmählich graue Haare bekam. Aber wenn das alles vorbei war, wollte er weiter nach Westen gehen und sich dort in einem sicheren Ort zur Ruhe setzen: nicht alle Stämme zogen herum wie Nomaden. Und dann wollte er unbedingt Kana und Wodrow mitnehmen. Sie durften den Weißen nicht in die Hände fallen. Er betastete seine Trophäe. Obwohl er ständig mit Hilfe seiner Freunde suchte, hatte er kein weiteres Gold entdeckt. Und den Händler hatte er auch aus den Augen verloren.

Nach endlosem Palaver fanden die Stammesältesten schließlich zu einer Entscheidung. Boten mit Nachrichtenstäben wurden ausgesandt. Bussamarai kündigte seine baldige Ankunft an und bat um eine Zusammenkunft mit den anderen Häuptlingen. Wochen vergingen, ehe Bussamarai dann wirklich mit Jack und sechs ausgewählten Tingumkriegern aufbrach. Vorbereitungen waren nicht vonnöten. Sie folgten ganz einfach dem Strom, bis er ins Meer mündete, dann wanderten sie die Küste entlang weiter nach Norden. Jack war begeistert. Sie schwammen und fischten im klaren, warmen Wasser und liefen Meile um Meile auf herrlich weißen Sandstränden. Nur hin und wieder wurden sie von Landzungen und Gestrüpp gezwungen, sich kurzfristig landeinwärts zu schlagen. Weil der Marsch gar so lange dauerte, fürchtete Jack, sie würden bald den gefürchteten Kebishus in die Arme laufen. Die anderen lachten ihn aus. Bis dahin würden noch Monde vergehen, riefen sie. Bisweilen mußte er an England denken. Dann meinte er,

er hätte diese Erde verlassen und wäre auf einem anderen Planeten gelandet. Wie war es nur möglich, sinnierte er, daß dort drüben Abertausende Hungernde sich in den Städten drängten, wo doch dieses Land so überreichlich Platz und Nahrung bot? Fleisch, Fische und Obst, das einem geradezu in den Mund wuchs. Das mußte doch eine andere Welt sein!
Eines Tages brach plötzlich Aufregung aus unter seinen Gefährten. Die Krieger vom Wanamarastamm, von den Kokokulunggur, den Barbarum und den Merkin seien im Anmarsch, erklärten sie ihm.
»Und viele von denen, die meine Ansprache gehört und nichts darauf gegeben haben«, erklärte Bussamarai, »werden begreifen, wie sehr sie sich getäuscht haben.«
Die Versammlung fand in einer Bucht statt, die aussah wie ein Amphitheater. Sogar Frauen waren dabei. Bussamarai schlug sich vor Freude auf die Schenkel. Diesmal wurde er ganz offensichtlich ernst genommen. An den eigentlichen Verhandlungen durfte Jack nicht teilnehmen. Seine Rolle beschränkte sich lediglich auf die Vorführung der Gewehre.
Zum verabredeten Zeitpunkt trat er vor die versammelte Menge und deutete auf eine Herde grasende Wallabys. Er schlich näher heran, drückte ab, traf jedoch nicht. Er kam sich vor wie ein dummer junge. Die Eingeborenen dagegen schrien vor Schreck und Angst. Als sie aber merkten, daß der Knall gar keinen Schaden angerichtet hatten, brachen sie in Jubel aus. Ehe er noch mehr Munition vergeudete, ließ Jack ein Wallaby fangen und an einen Baum binden und erschoß es erst dann. Auch damit verfehlte er seine Wirkung nicht. Er erlegte noch einen Oppossum und einen Bären, und Bussamarai erklärte den anderen, was geschehen war.
Die Verhandlungen gingen wieder weiter. Jack konnte es sich in der Zeit gut gehen lassen. Seine Gastgeber taten alles, um ihn mit den erlesensten Speisen zufriedenzustellen. Sogar sein Lieblingsgericht brachten sie ihm, Austern. Er ließ sich die Stelle zeigen, wo sie vorkamen, und verbrachte nun jeden Nachmittag damit, in der Sonne zu liegen und sich mit herrlich frischen Austern vollzustop-

fen. Bis seine Kameraden aufgeregt auf das Meer hinaus deuteten. Ein Segelschiff näherte sich der Bucht. Jack spuckte aus. »Das sind sie!« rief er. »Die weißen Männer, die Bussamarais Land erobert haben, kommen nun auch zu euch.«
Er trug ihnen auf, möglichst viele Feuer im Busch zu entfachen, damit die Weißen sahen, wie viele Menschen hier lebten und sich die Landung zweimal überlegten. Sie folgten seinem Rat, und als das Schiff wieder davonfuhr, war Jack der Held des Tages.
In der Nacht sprach er noch einmal mit Bussamarai. »Es hat keinen Sinn, Verbündete zu gewinnen und dann nur gegen vereinzelte Farmen zu ziehen. Sicher, die erste Schlacht geht an euch, doch beim zweiten Mal werdet ihr dann erwartet. Sag ihnen, sie sollen dir möglichst viele Krieger mitgeben. Und dann greift ihr gleichzeitig sämtliche Farmen eines ganzen Gebiets an, so daß sie keine Hilfe mehr anfordern können. Und überfallt sie nicht in der Nacht. Da sind sie nämlich besonders auf der Hut. Ihr müßt am Nachmittag angreifen, wenn sie auf dem Feld arbeiten oder sich im Schatten ausruhen und die Fliegen am lautesten summen. Wichtig ist vor allem, daß ihr alle am selben Tag zur gleichen Zeit zuschlagt. Das habe ich mir schon eine ganze Weile durch den Kopf gehen lassen ... So ungefähr muß es geschehen ...« Seine Stimme verlor sich.
Er hielt selten längere Reden. Sie fielen ihm schwer, und er wußte nicht, wie Bussamarai sie aufnehmen würde. Aber allmählich hatte er ihre endlosen Diskussionen satt. Wohin führte denn das ganze Gerede? Zudem beunruhigte ihn das Schiff. Auch die Küste war kein sicherer Ort für ihn. Sein erster Plan, sich landeinwärts zu schlagen, war demnach wohl der vernünftigste.
Endlich einigten sich die Eingeborenen. Innerhalb von drei Monden sollte der Abmarsch beginnen.
Die Delegation des Tingumstammes brach auf. Diesmal hatten sie es eilig und nahmen jede Abkürzung über die Hügel und mitten durch die Wälder. An der Mündung ihres Stroms wurden sie von eigenen Leuten in Empfang genommen. Es war für Jack ein einzi-

ges Rätsel, wie sie ihre Ankunft nur bemerkt haben konnten. Rasch und lautlos wurden sie in Kanus stromaufwärts weiterbefördert. In der Nacht verbargen sie die Kanus am Ufer und schliefen im Busch. Früh am nächsten Morgen ging es weiter. Jack wollte gerade in sein Kanu steigen, da kam ihm ein Eingeborener entgegengerannt. »Ich habe sie gefunden!« rief er aufgeregt.
»Was hast du gefunden?« fragte Jack.
»Die gelben Steine! Ich habe deine gelben Steine gefunden!« Jack starrte ihn an. Der gut fünfzigjährige Mann war ganz stolz darauf, daß er mehr erreicht hatte als die Jungen. Er öffnete seine Fäuste. Auf jeder Handfläche lag ein Goldnugget. Das eine sah aus wie ein gezackter länglicher Stein und maß an die sechs Inches, das andere war ein Klumpen und fast so groß wie seine Hand.
»Wo hast du sie gefunden?«
»Dort drüben.« Der Mann zeigte auf die Flußkrümmung, und tatsächlich, dort am Ufer funkelte noch mehr Gold in der aufgehenden Sonne. Jack hatte immer gewußt, daß er früher oder später Gold finden würde, doch jetzt lag das mattgelbe Gestein in seiner unmittelbaren Reichweite. Er brauchte nur danach zu greifen. War das nicht Gotteslästerung wie etwa der Diebstahl eines juwelenbesetzten Kelches aus einer unbewachten Kirche? Verstohlen blickte er um sich, doch keine donnernde Stimme gebot ihm Einhalt, als er das erste Nugget aus dem Erdreich an der Böschung buddelte. Kein Arm des Gesetzes packte ihn am Kragen, nur eine Stimme flüsterte ihm ins Ohr: »Bussamarai sagt, daß du kommen sollst.«
Am liebsten wäre er in diesen goldenen Fluß gesprungen, doch dazu war keine Zeit. Er befreite noch einen Klumpen mit seinem Messer von der Erde und sah sich hastig nach mehr um. Er wußte, hier war es und wartete auf ihn. Wieder wurde er zur Eile gemahnt. Ihm blieb nichts anderes übrig, als sich die Umgebung gut einzuprägen, insbesondere die Buka-Buka-Bäume, die auch für die Eingeborenen von unschätzbarem Wert waren. Sie lieferten ihnen das Holz für ihre Kanus und Schilde. Er verstaute die Nuggets in

seinem Beutel und band ihn fest zu. »Hat der Ort hier einen Namen?«

»Gimpi Gimpi«, erwiderte Bussamarai. »Jetzt komm ins Kanu. Wir haben es eilig.«

Bussamarai interessierte Jackadoos Fund nicht. Er hatte nur das eigene Vorhaben im Kopf. An ein und demselben Tag würden größere Truppen die nahe gelegenen Farmen angreifen und den weißen Männern mit ihren schnellen Pferden keine Gelegenheit lassen, Hilfe anzufordern. Danach würden die Krieger sich zurückziehen, um sich neu zu organisieren und gleich noch einmal loszustürmen. Aber vom ersten Angriff hing alles weitere ab. Wenn er fehlschlug, würden die Krieger kaum mehr auf ihn hören. An weitere Kämpfe wäre nicht mehr zu denken. Mit einem Seufzen sah er auf das Wasser hinunter, das vorüberrauschte wie sein eigenes Leben. Ihnen blieb so wenig Zeit. Er wurde älter und konnte sich keine Irrtümer leisten. Die Jungen irrten nie. Sie glaubten an die eigene Unfehlbarkeit. Ihre Herzen schlugen zu schnell, als daß sie sich um Einsichten kümmerten. »Mein Herz schlägt nun langsamer«, sagte er zu Jack.

»Das meine nicht«, rief Jack mit einem fröhlichen Lachen und packte seinen Beutel fester. »Heute hat es Flügel bekommen.« Angesichts solcher Begeisterung stahl sich ein Lächeln über Bussamarais Gesicht.

Nach der Ankunft im Lager setzte er Jack seinen Plan in allen Details auseinander, doch der hatte Mühe mit dem Zuhören. Jack Wodrow alias Drew, Wegelagerer und Buschkrieger, war ein reicher Mann. Wie reich, das konnte er gar nicht ermessen. Das Gold mußte Tausende von Pfund wert sein.

Bussamarai zeichnete eine Landkarte in den staubigen Boden und erklärte, welche Horde welche Farm anzugreifen hatte. Ihre Stärke würde natürlich von der Anzahl derer abhängen, die seinem Ruf Folge leisteten. Anführen sollte die Trupps immer ein Tingumkrieger, weil sie die Gegend kannten. Jack pfiff anerkennend. Mitleid für seine eigene Rasse kannte er nicht mehr. Ohne mich, Jungs,

dachte er für sich. Ihr Weißen habt mich wie einen Sklaven in Fesseln vorgeführt und hättet mich fast verrecken lassen. Jetzt schlagt eure Schlachten mal schön selber.
Er hatte die Nuggets in einem Beutel aus Oppossumleder mit sich herumgetragen, doch sie waren viel zu schwer und unhandlich, um einfach von seinem Gürtel herunterzubaumeln. Darum nähte er sich aus Fellstreifen einen Gürtel, in den er geschickt die einzelnen Goldstücke verwob, so daß sie sich, ohne ihn zu behindern, an die Konturen seine Körpers anpaßten. Das Herumziehen mit den Schwarzen hatte ihm gefallen. Dennoch wollte er sich nach dem Ende der Kriege wieder in die Städte zurück durchschlagen. Jetzt war er ja ein reicher Mann. Kana und der Junge sollten allerdings hierbleiben. Das Stadtleben würde ihnen nicht guttun. Bevor er loszog, wollte er sie bei einem anderen friedlichen Stamm unterbringen. Dort wären sie gut aufgehoben, denn die Schwarzen teilten stets alles miteinander. Vor dem flackernden Lagerfeuer mußte er an die Kamilarois denken, seine ersten und zugleich besten Freunde. Sie waren jetzt alle tot. Erneut ließ er sich den bevorstehenden Krieg durch den Kopf gehen. Wenn alles nach Plan verlief, wollte er nicht mit den Siedlern zwischen dem Burnett River und dem Mary River tauschen. Und sollte Bussamarai genügend Männer zusammentrommeln, läge auch das Schicksal der Weißen im Brisbane Valley in Gottes Händen. Dunkel erinnerte er sich an einen Bericht der Schwarzen über eine sonderbare neue Farm. Vorhin war er zu beschäftigt mit seinen Tagträumen vom neuen Reichtum gewesen, um darauf zu achten. Doch auf einmal jagte ihm ein Gedanke Schauer über den Rücken. Der Beschreibung nach konnten das nur Baracken sein. Lieber Himmel, waren dort etwa Kavalleristen untergebracht?
Er stürzte hinüber zu Bussamarai. »Ich brauche Führer! Wir müssen uns unbedingt die Farm im Flußtal ansehen. Wenn dort Kavalleristen stationiert sind, schießen sie uns die Köpfe von den Schultern!«
»Du kannst losziehen«, sagte Bussamarai. »Noch ist Zeit.«

»Noch etwas. Was ist mit den Kamilarois?«
»Was soll mit ihnen sein?«
»Wir müssen sie rächen. Das hast du versprochen.«
»Der Krieg ist unsere Rache.«
»Das genügt nicht. Es muß auch einer im Land der Kamilarois stattfinden, sonst erfährt niemand davon.«
»Tut mir leid«, beschied ihn Bussamarai. »Dafür haben wir nicht genügend Männer. Du hast mir selbst gesagt, daß kleine Gruppen große Gefahren in sich bergen. Aber wir können Botschafter mit Nachrichten von unserem Krieg entsenden.«
»Tu das!« rief Jack. »Und sag ihnen, sie sollen in ihrem Land so viel Unruhe auslösen wie möglich. Sie sollen Tiere töten und Felder verbrennen. Das wird die Weißen verunsichern.«
»Ach, hätte ich doch die Flügel des Adlers und könnte ich das alles sehen!« Bussamarais Augen glänzten. Jack hingegen fühlte sich plötzlich niedergeschlagen. Hatte er doch gerade eben beschlossen, dieses Volk zu verlassen. »Du mußt aber begreifen, daß dieser Krieg nicht mehr ist als ein Vergeltungsschlag«, sagte er nervös. »Die Weißen werden euer Land nie wieder verlassen. Dafür sind sie zu viele.«
»Das weiß ich leider«, gab Bussamarai zu. »Aber ich weiß auch, daß all die Dinge, von denen du mir vor langer Zeit erzählt hast, die Städte voller Menschen, die Schiffe, die viele Monate übers Wasser fahren können, und alles andere keine Magie sind. Ich weiß, daß ich normale Sterbliche bekämpfe. Die Furcht, die mir so lange den Verstand raubte, ist verschwunden. Und das werde ich allen erklären. Die Gewehre sind auch nichts Magisches. Sie können ihr Ziel verfehlen, so wie du damals. Das war mir eine gute Lehre. Aber höre, was ich dir jetzt sage. Solange mir die Geister gestatten, hier zu leben, habe ich auch eine Pflicht. Und meine Pflicht schreibt mir vor, keinen weißen Mann zwischen unseren Bäumen ruhen zu lassen. Solange ich lebe, wird kein Weißer in diesem Tal, am Laufe dieses Flusses, im ganzen Gebiet der Tingums seines Lebens sicher sein. Mehr kann ein Mensch nicht tun, aber genau das werde ich

tun. Du wirst schon sehen.« Er schmunzelte. »Auch das ist keine Magie. Mein Krieg wird durch unsere schnellen Speere und flinken Füße entschieden.«

Am nächsten Morgen zog Jack mit zwei jungen Schwarzen ins Tal hinunter. Lautlos, behende und dank ihrer Tarnfarbe so gut wie unsichtbar huschten sie durch den Busch.

Aus der Ferne beunruhigte das Gebäude Jack. Es sah tatsächlich aus wie ein Bunker, zumal ein hoher Zaun aus jungem Holz es umgab. Im hohen Gras schlich er näher heran. Dann würde er schon sehen, ob sich dort Uniformierte aufhielten. Er entdeckte jedoch nur Eingeborene, die durch das Tor kamen und gingen, und mit ihren Kindern spielende schwarze Frauen. Über das weite Land versprengte Grüppchen von Rindern und Schafen weideten auf den Wiesen oder ruhten dicht aneinandergedrängt im Schatten der Bäume. Was das alles bedeuten sollte, ging Jack nicht in den Kopf. Mit einer Schwarzensiedlung hatte es nichts zu tun. Die sahen ganz anders aus. Um völlig sicherzugehen, blieb er mehrere Stunden in seinem Versteck. Vielleicht waren die Soldaten nur auf Patrouille. Seltsam war nur, daß sie keine Wachtposten am Tor aufgestellt hatten. Es konnte also nur eine Farm sein.

Er wollte sich gerade erleichtert davonstehlen, als er einen Mann auf einem prächtigen Fuchs direkt auf den Fluß zuhalten sah.

Jack rührte sich nicht. Jede Bewegung hätte das Pferd aufschrecken können. Außerdem kam ihm der Reiter bekannt vor. Aufs äußerste angespannt spähte er weiter durch das Gras – und hätte am liebsten laut aufgelacht. Der Mann dort unten war kein anderer als Scarpy, der Maat seines Schiffes. Zuletzt hatte er ihn in Mudies Sklavenfarm gesehen. Wenn das nicht verrückt war ... Jahre hatten sie sich nicht mehr gesehen, und ausgerechnet hier, in der tiefsten Wildnis, liefen sie sich wieder über den Weg.

Er kroch auf den Fluß zu, wo Scarpy das Pferd trinken ließ. Im Kopf legte er sich schon einen witzigen Gruß zurecht, nur fand er nicht mehr die richtigen englischen Wörter. Zu lange schon benutzte er ausschließlich die Sprache der Schwarzen.

»Normalerweise wärest du jetzt tot«, brachte er hervor. Vor Schreck sprang Scarpy an Land und schaute in panischer Angst um sich. Mit dem Speer in der Hand trat Jack auf seinen ehemaligen Gefährten zu.
»Laß mich laufen!« flehte Scarpy. »Ich habe dir nichts getan!« Der Wilde schien sich vor Lachen nicht mehr halten zu können. Scarpy machte einen halbherzigen Versuch mit einzustimmen, während er das Pferd aus dem Wasser zog.
Aus reiner Gewohnheit versperrte Jack ihm den Weg mit dem Speer. »Bist du's, Scarpy, oder bist du's nicht?«
Scarpys Augen weiteten sich. »Was hast du gesagt?«
»Ich habe gesagt, Scarpy, mein Maat.« Jack hatte Mühe, nicht ständig über die eigene Zunge zu stolpern.
»O ja, ja, Maat, richtig. Sehr schön, ja, ja.« Scarpy versuchte davonzulaufen, doch Jack hielt ihn auf. Langsam fand er wieder zurück ins Englische.
»Denk doch mal nach. Auf dem Schiff aus London, der *Emma Jane*. Erkennst du mich denn nicht mehr, Scarpy?«
Diese Worte jagten dem anderen nur noch mehr Angst ein. Langsam wich er zurück ins Wasser. Kannibalen war ja schon schlimm genug, aber einer, der auch noch magische Kräfte besaß, war mehr, als Scarpy vertrug. Er sank auf die Knie.
»Laß mich bitte gehen! Sieh her, ich gebe dir mein Halstuch.« Er riß sich den schmutzigen roten Fetzen vom Hals, doch Jack warf ihn achtlos beiseite.
»Halt den Mund, Scarpy. Ich bin Drew. Jack Drew. Weißt du nicht mehr?«
Scarpy schüttelte langsam den Kopf. »Das ist nicht möglich. Du bist im Dschungel verschollen. Vor Jahren schon. Du bist tot!«
»Den Teufel bin ich. Ich bin entkommen. Das hatte ich euch ja immer prophezeit.«
Scarpy rappelte sich auf. »Du siehst aber nicht aus wie Jack Drew. Du bist irgend so ein verdammter Wilder!«
Achselzuckend drehte Jack sich zum Pferd um. »Gehört es dir?«

fragte er und streichelte das Tier. Noch hatte er nicht herausgefunden, ob sich Soldaten in der Gegend aufhielten.
»Ja. Ich habe das Reiten gelernt. Ich bin sogar verdammt gut und habe zwei Pferde, ganz für mich allein.«
»Ist das euer Lager da drüben?« Jack deutete auf den eingezäunten Bunker.
»Yeah. Ich, O'Meara und ein Haufen andere Kumpel leben jetzt hier. Kennst du noch O'Meara?«
Jack nickte. »Der Ire, nicht wahr?«
»Mensch, du bist wirklich Drew, oder ich bin übergeschnappt!«
»Natürlich bin ich's.«
Scarpy lachte, bis ihm die Tränen kamen. »Na so was! Das muß ich unbedingt O'Meara erzählen! Komm doch einfach mit. Dem jagen wir einen Mordsschrecken ein! Mensch, ich freu' mich ja so, Jack!«
Er streckte Jack die Hand entgegen. Freilich mußte er sich gedulden, bis Jack den Speer mit der Linken gepackt hatte. »Sag mal, kannst du wirklich mit dem Ding umgehen?«
»Und ob!« rief sein Freund.
»Tja, du warst ja schon immer unser Schlauester, Jack!«
»Habt ihr auch Soldaten dabei?« fragte Jack.
»Mach keine Witze. Wir haben die Palisaden nur für den Fall gebaut, daß sie uns holen kommen. Hey, Jack, komm doch mit!«
Er wandte sich zum Gehen. Für Jack stand allerdings schon fest, daß er sich nicht in die Nähe des Lagers wagen durfte, nicht mit dem Gürtel voller Gold.
»Laß mich dir was sagen, Scarpy. Seht zu, daß ihr schleunigst abhaut, du und O'Meara. Rennt um euer Leben.«
»Aber warum denn?« fragte Scarpy. Entgeistert starrte er den bemalten Weißen an.
Jack bog sich plötzlich durch und schleuderte den Speer in den nächsten Baum, so daß er bebend im Holz stecken blieb. Scarpy zuckte zusammen. Ungerührt zog Jack den Speer wieder heraus und wandte sich noch einmal zu Scarpy um.

»Ihr seid gewarnt. Nehmt eure Pferde und verschwindet. Heute. Sofort.«

O'Meara lachte ihn aus. »Du bist doch betrunken, Scarpy.«
»Ich schwöre dir, ich bin stocknüchtern!«
»Dann siehst du Gespenster. Der Busch bekommt dir nicht gut.«
»Nein. Hör zu, O'Meara. Er hat gesagt, wir sollen so schnell wie möglich verschwinden. Rennt um euer Leben, hat er gesagt, so wahr ich vor dir stehe. Und er weiß bestimmt, wovon er redet. Du hättest ihn sehen müssen. Er sah aus wie ein Schwarzer, wie ein richtiger Wilder.«
O'Meara stellte sich an die Palisaden und spähte hinaus. Alles wirkte so friedlich. »Und wenn wir uns einfach verbarrikadieren?«
»Jack Drew ist kein Narr. Wenn das reichen würde, hätte er es mir gesagt. Du kannst von mir aus bleiben, O'Meara. Ich hau ab.«
»Und was ist mit dem Vieh?«
»Mir doch egal. Das Geld haben wir ja schon bekommen. Und MacNamara wird es auch egal sein, ob wir bleiben oder nicht. Packen wir und verschwinden wir von hier!«
O'Meara überlegte. »Na ja, wir können natürlich immer zu den Holzfällern gehen und mit ihnen auf den Flößen nach Brisbane fahren – aber schau dir doch nur die Tiere an. Das ist Geld auf vier Beinen, sag ich dir!«
»Na schön. Du kannst von mir aus bleiben. Aber ich gehe. Und den anderen sage ich auch Bescheid. Ich darf sie nicht im Stich lassen, wenn ich weiß, daß da was im Busch ist.«
Sein Freund musterte ihn skeptisch. Wenn Scarpy so fest von der drohenden Gefahr überzeugt war, mußte ja etwas dran sein. O'Meara gab nach. »Also gut. Dann packen wir eben und sagen den anderen, daß die Party vorbei ist.«
Eine Stunde später lagen sämtliche Gebäude verlassen da. Neugierige Kühe trotteten gemächlich aus ihren geöffneten Koppeln und stierten in die leeren Räume, um zu sehen, ob es dort Futter gab.

44. Kapitel

Die Attacke verlief nicht ganz nach Bussamarais Plan, aber sie verfehlte ihre verheerende Wirkung nicht. In der Nacht davor schlichen so viele Trupps von Kriegern durch den Busch, daß die Siedler sie hätten bemerken müssen, doch zu Jacks Erstaunen ging das Leben auf den Farmen weiter seinen gewohnten Gang.
Den Angriff auf Montone Station führte Bussamarai persönlich an. Das war Ehrensache, denn er hatte hier noch eine Rechnung zu begleichen. Dies war die Stätte seiner vernichtendsten Niederlage gegen die Weißen.
Jack wurde bedeutet, man erwarte seine Teilnahme an der Schlacht. Offiziell benutzten die Schwarzen den Begriff »Erlaubnis«, aber Jack wußte nur zu gut, daß eine Weigerung seinem Tod gleichgekommen wäre. Hier ging es um alles oder nichts. Neutralität war da nicht mehr möglich, auch für die nicht, zu denen die Weißen gut gewesen waren.
Planmäßig stürmten am hellichten Tag Bussamarais Männer die Farm mit stolzgeschwellter Brust. Es war ein großer Aufstand, und sie durften dabeisein. Auch Jack teilte ihre Aufregung. Zugleich erleichterte ihn, daß sie auf seinen Rat gehört hatten und nicht reihenweise ins Gewehrfeuer rannten. Lautlos huschten sie von hinten heran, suchten immer wieder hinter den Bäumen Deckung, krochen im Schutz der Gräser auf die Gebäude zu. Niemand ahnte in der brütenden Hitze auch nur die Gefahr.
Am Flußufer überwältigten sie zwei Viehhüter, noch ehe sie auf ihre Pferde springen konnten. Vor dem Hühnerhaus wurden sie von einer Frau entdeckt. Ein Krieger tötete sie mit einem Keulenhieb. Daraufhin erhob sich ein so wildes Gegacker, daß der Schmied aus seiner Werkstatt eilte. Ein Speer streckte ihn nieder. Nun dröhnte die Alarmglocke los. Das aber war auch das Signal für die anderen Krieger. Brüllend brachen sie aus ihren Verstecken.

Jack rannte mitten in der Menge mit, in der Hoffnung, sie möge ihn vor den Kugeln schützen, die nun schon um ihre Ohren pfiffen.
Drinnen brüllte Jasin seine Befehle. Wer es noch schaffte, stürzte zur Hintertür herein, bevor sie verrammelt wurde. Passey war da, aber von Krill war nichts zu sehen. Vielleicht war er bei denen, die im Stall Zuflucht gefunden hatten und nun von dort aus feuerten. Während Passey Gewehre und Munition ausgab, stieß Jasin Georgina in ihr Schlafzimmer und verrammelte das Fenster. »Bleib drinnen!« schrie er. »Dann weiß ich, wo du bist.«
Zunächst konnten sie keine Breschen in die Reihen der Angreifer schlagen, denn sie blieben im Schutz der Felsen, Bäume und Außengebäude. Auf das Dach regneten zwar Speere herab, aber Jasin hatte nicht den Eindruck, auch nur eine Seite hätte größeren Schaden erlitten. Doch dann wagten die Schwarzen sich aus der Deckung. Mit ihren Äxten zerhackten sie die Wände und warfen brennende Zweige auf das Haus. Erst jetzt begriff Jasin den Sinn der Löcher, die Clarrie und Snow in ihrer ersten Hütte in Carlton Park gebohrt hatten. Hätte er doch nur beim Bau seines Hauses daran gedacht!
Passey hatte bereits die Fensterläden in einem Zimmer aufgerissen und schoß mit ein paar Männern auf unvorsichtige Schwarze – den Schreien nach zu urteilen mit Erfolg. In der Küche taten sie es ihm gleich. Überall um Jasin herum roch es nach Feuer. Den Brandherd vermochte er jedoch nicht zu erkennen. Er lief in die Küche, in der seine Leute sich mit dem Mut der Verzweiflung verteidigten. Hunderte von Schwarzen schwärmten nun auf das Haus zu, umzingelten es. Er konnte nur hoffen und beten, daß Krills Männer die Gefahr bemerkt hatten und sofort zur nächsten Farm Hilfe anfordern geritten waren. Ein Knecht stürzte brüllend zu Boden. Ein Wurfgeschoß hatte ihm den Schädel gespalten. Passey zog den Toten fort, und Jasin nahm seinen Platz am Fenster ein.
Bis auf die Ställe hatten die Eingeborenen sämtliche Außengebäude gestürmt. Jasin hörte die Schreie derer, die ihnen in die Hände gefallen waren.
»Wie viele Männer haben wir im Haus?« rief Jasin.

»Nur noch acht!« erwiderte Passey. Der Lärm von splitterndem Holz übertönte seinen Ruf. »Sie haben die Tür erreicht!« brüllte Jasin und rannte aus der Küche, um durch das berstende Holz zu schießen.

Jack Drew stürmte mit der zweiten Angriffswelle ins Haus. Der größere Teil kämpfte vorne an der Eingangstür, während er mit einer kleineren Gruppe zum Hintereingang rannte. Vorwärtsgestoßen von den anderen, stolperte er hinein. Längst rang in den Rauchschwaden Mann gegen Mann. Er riß eine Tür auf und erblickte eine Weiße, die verzweifelt versuchte, ihr Gewehr neu zu laden. Irgendwie kam sie ihm bekannt vor. Ohne nachzudenken, riß er sie um und schob sie unter das Bett.
Dann trat er wieder auf den Gang hinaus, knallte die Tür zu und sah direkt in Jasins Gewehrlauf. Jasin schoß ihm in die Brust. Er sackte zu Boden.
Jasin sprang über ihn hinweg. Entsetzt malte er sich aus, welch gräßlicher Anblick ihn hinter der Schlafzimmertür erwarten würde. Zu seiner Erleichterung fand er Georgina unverletzt vor. Im Schutz der Tür feuerte er auf den Gang hinaus und tötete mehrere Schwarze in Kriegsbemalung. Dann stürzte er selbst. Eine Wunde klaffte an seiner Schulter, wo ihn ein Tomahawk gestreift hatte.
Jack Drew neben ihm lag im Sterben. »Wodrow«, flüsterte er und sah ihm in die Augen. »Wodrow«
Seine Worte gingen in den Schreien und Flüchen von Jasins Männern unter, die mit ihren Gewehrkolben und mit Stuhlbeinen die Schwarzen aus dem Haus zu treiben versuchten.
Urplötzlich, als hätte ein Horn zum Rückzug geblasen, wichen die Schwarzen zurück und rannten davon.
Passey stürmte auf Jasin zu. »Wir müssen hier raus. Das Haus brennt. Die Ställe haben sie auch angezündet!«
»Dann sollen alle Mann das Feuer löschen!« schrie Jasin.
»Dafür ist es zu spät. Das ist ja ihre Absicht. Sobald wir die Deckung verlassen, kommen sie zurück!«

»Nein!« brüllte Jasin. »Ich gebe das Haus nicht auf! Sie müssen sofort an die Arbeit. Das ist ein Befehl!«
»Das hat keinen Sinn mehr, Chef«, sagte Passey. »Kommen Sie, Mrs. Heselwood. Wir müssen schleunigst hier raus!«
In diesem Augenblick prasselten Flammen durch das Dach. Der Rauch nahm ihnen den Atem. Sie mußten nach draußen fliehen. Passey rannte mit ihnen zur anderen Seite des Hauses, wo ihre Leute bereits aufgesattelt hatten und mit drei weiteren Pferden auf sie warteten.
»Es geht um unser Leben«, rief Passey. Unter seinem beifälligen Nicken zog Georgina den Rock über die Knie und schwang sich rittlings in den Sattel. Widerwillig saß nun auch Jasin auf. »Wir bleiben alle zusammen, komme, was wolle!« schrie Passey. »Und wenn uns welche über den Weg laufen, galoppieren wir über sie hinweg, verstanden?«
Jasin ritt an seine Frau heran. »Alles in Ordnung, altes Mädchen?«
»Ja, Jasin. Ich bin bereit.«
»Na, dann gib ihm die Sporen. Ich habe ja immer gesagt, daß du besser reitest als so mancher Mann.«
Er blickte noch einmal zurück. Die Pferde scharrten schon ungeduldig mit den Hufen, während Passey neue Munition verteilte. Sie waren nur neun Männer und eine Frau. Fünfzig waren sie bis vor kurzem gewesen. Aber es hatte keinen Sinn, nach Vermißten zu suchen. Ein paar hatten sich vielleicht noch retten können. Er hoffte es zumindest.
»Hat einer von euch Krill gesehen?« fragte er. Allgemeines Kopfschütteln. »Also dann, seid ihr alle bereit?«
»Jawohl, Boß!«
»Gut, dann auf zu Jacksons Farm!«
Sie stoben davon. Just in diesem Moment schossen die Flammen durch das Hausdach in die Höhe. In wildem Galopp jagten sie über die Steinmauern auf das offene Land zu. Die verängstigten Tiere hatten es mindestens genauso eilig wie sie. Erst als Meilen zwischen ihnen und dem Haus lagen, drosselten sie das Tempo.

Eine Gruppe Reiter kam ihnen entgegengesprengt. »Sie haben Jacksons Farm dem Erdboden gleichgemacht und den alten Jackson umgebracht!« schrien sie. »Wir wollten euch warnen.«
»Zu spät«, meinte Jasin. »Ihr könnt genausogut umkehren. Reiten wir nach Süden.«
In der Abenddämmerung hielten sie an einem Wasserloch an. Die Pferde waren aber zu nervös, um zu trinken. »Hier haben die Tiere das Sagen«, murmelte Passey. »Wir müssen weiter.«
»Feuern wir doch eine Breitseite in den Busch«, schlug Jasin vor. »Dann kriegen sie es mit der Angst zu tun und verschwinden vielleicht.«
Passey hatte Bedenken. »Sie hätten uns längst umbringen können, wenn sie gewollt hätten. Ziehen wir lieber weiter. Vielleicht sind sie damit auch zufrieden.«
Jasin stieg müde auf sein Pferd. Georgina ließ sich von Passey in den Sattel helfen, und sie ritten in die Dunkelheit hinein. An einer seichten Flußfurt rasteten sie bis zum nächsten Morgen. Dort stießen andere fliehende Siedler zu ihnen. Auch sie hatten Schreckliches zu vermelden. Georgina ritt schweigend an der Seite ihres Mannes weiter.
»Hältst du bis Brisbane durch?« fragte Jasin. »So wie es aussieht, haben sie auf jeder Farm ein Blutbad angerichtet. Kannst du das ertragen?«
»Ich muß. Es geht ja nicht anders.«
Jasin wandte sich den anderen zu, um mit ihnen die Route zu besprechen. Georgina konnte wieder ihren Gedanken nachhängen. Sie dankte Gott, daß Edward im sicheren England war. Dann kreisten ihre Gedanken wieder um das Haus. Einmal hatte sie sich noch umgedreht, und gerade da hatte alles in einer gewaltigen Stichflamme aufgelodert. Auf einmal wurde ihr bewußt, daß sie alle entsetzt anstarrten. Damen hatten in Pferdewagen zu sitzen und nicht rittlings auf einem Sattel, auch nicht unter Umständen wie diesen. Doch konnte sie das jetzt stören? Was blieb ihnen denn nun vom Leben? Doch nur wieder endlose Jahre in fremden Häusern.

Krill hatte alle Hände voll damit zu tun, zusammen mit zwei ehemaligen Sträflingen Rinder aus einem ausgetrockneten Graben zu ziehen, als ein Reiter auf sie zugaloppiert kam und sein Pferd die steile Böschung hinuntertrieb.

»Was soll denn das?« brüllte Krill. »Du verdammter Narr bringst dein Pferd um!« In seiner Wut hätte er den Mann am liebsten vom Sattel gerissen.

»Sie greifen das Haus an!« schrie der Reiter. »Hunderte von Wilden!«

»Sofort los!« rief Krill seinen Männern zu und lud das Gewehr.

»Ohne mich!« Der Ankömmling schüttelte den Kopf. »Noch mal bringen mich keine zehn Pferde in diese Hölle. Außerdem habe ich keine Waffe.«

»Und was ist mit euch?« rief Krill mit einem grimmigen Blick auf die zwei anderen.

»Wir sind dabei, wenn Sie wollen«, rief der erste und zog eine Axt aus der Satteltasche. Der zweite, ein Cockney namens Barrett, hielt grinsend seine Peitsche hoch. Und schon jagten die drei auf die Farm zu. Die Rauchwolke war schon von weitem zu sehen.

Eine Meile vor der Farm stießen sie mit zurückweichenden Schwarzen zusammen. Obwohl Krill pausenlos in die Horde feuerte, sank der erste Viehhüter von einem Speer getroffen nieder. Und dann stolperte Krills Pferd in einem Erdloch und riß ihn mit sich zu Boden.

Fest gegen den Hals seines Pferdes geduckt, drosch Barrett mit der Peitsche auf seine Angreifer ein. Irgendwie gelang ihm ein Ausbruch. Als er sich nach den anderen umdrehte, mußte er entsetzt mit ansehen, wie die Schwarzen mit Keulen auf Krill einschlugen. Und auch der Anblick des nun vollends in Flammen aufgehenden Hauses blieb ihm nicht erspart. In wildem Galopp sprengte er auf den Busch zu, nur weg von hier, wohin, das war egal. Als er sich überhaupt nicht mehr auskannte, stieg er ab. Erschöpft klammerte er sich an den Steigbügel und ließ sich von dem Tier führen, in der Hoffnung, es würde schon wissen, wohin es ging.

Barrett war erst seit wenigen Monaten auf der Farm. Zuvor hatte er in der Strafkolonie von Moreton Bay gearbeitet, bis Krill auf ihn aufmerksam wurde. Krill, der große Stücke auf ihn hielt, hatte ihn dann zum Viehzählen eingesetzt. Während den anderen ein Irrtum nach dem anderen unterlief und sie sich nicht einmal die Zahl der Herden merken konnte, verlor Barrett nie den Überblick. Bald beförderte Krill ihn zu seinem Assistenten und gab ihm ein Pferd. Darauf war Barrett mächtig stolz. Daheim ritten nur die Adeligen. Aber was wurde nach der Vernichtung der Farm aus ihm? Immer vorausgesetzt, er konnte den Schwarzen entkommen und sich zur nächsten Siedlung durchschlagen. Eins stand freilich jetzt schon für ihn fest. Noch einmal ins Gefängnis ging er nicht.
Beim Gedanken an seine massakrierten Begleiter mußte er sich übergeben. Um den widerwärtigen Geschmack aus dem Mund zu spülen, trank er die Wasserflasche leer.

Trotz des Regens lag brütende Hitze über dem Brisbane Valley. Dichte Wolken verbargen die Bergesgipfel vor den Flüchtenden, und vom Boden stieg dampfige Feuchtigkeit nach oben. Die Pferde stolperten immer öfter, und die Karren blieben einer nach dem anderen im Schlamm stecken. Unter Einsatz ihrer letzten Kräfte mußten die Männer sie wieder heraushieven. Der Schweiß floß in Strömen. Auch Georgina war bis auf die Haut durchnäßt. Nachdem Jasin ihr nichts mehr geben konnte, womit sie sich hätte abtrocknen können, riß ein Viehhüter für sie einen Streifen von seiner Decke herunter. Dankbar band sie ihn sich um den Kopf.
Kavalleristen in Uniformen aus Öltuch ritten neben ihnen her und bedrängten sie mit Fragen nach den Ereignissen. Es kam Georgina so vor, als seien die Offiziere mit ihren gegen das Geschirr scheppernden Schwertern aufgeregter als sie, die Überlebenden.
Der immer an ihrer Seite reitende Jasin achtete längst nicht mehr auf den Regen. Wenigstens war es warm, dachte Georgina.
Sie sah an ihren schlammverschmierten Kleidern hinunter. Sie hatte keinen einzigen trockenen Fetzen für die Zeit nach ihrer Ankunft

in welcher Zuflucht auch immer, aber das schien keine Bedeutung mehr zu haben.

Das Ehepaar ritt flankiert von seinen Angestellten. Was für ergebene und tapfere Männer sie doch waren! Tränen stiegen ihr in die Augen, Tränen der Trauer über die Toten, Jessie, die arme in die Kolonien verbannte Köchin, die doch ihr Bestes gegeben hatte, und all die anderen, auch sie in der Mehrzahl ehemalige Sträflinge. Ein Offizier ritt an die Männer heran, doch sie verwiesen ihn auf Jasin. »Wo seid ihr her?« wollte er wissen.

»Montone Station«, lautete die einsilbige Antwort.

»Name.«

»Lord Heselwood«, erklärte Jasin wütend, und seine Leute grinsten schadenfroh. Der Mann war sichtlich verlegen.

Einmal mehr wunderte sich Georgina über ihre Angestellten. Einerseits legten sie so großen Wert auf ihre Selbständigkeit, weil sie von Chefs »ein für allemal die Schnauze voll« hatten, und doch war sie sicher, daß sie sofort mitkommen würden, falls Jasin sich zur Rückkehr zur Farm entschloß. Wahrscheinlich, weil sie auf dem tagelangen Ritt zu einer Gemeinschaft zusammengewachsen waren, sagte sie sich. Nach einer solchen Erfahrung verlor wohl auch die ungewisse Zukunft ihren Schrecken. Nun waren die Heselwoods also wieder heimatlos, und in der neuen Stadt kannten sie keine Menschenseele.

»Welcher Stamm hat Ihre Farm überfallen, Sir?« Der Offizier war inzwischen wesentlich höflicher geworden.

»Woher zum Teufel soll ich das wissen?« knurrte Jasin. »Ich habe sie nicht nach ihrem Ausweis gefragt.«

»Verzeihen Sie, Sir, aber wir möchten doch nur wissen ... na ja, allem Anschein nach war dieser Überfall Teil einer von langer Hand geplanten Generaloffensive im gesamten Grenzgebiet. So etwas ist noch nie dagewesen, verstehen Sie. Eine solche Strategie hätten wir den Wilden nie zugetraut.«

»Jetzt können Sie sie Ihnen zutrauen«, versetzte Jasin.

Georgina war über die Hartnäckigkeit des Offiziers erstaunt.

Merkte er denn nicht, daß Jasin noch vor Wut platzte, wenn er sich nicht schleunigst entfernte?

Der Offizier ließ jedoch nicht locker. »Aber sie müssen einen Anführer gehabt haben! Wir brauchen unbedingt den Namen des Verantwortlichen, um gegen ihn vorgehen zu können. Gab es denn keine Warnung, Sir? Nicht einmal von den Schwarzen?«

»Ich brauche nur einen Namen«, rief Jasin. »Und zwar den Ihres Vorgesetzten.«

Endlich begriff der Soldat. »Verzeihen Sie, Sir. Verzeihen Sie vielmals!« Und er ließ ab von dem aufgebrachten Siedler.

Dennoch mußte er Meldung erstattet haben, denn als sie in den verschlammten Straßen von Brisbane Einzug hielten, wurde Jasin vom Stadtkommandanten, Lieutenant Gravatt, empfangen. »Wenn Sie und Lady Heselwood die Güte hätten, mir zu folgen. Ich habe Unterkunft für Sie in meinem Quartier.«

»Mir wäre es lieber, Sie hätten Unterkunft für meine Männer!« erwiderte Jasin.

»Aber gewiß, Sir. In den Baracken ist Platz genug.«

Die letzte Meile ist immer die schwerste, hatte Georgina irgendwann einmal gehört. Nun hätte sie den Spruch unterschreiben können. Wären sie näher gewesen, sie hätte sich sofort mit den Baracken zufrieden gegeben, doch so folgte sie Jasin bis zum Hotel. Dort fiel sie fast aus dem Sattel.

Der Lieutenant war vorausgeritten und hatte dafür gesorgt, daß man schon auf sie wartete. In aller Eile putzten die Dienstmädchen das beste Zimmer im ganzen Haus und schafften die Habseligkeiten der bedauernswerten Bewohner hinaus. Georgina ließ sich erschöpft auf das Sofa sinken, während die Betten aufgeschüttelt und frisch bezogen wurden und jemand die Fenster aufriß, in der trügerischen Hoffnung auf frische Luft.

Gleichförmig hämmerte der Regen auf das Dach. Georgina war erleichtert, gab er ihr doch einen Grund, noch nicht aufstehen und sich dem neuen Tag stellen zu müssen. Ein grauer Tag, der, wie sie

befand, nur allzugut zu ihrer Lage paßte. Ihre nassen Kleider hingen über der Stuhllehne. Jasin war dagegen in voller Montur und naß wie er war ins Bett gefallen. Da lag er noch immer und schlief wie ein Toter. Überrascht stellte sie fest, daß seine Kleider nur noch feucht waren. In der Hitze der Monsunzeit verdampfte eben alles. Sie verwarf den Gedanken, ihn zu wecken. Wenn die Feuchtigkeit ihnen schadete, war es jetzt wohl zu spät, um Krankheiten vorzubeugen. Sollte er lieber weiterschlafen. Voller Sorge dachte sie an seinen Zusammenbruch bei ihrem letzten Rückschlag. Diesmal hatte es sie ja noch viel schlimmer getroffen. Da konnte er gar nicht genug ruhen.
Schließlich erhob sie sich und trat, das Bettlaken fest an ihren Körper gepreßt, ans Fenster. Jetzt war sie dankbar für die Hitze. Sie beschloß, nicht untätig zu bleiben, und öffnete die Tür.
»Holen Sie doch bitte die Wirtin«, flüsterte sie einem Dienstmädchen zu. »Ich möchte etwas mit ihr besprechen.«
Das Mädchen starrte die mit dem weißen Tuch umhüllte Erscheinung kurz an, dann eilte sie davon. Wenige Minuten später klopfte es, und eine große, hagere, schwarz gekleidete Frau stand vor der Tür. An ihrem Gürtel klirrte ein dicker Schlüsselbund. Ohne weiter auf die sonderbare Kleidung ihres Gastes zu achten, begrüßte sie sie sogleich. »Ah, Missis Heselwood. Sie sind schon wach? Wie geht es Ihnen?«
»Ach, ganz gut, Missis …?«
»Pratt, Madam. Missis Pratt. Da sind Sie ja in eine ganz schön verzwickte Lage geraten.«
»Das kann man wohl sagen«, erwiderte Georgina und zog die Tür hinter sich zu. Daß andere sie in ihrer sonderbaren Ausstattung sehen konnten, kümmerte sie nicht. »Ich möchte meinen Mann nicht wecken, verstehen Sie. Aber könnte uns vielleicht jemand trockene Kleidung besorgen? Wir haben nur das, was wir am Leib tragen.«
»Aber natürlich. Ich werde mich sofort darum kümmern.« Georgina ging wieder ins Zimmer und sammelte alle ihre Sachen auf, um sie dem Mädchen zu geben.

»Unser Hotel ist belegt«, erklärte Mrs. Pratt. »Aber folgen Sie mir doch in mein Zimmer. Ich gebe Ihnen eins meiner Kleider, und dann frühstücken wir zusammen.«

Mrs. Pratts Zimmer unterschied sich in nichts von dem ihren. Es war so sauber und aufgeräumt, als wohnte gar niemand darin. Dankbar setzte Georgina sich in Mrs. Pratts grobem und für sie viel zu großem Kleid an den Frühstückstisch und machte sich über all die Sachen her: heißer Kakao, frisches Brot, Butter, Eier, Fleisch. Das alles war sie ja von der Farm her gewöhnt, hatte es aber tagelang entbehren müssen.

Ihr Geld hatten sie verloren. Wie sie sich da neue Kleider kaufen konnten, war ihr ein Rätsel. Ihr schauderte bei der Erinnerung an die raffgierigen Händler aus Sydney. Sie mußte unbedingt über einen der ansässigen Advokaten eine Verbindung zu ihrem eigenen Syndikus in Newcastle herstellen. Der hatte ja alle Bankvollmachten und konnte ihnen das nötige Geld für die Heimfahrt überweisen. Aber welches Heim? ... Sydney? Das Government House? Bourke war doch nicht mehr da. An seiner Stelle war ein anderer eingezogen. Gipps hieß er. Sie waren dort jetzt Fremde. Newcastle? Sollten sie wieder bei den Burnetts wohnen? Oder bei Juan Rivadavia? Vielleicht war sein Haus am Strand ja nicht bewohnt. Das konnte die Lösung sein. Sie kämpfte die Tränen zurück. Die Vorstellung, wieder von anderen abhängig zu sein, war zu bedrückend.

Mrs. Pratt trat ohne anzuklopfen ein. »Sie haben alles aufgegessen? Sehr schön.« Sie räumte ab. »Suppenkasper kann ich nicht ausstehen. Die Mädchen haben Ihre Kleider schon gewaschen und trocknen sie gerade am Kamin. Kann ich sonst noch etwas für Sie tun? Mir ist gesagt worden, Sie seien eine Lady. Stimmt das?«

»Ja.«

»Und Ihr Mann ist ein Lord?«

»Ja.«

»Ach Gott! Wie soll ich Sie denn nun nennen?«

»Missis Heselwood genügt vollauf«, sagte Georgina. Sie war auf diese Frau angewiesen.

»Sie haben Ihre Farm und alles andere verloren?«
»Wir hatten noch Glück. Die meisten von unseren Leuten sind umgekommen. Unter anderem die Köchin.«
»Eine Frau?«
»Ja.«
»Gott im Himmel! Was müssen Sie nicht alles durchgemacht haben?«
Georgina seufzte. »Missis Pratt. Aus Newcastle wird man uns bald Geld überweisen. Sagen Sie, ist es dennoch möglich, daß wir uns hier neu einkleiden? Wir brauchen unbedingt neue Kleider.« Und sie fügte nervös hinzu: »Auf Kredit.«

Als Jasin aufwachte, lagen neue, wenn auch nicht allzu modische Kleider für ihn bereit. Das Frühstück wurde alsbald serviert. Georgina saß in einem schwarzen Kleid auf ihrer Betthälfte und probierte neue Schuhe an. Das Haar hatte sie zu einem Zopf geflochten und mit einer Schildpattspange befestigt. Schweigend verzehrte Jasin ein Ei, dann schob er den Teller weg. »Tee wäre mir lieber gewesen«, brummte er. »Kakao habe ich noch nie besonders gemocht.« Georgina eilte hinaus, um wenig später mit Tee zurückzukommen. Inzwischen hatte er trotz allem den Kakao ausgetrunken.
»Uns steht heute einiges an Behördengängen bevor, Jasin«, meinte Georgina. »Ich weiß gar nicht, wo wir anfangen sollen.« Er nickte kurz. Allein schon die Art, wie er auf dem für ihn viel zu schmalen Stuhl saß, verriet ihr seine enorme Anspannung.
»Wenn wir das alles hier hinter uns haben, können wir ja in den Süden fahren und uns von all den Strapazen erholen«, sagte sie leichthin.
»Für Erholungsreisen ist jetzt nicht die Zeit. Was sollen die Lumpen da drüben? Sind die etwa für mich?«
»Leider habe ich nichts Besseres bekommen.« Sie unternahm einen zweiten Anlauf. »Ich habe an die Burnetts gedacht. Wir könnten sie in Newcastle besuchen.«

»Du willst sagen, du hast daran gedacht, daß die Heselwoods ihre Heimat verloren haben.«
Georgina gab auf. Mit jedem Wort hätte sie ihn nur zusätzlich gereizt.
Jasin erhob sich. »Willst du dir mal meine Schulter anschauen? Vielleicht sollte ich sie waschen und salben lassen.«
Georgina löste den Verband, den Passey ihm auf der Flucht eilig angelegt hatte. Die Wunde sah schlimmer aus, als sie war. Im Grunde war es nur ein Kratzer. »Sie ist noch nicht verheilt«, meinte Georgina. »Aber wenigstens ist nichts entzündet.«
»Wenn sie nur nicht so jucken würde«, erwiderte er. »Und jetzt tut mir der Arm weh. Was die andere Sache betrifft, so hast du etwas vergessen. Wir haben ja noch eine zweite Farm, Carlton Park. Da auf Montone in der nächsten Zeit keine Sicherheit gewährleistet ist, werden wir eben nach Carlton Park gehen.«
»Und was ist mit den Forrests?«
»Was soll mit ihnen sein?« Er griff ungeduldig nach den neuen Kleidern. »Carlton Park ist unser Eigentum. Und wir sind jetzt darauf angewiesen. Das Recht ist eindeutig auf unserer Seite. Kein Magistrat der Welt würde es uns nach dieser Tragödie absprechen. Meine Anwälte werden schon dafür sorgen, daß die Forrests mitsamt ihren Verwandten das Feld räumen. Sobald wir hier alles Nötige erledigt haben, ziehen wir unverzüglich auf unsere Farm in den Liverpool Plains.«
Georgina seufzte. Heselwood war wieder ganz der Alte – im Guten wie im Schlechten.

Weder das Wetter noch Jasins Laune wurden besser. Zu Weihnachten hielten sie sich noch immer in Brisbane auf. Jasin weigerte sich, es zu verlassen, solange sie nicht sämtliche Behördengänge abgeschlossen hatten. Die zogen sich aber in die Länge, weil ständig andere Offiziere sich mit neuen Fragen in die Ermittlungen einschalteten, für deren Erledigung es nie genug Beamte gab. Die Namen der Eingeborenenführer vermochte nach wie vor niemand

anzugeben. Und immer noch konnte niemand ausschließen, daß Stämme aus anderen Landesteilen eingefallen waren.
Kavalleristen wurden ausgesandt, um das Gebiet am Mary River zu »befrieden«, das bedeutete, die Schwarzen – mit welchen Mitteln auch immer – zu vertreiben. Der Aktion war kein Erfolg beschieden. Kurz vor dem Tal gerieten die Soldaten in einen Hinterhalt. Drei wurden verletzt und vier getötet. Unverrichteter Dinge kehrten sie in ihren Stützpunkt zurück. Während die Siedler in den Darling Downs die Angriffe hatten abwehren können, war in den Gebieten weiter nördlich an eine Rückkehr nicht zu denken.
Jasin beauftragte einen Advokaten mit der Abwicklung der Geschäfte mit seiner Gesellschaft in Newcastle. Stundenlang blieb er im Hotelzimmer und schrieb Briefe, wenn er nicht mit der Polizei konferierte.
Georgina hatte in dieser Zeit nichts zu tun. So begleitete sie ihn auf den Behördengängen und wartete in den Vorzimmern, nur um von den vier Wänden ihres Asyls nicht erdrückt zu werden. Er freilich war ungehalten darüber, daß sie warten mußte. Das war doch unter ihrer Würde.
Geld war ihnen auch noch nicht überwiesen worden. Zwar hatte Jasin über seinen Advokaten ein Darlehen bekommen, doch es reichte nicht aus, um auch nur die Hotelrechnung zu bezahlen. Noch machte Mrs. Pratt keine Andeutungen, aber Georgina spürte, daß sie langsam die Geduld verlor. Und immer noch schob Jasin ohne jeden ersichtlichen Grund ihre Abreise hinaus. Die Rechnungen häuften sich. Ihn schien das nicht zu beunruhigen, Georgina dafür um so mehr.

Wieder einmal ging Georgina auf dem Umweg über den Hafen zum Postamt. Alles, was die Zeit totschlagen half, war ihr willkommen. Auf der Mole wurden die letzten Vorbereitungen zum Auslaufen eines Schiffes getroffen. Sie mischte sich unter die Menge derer, die voneinander Abschied nahmen.
Zwei bärtige Männer in neuen Kleidern kamen auf sie zu.

»Entschuldigen Sie bitte«, fragte sie, »fahren Sie mit diesem Schiff ab?«

»In der Tat, Madam«, antwortete der größere von den beiden mit unverkennbar irischem Akzent. Georgina staunte über sich selbst, daß sie seit einiger Zeit nun schon den Mut aufbrachte und wildfremde Leute auf der Straße ansprach. »Könnten Sie vielleicht diese Briefe hier für mich mitnehmen? Ich habe sie nicht mehr rechtzeitig zum Postamt gebracht.«

»Aber gerne«, sagte der kleinere und wollte sie nehmen, doch sein Freund unterbrach ihn. »Gehen diese Briefe nach England?«

»Ja, sie sind für meine Familie.«

»Dann warten Sie lieber auf ein anderes Schiff. Das hier fährt in den Fernen Osten, in die entgegengesetzte Richtung.«

»Ach, wie dumm von mir! Verzeihen Sie bitte.« Georgina wandte sich ab.

»Moment mal«, rief der Ire. »Ich vergesse nie ein Gesicht. Waren Sie nicht eine der Passagierinnen, die auf der *Emma Jane* hierher gekommen sind?«

»Ja, warum? Das ist aber schon eine ganze Weile her. Sie haben wirklich ein gutes Gedächtnis.«

»Wissen Sie, sonst gab es dort nicht viele Lichtblicke«, sagte er düster. Georgina lief rot an. Das waren ja Sträflinge!

»Jetzt denken wir kaum noch dran«, log O'Meara und grinste. »Der König hat uns längst begnadigt.«

»Das freut mich aber für Sie«, erwiderte sie höflich. Am liebsten hätte sie sich ohne ein weiteres Wort zurückgezogen, doch das war nun kaum noch möglich.

»Sind Sie zufällig mit Pace MacNamara bekannt?« wollte O'Meara wissen.

»Ja. Oder vielmehr, ich weiß, wo er lebt.«

»Schön. Hätten Sie vielleicht die Freundlichkeit, ihm auszurichten, daß Minogue und O'Meara nach China gefahren sind? Er wird das sehr bedauern, denn wir waren gute Freunde. Die Zeit mit ihm in New South Wales war wunderschön.«

»Komm schon, Dinny«, drängte der andere. »Du mußt jetzt keine Reden schwingen.«

Als das Schiff sich in Bewegung setzte, zwinkerte der Ire ihr von der Reling aus noch einmal zu.

In einer ungleich besseren Stimmung lief sie zum Postamt, wo Jasin bereits auf sie wartete. »Wie lange wollen wir hier denn noch bleiben, Heselwood? Ich halte es hier nicht länger aus.«

»Ein bißchen mußt du dich noch gedulden.«

»Sag mir doch um Himmels willen den Grund!«

»Weil ich zu meinem Vieh zurückgehe«, flüsterte er.

»Was? Das tust du nicht! Es ist viel zu gefährlich.«

»Passey und die anderen wollen mitkommen. Sie haben keine Arbeit mehr, und das Geld geht ihnen aus. Auf der Farm bekommen sie eine Zusatzprämie von mir.«

»Bist du verrückt geworden? Was nützt dir das Geld, wenn sie dich umbringen? Ich habe mit eigenen Ohren gehört, daß die Polizei vor dem Gebiet um Wide Bay gewarnt hat. Die Eingeborenen dort sind außer Rand und Band!«

»Das heißt doch nur, daß sie dort keinen Schutz bieten können. Aufhalten werden sie uns jedenfalls nicht. Trotzdem will ich es nicht an die große Glocke hängen.«

Georgina schwindelte. Hoffentlich hatten ihm nur wieder einmal die Nerven einen Streich gespielt. Sollten sie wirklich wegen ein paar Tieren ihr Leben riskieren? »Das werde ich nicht zulassen«, rief sie.

»Hör mir gut zu, Georgina. Die Gelegenheit dürfen wir uns nicht entgehen lassen. Uns kann nichts geschehen, wenn wir uns bewaffnen und ohne großes Brimborium wie etwa die Kavalleristen einziehen. Alle Tiere können die Schwarzen unmöglich getötet haben. Und weil die anderen Siedler tot sind oder die Farmen im Stich gelassen haben, gehört alles, was wir finden, uns. Zudem hassen die Schwarzen die Rinder. Sie werden uns wohl gewähren lassen, wenn wir sie ihnen aus den Augen schaffen. Stell dir vor, da laufen Tausende frei herum. Und alle gehören mir, wenn wir

sie fangen. Ich werde sie nach Brisbane treiben und sie den Viehhändlern von der Südküste verkaufen. Sag nur, wir haben kein Bargeld nötig.«
»Hoffentlich weißt du, was du da tust.«
»Ich weiß immer, was ich tue, meine Liebe.«
Sprach's und drehte sich auf dem Absatz um. Georgina hätte ihm folgen sollen, doch sie blickte ihm regungslos nach. Jasin war immer so von sich überzeugt. Warum nur, fragte sie sich, hatten sie so viele Schwierigkeiten, wenn er sich nie irrte?

45. KAPITEL

Als Pace zum Abendbrot hereinkam, reichte Dolour ihm den Brief. Er überflog ihn kurz und steckte ihn ein. Sie stellte die Suppe vor ihn hin und wartete auf eine Bemerkung, aber er blieb stumm. Schließlich hielt sie es nicht länger aus. »Wer hat geschrieben?«
Er zog den Brief aus der Tasche und warf ihn auf den Tisch. Als erstes sprang ihr der Name Heselwood ins Auge. Ihr Herz machte einen Satz, doch dann sah sie, daß Georgina geschrieben hatte.
»*Mein lieber Pace*«, las sie und sah auf. »Ich wußte gar nicht, daß ihr miteinander befreundet seid.«
Mit einer ungeduldigen Handbewegung fegte er ihren Kommentar beiseite und wandte sich wortlos seiner Suppe zu.
Dolour hatte vor dem Inhalt zu große Angst, als daß sie es gewagt hätte, laut weiterzulesen. Mit zitternden Händen entzifferte sie den Rest. Die bloße Erwähnung des Namen Heselwood sorgte nach wie vor für böses Blut im Haus.
Mein lieber Pace, wenn Sie dieser Brief erreicht, wird Neujahr längst vorüber sein. Dennoch nehme ich ihn zum Anlaß, Ihnen, Ihrer Frau und Familie meine besten Wünsche für das Neue Jahr

senden. Wie ich gehört habe, herrscht bei Ihnen eine große Dürre. Von Brisbane kann ich das ganz und gar nicht vermelden. Im Gegenteil – seit unserer Ankunft regnet es ununterbrochen. Vermutlich wissen Sie bereits, daß wir unsere Farm in Montone verloren haben. Sie wurde in Schutt und Asche gelegt. Eine Horde Schwarzer hat uns überfallen und einen Großteil unserer Arbeiter getötet. Gott sei Dank wurde unser Leben verschont.
»Das muß ja eine Enttäuschung für dich sein«, sagte sie.
»Was?« Pace tat vollkommen unbeteiligt.
»Daß Heselwood überlebt hat.«
»In der Tat, ja. Die Schwarzen hätten mir einen großen Gefallen getan, wenn sie den Schuft aufgespießt hätten.«
»Ich dachte mir schon, daß du das sagen würdest. Du verzeihst wohl nie.«
»Nicht deinem Liebhaber. Immerhin wollte er mich einmal umbringen lassen.«
»An der Geschichte ist nicht ein Körnchen Wahrheit! Aber du mußtest ja unbedingt diesem betrunkenen alten Narren glauben.«
»Na gut, Heselwood wird alles abstreiten dürfen, aber zuvor werde ich ihn niederschlagen. Was gibt es zu essen?«
»Steak und Nierenbraten. Die Jungen und ich haben bereits gegessen.« Bewehrt mit einem Handtuch holte sie alles aus dem Backofen und stellte es auf den Tisch.
»Warum darf ich eigentlich nicht mehr mit meiner Familie essen?« fragte er. »Egal, wann ich heimkomme, ich komme immer zu spät. Wie erziehst eigentlich du meine Söhne? Im eigenen Haus werde ich wie ein Aussätziger behandelt. Ich glaube, ich esse in Zukunft lieber mit meinen Knechten.«
»Das läßt sich machen«, entgegnete sie und beugte sich wieder über den Brief.
Wir waren nicht die einzigen. Alle Siedler in unserem Tal sitzen im selben Boot. Wir mußten nach Brisbane fliehen. Leider konnten einige Familien nicht mehr entkommen. Mr. Rivadavia hat mir einmal erzählt, daß Sie Ländereien im Brisbane Valley erworben

haben. Auch dieses Gebiet wurde überfallen. Hoffentlich war dort noch keiner von Ihren Leuten.
»O nein!« rief Dolour. »Dinny O'Meara ist doch im Brisbane Valley!«
»Dinny O'Meara hat neun Leben«, bemerkte Pace trocken. »Lies weiter, aber bitte laut.«
»Aber nun zum eigentlichen Grund meines Schreibens (das Sie, wie ich annehme, gehörig überraschen wird): Ich bin in Brisbane zwei Freunden von Ihnen begegnet, zwei recht fröhlichen Burschen. Einer davon war Ire und gab sich als Minogue aus. Das tat er jedoch mit einem solch auffälligen Augenzwinkern, daß ich es nicht sehr ernst nehmen konnte. Wie dem auch sei, er bat mich, Ihnen auszurichten, daß er und sein Freund in New South Wales eine herrliche Zeit verlebt und sich nun nach China eingeschifft haben. Wie gesagt, ich glaube, er machte sich auf meine Kosten lustig, aber sie kamen mit uns auf der Emma Jane und haben mich erstaunlicherweise gekannt.«
Dolour konnte mit ihrer Erleichterung nun nicht mehr hinter dem Berg halten: »Gott sei Dank! Sie sind entkommen! Oh, bin ich froh!« Für einen Moment war aller Zwist mit ihrem Mann vergessen. Voller Freude drehte sie sich zu Pace um. »Wie kann dich eine solche Nachricht so kalt lassen? Er ist frei! Siehst du diesen Dinny O'Meara nicht auch schon in Amerika auftauchen?«
Sie hörte Pace aufstöhnen. Schimpfwörter aus ihrem Mund war er immer noch nicht gewöhnt.
»Aber wie gelangt er von China nach Amerika? Ist der Weg weit?«
Wider Willen mußte Pace lächeln. »Er muß ja nur einen Ozean überqueren. Bei der Herfahrt waren es noch drei.«
»Ach? Hätte ich das damals nur gewußt.«
Überrascht und verlegen wandte sie sich wieder dem Brief zu. Doch es kamen nur noch die üblichen Abschiedsfloskeln und die Unterschrift: Georgina Heselwood. Sie wollte sich mit der Bemerkung an ihren Mann wenden, sie hätte immer gedacht, die Adeli-

gen würden mit Vorliebe pompöse Titel vor ihren Namen setzen, doch schon spürte sie wieder den Abgrund zwischen ihnen.
»Wie lange wollen wir das noch fortsetzen?« fragte Pace sie unvermittelt. Seine Stimme war auf einmal sanft geworden.
»Was fortsetzen?«
»Ach Gott, Dolour! Ich habe auch so genug Sorgen. Wir können nicht ewig in zwei verschiedenen Welten leben.«
»Doch«, rief Dolour. »Es sei denn, du entschuldigst dich.«
»Herrgott im Himmel! Es ist doch deine Schuld, und jetzt soll ich mich auch noch entschuldigen? Das ist ja der Gipfel der Unverfrorenheit!«
»Na schön. Dann sage mir bitte nur das eine. Hätte ich dir damals in Newcastle von Heselwood erzählt, hättest du mich dann noch geheiratet?«
Pace starrte sie unverwandt an. »Möchtest du darauf eine aufrichtige Antwort?«
»Ja.«
»Gut. Die Antwort ist nein. Um nichts auf der Welt hätte ich dich dann noch genommen.«
Wie vom Schlag getroffen zuckte sie zusammen. »Also gut. Meine Antwort habe ich bekommen. So wissen wir beide wenigstens, woran wir sind. Vielleicht solltest du jetzt doch so schnell wie möglich auf deine Farm im Norden ziehen.«
»Dolour, du hast mich um eine ehrliche Antwort gebeten, und ich habe sie dir gegeben.«
»Sicher. Ich beklage mich auch gar nicht.« Mit Mühe hielt sie die Tränen zurück. Sie mußte nun weitersprechen, wenn sie nicht schon wieder geschlagen aus dem Zimmer stürzen wollte. »Hier ist doch alles verdorrt. Wolltest du denn nicht das Vieh in den Norden treiben, wo das Weideland besser ist? Worauf wartest du noch?«
»Das ist nicht möglich. Rivadavia hat mich davor gewarnt, und dieser Brief bestätigt jede seiner Befürchtungen. Die Schwarzen dort oben sorgen für zuviel Unruhe.«

»Du hast also die Katze im Sack gekauft«, antwortete sie. »Erst spielst du den großen Mann, aber wenn es ernst wird, steckst du den Kopf in den Sand und rührst dich nicht vom Fleck.«
»Das ist gelogen!« brüllte Pace. »Land ist Land, wann wirst du das je begreifen? Unsere Söhne werden ernten, was wir gesät haben.«
»Bis dahin sind wir verhungert! Du weißt genau, daß es mit der Farm hier dem Ende zugeht. Für das Vieh gibt es kein Futter mehr, und die Schwarzen werden von Tag zu Tag unbotmäßiger. Jetzt töten sie sogar schon Tiere und zünden die Felder an. Du hättest im Süden ein kleines Stück Land kaufen sollen. Dort ist alles ruhig. Aber nein, der Herr mußte ja unbedingt ein ganzes Gebiet haben!«
»Halt den Mund, Frau. Ich kann dein Keifen nicht mehr ertragen!«
Sie stürmte hinaus und ließ sich schwer auf die Verandastufen fallen. Dort konnte sie wenigstens in Ruhe nachdenken. Soso, ich keife also, dachte sie. Aber was bleibt mir anderes übrig? Wenn wir nicht streiten würden, gäbe es überhaupt keine Gespräche mehr zwischen uns. Ich kann mich doch nicht ständig von ihm überrollen lassen. Ich muß ihm die Stirn bieten, oder er macht, was er will. Immer bin ich die Schuldige, und er ist das Opfer. Das darf ich mir nicht gefallen lassen. Wenn ich so weitermache, wird er mich eines Tages verlassen, aber eine Frau hat ihren Preis, und es liegt nur an ihr, diesen Preis auch zu nennen.
Ich will ja nichts als eine Entschuldigung, denn ich habe keine Schuld auf mich geladen. Auch wenn ich gegen Gott gesündigt haben mag, ich habe kein Menschenleben auf dem Gewissen.
Er hatte ihr einmal erzählt, warum er Irland hatte verlassen müssen. Sie hatte allerdings schon immer geahnt, daß er in den Widerstandskampf gegen England verstrickt gewesen war. Er mußte wahre Heldentaten vollbracht haben, und in ihren Augen war er einer von Irlands wenigen wahren Helden gewesen. Aber jetzt drängte sich ihr die Frage auf, warum nur immer Frauen die größten Sünden begangen haben sollten, und ausnahmslos im Bett. Da-

bei waren es doch die Männer, die von der Lust getrieben wurden. Die Frauen sehnten sich immer nur nach Liebe.

Und dieser Schuft hockte da drinnen, während sie sich draußen nach ihm verzehrte. Sie wollte ihn packen, ihn an sich drücken, ihm ins Ohr flüstern, wie sehr sie ihn liebte, doch was brächte ihr das ein? Hatte er ihr nicht gerade zu verstehen gegeben, daß er sie jetzt nicht mehr heiraten würde? War das nicht überdeutlich? Die Tränen schossen ihr in die Augen. Sollten die Tränen denn nie versiegen?

Ihre Söhne spielten mit Henry, einem Eingeborenen, und dessen Freunden aus dem Schwarzencamp Ball. Die schwarzen Kindermädchen feuerten sie an. Mit neunzig würden sie immer noch als Kindermädchen arbeiten, dessen war Dolour sich ganz sicher. Was für ein Jammern würde einsetzen, wenn John und Paul in die Schule kamen. Der dritte, der kleine Pierce, wurde gerade von Maia, der selbsternannten Aufseherin, gewaschen. Dolour kam sich auf einmal überflüssig vor wie ein Kropf.

»Missus!« zischelte ihr plötzlich Maia ins Ohr, wagte es aber nicht, ihr in die Augen zu sehen. »Sie heute nacht Pferde einsperren! Schwarze kommen und wegjagen wollen!«

»Was sagst du da?« rief Dolour. Maia biß sich jedoch schon wieder auf die Lippen. Dolour begriff, daß aus ihr nicht mehr herauszuholen war. Sie rannte zu Pace ins Haus. »Ich glaube, die Schwarzen haben etwas vor«, meldete sie atemlos. »Eins von den Mädchen hat mir gesagt, sie wollen heute nacht die Pferde davonjagen!«

»O Gott. Bring sie her!«

»Nein, laß sie lieber in Ruhe, Pace. Sie ist vollkommen verängstigt. Mehr kann sie ohnehin nicht sagen.«

»Vielleicht haben sie es nicht nur auf die Pferde abgesehen. Hol alle herein. Wir verrammeln das Haus. In der Nacht schicke ich die Männer mit Laternen auf Patrouille. Das wird sie abschrecken.«

Dolour zögerte. »Sonderlich beunruhigt scheinst du ja nicht zu sein.«

»Wenn unsere Schwarzen Ruhe bewahren, bleibt uns noch etwas

Zeit. Ich reite am besten zum Lager hinunter und knöpfe mir den alten Bulpoora vor. Jede Wette, daß er hinter dem ganzen Spuk steckt. Er und seine Spießgesellen tun ja alles, um uns zu ärgern.«
Zu seiner Erleichterung ging im Lager der Schwarzen alles seinen gewohnten Gang. Dennoch stieg er nicht von seinem Pferd. Sie sollten ruhig spüren, daß er über ihnen stand. »Wo ist Bulpoora?« rief er.
Eine große, fette Frau, die ihr Baby um die Hüfte gewickelt hatte, grinste ihn an. »Bulpoora weg.«
»Was – weg? Drückt er sich wieder vor der Arbeit?«
Sie lachte. »Nein. Bulpoora jagen.«
»Der Faulpelz war doch im ganzen Leben noch nie jagen!« Er bemühte sich absichtlich um einen leichten Ton. Aufschrecken durfte er sie auf keinen Fall.
Die Frau nickte eifrig. »Ja, ja, Bulpoora Faulpelz«, sagte sie und wandte sich lachend zu den anderen um, die ihn nun alle angrinsten.
»Ihr habt da ja einen schönen Fisch gefangen!« rief er und deutete auf die Feuerstelle.
»Ja, ja, Fisch gut«, sagte die Frau. »Sie wollen guten Fisch?«
Er winkte sie lächelnd zu sich herüber. »Halte einmal deine Hand hoch.«
Neugierig streckte sie ihm die Hand entgegen. Er deutete auf ihre Finger und sagte: »Du hast fünf Finger. Fünf Tage. In fünf Tagen gibt es ein großes Fest. Viel Fleisch, viel Pudding und die Missus macht Toffee. Kennst du Toffee?«
Sie rieb sich begeistert die Hände. »Toffee gute Sache, Boß!«
»Willst du den anderen von unserem großen Fest erzählen?« Die Frau antwortete mit einem aufgeregten Nicken. »Aber sag Bulpoora, er darf keine bösen Schwarzen nach Kooramin holen. Sonst kein Fest, kein Fisch mehr, alles aus.«
Die Freude wich jäher Bestürzung. Sie holte tief Luft. »Bulpoora!« rief sie verächtlich und spuckte aus. Ohne weiter auf Pace zu ach-

ten, drehte sie sich zu den anderen um und erklärte ihnen wild gestikulierend, was er ihr gesagt hatte. Wütendes Murren brach aus. Pace wußte, daß der alte Bulpoora sich nun lieber vorsehen sollte, wenn er nicht wollte, daß sich die Frauen gegen ihn wandten.

Dennoch wurden sämtliche Pferde in die Koppeln getrieben, Wachposten aufgestellt und die Hunde von der Leine gelassen. Er ließ Ketten an sämtlichen Gattertoren anbringen und sandte Männer aus, die die Viehherden beobachten sollten, denn aus irgendeinem Grund spürten die Schafe und Rinder aufziehende Gefahr weitaus schneller als Pferde. Darüber hinaus schickte er Leute mit der Warnung vor möglichen Unruhen zu den anderen Farmen. Mehr konnte er nicht tun, und doch wartete er besorgt auf die Nacht.

Georginas Brief hatte ihn beunruhigt. Das Bild von der Ermordung der Frau und des Sohnes eines Siedlers in den Darling Downs hatte er fast schon vergessen, doch jetzt erstand es neu vor seinen Augen.

So wie er den Brief verstand, fand im Norden ein organisierter Aufstand statt. Es würde an ein Wunder grenzen, bekämen nicht auch die Wilden hier unten Wind davon. Wahrscheinlich wußten sie es sogar schon längst und hatten sich nur nichts anmerken lassen. Manchmal konnte man ohnehin meinen, sie hätten Vorhängeschlösser vor dem Mund. Und nicht zuletzt trieben sich ja auch hier Kamilaroi herum. Am Ende beflügelte sie noch die Nachricht von den Triumphen ihrer Stammesgenossen zu eigenen Überfällen.

Er beobachtete, wie die Viehhüter die Tiere näher an die Farmgebäude herantrieben. Diese wußten genau, daß es dort kein Futter gab, und waren entsprechend nervös. Auch die Männer konnten ihre Angst nicht verbergen. Mit wütenden Schreien, Pfiffen, Flüchen ließen sie die Peitschen auf die Rücken der Tiere niedersausen. Langsam wurde es dunkel.

Bislang hatte Pace die Schwarzen einzig und allein durch Bluffs in Schach gehalten. Gegen einen organisierten Überfall konnte er

nichts ausrichten. Sie brauchten nur Feuer zu legen, und die Farm wäre vernichtet. Er ging ins Haus und lud das Gewehr. »Was hast du vor?« fragte Dolour.
»Ich steige aufs Dach und halte Ausschau.«

Von seinem Beobachtungsposten aus hatte er den Eindruck, die Leute würden nur hin und her laufen. Seine Gedanken kehrten zurück nach Curragh und zu seinem eigenen zerrütteten Leben. »Du kämpfst jetzt auf der anderen Seite, MacNamara«, sagte er laut. »Hier bist du es, den die Enteigneten aus ihrem Land vertreiben wollen. Jetzt bist du auf einmal der Gutsherr und zum Töten bereit, wenn sie für ihre Rechte kämpfen, so wie du damals für die deinen. Nur haben sie nichts als die bloßen Hände und ihre erbärmlichen Speere. Ist die Welt so schlecht, oder bist du es, MacNamara? Du weißt ja selber nicht, was du willst!«
Schwerfällig ließ er sich nieder und stützte den Kopf in die Hände. In der kristallklaren Nacht hörte er Dolour mit den Kindern sprechen. Gemeinsam mit den Hausangestellten brachte sie sie ins Bett. Sobald sich die Möglichkeit gab, würde er sich bei ihr entschuldigen. Mit seinen Rachegedanken machte er ihnen beiden das Leben doch nur zur Hölle. Für seine Freunde war sein Verhalten ohnehin ein Rätsel. Sie wußten von nichts. Wieder spähte er ins Dunkel. Es war schon seltsam, daß ausgerechnet die Angst vor einem Überfall ihn seiner Liebe zu Dolour gewahr werden ließ.
Er kletterte wieder vom Dach herunter. Ein Reiter kam in den Hof gesprengt. »Sie hatten recht, Boß!« rief er ihm schon von weitem zu. »Die treiben sich draußen rum. Das Vieh ist in Panik und will in alle Richtungen ausbrechen. Hoffentlich kommt es zu keiner Stampede.«
»Mach dir deswegen keine Sorgen!« antwortete Pace. »Aber sag den anderen, sie sollen das Feuer eröffnen.«
»Das nützt nichts. Sie sind außerhalb der Schußweite.«
»Darum geht es mir ja. Ich will keine Toten.«
»Seit wann denn das?« Der andere lachte.

»Seit ich es sage!« bellte Pace. »Macht einfach so viel Lärm wie möglich. Sie sollen wissen, daß wir sie erwarten.«
»Sie sind der Boß.«
Pace überhörte den höhnischen Tonfall nicht. Wütend riß er den Mann von seinem Pferd. »Vergiß das nur ja nie!« blaffte er ihn an. »Los, geh zu den Frauen ins Haus. Um das andere kümmere ich mich.«
Die ersten Schüsse fielen, obwohl man die Schwarzen noch nicht einmal sehen konnte. Pace lief von Mann zu Mann und gab immer wieder den Befehl, das Feuer aufrechtzuerhalten. Gegen seine Hoffnung, die Wilden würden sich abschrecken lassen, wagten sich die ersten mit brennenden Fackeln in der Hand aus dem Busch. »Oh, ihr Narren!« stöhnte er. »Geht zurück! Ich will euch doch nichts antun!«
Plötzlich bemerkte er Unruhe in den Reihen der Schwarzen. Während einige weiterstürmten, ließen andere sich zurückfallen. »Weiterschießen!« schrie er. »Sie bekommen es mit der Angst zu tun!«
Zwischen den Salven hörte er Schreie über die Koppeln gellen. Das begriff er nun überhaupt nicht mehr.
»Warum schreien sie?« fragte einer seiner Männer. »Wir haben doch noch gar keinen getroffen.«
Pace packte sein Gewehr fester und schlich sich, auf jede Bewegung drüben im Busch achtend, an die vorderste Front. »Was ist dort los?« fragte er seine Männer.
»Keine Ahnung, Boß«, erwiderte eine Stimme aus der Dunkelheit. »Ein Kriegstanz ist es nicht. Sieht eher so aus, als würden sie untereinander streiten.«
Nach und nach erloschen die Fackeln. Die Schüsse verstummten nun ebenfalls. Aber die Männer lauschten weiter gespannt. Dort im Busch herrschte auf einmal Totenstille.
»Fünf Tage, Boß«, flüsterte plötzlich eine Stimme hinter Pace. Er fuhr so schnell herum, daß er mit dem Ellbogen gegen einen Zaunpfahl stieß. Er unterdrückte einen Schmerzensschrei. Neben ihm stand wie aus dem Boden gestampft die dicke Schwarze.

»Heilige Maria, Mutter Gottes!« schnappte er. »Woher kommst du auf einmal?«
Sie hatte einen ganz verklärten Blick. »Fünf Tage, großes Fest«, erinnerte sie ihn noch einmal und deutete auf den Busch.
»Ja, ja, schon gut. Aber was ist los?«
»Schwarze sehr böse. Der alte Bulpoora verrückt. Wir treten ihn in Hintern.« Sie stemmte die Hände in die Hüften und bog sich vor Lachen. »Toller Kampf!«
Erst jetzt bemerkte er eine Wunde über ihrer blutverschmierten Brust. »Du bist ja verletzt!« rief er.
»Ja, ja. Wir schlagen ihnen Köpfe ein.« Tatsächlich trug sie einen Prügel, der so dick war wie einer ihrer stämmigen Schenkel.
»Sind sie jetzt weg?«
»Ja, ja. Vor uns sie alle Angst haben.«
Pace konnte sich vor Lachen nicht mehr halten. Voller Stolz auf das, was sie in dieser Nacht verbracht hatte, fiel die Schwarze mit ein.
»Komm mit«, sagte er schließlich. »Die Missus wird dich verarzten.«
Immer noch mit dem Prügel bewehrt, trottete sie ihm nach. Sie mußte sich unmittelbar vor ihren Gewehren vorbeigeschlichen haben. Pace fragte sich, was geschehen würde, wenn sich wirklich alle Schwarzen zu einem heimtückischen Überfall zusammenschlossen.
Solange es dunkel war, blieben sie in Alarmbereitschaft. Bei Tagesanbruch dankte Pace seinen Männern. Insbesondere den sechs Sträflingen versprach er, er werde sich erkenntlich zeigen und ihre Freilassung erwirken.
Angesichts des Jubels wurde Pace traurig. Freilich hatte er für seinen Schachzug noch einen ganz anderen Grund. Bei anhaltender Dürre konnte er die gesamte Mannschaft bald nicht mehr ernähren. Wenn er schon sonst nichts für sie tun konnte, so wollte er sie wenigstens in die Freiheit entlassen.
Dolour hatte die ganze Nacht kein Auge zugetan. Sie sah entsetzlich erschöpft aus. »Leg dich doch endlich schlafen«, bat er sie.

»Vorher muß ich noch etwas erledigen.«
»Kann das nicht warten?«
»Es wird nicht lange dauern.«
Lena steckte ihr Gesicht zum Fenster herein. »Missis Forrest kommt. Tut ganz wichtig!«
Dolour mußte lachen. Millys rot bemalter Einspänner mit den schwarzen Polstern war in der ganzen Gegend bekannt. Zwei Bedienstete mußten bei jeder Fahrt neben ihr herreiten und hatten stets alle Hände voll damit zu tun, das Gefährt im Winter aus den Schlammlöchern zu ziehen und im Sommer die zerbrochenen Räder zu reparieren. Milly achtete nie besonders auf den Weg.
»Fred ist diesmal auch dabei«, bemerkte Pace, als Milly ihr Pferd zum Tor hereintrieb. »Seltsam, der läßt sich sonst doch kaum einmal blicken.«
»Ho«, rief er. »Was bringt euch nach Kooramin?«
»Ach, Pace!« rief Milly und ließ sich von Pace herunterhelfen. »Sie haben uns in der Nacht überfallen!«
»Habt ihr unsere Nachricht denn nicht bekommen?«
»Doch«, erwiderte Fred niedergeschlagen. »Und wir haben getan, was in unserer Macht stand. Trotzdem haben sie sämtliche Außengebäude niedergebrannt, die Ställe, die Scheune ... die Meierei ist auch zerstört ...«
Dolour kam herbei und führte Milly ins Haus. »Hat es Verwundete gegeben?«
Milly brach in Tränen aus. »Ein paar Männer haben Verbrennungen erlitten, als sie die Pferde retten wollten. Aber sie hatten noch einmal Glück im Unglück. Das Schlimme ist, diese schwarzen Teufel haben Dermotts Werkstatt niedergebrannt. Er hätte umkommen können!«
»Es ist eine Schande!« rief Fred. »Ich weiß nicht mehr ein noch aus. Was sollen wir jetzt nur Heselwood sagen?«
»Mach dir um den keine Sorgen«, knurrte Pace. »Wie viele waren es?«
»Schwer zu sagen. Unsere Jungs meinen, etwa fünfzehn. Vier ha-

ben sie erschossen, der Rest ist entkommen. Meine Reiter verfolgen sie. Aber da ist noch etwas. Meine Männer glauben, daß einer von den Toten von deiner Farm stammt.«
»Ein älterer Bursche?«
»Ja, richtig.«
»Bulpoora. Die anderen sind Wilde aus dem Busch. Er muß sie angestiftet haben. Wann haben sie euch überfallen?«
»Gegen ein Uhr früh.«
»Dann sind sie von uns direkt zu eurer Farm gezogen.«
»Was? Sie waren bei euch?«
»Jawohl. Aber das ist eine lange Geschichte. Am Ende ist ein Streit zwischen unseren Schwarzen und ihnen ausgebrochen, und sie haben eure Farm heimgesucht. Das tut mir leid für euch.«
»Habt ihr auch Schaden erlitten?«
Pace schüttelte den Kopf. »Kommt rein. Ich mache euch erst mal einen Drink. Den werdet ihr bitter nötig haben.«
Fred lächelte matt. »Ein paar zusätzliche Arbeitskräfte hätte ich noch nötiger. Bis auf das Haus selbst steht in Carlton Park kein Stein mehr auf dem anderen.«
»Ich werde meine Jungs zu euch schicken und euch nachher persönlich begleiten. Was ist aus den Pferden geworden?«
»In alle Winde zerstreut. Ein paar konnten wir wieder einfangen. Den Rest suchen die Viehhüter. Aber die Schwarzen haben viele von unseren Rindern einfach aufgespießt.«
»Ist Dermott wohlauf?« wollte Dolour wissen.
»Ja, aber es war schrecklich!« Milly weinte. »Der Lärm, das Feuer, es war einfach grauenhaft!«
»Wollten sie auch das Haus in Brand stecken?« fragte Dolour.
»Nein«, erwiderte Fred und wischte sich den Schweiß von der Stirn. »Nur die Außengebäude, und dann sind sie weggerannt.«
»Woher willst du das wissen?« rief Milly. »Unsere Männer haben sie vertrieben. Sonst hätten sie uns in unseren Betten ermordet. Es war schrecklich!« Sie lief schluchzend in die Küche. Dolour folgte ihr.

Die zwei ältesten Söhne saßen bereits am Mittagstisch. Vor Aufregung vergaßen sie zu essen.
»Haben Sie auch welche erschossen, Missis Forrest?« rief John erwartungsvoll.
»Dad hat nämlich keinen erwischt«, meinte sein Bruder enttäuscht.
»Ihr zwei seid jetzt still«, beschied sie Dolour. »Geht lieber nach draußen und spielt ein bißchen.«
»Wir wollen aber hören, was passiert ist«, maulte John. In diesem Augenblick trat Pace zusammen mit Fred ein. »Raus!« donnerte er. Widerwillig trollten sich die zwei.
»Möchtest du eine Tasse Tee, Milly?« fragte Dolour.
»Nein, danke. Lieber Rum mit etwas Milch. Mir ist ja so schlecht. Oh, dieses Gesindel! Du hättest die Farm sehen sollen! Die Unterkunft unserer Männer, die Küchen, die Scheunen, die Werkzeuge – alles haben sie niedergebrannt!«
»Wir helfen euch beim Wiederaufbau, Milly«, tröstete sie Pace. »Es ist sicher nicht so schlimm, wie ihr im ersten Schreck glaubt. Auf anderen Farmen haben sie noch viel grausamer gewütet.«
»Du hast leicht reden, Pace MacNamara. Aber was würdest du sagen, wenn sie bei dir alles zerstört hätten und dein Mann hilflos im Rollstuhl säße?«
Dolour warf Pace einen warnenden Blick zu. Ihm hatte schon eine Antwort auf der Zunge gelegen, doch nun behielt er sie für sich. In solchen Situationen konnte er sich getrost auf die Menschenkenntnis seiner Frau verlassen. »Wie geht es Dermott? Wie hat er es verkraftet?«
»Dermott geht es gut«, erklärte Fred. »Er hat es ganz gefaßt aufgenommen. Und meine Bess ist ein Engel. Sie ist schon wieder draußen und legt Hand mit an, wo sie kann.«
Milly lief puterrot an. »Natürlich ist sie ein Engel. Aber was hat sie schon zu befürchten? Ihr Eigentum ist es ja nicht. Verrat mir doch bitte, wer den Wiederaufbau bezahlen soll, Fred. Von den Heselwoods können wir jedenfalls nichts erwarten. Und wir ha-

ben keinen Penny für die Baracken, die Ställe, die Vorratskammern – und, und, und! Hast du das auch bedacht?«
»Trink noch ein Glas, Milly. Wir lassen uns schon eine Lösung einfallen«, sagte Pace. Überzeugt war er von seinen Worten selber nicht. Im Grunde hatte sie ja recht. Da Heselwoods Farm allem Anschein nach völlig zerstört worden war, hatten sie wirklich keine Hilfe von dieser Seite zu erwarten.
Mittlerweile bereitete Dolour ihnen ein kleines Mahl. Als sie in der Speisekammer nach den eingemachten Gurken griff, merkte sie, daß ihre Hände zitterten. Nach all den Jahren hatte sich nichts geändert. Jasins Name brauchte nur zu fallen, und sie fing zu zittern an. Sie wartete, bis sie sich wieder unter Kontrolle hatte, dann ging sie zu den anderen zurück. Milly jammerte immer noch über »diesen Heselwood da oben«, und sie spürte die Blicke ihres Mannes auf sich ruhen.
Während des Essens gab es nur ein Thema: Wie konnten sie möglichst rasch und billig die Farm wiederaufbauen? Milly jammerte in einem fort, bis Pace ein rettender Einfall kam, um sie auf andere Gedanken zu bringen.
»Ach, Milly. Wir haben einen Postsack für euch. Einer unserer Viehhüter hat ihn aus der Stadt mitgebracht. Ich hatte ihn gestern mitschicken wollen und dann in dem Durcheinander völlig vergessen.«
Er verschwand für einen Augenblick, um mit einem kleinen Beutel aus Leinwand zurückzukommen. »Hier, bitteschön.«
Sie leerte den Inhalt, Zeitungen, Briefe, Kataloge, kurzerhand auf den Boden. Die Zeitungen gab sie den Männern, und nur drei für ihren Mann bestimmte Briefe nahm sie an sich. Den Rest, die Briefe für die Angestellten auf Carlton Park, stopfte Dolour in den Sack zurück. »Zwei von zu Hause«, meldete Milly. Zum erstenmal klang ihre Stimme erfreut. »Von wem mag der da nur sein? Eine schöne Handschrift und edles Papier ...« Mit einem Briefmesser schlitzte sie den Umschlag auf, las den Brief, las ihn noch einmal und brach dann in hysterisches Schluchzen aus.

»Von wem ist er denn?« fragte Fred bestürzt.
»Heselwood!« rief Milly. »Da! Lest ihn selber!« Sie schob ihn zu Dolour hinüber. Die wich entsetzt zurück, als könnte sie sich die Finger verbrennen.
»Nein!«
Da auch Pace den Brief nicht anrühren wollte, nahm Fred ihn an sich. »Er ist wirklich von ihm. Seltsam, denn er verkehrt nie direkt mit uns, sondern immer nur über seine Anwälte.«
Er vertiefte sich wieder in das Papier und las vor: »*Sehr geehrte Mr. und Mrs. Forrest. Wie Sie mit Sicherheit bereits erfahren haben, sind Unruhen unter den Schwarzen unseres Gebietes ausgebrochen. Diese haben zu einer großen Zahl von Verlusten an Menschenleben und Land geführt. Auch die Montone Farm wurde zerstört. Meine Frau und ich waren gezwungen, uns nach Brisbane zurückzuziehen.*«
»Schade, daß ihn keiner abgestochen hat«, meinte Milly wütend.
»Er schreibt von Verhandlungen mit dem Magistrat«, murmelte Fred. »Aber was soll das mit uns zu tun haben?«
»Lies weiter, oder gib den verdammten Brief mir!« rief Milly.
»Schon gut, Milly. Wo war ich stehengeblieben? ... Ah ja, er hat mit dem Magistrat verhandelt ...« Er hob die Stimme. »*Mir wurde mitgeteilt, daß ich nach der Zerstörung unseres Wohnsitzes das Recht habe, meine Farm auf Carlton Park zu beziehen. Dies ist ein trauriger Rückschlag für uns alle, doch muß ich Sie leider hiermit auffordern, Carlton Park binnen eines Monats zu verlassen, da meine Frau und ich die Farm für uns beanspruchen. Eine Räumungsaufforderung wird durch meinen Anwalt an Sie ergehen. Ich bedaure diese Entwicklung außerordentlich, doch uns bleibt keine andere Wahl.*«
Fred warf den Brief auf den Tisch. »Will er uns etwa hinauswerfen?«
Pace nahm den Brief an sich und überflog ihn selbst noch einmal. Fred hatte sich jedoch nicht geirrt. Wütend funkelte er seine Frau an. »Schöne Freunde hast du! Jetzt bekommen wir sie auch noch als Nachbarn vorgesetzt.«

Den wahren Grund seines Zorns begriff Milly nicht. Sie glaubte, einen Verbündeten gefunden zu haben. »Jetzt verbrenne ich auch noch den Rest!« verkündete sie.
Fred legte ihr beschwichtigend eine Hand auf den Arm. »Nur die Ruhe, Mädchen. Erst besprechen wir das mit Dermott. Mal sehen, was wir dagegen unternehmen können. Vielleicht blufft Heselwood ja nur.«
»Das ist kein Bluff!« rief Pace. »Stimmt doch, Dolour, nicht wahr? Du kennst ihn ja besser.«
Er stierte sie finster an, als trüge sie die Schuld an allem. Einen Moment stand sie benommen da, dann ging sie schweigend hinaus. Vielleicht haben wir alle uns überschätzt, dachte sie. Jetzt kamen also die Heselwoods. Vielleicht war es wirklich so bestimmt, daß nur die Lords und Ladys Land besitzen und die kleinen Leute sich nicht über ihr Schicksal hinwegsetzen durften. Sollten sie doch bekommen, was sie wollten, die Forrests, die Heselwoods, Pace. Sie war ihres Elends überdrüssig. Dabei war es noch längst nicht ausgestanden. Es hatte erst angefangen. Sie sehnte sich nach Irland, ihrer grünen Insel, den Liedern, dem Lachen – aber sie würde ihre Heimat nie wiedersehen, dessen war sie sich sicher.
Und hatte Pace nicht gesagt, er hätte sie nie geheiratet, hätte er von ihr und Heselwood gewußt? »Gott im Himmel!« schluchzte sie. »Es tut mir ja so leid, so schrecklich leid. Ich habe dich um Vergebung angefleht, o Herr, aber du gewährst sie mir nicht. Du strafst mich nur unausgesetzt weiter, bis ich es nicht mehr ertragen kann!«
In der Küche ging die Debatte weiter. »Bevor wir das alles nicht geklärt haben, ist an einen Neuanfang nicht zu denken«, grübelte Fred.
»Aber was machen wir mit Dermott?« schrie Milly, die sich von Minute zu Minute mehr Sorgen machte. »Einen zweiten Schlaganfall überlebt er nicht. Wir dürfen ihm nichts sagen.« Pace schüttelte energisch den Kopf. »Er muß es erfahren, auch wenn es natürlich ein schlimmer Schlag für ihn ist.«

Erschöpft und geschlagen strich Milly sich das Haar aus dem Gesicht.
In diesem Augenblick erhob sich draußen aufgeregtes Geschrei. Voller Panik rannten die Mädchen über den Hof. Lena kam in die Küche gestürzt. »Boß! Schnell, schnell! Missus stirbt. In Geräteschuppen!«
Pace war schon aufgesprungen und jagte zum Schuppen. Dolour lag leblos im Staub. Als er sie hochhob, fiel ihr Kopf nach hinten. »Sie ist bewußtlos!« schrie er.
Fred Forrest schlug die Tür hinter sich zu. »Was hat sie, Pace?«
»Sie ist bewußtlos!« Pace versuchte sie wachzurütteln. »Hol einen Arzt, schnell! Nimm zwei Pferde!«
Er drückte Dolour an sich, versuchte ihr wieder Leben einzuhauchen, doch von ihr kam nur ein rasselndes Atmen, das ihn gleichzeitig erleichterte und erschreckte. Aus ihrem Gesicht war jede Farbe gewichen. Nur die Lippen schimmerten bläulich. Milly stieß ihn beiseite. »Lebt sie noch?«
»Ja«, flüsterte er. »Was in Gottes Namen ist ihr zugestoßen?«
»Hol schnell Milch!« Milly packte Dolour und drehte sie auf den Bauch. »Hol die verdammte Milch, wenn ich es dir sage! Sie hat sich vergiftet!«

46. KAPITEL

Jasin hatte den verwegenen Plan gefaßt, möglichst viele Tiere zusammenzutreiben, egal, wessen Brandzeichen sie trugen. Seine Männer, jeder mit einem Gewehr und einer Pistole bewaffnet, hatten sich von seiner Begeisterung anstecken lassen. Sogar Barrett, den ein Soldat aus dem Busch gerettet hatte, ritt mit.
Die Nachricht von Krills Tod hatte Jasin schwer getroffen. Er hatte

fest daran geglaubt, daß sein Aufseher irgendwie davongekommen war. Barrett versicherte ihm, das wäre ihm auch gelungen, wenn sein Pferd nicht gestürzt wäre. Er würde Krill vermissen. Aber Gott sei Dank hatte wenigstens Passey überlebt. Um lästige Fragen zu vermeiden, verließen sie Brisbane mit den Satteltaschen voller Proviant noch vor dem Morgengrauen. Die ersten Tage gönnten sie sich kaum eine Rast. Erst als die besiedelten Gebiete hinter ihnen lagen, ließen sie es etwas langsamer angehen.
Jasin versuchte gute Laune zu verbreiten. »Es ist durchaus möglich, daß die Wilden sich wieder zurückgezogen haben«, meinte er an Passey gewandt.
»Da würde ich mir keine großen Hoffnungen machen«, erwiderte der Aufseher. »Soweit ich gehört habe, haben sie sich im Tal festgesetzt.«
Jedes Rauschen in den Bäumen ließ Jasin zusammenzucken, brachte ihn aber nicht von seinem Entschluß ab. Er mußte weitermachen, aber er war ruiniert. Zu elft konnten sie unendlich viele Tiere im Tal und auf den umliegenden Bergen zusammentreiben. Das Vieh war wohlgenährt und strotzte vor Gesundheit – anders als die halb verhungerten Herden aus dem Süden. Es würde ihm einen guten Preis einbringen.
Die vertrauten Gerüche der Tropenvegetation erinnerten ihn an Montone und den Garten, auf den Georgina so stolz gewesen war. In der Nacht war das ganze Haus durchdrungen gewesen vom Duft des blühenden Jasmin. Gleichzeitig packte ihn Angst vor dem Anblick der verwüsteten Farm. Doch er durfte sich keine Sentimentalität leisten. Was bedeutete schon der Verlust des Hauses? Das waren doch nicht mehr als ein paar Steine und Holzbalken. Er mußte sich den veränderten Gegebenheiten eben stellen und neu planen.
Aber war es nicht immer schon so gewesen?
Nach zwei Jahren auf Montone hatte er geglaubt, alles würde in ruhigen Bahnen weitergehen. Und nun verfluchte er sämtliche Schwarzen. Er nahm sich vor, in Zukunft keinen auch nur in die Nähe seiner Farm zu lassen.

Passey unterbrach ihn in seinen Gedanken: »Hier ist schon jede Menge Vieh, Boß. Sollen wir uns schon mal an die Arbeit machen?«
»Wir reiten erst nach Montone. Ich will nicht, daß wir uns vorher schon verteilen. Das Risiko wäre zu groß.«
Sie ritten an den ersten Farmen vorbei – alle ausgebrannt und verlassen. Jasin hielt es für klüger, auf offenem Gelände und nicht in der Nähe der Farmen zu campieren. »Wenn wir daran vorbeiziehen, werden sie glauben, wir wollen nicht bleiben. Und wenn wir dann mit dem Zusammentreiben anfangen, werden sie hoffentlich begreifen, was wir vorhaben, vorausgesetzt, sie haben überhaupt so etwas wie Verstand.«
Auf Montone übertraf das Ausmaß der Zerstörung die schlimmsten Erwartungen. Fassungslos starrte Jasin auf das bis auf die Grundmauern niedergebrannte Haus. Nur die zwei Kamine waren übriggeblieben. Man konnte zwischen ihnen bis zu den Viehkoppeln hindurchsehen.
Dem Verfall um sie herum trotzten prächtige rote und goldene Drillingsblumen. Wie eh und je rankten sie sich um die Pergola, die zum Obstgarten führte – eine traurige Erinnerung an das idyllische Leben.
Schwarze Krähen pickten krächzend in den Überresten herum und flatterten mit heftigen Flügelschlägen empor, als Passey sie mit Pistolenschüssen aufschreckte. Plötzlich brachen auch Dingos aus den Trümmern hervor und jagten mit gewaltigen Sätzen in den Busch.
Vom Haus wehte ein so fauliger Gestank herüber, daß die Männer sich Tücher vor die Nasen binden mußten. Jasin ritt mechanisch weiter, bis er voller Entsetzen die Quelle des Verwesungsgeruchs ausmachte.
»Die Leichen liegen tatsächlich noch herum!« flüsterte er Passey zu, der neben ihm herangeritten war.
»Ich kann allein nachschauen gehen, wenn Sie wollen«, bot Passey an, doch Jasin lehnte ab. Er wandte sich an die anderen. »Ihr könnt schon mal mit dem Zusammentreiben anfangen.«

»Aber das geht doch nicht«, widersprach einer. »Erst müssen wir unsere Kumpel begraben.«
»Ach ja, natürlich«, brummte Jasin mit einem angewiderten Blick auf die Ruinen seiner Farm.
»Bringen wir es so schnell wie möglich hinter uns«, meinte Passey, und die Männer gaben ihren Pferden die Sporen.
Zwei Leute wurden als Wachtposten abgestellt, die anderen machten sich an ihr grausiges Werk zwischen den verkohlten Überresten der Gebäude. Jasin trat an die Stelle, an der einmal der Flur gewesen war, und ging in das ehemalige Schlafzimmer. Mit einem schweren Stock stocherte er im Schutt herum.
In seinem Rücken hoben die anderen mit zerbeulten Schaufeln und anderem Werkzeug, das den Brand überstanden hatte, Gruben aus.
»O Gott!« rief einer. »Das Klavier. Der Missus würde es das Herz brechen, wenn sie das sehen müßte!«
Jasin schob mehrere verkohlte Balken beiseite und erblickte die Überreste von Georginas Toilettentisch.
»Hey, Passey!« hörte er Barrett rufen. »Wir beerdigen nur unsere Toten, richtig?«
»Ja! Oder vielmehr das, was von ihnen übrig ist. Die Schwarzen haben sich sicher die ihren geholt.«
Der Fund eines Messingschlosses ermunterte Jasin zum Weitersuchen. Viel Hoffnung, auch Georginas Schmuck zu bergen, hatte er nicht. Sie hatte ihn in einer Holzschachtel aufbewahrt. Vom ganzen Toilettentisch war nur noch Asche übriggeblieben – doch da entdeckte er mitten in dem schwarzgrauen Haufen ein paar Stücke. Teils waren sie kostbar, teils recht billig gewesen. In der Hitze waren sie alle zu einem einzigen Klumpen zusammengeschmolzen. Er wickelte ihn, schmutzig wie er war, in ein Taschentuch.
Er erhob sich und besah sich den Rest. Wie war das noch am Tag *dieser* sinnlosen Zerstörung gewesen? Hier, an dieser Stelle, hatte er gestanden, als er in seinem Zorn den Wilden erschossen hatte. Und dort war er gefallen – aber die Leiche war verschwunden. Passey hatte recht. Die Schwarzen hatten ihre Toten geborgen. Noch hat-

te er freilich die weiß bemalte Fratze vor Augen. Gott allein weiß, wie ich das alles überlebt habe, schoß es ihm durch den Kopf.
In der Asche lag ein weiteres Metallstück, eine Türklinke wahrscheinlich. Georgina hatte eine Vorliebe für kunstvoll verzierte Klinken, aber das hier schien etwas anderes zu sein. Wieder wühlte er mit seinem Stock herum. Allem Anschein nach war der Gegenstand in Leder genäht. Er ging in die Hocke und wischte den gröbsten Schmutz ab. Es war ein gut zehn Zentimeter breiter Lederstreifen und erinnerte ihn an einen Gürtel. Seit einiger Zeit schon war ihm schwindlig. Überall hing Verwesungsgeruch in der Luft. Er wollte das Messingstück herausziehen, aber es ließ sich nicht vom Leder lösen. So hob er es mitsamt dem Gürtel – oder was das auch war – aus der Erde. Nein, ein Gürtel konnte es nicht sein. Dafür war es viel zu schwer. Er warf einen genaueren Blick auf das Metall. Es war Gold! Vor vielen Jahren hatte ihm sein Vater einmal einen Goldklumpen aus einer Mine gezeigt, und er konnte sich noch gut daran erinnern, wie enttäuscht er gewesen war. Er hatte immer gemeint, Gold müsse glatt poliert sein und glänzen, doch der Nugget hatte nur matt geschimmert.
Eine ganze Weile blieb er benommen stehen. Dann sah er sich vorsichtig nach seinen Männern um, aber die waren zu sehr beschäftigt, um auf ihn zu achten. Er kehrte ihnen wieder den Rücken und betastete langsam den Lederstreifen. Er war verschieden dick und beulte sich an mehreren Stellen aus. Irgendwie kam er ihm vertraut vor. Aus einem anderen Brandloch schimmerte es ebenfalls gelb hervor. Die Enden waren jeweils mit ausgefransten Fellstreifen zusammengebunden. Langsam dämmerte ihm, was er da gefunden hatte und was ihm so vertraut daran vorkam. Es war ein Geldgürtel – keine feine Arbeit, aber reißfest und solide gefertigt. Mit Hilfe seines Messers schlitzte er das Leder auf – und hatte einen Goldnugget in der Hand. Er wog mindestens ein halbes Pfund.
Fieberhaft tastete er weiter und fand noch mehr, wenn auch kleinere Goldstücke. Der Schweiß rann ihm in Bächen über das Gesicht. Er hatte ein Vermögen entdeckt! Wahrscheinlich hatte es dem

Schwarzen, der hier gelegen hatte, gehört. Aber seit wann interessierten sich die Wilden für Gold? Und woher stammte es? Gab es Gold auf der Montone Farm?

Jasin zitterte wie im Fieber. Er hatte schon verkaufen und nach Carlton Park zurückkehren wollen, doch mochte da kommen, was wollte, Montone mußte sein Eigentum bleiben.

Wieder tauchte das weiße Gesicht des Wilden vor seinen Augen auf. »Wenn ich das früher gewußt hätte«, murmelte er, »hättest du von mir aus das Haus haben können.«

Lord Heselwood, Earl von Montone, bedeckte den Gürtel mit Asche und legte einen verkohlten Balken darüber. Dann schlenderte er betont lässig zu seinem Pferd.

»Was gefunden, Boß?« fragte Passey.

»Nichts Besonderes«, sagte er betont gleichgültig. »Nur ein paar Schmuckstücke von meiner Frau, aber die sind in der Hitze geschmolzen. Na ja, vielleicht kann ein Goldschmied noch retten, was zu retten ist.« Er nahm die Satteltasche und ging zur Fundstelle zurück. Am liebsten wäre er freilich gerannt. Hastig zerrte er den Gürtel aus seinem Versteck und verstaute ihn in der Tasche. Damit niemand etwas merkte, knüllte er Lumpen darüber, und ganz oben brachte er die traurigen Reste von Georginas Schmuck unter.

Die Beerdigung der Toten und der kurze Gottesdienst schienen eine halbe Ewigkeit zu dauern. Schließlich war jedoch auch das ausgestanden.

»Sollten wir jetzt unter den Trümmern nach Wertgegenständen für Sie suchen, Mister Heselwood?« fragte Passey.

»Nein, nein. Das hätte keinen Sinn. Wir können uns keinen unnötigen Ballast leisten, wenn wir das Vieh nach Brisbane treiben. Wir schlagen jetzt das Camp im Busch auf. Morgen früh fangen wir an.«

Am nächsten Tag konnte es ihnen gar nicht schnell genug gehen. Sie schreckten die grasenden Tiere auf, ließen ihre Peitschen auf sie niedersausen, sprengten mit den Pferden ins Unterholz und kesselten das Vieh auf diese Weise ein. Vögel stiegen kreischend in die Luft, Känguruhs jagten in Panik davon, doch Schwarze waren nicht zu sehen. Binnen weniger Tage trieben sie Hunderte von Rindern zusammen. Der große Treck nach Süden konnte beginnen. Jasin und Passey ritten voran. Ihre Männer hielten die Herde an den Seiten zusammen. Allerdings hatte Jasin vor Beginn des Unternehmens nicht mit der Widerborstigkeit der Rinder gerechnet. Sie waren Befehle nicht gewöhnt, wehrten sich dagegen, daß man sie aus der heimischen Umgebung treiben wollte, und brachen immer wieder aus. Zehn Männer reichten bei weitem nicht aus, die riesige Herde in Zaum zu halten. Zudem fehlte die notwendige Ausrüstung für ein so großes Unterfangen. Einen Koch mitsamt Pferdekarren hätten sie nun gut gebrauchen können. So aber mußten sie sich mit dem begnügen, was das Land ihnen bot: Wild, Früchte und Fische, die sie aus den Netzen der Eingeborenen raubten. Zusätzlich machte der wiedereinsetzende Regen die Nächte im Freien zur Qual.

In der zweiten Woche ließ Jasin den ursprünglichen Plan fallen, vorbei an Brisbane nach Ipswich (wie Limestone seit neuestem hieß) zu reiten. Passey war nicht einverstanden. »Die Eigentümer könnten uns Schwierigkeiten bereiten, wenn sie ihr Brandzeichen erkennen«, warnte er.

»Zum Teufel mit ihnen!« rief Jasin. »Das ist herrenloses Vieh, das wir gefunden haben. Außerdem ist der Viehmarkt am Stadtrand. Wir treiben sie direkt dorthin und verkaufen sie sofort. Wer zuerst kommt, mahlt zuerst. Geht es mich was an, wenn sie ihre eigenen Rinder zurückkaufen?«

Durch das Badezimmerfenster sah Georgina Jasin mit seinen Männern in den Hof reiten. Sie ließ alles stehen und liegen, lief die Treppe hinunter und warf sich ihm in die Arme, Tränen der Freude und Erleichterung in den Augen.

»Vorsicht«, mahnte er lachend. »Ich bin vollkommen verschmutzt nach all den Strapazen.«

»Ich bin ja so froh, daß du wieder da bist. Ihr wart fast einen Monat weg, und ich machte mir schreckliche Sorgen. Ich hatte entsetzliche Angst, euch wäre etwas zugestoßen, und wollte schon zur Polizei gehen, obwohl du mir das verboten hattest. Bist du auch wirklich wohlauf? Du siehst furchtbar erschöpft aus.«

»Das bin ich allerdings«, meinte er und lud sich die Satteltasche auf die Schulter. Ein Stallbursche nahm ihm das Pferd ab, und sie gingen durch die Hintertür ins Hotel. Mrs. Pratt warf ihnen einen kalten Blick zu und wandte sich hastig ab.

»Sie will ihr Geld«, flüsterte Georgina.

»Das haben wir, meine Liebe. In zwei, drei Tagen sind wir von hier verschwunden.«

Nachdem er seine Männer ausgezahlt hatte, blieben Jasin immer noch über tausend Pfund vom Verkauf. Um die wütenden Proteste einiger Siedler hatte er sich auf dem Markt genauso wenig geschert wie um die zögerlichen Anfragen der Polizisten wegen der verschiedenen Brandzeichen. Am nächsten Tag beglich er sämtliche Schulden und bestieg zusammen mit Georgina das Dampfschiff nach Sydney, obwohl er sich immer noch maßlos über die Bank ärgerte, von der einfach kein Geld kam. »Das wird mir dieser verfluchte Direktor büßen«, schnaubte er. »Wenn es nach ihm ginge, wären wir längst im Armenhaus. Aber ich werde schon noch für seine Entlassung sorgen. Die Hölle werde ich ihnen heiß machen!«

Georgina war verwirrt. »Wäre es nicht klüger, du würdest noch eine Weile Stillschweigen bewahren, Jasin? Noch sind wir nicht aus dem Gröbsten heraus. Warum fahren wir jetzt überhaupt nach Sydney? Ich dachte, wir wollten die Burnetts in Newcastle besuchen und von dort nach Carlton Park weiterreisen.«

»Das paßt nun nicht mehr in meine Pläne«, erwiderte er vergnügt. Schon bei seiner Rückkehr war ihr seine blendende Laune aufgefallen. Und neuerdings gab er das Geld mit vollen Händen aus.

»Immer änderst du deine Pläne. Kannst du dich nicht wenigstens einmal an das halten, was wir vereinbart haben? Wirklich, Jasin, ich werde einfach nicht schlau aus dir.«

Ihre Kajüte war klein und roch muffig. Jasin warf die Satteltasche und den Koffer mit ihren wenigen Kleidern auf die schmutzige Koje.

»Und wie können wir nur in diesen elenden Kleidern nach Sydney fahren?« rief Georgina. »Hast du dir das auch schon einmal überlegt, Heselwood?«

Er versuchte abzusperren, doch es steckte kein Schlüssel in der Tür. »Stell dich bitte an die Tür und laß niemanden herein, meine Liebe. Seit meiner Ankunft brenne ich darauf, es dir zu erzählen, aber dann wollte ich doch lieber warten, bis wir wirklich allein sein können.« Er zog den Leinenbeutel aus der Satteltasche und leerte den Inhalt auf die Koje.

»Was soll das denn sein?« fragte sie.

»Das ist Gold, pures Gold!« rief er lachend. »Mit der Armut ist es vorbei!«

Sydney empfing sie mit prächtigem Wetter. Nach der Landung ließen sie sich unverzüglich zum Australian Hotel kutschieren. »Ach, wie hab ich Sydney vermißt!« schwärmte Georgina, »und daß wir diese gemütliche Suite beziehen können! Einfach entzückend! Wir können alle unsere alten Freunde besuchen und auch Leute hierher zum Dinner einladen. Mir fällt ein Stein vom Herzen. Sag, wie lange wollen wir bleiben?«

»Bis wir ein vernünftiges Schiff nach London bekommen.«

»Was, wir fahren heim? Das wußte ich ja gar nicht.«

Er senkte die Stimme. »Ich möchte das Gold in London verkaufen. Dort dürfte es uns weitaus mehr einbringen als hier. Und hier in Australien darf keiner erfahren, woher ich es habe, sonst stürzt alles, was Beine hat, nach Montone, Schwarze hin oder her.«

»Und was wird aus Carlton Park?«

»Die Forrests können wir trotzdem hinauswerfen. Der Verlust von Montone ist der ideale Vorwand. Passey kann die Farm für uns führen. Die anderen werden ihm gerne folgen, denn sie haben keine Arbeit. Das mit den Finanzen werden meine Anwälte ein für allemal regeln. Ich kann und will mich nicht damit abgeben. Und Carlton Park ist trotz allem eine vorzügliche Farm, auch wenn ich Montone nicht aufgeben werde. Wir müssen eben abwarten, bis die Armee die Wilden vertrieben hat. Stell dir vor, wir finden noch mehr Gold auf Montone. Andererseits haben wir leider keine Gewähr dafür. Der Schwarze kann es ja überall gefunden haben.« Er griff hinter sich und läutete die Zimmerglocke. »Heute gönnen wir uns Sherry zum Dinner. Wir sollten es hier einnehmen. In unseren Lumpen können wir uns unmöglich im Speisesaal blicken lassen.«

»Du sprichst mir aus der Seele. Wir bleiben einfach im Zimmer und beobachten den Sonnenuntergang. Morgen können wir dann die modernsten Kleider kaufen. Damit werden wir freilich immer noch um Jahre hinter der Londoner Mode hinterherhinken.«

Ein Kellner klopfte an, und Jasin verlangte den Geschäftsführer zu sprechen. »Wir werden ihm unsere mißliche Lage auseinandersetzen«, erklärte Jasin seiner Frau. »Und er soll sich darum kümmern, daß uns nur das Beste serviert wird. Weißt du, das Klima hier ist so mild, daß man die feuchten und klammen Nebelnächte in London gerne vergißt. Würdest du nicht lieber ein eigenes Haus hier in Syndey beziehen? Du könntest es ganz nach deinem Geschmack einrichten.«

»Jasin! Ich weiß nicht, was ich dazu sagen soll! Nun freue ich mich schon auf Edward – und da willst du auf einmal hier bleiben!«

»Das habe ich ja gar nicht vor. Ich finde nur, wir sollten uns ein Haus hier kaufen, ehe wir nach London fahren. Die Preise steigen von Tag zu Tag, und wir brauchen bei unserer Rückkehr ein Zuhause. Bis dahin könnten wir es vermieten.«

Der Geschäftsführer kam und in seinem Schlepptau der Kellner mit Champagner und den Vorspeisen. Es warteten auch bereits Herren von der Presse mit der Bitte um ein Interview, teilte ihnen der Geschäftsführer mit. »Mir wurde gesagt, Sie und Ihre geschätzte Gattin haben das Massaker im Norden überlebt, Milord. Das muß ja schrecklich gewesen sein.«

»Das war es in der Tat«, entgegnete Jasin. »Wir mußten die Farm in den Kleidern verlassen, in denen wir vor Ihnen stehen. Sie werden begreifen, warum wir in dieser Aufmachung unmöglich Besuch empfangen können. Es wäre uns eine große Hilfe, wenn Sie morgen einen angesehenen Schneider zu uns schicken und bis dahin Lady Heselwood geeignete Kleider zur Verfügung stellen könnten.«

»Ganz wie Sie wünschen, Milord.«

Ein dritter Herr trat in die Tür. »Wer sind Sie?« fuhr Jasin ihn an.

»Gouverneur Gipps übersendet Ihnen seine besten Wünsche, Sir, und freut sich, Lord und Lady Heselwood im Government House als seine Gäste betrachten zu dürfen.«

»Wären Sie so freundlich, seiner Exzellenz unseren Dank auszurichten«, entgegnete Jasin, »und ihm mitzuteilen, daß wir seine Einladung zu einem späteren Zeitpunkt mit der allergrößten Freude annehmen werden, aber uns im Augenblick in bester Obhut befinden?«

Der Herr verbeugte sich und ging. Der Geschäftsführer setzte zu einer überschwenglichen Dankesrede an, doch Jasin schnitt ihm das Wort ab: »Das wäre alles, danke.« Ihr Gastgeber entfernte sich.

»Jasin, verkaufen wir doch einfach Montone, wenn wir in London sind. Du kannst wahrheitsgemäß erzählen, daß du das Gold dort gefunden hast. Stell dir vor, wie der Preis in die Höhe schießt!«

»Daran habe ich auch schon gedacht, meine Liebe, aber das Land ist das eigentliche Gold.« Er nahm auf einmal eine ernste Haltung an. »Vor langer, langer Zeit waren die Heselwoods unermeßlich reich. Was wir jetzt haben, ist im Vergleich dazu ein Klacks. Und mögen wir auch mehr Gold finden, es wird uns bestenfalls die Wölfe von der Haustür halten. Was wir erlitten haben, soll keinem Heselwood nach uns widerfahren. Darum werden wir Carlton Park und Montone behalten und noch vergrößern.«

»Wie denn?«

Jasin runzelte die Stirn. »Tu doch nicht so, als wüßtest du es nicht, Georgina. Ich habe die Absicht, mehr Land zu erwerben.«
Georgina richtete sich gerade auf.
»Na schön, du kannst ja nach Herzenslust immer neues Land an dich reißen, aber ich gehe nie wieder in den Busch zurück. Manchmal meine ich, ich war verrückt, daß ich mich je darauf eingelassen habe.«
»Das ist auch nicht nötig, meine Liebe. Genau das habe ich ja vor. Ich werde das Land von Sydney aus kaufen. Vor Ort können andere für uns arbeiten. Ich muß nur zuverlässige Männer finden, die auch des Lesens und Schreibens mächtig sind. Erinnerst du dich noch an das, was mir der alte Horton gesagt hat? Phantasiebegabte Männer, die die Gesetze des Busches verstehen, werden die Farm zu führen wissen.«
Er trank einen Schluck Champagner.
»Ich habe ja nie verstanden, warum der alte Horton ausgerechnet mich als Aufseher seiner Farm einsetzen wollte. Jetzt kenne ich die Antwort. Damals dachte ich, er sei nicht mehr ganz richtig im Kopf, aber er traute mir mehr zu als ich mir selbst. Stoßen wir auf den alten Horton an.«
Georgina lächelte ihn an. »Ich würde lieber darauf anstoßen, daß wir Edward nicht auf Montone dabeihatten. Ich will dich ja nicht damit langweilen, Jasin, aber ich glaube immer noch, daß der Schwarze, der in mein Zimmer eindrang, mich beschützen wollte.«
»So ein Unsinn! Er hat dich niedergeschlagen. Hast du die Prellungen schon vergessen?«
»Jasin, er hat mich unter das Bett gestoßen, wo mich niemand sehen konnte, und ist dann weggerannt.«
»Deine Phantasie geht mal wieder mit dir durch, Georgina. Jetzt tut es dir leid, weil ich ihn vor deiner Tür erschossen habe. Gott allein weiß, was er vorhatte. Ach, denken wir lieber nicht mehr an diese schrecklichen Ereignisse. Es gibt doch wirklich Schöneres. Was hältst du davon, wenn wir uns morgen ein Haus suchen?«

Mister Alfred Luton, Direktor der Sydneyer Zweigstelle der Bank of England hieß Lord Heselwood willkommen und führte ihn in den Sitzungssaal, wo ihnen ein Drink serviert wurde. »Mein lieber, hochgeschätzter Lord, ich hatte schon von Ihrer Rückkehr gehört und kann Ihnen gar nicht sagen, wie sehr ich mich über Ihren Besuch freue.«
Jasin lächelte ihn an. Das konnte er sich gut vorstellen. Er stellte einen kleinen Stahlkoffer auf den Tisch.
»Ich habe in der Zeitung alles über die Katastrophe gelesen. Wie schrecklich!«
Jasin winkte ab. »Ach, glauben Sie nur die Hälfte davon.«
»Aber Sie wurden doch von den Wilden überfallen! Und sie haben Ihre Farm niedergebrannt!«
»Das Haus ist niedergebrannt, ja, aber das Land ist noch da. Es ist nach wie vor von immensem Wert.«
»O ja, selbstverständlich, aber es erschwert uns die Arbeit um einiges. Ich wollte sagen, die Farm liegt brach, Lord Heselwood. Es widerstrebt mir, Sie nach allem, was Sie durchgemacht haben, darauf aufmerksam zu machen, aber die Zinsen müssen weiter beglichen werden, und Sie sind mit der Zahlung in Rückstand geraten. O mein Gott, was habe ich mir den Kopf zerbrochen, wie ich Ihnen am besten beistehen kann, aber ich fürchte, die Lage ist sehr ernst.«
Jasin legte ihm eine Hand auf die Schulter. »Ganz und gar nicht, mein lieber Freund.« Von seinem Gewinn mit dem Viehverkauf erzählte er ihm lieber nichts, sonst hätte ihm der Gierhals noch das Geld aus den Taschen gezogen. »Der Verlust Montones und der Guthaben war natürlich ein schwerer Schlag, ganz zu schweigen von den Strapazen, die meine Frau auf sich nehmen mußte.«
»Stimmt es denn, daß Sie und Ihre Frau, pardon, Lady Heselwood, nur mit dem nackten Leben davonkamen und die Wilden Sie verfolgten?«
»Ja. Es war ein ganz schönes Theater. Darum bin ich auch so froh, Lady Heselwood hier in Sicherheit zu wissen.«

Luton machte Stielaugen. Es war doch etwas ganz anderes, diese Nachricht von Lord Heselwood persönlich zu erfahren. »Sie müssen unbedingt zum Lunch hierbleiben und mir alles erzählen.«
»Tut mir leid, aber das ist nicht möglich. Wir ziehen heute ins Government House. Der Gouverneur besteht darauf. Vielleicht kommen Sie einmal zum Mittagessen zu uns?«
»Ich wäre hocherfreut. Wären nur noch diese leidigen Zahlungen. Können Sie etwas in dieser Richtung unternehmen?«
»Da sehe ich keine Probleme. In wenigen Tagen erwarte ich eine größere Summe. Vergessen Sie nicht, daß wir immer noch Carlton Park haben. Die Pächter schulden mir einiges. Das Geld ist unterwegs. Ich werde sie übrigens durch meinen Vormann von Montone, Passey, ersetzen. Unter ihm wird sich einiges auf Carlton Park bessern. Und sobald die Unruhen im Norden sich gelegt haben, gehe ich nach Montone zurück. Aber jetzt müssen Sie mich entschuldigen.«
Von Carlton Park hatte er seit der förmlichen Kündigung durch seine Anwälte nichts gehört. Sie hatten ihm versichert, daß er die richtige Entscheidung getroffen hatte. Ja, ihrer Meinung nach war er viel zu großzügig gewesen. Wer außer ihm hätte schon die Forrests auf Carlton Park wirtschaften lassen? »Noch eins, Mister Luton. Könnten Sie diesen Koffer hier bis auf weiteres in Ihrem Safe deponieren? Ich würde Ihnen auch gern den Schlüssel anvertrauen. Wissen Sie, was Schlüssel betrifft, bin ich entsetzlich zerstreut. Aber ich muß darauf bestehen, daß Sie diesen Koffer nicht öffnen. Er enthält persönliche Dokumente und Wertgegenstände, die wir aus Montone retten konnten.«
Der Direktor warf sich in die Brust. »Aber gewiß. Auf mich können Sie sich verlassen.«
»Sehr schön. Sobald wir uns im Government House eingerichtet haben, werde ich Sie noch einmal aufsuchen. Die Ereignisse auf Montone haben ehrlich gesagt einiges durcheinandergewirbelt. Aber langsam finde ich mich wieder zurecht. Vielen Dank für Ihre Geduld. Sie waren mir eine große Hilfe.«

Auf der Straße konnte er sich vor Lachen nicht mehr halten. Wenn er sich nicht sehr getäuscht hatte, wunderte Mr. Luton sich zu sehr über das enorme Gewicht des Koffers, um ihn nicht klammheimlich doch zu öffnen. Sollte er das Gold ruhig sehen. Der Wind würde dann gleich aus einer ganz anderen Richtung wehen. Aber wenn er das nächste Mal zur Bank ging, würde er sich von diesem Mister Luton nichts mehr gefallen lassen. Der sollte was zu hören kriegen wegen dieses erbärmlichen Syndikus in Newcastle, der sich geweigert hatte, ihnen in der Zeit der größten Not das Geld zu überweisen. Ruinieren hätte er sie können. Wie hieß er gleich wieder? Jackson. Nun gut, Jackson, dachte er erbost. Du kannst schon mal mit dem Kofferpacken anfangen.

Zufrieden mit sich und der Welt schlenderte er die Straße hinunter. Am Morgen waren sie tatsächlich ins Haus des Gouverneurs eingezogen. Darüber hinaus plante Gipps seine baldige Rückkehr nach London und hatte Lord und Lady Heselwood eingeladen, mit ihm auf einem Schiff Ihrer Majestät, der Königin von England, mitzureisen. Jasin hatte das Angebot hocherfreut angenommen. Es würde nicht nur nicht an Komfort und angenehmer Gesellschaft fehlen, er brauchte sich zudem keine Gedanken über die Kosten zu machen. Beschwingt schritt er aus, als ihm plötzlich ein Fremder in den Weg tat.

»Heselwood?« Jasin sah den stämmigen Burschen, der die Tracht der Viehhüter trug, verblüfft an. Bevor er etwas sagen konnte, hatte der Kerl ihm schon eins mit der Pferdepeitsche über das Gesicht gezogen. Er riß die Arme hoch, da knallte die Peitsche gegen seinen Hals.

Jasin versuchte zu fliehen, doch der lange Riemen sauste auf seinen Rücken nieder. Die Wucht des Hiebes riß ihn zu Boden. Ein brennender Schmerz jagte durch seinen ganzen Körper, im Mund hatte er den Geschmack von Blut. Von überall drangen Schreie an sein Ohr. Fremde Hände packten ihn, zerrten ihn in einen Friseurladen und setzten ihn auf einen Stuhl, doch der Angreifer verfolgte ihn weiter. »Nimm das für meinen Bruder!« brüllte der Irre. Sein

bärtiges Gesicht lag fast auf dem seinen. »Für Dermott Forrest!«
Dann verschwand er.
Man betupfte ihn mit feuchten Tüchern. Jasin versuchte die Helfer wegzustoßen.
»Halten Sie lieber still, Sir«, rief einer. »Wir haben nach einem Arzt geschickt. Der Schnitt in ihrem Gesicht muß wahrscheinlich genäht werden.«
»Und was ist mit der Wunde am Hals?« jammerte eine Frau. »Was für eine Schande. Der schöne Mantel ist vollkommen ruiniert!«
Auf den Gedanken, die Polizei zu holen, kam niemand. Unter den Siedlern war es üblich, Streitereien mit der Pferdepeitsche auszutragen. Und Jasin selbst spürte nichts als den Schmerz und die Erniedrigung. »Laßt mich!« brüllte er. »Und macht die verdammte Tür zu!«

47. KAPITEL

Bei seiner Rückkehr nach Carlton Park erwähnte Fred Forrest den Überfall auf Heselwood mit keinem Wort. Warum auch? Er hatte ja sein Mütchen an ihm gekühlt. Außerdem sollte es eine persönliche Angelegenheit zwischen ihnen beiden bleiben. Und eine Strafanzeige befürchtete er schon deswegen nicht, weil Heselwoods Schmach dann unvermeidlich in die Zeitungen gekommen wäre.
Milly, die die Kündigung noch immer nicht wahrhaben wollte, lamentierte ununterbrochen.
»Und wenn wir uns einfach nicht vertreiben lassen?« fragte sie Fred zum x-ten Mal.
»Ich habe es dir doch schon erklärt, Milly. Wir können zur Räumung gezwungen werden. Willst du das etwa? Solange wir Der-

motts Ansprüche nicht bewiesen haben, sieht der Magistrat Heselwood als Eigentümer an, Punktum!«
»Der Magistrat?« kreischte Milly. »Aber der Magistrat hört doch auf keinen Heselwood!«
»Leider doch«, brummte Dermott. »Genau das will Fred dir ja die ganze Zeit erklären. Aber wer zuletzt lacht, lacht am besten. Ruiniert sind wir noch lange nicht. Das Leben hier draußen hat uns ja nichts gekostet, und einen besseren Zeitpunkt hätten wir uns angesichts der Dürre gar nicht suchen können. Verklagen werden wir ihn trotzdem. Und wenn wir hier nicht unser Recht bekommen, dann eben in England. Klein beigeben werde ich jedenfalls nicht.«
Fred klopfte ihm auf die Schulter. »Du hast mir aus der Seele gesprochen, Dermott. Was hält uns hier noch länger? Die Tiere sind verkauft. Über kurz oder lang wären sie verhungert. Was sollen wir uns da noch mit dem Wiederaufbau belasten?«
»Das sehe ich aber ganz anders!« schnaubte Milly.
»Finde dich doch mit den Tatsachen ab, Milly«, meinte Fred düster. »Er schickt seine eigenen Leute hierher. Ich möchte nicht mehr hier sein, wenn sie die Farm übernehmen.«
»Aber was machen wir mit unseren Sachen?« schluchzte Milly. »Meinen Möbeln und allem?«
»Ich habe Pferdekarren bestellt. Was wir transportieren können, wird mitgenommen.«
»O nein!« rief sie. »Ich werde diesen Schurken doch nichts in den Rachen werfen. Wir nehmen alles mit, was nicht niet- und nagelfest ist!«
Endlich hatte sie begriffen. Ihr Schwager atmete erleichtert auf. »Dann wären wir uns ja alle einig.« Er freute sich schon auf die Rückkehr nach Sydney und die Möglichkeit, wieder Geld zu verdienen. Diesmal sollte es eine Lederwarenfabrik sein.
»Aber wo sollen wir dann leben?« sinnierte Milly. »Du hast unser Haus doch verkauft.«
»Fürs erste habe ich ein Haus in der Clarence Street gemietet«, beruhigte Fred sie.

»Gott sei Dank«, seufzte Milly. »Dann können wir uns ja in aller Ruhe nach einer neuen Farm umsehen.«

Juan Rivadavia ritt über die vertrocknete, staubige Ebene auf die Kooramin-Farm zu. Der Anblick der wenigen überlebenden Tiere deprimierte ihn. Da es nichts anderes gab, knabberten sie an Disteln herum. Damit aber zerstachen sie sich nicht nur das Maul, sondern auch die Gedärme. Das Hunter Valley war ja auch von der nun schon seit zwei Jahren anhaltenden Dürre betroffen, doch das war kein Vergleich zu hier. Die Viehzüchter der Liverpool Plains taten ihm leid, zumal ihnen ein weiterer langer, trockener Sommer bevorstand. Insbesondere mit Pace hatte er Mitleid, denn er wußte, daß ihn auch noch andere Sorgen plagten. Er fragte sich, was um alles auf der Welt nur Dolour MacNamara zu diesem verzweifelten Selbstmordversuch getrieben haben mochte. Er hatte sie immer für eine robuste, selbstbewußte und auch wunderschöne Frau gehalten. Und dann hatten sie auch noch drei prächtige Söhne. Die Tat erschien ihm so sinnlos …
Nach nichts sehnte er sich mehr als einem Sohn. Zweimal war Delia schwanger gewesen, und beide Male hatte sie das Kind verloren. Er war nie darüber hinweggekommen und konnte nicht begreifen, daß der Verlust sie nicht weiter gestört hatte. Andererseits nahm Delia alles auf die leichte Schulter. Für die Farm hatte sie sich noch nie interessiert. Sie schien ein Gespür dafür zu haben, ihn immer dann zu Reisen nach Sydney oder wenigstens Newcastle zu drängen, wenn gerade ausgesprochen viel Arbeit anstand. In einem fort jammerte sie über die Hitze, vor der sie angeblich nur in Newcastle in ihrem Haus an der Küste Zuflucht fanden.
In der Ferne entdeckte er einen Mann auf einem Pferdewagen, der rasch näher kam. Das war unverkennbar Tom Green in seinem weißen Kittel. Wenn der erst einmal anfing, redete er wie aufgezogen. Und tatsächlich hielt er vor ihm an. »Einen schönen guten Tag, Mr. Rivadavia.«
»Guten Tag, Doktor. Haben Sie einen Hausbesuch gemacht?«

»Richtig. Ich fahre meine Runde.«
»Und? Alles in Ordnung?«
»Sie meinen Mrs. MacNamara? Ach ja, Ihre Lunge ist nicht die allerbeste, aber das ist bei den Iren nichts Ungewöhnliches. Liegt wohl am feuchten Klima dort unten. Na ja, ein bißchen davon könnten wir hier jetzt auch gut gebrauchen.«
»Aber sie ist wieder wohlauf?«
»Und wie! Aber ihr Mann nimmt es sich schwer zu Herzen, das kann ich Ihnen sagen. Es ist einen Monat her, und er läuft immer noch herum, als wäre alles seine Schuld. Ich habe ihm gesagt, er soll sich nicht mit Vorwürfen quälen. Im Busch ist so etwas ja keine Seltenheit. Was glauben Sie, wie viele Frauen Schluß machen? Sie kommen vom anderen Ende der Welt und werden mit dem Leben hier einfach nicht fertig. Manche gehen ins Wasser, und irgendwann werden ihre Kleider angeschwemmt. Andere laufen weg und kehren nicht mehr zurück. Im Busch verschollen, heißt es dann immer. Aber da habe ich meine Zweifel. Meiner Meinung nach wollen sie einfach nicht mehr gefunden werden, zumindest ein paar von ihnen. Nun, was treibt Sie hierher? Wollen Sie sie besuchen?«
»Ja.«
»Sehr schön. Muntern Sie MacNamara ein bißchen auf. Die Farmer haben ja wenig Grund zum Lachen. Schauen Sie sich das nur an – kein Wölkchen am Himmel! Wie geht es eigentlich Ihrer Gattin. Ist sie wieder in anderen Umständen?«
»Leider nein.«
»Na ja, das nächste Mal stecken Sie sie in den ersten zwei Monaten ins Bett. In Arbeit erstickt sie ja nicht gerade. Ich staune ja immer wieder. Die meisten Frauen hier schuften wie die Ochsen, und trotzdem bringen sie jedes Jahr ein Kind auf die Welt. Tja, das liegt wohl an ihrer Konstitution. Mrs. Rivadavia ist vielleicht eine Spur zu zierlich. Sie kann ruhig ein bißchen zunehmen. Ein Glas Bier vor dem Zubettgehen kann nicht schaden. Im Gegenteil, dann wird sie etwas kräftiger. Na ja, jetzt muß ich aber weiter. Einer von den Männern auf Carlton Park hatte einen Unfall. Hat sich an-

scheinend ein Bein und ein paar Rippen gebrochen.« Er schüttelte Juan kurz die Hand. »War schön, Sie mal wieder zu treffen.« Dann gab er seinem Pferd einen Klaps mit der Peitsche, und der Wagen holperte weiter.

Dolour empfing Rivadavia vor der Haustür. Sie schien sich zu freuen, doch zugleich wich sie seinem Blick aus. Ihre Geschäftigkeit, mit der sie in einem Atemzug ihn auf einen Kaffee einlud und nach Pace schickte, erschien ihm reichlich übertrieben.

»Nur die Ruhe«, mahnte er. »Wie geht es Ihnen denn inzwischen?«

Sie lächelte ihn verlegen an. »Sie haben also auch davon gehört. Die ganze Welt scheint es zu wissen.«

»Ich hielt mich immer für einen Freund der Familie«, meinte er vorsichtig. »Wenn Fragen nach dem Wohlbefinden unhöflich sind, will ich mich aber gern entschuldigen.«

»Ach Gott!« Dolour umklammerte ihr Handgelenk, als hätte sie einen Schlag darauf bekommen. »Verzeihen Sie bitte, ich bin noch etwas durcheinander. Ich hole gleich Pace.«

»Es eilt doch nicht. Unterhalten wir uns etwas.«

»Was ich zu sagen hätte, wäre nicht sehr interessant«, erwiderte sie ausweichend.

»Wahrscheinlich haben Sie recht.«

Sie schnappte nach Luft. Seit ihrem Selbstmordversuch faßten sie alle mit Samthandschuhen an, so daß seine Zustimmung ihr wie eine Beleidigung vorkam. Sie glaubte sich verteidigen zu müssen, wußte aber keine passende Antwort. Er setzte sich, und ihr blieb nichts anderes übrig, als es ihm gleichzutun. »Wußten Sie, daß viele Iren nach Argentinien ausgewandert sind?« fragte er.

»Nein, das ist mir neu«, entgegnete sie steif.

»Es stimmt aber. Und sie haben sich ohne Probleme mit uns vermischt. Wir passen übrigens gut zusammen, denn wie wir haben sie einen Hang zum Dramatischen. Sie sind entweder himmelhoch jauchzend oder zu Tode betrübt, für alles aufgeschlossen oder an überhaupt nichts mehr interessiert. Letzteres trifft im Moment

wohl auf Sie zu. Gab es einen speziellen Grund, oder ist es die ganze Welt?«
»Die ganze Welt«, erwiderte sie mit einem Achselzucken.
»Das dachte ich mir schon. Haben Sie sich deshalb umbringen wollen, weil Ihr Leben so unausgefüllt und leer ist?«
Sie starrte ihn fassungslos an. Sie kam sich durchschaut vor. »Natürlich nicht«, antwortete sie tonlos. »Aber ich möchte nicht darüber reden.«
»Wie Sie wollen. Worüber sollen wir uns unterhalten? Warum fühlen Sie sich jetzt eigentlich besser? Hat sich alles zum Guten gewendet?«
»Ja, ich verlasse dieses Land und gehe zurück nach Irland.«
»Ach, warum denn? Sie haben sich schon genug gestraft – warum wollen Sie jetzt auch noch Ihren Mann strafen?«
Sie ließ jede Vorsicht fahren. »Weil er es verdient hat! Er will mich nicht haben. Und darum gehe ich. Es ist zu spät für uns.«
»Es ist nie zu spät. Es war zu spät, als Sie sich umbringen wollten, aber der Augenblick ist vorbei. Sie haben sich lächerlich gemacht und wollen wegrennen, weil Ihr Stolz verletzt ist. Das kann ich Ihnen nicht einmal verdenken. Für Leute wie uns gibt es nichts Wichtigeres als den Stolz.«
Nun begriff sie gar nichts mehr. Er sprach mit einer so sanften Stimme, daß sie meinte, der Widerspruch müsse in ihr selbst stecken und nicht in ihm. Wollte er sie wirklich in ihrer Entscheidung bekräftigen?
In diesem Augenblick kam Pace hereingestürzt. »Ach, Juan, Sie wissen gar nicht, wie ich mich freue. Ich habe alles stehen und liegen lassen, um Sie zu begrüßen.«
»Ich mache uns mal Kaffee«, sagte Dolour, doch Pace drückte sie liebevoll auf ihren Stuhl. »Darum kümmere ich mich. Unterhalte du dich lieber mit unserem Gast.« Er blickte sie so ernst an und war so aufrichtig um sie bemüht, daß sie wie vorhin bei Juan verlegen wegsah.
Seine Liebe und Besorgnis war nur zu offenkundig. Lächelnd

wandte Juan sich an Dolour: »Ihre Krankheit hat Ihnen jedenfalls nicht allzuviel anhaben können. Sie sind schön wie eh und je. Außerdem glaube ich gar nicht, daß er Sie loswerden will. Was können wir nur tun, damit Sie bei uns bleiben?«
»Ach, Sie machen sich nur über mich lustig«, meinte sie.
Er sprang auf. »Das würde ich nie im Leben tun! Haben wir das nicht auch gemeinsam, daß wir ernst genommen werden wollen?«
»Gespräche mit Ihnen sind wie Ringelreihen«, rief sie lachend. »Man weiß nie, wo man am Ende rauskommt.«
In diesem Moment kam Pace zurück. Hatte er da wirklich seine Frau lachen gehört? Das hatte es ja schon lange nicht mehr in diesem Haus gegeben. Er fürchtete, sie aus ihrer guten Stimmung zu reißen, aber Juan bezog ihn gleich wieder ins Gespräch mit ein.
»Ich habe heute auch schon Henry Dangar besucht«, erzählte er.
»Er soll angeblich ein großes Haus haben«, sagte Pace. »Die Mädchen bringen gleich den Kaffee. Hoffentlich mischen sie ihn nicht wieder mit Tee.« Dolour machte Anstalten hinauszugehen. Wieder drückte er sie sanft nieder. »Nein, nein Dolour, sie werden es schon richtig machen.«
»Das Haus ist nicht nur groß«, fuhr Juan fort. »Es ist ein richtiger Palast! Protzig und häßlich. Sie nennen es Dangars Tanzpalast. Ach ja, übrigens, er kauft sämtliche Farmen auf. Ist er an Sie auch schon herangetreten?«
»Ich habe ihm schon gesagt, daß ich nicht verkaufe«, knurrte Pace.
Dolour erhob sich. »Verzeiht bitte, aber ich muß wissen, was sie treiben.« Diesmal hielt sie keiner auf.
Pace blickte ihr verzweifelt nach. All sein Kummer spiegelte sich in diesem Moment in seiner Miene. Er riß sich zusammen. »Ich kann ja auch nicht behaupten, daß auf meiner Farm alles gut geht«, räumte er ein, »aber auch das wird sich wieder ändern. Mein Land werde ich jedenfalls nicht hergeben.«
»Wie schlimm steht es denn?« fragte Rivadavia.
»Sie haben die Weiden ja gesehen. Ich hätte mir nie träumen lassen,

daß das Land so schnell austrocknet. Wir erschießen schon die ersten Tiere, um ihnen unnötiges Leid zu ersparen.«
Juan nickte. »Ich würde ja gerne helfen, aber bei uns sieht es genauso aus.«
»Was machen Sie mit dem Vieh?«
»Dangar eröffnet eine Konservenfabrik. Ich habe ihm meine Herden verkauft. Dasselbe würde ich Ihnen auch empfehlen. Ausgemergelte Tiere sind nur noch zum Kochen geeignet. Verkaufen Sie sie lieber, solange sie noch ein bißchen Fleisch auf den Knochen haben und behalten nur so viele, wie zum Weiterzüchten nötig sind.«
»Besser, als ihnen beim Sterben zusehen, ist das allemal. Ich habe mir ja auch schon überlegt, meine Rinder für den Export zu schlachten, aber wenn er schon eine Konservenfabrik hat … Was meinen Sie?«
»Ich würde verkaufen.«
»Und was wird dann aus der Farm?«
»Sie werden überleben. Ewig kann die Dürre nicht anhalten. Und mit dem Regen kommt neues Leben, neues Vieh. Geben Sie nur das Land nicht auf. Unser Plan war gut. Wir haben nur Pech, daß wir nicht ins Brisbane Valley ziehen können. Was für ein Jammer! Wir müssen uns eben gedulden, bis die Gegend dort sicher ist.«
Das Dinner fand in einer angespannten Atmosphäre statt. Pace spürte, daß Juan mit seinen Erzählungen über Argentinien nur versuchte, die gedrückte Stimmung zu heben. Wenigstens vermied er das Thema Heselwood.
In dieser Nacht versuchte Pace einmal mehr, Dolour umzustimmen. »Bitte bleib bei mir, Dolour. Heselwood stört mich gar nicht mehr. Das ist alles Schnee von gestern. Ich brauche dich doch, Dolour. Und die Jungen brauchen dich auch.«
»Es ist genug Personal für die Jungen da. Und bald kommen sie sowieso in die Schule. Ich werde sie nicht mitnehmen. Als Farmerssöhne haben sie es sicher besser als die Hungerleider in Irland.«
»Dolour, solange ich lebe, wirst du nicht hungern.«

»Das würde wohl dein Gewissen erleichtern, wie?«
Heftig wandte er sich ab. »Nichts wird je mein Gewissen erleichtern. Verabscheust du mich denn so sehr, daß du einen Selbstmordversuch begehen mußtest, um von mir fortzukommen?«
»Ja! Dich und Heselwood! Gemeinsam habt ihr Dolour Callinan auf dem Gewissen. Für euch bin ich ein Ding. Ihr habt mich gebraucht und weggeworfen!«
»Wie kannst du das nur glauben, Dolour? Ich liebe dich. Bald wird alles wieder gut. Ich verkaufe das Vieh. Wegen des Sommers brauchen wir uns dann auch keine Sorgen mehr zu machen. Juan hat uns und die Jungen übrigens für Weihnachten in sein Haus an der Küste eingeladen. Sie haben ja noch nie das Meer gesehen.«
»Du kannst sie ja mitnehmen. Ich will von dir nichts als das Geld für die Heimfahrt. Zu Hause werde ich mich schon allein durchschlagen.«
Wütend biß sie die Zähne aufeinander. »Mein Selbstmordversuch war eine Dummheit. Ich hätte schon damals weggehen sollen. Nächste Woche besteige ich das Schiff. Du kannst mich nicht mehr halten.«

Am Morgen traf sie zu ihrer Überraschung Juan noch auf der Veranda an. Sie hatte gedacht, er sei längst mit Pace ausgeritten.
»Wo ist Pace?« fragte sie.
»Er inspiziert die Herden. Kümmern Sie sich doch bitte um Ihren Gast.«
»Damit Sie mich wieder aufziehen können?«
»Nein. Damit Sie mir erklären können, warum Sie so unglücklich sind.«
Er war aufgestanden und wartete, bis sie sich setzte. Von ihm ging so viel Heiterkeit und Gelassenheit aus, daß sie einfach nicht widerstehen konnte. Sein Gesicht war ein Lichtblick auf dieser öden Farm, auf der sonst alle mit düsterer Miene herumliefen.
»Warum haben Sie Pace nicht gefragt?« wollte sie wissen.
»Das habe ich ja. Er quält sich mit Selbstvorwürfen. Aber den

Grund des Dramas konnte er mir nicht verraten. Es sei zu persönlich, sagt er.«
»Das stimmt auch.« Sie brach plötzlich in Tränen aus.
»Wenn Sie wirklich nur noch fort von hier wollen, kann ich Ihnen folgendes anbieten«, sagte er. »Ich bringe Sie persönlich nach Sydney. Auf Chelmsford können Sie zwischendurch rasten. Aber Sie müssen mir verraten, was so schlimm an New South Wales ist, daß es Sie mit Macht in ein Land zurücktreibt, in dem die Leute verhungern.«
Sie blinzelte mit tränenverschleierten Augen. Das hatte sie immer verdrängt. Für sie war Irland stets die grüne Insel gewesen, wo sie mit Freunden und Verwandten glücklich und zufrieden gelebt hatte.
»Ach, was soll's?« rief sie. »Pace sagt es Ihnen nicht, weil es ihm zu peinlich ist. Der Grund ist der, er hat mir gestanden, er hätte mich nie geheiratet, wenn er vom meinem Vorleben gewußt hätte.«
»Eine Frau mit Vergangenheit – wie interessant! Sie sind ja eine richtig geheimnisvolle Frau.«
Sie sah ihn über ihr Taschentuch hinweg an. »So interessant ist das auch wieder nicht. Sie machen mich noch ganz konfus.«
Grinsend lehnte er sich mit hinter dem Kopf verschränkten Händen zurück. »Sie haben gelächelt. Das habe ich genau gesehen. Sie glauben nämlich genausowenig wie ich, daß Ihre Vergangenheit so schlimm ist.«
»Gut, aber vom eigenen Mann anhören müssen, daß er einen deswegen verschmäht, ist schlimm.«
»Da gebe ich Ihnen recht«, sagte er mit einem bedächtigen Nicken. »Das ist eigentlich unverzeihlich. Würde ich Delia so etwas sagen, ich müßte den Rest des Lebens dafür büßen. Wissen Sie, wie Delia mich straft? Ich muß ihr für jeden meiner Fehler Geschenke kaufen. Besteht vielleicht die Möglichkeit, daß Pace Sie mit Geschenken versöhnt?«
»Nie und nimmer.«
»Hatte Ihr Vorleben irgendwie mit Heselwood zu tun? Eine Affäre vielleicht?«

Dolour sackte in sich zusammen. Zum erstenmal hatte jemand den Finger auf die Wunde gelegt. »Woher wissen Sie das?«
»Es läßt sich unschwer erkennen, wenn man sieht, wie abgrundtief Pace Heselwood haßt, und das obwohl er doch nur für ihn gearbeitet hat. Und vergessen Sie nicht, daß ich Heselwood auch kenne. Der Haß beruht auf Gegenseitigkeit.«
Sie starrte ihn entgeistert an. Da hatte er nicht nur die Wahrheit erkannt, sie schien ihn darüber hinaus nicht im geringsten zu erschüttern. »Dann wissen Sie also, wie es zwischen uns steht ... Pace hat gesagt, er hätte mich nie geheiratet, wenn er das mit Heselwood gewußt hätte.«
»Und diesen einen Satz können Sie ihm nicht verzeihen?«
»Nein.«
»Manchmal«, sagte Juan und beugte sich nach vorne, um ihr in die Augen zu sehen, »stellt man einfach die falsche Frage. Ich will Sie mal etwas anderes fragen: Hätte Pace Sie geheiratet, wenn Sie keine Katholikin gewesen wären?«
»Nein, warum?«
»Und hätten Sie dann versucht, sich das Leben zu nehmen?«
»Aber natürlich nicht!«
»Dann fürchte ich, Sie messen dem Ganzen zuviel Bedeutung bei. Die MacNamaras sollten sich lieber noch einmal aussprechen. Langweile ich Sie?«
Dolour war noch ganz verwirrt und eher traurig, daß er so abrupt geendet hatte. »Möchten Sie sich die Pferde ansehen?« fragte sie. »Pace hat gesagt, Sie wollten sich welche ausleihen.«
Gleich beim Betreten des Stalles fiel ihr ein prächtiger Sattel auf. »Wem gehört der denn?« entfuhr es ihr. »Ach, es muß natürlich Ihrer sein, Juan.« Bewundernd strich sie über das mit komplizierten Stickmustern aus glänzendem Silber durchwirkte schwarze Leder. »Ist das echtes Silber?«
»Ja. Der Sattel gehörte meinem Vater. Es ist ein Abschiedsgeschenk.«
In diesem Moment kam Pace in die Koppel geritten. »Ich gehe

wohl besser ins Haus zurück«, murmelte sie. »Danke für Ihren Rat, Juan, aber ich glaube, bei uns ist nichts mehr zu kitten.«
»Doch. Sie müssen nur die richtigen Fragen stellen.«
»Ich wüßte nicht, welche.«
»Dann wird Pace sie sich einfallen lassen müssen.«
»Sie sprechen schon wieder in Rätseln«, meinte Dolour lächelnd.
»Das stimmt nicht. Aber an Paces Stelle würde ich Sie nicht gehen lassen.«
»Was würden Sie denn tun?«
»Ich würde Sie ans Bett fesseln«, rief er lachend und verschwand im Innern des Stalls.

»Du sprichst nur noch mit mir, wenn wir nicht allein sind«, beschwerte sich Pace bei seiner Frau.
»Dann verstehst du ja, wie es mir immer geht«, versetzte sie. Sie saß auf der Couch am anderen Ende der Veranda und schien darauf zu achten, daß er ihr nicht zu nahe kam.
»Es ist mir aber nicht recht. Macht dich das glücklich?«
»Du kannst dir die Worte sparen.«
Er zündete sich seine Pfeife an.
»Na schön. Dann verkaufe ich eben, und wir gehen zusammen zurück.«
Überrascht ließ sie die Hände auf den Schoß sinken. »Nach Irland?«
»Richtig.«
»Das kannst du nicht. Sie würden dich sofort verhaften.«
»Vielleicht haben sie mich vergessen.«
»Die anderen würden dich gleich wieder rekrutieren. Es herrscht immer noch Krieg.«
»Das geht uns nichts an. Ich bin jetzt Familienvater. Wir kaufen uns eine Farm in Irland. Was hältst du davon?«
Sie starrte ihn ungläubig an. »Ich kann dich mir nicht mit sechs Kühen und vier Schweinen vorstellen.«
»Mach dir darum keine Gedanken, Dolour. Ich kann ohne dich

nicht leben. Siehst du denn nicht, daß es nichts gibt, das ich aus Liebe zu dir nicht tun würde?«
Plötzlich wurde sie ganz kleinlaut. »Das wäre eine komische Flucht, wenn alle mit mir zusammen weglaufen würden.«
»Willst du es dir also noch einmal überlegen?«
»Würdest du wirklich das wertvolle Land mir zuliebe verkaufen?«
»Habe ich es dir nicht gerade versprochen? Ach, laß mich doch neben dir sitzen. Ich bin heute ziemlich müde.« Widerstrebend ließ sie es zu. Lange blieb sie schweigend neben ihm sitzen und versuchte ihre Gedanken zu ordnen. Sie fühlte sich so unendlich müde und ausgelaugt. Irgendwann merkte sie, daß er neben ihr eingenickt war. Sie berührte ihn am Arm.
Er fuhr hoch. »Ich habe mir überlegt, daß wir noch mal von vorne anfangen können«, sagte sie.
»Und wo sollen wir das am besten tun? Hier oder in Irland?«
Sie ließ den Blick über die friedlich daliegende Farm schweifen.
»Am besten hier, wo wir doch schon mal da sind.«

Das Tal der Lagunen

48. Kapitel

Auf Chelmsford wurden die letzten Vorbereitungen für das Galadinner zu Ehren des Gouverneurs Sir Charles Augustus FitzRoy getroffen. Zusammen mit dem Minister für die Kolonien, Edward Deas Thomson, weilte er auf Besuch im Hunter Valley und residierte auf Cormacks Farm.
Sir Charles FitzRoy galt als recht umgänglicher Geselle, der sich kaum in die Alltagsgeschäfte der Siedler einmischte. Noch immer waren die meisten wie vor den Kopf geschlagen, daß Gipps tatsächlich in der Frage der Landnahme gegen sie Partei ergriffen hatte und darüber hinaus die allgemeine Schulpflicht gefordert hatte. Die Kinder der Schwarzen hatte er zwar nicht ausdrücklich erwähnt, doch jeder ahnte, daß er zu gegebener Zeit auch davor nicht zurückschrecken würde. Zumal er ja nach dem Massaker an den fast fünfzig Schwarzen in Myall Creek die Revision des ersten Gerichtsurteils durchgesetzt hatte. In zweiter Instanz waren dann die Verantwortlichen des Mordes für schuldig befunden und zum Tode durch den Strang verurteilt worden. Bis zum letzten Moment hatte man mit einer Begnadigung gerechnet, doch die war nicht gekommen.
Die Siedler betrachteten FitzRoy als Verbündeten für ihre neuen Landnahmeprojekte, während der Mann auf der Straße keinen Unterschied zu seinen Vorgängern sah.
Gipps war bescheiden und zurückhaltend gewesen, FitzRoy dagegen stürzte sich kopfüber in das Gesellschaftsleben von Sydney. Wo er konnte, ging er auf Festveranstaltungen und gab prunkvolle Empfänge im Government House. Jeder konnte sehen, wie sehr der neue Gouverneur seinen Aufenthalt in New South Wales genoß, und er war entsprechend beliebt.

Langsam wagten sich die ersten Siedler wieder vom sicheren Brisbane ins Landesinnere, auch wenn die Schwarzen weiterhin für Gefahr sorgten. Zu verlockend klangen einfach die Reiseberichte der Teilnehmer von Captain Cooks Expedition über das Land hinter dem Großen Barriereriff.
Und der Gouverneur hatte einer weiteren Forschungsreise unter der Führung von Edmund Kennedy zugestimmt. Bis hinauf zur Meerenge von Torres am nördlichsten Zipfel sollte sie führen. Die Öffentlichkeit zeigte sich begeistert, und FitzRoy, der sich nur zu gerne in ihrem Wohlwollen sonnte, war Feuer und Flamme.
Als seine Kutsche sich in der windgeschützten Allee Chelmsford näherte, fiel FitzRoy wieder der sonderbare deutsche Entdeckungsreisende Ludwig Leichhardt ein. Der war frisch zurückgekehrt von seinem sagenumwobenen Marsch von den Darling Downs zum Golf von Carpentaria und dem berüchtigten Port Essington, wo wegen Seuchengefahr und der schlimmen Isolation kaum noch jemand lebte.
Zur Erholung nach dieser unglaublichen Strapaze durchwanderte Leichhardt nun das Hunter Valley und sammelte seltene Pflanzen. Der Gouverneur war nur zu neugierig auf diesen Mann, und er hatte Rivadavia gegenüber seinen Wunsch erwähnt, ihn auch einzuladen.
Die Kutsche hielt vor dem Farmhaus. Sofort eilte ein Butler in Livree, Celias letzte Neuerung, herbei, um den illustren Gästen aus der Kutsche zu helfen. Alsbald hießen Mr. und Mrs. Rivadavia den Vizekönig und seinen Minister willkommen und führten sie in den Salon, in dem sich die anderen Geladenen bereits zu ihrer Begrüßung erhoben hatten.
Mit einem wohlwollenden Nicken ging der leutselige Gouverneur die Reihe ab, registrierte zufrieden die Verbeugungen, lächelte sogar einen Mr. MacNamara an, der die Verneigung verweigerte, und begrüßte auch freundlich dessen Frau, die zwischen einem Knicks und einer Verneigung schwankte.
Er begutachtete bewundernd den Salon. »Ein schönes Haus haben

Sie da, Sir. Der spanische Stil gefällt mir außerordentlich. Aber ich sehe, Sie haben eine englische Rose zu ihrer Gemahlin auserkoren. Meinen Glückwunsch zu dieser weisen Wahl.« Delia errötete vor Entzücken.

Dann plauderte FitzRoy mit den Siedlern. Die Dangars, die De Lisles, die Barringtons und einige von den knorrigen Schotten kannte er bereits. Die Männer sahen alle aus, als wären sie gerade vom Grenzgebiet zurückgekehrt, ihre Frauen wirkten etwas zurückhaltend und unsicher in ihren schwarzen Kleidern. Die einzige Ausnahme bildete die Gastgeberin mit ihrer perlenbesetzten Abendrobe aus blauem Samt.

Der Gouverneur nahm sich bewußt Zeit für jeden einzelnen Gast. »Ich bin noch nicht so lange hier«, erklärte er, »und könnte den Erzählungen über Ihre Abenteuer stundenlang zuhören. Ich kann mir nichts Aufregenderes vorstellen als Ihre Pioniertaten.«

Auch mit Pace MacNamara kam es zu einem zwanglosen Gespräch. Freilich fiel es ihm schwer, die Augen von Mrs. MacNamara zu abzuwenden, und noch mehr Mühe bereitete es ihm, ihr keine Komplimente zu ihrer Schönheit zu machen. Sein Instinkt sagte ihm, daß ihr Mann kein Verständnis dafür haben würde. Er bedachte sie mit einem unauffälligen, doch anerkennenden Lächeln. Er warf Rivadavia einen Blick zu und freute sich, daß dieser seine hochgezogene Augenbraue mit einem Nicken beantwortete. Kein Zweifel, diese Südländer hatten ein Auge für Frauen. Von den Banausen, die sonst seinen Palast besuchten, konnte er das leider nur in den seltensten Fällen behaupten.

»Kommen Sie oft nach Sydney?« fragte er seinen Gastgeber.

»Regelmäßig.«

»Dann müssen Sie mich unbedingt besuchen. Wir können zu einem Pferderennen gehen und den Abend gemeinsam verbringen. Aber sagen Sie, wo ist eigentlich Mister Leichhardt?«

»Er ist noch nicht eingetroffen, Eure Exzellenz. Wenn Sie wünschen, beginnen wir das Essen ohne ihn.«

»Ich habe nichts dagegen«, erwiderte FitzRoy einigermaßen enttäuscht. Er hätte gerne noch ein wenig gewartet, aber nichts haßte er mehr als kalte Menüs.

Gerade wurde der Hauptgang aufgetragen, saftige Lammfilets mit Wein und frischen Kräutern im Ofen gebacken, da kam mit großen Schritten Leichhardt in den Salon gestürmt. »Guten Abend, meine Damen und Herren«, dröhnte er mit seinem schwerfälligen deutschen Akzent. Sämtliche Köpfe fuhren hoch. Sie erblickten einen Mann mit einem großen Hut, nicht zueinander passenden Kleidern und klobigen Stiefeln.

Der Gouverneur hatte darauf bestanden, daß ein Platz neben ihm für den Forscher, dem er noch nie begegnet war, freigehalten wurde. Jetzt bedauerte er diesen Wunsch. Später sollte er seiner Frau anvertrauen: »Man kann ja keine vollendeten Tischmanieren von Leuten erwarten, die jahrelang unter den Wilden verbringen mußten, aber der Kerl ißt wie ein Schwein, schnupft, macht allerlei unangenehme Geräusche und stinkt! Aber ich muß zugeben, er ist faszinierend. Selten habe ich einen unterhaltsameren Abend verbracht.«

Leichhardt stand im Mittelpunkt des allgemeinen Interesses. Juan war entsetzt über dessen ungehobeltes Wesen. Zu seinem Erstaunen schien das aber den Gouverneur nicht weiter zu stören. Diese Briten waren ihm ein Rätsel. Er fühlte sich erst wieder wohler in seiner Haut, als die Damen den Salon den Herren überließen.

Spät in der Nacht verabschiedete sich der Gouverneur von Juan mit einem herzlichen Lachen. »Was für ein Abend! Mein Kompliment für das vorzügliche Dinner und die edlen Weine. Und das Gespräch war doch äußerst kurzweilig, finden Sie nicht auch?«

»Es freut mich, daß es Ihnen bei uns gefallen hat«, erwiderte Juan, sorgfältig darauf bedacht, persönliche Bemerkungen über einzelne Gäste zu vermeiden. »Ich habe übrigens eine Kiste Wein für Sie bereitstellen lassen. Dieses Land ist für den Weinbau vorzüglich geeignet, und ich bin sicher, Sie wollen auch von den anderen Sorten kosten.«

»Vielen Dank. Sie sollten sich durchaus über den Export Gedanken machen. Aber das können wir bei Ihrem nächsten Besuch in Sydney besprechen.«
Juan dankte ihm mit einem zufriedenen Lächeln. Nichts anderes war ja der Sinn dieses Dinners gewesen.
Die MacNamaras hatte er vor allem eingeladen, um mit Pace über Geschäftliches zu sprechen. Nach dem so lange ersehnten Ende der Dürre hatte Pace seinen Viehbestand aufgestockt, und Juan hatte neue Weidegebiete nördlich von Dangars Ländereien erschlossen. Diese neue Farm diente ihnen für den Aufbau einer Viehzucht im Brisbane Valley, das jetzt endgültig als sicher galt. Als Manager der Farm am Brisbane River wurde Andy eingesetzt. So fanden sie zu guter Letzt auch eine glückliche Lösung für die Dauerfehde wischen Dora und ihrer Dienstherrin. Gemeinsam besaßen Juan und Pace nun über einhunderttausend Rinder. Land gab es in Hülle und Fülle, und sie waren fest entschlossen, den Farmbetrieb auszuweiten. Eine Dürre sollte sie nicht mehr in die Knie zwingen.
Nach und nach verabschiedete sich Juan von den anderen Gästen. Zu seinem Leidwesen dachte Leichhardt aber nicht im Traum ans Gehen. Er war noch einmal in den Salon zurückgegangen und redete auf Pace ein.
»Was machen wir nur mit ihm?« fragte Delia.
Juan schnalzte ungeduldig mit der Zunge. »Hinauswerfen kann ich ihn ja schlecht. Vielleicht ziehst du dich mit Dolour schon einmal zurück. Seine Konversation ist für Damen wohl nicht sehr schicklich.«
Er setzte sich zu den zweien in der Absicht, den Forscher möglichst bald hinauszukomplimentieren. Bald fesselten ihn jedoch trotz aller Vorbehalte seine Ausführungen. Am Anfang war ihm das Gebiet am Golf ja wie ein exotisches Märchenland vorgekommen, aber jetzt, da Leichhardt die Route erklärte, wurde es zu etwas Wirklichem.
»Ach, was reden wir da herum, ich habe doch die Karte in der

Satteltasche!« rief Leichhardt und stapfte hinaus, um sogleich mit mehreren Landkarten im Folioformat zurückzukehren und sie vor ihnen auf dem Tisch auszubreiten.
»Also, wir sind die Küste entlangmarschiert. Hier haben wir den Burdekin River. Ich habe ihn nach einer Dame aus Sydney benannt, die mich sehr unterstützt hat. Und hier können Sie sehen, wie wir uns zum Golf durchgeschlagen haben. An dieser Stelle wären wir alle fast umgekommen.«
»Eins muß Ihnen der Neid lassen«, meinte Pace. »Sie haben eine faszinierende Reise hinter sich. Aber wie erging es Ihnen mit den Schwarzen?«
»Der arme Gilbert wurde von einem Speer durchbohrt, aber er war Gott sei Dank der einzige Tote, den wir zu beklagen hatten. Ohne die Schwarzen dort oben wären wir alle gestorben. Sie haben uns durch die Wildnis nach Port Essington geführt. Das war Rettung in höchster Not, sage ich Ihnen! Wir sahen alle aus wie wandelnde Leichen.«
»Ich bin zutiefst beeindruckt«, rief Juan mit einem erstaunten Kopfschütteln.
»Und mich hat Ihr Dinner beeindruckt«, meinte Leichhardt grinsend. »Ist noch etwas vom Filet da?«
Juan ging in die Küche nachschauen und kam mit kaltem Fleisch, Käse und Brot zurück.
Die Männer diskutierten bis in die Morgenstunden. »Jetzt müssen Sie hier übernachten«, erklärte Juan. »Um diese Zeit kann ich Sie unmöglich heimschicken.«
Leichhardt nahm das als selbstverständlich. »Natürlich. Sie müssen wissen, ich bereite mich geistig schon auf meine nächste Reise vor. Sie wird alles bis dahin Gewesene in den Schatten stellen. Ich werde nämlich den Kontinent vom Mitchell River bis zum Indischen Ozean durchqueren.«
»Unmöglich!« raunte Juan.
»Alles ist möglich, wenn der Geist es nur will. Und was Sie betrifft, Sir, bin ich schockiert. Sie wollen Argentinier sein und klammern

sich an die Rockschöße der Städte, wo im Norden doch die großartigsten Weideflächen liegen!«

»Wir erschließen gerade ein neues Gebiet hier oben«, meinte Juan und deutete auf das Brisbane Valley.

»Und so was nennt sich Viehzüchter!« wetterte Leichhardt. »Anderswo ist noch viel besseres Land zu haben. Ihre Pampas sind nichts dagegen, und da verschwenden Sie hier Ihre Zeit? Das ist doch Kinderkram, was Sie da machen. Sehen Sie selbst ... Wenn Sie hier dem Burdekin River landeinwärts folgen, finden Sie die herrlichsten Weidegebiete für eine Farm von hundert Quadratmeilen! Und soll ich Ihnen was sagen? Kein Mensch wird es merken. Es ist allenfalls ein Staubkorn auf der Landkarte.«

Pace konnte den Blick nicht von der abgegriffenen Landkarte wenden. »Das Land ist ja unendlich viel größer, als ich es je geahnt habe«, staunte er. »Wo in Gottes Namen soll man denn da anfangen?«

»Das kann ich Ihnen schon sagen«, antwortete der Deutsche und schnitt sich eine dicke Scheibe Käse ab. »Als erstes würde ich mir die reifste Pflaume pflücken ... Der Käse ist hervorragend. Haben Sie ihn selbst gemacht?«

»Nein, er ist importiert«, meinte Juan zerstreut. Er wartete ungeduldig darauf, daß sein Gast fortfuhr. Schließlich wagte Pace die Frage: »Wäre es vermessen zu fragen, wo dieses Land ist?«

»Ganz und gar nicht, ich sage es Ihnen sogar gern. Ich habe es schon einigen Leuten erzählt, aber keiner interessiert sich dafür, weil es zu weit weg ist.«

»Und wo ist es?« Juan brachte vor lauter Aufregung nur ein Flüstern hervor.

»Hier.« Und Leichhardts knochiger Finger bohrte sich in die Karte. »Es ist das herrlichste Weidegebiet der Welt. Im ganzen Leben habe ich nichts gesehen, was diesem Paradies gleichkäme. Saftiges, grünes Gras, Wasser, soviel das Herz begehrt, und in der Luft wimmelt es von Vögeln. Sie können sich nicht ausmalen, wie erstaunt ich war. Ein wahrer Garten Eden.«

Die zwei Männer lauschten gebannt.
»Eine Oase in der Wildnis«, fuhr Leichhardt fort. »Ich habe ihr auch einen Namen gegeben, und zwar das ›Tal der Lagunen‹.«

Dolour schlief sehr unruhig diese Nacht, weil Pace nicht kam. Schon brach der Morgen an. Durch das offene Fenster wehte eine frische Brise zu ihr herein, und sie wünschte sich, sie wäre zu Hause und könnte sich eine Tasse Tee kochen. Langsam wurde es hell im Zimmer. Das Morgenlicht verlieh den Wänden einen rosa Schimmer und den massiven schwarzen Möbeln Glanz. Auf dem Steinboden sorgten dicke schwarz-rot gemusterte Teppichläufer für Wärme. Dolour war beeindruckt, auch wenn ihr die Holzdielen daheim besser gefielen. Mit jedem Jahr hatte sie ihr Heim schöner und gemütlicher eingerichtet, aber es war interessant zu sehen, wie andere lebten, und sich davon anregen zu lassen.
Die Tür ging fast lautlos auf. »Du brauchst nicht hereinzuschleichen, ich schlafe nicht!«
»Du bist um diese Stunde schon wach?« murmelte Pace.
»Ich habe die ganze Zeit auf dich gewartet. Ich muß dir unbedingt etwas erzählen!«
»Sag's mir morgen. Ich bin jetzt zu müde. Ich ziehe mich nur noch aus und lege mich hin.«
»Hast du mit Juan gesprochen?«
»Nein, warum? Wir haben mit dem Deutschen ...« Er gähnte.
»Dann hat er dir also nichts gesagt?«
Pace gab keine Antwort. Er zog seine Stiefel aus, schaffte es auch noch, den neuen Anzug und den Frack mit dem langen Schoß über den Stuhl zu legen, aber dann war Schluß. Erschöpft fiel er auf das Bett.
»Du kannst dich doch nicht mit dem guten Hemd hinlegen!« schalt sie, erhielt aber wieder keine Antwort. Zaghaft schüttelte sie ihn. »Pace! Hör mir zu. Delia geht fort. Sie hat es mir heute nacht erzählt. Sie geht nach England zurück, weil sie dieses Land haßt,

und läßt sich durch nichts davon abbringen. Sag, was können wir nur tun?«

Doch er schlief tief und fest.

Sie blieb liegen, bis sie Geräusche von unten aus der Küche hörte. Endlich konnte sie aufstehen. Sie erledigte die Morgentoilette und kleidete sich an. Dann huschte sie hinaus, in der Hoffnung, Juan ohne seine Frau anzutreffen.

Sie entdeckte ihn vor dem Haus, wo er zwei Knechten Anweisungen gab.

»Kann ich Sie allein sprechen?« fragte sie.

»Aber natürlich, Dolour. Sie sehen bezaubernd aus. Hat Ihnen der Abend auch gefallen?«

»Es war einfach herrlich! In meinen kühnsten Träumen hätte ich mir nicht vorstellen können, daß ich einmal den Gouverneur persönlich kennenlerne.«

»Seine Exzellenz war sehr von Ihnen beeindruckt.«

»Bitte, übertreiben Sie nicht so maßlos. Ich möchte eigentlich wegen etwas ganz anderem mit Ihnen sprechen. Ist es wahr, daß Delia nach England zurückgeht?«

Mit einem resignierten Seufzen hob er die Hände. »Sie läßt sich nicht davon abbringen. Ich glaube, sie hat Heimweh. Es gefällt ihr hier nicht. Nicht einmal in Sydney möchte sie bleiben. Ich habe alles versucht, aber sie haßt dieses Land wohl zu sehr. Ich habe es ja schon länger kommen sehen. Wenn sie will, werde ich ihr ein Haus in London kaufen oder wo immer es ihr auch gefällt.«

Entsetzt ergriff Dolour seinen Arm, als könne sie ihn noch einmal von diesem Plan abbringen. »Das klingt ja ganz so, als wären Sie einverstanden!«

»Ich bin es nicht. Es ist nicht richtig, aber was bleibt mir anderes übrig. Ich will nicht, daß sie ihr ganzes Leben lang unglücklich ist. Da kann ich sie nicht aufhalten.«

»Aber Sie müssen!«

»Wie denn?«

»Haben Sie mir nicht selber meine Fluchtpläne ausgeredet? Da-

mals waren Sie um die richtigen Worte nicht verlegen. Sind sie Ihnen jetzt auf einmal ausgegangen?«
»Eigentlich habe nicht ich es Ihnen ausgeredet. Das war Pace allein, weil er bereit war, ein Opfer für Sie zu bringen, nur um Sie nicht zu verlieren.«
»Na schön. Dann machen Sie es doch auch so. Ihnen wird schon etwas einfallen.« Ihr wollte nicht in den Kopf, daß eine Frau diesen Mann verlassen konnte. Aber dann fiel ihr wieder Delias endlose Litanei von Klagen ein – die Hitze, die Insekten, die Entfernungen, die beschwerlichen Reisen. Über Juan hatte sie kaum je gesprochen, um so mehr aber über die Siedler hier und die Leute in Sydney, die sie samt und sonders verabscheute. »Hier gibt es bestenfalls eine Handvoll Menschen, die mir das Wasser reichen können!« hatte sie gerufen. »Aber die sind nie da, wenn man sie braucht. Manchmal meine ich, Rivadavia wird in diesen Kreisen nicht so akzeptiert, wie er immer glaubt.«
»Das stimmt nicht, Delia!« hatte Dolour protestiert. »Juan ist hochangesehen. Es heißt, sie wollen ihm sogar die Mitgliedschaft im Parlament antragen.«
»Ach was. Das hätte er wohl gern. Dazu müßte er aber britischer Staatsbürger werden. Glauben Sie denn wirklich, es verbessert den Status eines Mannes, wenn er diese Stiernacken hier vertritt?«
Danach hatte Dolour sich abgewandt. Für ihr Gefühl hatte Delia schon zuviel gesagt.
»Reden Sie ihr doch noch einmal gut zu«, bat sie Juan.
Er schüttelte den Kopf. »Das kann ich nicht. Wissen Sie, ich bin nicht so wie Pace. Ich bin nicht bereit, solche Opfer zu bringen, auch wenn ich dann den Anschein erwecke, als liebte ich sie nicht genug.«
Dolour war zutiefst niedergeschlagen. Schuldbewußt senkte sie den Kopf, als hätte sie durch ihre Einmischung alles noch schlimmer gemacht.

49. Kapitel

Das zweistöckige Herrenhaus mit seinen zwei massiven Steinveranden, die beide auf den Hafen hinausgingen, entzückte Georgina immer wieder aufs neue. Sie selbst hatte die Pläne des Architekten geprüft und erst danach ihre Einwilligung zur Renovierung gegeben. Nur zu gut hatte sie noch Cormacks zugige Stadtresidenz in Erinnerung.

Wegen der Sturheit der Forrests und auch Jasins hatten sie länger als ursprünglich geplant in England bleiben müssen. Und die ganze Zeit hatte sie sich um Jasins Gesundheit gesorgt. Trotz mehrfacher schlimmer Infektionen hatte er ihre Rückkehr nach New South Wales bis zum Ende des Rechtsstreits aufgeschoben. Den ersten Prozeß hatte er auch gewonnen. Dann war Dermott Forrest vor die nächsthöhere Instanz in Berufung gegangen. Und die gab ihm teilweise recht. Die Dermotts pochten auf einen Vertrag mit Heselwood, der sie eindeutig als stille Teilhaber auswies. Damit hatten sie zwar kein Anrecht, Carlton Park weiter zu bewirtschaften, aber Heselwood mußte ihnen ihren Anteil zum gegenwärtigen Grundstückswert abkaufen und zusätzlich für die Zinsen, die sich im Laufe der Jahre angehäuft hatten, aufkommen.

Am meisten hatte sich Edward über das Ende des Rechtsstreits gefreut. Er verabscheute England und sehnte sich zurück nach New South Wales. Georgina fürchtete freilich, er verkläre seine Kindheitserinnerungen. »Weißt du, so schön wie du vielleicht denkst, ist es dort auch nicht, Edward.«

»Warum geht ihr dann zurück?«

»Weil ich das Leben in Sydney mag und ich jetzt alle meine Freunde dort habe. Dein Vater liebt nun einmal seine Farmen und kennt keine größere Freude, als möglichst viel Land für möglichst wenig Geld zu erwerben.«

»Deswegen möchte ich ja mit euch zurückgehen. Ich möchte selbst auf einer Farm leben. Vater sagt, auf Carlton Park kann ich das Farmerhandwerk von der Pike auf lernen, und dann kehren wir gemeinsam nach Montone zurück. Das ist doch viel aufregender als dieses langweilige Land hier. Mit meiner Hilfe will Vater weiter in den Norden vordringen und noch viel mehr riesige Viehfarmen für uns erschließen.«

Einerseits hatte sie gehofft, er würde seine Ausbildung in England abschließen, aber andererseits hatte sie ihn natürlich auch schrecklich vermißt. Und jetzt, da sie wieder in Australien waren, brannte Edward förmlich auf die Arbeit auf den Farmen. Was den Ehrgeiz betraf, stand er seinem Vater in nichts nach. Kurz, die beiden kamen prächtig miteinander aus. Gemeinsam hatten sie Montone wiederaufgebaut, und nun kümmerte Edward sich um Carlton Park, während Jasin, der wieder vor Gesundheit strotzte, das Leben in Sydney genoß.

Er kam durch den Garten zum Haus geschlendert. »Na, was machst du denn hier?«

»Du bist schon zurück? Ich habe dich gar nicht kommen hören. Die Männer bringen die Jalousien an. So ähnliche habe wir damals in dem hübschen Haus in Bath gesehen, weißt du noch?«

»Ach ja, richtig. Übrigens: ich habe deine Freunde, die Rivadavias, in der Stadt getroffen.«

»Schön. Hast du sie eingeladen?«

»Die Miss hat sich selber eingeladen. Sie kommt um fünf Uhr.«

Jasin nannte Mrs. Rivadavia »die Miss«, obwohl sie eine verheiratete Frau war.

»Und Juan? Kommt er nicht?«

»Wahrscheinlich nicht. Ich habe ihn auch nicht gedrängt. Die Sache könnte sonst recht peinlich werden. FitzRoy hat mir erzählt, sie geht zurück nach England.«

»Aber warum denn das?«

»Frag sie am besten selber. Seine Exzellenz wird jedenfalls froh sein. Er sagt, sie redet wie ein Wasserfall und tut so, als ob er ihr Verbündeter wäre und alles, was mit den Kolonien zu tun hat, ge-

nauso verurteilen würde. Du mußt ihn mal reden hören. Wirklich witzig, der Kerl. Er ist die ganze Zeit auf der Flucht vor ihr, aber sie folgt ihm von Empfangsraum zu Empfangsraum und schimpft unterdessen weiter.«
»Und wie hat Juan das aufgenommen?«
»Die reinste Sphinx, meine Liebe. Er läßt keinen hinter seine Fassade schauen. Andererseits ließ sie ihn auch gar nicht zu Worte kommen.«
»Ach, das tut mir aber leid! Ein Jammer ist das! Übrigens, Edward hat geschrieben. Der Brief liegt im Büro.«
»Was schreibt er denn?«
Sie lächelte ihn an. »Na, was denn wohl? Das Wetter, das Vieh, die neue Zuchtrasse, die er unbedingt importieren möchte, und dann braucht er die jüngsten Veröffentlichungen über die neuen Anbaumethoden und tausend andere Sachen, die er mit dir diskutieren möchte.«
»Sehr schön. Ich nehme mir den Brief gleich vor. Wenn Lachie Cormack kommt, schicke ihn bitte unverzüglich zu mir herein. Er möchte einen Viehzüchterverband gründen. Na ja, ein Verein mehr, würde ich sagen. Ich selber habe zwar kein Interesse, aber Edward sollte auf alle Fälle beitreten. Falls sie wider Erwarten doch etwas erreichen, haben wir wenigstens einen Fuß in der Tür.«
Er wandte sich ab, doch Georgina rief ihn noch einmal zurück. »Etwas an Edwards Brief beunruhigt mich, Jasin. Bitte nimm ihn dir deswegen einmal vor. Er schreibt, daß sie Opium für die Schwarzen auf den Boden streuen. Und das hält er wohl auch noch für lustig. ›Dann parieren sie besser‹, schreibt er. Aber das ist doch widerwärtig. Sag ihm bitte, daß er sofort damit aufhören muß.«
»Aber das machen doch alle. Wie soll ich ihn daran hindern? Die Schwarzen bekommen ohnehin nur die Abfälle. Die meisten Siedler rauchen das Zeug selber, bis sie nicht mehr gerade aus den Augen schauen können. Das ist ihre größte Freude am Samstagabend.«
»Das ist ja abscheulich. Du hast das doch nie getan!«

»Ich hatte es nicht nötig. Ich finde, es wird einem nur schlecht davon.«
»Aber stell dir nur vor, Edward fängt damit an! Er ist doch erst achtzehn.«
»Keine Angst«, rief Jasin lachend. »Ich habe ihm einmal eine Opiumhöhle gezeigt, damit er sehen konnte, wie die Süchtigen mit verdrehten Augen in ihrer sogenannten Euphorie daliegen. Sie taten ihm leid.«
»Du warst wirklich in einer von diesen Suchthöhlen mit ihm? Das hast du mir ja nie gesagt. Ich bin entsetzt, Jasin.«
»Jetzt sage ich es dir ja. Solche Geschäfte gibt es an jeder Straßenecke. Ich wollte ihm nur zeigen, wohin das Rauschgift führt. Und es war ihm wohl eine Lehre fürs Leben.«
»Solche Spelunken gehören doch verboten. Ich werde den Gouverneur darauf ansprechen.«
Er lachte. »Versuchen kannst du es ja. Aber ich glaube nicht, daß du sehr weit damit kommst.«
Er ließ Georgina mit ihren Gedanken allein. Aber sie wurde schnell davon abgelenkt. Ihre Männer hatten die Jalousien verkehrt herum angebracht.
Den ganzen Nachmittag überlegte sie sich Argumente, um Delia doch noch zum Bleiben zu bewegen. Vielleicht, so tröstete sie sich, stimmten die Gerüchte gar nicht, und Delia plante nur einen Urlaub in der Heimat.
Doch Delia machte diese Hoffnungen gleich bei ihrem Eintreffen zunichte. »Es hat keinen Sinn, Georgina. Das Leben in der Kolonie ist mir zuwider. Wenn Rivadavia mich sehen möchte, kann er ja nach England kommen. Das Ganze war von Anfang an ein Fehler. Schuld daran ist ja nur mein Großvater. Ich war damals jung und blauäugig und habe mich nur deswegen zum Leben in der Fremde überreden lassen.«
»Wissen Sie denn nicht, wie viele Frauen Sie um einen so charmanten und wohlhabenden Mann wie Juan beneiden? Er trägt Sie doch auf Händen.«

»Das muß er auch. Schließlich bin ich seine Frau. Aber wenn ich einmal etwas wollte, das ihm nicht recht war, hätte ich genausogut den Wänden predigen können. Und im Haushalt ist er schlichtweg unmöglich! Ist etwas nicht an seinem festen Platz, gibt es gleich ein fürchterliches Theater. Wie oft habe ich ihm gesagt, daß ich nichts dafür kann! Die Bediensteten taugen einfach nichts. Seit wir diese schreckliche Dora los sind, haben wir es nacheinander mit vier neuen Köchinnen probiert – eine schlimmer als die andere! Und frech sind sie! So etwas haben Sie noch nicht gesehen! Die Hausangestellten hierzulande wissen einfach nicht, was sich gehört. Selbst Lee, meine Zofe, ist mir unverschämt gekommen. Soll ich Ihnen was sagen? Sie will nicht mit mir nach England zurückkehren. Sie bleibt einfach in Sydney! Aber meine Mutter wird schon noch ein Wörtchen mit ihr reden.«

»Und in Sydney möchten Sie nicht leben?«

»Sie haben also mit Juan gesprochen!« fuhr Delia sie an.

»Seit Monaten habe ich Ihren Mann nicht mehr gesehen«, erwiderte Georgina gelassen. »Aber darf ich Ihnen etwas sagen? Als ich hierher kam, war ich am Anfang ja auch entsetzt …«

»Sehen Sie!« fiel Delia ihr triumphierend ins Wort. »Ich wußte doch, daß Sie es genauso sehen wie ich. Die Menschen hier sind roh und abscheulich. Wir gehören nicht hierher.«

»Sie hätten mich ausreden lassen sollen. Ich wollte Ihnen sagen, daß New South Wales mir inzwischen tausendmal besser gefällt als England. Auch finde ich die Menschen hier alles andere als roh, sondern eher wohltuend. Und Ihr Mann ist doch wirklich äußerst kultiviert.«

»Mein Mann behandelt mich wie eine Zuchtstute! Wenn es nach ihm ginge, hätten wir jetzt zehn Söhne. Was will er überhaupt? Er hat ja schon eine Tochter.«

»Ich kann gut verstehen, daß manche Menschen sich nach vielen Kindern sehnen.«

»Aber Sie haben doch auch nur einen Sohn.«

»Ja, aber ich sehe das als mein Unglück an«, erwiderte Georgina

steif. Langsam wurde ihr die Besucherin unerträglich, doch Juan zuliebe wollte sie noch einen Anlauf wagen. »Juan nimmt sich Ihre Entscheidung sicher schwer zu Herzen.«
»Natürlich, aber da kann ich ihm auch nicht helfen. Er hat gemeint, ich soll für einige Zeit nach England gehen und zurückkehren, sobald ich mich wieder besser fühle. Dabei weiß er ganz genau, daß ich nie wieder einen Fuß in die Kolonien setzen werde. Nie.«
»Delia, ist Ihnen auch klar, daß er sich scheiden lassen kann?«
»Seien Sie bitte nicht albern. Wir sind beide Katholiken. Außerdem würde ich kein zweites Mal heiraten wollen. Ich bin kuriert. Gott sei Dank bin ich noch einmal ohne plärrenden Balg am Hals davongekommen.«
Georgina fiel es zunehmend schwerer, die Form zu wahren. War Juan Delia denn vollkommen egal? In diesem Augenblick trat Jasin ein.
»Komm und verabschiede dich von Delia, Jasin«, rief sie hastig.
»Ach ja, richtig. Sie reisen bald ab, Missis Rivadavia?«
»Übermorgen. Ich kann Ihnen gar nicht sagen, wie aufgeregt ich bin.«
»Und wie geht es Mister Rivadavia?« erkundigte er sich. Georgina wußte, daß er Delia damit nur ärgern wollte, aber sie erwiderte leichthin: »Meinem Mann geht es gut, zumal er jetzt ganz neue Pläne hat.«
»Was für Pläne denn?«
»Als wir das Essen zu Ehren des Gouverneurs gaben, kam doch auch dieser widerwärtige Leichhardt, und der hat Juan von einem unerschlossenen Gebiet vorgeschwärmt. Unter uns, Jasin, etwas Schlimmeres hätte nicht passieren können. Seitdem redet mein Mann nur noch vom ›Tal der Lagunen‹.«
Jasin setzte sich bedächtig hin. »Was für ein Tal? Wohl wieder ein Sumpfgebiet.« Er gab sich gelangweilt, war aber plötzlich hellwach.
»Ganz und gar nicht. Anscheinend ist es irgendein Paradies im tiefsten Dschungel. Der Deutsche hat es entdeckt, und Juan und

sein irischer Freund, dieser Pace MacNamara, sind nun ganz versessen darauf.«

»Mit welchem Schiff werden Sie denn fahren?« fragte Georgina, um wieder das Thema zu wechseln, aber davon wollte Jasin nichts wissen. »Jetzt, da Sie davon erzählen, kommt es mir irgendwie bekannt vor«, log er. »Liegt es nicht im Norden irgendwo, ein Stück hinter Montone?«

»Ein Stück? Vor Leichhardt hat es noch kein Weißer gesehen. Ich habe Juan gesagt, er soll keine Gedanken daran verschwenden, die Schwarzen massakrieren ihn nur, aber er hat gemeint, wenn Leichhardt durchgekommen ist, wird er es auch schaffen.«

Jasin überließ die Abschiedsformalitäten seiner Frau. Hochzufrieden, weil er von dieser Plaudertasche endlich auch einmal etwas Nützliches gehört hatte, verzog er sich wieder ins Büro. Von Leichhardts Expedition hatte er bereits Berichte gelesen, aber ein Tal der Lagunen war nirgendwo erwähnt worden. Wenn Rivadavia und der Ire sich dafür so brennend interessierten, mußte jedoch etwas dahinterstecken. Die würden Augen machen, wenn er ihnen zuvorkam.

Das Büro, ein großer, luftiger Raum, hatte einen eigenen Eingang. Hier empfing er seine Geschäftsfreunde, und hier bewahrte er neben seinen Unterlagen und Dokumenten auch seine Reitstiefel und Waffen auf.

Er setzte sich an den Schreibtisch und begann einen Brief an Edward. Begeistert schilderte er ihm die Aussichten auf fruchtbares Land im Tal der Lagunen, das nur darauf wartete, von ihnen urbar gemacht zu werden. Mit jeder Zeile wuchs seine Euphorie. »Sobald ich mehr erfahre«, schloß er, »werde ich es Dich wissen lassen. Ist das Land wirklich so üppig, wie anzunehmen ist, werden wir eine Expedition ins Auge fassen.«

Freilich war an weitere Informationen schwer heranzukommen. Keiner schien über dieses Tal Bescheid zu wissen, nicht einmal der Minister für die Kolonien. Erst bei einem zufälligen Treffen mit Major Mitchell, dem obersten Landvermesser, bot sich ihm die Möglichkeit der Einsichtnahme in Leichhardts Karten.

»Die Expedition war ja noch ergiebiger, als ich mir hätte träumen lassen!« rief Jasin begeistert nach dem gemeinsamen Studium der Landkarten. »Der Kerl verdient unbedingt einen Orden.«
»Wenn wir ihn je auftreiben«, bemerkte Mitchell trocken.
Jasins Wissensdurst war unstillbar. »Nun, was halten Sie von dem Land dort oben? Ich würde ja eine Reise den Burdekin River entlang durchaus riskieren. Es heißt, Leichhardt schätzt es als ideales Weidegebiet ein.«
»O ja, das ist richtig. Bei diesem Gebiet am Oberlauf des Burdekin kommt er richtig ins Schwelgen. Tal der Lagunen nennt er es. Aber ich rate noch zur Vorsicht. Wenn man an den Ärger mit den Schwarzen am Mary River denkt, könnte uns dort oben ein einziger Alptraum bevorstehen. Es liegt ja tausend Meilen jenseits der Grenze.«
Jasin nickte. »Dann warte ich eben noch ein paar Jahre. In der Zeit kann ich die Vorbereitungen treffen und mir zusätzliche Informationen verschaffen. Aber ist das nicht eine Herausforderung, Mitchell?«
Am selben Abend schrieb Jasin Edward einen weiteren Brief. »Ich weiß jetzt, wo das Tal, das ich neulich erwähnt habe, liegt. Anbei meine eigene Skizze aus dem Gedächtnis. Noch ist es für uns alle unerreichbar, aber mein Entschluß steht fest. Die Heselwoods werden es rechtzeitig für sich beanspruchen. Mitchell, der oberste Landvermesser, wird mich über die Entwicklung im Norden auf dem laufenden halten, vor allem, was die Erschließung vom Meer her betrifft. Die Halifax Bay liegt nicht allzuweit vom Tal der Lagunen entfernt und wäre ein geeigneter Hafen. Wenn Du Weihnachten kommst, können wir die Angelegenheit näher erörtern. Bis dahin werde ich auch über die offiziellen Landkarten verfügen.«

Der Vormann auf Carlton Park war nicht so zufrieden mit dem Sohn des Eigentümers, wie die Eltern glaubten. Edward, oder Eddie, wie er auf der Farm genannt wurde, war zwar so groß wie sein

Vater und wurde langsam ein stattlicher Mann, aber für Passeys Geschmack hatte er viel zuviel Flausen im Kopf. Sie hätten ihn auf eine andere Farm schicken sollen, wo er sich erst einmal als Viehhüter hätte bewähren können. So aber betrachtete er die Arbeit auf der Farm als Spiel und kehrte bei jeder Gelegenheit den großen Herrn heraus.

Passey hätte ja nichts dagegen gehabt, wenn Eddie sich jeden Tag mit Müßiggang vertrieben hätte, doch der Junge bestand darauf, mit Hand anzulegen – wenn er nichts Besseres vorhatte. Und das war das Problem. Keiner konnte sich auf ihn verlassen. Leitete man ihn für eine Tätigkeit an, ließ er sie oft genug unerledigt liegen, weil sie ihn plötzlich nicht mehr interessierte.

»Dieser verfluchte Eddie!« brummte Passey beim Abendessen mit seiner Frau. »Vor einer Woche habe ich ihm gesagt, er soll sich ein paar Männer schnappen und sich um das Wasserloch kümmern, aber nichts ist geschehen. Jetzt ist es fast ausgetrocknet, und zu allem Überfluß ist auch noch ein Ochse reingefallen und kommt nicht mehr raus.«

»Sei nicht so streng mit ihm«, meinte seine Frau. »Er ist doch noch jung.«

»Er ist alt genug. Die kleinen MacNamaras sind halb so alt, aber sie stellen sich nicht so an.«

»Sie sind ja auch hier aufgewachsen.«

Passey schenkte sich ein Gläschen Rum ein und trat vor das Haus, um dort seine Pfeife zu rauchen. Die Männer waren alle mit dem Abendbrot fertig, aber Eddie hatte sich noch nicht blicken lassen. Er verbrachte fast seine gesamte Zeit mit zwei jungen Viehhütern, zwei fürchterlichen Angebern, die sich wie Kletten an ihn geheftet hatten. In dieser Gesellschaft hatte Eddie doch nichts zu suchen. Passey wußte genau, daß das Trio ständig das Lager der Schwarzen aufsuchte und es mit den armen Mädchen trieb. Er hatte Eddie deswegen auch angesprochen. »Tja, von den anderen Burschen kann ich nichts verlangen, Eddie, aber wenigstens Sie sollten sich dort nicht rumtreiben.«

»Ich gehe ja nur aus Jux mit«, hatte Eddie gesagt. »Und die Mädchen rühre ich auch nie an.«
Passey wußte, daß er log. »Das will ich auch hoffen, Junge. Sie sind nicht sauber. Am Ende holen Sie sich noch eine Krankheit. Wenn Sie wirklich eine Frau brauchen, habe ich einen viel besseren Vorschlag für Sie. Warum heiraten Sie nicht?« Er hoffte, er hatte ihn endlich auf das Richtige gebracht.
»Es ist ja nicht meine Aufgabe, wie eine Glucke auf halbwüchsige Arbeiter aufzupassen«, sagte er beim Zubettgehen zu seiner Frau. »Wenn sie sich Ärger einhandeln, sollen sie dafür auch geradestehen, aber bei Eddie ist das etwas anderes. Lord Heselwood wird mir die Schuld geben, wenn Eddie einen Fehler macht. Ein paar Viehhüter haben Eddie übrigens schon eine gehörige Tracht Prügel angedroht.«
»Die sind doch nur neidisch.«
»Na und? So wie er darf man mit den Leuten nicht umspringen. Und seine zwei Freunde sind auch so unverschämte Früchtchen.«
»Wer?«
»Die zwei Brüder. Ben und Max Belcher. Da haben sich die rechten Taugenichtse gefunden.«
»Aber sie sind doch gute Viehhüter.«
»Rabauken sind sie! Bill Craddock hat sich bei mir beschwert. Letzten Sonntag hätten sie fast eine Schlägerei angezettelt.«
»Die Craddocks beschweren sich doch in einem fort. Eddie ist ein lieber Kerl, wenn du mich fragst. Zu mir ist er jedenfalls sehr höflich. Außerdem ist ja bald Weihnachten. Da geht er zu seinen Eltern nach Sydney.«
»Von mir aus kann er für immer dort bleiben.«

50. Kapitel

Für den Heiligen Abend plante Sir Charles FitzRoy einen großen Ball im Government House. Er sollte der krönende Abschluß eines erfolgreichen Jahres werden. Seit er im Amt war, gaben die Siedler wieder Ruhe, zumal er ihnen höhere Pachterträge zugestanden hatte. Zwischen Sydney und Adelaide verkehrten die ersten Dampfschiffe nach Fahrplan. Es gab endlich eine Pferderennbahn in Five Dock, deren Beliebtheit die Verwaltung von Parramatta zum Bau einer zweiten angespornt hatte. Und er selbst war der Vorsitzende aller möglichen Vereinigungen.
Auch die Entwicklung draußen auf dem Lande ließ sich prächtig an. Er persönlich hatte die Gründungsversammlung von Victoria als eigenständige Kolonie geleitet, und schon kündigte sich im Norden die nächste Staatengründung an. Noch hielt er sich bedeckt, hatte aber insgeheim der britischen Krone die Anerkennung der Kolonie Queen's Land empfohlen.
Nach wie vor bedrückte ihn freilich der Verlust seiner Frau. Diese Bürde mußte er bis an sein Lebensende mit sich herumschleppen. Schuld daran trug er allein, hatte er doch den Unfall mit dem Vierspänner verursacht, bei dem seine Frau und sein Adjutant ums Leben gekommen waren. Aber was nützte die Trauer? Das Leben ging weiter. So fuhr er fort mit der Schmückung des Ballsaals, was sicher auch im Sinne Lady Marys war, und erfüllte weiter seine Pflichten als Gouverneur. Aber nicht nur Gewissensbisse wegen des tragischen Unfalls plagten ihn. Edmund Kennedy und zehn seiner Begleiter waren bei der Expedition in den Norden von Schwarzen massakriert worden. Die Nachricht traf ihn um so härter, da Kennedy in der Kolonie hohes Ansehen genoß und er selbst ihn entsandt hatte. Letzteres war auch der Grund, warum der oberste Landvermesser, Major Mitchell, ihn schonungslos kritisierte.

»Mitchells Vorwürfe sind doch absurd«, beklagte Sir Charles sich bei seinem neuen Adjutanten. »Wie kann er behaupten, ich hätte ihn um Rat ersuchen sollen? Er war ja damals außer Landes.«
Er schlenderte ins »Grüne Zimmer«, wo seine Schwiegertochter sich gerade von den Damen der Wohltätigkeitsgesellschaft verabschiedete. Zu seiner Freude erkannte er Georgina Heselwood.
»Ach, meine liebe Georgina! Sie kommen wie gerufen. Ich gebe am Samstag abend eine Dinnerparty. Im kleinen Kreis wollen wir den Weihnachtsball besprechen. Sie und Lord Heselwood müssen unbedingt auch kommen.«
»Es wäre uns eine Ehre, Sir Charles.«
»Sehr schön. Die meisten Gäste kennen Sie wahrscheinlich. Unser Freund Rivadavia wird übrigens auch in der Stadt weilen. Er wird unserem Kreis ein neues Mitglied zuführen, Lady Rowan-Smith, die Witwe von Sir Percy. Kennen Sie sie?«
»O ja. Ihr erster Mann, John Horton, war mit uns befreundet.«
»Wunderbar. Sie ist mit ihrer Tochter aus England zurückgekehrt und hat auch Rivadavias Tochter Rosa mitgebracht. Die zwei Mädchen waren anscheinend im selben Internat in Paris. Dieses Jahr werden wir viele junge Leute bei unserer Weihnachtsfeier dabeihaben. Ist Ihr Sohn nicht auch in der Stadt?« Georgina nickte.
»Er muß unbedingt auch kommen und seine Freunde mitbringen. Wir brauchen doch noch Tanzpartner für die jungen Damen.«
Die anderen Damen von der Wohltätigkeitsgesellschaft warteten schon darauf, dem Gouverneur ihre Aufwartung zu machen. Georgina zog sich zurück.

»Mit dieser Frau werde ich mich nicht an einen Tisch setzen«, wetterte Jasin. »Was will Rivadavia überhaupt mit so einer? Macht er ihr den Hof?«
»Irgendeine Begleiterin muß er ja haben.«
»Warum kommt er dann nicht mit einem von den Courtney-Mädchen. Die arme Missis Courtney muß den Nachwuchs ohnehin unter die Haube bringen, wo ihr Mann doch jetzt gestorben ist.«

»Dein Mitgefühl ist herzergreifend, mein Lieber.«
»Ach, weißt du, Courtney war ein gerissener alter Schotte. Er muß sich im Grabe umdrehen, wenn er sieht, was diese dummen Weibsbilder mit seinem Vermögen anstellen.«
»Weißt du etwa eine Lösung?« fragte Georgina lachend.
»Es könnte gewiß nicht schaden, wenn ein, zwei von seinen Töchtern kämen und Edward vorgestellt würden.«
Georgina schnitt das Thema Dinnerparty später noch einmal an, aber Jasin blieb zu Georginas Enttäuschung stur. FitzRoys Partys waren etwas Besonderes. Er überraschte seine Gäste gern mit immer neuen unterhaltsamen Spielen. So aber sagten die Heselwoods mit tausend Entschuldigungen ab. In Georginas Augen hatte Jasin sich einmal mehr durch seine Abneigung gegen Vicky zu einem Fehler hinreißen lassen.

Lady Rowan-Smiths Rückkehr nach Sydney nach so vielen Jahren war ein großes gesellschaftliches Ereignis ersten Ranges. Alle wollten ihre Tochter Marietta sehen, die in England zu einer wunderschönen jungen Frau herangewachsen war. So rechnete sie mit einem prachtvollen Empfang durch all ihre alten Freunde und wurde nicht enttäuscht.
Solange ihr Haus renoviert wurde, residierten Mutter und Tochter im Majestic Hotel. Vicky hatte allen Grund zur Zufriedenheit. Interessant wurde ihre Rückkehr insbesondere durch die Anwesenheit Juan Rivadavias, der auch zum Empfangskomitee am Hafen gehört hatte.
Im alten Kontinent hatten die Rowan-Smiths ihre Tochter auf das überaus teure Mädchenpensionat St. Cecile in Paris geschickt. Bei einem ihrer Besuche dort war Vicky der Name Rivadavia auf der Schülerinnenliste ins Auge gestochen. Sogleich hatte sie an den unvergessenen jungen Argentinier denken müssen, der seinerzeit Chelmsford erworben hatte. Bei nächster Gelegenheit hatte sie diese Rosa Rivadavia angesprochen – und tatsächlich, sie war die Tochter des Mannes in New South Wales. In den nächsten Feri-

en hatte sie sie zu sich nach Hause eingeladen, und zwischen den beiden Mädchen hatte sich eine enge Freundschaft entwickelt. War folglich nach dem Schulabschluß eine geeignetere Begleiterin für die lange Reise nach Australien denkbar als Rosa? Rivadavia stimmte nicht nur zu, wie Rosa den beiden berichtete, er war begeistert.
Natürlich wußte Vicky über Rivadavias Familienverhältnisse bestens Bescheid. Vom Tod von Rosas Mutter hatte sie genauso erfahren wie von der unglücklichen Ehe mit der jungen Engländerin, die New South Wales so sehr haßte, daß sie nach England zurückgegangen war. Und sie wußte auch, daß Rosa ihre Stiefmutter auf den Tod nicht ausstehen konnte.

Rivadavia, so kam es Vicky vor, war in den Jahren eher noch stattlicher und eleganter geworden.
Zuvorkommend wie er war, kümmerte er sich sogleich um ihr zahlreiches Gepäck und gab den drei Damen zu Ehren ein Dinner im Majestic Hotel. Zu diesem Anlaß überreichte er ihnen auch Blumen und edle Geschenke.
Vicky wollte die zierliche, mit echten Diamanten besetzte Taschenuhr im ersten Moment nicht annehmen. »Fassen Sie es als meinen Dank auf für Ihre Großzügigkeit meiner Tochter gegenüber, die Sie zudem sicher hierher geleitet haben«, erklärte Juan.
Die Mädchen waren außer sich vor Freude. Marietta erhielt eine Perlenkette mit einem winzigen Diamantverschluß und Rosa ein Rubinkettchen.
Der rasante Wandel, der sich in Sydney vollzogen hatte, war ein Schock für Vicky. Mit so vielen neuen Häusern und vornehmen Geschäften hatte sie nun wirklich nicht gerechnet. Und in der Nacht sorgten seit neuestem Gaslaternen für Beleuchtung. Aber zum Glück war auf Chelmsford alles beim alten geblieben. Rosa bestand darauf, daß sie und Marietta sie dort besuchten. Vicky freute sich schon auf das Wiedersehen.
Seiner Tochter zuliebe wollte Rivadavia die Ballsaison in Sydney

verbringen. Da war es nur natürlich, daß er Vicky überallhin begleitete, wenn schon ihre Töchter unzertrennlich waren. Vickys Nachbarin, Mary Cormack, mokierte sich darüber, daß der geheimnisvolle Rivadavia nach Vickys Pfeife tanzte. »Er steht mit den Heselwoods auf gutem Fuße«, erzählte sie ihr. »Vor allem mit ihr, heißt es.«
»Das kann ich mir denken«, schnappte Vicky. »Sie ist ja die bei weitem angenehmere Hälfte von den beiden.«
»Ach, lassen wir dieses unerfreuliche Thema«, säuselte Mary. »Wir verstehen uns alle ja so ausgezeichnet. Lernen Sie erst mal den Gouverneur kennen. Ein angenehmer und hochkultivierter Mann – und Witwer. Vergessen Sie nicht: Rivadavia ist verheiratet.«
»Ach Gott«, meinte Vicky, »ich habe mich noch gar nicht richtig eingelebt, und da soll ich schon ans Heiraten denken?« Doch so aus der Luft gegriffen war das nicht. Rivadavia war äußerst charmant und attraktiv.
Beim Dinner des Gouverneurs stellte sie fest, daß er und FitzRoy sich blendend verstanden. Als sie mitbekam, wie die beiden den gemeinsamen Besuch eines Rennens in Parramatta vereinbarten, überraschte sie am allermeisten die eigene Wut. Zum erstenmal seit Jahren empfand sie wieder Eifersucht. Und das tat weh. Vikky hatte sich unsterblich in Rivadavia verliebt und stand entsetzliche Ängste aus, ihn zu verlieren. Die zu Anfang ausgesprochene Einladung nach Chelmsford hatte er seitdem auch nicht mehr erneuert.

Der Ball wurde der glänzende Höhepunkt der Saison. Die gesamte bessere Gesellschaft von Sydney erschien in ihren elegantesten Kleidern. Krinolinen aus Samt und Seide wirbelten unter gewaltigen Kristalleuchtern über das Parkett, und wo man auch hinsah, glitzerten die wertvollsten Edelsteine.
Sir Charles, der in seiner Uniform blendend aussah, ließ es sich nicht nehmen, Lord und Lady Heselwood persönlich zur Punschschüssel zu führen. »Den müssen Sie unbedingt kosten. Ein beson-

deres Rezept mit Champagner, Erdbeeren, Curacao und allerlei Köstlichkeiten mehr. Vorzüglich, sage ich Ihnen.«
»Nur zu gerne«, erwiderte Georgina. »Und vielen Dank für diesen herrlichen Abend. Sie haben sich wieder einmal selbst übertroffen.«
Eine Frau klopfte Sir Charles auf die Schulter. Ohne eine Spur von Irritation über ihre Unhöflichkeit drehte er sich zu ihr um. »Ach, Missis Paget, gerade wollte ich mich zu Ihnen gesellen. Kennen Sie Lord und Lady Heselwood?«
»Die kenne ich in der Tat. Unsere Farm liegt nicht weit entfernt von Carlton Park. Wir hätten uns schon immer über einen Besuch von Lady Heselwood gefreut.« Sie bedachte Georgina mit einem schrägen Blick. »Oder ist Ihnen die Reise in den Westen zu beschwerlich, Lady Heselwood?«
Anstelle von Georgina gab FitzRoy die Antwort. »Ach, meine Liebe, Lady Heselwood hat sich weiter in die Wildnis hinausgewagt als wir alle zusammen.«
»Das mag schon sein«, entgegnete sie unbeeindruckt. »Aber bei uns geht es sehr zivilisiert zu, Sir Charles. Unsere Farm gilt sogar als vorbildlich.«
Er zwinkerte Georgina verschmitzt zu. »Ja, das habe ich auch gehört. Mister Paget soll sogar ein Schloß gebaut haben. Wie aufregend! Sagen Sie nur, Sie haben es nicht gesehen, Lady Heselwood!«
»Leider nein, Sir Charles.« Mehr wagte Georgina nicht zu sagen. Soweit sie gehört hatte, mußte das aus blauem Stein gebaute zweitürmige Schloß das reinste Ungetüm sein.
»Ein glänzender Einfall!« fuhr FitzRoy fort. »Wie kam Mister Paget eigentlich darauf?«
»Er hat Anspruch auf ein Schloß. Bei seiner letzten Schottlandreise hat er entdeckt, daß einer seiner Vorfahren Baronet war.« Das, worüber Mrs. Paget sich nun des langen und breiten ausließ, war in Siedlerkreisen eine altbekannte Geschichte. Viele waren in den Kolonien zu Geld gekommen und zahlten nun Unsummen, da-

mit britische Ahnenforscher Spuren von blauem Blut herausfanden. Georgina empfand so etwas als betrüblich. Genügten diesen Leuten die eigenen Leistungen denn nicht? Anscheinend war den Pagets der plötzliche Reichtum in Australien zu Kopf gestiegen.
Neben ihr sprach Jasin mit einem Colonel Norbert, oder hörte ihm vielmehr zu. Mit einem sanften Druck in den Oberarm gab er ihr zu verstehen, daß er weitergehen wollte. Georgina erkannte sogleich den Grund. Nicht weit von ihnen stand Vicky Rowan-Smith. Aus ihr war eine elegante Erscheinung geworden. Die Sommersprossen waren verschwunden, und ihre widerspenstigen Locken hatte sie mit einem funkelnden Diadem gebändigt. Um ihn abzulenken, wandte Georgina sich noch einmal Mrs. Paget zu.
»Sie müssen mir unbedingt mehr über ihr Schloß erzählen.«
Erleichtert schlenderte FitzRoy zu einem anderen Grüppchen.
»Zu meinem größten Bedauern konnten wir Carlton Park bislang noch nicht besuchen«, sagte Georgina. »Aber nächstes Jahr kommen wir ganz bestimmt.«
Missis Pagets Fächer fegte aufgeregt hin und her. »Dann müssen Sie uns aber unbedingt einen Besuch abstatten. Wir werden auch etwas zu Ihrer Unterhaltung arrangieren. Ein Pferderennen vielleicht?«
»Das wäre wirklich entzückend!«
»Siehst du nicht, wen wir vor uns haben?« zischelte Jasin ihr ins Ohr.
»Missis Paget hat uns für nächstes Jahr auf ihre Farm eingeladen«, meinte Georgina.
»Eine großartige Idee«, murmelte er zerstreut. »Wenn Sie uns bitte entschuldigen würden.«
Unbarmherzig führte er Georgina durch die Menge auf Vicky zu, die in ein Gespräch mit Rivadavia vertieft war. »Schau sie dir nur an«, brummelte Jasin. »Sie ist ja behängt wie ein Weihnachtsbaum.«
Georgina seufzte. Vickys Kleid aus dunkelgrünem und silbernem Taft war eine Sensation. Allein schon die Perlen waren wirklich eine Augenweide.

Vicky erkannte sie und versuchte, noch schnell zu verschwinden. Zu spät.

»Das ist ja Lady Rowan-Smith!« rief Jasin.

»Jasin!« Vicky verzichtete auf die Nennung seines Titels. »Ach, und Georgina. Wie schön, Sie wiederzusehen. Sie kennen Mister Rivadavia, nehme ich an.«

Juan freute sich als einziger in der Runde und bestellte bei einem vorbeieilenden Kellner Champagner. Jasin nutzte die Pause für eine weitere Spitze gegen Vicky: »Ich habe von Sir Percys Ableben gehört. Was für ein Jammer, daß nun schon der zweite Mann an Ihrer Seite das Zeitliche segnen mußte.«

»Ich wurde geboren, um dieses Jammertal zu durchschreiten, Jasin«, erklärte sie.

In diesem Moment setzte wieder die Musik ein. Georgina hoffte schon, es sei ausgestanden, doch Jasin ließ nicht locker. »Wie geht es Delia, Juan?«

»Ganz gut, soviel ich weiß«, antwortete Rivadavia mit ungespielter Nonchalance.

»Ein entzückendes Mädchen«, meinte Jasin an Vicky gewandt. »Sie waren ja die ganze Zeit in England. Haben Sie Delia dort kennengelernt?«

»Die Ehre hatte ich nicht«, erklärte Vicky kühl. Sie erblickte eine Freundin und wandte sich ihr mit ausgestreckten Armen zu. Die Heselwoods ließ sie ohne jede Entschuldigung stehen. »Die hat sich kein bißchen geändert«, knurrte Jasin.

»Im Gegenteil«, versetzte seine Gattin. »Ich finde, aus ihr ist ein völlig neuer Mensch geworden.«

In der Feriensaison stürzte sich Lady Rowan-Smith gemeinsam mit Juan Rivadavia ins gesellschaftliche Leben von Sydney. Freilich taten sie das vor allem ihren Töchtern zuliebe. Bis auf die gegenseitige Anrede beim Vornamen waren sie sich noch nicht näher gekommen. Marietta redete tagtäglich von der Fahrt zur Chelmsford-Farm und überlegte, welche Kleider sie dorthin mitnehmen

würde. Schließlich wurde es ihrer Mutter zu bunt. Sie machte sie darauf aufmerksam, daß sie bislang noch keine förmliche Einladung hatten.
»Das ist doch nicht nötig«, meinte Marietta. »Rosa spricht von nichts anderem.«
»Aber Mister Rivadavia hat nie etwas davon gesagt.«
»Das wird er schon noch, Mutter. Du weißt ja, wie vergeßlich die Männer sind.«
Da Vicky Rivadavia für alles andere als vergeßlich hielt, wartete sie auf eine günstige Gelegenheit, das Thema taktvoll anzusprechen. Sie ergab sich an einem Sonntag. Er hatte ein Segelboot gemietet und vierzig Leute für einen Ausflug mit Musik, Speisen und Trank eingeladen.
»Es ist Ihre letzte Woche in Sydney, nicht wahr, Juan?«
»Richtig. Langsam muß ich wieder an meine Arbeit denken.«
»Sie werden mir meine Frage verzeihen, aber Marietta scheint zu glauben, sie kann mit Ihnen mitreisen. Ich möchte Ihnen ihre Gesellschaft nicht aufdrängen.«
»Aber nicht im geringsten. Marietta ist immer willkommen bei uns. Ich würde auch gerne Sie nach Chelmsford einladen, Vicky, aber Sie werden verstehen, daß das für mich als verheirateten Mann nicht möglich ist. Ich muß meiner Tochter mit gutem Beispiel vorangehen und will nicht, daß die Leute hinter meinem Rücken über mich reden.«
»Mich kümmert das Geschwätz der Leute nicht.«
»Das halte ich nicht für klug. Zumal Sie einen guten Ruf genießen. Im übrigen möchte ich meine Ehe auflösen lassen. Was halten Sie davon?«
»Nach allem, was ich höre, ist es höchste Zeit dafür.« Sie war entzückt.
»Wahrscheinlich haben Sie recht«, meinte er zurückhaltend. »Ich werde Ihre Gesellschaft vermissen. Aber zu Ostern werden wir uns doch hoffentlich bei der Zuchtviehausstellung in Sydney wiedersehen.«

Durch Zufall lernte Vicky bei einer Wohltätigkeitsveranstaltung Mrs. Forrest kennen. Sie war jetzt die Gattin eines reichen Kaufmanns. Bald wußte Vicky alles über den Streit zwischen den Forrests und Heselwood um Carlton Park. »Dieser Lord Heselwood ist ein übler Bursche«, rief Milly. »Und sein Sohn ist um keinen Deut besser. Es heißt, er treibt es recht bunt hier in der Stadt. Und man hört so allerlei Sachen von seinen Farmangestellten. Aber stimmt es, daß vor Juan Rivadavia Chelmsford Ihnen gehörte? Das ist ja faszinierend!« Sie brach in Kichern aus und hätte Vicky fast in die Rippen gestupst. »Natürlich ist Juan Rivadavia ein überaus faszinierender Mann, finden Sie nicht auch?«
»Er ist sehr charmant«, gab Vicky zu.
Milly nickte aufgeregt. »Sie wären die ideale Partie für ihn.«
Obwohl Mrs. Forrest für ihren Geschmack zu aufdringlich war, wurde Vicky schnell mit ihr warm. Eine Verbündete wie sie wollte sie nicht vergraulen, zumal sie auch mit Juan recht gut befreundet zu sein schien.
Marietta, die mit Juan und Rosa nach Chelmsford gereist war, gefiel es dort so gut, daß sie ihren Aufenthalt zweimal verlängerte. Als sie dann zurückkam, kannte ihre Begeisterung über das einzigartige Land und ihre freundlichen Gastgeber keine Grenzen. Und glücksstrahlend teilte sie die neueste Nachricht mit: »Rosa hat einen Verehrer!«
»Wen?«
»Keinen geringeren als den Ehrenwerten Sir Edward Heselwood! Es ist etwas Ernstes, auch wenn sie es noch überall geheimhalten. Aber bald wird Edward ja Carlton Park übernehmen. Wir waren auch dort auf Besuch. Es ist eine riesige Farm und das Haus ist hinreißend. Nach der Hochzeit wird es Rosas Zuhause sein. Mister Passey, der Aufseher, soll im Norden eine neue Farm für Lord Heselwood übernehmen.«
Vicky zog sich zurück, um das alles in Ruhe zu überdenken. Zunächst war sie erleichtert, daß der junge Heselwood es nicht auf ihre Tochter abgesehen hatte. Aber nach und nach fielen ihr die

weiteren Folgen ein. Schon wieder die Heselwoods! Wenn sie Juan heiratete, wäre sie indirekt mit ihnen verwandt. Das durfte nicht sein. Und dann war da ja noch etwas. Ob ehrenwert oder nicht, der junge Heselwood hatte nichts von dem strahlenden Ritter an sich, den die Mädchen in ihm sahen. Rosa war doch noch zu jung und naiv fürs Heiraten. Sie hielt den ersten dummen Flirt gleich für die große Liebe. Juan mußte es erfahren. Andererseits fürchtete Vicky, er würde einen warnenden Brief als Einmischung in seine eigenen Angelegenheiten auffassen.

Bei ihrem nächsten Treffen mit Milly Forrest konnte Vicky sich eine Bemerkung über das Techtelmechtel zwischen Edward und Rosa nicht verkneifen. Ganz nebenbei selbstverständlich, und eher als Andeutung. Millys Auslassungen über Edwards schlechten Ruf schien sie dabei vergessen zu haben.

Der kleine Giftpfeil sollte sein Ziel nicht verfehlen.

Nach kurzer Zeit bekam Marietta einen todtraurigen Brief von Rosa. Auf Chelmsford habe es einen gräßlichen Streit gegeben, und ihr Vater habe sie zu einem Geständnis gezwungen. Er habe Edward zur Rede gestellt und ihm gedroht, ihm mit der Peitsche eins überzuziehen, wenn er ihn noch einmal mit seiner Tochter anträfe. »Anscheinend«, so schrieb Rosa wörtlich, »erzählen die Leute allerlei Lügen über Edward. Vater behauptet sogar, er habe einen üblen Leumund. Aber das hat er wohl nur in seinem Zorn so gesagt. Gott sei Dank hat Edward mir geschrieben, daß er nach wie vor fest zur Heirat entschlossen ist. Und sobald ich volljährig bin, werden die Karten neu gemischt. Liebe Marietta, Deine Mutter kennt doch Lord und Lady Heselwood recht gut. Kann nicht vielleicht sie ein Wort für uns einlegen? Ich wäre Dir so unendlich dankbar, wenn Du sie darum bitten könntest.«

»Ist das nicht eine Schande?« rief Marietta. »Sie geben doch ein so schönes Paar ab! Kannst nicht du ihnen helfen, Mutter?«

»Mal sehen«, erwiderte Vicky.

Warunga Country

51. Kapitel

Juan Rivadavia ging in sein Büro und schürte das Feuer im Kamin. Es war eine kalte Nacht. Rosa war bereits zu Bett gegangen. Auf der ganzen Farm war es still. Endlich hatte er Zeit und Muße, den Stoß Zeitungen aus Sydney, der schon seit längerem auf ihn wartete, durchzulesen. Er legte sie auf den Schreibtisch, stellte die Gaslampe daneben und drehte den Glühstrumpf so weit auf, bis der Raum hell erleuchtet war und er sich an die Lektüre machen konnte.
In Sydney, so erfuhr er, wurde die Fertigstellung der Eisenbahnlinie zwischen Redfern und Parramatta gefeiert. Sir Charles FitzRoy hatte in einer Ansprache erklärt, daß nur so das Land erschlossen werden könne, weil es an schiffbaren Flüssen fehle. Juan nickte beifällig. Wie recht der Gouverneur doch hatte. Wenn die Eisenbahn erst einmal das Landesinnere erreichte, konnte die Kolonie sich ungehindert ausdehnen.
Er blätterte um. Gold! schrie ihm eine dicke Schlagzeile entgegen. Seit den Funden in Bathurst kannten die Leute kein anderes Gesprächsthema. Erfolgs- und Katastrophenmeldungen standen unmittelbar nebeneinander und schürten täglich die allgemeine Aufregung.
Ungehalten ließ er die nächsten Seiten aus. Und dann stach ihm etwas ins Auge. Er packte die Zeitung fester und las den Artikel gleich zweimal. Ein Christopher Allingham hatte mit zwei Eingeborenen als Führern von den Liverpool Plains aus eine Expedition in den fernen Norden und zurück durchgeführt. Als Orientierung hatte ihm die von Ludwig Leichhardt skizzierte Route gedient. Auch er war dem Lauf des Burdekin River gefolgt, war aber vor dem Dschungel auf der Halbinsel Cape York zurückgeschreckt, in

den sich seit Kennedys Tod ohnehin kein Weißer mehr wagte. Statt dessen hatte er sich mit der Erforschung eines fruchtbaren grünen Tals zufriedengegeben, dem, wie er sagte, Leichardt bereits einen Namen gegeben hatte: das Tal der Lagunen.
Juan sprang auf. Aus einer Schrankschublade holte er die Karten, über denen er zusammen mit Pace MacNamara gebrütet hatte. Ein Sydneyer Kartograph hatte Leichhardts Originalskizze für ihn auf Leinen übertragen, weil Papier in der Regenzeit schnell verschimmelte, wenn es nicht von Insekten zerfressen wurde. Was war nur im Laufe der Jahre aus ihrem gemeinsamen Traum geworden? fragte er sich beim Ausbreiten der Rolle. Wahrscheinlich hatten sie mit ihren Alltagsgeschäften einfach zuviel zu tun gehabt. Und jetzt stand es in der Zeitung, und alle Welt erfuhr davon – das Tal der Lagunen. Was für Narren sie doch waren! Sie hätten sofort aufbrechen müssen!
Er brauchte genauere Informationen und schlug die anderen Zeitungen aus derselben Woche auf. Da, in der *Gazette* stand mehr darüber. Mr. Allingham sei von den Canning Downs in Richtung Norden aufgebrochen ... »O verflucht!« entfuhr es Juan. »Das ist ja Leslies Farm! ... Und an unserer Farm sind sie vorbeigezogen. Wenn ich das Pace erzähle ...«
Mr. Allingham, erfuhr er, überquerte den am Unterlauf weit verzweigten Burdekin River und entdeckte einen Nebenfluß, den er den Star River nannte. Ziel seiner Expedition war das Tal der Lagunen. Nach dem großen Forscher Ludwig Leichhardt war Allingham der zweite Weiße, der dieses herrliche, fruchtbare Weideland zu Gesicht bekam. Mr. Allingham steckte zwei weitläufige Gebiete als seinen Besitz ab und kehrte unbeschadet von seiner Exkursion, die ihn fünfzehnhundert Meilen ins Land der Eingeborenen geführt hatte, zurück.
Juan schlug mit der Faust auf den Tisch. Genau dorthin hatte er auch gewollt! Und nun war ihm Allingham zuvorgekommen. Er und Pace hatten immer geglaubt, sie hätten noch Zeit, das Tal der Lagunen liege ja so weit jenseits der Grenzen.

Er schob die Zeitungen beiseite. Was saß er noch untätig herum? Allingham hatte laut Bericht zwei große Gebiete für sich abgesteckt. Also gab es dort noch mehr Land. Morgen wollte er zur Kooramin-Farm reiten und Pace die Artikel zeigen.

Pace MacNamara starrte entgeistert auf den Artikel, dann warf er die Zeitung auf den Tisch. »Verflucht und zugenäht! Jetzt sind wir doch zu spät dran! Und ich war mir so sicher gewesen, daß das unser Land ist.«
»Noch ist es nicht zu spät«, meinte Juan. »Wir dürfen nur keine Zeit mehr verlieren. Reiten wir so früh es geht los.«
Pace runzelte skeptisch die Stirn. »Ich bin hier in der nächsten Zeit unabkömmlich. Erst muß ich die Bestände zählen, und danach treiben wir eine große Herde von den Bergen herunter.«
»Ja und? Das schaffen Ihre Männer auch ohne Sie. Erledigen Sie die dringendsten Geschäfte, und dann brechen wir auf.«
»Wohin wollt ihr denn?« Dolour stand mit halb aufgebundener Schürze in der Tür.
»Ins Tal der Lagunen.«
»Träumt ihr schon wieder davon?«
Sie zeigten ihr die Zeitungsausschnitte. Kopfschüttelnd meinte sie dazu: »Macht euch nicht lächerlich. Das sind ja über tausend Meilen!«
»Von unserer Farm im Brisbane Valley ist es nicht mehr ganz so weit«, meinte Pace.
»Überschätze dich nicht, mein Lieber. Du bist zu alt für eine solche Strapaze.«
»Zu alt?« donnerte Pace, und Juan lehnte sich abwartend zurück. Wenn seine Überredungskünste allein nicht genügt hätten, so leistete Dolour ihm treffliche Hilfe.
»Ich sag dir mal was, Frau. Auf der ganzen Farm gibt es keinen, der mehr Ausdauer im Sattel hat als ich. Meinen Leuten reite ich noch allemal davon. Zu alt, sagst du! Im ganzen Leben war ich noch keinen einzigen Tag krank!«

»Na gut, vielleicht schaffst du es, aber es ist zu gefährlich. Und was willst du mit noch mehr Land? Hier haben wir doch genug.«
»Eines Tages«, schaltete Juan sich ein, »wird es im Norden Viehfarmen geben, die zehnmal so groß sind wie unsere. Es wird das Land der wenigen Großen sein.«
»Genau!« rief Pace. »Und wir werden zu ihnen gehören.«

Kurz danach ritt Juan nach Newcastle und besorgte sich die neuesten Landkarten. Bei Paces nächstem Besuch auf Chelmsford legte er ihm die Route dar. »Ausgangspunkt ist unsere Farm im Brisbane Valley, wo wir uns auch mit Proviant für den langen Ritt eindecken werden.«
»Warum reisen wir nicht mit einem Schiff? Wir könnten da oben in der Keppel Bay landen. Dort gibt es schließlich auch noch eine Siedlung, Rockhampton.«
»Das war auch mein erster Gedanke. Aber wir wissen nicht, ob wir uns von dort landeinwärts schlagen können. Leichhardt und Allingham haben ja auch die Küste gemieden. Darum schlage ich vor, wir lassen die Pferde in unserer Farm ausruhen und versuchen es lieber über Land.«
Pace war noch immer nicht überzeugt. »Eins stört mich daran. Andy hat dort brave Gäule, aber wir brauchen Rassepferde. Wo sollen wir die dort oben herbekommen?«
»Auch daran habe ich gedacht. Wir nehmen zwei Vollblüter mit. Reiten werden wir zunächst auf anderen Pferden. Die lassen wir samt den Lasttieren bei Andy zurück und nehmen die unverbrauchten Pferde. Ich habe auch schon zwei ausgesucht.« Er steckte den Kopf zum Fenster hinaus und pfiff einen Jungen herbei. »Hey, sag Jimmy, er soll mir Sonny herbringen.«
Sie traten in den Hof hinaus, in den alsbald der Stallbursche mit einem kastanienbraunen Hengst gelaufen kam. »Das ist Sonny. Na, gefällt er Ihnen?«
Pace strich dem Pferd über das glänzende Fell. »Ein Prachtpferd!

Einfach großartig!« Voller Bewunderung sah er zu, wie Jimmy den Hengst im Kreis herumführte.
»Er gehört Ihnen«, erklärte Juan.
»Wie bitte? Aber er ist doch ein Vermögen wert!«
»Einem geschenkten Gaul schaut man nicht ins Maul, MacNamara. Wenn wir von der Farm aufbrechen, brauchen wir schnelle Pferde, und da will ich dich nicht hinter mir lassen. Sonny ist das einzige Pferd in meinem Stall, das es mit Vencador aufnehmen kann.«
»Vencador? Den habe ich gesehen. Da brauche ich Sonny in der Tat. Tausend Dank, Juan. Ich freue mich schon auf den Ritt. Nehmen wir Führer mit?«
»Nein. Die würden uns nur aufhalten. Der Kompaß und deine Erfahrungen mit dem Busch werden uns ans Ziel bringen. Und sollten irgendwelche Schwarze etwas gegen uns haben, sind wir mit unseren Pferden so schnell, daß wir uns ihretwegen nicht zu sorgen brauchen. Wir stecken einfach unsere Gebiete ab, kommen zurück und warten.«
Auf Chelmsford blieb Juan nur noch eins zu tun. Er schickte Rosa für die Zeit seiner Abwesenheit zu Vicky Rowan-Smith nach Sydney. Milly Forrests Brief hatte ihn aufgeschreckt. Daß der junge Heselwood in einem so schlechten Ruf stand, war ihm schon klar gewesen. Unter den Viehhütern wurde jeder Klatsch sogleich begierig weitergegeben, und so war es ein offenes Geheimnis, daß er Opium rauchte und sich mit schwarzen Mädchen einließ. Ausgerechnet dieser Bursche mußte nun seiner Rosa den Hof machen. Unter diesen Umständen durfte er sie auf keinen Fall wiedersehen, selbst wenn das einen Bruch mit den Heselwoods bedeutete.

Jasin, Lord Heselwood, las natürlich ebenfalls den Zeitungsbericht über Allinghams Exkursion. Er beschloß auf der Stelle, auf dem Seeweg in den Norden zu gelangen, wußte aber nicht, was für ein Schiff er dafür benötigte. So suchte er Major Mitchell in dessen Büro auf.

»Wo wollten Sie denn mit dem Schiff landen?« erkundigte sich Mitchell.
»In der Halifax Bay. Ich muß das Tal der Lagunen unbedingt erreichen. Ich habe ja schon lang ein Auge darauf geworfen.«
»Richtig, ich erinnere mich. Aber vergessen Sie nicht den armen Kennedy. Er ist etwas nördlich von der Halifax Bay aufgebrochen. Na gut, lassen wir das. Bedenken Sie aber bitte, daß hinter der Küste unüberwindbare Berge den Weg versperren. Die Ostseite ist steil und schroff. Wasser gibt es dort nicht, was andererseits den Schluß nahelegt, daß das Land auf der dem Meer abgewandten Seite äußerst fruchtbar ist.« Er schüttelte bedächtig den Kopf. »Das Tal der Lagunen mag vielleicht nicht weit von der Küste entfernt sein, doch eine Expedition von dort aus halte ich für undurchführbar.«
»Wie soll ich dann hinkommen?«
»Ich kann es mit meinem Gewissen nicht vereinbaren, sie allein dorthin zu entsenden. Aber ich kenne da einen Burschen namens Dalrymple. Er ist eben erst in Sydney eingetroffen und brennt auf eine Expedition in dieses Gebiet. Wissen Sie was? Ich mache Sie mit ihm bekannt. Er denkt wie Sie über die glänzenden Aussichten in der Gegend dort, aber er ist vorsichtig. Zu Recht. Die Schwarzen im Norden sind gefährlich. Leichhardt ist von seiner letzten Expedition nicht mehr zurückgekehrt. Gott allein weiß, wo er umgekommen ist.«
»Warum dann Dalrymple?«
»Weil er es allein nicht schaffen würde. Er ist ein erfahrener Forscher, und Sie haben das nötige Geld. Dort oben liegen riesige Weidegebiete, aber ohne Kapital können sie nicht erschlossen werden. Darum rate ich Ihnen: Machen Sie gemeinsame Sache mit Dalrymple.«

Niemand auf der Kooramin-Farm ließ sich den Aufbruch des Chefs und seines Freundes, Rivadavia, entgehen, und das, obwohl heftige Winde das Nahen eines Sturms ankündigten. Über den

Bergen türmten sich Regenwolken auf, und Donnergrollen trug zur allgemeinen Aufregung bei. Die Schwarzen standen Spalier, während ihre Kinder gierig die Limonade tranken, die die Missus an besonderen Tagen immer ausgab.
Tagelang hatte Paul MacNamara an seinen Vater hingebettelt, ihn doch mitreiten zu lassen, und auch jetzt versuchte er es ein letztes Mal: »Noch ist Zeit, Dad. Ich werde euch auch ganz bestimmt nicht aufhalten.«
»Wie oft soll ich es dir noch sagen. Du bleibst da und führst die Farm für deine Mutter. Nimm dir ein Beispiel an deinem Bruder. So, und paßt auch gut auf Duke auf. Eure Mutter kann nicht alles allein machen.«
Und dann nahm Pace Abschied von Dolour, während Juan geduldig draußen wartete und die Männer sein Pferd bewunderten. Lange redete er beruhigend auf Dolour ein, denn sie machte sich schreckliche Sorgen. Schließlich trat sie gefaßt aus dem Haus. Juan küßte sie auf beide Wangen. Sie heftete ihm ein selbstgesticktes Stoffkleeblatt ins oberste Knopfloch seiner Lederjacke. »Möge es dir Glück bringen, Juan. Seid nicht zu wagemutig, sondern kehrt lieber um, wenn es gefährlich wird. Und paß mir gut auf meinen Mann auf.«
Er klopfte ihr beruhigend auf die Schulter. »Keine Angst. Solange ich dabei bin, macht er keine Dummheiten.«
»Wir kommen sowieso nicht weit«, rief Pace lachend. »Vencador ist ja sein Kleinod. Sobald der nasse Füße bekommt, kehrt er um.«
»Wir werden ja sehen, MacNamara.« Juan steckte sein Gewehr in den Schaft und schwang sich in den Sattel.
Pace gab Dolour unter dem Jubel seiner Leute einen letzten Kuß. Dann bestieg er lachend sein Pferd. »Man könnte meinen, wir reisen nach England und nicht ins Hinterland.«

52. Kapitel

Im Süden von Kooramin, auf Carlton Park, hatte der neue Manager, Edward Heselwood, großen Ärger. Die Schuld dafür sah er freilich nicht bei sich selbst. Nach zwei Wochen schweren Regens waren gewaltige Wasserfluten von den Bergen herabgestürzt und hatten im Nu die von der Dürre schon ganz rissige Erde überschwemmt. Die hilflosen Tiere waren plötzlich zwischen zu reißenden Strömen angeschwollenen Bächen eingeschlossen.
Nicht wenige meinten, daß so etwas unter Passey nicht geschehen wäre, weil er rechtzeitig Vorsorgemaßnahmen getroffen hätte. Aber in Edwards Gegenwart hielten sie wohlweislich den Mund. Und ihm wurde auch nicht widersprochen, als er einen Verlust von vierzig Tieren eintrug, obwohl es über achtzig waren.
Dennoch war Edward beunruhigt. Er wußte, daß sein Vater sich um jedes einzelne Rind Sorgen machte, übertriebene Sorgen, wie er meinte. Um den Verlust wieder wettzumachen, kaufte er einem Viehtreiber fünfzig Tiere ab. Der Mann beklagte sich lautstark über den so schrecklich ermüdenden Abtrieb und wollte sie billig abgeben, Hauptsache, er war sie los.
Zusammen mit den zwei Belchers trieb Edward die Rinder nach Carlton Park. Unterwegs verdoppelte sich die Herde, weil sie auf den freien Weideflächen noch einige Dutzend Jungtiere ohne Brandmal zusammentrieben. »Finderlohn«, hatte Edward unter dem Gejohle seiner Freunde gelacht. Für sie gab es nur eine Regel: sich nicht auf frischer Tat ertappen lassen.
Eine Woche später stellte Jack Temple, der Aufseher der Viehhüter, Edward zur Rede. »Woher haben Sie die neuen Rinder? Die Hälfte ist ja krank. Wir müssen sie erschießen, sonst stecken sie noch den Rest der Herde an.«
»Du erschießt keins von meinen Rindern!« warnte ihn Edward. »Oder du kriegst es mit mir zu tun.«

»Wir müssen die Tiere erschießen, wenn Sie nicht alle verlieren wollen. Sie haben sich da was Schönes aufschwatzen lassen.« So blieb Edward nichts anderes übrig, als zuzuschauen, wie seine Männer die kranken Rinder zusammentrieben und erschossen. Als sie riesige Gruben aushoben und sie darin verbrannten, wandte er sich angewidert ab.

Ein paar Tage später beförderte er Temple zum Vormann, um ihn sich endlich günstiger zu stimmen. Und damit nicht genug, er erlaubte ihm, einen geeigneten Viehhüter zum Aufseher zu bestimmen. Daraufhin spielte Ben Belcher den Beleidigten. »Ich dachte, du würdest mich befördern, wo wir doch so gute Freunde sind!«

Edward blieb jedoch bei seiner Entscheidung. Ihm war klar, daß er sich auf Männer wie Temple verlassen mußte, wenn er nicht größere Schäden vor seinem Vater verantworten wollte. Abgesehen davon waren die Belchers gar nicht seine Freunde. Außer ihnen gab es einfach keine anderen Gefährten. So blieb ihm nur die Vorfreude auf seinen nächsten Aufenthalt in Sydney, wo man ihn dann schon als selbständigen Farmer betrachten würde. In Sydney riß man sich inzwischen um die Siedler, und das mit gutem Recht. Sie verdienten Unsummen mit ihrer Viehzucht. Ihm dämmerte allmählich, warum sein Vater auf immer neue Herden und neues Land drängte.

Er mußte wieder an seine Auseinandersetzung mit Juan Rivadavia denken. Von dem ließ er sich ganz gewiß nicht an seiner Hochzeit mit Rosa hindern. Mit ihren dunklen Augen und ihrem Kirschenmund war Rosa einfach zu schön. Und anders als die meisten Mädchen war sie auch noch geistreich.

Leider war der Streit seinen Eltern nicht verborgen geblieben. Gott allein wußte, wer sie eingeweiht hatte. Seine Mutter war recht besorgt, aber sein Vater sah das Ganze eher von der heiteren Seite. »Ganz schön frech, der Spanier, was? Na ja, du wirst sie schnell vergessen, wenn dir die nächste Schönheit über den Weg läuft, und wenn nicht, dann heiratest du sie eben. Die Wahl deiner Frau kann dir keiner vorschreiben. Allerdings mußt du damit rechnen, daß er ihr die Mitgift verweigert.«

»Mir doch egal!« hatte Edward trotzig gerufen. Manchmal war er sich dessen allerdings nicht so sicher. Jedermann wußte von Juan Rivadavias unermeßlichen Reichtum, den Rosa eines Tages erben würde. Verfügte er über die vereinigten Besitztümer der beiden Familien, wäre der Ehrenwerte Sir Edward Heselwood einer der einflußreichsten Männer in der gesamten Kolonie.

Es war wieder einmal Sonntag. Das Wochenende war eine einzige Enttäuschung gewesen. Die Patons hatten Edward zu einer Feier auf ihr Schloß geladen, ein häßliches Ungetüm zwar, aber ihre Partys hatten Stil. Im letzten Moment war ein Bote in den Hof geritten gekommen und hatte ihm mitgeteilt, daß die Feier wegen mehrerer Mumpserkrankungen in der Familie nicht stattfinden konnte. Jetzt war er wieder auf die Gesellschaft der Brüder Max und Ben Belcher angewiesen.

Ins eigene Haus lud er sie nie ein. So hockten sie gemeinsam auf der Veranda und sahen den Viehhütern bei den Vorkehrungen für einen Ausritt zu. »Wohin reiten sie?« wollte Edward wissen.

»Wildpferde fangen«, erklärte Max. »Ich schätze, daß viele nicht in die Berge zurück können, weil der Fluß gestiegen ist.«

»Und was wollen sie mit ihnen machen?«

»Wer sie findet, kann sie behalten.«

»Schauen wir ihnen doch zu!« rief Edward. »Komm, sattle mein Pferd für mich, Ben.«

»Alles klar, Boß.« Ben schlenderte zum Stall.

»Wenn die Pferde auf meinem Land sind, dann gehören sie doch sowieso mir«, wandte Edward sich an Max, doch der schüttelte den Kopf. »Sie sind zu schnell. Da weiß man nie, auf wessen Land sie gerade sind.«

Sie holten die anderen rasch ein und nahmen auch an der Jagd teil. Als aber die Männer schon meinten, sie hätten eine kleine Herde von zehn Wildpferden zusammengetrieben, brachen sie wieder aus und entkamen. Um Mittag wurde es Edward zu langweilig. »Die fangen die Pferde ja nie.«

»Doch, doch, sie kriegen sie schon noch«, widersprach Ben.

»Langsam wird der Kreis schon enger, und dann bleibt den Pferden nichts anderes übrig, als durch die Tore da in die Koppel zu laufen.«
»Ach was!« meinte sein Bruder. »Die windigen Gatter werden sie nie halten können. Der Hengst zertrampelt sie im Nu, ihr werdet schon sehen. Oder er hetzt seine Stuten drauf los. Dem kann ja egal sein, ob seine Frauen was abkriegen. Er hat ja jede Menge zur Auswahl, in die er seinen Riemen stecken kann. Hey, Ben, sag mal, hast du gestern auch den großen roten Stier in der hinteren Koppel gesehen?«
»O Gott, ja!« rief Ben lachend. Er sprang von seinem Pferd und zog eine Flasche aus seiner Satteltasche. »Schluck gefällig, Boß?«
»Das ist doch hoffentlich nicht das Teufelszeug vom letzten Mal?« fragte Edward, lenkte sein Pferd aber schon zu Ben heran.
Er stieg ab und ließ sich die Flasche reichen. »O Gott!« rief er und spuckte alles aus. »Das schmeckt ja nach Kerosin!«
»Zwei Schlucke mehr, und es schmeckt dir«, meinte Ben.
Sie setzten sich auf Baumstümpfe und ließen die Flasche kreisen.
»Feuerwasser«, meinte Ben mit einem begeisterten Nicken.
»Jetzt sagt schon, was hat der Stier denn angestellt?« fragte Edward zur Erheiterung der beiden Brüder.
»Das ist ein Schwerenöter!« kicherte Max. »Wenn er nicht an die Färsen rankommt, wird sein Ding so lang wie seine Schenkel, und er steckt es woanders rein, egal wo.«
»Ein paar von den Burschen in der Baracke machen es ganz genauso«, feixte Ben und reichte die Flasche weiter.
Sie hatten recht, stellte Edward nach dem vierten Schluck fest. An das Zeug konnte man sich wirklich gewöhnen. Aber er verstand nicht, worauf die Brüder da anspielten. »Wer steckt was wohin?«
Die Brüder bogen sich schier vor Lachen. »Wer was wohin steckt?« prustete Ben. »Na ja, wenn er einem steht, muß er schließlich wohin damit. Es ist ja nicht seine Schuld.«
»Passey wurde aber ganz schön böse, wenn er so was sah«, meinte Max.

»Ach, Passey ist nur furchtbar prüde. Er hat gut reden, weil seine Missus daheim auf ihn wartet.«
Edward ließ sie reden. Einerseits mißbilligte er solche Gespräche, dann wieder wurde er selbst ganz aufgeregt. Auf einmal deutete Ben auf seine Leistengegend. »O je! Schaut mich nur an. Ich bin schon ganz heiß!«
Einen Augenblick befürchtete Edward, er würde seine Hose aufknöpfen.
»Weißt du was?« johlte Max. »Wir nennen ihn Stier. Hey, Stier, zeig's uns mal!«
Aber Ben deutete auf einmal in eine andere Richtung, wo eine Herde Rinder durch das Gebüsch zu einem Wasserloch trottete.
»Wir sind ja schon an der Grenze zu Craddocks Farm. Los, das lassen wir uns nicht entgehen!« Und er verschwand im Gestrüpp.
»Wohin läuft er?« fragte Edward verwirrt.
»Er will sehen, ob sie schon ein Brandmal haben«, flüsterte Max. »Wenn sie sich so weit draußen versteckt haben, sind sie vielleicht übersehen worden.«
»Und dann?«
»Dann schnappen wir sie uns.«
Edward stand auf und trat weiter vor, um sich einen besseren Überblick zu verschaffen, und sah, wie Ben die Rinder begutachtete.
»Craddock wird es nie merken«, drängte Max.
Ben winkte sie zu sich. Siegesgewiß klatschte er in die Hände.
»Willst du sie etwa nicht?« fragte Max.
»Na gut. Bringt sie her.«
»Na also«, rief Max lachend. »Holen wir sie uns!«

»Es war doch bloß ein Spaß!« winselte Ben. »Ein harmloser Spaß!«
»Richtig«, pflichtete Max ihm bei. »Wir haben nur rumgealbert.«
»Dann sagt mir gefälligst, was los war!« knurrte Jack Temple. »Und wenn ich noch eine Lüge höre, breche ich euch sämtliche Knochen!«

So rückte Max mit der Wahrheit raus.
»Wir trieben die Rinder die Straße runter. Das Ganze war wirklich nur ein Jux. Wir hatten ein bißchen getrunken, und es war entsetzlich heiß ...«
»Keine Ausreden, sag mir endlich, was los war!«
»Es gehört aber mit dazu ...«
Temple hatte zum Verhör seinen Aufseher Taffy und einen weiteren Viehhüter namens McGinty als Zeugen hinzugezogen. Taffy, dem das ewige Hin und Her langsam zu bunt wurde, verschwand kurz und kam mit einer Pferdepeitsche zurück. »Wir werden die Wahrheit schon noch aus ihnen rausprügeln.«
»Ihr Hurensöhne habt kein Recht, mich anzurühren!« kreischte Ben.
»Nimm ihn mit raus, McGinty«, brummte Temple. »Wir knöpfen sie uns einzeln vor.«
Da Ben sich nicht abführen lassen wollte, zog Taffy ihm eins mit der Peitsche über, so daß er schreiend zu Boden stürzte, was Max ungerührt beobachtete.
»Dir wird das Maulaffenfeilhalten schon noch vergehen«, rief Temple. »Jetzt sagst du uns die Wahrheit, oder Taffy bringt dir das Reden bei.«
»Aber wenn ich's Ihnen doch sage«, jammerte Max. »Wir haben die Tiere die Straße runtergetrieben, da kam auf einmal Missis MacNamara dahergeritten. Sie hatte einen kleinen Negerjungen dabei. Tja, ich lüfte den Hut und sage guten Tag, aber sie glotzt nur die Rinder an. ›Was wollt ihr damit?‹ schreit sie. Eddie ruft von der anderen Seite herüber, daß wir sie den Craddocks bringen wollen. Tja, Missis MacNamara steigt ab und schaut sich die Tiere genauer an. Eddie kommt rüber zu ihr, und sie geraten aneinander. Es war nämlich gar nicht die Craddock-Farm, sondern die der MacNamaras. Wir hatten uns um gut eine Meile geirrt. Na ja, ich zwinkere Eddie zu, daß wir lieber abhauen sollen. Mit MacNamara legt sich keiner an. Der durchsiebt einen ja gleich, wenn ihn die Wut packt. Aber Eddie bekommt nichts mit. Die MacNamara wettert immer

weiter, daß sie ihren Mann auf uns hetzt, und da fängt Max fürchterlich zu lachen an und sagt: ›MacNamara hat sich abgesetzt, Boß. Er ist mit Rivadavia im Norden oben.‹
Da dämmert ihr, wer Eddie ist. Und jetzt wird sie erst richtig wild. ›Du bist Edward Heselwood?‹ schreit sie. ›Du solltest dich was schämen! Ich werde dich anzeigen.‹
Aber Eddie tut so, als wäre sie gar nicht da. Er dreht sich zu mir um und fragt mich: ›Ist das Mrs. MacNamara?‹
›Ja‹, sage ich. ›Vielleicht haben wir da einen Fehler gemacht. Geben wir sie ihr zurück.‹
›Richtig!‹ schreit sie. ›Ihr laßt die Tiere da und nehmt sofort die Beine in die Hand, oder ich zeige euch wegen Viehdiebstahl an!‹
Na ja, Sie dürfen nicht vergessen, daß wir alle einen sitzen hatten, und da dachte ich, Eddie wäre nur der Alkohol ein bißchen zu Kopf gestiegen, weil er sich schlichtweg weigerte, die Rinder rauszurücken. Aber dann ist er noch ein Stück weitergegangen. ›Du zeigst mich nirgendwo an!‹ schreit er sie an. ›Mein Vater hat mir alles über dich erzählt. Du warst doch seine Hure auf dem Sträflingsschiff!‹«
Taffy funkelte Max an. »Der verzogene Fratz hat doch gelogen!«
Max schüttelte jedoch den Kopf. »Das glaube ich nicht, Taffy.« Von einem Fuß auf den anderen tretend, bat er dann: »Darf ich mich nicht hinsetzen?«
»Erst, wenn du fertig bist«, sagte Temple.
»Also gut. Für mich und Ben war das natürlich eine Sensation. Einen Moment lang war sie wie vom Donner gerührt. Aber dann stürzt sie sich wie eine Furie auf Eddie und knallt ihm die Peitsche ins Gesicht. Und sie hätte ihm gleich wieder eine verpaßt, aber er hat sie gepackt und ins Gebüsch geschleift. Sie hat um sich getreten wie ein Fohlen, aber er hat bloß gelacht. ›Haltet sie fest‹, schreit er zu uns herüber, und das haben wir uns nicht zweimal sagen lassen. In der Zwischenzeit muß der kleine Schwarze ausgebüxt sein, aber das haben wir bei dem Trara nicht bemerkt. Na ja, und weil sie so wild um sich geschlagen hat, ist ihr die Bluse zerrissen.«

Er leckte sich die Lippen. »Gut gebaut ist sie ja, das muß ihr der Neid lassen.«

Temple sandte ihn mit einem Fausthieb ins Gesicht zu Boden. »Laß ihn zu Ende erzählen, Jack«, sagte Taffy und riß ihn wieder auf die Beine. »Ändern läßt sich jetzt auch nichts mehr.« Max rieb sich den Kiefer. »Das hätten Sie nicht tun dürfen, Temple. Ich habe doch nur ...« Ein Blick in die grimmigen Gesichter seiner Gegenüber bewog ihn zum Fortfahren. »Also gut, zu dritt können wir sie endlich bändigen. Dafür nennt sie uns alles mögliche. Eine Lady ist sie nicht, das kann ich Ihnen sagen. Wörter weiß die ... Na ja, daß sie mal eine Strafgefangene war, das war mir neu. Also wir halten sie fest wie ein Stück Vieh, damit man es brandmarken kann. Und das muß Eddie wohl auf den Gedanken gebracht haben. ›Schauen wir mal nach, was sie unter der Hose hat‹, sagt er nämlich. Sie hatte Männerhosen an, müssen Sie wissen. Also gut, wir ziehen sie ihr runter ... Es war wirklich bloß ein Scherz, und Ben hat die ganze Zeit gelacht. Aber dann haben wir richtige Damenschlüpfer gesehen, und da sind wir wohl ein bißchen heiß geworden. Sie war jetzt ganz still, aber gekämpft hat sie immer noch – und wie! Als wir endlich ihre Schlüpfer halb unten hatten, hat Eddie sich die Hose aufgeknöpft. Ich schwöre bei Gott, daß Ben und ich sie nicht angerührt hätten, aber Eddie ist nun mal der Boß. Er wollte sie haben, und sie lag für ihn da. ›Ganz ruhig‹, hat er gesagt, ›wir wollen dir ja gar nicht weh tun, Dolour. So heißt du doch, nicht wahr?‹

Ich habe mich schon gewundert, weil sie so ruhig war, aber auf einmal schreit sie: ›Nimm das Gewehr!‹

Wir dachten, es sei bloß wieder der Kleine. Aber was hätte der ihr schon helfen können? Wir drehen uns um und urplötzlich steht die große Schwarze vor uns, diese Maia, die auf Kooramin arbeitet, und die hat ein Gewehr in der Hand.

Ich sage ihr, sie soll verschwinden. Jetzt dreht sich auch Eddie um und sagt: ›Leg das Gewehr weg.‹ In dem Moment wird Missis MacNamara wieder ganz wild. ›Schieß!‹ kreischt sie, und die Schwarze fackelt nicht lange. Sie zielt überhaupt nicht, sondern

drückt einfach auf den Abzug und Peng! Und dann liegt Eddie auf der Erde und brüllt wie am Spieß. Die Kugel hat ihm das Knie zerschlagen. Herrgott noch mal, die dumme Kuh hätte uns umbringen können!«
»Schade, daß sie es nicht getan hat«, knurrte Taffy.
»Das ist ungerecht«, beklagte sich Max. »Jedenfalls rappelt sich Missis MacNamara wieder auf und zieht sich die Hose hoch, während wir uns um unseren Boß kümmern. Als nächstes packt sie ihr Gewehr und trägt der Schwarzen auf, uns die unseren abzunehmen. Na ja, und dann herrscht sie uns an, wir sollen verschwinden. Eddie krümmt sich vor Schmerzen, aber wir dürfen ihn nicht verpflegen, sondern müssen ihn aufs Pferd laden, obwohl er immer noch blutet wie eine abgestochene Sau.«
»Warum habt ihr ihn nicht zu den Craddocks gebracht?« fragte Temple. »Ihre Farm war doch viel näher.«
»Das ließ er nicht zu. Wir haben auf der Straße haltgemacht, haben ihn verbunden und sind dann hierher geritten. Den Rest der Geschichte kennen Sie.« Er sah von einem zum anderen. »Sein Bein wird doch wieder heilen?«
»Das weiß ich nicht«, brummte Temple. »Wir müssen abwarten, was der Arzt sagt. Was habt ihr da angerichtet!«
»Wieso wir?« rief Max. »Die blöde Schwarze ist doch schuld. Schießt einfach auf einen Weißen! Dafür wird sie hängen!«
Fast sah es so aus, als würde Jack Temple sich auf ihn stürzen, doch dann wandte er sich ab und sagte zu Taffy: »Bring ihn schnell raus, sonst schieße ich ihm auch das Knie kaputt.«

Eine Woche später kam Sergeant Buchanan nach Kooramin geritten, um sich, wie er es ausdrückte, ein bißchen mit Missis MacNamara zu unterhalten. Dolour führte dieses Gespräch im Beisein ihres Vormanns, Joe Donnelly, und dessen Frau, Sheena. »Wie ich gehört habe, hat es hier draußen Unstimmigkeiten gegeben«, wandte der Sergeant sich an Donnelly.
Der bestätigte es mit einem Nicken. »Meine Frau und ich wissen

Bescheid, aber ansonsten hat Missis MacNamara niemandem davon erzählt, vor allem ihren Söhnen nicht.«
»Das ist auch das Vernünftigste«, meinte Buchanan. »Nun, soviel ich weiß, hat eine von Ihren Schwarzen Mister Edward Heselwood das Knie zerschossen. Sein Bein wird zeitlebens steif sein, hat mir der Arzt versichert.«
Dolour blieb starr auf ihrem Stuhl sitzen und schwieg.
Buchanan zückte seinen Notizblock. »Der Name der Schwarzen ist Maia, korrekt?«
»Korrekt«, sagte Dolour.
Buchanan grinste sie an. »Gehe ich recht in der Annahme, daß sie das Weite gesucht hat?«
»Nein. Sie ist hier im Haus. Maia hat keinerlei Grund wegzulaufen«, erwiderte Dolour mit fester Stimme.
Buchanan hüstelte. »Jack Temple hat mir die ganze Geschichte erzählt. Und damit Sie sich nicht unnötig sorgen, hielt ich es für das beste, Ihnen mitzuteilen, daß Mister Heselwood nicht gegen Sie vorgehen wird.«
»Das wäre ja noch schöner«, rief Donnelly. »Maia wollte ihrer Herrin doch nur helfen.«
»So habe ich es auch gehört. Wir nennen das Ganze einfach einen Unfall, Punktum.« Er schlug das Buch zu.
»Darf ich Ihnen etwas zu trinken anbieten, Sergeant?« fragte Mrs. Donnelly.
»Nichts dagegen einzuwenden. Die leidige Angelegenheit wäre ja jetzt ausgestanden.« Er lehnte sich zurück.
»Bitte schlagen Sie Ihr Buch wieder auf«, sagte Dolour.
»Aber wozu denn das?«
»Weil ich gerichtliche Schritte einleiten werde.«
»Weswegen denn?«
»Ich möchte Klage erheben gegen Edward Heselwood und seine zwei Spießgesellen ... wie hießen sie gleich wieder, Joe?«
»Ben und Max Belcher«, sagte Joe mechanisch. »Aber warum denn nur, Dolour?«

»Wegen Viehdiebstahls und versuchter Vergewaltigung.«
Buchanan lief auf einmal rot an. »Also wirklich, Missis MacNamara. So etwas macht man nicht zum Spaß. Überlegen Sie es sich doch bitte noch einmal ganz genau.«
»Muß ich mich in dieser Sache denn nicht an Sie wenden?«
»Natürlich, aber lassen Sie sich doch von mir als Freund einen Rat geben. Ich will es einmal so ausdrücken: Edward Heselwood ist ohnehin für den Rest seines Lebens gestraft.«
»Und die anderen zwei sollen ungeschoren davonkommen?«
Buchanan wandte sich an Donnelly. »Vielleicht unterhalten Sie sich noch einmal in aller Ruhe mit Missis MacNamara.«
»Dazu gibt es keinen Anlaß«, sagte Dolour. »Meine Entscheidung steht fest. Er muß vor Gericht gestellt werden, oder der Ärger hört nie auf. Wie, glauben Sie, werden John und Paul MacNamara wohl reagieren, wenn sie erfahren, was ihrer Mutter geschehen ist?«
»Ich bin hier in der Gegend für den Frieden zuständig, Missis MacNamara. Lassen Sie Ihre Söhne nur meine Sorge sein. Bedenken Sie doch, daß Sie in aller Leute Munde sein werden, wenn Sie vor Gericht gehen. Für eine Frau in Ihrer Lage wäre das nicht gerade vorteilhaft. Es könnte sogar sehr peinlich für Sie ausgehen.«
»Was sie mir angetan haben, darf nicht ungesühnt bleiben«, fauchte Dolour.
»Ich kann Sie ja nur zu gut verstehen, aber ich möchte Ihnen weitere Demütigungen ersparen.«
Dolour starrte ihn wortlos an.
»Na gut«, seufzte er. »Ich nehme Ihre Aussage auf. Ich benötige aber auch die von Maia.«
»Die können Sie gern haben.«
»Dann brauche ich aber mehr Papier«, meinte er mit einem Blick auf sein Büchlein. »Missis MacNamara, können Sie es wirklich nicht bei diesem einen schrecklichen Erlebnis belassen?«
Dolour erhob sich brüsk. »Auf dem Schreibtisch liegt genug Papier. Und eine Feder und Tinte.«
Beim Abschied zog Buchanan eine etwas säuerliche Miene. Nun

mußte er also wieder nach Carlton Park reiten und die schlechte Nachricht überbringen.
Joe Donnelly unternahm einen letzten Versuch, seine Chefin umzustimmen. »Laß es bleiben, Dolour. Warte lieber, bis Pace zurückkommt.«
»Pace? Versuch du mal, über so etwas mit Pace zu sprechen. Er hätte sich längst sein Gewehr geschnappt und wäre nach Carlton Park geritten.«
»Wahrscheinlich hast du recht. Aber du könntest ihm doch sagen … Ach Gott, wie erkläre ich es nur einer Frau … Sie haben dir ja nichts angetan, Dolour. Es war doch nur ein Versuch, und dir ist nichts geschehen.«
Sie blickte ihn aus tränenverschleierten Augen an. »In diesem Punkt irrst du dich gewaltig, Donnelly. Kümmere du dich bitte um deine Angelegenheiten. Meine Kämpfe stehe ich lieber allein durch.«

Natürlich waren ihre Söhne nicht mit Dolours Entscheidung einverstanden. Sie wollten wutentbrannt nach Carlton Park reiten, aber Dolour verbot es ihnen kategorisch. Es hatte alles streng nach dem Gesetz zuzugehen.
Eine Woche lang ereignete sich nichts. Doch eines Nachmittags kam Sheena Donnelly in den Lagerraum gestürzt, in dem Dolour gerade die Regale putzte, und meldete die Ankunft einer Kutsche.
»Wer ist es denn?« wollte Dolour wissen. »Ich habe die Leute noch nie gesehen.«
»Na gut, führe sie schon mal in den Salon. Ich muß mich erst noch frisch machen.«
In der Waschküche wusch sie sich hastig Gesicht und Hände und huschte dann in ihr Zimmer, wo sie sich kämmte und eilig mit einer Kameebrosche einen Spitzenkragen an ihrem schlichten braunen Kleid befestigte. Sheena steckte den Kopf zur Tür herein. »Es ist Lady Heselwood!« zischelte sie aufgeregt.
Dolour nickte. »Das dachte ich mir schon.«
Sie vertauschte noch ihre Arbeitsstiefel mit etwas eleganteren Le-

derhalbschuhen und stieg gemächlich die Treppe zum Salon hinunter. »Lady Heselwood, nicht wahr?« fragte sie, und Georgina lächelte sie an. »Ja. Und Sie sind Missis MacNamara. Endlich darf ich Sie nach so langer Zeit kennenlernen. Ihren Mann kennen wir seit vielen Jahren.«
»Das hat er mir erzählt. Wollen Sie sich nicht setzen?«
»Danke. Und wie geht es Pace?«
»Gut, soviel ich weiß. Er ist mit Juan Rivadavia im Norden irgendwo und sucht nach noch mehr Land.«
»Ach ja? Mein Mann auch. Er ist in Brisbane. Ich glaube, die ständige Jagd nach immer neuen Gebieten ist ihnen wichtiger als der Besitz selbst.«
»Da haben Sie recht.« Überrascht stellte Dolour fest, daß Heselwoods Frau genauso dachte wie sie. »Sie können nie genug kriegen.«
Dolour musterte ihre Besucherin, so wie auch sie von ihr mit prüfenden Blicken eingeschätzt wurde. Lady Heselwood sah äußerst elegant aus in ihrem blaugrauen Seidenkleid mit flacher Krinoline, die sich dezent an ihren Körper schmiegte. Ihr Alter war ihr nicht anzusehen. Das Gesicht war glatt und ebenmäßig. Von Falten fehlte jede Spur. Anmutig fielen ihre blonden Locken bis zum Schulteransatz herab. Den Kopf zierte ein mit graublauen Federn geschmückter schwarzer Hut. Dolour war sehr angetan von dieser Erscheinung.
»Darf ich Ihnen Tee anbieten?« fragte sie.
»Nein danke, im Moment nicht.«
Georgina, die schon die ganze Zeit die behandschuhten Finger ineinander verhakt hatte, ging nun ohne Umschweife zum Grund ihres Besuchs über: »Missis MacNamara, ich bin gekommen, um mich bei Ihnen für das nichtswürdige Verhalten meines Sohnes zu entschuldigen.« Tränen standen ihr in den Augen, und auch Dolour spürte einen dicken Klumpen im Hals. Sie konnte nur stumm nicken, während Georgina mühsam weitersprach.
»Ich glaube, der Vormann auf Carlton Park, Mister Temple, hat

mir den Sachverhalt ohne Beschönigungen geschildert. Ich kann Ihnen gar nicht sagen, wie leid es mir tut, daß Sie sich diese Kränkung gefallen lassen mußten.«

Dolour blieb weiterhin stumm. Georgina holte tief Luft. »Im ganzen Leben habe ich mich noch nie so geschämt. Können Sie meine aufrichtige Entschuldigung annehmen?«

Angesichts einer solchen unerwarteten Selbsterniedrigung bekam Dolour Mitleid mit Georgina. Temple hatte ihr sicher die Ereignisse geschildert, aber ganz gewiß nicht das mit der Hure auf dem Gefangenenschiff. Gerade diese Beleidigung würde sie jedoch nie vergessen können.

»Edward wird sich natürlich auch entschuldigen, sobald er dazu in der Lage ist«, fuhr Georgina fort. »Ich frage mich nur, was sein Vater dazu sagen wird.«

Mit einem Schlag schüttelte Dolour ihre Befangenheit ab. Hatte denn nicht Heselwood diese häßliche Angelegenheit auf dem Gewissen? Hatte nicht er vor seinem Sohn geprahlt und so ihre Liebesbeziehung in den Schmutz gezogen?

»Wie kann ich den Schaden wiedergutmachen, Missis MacNamara?« drängte Georgina.

»Er ist nicht wiedergutzumachen. Aber ich danke Ihnen für Ihre Bereitschaft.«

Bedrücktes Schweigen lastete auf ihnen, bis Georgina einen weiteren Anlauf unternahm. »Wollen Sie denn immer noch gerichtlich gegen ihn vorgehen, Missis MacNamara?«

Dolour wich ihrem Blick aus. Sie wollte seine Mutter nicht verletzen, aber sie blieb unerbittlich. »Ja.«

Georgina seufzte tief auf, als hätte sie gegen die Tränen gekämpft und wenigstens die zurückgedrängt. »Glauben Sie denn nicht, daß Edward genug gestraft ist? Sein Knie wird nie wieder heilen. Zeitlebens wird er humpeln müssen.«

»Das hat nicht das geringste damit zu tun.«

»Die anderen zwei sind getürmt«, setzte Georgina nach. »Und lassen Edward alles allein ausbaden.«

»Schöne Freunde, die er sich da ausgesucht hat.«
Georgina beugte sich vor. »Missis MacNamara. Lassen Sie mich in aller Offenheit sagen, daß Sie Prozesse wie diesen im ganzen Leben nicht gewinnen können. Ihre Rinder wurden schließlich nicht gestohlen. Und so widerwärtig auch mit Ihnen umgegangen wurde, Sie haben keinerlei Verletzungen erlitten.«
Dolour riß schon empört den Mund zur Widerrede auf, doch Georgina gebot ihr mit erhobener Hand Einhalt. »Bitte, warten Sie noch. Ich stimme Ihnen ja zu, daß Ihre Ehrgefühle verletzt wurden, aber das wird das Gericht nicht interessieren. Sie können in jeder Hinsicht nur verlieren.«
»Das ist mir klar.«
Georgina schaute sie verblüfft an. »Aber warum?«
»Die britische Justiz, Lady Heselwood. Wußten Sie nicht, daß ich eine Strafgefangene war?«
»Nein, das ist mir neu.«
Dolour lächelte. Damit war also die andere Frage beantwortet. Die Männer hatten wieder einmal zusammengehalten.
»Aber die Tatsache, daß Sie eine Strafgefangene waren, ändert doch nichts am Sachverhalt, Missis MacNamara. Im Moment hat es mir die Sprache verschlagen, aber ich kann nur sagen, daß Sie ein angesehenes Mitglied der Gemeinde sind. Quälen Sie sich doch nicht mit einem so schrecklichen Verfahren, das Sie unmöglich gewinnen können.«
»Ich brauche nicht zu gewinnen. Ich will lediglich die Schuldigen vor Gericht bringen, damit alle Welt darüber Bescheid weiß. Sie werden die anderen zwei Halunken schon noch rechtzeitig fangen.«
Also war auch Edward für sie ein Halunke. Georgina lief rot an.
»Ich werde Zeugen mitbringen. Unter anderem Eingeborenenfrauen. Ihre Aussagen werden an Eindeutigkeit über den Charakter der drei nichts zu wünschen lassen. Und ich kann Ihnen nur eins raten, Lady Heselwood: Bleiben Sie zu Hause.«
»Missis MacNamara, ich flehe Sie an: Geben Sie nach!«

»Überlegen Sie doch einmal«, sagte Dolour. »Vor einer Weile machten Sie sich wegen Ihres Mannes Sorgen. Soll ich Ihnen sagen, was Pace tun würde? Er hätte längst zur Waffe gegriffen und hätte sich jetzt wegen Körperverletzung oder Schlimmerem zu verantworten. Nein, nein, das nehme ich lieber selbst in die Hand – und halte mich dabei ans Gesetz.«
»Warum sind Sie nur so hart?« klagte Georgina. »Gibt es denn keinen Weg, Sie zum Einlenken zu bewegen?«
Zu ihrer Überraschung erwiderte Dolour: »Doch, einen gibt es.«
»Und der wäre?«
»Ihr Sohn geht nach England zurück.«
»Missis MacNamara. Australien ist seine Heimat. Er wurde in Sydney geboren.«
Dolour strich sich das Haar aus dem Gesicht. In ihre Augen trat ein wehmütiger Blick. »Ich wurde in Irland geboren. Ich wurde mit Gewalt in dieses Land verschleppt. Und ich habe niemanden verletzt.«
Georgina wich erschrocken zurück. »O Gott, Ihnen geht es also darum?«
»Sagen Sie Ihrem Sohn, er soll dieses Land verlassen, oder ich verfolge ihn bis zum bitteren Ende. Verliere ich beim ersten Mal, gehe ich in Berufung. Und alle werden ihn anspucken.«
»Und Sie bestehen darauf?«
»Ihr Engländer habt die Regeln geschaffen, nicht wir.«
»Hassen Sie uns so sehr?«
»Ich halte mich für sehr maßvoll«, erwiderte Dolour. »Er wird nie so leiden müssen wie ich damals.«
»Und dann lassen Sie Ihre Anklage fallen?«
»Das kann ich nicht. Sie ist meine Versicherung, daß er auch wirklich in England bleibt. Aber ich kann das Verfahren hinauszögern, bis er weg ist.«
Georgina erhob sich. »Ich nehme meine Entschuldigung nicht zurück, aber ich halte Sie für sehr hart.«
»Sträflingsschiffe machen hart.«

»Meine Anwälte werden Ihnen wahrscheinlich einen außergerichtlichen Vergleich anbieten.«
»Sagen Sie ihnen, sie können sich die Mühe sparen.«
Georgina nickte, als hätte sie mit dieser Antwort gerechnet.
»Dann kann ich Ihnen nur noch alles Gute wünschen, Missis MacNamara.«

53. Kapitel

Pace und Juan brachen, wie vereinbart, ohne Führer und Lasttiere von ihrer Farm im Brisbane Valley auf. So ritten sie zügig über das offene Land und erreichten schon am ersten Tag den Fuß der Berge mit ihren bizarren Felsformationen.
Der zweite Tag war eine Strapaze. Mühsam mußten sie sich durch Wälder ihren Weg bahnen, schier endlos hohe Bergpässe erklimmen und am Rande von Wasserrinnen und Bächen hinunter ins Tal reiten.
Am dritten Tag erreichten sie schließlich den Dawson River. Leichhardts Karte führte sie durch fruchtbare Flußtäler, borniges Dickicht, dann wieder über einen steilen Anstieg zu den Christmas Ranges und von dort hinunter zum Comet River. Tag für Tag zogen sie weiter nach Norden. Das Terrain ließ nicht immer ein schnelles Tempo zu, aber sie hatten sich ihre Reise anstrengender vorgestellt. Immer wieder stießen sie auf Steppen, über die sie ihre Pferde im Galopp dahinjagen lassen konnten.
Das Land wirkte verlassen, doch sie wußten, daß dieser Eindruck trog. Sie hielten ständig Ausschau nach Schwarzen. Trotz aller Vorsicht ritten sie am Isaac River aber in eine Eingeborenensiedlung hinein. Frauen kreischten, die Pferde scheuten, und schwarze Krieger versperrten ihnen mit Speeren den Weg. Pace nahm die

Hand nicht vom Revolver, während Juan abstieg und ungeachtet ihrer drohenden Haltung auf die hochgewachsenen pechschwarzen Eingeborenen zuging. Er verneigte sich mit einem Lächeln und versuchte ein paar Sätze in der Sprache der Schwarzen auf seiner Farm. Sie reagierten nicht. »Ist wohl eine andere Sprache«, wandte er sich an Pace. »Gib mir doch bitte die Dose Bohnen.«
Sämtliche Augen wanderten zu Pace hinüber. Der reichte Juan die Dose, woraufhin der Argentinier sein Messer in den Deckel stieß und sie öffnete. Mit bloßen Fingern fischte er ein paar Bohnen heraus und verspeiste sie mit sichtlichem Entzücken. Sodann reichte er die Dose einem Schwarzen. Der aß ebenfalls ein paar Bohnen und reichte die Dose weiter, allerdings ohne eine Gemütsregung erkennen zu lassen. Keiner von diesen Eingeborenen hatte Ehrfurcht vor den Weißen.
»Frag sie, wo der Paß ist«, rief Pace.
»Sehen wir lieber zu, daß wir hier wegkommen«, erwiderte Juan.
»Aber die Suche kostet uns mindestens einen Tag.«
»Na gut«, meinte Juan. »Ich will es versuchen.« Unter den mißtrauischen Blicken der Schwarzen zeichnete er eine Landkarte in den staubigen Boden. Die Eingeborenen begriffen sofort. Einer trat vor und zeichnete mit der Speerspitze die Sonne ein. Die anderen grinsten dazu. Juan deutete nun den Fluß an und ließ ein bißchen Wasser aus seiner Feldflasche auf die Stelle tropfen, dann häufelte er ein bißchen Sand zusammen, um die Berge zu markieren. Schließlich tat er einen Schritt auf die Berge zu und zuckte theatralisch mit den Schultern.
Zu ihrem Erstaunen klappte das Spielchen. Juan deutete in alle möglichen Richtungen, aber die Schwarzen schüttelten den Kopf, bis schließlich ein junger Mann vortrat und den zwei Weißen bedeutete, ihm zu folgen.
Juan führte sein Pferd, Pace ritt langsam neben ihm her. Er drehte sich um, weil er sich verabschieden wollte, doch die Eingeborenen starrten ihn nur verständnislos an.
Ihr Führer hatte es eilig. Anscheinend waren ihm die zwei Frem-

den unheimlich. Er brachte sie zu einem Pfad zwischen zwei hohen Bergen, von dessen Ende aus sie auf ein Flußtal hinuntersehen konnten. »Das muß der Suttor River sein«, rief Juan. »Die Hälfte der Strecke liegt hinter uns. Der Suttor mündet in den Burdekin, und der führt uns direkt zum Tal der Lagunen!« Er klopfte ihrem Führer auf die Schultern, dann drehte er sich um und machte sich an seiner Satteltasche zu schaffen.
»Ich muß ihm doch etwas schenken.«
»Zu spät«, meinte Pace. »Er ist schon weg.«
Zwei Tage später stießen sie auf die Mündung des Suttor in den Burdekin. Da zu dieser Jahreszeit im Norden Trockenheit herrschte, floß der Burdekin zwischen gewaltigen Sandbänken träge dahin. Das eigentliche Flußbett war jedoch eine gute halbe Meile breit und die Ufer überaus hoch.
»Der Fluß ist mir nicht geheuer«, brummelte Pace. »Schau dir nur die Ufer an. Woher er auch kommt, in der Regenzeit möchte ich nicht hier sein. Da ist das ganze Tal ein einziger reißender Strom.«
Juan nickte, aber er war trotzdem froh, daß sie so problemlos zwischen Termitenhügeln und staubbedeckten Bäumen durch das friedlich daliegende Flachland reiten konnten. Nur hin und wieder flatterte ein Vogelschwarm erschrocken auf oder stob eine Känguruhherde in wilder Flucht davon.
Wenige Meilen vor ihrem Ziel konnten sie kaum schlafen und brachen gleich im Morgengrauen des nächsten Tages auf. Bei Sonnenaufgang standen sie auf einem Grat. Zu ihren Füßen lag im Morgendunst ein sanftes Tal, und sie wußten sofort: Sie hatten ihr Ziel erreicht.
»Das Tal der Lagunen!« rief Juan.
Pace gab seinem Pferd einen begeisterten Klaps. »Ich wußte, daß wir es schaffen würden!«
»Das muß gefeiert werden!« rief Juan. »Ich habe auch etwas mitgebracht.« Er zog eine silberne Flasche aus der Satteltasche und reichte sie Pace. »Mein bester Brandy – hoffentlich ist er gut genug für das Tal der Lagunen.«

Pace nahm einen tiefen Schluck, dann hielt er die Flasche hoch.
»Auf uns! Es ist ganz anders, als ich erwartet hatte.«
»Du wirst doch nicht enttäuscht sein, MacNamara?«
»Im Gegenteil! Ich bin nur noch ganz benommen. Ich hatte mit einem grünen Tal so wie bei uns daheim in Irland gerechnet. Aber das hier ist gar kein richtiges Tal, es ist fast eine Ebene.«
»Wer aus Irland kommt, meint wohl, alles auf der Welt müsse so klein sein, wie?« zog Juan ihn auf. »Es grenzt fast schon an ein Wunder, daß du dieses Land hier überhaupt gefunden hast. Aber schau dir nur die Lagunen da unten an. Leichhardt hatte recht. Es ist ein herrliches Weidegebiet.«
»Was sind das für Berge dort hinten im Westen?«
»Das weiß ich auch nicht. Wie weit wird es von hier zur Küste sein?«
»Hundert Meilen vielleicht. Aber wenn es tausend wären, würde mich das auch nicht überraschen.«
Ehrfürchtig blinzelten sie hinauf zu den dicht bewaldeten Seaview Ranges, während die Sonne ihre volle Kraft entfaltete.

54. Kapitel

Sie nannten ihn Wodoro. Er als einziger vermochte den Namen richtig aussprechen, weil sein Vater es ihm beigebracht hatte. Er hatte auch die Symbole der Weißen in die Baumrinden geschnitzt, damit jeder es sehen konnte. Daß die anderen über die doch gar nicht so komplizierten Laute stolperten, belustigte ihn nicht nur, er war sogar ganz froh darüber. »Wodoro« klang in seinen Ohren viel weicher und musikalischer.
Wodoros Name galt etwas in seinem Stamm, war doch sein Vater der weiße Krieger gewesen, der die Kamilaroi und die Tingum

zusammengeführt und so tapfer in den großen Kriegen gekämpft hatte. Bei der Verbrennung seines Leichnams hatten die großen Geister dafür gesorgt, daß die Flamme weithin sichtbar in den Nachthimmel emporgelodert war – ein Zeichen für ihr Wohlwollen. Und diese Ehrenbekundung hatte er auch redlich verdient, war er doch im Haus des weißen Mannes den Heldentod gestorben.
Nach den Trauerfeierlichkeiten hatte Bussamarai Wodoro an Sohnes Statt angenommen und so seine Verbundenheit Jackadoo gegenüber bekundet.
Wodoro wußte, daß man ihm wegen seines hohen Standes besonders schwere Prüfungen auferlegen würde. Als er mit sechzehn ins mannbare Alter kam, stellte er sich den Initiationsriten mit Würde. Die Angst überspielte er mit Demut, obwohl er gar keine empfand. Warum auch? Immerhin hatte er die Prüfungen samt und sonders bestanden und beherrschte neben der eigenen Sprache die der Kamilaroi und zu einem großen Teil auch die des weißen Mannes.
Der große Bussamarai hatte Wort gehalten. Solange er lebte, konnte sich kein Weißer zwischen dem Mary River und der Wide Bay sicher fühlen. Wer hier eindrang, wurde mit dem Tod bestraft, denn nichts entging Bussamarais Spähern, und seine Krieger waren ihm bedingungslos ergeben. Nach seinem Tod war es jedoch vorbei mit der Disziplin. Alle sahen das Ende nun kommen. Lange würden sich die Stammesmitglieder nicht mehr der weißen Übermacht erwehren können.
Die Invasion ließ auch nicht auf sich warten. Nur wenige Tingumkrieger blieben. Die meisten suchten Zuflucht in den Bergen, wo das Gelände den Weißen für die Viehzucht und den Ackerbau zu unwegsam war. Auch Wodoro und seine Familie gingen mit. Wodoros Herz freilich schlug leidenschaftlich für sein Volk. Sollten sie sich wirklich geschlagen geben, wo er doch immer vom Kriegerdasein geträumt hatte?
Gegen den Wunsch seiner Mutter, die nach wie vor schreckliche Angst vor den Weißen hatte, obwohl sie doch mit einem von ihnen

verheiratet gewesen war, schloß Wodoro sich den Schwarzen auf den Farmen an. Er wollte die Feinde studieren. Seine Mutter hatte ihm soviel davon erzählt, wie diese Eindringlinge ihre Familie und Freunde niedergemetzelt hatten und sie selbst nur knapp entkommen war. Er sann auf Rache.

Die Weißen achteten kaum auf ihn. Lediglich seine Hakennase sorgte für Gelächter. Die anderen Mitglieder seines Volkes hatten extrem flache Nasen. Er lauschte ihren Erzählungen, übte heimlich ihre Sprache und verstand bald alles. Ihn entzückte, daß keiner von seinem Geheimnis wußte. Überall nannten sie ihn den »Blöden«, weil er von Farm zu Farm zog, beobachtete, lauschte, aber nie etwas sagte. Sobald jedoch kein Weißer zugegen war, ahmte er sie zur Erheiterung seiner Stammesgenossen nach.

Er trieb sich vor Ställen und Koppeln herum, rührte jedoch nie einen Finger. Die Schwarzen, die Viehhüter geworden waren, fragten ihn immer wieder, warum er sich keine Arbeit suchte. »Warum sollte ich denn?« erwiderte er grinsend. »Wenn ich etwas brauche, kann ich doch jagen oder einen Fisch fangen. Außerdem sind die Tingum Herren. Sie haben solche Arbeit nicht nötig.«

Immer wieder hörte er das sonderbare Wort »Opium« auf der Montone-Farm und sah, wie die Weißen lachend Asche in das Mehl und den Tee der Schwarzen stäubten. Ihm machte das Angst, hatte er doch oft genug von Vergiftungen gehört.

Einmal, als niemand auf ihn achtete, nahm er eine Handvoll von dieser Asche und mischte sie unter das Futter für die Pferde. Wenn die Tiere tot umfielen, wollte er seine Leute vor dem Opium warnen.

Am nächsten Morgen wurden die Pferde nicht richtig wach, eine Stute torkelte sogar richtiggehend. Er mußte lachen über die Flüche der Weißen. Sie glaubten, eine Epidemie sei unter den Tieren ausgebrochen. Wodoro begriff nun, wie gefährlich dieses Opium war. Er erinnerte sich an die abwesenden Blicke vieler seiner Stammesgenossen, insbesondere der Frauen, die in der Küche arbeiteten und öfter etwas vom Essen der Weißen bekamen. Er versuchte ihnen begreiflich zu machen, was da im Gange war, aber sie wollten es einfach nicht wissen.

Warum die Weißen so etwas nötig hatten, blieb Wodoro ein Rätsel. Er kannte genügend einheimische Gewächse, die dieselbe Wirkung hervorriefen, doch er mied sie. Was hätte er schon von ihrem Genuß gehabt? Die Weißen waren schon ein sonderbares Volk. Er hatte sie sich eigentlich kriegerischer vorgestellt. Wenn er sie fürchtete, dann allein ihrer Gewehre wegen. Ihm war klar, daß die Tingum nur als Gäste auf dem eigenen Land überleben konnten.

Nachdem er genug gesehen hatte, machte er sich wieder auf die Suche nach seinem Stamm. Der war inzwischen weiter nach Norden gezogen. Am großen See, fast an der Grenze des Tingumlandes, stieß er schließlich auf seine Leute. Seine Mutter weinte Tränen der Erleichterung und auch des Stolzes, denn die Ältesten wünschten ihren Sohn an einem geheimen Ort zu sprechen.

Zu diesem Anlaß stattete er sich feierlich aus. Mit Schlamm stärkte er sein Haar, bis es in einem Knoten nach oben stand, die Narben an den Armen und an der Brust zeichnete er mit braunem Eisenokker nach, und um den Hals hängte er sich eine Kette mit dem Fangzahn eines Dingos, dem Symbol der Warrigal. Unter seinen Gürtel, den er zum Zeichen seiner Aufnahme in den Kreis der Männer erhalten hatte und dessen Enden zu beiden Seiten bis zu den Knien herabhingen, steckte er seine Keule, prüfte, ob der Bumerang, der von der Hüfte bis zum Boden hing, richtig saß, nahm den mannshohen Speer in die Hand und begab sich zum Treffen.

Moolongi hatte seinen Platz zwei Fuß vor den anderen beiden Weisen eingenommen. Da er der Älteste war, lag es an ihm, das Wort zu ergreifen. Er forderte Wodoro zunächst auf, sich zu setzen. Dann erkundigte er sich nach Wodoros Reise, und der junge Krieger berichtigte ihm von seinen Erlebnissen, obwohl er bereits ahnte, daß das noch nicht der eigentliche Zweck der Zusammenkunft war.

»Und was hältst du von den weißen Männern?«

»Ich weiß nicht, ob ihnen je verziehen werden kann. Sie kennen keine Moral. Sie brechen ständig ihr Wort. Sie beschimpfen unsere

Leute und sind grausam zu unseren Hunden.« Moolingi musterte ihn mit einem forschenden Blick. »Sinnst du auf Rache?«
»Das hat doch keinen Sinn«, meinte Wodoro mit einem Achselzucken. »Es sind zu viele. Für jeden, den wir töten, kommen zwei nach.«
»Und doch möchtest du ein Krieger sein. Willst du denn feindlich gesinnte Schwarze töten und die Weißen in Ruhe lassen?« Wodoro erstarrte. Seine Mutter hatte ihn oft genug getadelt, er rede zuviel. Der Älteste erwartete jedoch gar keine Antwort. Wodoro sollte lediglich über die Frage nachdenken. »Worüber unterhalten sich die Weißen denn?« wollte er als nächstes wissen.
»Meistens über Pferde.« Mehr wollte der junge Mann nicht sagen, es sei denn, sie fragten ihn.
Moolingi dankte ihm mit einem beifälligen Lächeln. »Du bist einer von den Warrigal. Kennst du Ilkepala?«
»Ich habe von ihm gehört.« Nur zu gern hätte er ihnen anvertraut, daß sein Vater mit ihm persönlich gesprochen hatte, aber das behielt er für sich.
»Ilkepala war unlängst bei uns. Er hat großen Respekt vor deinem Vater und würde sich freuen, wenn du Botschafter würdest. Immerhin sprichst du ja mehrere Sprachen. Bist du bereit, die Ausbildung auf dich zu nehmen?«
»Ja!« Wodoro zwang sich, seine Freude zu zügeln. Ein Botschafter durfte sich frei bewegen.
»Du mußt aber wissen, daß du dann keine Waffe mehr ergreifen darfst, es sei denn, du mußt dich, deine Familie oder deine Ehre verteidigen. Wenn du zum Botschafter ernannt bist, kannst du nie wieder ein Krieger sein.«
»Ja, ich verstehe. Wann beginnt die Ausbildung?«
»Nach dem Ende der Wirbelstürme. Vorher sollst du noch der Jagd nachgehen können.« Moolingi wandte sich zu den anderen um. Da sie zustimmend nickten, fuhr er fort: »Es ist sehr betrüblich für uns, daß unsere Botschafter kaum noch nach Süden entsandt werden können, wo das Klima kühler ist, dennoch wirst du viel

lernen müssen. Du weißt noch lange nicht genug über die Hitze- und Feuchtgebiete und über die Steinwüste, über der die Sonne untergeht. Wenigstens diese Länder gehören noch uns.«
Als Wodoros Mutter die Nachricht vernahm, kannte ihre Freude keine Grenzen. »Das ist eine große Ehre, mein Sohn. Nach ein paar Jahren wird man dich zum Sonderbotschafter ernennen, und sämtliche Stämme im ganzen Land werden zu dir aufsehen. Du wirst die auserlesensten Geschenke erhalten und nach Hause zu deiner Mutter bringen.«
Kana sprach ihm auch Mut zu, als er eigentlich schon aufgeben wollte. Die Ausbildung, von der er erwartet hatte, sie werde nicht schwerer sein als der Fischfang, brannte ihn körperlich wie geistig regelrecht aus. So mußte er gewaltige Strecken laufen, ohne zu essen oder zu trinken. Nachrichten, so wurde ihm erklärt, entschieden bisweilen über Leben und Tod, und da kam es entscheidend auf die Geschwindigkeit an. Damit er in fremden Gebieten nicht die Orientierung verlor, mußte er sich in der Sternenkunde einweisen lassen. Und damit nicht genug: Ein Botschafter mußte alles über die Gepflogenheiten der anderen Stämme kennen, ihre Zeremonien, Strafen, die Zeiten, wann sie Kriege führten, denn ihm oblag es, Zeit und Ort eines jeden Treffens zu bestimmen.
Zur Ausbildung gehörte auch die entsprechende Schmückung seiner Haare. Wenn er Habichtfedern in der richtigen Ordnung anbrachte, konnte ihn jeder als Botschafter erkennen. Auch die Wahrung der religiösen Gesetze und Tabus war wichtig. So durfte er beispielsweise nicht ohne Feuerstöcke in die Dunkelheit hinausgehen. Nur sie vertrieben die bösen Geister.
Seine Mutter hatte ihm die Lieder der Kalimaroi beizubringen, und von den älteren Stammesmitgliedern mußte er sich Geschichten und Legenden erzählen lassen, erwartete man bei den anderen Stämmen doch, mit anregenden Geschichten unterhalten zu werden. So mußte Wodoro am Lagerfeuer dieselben Geschichten erzählen und so lange immer wieder von vorne anfangen, bis er seine Schüchternheit endlich abschüttelte und makellos vortrug.

Das alles und noch tausend Dinge mehr lehrten sie ihn. Er glaubte, er würde bis an sein Lebensende lernen müssen und dann immer noch nicht genug wissen. Soviel stand für ihn schon fest: Ein Botschafter war zu einem Leben in Einsamkeit verdammt. Bald zweifelte er an seiner Fähigkeit, all die Schwierigkeiten bewältigen zu können, und war überzeugt davon, daß irgendein fremder Stamm ihm den Kopf abhacken würde. Vielleicht aßen sie ihn sogar! Die Krieger aus den Ebenen waren überall ihres Kannibalismus wegen berüchtigt.
Schließlich war es ausgestanden. Moolingi forderte ihn auf, sich von seiner Mutter zu verabschieden.
Am Ende der Regenzeit, als das ganze Land zu dampfen anfing, kamen zwei Fremde zu ihrem Stamm. Es hieß, sie seien Kalkadoons aus dem Land der Hünen. Wodoro erfuhr, daß ein Austausch bevorstand. Der jüngere der zwei Besucher sollte bei den Tingum bleiben, und er selbst sollte mit dem anderen Kalkadoon – sein Name war Gumurra – in dessen Land reisen, um die Sprache des Stammes zu lernen. Der Schreck fuhr ihm in sämtliche Glieder. Das hieß doch nichts anderes als neue Riten, neue Legenden, neue Sitten! Die lange, harte Lehrzeit sollte wieder von vorne beginnen.
Gumurra führte ihn in das bis dahin unbekannte Land des Nordens. Wodoro hätte es nicht für möglich gehalten, wie viele fremde Stämme es noch gab, aber Gumurra erklärte ihm alles über die Gebiete, die sie passierten. Tag für Tag wanderten sie zügig weiter, bis sie schließlich das Meer erblickten. Es war von einem Blau, wie Wodoro es bis dahin nur vom Gefieder der herrlichsten Vögel gekannt hatte. Bäume ächzten unter der üppigen Last der Früchte, die sie trugen. Wer hier lebte, so dachte Wodoro, konnte sich glücklich schätzen. Kaum wurden sie erkannt, brachten ihnen die Leute auch schon die erlesensten Meeresfrüchte entgegen. Und immer noch ging es weiter, über Berge diesmal, die so hoch und unwegsam waren, daß Wodoro glaubte, der erste Mensch zu sein, der seinen Fuß hierher setzte. Sie hatten das Land der Kalkadoons erreicht. Bald ging es wieder in eine Ebene hinunter, und

sie marschierten über trockene Weidegebiete. Gumurra erklärte, hier fühle er sich am wohlsten, denn es plagten einen nicht so viele Moskitos.

Die Kalkadoons unterwiesen Wodoro in ihrer Sprache und ihren Gebräuchen und Gesetzen, dann reichten sie ihn weiter zu den Janggas. Auf den ersten Blick wirkte jeder neue Stamm furchterregender als der vorangegangene, doch dann erwiesen sich alle als umgänglich. Die Janggas lebten in der Ebene, einem kargen Land, wie es Wodoro erschien. Der Boden war rot, die Sonne brannte gnadenlos hernieder, und nur wenige Bäume gediehen in kleineren Grüppchen. Obwohl hier kaum etwas wuchs, waren die Janggas ein fröhliches Völkchen. Schwatzend und lachend verbrachten sie die heißen Tage in ihren staubigen Hütten und warteten auf die Regenzeit, die den Fluß in ein Meer verwandelte. Wenn es soweit war, wollten sie sich hinauswagen.

Man führte Männer von wieder anderen Stämmen zu ihm. Er hätte nie Zeit gehabt, sämtliche Völker kennenzulernen, aber wenigstens bekam er eine Ahnung von den vielfältigen Kulturen der fremden Gebiete. Wodoro hatte das Gefühl, ein wichtiger Mann zu sein. Er genoß seine Rolle als privilegierter Gast und freute sich, wenn andere seinen Rat suchten, weil er als geistreich galt. Eines Tages klagte ihm ein Mann sein Leid: »Ich habe eine Frau vom Stamm der Mandanggai mitgebracht, aber mein Vater will mich auf einmal nicht mehr kennen. Er duldet keine Mandanggai unter seinem Dach. Ihre Totems sind unrein, sagt er. Sogar meine besten Freunde haben sich von mir abgewandt! Was soll ich nur tun?«

»Um die Gunst deines Vaters wiederzuerlangen, bleibt dir nur eins«, lautete Wodoros weise Antwort. »Schicke sie dahin zurück, wo sie herkommt.«

Kurz darauf schlich sich die aufgebrachte Mandanggai von hinten an Wodoro heran und schlug mit einem Prügel auf ihn ein. Tagelang plagten Wodoro nicht nur Kopfschmerzen – er hatte sich zum Gespött der Leute gemacht. Eins allerdings lernte er daraus: Weisheit war ein trügerisches Gut.

Die Gespräche der Janggas fesselten ihn von Tag zu Tag mehr. Sie gingen über das Leben an sich und den Bezug zum Tod und das Jenseits. Und diese Leute verstanden sogar die Welt der Träume. Noch nie hatte er sich darüber Gedanken gemacht, doch von ihnen lernte er, seine Träume zu deuten. Und oft sprachen sie über das Denken. »Das Denken«, erklärten sie, »führt dich zum Regenbogen und den Wolken hinauf. Du mußt nur die Augen schließen und hellwach sein, dann kannst du in jede Welt reisen, auch in die fremder Gedanken.«

Tatsächlich brachten sie Wodoro so weit, daß er eine Ahnung von ihrer Weisheit bekam. Er hätte nun in ihre mystische Welt eintauchen können, doch seine Zeit bei ihnen war um, und er mußte weiterziehen. Zu seinem nicht geringen Stolz hatten die Janggas ihn aber eingeladen, jederzeit zu ihnen zurückzukehren und an ihren Gesprächen über das Universum teilzuhaben. Mit Tränen in den Augen wartete er am letzten Abend auf seine Mahlzeit, die ihm immer von den Frauen gebracht wurde. Ihm gegenüber saßen zwei Gesandte vom Stamm der Warungas. Mit ihnen sollte er am nächsten Morgen weiter nach Norden reisen. Gegen jede Gewohnheit kümmerte sich an diesem Abend niemand um sie. Im Lager rumorte es. Aufgeregt rannten die Bewohner hin und her. Schließlich faßte Wodoro sich ein Herz.

»Was ist denn los?« fragte er einen seiner Lehrer. »Spürst du es nicht?« lautete die Gegenfrage.

»Nein. Was soll ich spüren?«

»Nun, vielleicht ist es noch zu früh für dich. Es sind weiße Männer in der Nähe.«

Vor einem Jahr noch hätte er sich sein Erstaunen anmerken lassen, inzwischen hatte er aber gelernt, daß ein Botschafter immer gelassen blieb.

Die zwei Warungas griffen wutentbrannt nach ihren Waffen, wurden aber von den anderen zurückgehalten. »Sie ziehen ja nur auf ihren Pferden vorbei.«

Wodoro lächelte. Endlich mußte er den Schwarzen einmal nicht erklären, was ein Pferd war. Viele andere Eingeborene, die noch nie ein solches Tier gesehen hatten, hielten Menschen und Pferde für ein einziges Wesen. Wenigstens die Janggas waren keiner Täuschung aufgesessen.

»Allein die Nähe von Weißen bedeutet Gefahr!« warnte er seine Gastgeber.

»Es waren auch schon andere da«, meinte der Häuptling. »Sie sind auch wieder weggegangen. Die Welt ist doch für alle Menschen da. Mißgönnst du ihnen etwa dieses Land? Sie haben doch auch einen Kopf, Hände und Füße wie wir.«

»Aber keine Manieren!« knurrte einer von den Warungas. »Sie müssen bestraft werden.«

»Würdet ihr denn einen Schwarzen bestrafen, wenn er ohne Erlaubnis in euer Gebiet eindringt?« fragte Wodoro aus Neugierde. Munjundi von den Janggas starrte ihn mit seinem einen sehenden Auge an. »Das Gute und das Böse wohnen in ihnen. Sie wissen es nicht besser. Zu lange haben wir blind gestraft und so nur Schuld auf uns geladen. Uns bleibt nichts, als die Wurzel des immer neuen Unfriedens zwischen den Menschen zu erkennen und für die Zukunft auszumerzen. Der weiße Mann steht nun einmal an den Grenzen unseres Gebietes, und wir sind machtlos. Du müßtest das eigentlich wissen, Wodoro. Dein Vater Jackadoo war ja auch ein Weißer.«

Betroffenes Schweigen machte sich am Lagerfeuer breit. Schwarze Gesichter, in denen sich die Glut rot spiegelte, wandten sich um zu Wodoro. Der sah zu Boden. Auf einmal kam er sich ertappt vor, obwohl er doch immer so stolz auf seinen Vater gewesen war. Und nun stellten die Menschen hier am Ende der Welt seine Hautfarbe in Frage.

Munjundi legte begütigend die Hand auf seinen Arm. »Ich meine es nicht böse. Aber weiche mir nicht aus. Wären wir alle eine einzige große schwarze Nation mit einer Sprache und einem Gesetz, hätten wir dann den Weißen gegenüber so jämmerlich versagt?«

Wodoro traten die Tränen in die Augen. »Ich weiß es nicht«, sagte er kläglich.

»Das ist gut so«, tröstete ihr Munjundi. »Siehst du jetzt, wie weit du gekommen bist? Du hast keine fertigen Antworten mehr für alles. Ich stellte dir eine Frage wie aus der Welt der Träume. Als Botschafter solltest du auch keine Antwort geben, sondern die Frage sorgfältig erwägen. Suche nicht immer sofort Antworten, lerne lieber noch mehr Fragen zu stellen. Alles, was wir dich lehren, soll dich bestärken, die Welt so zu bewahren, wie sie ist. Auf deinen Reisen wirst du vielen Menschen begegnen. Frage sie doch, ob sie nicht an unserer Brüderschaft teilnehmen wollen. Dann würden sie sich nicht mehr über so dumme Dinge wie Grenzstreitigkeiten oder das richtige Gewand für irgendwelche Zeremonien kümmern. Fordere sie auf, sich zu vereinigen zu einem großen Stamm. So werden wir zwar nie andere unter unsere Herrschaft bringen, aber wir können überleben.«
Sie ließen also die zwei Weißen gewähren. Am nächsten Morgen zog Wodoro mit den Warungas weiter. Sie müßten nur dem Fluß mit den breiten Sandbänken folgen, erklärten sie ihm. Dann würden sie unweigerlich auf ihr Siedlungsgebiet stoßen.
Bald merkten sie, daß sie denselben Weg gingen wie die weißen Männer. Anscheinend hielten diese mitten auf das Herz des Warunga-Landes zu. Mit jedem Schritt wurden Wodoros Gefährten wütender. »Gehen wir doch schneller und fangen sie uns!« rief einer. »Dann können wir sie töten, ehe sie Schaden anrichten.«
Wodoro bat um Zurückhaltung. »Wartet lieber. Vielleicht sind sie nur auf der Durchreise, wie der große Munjundi gesagt hat.«
»Ich habe nicht ein Wort von Munjundi verstanden«, meinte der Warungakrieger. »Aber die Janggas sind ohnehin ein eigenartiges Volk. Die leben im Staub und stecken den Kopf den lieben langen Tag in die Wolken. Ist das Land hier nicht viel besser?«
»Doch, ja«, erwiderte Wodoro. Er war sich nicht sicher, ob er die Belehrungen der Janggas verstanden hatte, aber hatte Munjundi nicht auch gesagt, man müsse nur nachdenken?
Von einer Anhöhe aus erblickten sie wieder die Weißen. Sie ritten direkt auf die Lagunen im weiten Tal zu. Die zwei Warungas koch-

ten vor Wut. »Es ist unsere Pflicht, unsere Grenzen zu schützen. Wir dürfen sie nicht einfach bei uns eindringen lassen!«
»Wohin sie wohl reiten?« rätselte Wodoro. »Was liegt eigentlich hinter den Lagunen?«
»Vier, fünf Tagesmärsche dahinter liegt das große Flußland, und dahinter das Meer.«
»Ich dachte, das Meer sei im Osten.«
»Richtig. Hinter den gewaltigen Bergen liegt das Meer auch. Dorthin sind es nur drei Tagesmärsche. Aber was machen wir nun mit den Weißen?«
»Beobachten wir sie doch noch ein bißchen und treffen unsere Entscheidung dann«, schlug Wodoro vor.
Von ihrem Nachtlager auf dem Berg konnten sie das Feuer der Weißen flackern sehen. Am nächsten Morgen rückten sie näher heran.
»Seid vorsichtig«, warnte Wodoro. »Mit diesen Stöcken, die sie da tragen, können sie euch blitzschnell töten.«
Sonderbarerweise machten die Eindringlinge keinerlei Anstalten weiterzuziehen. Statt dessen schienen sie das Land eingehend zu untersuchen und kehrten in der Nacht in ihr Lager zurück.
»Siehst du, sie bleiben!« riefen die Warungas, die nun immer ungeduldiger wurden. »Wir töten sie, sobald sie schlafen.«
»Wozu denn diese Eile? Wir sollten lieber herausfinden, was sie hier wollen. Sagt, wie heißt der saftige Fisch, von dem ihr mir erzählt habt?« Wodoro begriff selbst nicht, warum er das Unvermeidliche hinausschob. Lag es etwa an den Mahnungen der Janggas? Oder an den Verhaltensregeln für Botschafter? Wie dem auch sein mochte, für ihn stand fest: Solange die Weißen ihn nicht angriffen, durfte er sie nicht töten. Die zwei Warungas dagegen hielten immer weniger von seinen Worten. Sie wollten handeln.
Am nächsten Tag wurde den dreien klar, was die Weißen vorhatten. Sie ritten das Land ab und stiegen immer wieder von ihren Pferden, um Symbole in die Bäume zu ritzen.
»Bleibt hier«, sagte Wodoro. »Ich gehe sie belauschen.« Lautlos huschte er durch die Bäume und das hohe Gras, bis er in Hörweite

der beiden war. Bald erfuhr er, daß es sich um Siedler handelte, die das Land der Warungas für ihre geplanten Farmen absteckten. In einem fort schwärmten sie von herrlich satten Weideflächen für ihre Rinder, als ob das Land ihnen gehörte.

Am liebsten wäre er auf sie zugetreten und hätte sich über ihre erschrockenen Mienen amüsiert, aber vielleicht hätten die zwei Warungas ihm das übel genommen. Sie waren ohnehin immer schnell beleidigt und trauten ihm nicht ganz wegen seiner kupferfarbenen Haut. Einem Wesen wie ihm waren sie bis dahin noch nie begegnet.

Die zwei Weißen sprachen die Sprache der Farmbosse. Andererseits schienen sie nicht aus demselben Stamm zu kommen. Im Tonfall unterschieden sie sich doch sehr. Jetzt erst stellte er sich zum ersten Mal im Leben die Frage, aus welchem Land sein Vater wohl gestammt haben mochte. Vielleicht wandte er sich damit an die weisen Janggas. Woher kamen die Weißen überhaupt?

Andere Warungakrieger stießen zu ihnen und wurden über die Eindringlinge aufgeklärt, aber noch ließen sie sie gewähren. Sie hatten Wichtigeres zu tun. Ein großes Fest stand an und erforderte einiges an Vorbereitungen. Es dauerte Tage, bis sie genügend Emueier gesammelt, die geeigneten Fische gefangen und ein fettes Känguruh zum Schlachten bestimmt hatten. Soweit Wodoro verstand, nahte ein besonderer Tag. Sie fingen sogar eine Riesenechse. Solche mannsgroßen Echsen hatte Wodoro noch nie gesehen. Fasziniert beobachtete er, wie die Tiere getötet und zwischen zwei Bäumen aufgehängt wurden, damit die Dingos sie nicht fressen konnten.

Das Fest fand in den Bergen statt. Von Wodoro wurde erwartet, daß er die Einheimischen unterhielt. In dieser Kunst hatte er es inzwischen zu wahrer Meisterschaft gebracht. Männer wie Frauen scharten sich entzückt um ihn, vor allem die Frauen rühmten seine Talente, und in der Nacht wurde gemäß einem alten Brauch eine junge Frau zu ihm geführt.

Am nächsten Morgen stellten sie bestürzt fest, daß die zwei Weißen verschwunden waren. Ruhe kehrte erst wieder ein, als die Späher meldeten, daß sie das Tal noch nicht verlassen hatten. Wahrscheinlich hatten sie nur die Gesänge beunruhigt. Man kam zu dem Schluß, daß an ihrer Tötung kein Weg mehr vorbeiführte. Auch die Pferde sollten nicht am Leben bleiben. Jedem war nun klar, daß die Weißen das Land für sich absteckten und sich hier niederzulassen beabsichtigten. Gleich am nächsten Morgen wollten sie die Weißen stellen und ihrer Strafe zuführen.

»Das dürft ihr nicht tun!« rief Wodoro. »Sie werden sich euch nie ergeben. Sobald auch nur einer von euch seinen Speer hebt, werden sie ihn mit ihren Feuerstöcken töten.«

»Dann fallen wir eben über sie her, wenn sie schlafen.«

»So etwas tun nur Feiglinge«, gab einer zu bedenken. Das Palaver ging noch eine Weile hin und her, aber es lief stets auf eines hinaus: Keiner von den beiden durfte das Tal lebend verlassen. Waren nicht schon andere ungestraft dagewesen? Das konnten sie sich doch nicht länger gefallen lassen.

»Tötet nur einen von ihnen«, riet Wodoro.

Alle starrten ihn verblüfft an. »Sie haben doch unsere Grenzen verletzt!«

»Aber nur, weil sie es nicht besser wußten«, widersprach Wodoro mit Munjundis Worten. »Tötet nur einen und laßt den anderen zu den Seinen zurückkehren. Das soll ihnen eine Warnung sein. Sonst kommen nur immer mehr, weil sie dieses Gebiet für sicher halten. Sie müssen erfahren, was diesen beiden geschehen ist.«

Nach heftiger Debatte gab man schließlich dem Botschafter recht. An einem sollte ein Exempel statuiert werden, und der andere sollte seinen Leuten davon künden. Es brach nun ein Streit darüber aus, wen sie töten sollten – den im schwarzen Gewand oder den mit dem bunten Hemd, das aussah wie eine Blume.

Dieser Teil der Diskussion ging den Botschafter nichts mehr an. Wodoro lief zu den Frauen und suchte die schöne Djeni auf, mit der er in der Nacht das Lager geteilt hatte. Eine so sanfte und zugleich so kräftige Frau hatte er noch nie erlebt. Die Warungas hatten sie ihm voller Stolz angeboten. Selbst die anderen Frauen hatten nicht, wie sonst üblich, laut gekichert, sondern Djeni feierlich einen geblümten Umhang über die Schultern gelegt und ihr mit gedämpfter Stimme Ratschlage erteilt.

Beim Gedanken an Djeni mit ihrem festen Körper, ihrem dichten Haar, das wie Weinreben ihr Gesicht umrankte, spürte Wodoro ein Glühen in allen Gliedern, als strahle die Morgensonne durch sie nach draußen. Er hatte insgeheim beschlossen, Djeni zu seiner Frau zu machen.

Wie er herausgefunden hatte, hatte in Djenis Familie der Vater nicht viel zu melden. Wenn er um ihre Hand anhielt, mußte er sich an den Bruder ihrer Mutter wenden und ihm seine Geschenke überreichen. Zu befürchten hatte Wodoro wenig. In Verhandlungen hatte er ja dank seiner Ausbildung einiges Geschick erworben. Aber ob er Djeni so einfach mitnehmen durfte, dessen war er sich nicht so sicher. Auf keinen Fall wollte er nämlich bei den Warungas bleiben. Aussicht auf Erfolg hatte er nur, wenn er sich hohes Ansehen bei ihnen erwarb.

Djeni hatte ihm versprochen, ihm den großen Wasserfall zu zeigen, die Quelle des Lebens und der Kraft ihres Volkes. Dort wollten sie zusammen baden, sobald sie endlich das Problem mit den Weißen gelöst hatten. Wodoro war schon ganz ungeduldig. Wann durften sie endlich allein sein?

55. Kapitel

Schon vor dem Aufbruch hatten sie nach Befragung der Schwarzen von Kooramin den Namen für die neue Farm beschlossen: Mungowa. In der Sprache der Eingeborenen war das der Begriff für Lagune. So kennzeichneten sie nun systematisch die Grenzen ihres neuen Gebietes, indem sie jenseits von dem von Allingham beanspruchten Grund immer wieder ein »M« und römische Zahlen in die Baumstämme ritzten oder brannten.

»Wenn ich heimkomme, werde ich allen erzählen, ›M‹ steht für MacNamara«, scherzte Pace.

»Aber dann siedle ich wild auf deiner Farm«, lachte Juan.

Pace wurde wieder ernst. »Ich habe ein bißchen nachgedacht. Meine Ältesten, John und Paul, können Kooramin allein führen. Ich habe nämlich vor, hier alles selber aufzubauen. Noch sind es ja ein paar Jahre hin, aber wenn die Zeit reif ist, komme ich wieder und bringe Duke mit. Der Junge ist der geborene Farmer.« Er wischte sich den Schweiß aus dem Gesicht. »Reiten wir zum Lager zurück. Wir haben genug erreicht. Gierig brauchen wir auch nicht zu werden. Und morgen sollten wir in aller Früh aufbrechen.«

Nach dem langen Tag in der Sonne waren sie müde und hungrig. Sie fingen sich ein paar Fische zum Abendbrot und brieten sie im Feuer. »Sag, Juan, haben wir nicht einen tollen Fang gemacht?« rief Pace. »Das hier auf dem Kamm wäre doch der ideale Platz für ein Haus. Was für einen herrlichen Blick hätten wir dann auf die Lagunen, vor allem bei Sonnenuntergang, wenn sie sich rosa färben. Was meinst du?«

»Eine weise Wahl. Ich baue mein Haus etwa zehn Meilen südlich von hier, und zwar so, daß die Morgensonne hereinscheint.«

Pace stutzte. »Ich dachte, du wolltest wieder zurückgehen und die Viehzucht deinem alten Freund Pace MacNamara überlassen.«

Juan blickte um sich, als wiche er einer Antwort aus. »Na ja, das Land ist ja noch viel besser, als ich dachte. Weiß Gott, wie weit es sich noch nach Westen erstreckt.«

»Hey, Moment mal. Ich nehme meine Frau mit. Aber was willst du allein hier oben ohne deine vielen Freundinnen, Rivadavia?«

»Nun, vielleicht komme ich gar nicht allein«, meinte Juan grinsend. »Möglicherweise kann meine Ehe gelöst werden.«

»Zeit wäre es ja«, meinte Pace. »Du brauchst eine richtige Frau. Aber ich weiß nicht, ob man eine Ehe so einfach annullieren kann.«

»Bei den sturen irischen Priestern ganz gewiß nicht. Aber ich wende mich an die Behörden in Buenos Aires. Da sind die Bischöfe nicht so engstirnig. Außerdem ist es längst an der Zeit für einen Besuch bei meinen Eltern. Jetzt, da der Diktator entmachtet worden ist, kann ich die Vermögenswerte meines Vaters endlich zurücküberweisen.«
»Kommst du dann wieder zurück?«
»Ja. Ich könnte es dort nicht mehr aushalten. Ich will mein eigener Herr bleiben.«
»Mir geht es genauso. Aber noch mal zurück zu deiner Scheidung. Hast du denn schon eine Frau im Sinn, wenn die Kirche zustimmt? Du bist in Sydney recht oft zusammen mit Lady Rowan-Smith gesehen worden, habe ich gehört.«
Juan nickte. »Sie hat vor mir auf Chelmsford gelebt. Ihr Vater war der Gründer der Farm.«
»Dann habt ihr ja gemeinsame Interessen. Und sie ist in Australien aufgewachsen. Der Kulturschock wie bei der armen Delia bliebe ihr dann ja erspart.«
»Delia!« schnaubte Juan. »Selbst wenn sie ihren eigenen Palast hätte, würde sie noch jammern. Aber von der bin ich kuriert. Eins hat mich die Ehe mit ihr ja gelehrt: Verwöhnen will ich keine Frau mehr.«
»Aber denkst du denn an Lady Rowan-Smith?«
Juan schaute nachdenklich ins Lagerfeuer. »Ich weiß es nicht. Ich mag Vicky, aber ich bin nicht verliebt in sie.«
»Aber Juan! Die Liebe kommt mit der Zeit. Bei Dolour und mir war es ja auch so. Wir haben schlimme Zeiten durchgestanden, aber jetzt bin ich glücklich mit ihr. Wie dem auch sei, wir sollten jetzt lieber zum Lager zurück. Morgen steht uns ein anstrengender Ritt bevor. Und zufrieden bin ich erst, wenn unser Besitz notariell beglaubigt und amtlich registriert ist.«
Er legte sich eine Decke über die Schultern. »Ich hätte ja nie geglaubt, daß es hier nachts so kalt wird.«

Als Pace am Morgen Sonny losmachte, zuckte das Pferd nervös. »Ganz ruhig, Sonny, es ist doch alles in Ordnung.« Er setzte einen Fuß in den Steigbügel, aber in diesem Moment scheute Sonny, und Pace stürzte zu Boden. Er hatte sich noch nicht wieder aufgerichtet, da zischte ein Speer an seiner Nase vorbei.
»Mein Gott! Los, Juan, hauen wir ab!«
Juan hatte den Sattel bereits auf seinen Vencador geworfen und zurrte ihn in aller Hast fest.
Pace ritt voran. Sonny brauchte gar nicht angetrieben zu werden. Er galoppierte von allein durch das Unterholz, setzte an zu einem gewaltigen Sprung über einen Baumstamm und jagte weiter über das Gras. Vencador sprengte ihm nach. Bis Pace einen Schrei hörte. Er drehte sich um und sah Juan von seinem Pferd fallen. Vencador galoppierte noch ein paar Schritte ohne Reiter weiter, dann blieb er verwirrt stehen. Pace sprang von seinem Pferd und rannte zurück zu Juan. Er drehte ihn auf den Rücken und stellte erleichtert fest, daß er noch lebte. »Was ist geschehen?« keuchte er.
»Keine Ahnung.« Blut sickerte durch Juans Haar. »Doch, ich glaube, mich hat etwas an der Schläfe getroffen ... ein Stein. Mein Gott, ein paar Zentimeter weiter, und ich wäre blind.« Pace half ihm auf die Beine, doch plötzlich wieherte Sonny auf. Von einem Speer in die Rippen getroffen, fiel er zu Boden und zuckte im Todeskampf mit den Beinen.
Pace stürzte zu seinem Hengst. »O nein! Jesus, Maria, bitte nicht das!« Er eilte zurück zu Juan, führte ihn zu einem Felsvorsprung und rannte zu Vencador, um ihn in Sicherheit zu bringen. Erst jetzt entdeckte er einen der Angreifer, einen Schwarzen, der mit erhobenem Speer geradewegs auf ihn zu rannte. Er streckte ihn mit einem Schuß nieder. Nach ihrem toten Gefährten wagten sich andere aus der Deckung und setzten die Speere zum Wurf an. Pace erschoß noch einen, woraufhin die anderen die Flucht ergriffen.
Sonny wieherte noch immer. »Der arme Kerl«, murmelte Juan. »Gib mir Rückendeckung, dann gebe ich ihm den Gnadenschuß. Wir dürfen ihn nicht leiden lassen.«

»Spring auf Vencador und gib ihm die Sporen«, sagte Pace. »Mit einem Pferd kommen wir zwei unmöglich davon.«
»Sei doch nicht albern.«
»Ich bin nicht albern. Ohne Vencador wären wir verloren. Darum müssen wir ihn unbedingt retten. Bring ihn in Sicherheit. Weiter unten am Fluß könnt ihr ja auf mich warten. In ein, zwei Tagen bin ich auch dort.«
Sonny lebte noch immer. Er zitterte am ganzen Leib. Für ihn kam jede Hilfe zu spät. Das Pferd starrte Juan mit weit aufgerissenen Augen an. Es brach ihm das Herz, doch er hob das Gewehr, schoß und rannte zurück in Deckung.
»Was für ein großartiges Pferd er war«, murmelte Pace. Juan kauerte sich neben ihm nieder. Der Kopf tat ihm weh und ihm war übel.
»Was glaubst du, wie viele sind es?« fragte Juan.
»Zu viele«, erwiderte sein Freund. »Ich habe dir doch gesagt, spring auf dein Pferd und hau ab!«
»Und warum reitest du nicht davon?«
»Weil du der Kavallerist bist. Ich bin mehr der Heckenschütze.«
»Warst du das auch in eurem Krieg?«
»Ja, aber ich bin es nicht gewöhnt, daß andere auf mich schießen.«
Wie so oft, war Juan sich nicht ganz sicher, ob Pace scherzte oder es ernst meinte.
Erneut schwirrten Speere über sie hinweg. Sie duckten sich und schossen zurück, als es vorbei war.
»Nimm's mir nicht übel«, meinte Pace, »aber es ist besser, wenn du lädst und ich schieße. Meine Munition ist bei Sonny in der Satteltasche.«
»Einen habe ich doch getötet«, rief Juan.
»Nicht ganz. Eine Zeitlang wird er nicht sitzen können, das ist alles. Aber wie können wir das nur friedlich regeln? Ich will doch keinen umbringen. Sie sollen einmal unsere Nachbarn werden, und da kann ich mir wirklich andere Methoden vorstellen, die Leute kennenzulernen.«

»Sollen wir ihnen etwa mit einer weißen Flagge entgegenlaufen?«
»Das wäre wohl zu riskant. Ist noch etwas vom Brandy übrig?«
»Nein, den haben wir ausgetrunken.«
»Und Wasser ist wohl auch keins mehr da?«
»Ich wollte vorhin noch die Schläuche füllen, aber ich kam nicht mehr dazu.«
»Na gut, dann müssen wir hier noch eine Weile ausharren. Du paßt auf das Pferd auf und ich bewache den Pfad hier. Vielleicht gehen sie von selber weg. So etwas soll ja auch schon vorgekommen sein.«
Es wurde ein langer Tag. Immer wieder wagten sich Schwarze heran. Anscheinend waren sie lebensmüde, denn Pace schoß jedesmal ohne zu zögern. Von überallher hörten sie den ganzen Nachmittag Rufe im Busch. Jeder Ausweg war ihnen versperrt, und gnadenlos verstrich die Zeit.
Die Nacht brach herein. Überall raschelte und knisterte es, und sie sahen die Augen von Dingos rot glühen. »Sie machen sich an das tote Pferd heran«, flüsterte Juan und feuerte in Sonnys Richtung. Ein Hund jaulte auf, ein zweiter knurrte.
»Und als nächstes riechen sie Vencador«, sagte Pace. »Diese Bestien zerfleischen ihn noch. Er ist zu verängstigt, um sie abzuwehren, und gerät uns noch in Panik.«
»Da ist er nicht der einzige«, meinte Juan. »Wir müssen hier weg. Die Frage ist nur: jetzt oder bei Tageslicht?«
»Bei Dunkelheit sind wir den Schwarzen hoffnungslos unterlegen. Warten wir bis morgen. Aber dann müssen wir schleunigst weg.«
In mehr oder weniger regelmäßigen Intervallen mußten sie sich ducken, weil ein Speer- oder ein Steinhagel über ihre Köpfe hinwegsauste.
»Gut, dann versuchen wir es morgen«, bestimmte Juan.
So verbrachten sie die Nacht in ihrem unbequemen Unterstand.
»Schau dir nur die Sterne an«, sagte Pace. »Heute nacht scheinen es ja Millionen zu sein! Und wie tief sie stehen! Alle sprechen in diesem Land vom Kreuz des Südens, aber ich habe es bislang noch nicht entdeckt.«

»Siehst du die Sternenformation, die wie eine Pfanne aussieht? Und dahinter den großen Stern?«
»Ja.«
»Jetzt denke dir eine Verbindungslinie und führe sie ein bißchen weiter, dann siehst du das Kreuz.«
»Tatsächlich! Da ist es! Ach Gott, wie herrlich die Welt doch ist!« Juan spähte zwischen den im Sternenlicht weiß schimmernden Baumstämmen hindurch und versuchte das Knurren und Schmatzen der Dingos zu überhören. Noch einmal feuerte er blind in die Meute.
Als das erste Licht in das Tal fiel, plagten Juan Sorgen um Vencador. »Er muß ja einen Höllendurst haben.«
»Hast du schon einen Plan?« fragte Pace.
»Ja. Wir brechen einfach aus.«
»Wahrscheinlich ist es das Beste«, meinte Pace. »Langsam werden sie wohl ungeduldig. Sie können uns ja jederzeit ausräuchern. Sie lieben doch Feuer über alles.«

Am Morgen stieß Wodoro zu den Männern, die die Nacht über die Weißen belagert hatten. Sie überschütteten ihn mit bitteren Klagen. Neun Krieger hätten sie verloren, zischten sie ihm entgegen. In der ganzen Geschichte ihres Stammes habe es noch nie eine solche Katastrophe gegeben. Wodoro zitterte am ganzen Leib. Immer mehr Krieger kamen hinzu, und alle machten ihn verantwortlich für den Tod ihrer Gefährten. Warum hatte er ihnen denn verboten, die zwei Weißen zu töten?
»Ihr seid doch selber schuld«, rief Wodoro. »Habe ich euch nicht gesagt, ihr sollt euch vor ihren Gewehren hüten?« Er benutzte absichtlich den englischen Ausdruck für Gewehre, um sie zu beeindrucken. »Bin ich nicht von weither gekommen, um euch zu warnen? Und wer hat auf mich gehört? Aber eure Krieger mußten unbedingt ihre Ehre auf dem Schlachtfeld suchen. Jetzt werden sie stolz auf sich sein in der Welt der Toten, wo sie ewig als junge Krieger und nicht als ausgetrocknete Klapperskelette weiterleben werden.«

Protestgemurmel erhob sich. Noch einmal verschaffte sich Wodoro mit erhobener Hand ihre Aufmerksamkeit. »Aber ich habe mit den guten Geistern gesprochen. Sie sagen, ihr könnt sie noch einmal versöhnen. Es ist ganz einfach. Ihr könnt Feuer benützen. Kreist sie doch mit Feuer ein.«

Auf einmal brach ein großes Durcheinander aus. Wodoro vergaß ganz seine Rolle als furchteinflößender Mittler zwischen Göttern und Menschen und jagte mit den anderen durch das Gestrüpp. »Sie sind ausgebrochen!« schrie einer. »Die weißen Männer sind geflohen!«

Mit vor Angst pochendem Herzen raste Wodoro weiter. Wenn sie entkamen, fiel er endgültig in Ungnade. Womöglich kostete es ihn sogar das Leben. Um ihnen den Weg abzuschneiden, rannte er den nächsten Berg hinauf. Er wußte, daß sie dort vorbeikommen mußten, weil sie nur so das offene Land erreichten. Aber er hatte zu spät reagiert. Einige Warungas, die auf dieselbe Idee gekommen waren und neben ihm herrannten, schleuderten ihre Speere vergeblich. Weit hinter dem weißen Pferd mit den zwei Männern auf dem Rücken gingen sie in der Steppe nieder. Wodoro geriet in Panik. Verzweifelt zerrte er seinen Bumerang unter dem Gurt hervor. Es war eine mächtige Waffe aus Schwarzholz mit ungeheuer scharfen Kanten. Er lief ins Freie hinaus, wog das Geschoß in der Hand, segnete noch einmal seinen Erbauer, trat einen Schritt zurück und schleuderte es mit aller Kraft den Fliehenden hinterher.

Dieser Wurf sollte in die Legenden der Warungas eingehen. Kein Sterblicher habe je so weit geworfen, hieß es später. Wie ein Adler sei der Bumerang in die Luft gestiegen, habe sich über sein Opfer gesenkt und es gepackt. Der Adler war das heilige Totemtier der Warungas.

Der Bumerang schlug hinter dem dahinjagenden Ziel auf, prallte vom Boden ab, beschleunigte so noch einmal und traf den hinten auf dem Pferd sitzenden Weißen, den, der das Hemd mit dem Blumenmuster trug und dessen Tod sie am Vorabend bestimmt hatten.

Zur Überraschung aller brach der andere sofort seinen Fluchtversuch ab. Er brachte das schwarze Pferd zum Stehen, sprang ab und kniete sich neben seinen Freund, der blutüberströmt liegengeblieben war. Sein Kopf war fast vollständig vom Rumpf getrennt worden.

Wodoro schlenderte zum Pferd und führte es zu den Seinen. Dann nahm er die Gewehre an sich und reichte sie den Schwarzen. »Zerstört sie.«

Einer von den Dorfältesten trat vor. »So, und jetzt töten wir auch den anderen.«

»Nein!« herrschte Wodoro ihn an. Jetzt galt es, sich Respekt zu verschaffen. Er wollte doch die Frau mitnehmen. »Ihr habt mich gezwungen, gegen mein Gelübde einen Menschen zu töten. Nur um eure Ehre zu retten, habe ich das getan. Habt ihr schon vergessen, daß wir den Geistern versprochen haben, nur einen von den Weißen zu töten und den anderen ziehen zu lassen? Wir hatten unsere Gründe. Jetzt müssen wir auch zu unserem Entschluß stehen. Der eine kann uns nichts mehr anhaben. Er muß leben dürfen.«

Das Schicksal des Weißen war Wodoro herzlich egal. Ihm ging es lediglich um das eigene Ansehen. Da die Schwarzen aber immer noch skeptisch dreinschauten, griff er zu seiner letzten, seiner wirksamsten Waffe. Er trat auf den hilflos über seinem Freund knienden Mann zu. »Ich habe ihnen gesagt, sie sollen dich ziehen lassen.«

Rivadavia starrte ihn benommen an. Die Schwarzen waren nicht minder verblüfft.

»Du sprichst englisch?« schrie Rivadavia.

»Mein Vater war ein Weißer«, erklärte Wodoro.

»Warum hast du dann nicht eher etwas gesagt? Du hättest das hier verhindern können! Wir wollten euch doch nichts Böses!« In seinem Zorn packte er Wodoro an der Kehle und mußte mit Gewalt von ihm gerissen und festgehalten werden. Sobald er seine Fassung wiedererlangt hatte, versuchte Wodoro es noch einmal. »Du bist undankbar. Ich will dir doch nur helfen.«

»So wie du meinem Freund geholfen hast? Welcher von euch Schweinehunden hat den Bumerang geworfen?«
Wodoro übersetzte das so: »Er sagt, daß es ihm leid tut und daß er euer Gebiet nie wieder betreten wird.«
Während die Schwarzen über sein Schicksal diskutierten, wandte Wodoro sich erneut an den Fremden. »Sie sagen, du kannst gehen, wenn du versprichst, nie wieder einen Fuß in ihr Land zu setzen.«
Juan, der immer noch unter Schock stand, brachte einen Nicken zustande. »Vorher muß ich aber meinen Freund beerdigen.«
»Wir helfen dir«, sagte Wodoro. Juan schüttelte den Kopf, als könne er damit diesen Alptraum von sich schütteln.
Er betete, aber wofür, das wußte er selbst nicht. Pace war tot. Für ihn war nun alles zu spät. Er weinte und fluchte, und als die Nacht hereinbrach, wagte er es nicht, die Augen zu schließen. Er hörte die Trauergesänge der Schwarzen und das Dröhnen ihrer Maultrommeln. Die Szenerie war zu makaber. Er hatte hier nichts verloren, aber er brachte es nicht fertig, Pace allein unter seinem Holzkreuz liegen zu lassen.
Tag um Tag verstrich. Juan tat nichts, als den Schwarzen zuzusehen, wie sie ihren Alltagsgeschäften nachgingen. Und er litt entsetzlich darunter, daß es außer diesem einen Wilden niemanden gab, mit dem er hätte sprechen können. Wütend schleuderte er das Essen von sich, sobald eine Frau zu ihm kam und es vor ihm hinstellte.
Bisweilen glaubte er, ihr Gefangener zu sein. Und dann wieder quälten ihn Schuldgefühle. Er hatte überlebt und durfte sich unbehelligt zwischen Paces Mördern bewegen! In der Nacht lag er in der Hütte, die die Schwarzen für ihn gebaut hatten und litt unter gräßlichen Alpträumen und bitterer Reue.
»War dein Freund denn ein guter Mensch?« fragte ihn der Eingeborene namens Wodoro.
Was für eine dumme Frage! »Aber natürlich«, erwiderte Juan gereizt.
»Warum bist du dann so verzweifelt? Er ist in eine bessere, in eine

erhabenere Welt gegangen, die Welt der Träume. Alle Menschen müssen sterben.«
»Er hätte noch nicht sterben müssen!« schrie Juan. »Laß mich in Ruhe!«
»Da, trink das.« Wodoro reichte ihm eine Schale mit süßer Kokosmilch und bestand darauf, daß er sie ganz austrank.
Mit einem Ruck wachte Juan in seiner Hütte auf. Neben ihm saß im Schneidersitz eine Frau und vertrieb mit einem Fächer Fliegen von ihm. Daß er die Augen aufgeschlagen hatte, schien sie gar nicht wahrzunehmen. Grelles Kreischen von den Kakadus auf den Bäumen zerriß ihm schier das Trommelfell. Und das Licht tat ihm in den Augen weh. Stöhnend hielt er sich die Hände über die Augen.
Die Art von Schmerzen kannte er gut. So erging es ihm nach jedem Whiskyrausch. Das Getränk von gestern fiel ihm wieder ein. »Das hat mir gerade noch gefehlt«, stöhnte er. »Ein Kater.« Aber so schlecht wie diesmal war es ihm schon seit Jahren nicht mehr gegangen. Den letzten schlimmen Rausch hatte er mit Pace zusammen gehabt. Auf Carlton Park war das gewesen. Eine ganze Nacht hatten sie nichts als gezecht. Es war die Nacht gewesen, in der Dermott Forrest seinen Schlaganfall erlitten hatte. Am Morgen hatte er sich hundeelend gefühlt, und Pace hatte sich auch noch über ihn lustig gemacht. Überhaupt hatte der Ire viel gelacht. Die einzige Ausnahme war die Zeit, in der er wegen Dolour so niedergedrückt gewesen war.
»O Gott«, flüsterte er. »Arme Dolour! Und die Kinder!« Er setzte sich abrupt auf. Ein rasender Schmerz schoß ihm durch den Kopf. Ihm war, als wäre er gegen einen Ast geprallt. Im Schock über Paces Tod war er die ganzen letzten Tage wie gelähmt gewesen. Kein einziges Mal hatte er an die Welt draußen gedacht. Tränen strömten ihm über die Wangen. Die Schwarze huschte hinaus.
»Ich werde es ihnen nicht sagen«, nahm er sich vor. »Ich darf es ihnen nicht antun.«
Vor ihm im Licht stand Wodoro. »Warum weinst du?«

»Um ihn. Um seine Familie.«
Wodoro nickte. »Langsam geht es dir besser. Wir müssen diesen Ort verlassen. Die Tränen werden irgendwann auch wieder versiegen.«
In der Nacht kam es zu einem Gespräch mit Wodoro. »Wer war dein Vater?« wollte Juan wissen.
»Jackadoo. Ein großer Krieger, der in der Zeit des Widerstands an Bussamarais Seite kämpfte.«
»Was für ein Widerstand?«
»Der von Gimpi Gimpi. Ihr Weißen habt die Namen Mary River und Wide Bay dafür. Bussamarai stieß zu wie ein Adler. Er hatte über tausend Krieger.«
Juan erinnerte sich an den ersten gescheiterten Überfall auf Montone. Seine nächste Frage stellte er mit Bedacht. »Erzähl mir von Bussamarai.«
Wodoro war ein faszinierender Erzähler. Bis spät in die Nacht lauschte Juan gebannt. Teileweise gelang es ihm sogar, sich von seiner Trauer abzulenken. Ihm dämmerte, daß er vermutlich als erster Weißer die Wahrheit über diesen geheimnisvollen Eingeborenenführer erfuhr.
An Pace MacNamaras Grab nahmen sie Abschied voneinander.
»Woher stammte dein Vater?« fragte Juan.
»Ich weiß nicht, woher die Weißen Männer kommen.«
»Wir kamen auf großen Schiffen«, erklärte Juan. »Der Mann, der hier beerdigt liegt, fuhr auf einem dieser Schiffe mit dem Namen *Emma Jane* hierher. Sein Herkunftsland liegt weit, weit weg von hier im Norden. Es heißt Großbritannien. Dein Vater kommt wahrscheinlich aus demselben Land.«
Wodoro war verzaubert. Das lohnte das Nachdenken. Sobald er konnte, wollte er mit den Janggas darüber sprechen.

56. Kapitel

Jasin, Lord Heselwood, ging in Brisbane seinen Geschäften nach. Die Stimmung in der Stadt behagte ihm. Er empfand sich hier als ein in Ehren ergrauter Diplomat. Bald würde Queensland eine selbständige Kolonie sein und Brisbane die Hauptstadt. Heselwood residierte am Flußufer im Newstead House, das Patrick Leslie aus Canning Downs erbaut hatte. Das einstöckige Gebäude wirkte etwas plump, aber für das heiße Klima war es ideal. Es bot den geeigneten Rahmen für Gespräche mit Dalrymple und den anderen Mitgliedern des Syndikats.

Jasin war jetzt froh, daß er trotz seiner ursprünglichen Skepsis Mitchells Rat befolgt hatte. Nicht umsonst hatten ihn die Erfahrungen mit Montone gelehrt, daß es immer klüger war, wenn man sich zunächst eine sichere Basis schuf. Nun, da er den Betrieb auf Montone wiederaufgenommen hatte und die feindseligen Schwarzen aus dem Gebiet vertrieben waren, konnte er seine Erfahrungen in die Planungen einbringen. Sein Wort hatte Gewicht.

Wer konnte sich jetzt noch vorstellen, sinnierte er auf dem Weg zur William Street, daß diese Stadt bis vor kurzem ein erbärmliches Nest am Meer gewesen war? Die McConnells, Siedler aus dem Brisbane Valley, hatten sich eine prächtige Residenz mit dem Namen Bulimba House gebaut, und auch die Russells aus den Cecil Plains hielten seit neuestem im Shafton House hof. Für gesellschaftliche Ereignisse war also gesorgt. Ein Gouverneurspalast befand sich auch schon in Planung. Bis zu seiner Errichtung, so wurde gemunkelt, sollte Newstead House den ersten Gouverneur beherbergen.

Schiffe der Hunter River Steamship Company liefen regelmäßig im Hafen ein. Daneben verkehrten Heckraddampfer und Frachtkähne zwischen Ipswich und Brisbane und brachten Wolle, Maschinen und natürlich Passagiere. Für sechs Schillinge hatte Jasin sich

eine Kajüte gemietet und hatte sich nach langer Zeit endlich wieder einmal vom Fluß aus das Land entlang der Ufer angesehen.
Aber etwas anderes ging ihm im Kopf um – sein Sohn Edward. Er wollte ihn hierher holen und mit den Männern bekannt machen, die in der Kolonie das Sagen hatten. Die Viehzucht bot glänzende Aussichten. Und Edward war nun genau im richtigen Alter. Zum einen hatte er genügend Erfahrungen gesammelt, um sich den maßgeblichen Leuten zu stellen, und andererseits war er noch jung und mußte nichts überstürzen. Jasin schlenderte zu seiner Kutsche und ließ sich zum Victoria Hotel fahren, wo ein Galadinner für die Mitglieder des neuen Syndikats gegeben wurde.
Die meisten Mitglieder hatten sich bei seinem Eintreffen bereits im Gesellschaftsraum versammelt. Wie er nicht anders erwartet hatte, wurde ihm ein herzlicher Empfang bereitet. Einige von den Herren hatte er bereits für die kommende Woche nach Montone eingeladen. Albert Reynolds, der auf die Ernennung zum Direktor des Syndikats hoffte, eilte zu ihm herüber. »Lord Heselwood, ich glaube, an der Rezeption liegt ein Brief für Sie. Soll ich ihn Ihnen holen?«
»Ach ja, bitte«, sagte Heselwood und wandte sich einem anderen zu, der angeblich eine hochinteressante Nachricht hatte.
»Nun, warum so aufgeregt?« fragte er.
»Sir, ein Mann ist in der Stadt eingetroffen, der im Norden gewesen sein will. Er behauptet, er habe Claims im Tal der Lagunen abgesteckt.«
»Nicht schon wieder!« rief Jasin wütend.
»Wenn das so weitergeht, bleibt für uns bald nichts mehr übrig«, beschwerte sich ein anderer. »Ich sage ja schon seit Wochen: Wenn wir die Expedition nicht bald losschicken, hat das Syndikat mich die längste Zeit gesehen.«
»Was sagt Dalrymple dazu?« fragte Jasin.
»Er wollte den Mann zu unserem Dinner einladen, damit er zu uns spricht, aber er war nicht bereit dazu.«
»Die feine englische Art ist das ja nicht gerade«, brummte ein Nebenstehender.

Jasin ließ den Blick über den Raum schweifen, aber Dalrymple war nirgends zu sehen. So ging er zurück in die Lobby. Reynolds trat ihm in den Weg. »Ihr Brief, Sir.«
Auf dem Umschlag stand »DRINGEND!« Er riß ihn auf und erkannte die Handschrift seiner Frau. Sie forderte ihn auf, unverzüglich nach Carlton Park zurückzukehren, weil es dort Probleme gab. Verärgert steckte er den Brief in die Tasche. Was glaubte Georgina denn, wo er war? In Parramatta etwa? Er jagte doch nicht Hals über Kopf nach Hause, nur weil dort etwas nicht stimmte. Edward hatte die Verantwortung dort unten. Sollte er sich gefälligst durchsetzen! Im Norden standen seine ganzen Investitionen auf dem Spiel. Alles hing von der Wahl der richtigen Direktoren ab, und da mußte er schon dafür sorgen, daß sein Kandidat auch durchkam. Und kommende Woche erwartete er Gäste auf Montone. Bis er das nächste Schiff nach Sydney bestieg, war wahrscheinlich alles längst wieder im rechten Lot. Nein, sie mußten diesmal ohne ihn zurechtkommen.
Am Haupteingang erblickte er Dalrymple inmitten einer Gruppe und eilte sofort auf ihn zu. Er hatte sie fast erreicht, da erkannte er Rivadavia.
»Was führt Sie nach Brisbane, Rivadavia?« rief er, ohne sich die Mühe zu geben, auch nur einen von den Herren zu begrüßen. »Mister Rivadavia ist soeben von Tal der Lagunen zurückgekehrt, Lord Heselwood«, sagte Dalrymple mit gesenkter Stimme. Er hörte sich sehr niedergeschlagen an. Jetzt hat er einen Katzenjammer, dachte Jasin. Wird Zeit, daß wir endlich aufbrechen. Vorausgesetzt natürlich, die Geschichte stimmt überhaupt.
»Sagen Sie nur, Sie haben dasselbe geschafft wie Allingham, mein Freund«, rief er lachend. »Sind Sie wirklich ganz allein hin- und wieder zurückgereist?«
Rivadavia sah ihn mit seinem typischen eindringlichen Blick an. »Ich bin nicht allein dort gewesen. Pace MacNamara war mit dabei.«
»Und Sie haben ein Gebiet abgesteckt?«

»Ja.«
Jasin warf einen Blick in die Runde. »Und das sollen wir glauben?« rief er mit einem Achselzucken.
»Moment bitte, Lord Heselwood«, schaltete sich Dalrymple ein. »Sein Partner wurde von Schwarzen getötet. Diese Nachricht hat uns alle zutiefst bestürzt.«
Benommen trat Jasin einen Schritt zurück. »MacNamara wurde getötet? Guter Gott im Himmel! Mir tut das natürlich außerordentlich leid.« Erst jetzt, bei genauerem Hinsehen, bemerkte er, wie eingefallen Juans Wangen waren. Der Mann mußte wirklich Entsetzliches ausgestanden haben.
»Nichts tut Ihnen leid!« rief Juan erbittert. »Sie haben ihn von Anfang an gehaßt.«
»Also, machen Sie mich nicht für seinen Tod verantwortlich. Sagen Sie, haben Sie wirklich Claims abgesteckt?«
»Jawohl«, sagte Juan und wandte sich ab. Dalrymple begleitete ihn schweigend zur Tür, aber Jasin wollte unbedingt das letzte Wort haben. »Demnach gehört das ganze Land nun Ihnen.«
Juan blieb abrupt stehen. Mit ungläubiger Miene starrte er ihn an, dann schlug er Jasin die Faust ins Gesicht, daß er einen Tisch mitsamt einer Blumenvase darauf umriß und krachend auf dem Boden aufschlug. Das Glas ging mit einem gewaltigen Klirren zu Bruch.
Es dauerte Wochen, bis Jasin sich wieder aus dem Newstead House hinauswagen konnte. Rivadavia hatte ihm mehrere Zähne ausgeschlagen und den Kiefer ausgerenkt. Ursprünglich hatte er eine Klage wegen Körperverletzung erwogen, aber Rivadavia stand in sämtlichen Zeitungen. Er war der Held des Tages in Brisbane. So war es Dalrymple nicht schwergefallen, ihn zum Einlenken zu bewegen, zumal der Argentinier, der inzwischen nach Newcastle abgereist war, nach dem tragischen Ereignis überreizt gewesen war.
Dennoch suchte Jasin bei seinem ersten Stadtgang die Landvermessungsstelle auf, weil ihn brennend interessierte, ob und wieviel Land Rivadavia für sich beanspruchte. Zu seinem Erstaunen

entdeckte er nirgendwo den Namen Rivadavia. Statt dessen waren Tausende von Morgen Land auf einen Duke MacNamara eingetragen. Mungowa Station hieß das so hochgerühmte neue Gebiet – und das alles sollte der Familie MacNamara gehören. Jasins Entscheidung stand fest. Er stürmte hinaus und ging schnurstracks zu Dalrymple ins Victoria Hotel. Er stellte ihm einen Scheck über einer weitaus höheren Summe als vereinbart aus und rief: »Sie können mit den Heselwoods rechnen.«
»Eine weise Entscheidung«, sagte Dalrymple. »Das Land bietet uns ungeahnte Möglichkeiten. Wir bauen eine der größten Viehfarmen der Welt. Queensland wird Geschichte machen, sage ich Ihnen.«

57. Kapitel

Wenige Gouverneure waren beim Abschied von New South Wales so beliebt wie Sir Charles FitzRoy. Lange hatte er das Ende seiner Amtszeit hinausgeschoben, doch nun mußte er nach England zurückkehren. Seine Geschäfte übernahm Sir William Denison, unter dessen Ägide auch die Kolonie Queensland ins Leben gerufen werden sollte.
Er hatte noch einmal Lady Georgina Heselwood zu einem vormittäglichen Kaffee eingeladen. Daß ihr Mann noch geschäftlich in Brisbane weilte, wußte er.
»Meine liebe Georgie, haben Sie Heselwood denn von dem Problem geschrieben?«
»Sir Charles, Angelegenheiten wie diese vertraut man keinem Papier an. Ich habe Lord Heselwood gebeten, unverzüglich zurückzukehren, weil gleich zwei Ereignisse seine Anwesenheit dringend erfordern, aber er zieht es vor, mich zu ignorieren. Für ihn gibt es

nichts Wichtigeres als seine Ländereien. Er hält es für schlichtweg unmöglich, daß hier unten einmal etwas im argen liegen könnte. Aber um einen Skandal zu vermeiden, muß Edward schnellstens das Land verlassen.«
Der Gouverneur nickte. »Reisen Sie auch ab?«
»Ja, ich besteige zusammen mit Edward das Schiff.«
»Aber Sie können doch gewiß Heselwoods Rückkehr abwarten.«
»Dafür drängt die Zeit zu sehr. Es dauerte schon sehr lange, bis ich Edward vom Ernst seiner Lage überzeugen konnte und er Carlton Park verließ.«
»Aber er ist doch kein Kind mehr. Er muß begreifen, daß er sich nicht immer so flegelhaft benehmen kann.« Er lachte auf. »Bei Rivadavia ist er mit seinem Heiratsantrag ja ganz schön ins Fettnäpfchen getreten. Juan war auf das äußerste erbost.«
»Das brauchen Sie mir nicht zu sagen«, seufzte Georgina. »Was für ein Narr er doch ist!«
FitzRoy wurde wieder ernst. »Georgie, Sie wissen, daß ich mein Möglichstes versucht habe. Aber wenn erst einmal gerichtliche Schritte eingeleitet sind, sind auch mir die Hände gebunden. Ich habe ein gutes Wort beim Polizeipräfekten eingelegt, aber er kann Ihnen auch nicht mehr helfen. Zu Hause hätte keiner etwas dagegen, wenn man hier ein bißchen aufräumen würde, aber die hiesigen Zeitungen brauchen nur Wind von der Sache zu bekommen, und schon gibt es einen Skandal.«
»Ich weiß. Sie waren wirklich sehr aufmerksam.«
»Das ist ja eine ganz schön verzwickte Angelegenheit. Ich würde Sie und Edward nur zu gern einladen, mit mir auf meinem Schiff zurückzufahren, aber offiziell weiß ich nichts von seiner Abreise. So gern ich Ihre Gesellschaft an Bord genießen würde, ich muß schweren Herzens darauf verzichten.«
Georgina mußte lächeln. »Sie sind zu liebenswürdig, Charles. Ich weiß gar nicht, wie ich Ihnen danken soll.«
»Läßt sich Missis MacNamara denn wirklich durch nichts besänftigen?«

Sie schüttelte den Kopf. »Nichts läge ihr vermutlich ferner. Vor allem seit dem Tod ihres Mannes.«
»Das war wohl ein schlimmer Schlag für sie. Und der arme Rivadavia mußte ihr die traurige Nachricht persönlich überbringen. Einfach entsetzlich. Es heißt, er wurde erschlagen. Ich habe den Bericht noch nicht gelesen. Nun, das kann ja mein Nachfolger tun. Einfach zu traurig.«
Draußen wehte plötzlich ein heftiger Wind. Die Terrassentür fiel mit einem Knall zu. FitzRoy erhob sich und verriegelte sie.
»Schreiben Sie Lord Heselwood doch einen Brief. Meine eigenen Leute können ihn überbringen.«
»Vielen Dank, aber das würde nun nichts mehr nützen. Die Vorladung ist erfolgt, und Heselwood könnte auch nicht mehr ausrichten als Sie. Die *Plymouth* fährt in zwei Tagen ab. Wir haben zwei Plätze gebucht. Wir müssen abreisen.«
»Nun ja, auch das wird wieder vorbeigehen. Bleiben Sie doch zum Lunch bei uns. Vergessen Sie einfach Ihre Sorgen bei einer kleinen Abschiedsfeier.«
»Charles, ich bin Ihnen wirklich sehr dankbar, aber heute geht es nicht. Ich muß mich noch von ein paar Leuten verabschieden.« Sie erhob sich. »Sie haben recht: Auch das wird vorübergehen. Im Vergleich zu Missis MacNamaras Sorgen sind die meinen ja harmlos. Das Traurige ist, daß wir noch zu ihrem Unglück beigetragen haben.«
»Sie sind wahrhaft großzügig, Georgie. Wir sehen Sie doch hoffentlich noch einmal vor Ihrer Abreise.«
»Aber natürlich.«
Als sie ihre Kutsche bestieg, peitschten die Windböen Regen herunter. Georgina hüllte sich in ihren Wollumhang. Großzügig? fragte sie sich. Das kann ich mir nicht vorstellen. Es fällt schwer, großzügig zu sein, vor allem bei einem Mann wie Heselwood.
Der Name Dolour war ihr seit Jasins erstem Besuch in Camden ein Begriff. Später war er dann wieder im Zusammenhang mit Pace MacNamara gefallen. Jetzt begriff sie, daß Dolour die ei-

gentliche Ursache für den tiefen Haß zwischen den beiden Männern war.
Doch so verletzt und erbost Dolour auch sein mochte, sie hatte noch längst nicht alles beim Namen genannt.
Daß sie eine Strafgefangene gewesen und aus Irland verbannt worden war, das hatte Georgina schon längst gewußt. So etwas ließ sich nie lange geheimhalten. Freilich wäre es unhöflich gewesen, Dolour das merken zu lassen. Und nutzlos. Ihr eigentliches Geheimnis hatte sie dann später in einem heftigen Streit von Edward erfahren. Er hatte voller Selbstmitleid in seinem Bett gelegen und sich lauthals beklagt, daß eine Hure von einem Sträflingsschiff doch kein Recht haben dürfe, soviel Unruhe zu stiften.
Am liebsten hätte Georgina ihn geschlagen. Wutentbrannt hatte sie ihn dann gezwungen, ihr zu erklären, woher er das wissen wollte. Und hatte erfahren, warum Dolour so zutiefst verletzt war. Der eigentliche Schuldige war also Jasin.
Missis MacNamara nahm demnach die eigene Bestrafung in Kauf, nur um Jasin zu treffen. Georgina konnte das gut verstehen. An Dolours Stelle hätte sie wahrscheinlich ganz genauso gehandelt. Einen Brief wollte sie Jasin nicht mehr schreiben. Sollte er bei seiner Rückkehr ruhig feststellen, daß seine Frau das Land verlassen hatte. Und wie er das ihren Bekannten erklärte, war seine Sache.
In der South Head Road forderte Georgina, einem Impuls folgend, den Kutscher auf, vor dem Wilkin House anzuhalten. Warum, so entschied sie, sollte sie nicht auch Lady Rowan-Smith besuchen?
Bis Vicky nach unten kam, wurde sie schon einmal in den Salon gebeten. Er war anders gestrichen worden, gefiel ihr aber nicht minder als früher. Die Gastgeberin trat ein. »Ach, das ist aber eine Überraschung, Georgina.« Der unerwartete Besuch schien sie nicht zu stören, wenn sie auch etwas angespannt wirkte.
»Hoffentlich belästige ich Sie nicht«, entschuldigte sich Georgina.
»Aber nicht im geringsten.«
»Vicky, ich bin gekommen, um Sie um einen Gefallen zu bitten. Um mehrere, genauer gesagt.«

»Wenn Sie wollen, daß ich bei Missis MacNamara ein gutes Wort für Sie einlege, kann ich Ihnen leider nicht helfen.«
»Dann haben Sie also auch davon gehört?«
»Ja. Ich komme gerade von Kooramin. Es war schrecklich. Juan hatte mir aus Brisbane geschrieben und mich gebeten, Rosa unverzüglich nach Chelmsford zu bringen. Da war mir schon klar, daß etwas geschehen sein mußte. Gemeinsam bin ich dann mit ihm nach Kooramin gefahren und habe Dolour und ihren Söhnen die traurige Nachricht überbracht.«
»Die arme Frau!«
»Ja. Die Jungen haben dann auch etwas von der Geschichte mit Ihrem Sohn fallenlassen. Dolour war aber nicht bereit, darüber zu sprechen.«
»Das wundert mich nicht im geringsten. Aber deswegen bin ich auch nicht gekommen. Ich wollte Sie vielmehr bitten, ihr eines Tages, wenn Gras über die Angelegenheit gewachsen ist, auszurichten, wie schrecklich leid mir der Tod ihres Mannes tut.«
»Falls ich sie sehe«, sagte Vicky achselzuckend.
»Ach? Nun ja, ich breche bald nach England auf. Da wollte ich mich vor meiner Abreise noch nach Juans Wohlergehen erkundigen. Er war uns ja immer ein guter Freund. Wie fühlt er sich denn jetzt nach diesen grauenhaften Erlebnissen?«
Vicky erhob sich und klingelte nach einem Dienstmädchen.
»Ich weiß nicht, ob Sie auch etwas wollen, Georgina, aber ich brauche jetzt etwas zu trinken. In den letzten Wochen ist doch einiges über mich hereingebrochen.«
»Mir geht es nicht anders«, meinte Georgina.
Das Mädchen klopfte höflich an. Da hat sich ja einiges in diesem Haus geändert, dachte Georgina für sich.
»Bring uns doch bitte Sherry und Waffeln, Anne«, sagte Vicky und wandte sich wieder ihrer Besucherin zu. »Es tut mir leid für Sie, daß Ihr Sohn Ihnen soviel Ärger bereitet.«
»Danke«, sagte Georgina. »Er scheint es in der letzten Zeit darauf anzulegen, mich in Verlegenheit zu bringen, wo er gerade kann.

Mein Mann war früher nicht anders. Edward hat allerdings sogar Rivadavia beleidigt. Diese Leistung blieb Jasin immerhin versagt.«
Vicky schüttelte den Kopf. »Dann haben Sie es nicht gehört?«
»Was denn? Ich erfahre alle Neuigkeiten wohl immer als letzte.«
Sie warteten, bis das Mädchen ihnen eingeschenkt und die Tür hinter sich geschlossen hatte.
»Juan hat Jasin niedergeschlagen.«
»O Gott! Wo?«
»In Brisbane.«
»Aus welchem Grund?«
»Das weiß ich nicht. Juan wollte sich nicht darüber äußern.«
Georgina trank ihren Sherry. »Ich weiß nicht, ob ich es überhaupt wissen will. Mir reicht, daß ich Edward zu Hause habe. Er redet immer noch davon, daß er Rosa eines Tages heiraten wird.«
»Dazu wird es kaum kommen. Juan nimmt sie mit nach Argentinien.«
»Wirklich? Nun ja, da jeder sich mit jedem überworfen hat, ist das wohl auch das Beste. Aber Sie haben mir noch nicht gesagt, wie es Juan geht.«
»Er ist sehr deprimiert. Die Totenmesse war eine einzige Qual für ihn. Paces Tod geht ihm sehr nahe. Er macht sich schwere Vorwürfe.«
»Dann kann ihm die Reise nach Argentinien nur guttun. Bitte richten Sie ihm meine Anteilnahme aus, wenn er sich etwas erholt hat. Sie scheinen sich ja gut mit ihm zu verstehen. Das freut mich aufrichtig für Sie, denn er ist ein wirklich vornehmer Mann. Ich finde, Sie und er passen gut zueinander. Wir bewegen uns ja in denselben Kreisen. Achten Sie das nächste Mal einfach nicht auf Jasin und seine Bemerkungen.«
Vicky war still geworden. »Es war eine herrliche Weihnachtssaison«, sagte sie. »Mit den Mädchen waren wir eine richtige Familie. Aber jetzt ist alles vorüber.«
»Das kann ich gut verstehen. Es muß jetzt sehr schwer für ihn sein, aber bald wird sich alles wieder einrenken.«

»Nein, es ist vorbei zwischen uns. Ich habe ihn verloren. Darum habe ich auch Chelmsford so früh verlassen. Es war sehr schwer für mich, weil seine Nähe mir sehr viel bedeutet. Ich werde ihn schrecklich vermissen.«
»Ach Gott, wie tut mir das leid!« rief Georgina. »Ich hatte damit gerechnet, er würde sich scheiden lassen und Sie heiraten.«
»Ich auch. Heute bin ich leider keine besonders unterhaltsame Gastgeberin. Anscheinend treffen einen solche Sachen immer schmerzhafter, je älter man wird. Ich fühle mich heute hundeelend.« Sie betrachtete Georgina mit einem nachdenklichen Blick. »Ist Ihnen je ein Mann untergekommen, der keine Ahnung hat, wie attraktiv er auf Frauen wirkt?«
»Ach, ich bin überzeugt davon, daß er es weiß. Aber er mag nun mal die Frauen. Und so etwas zieht uns wohl alle an.« Sie warf einen Blick zur Terrassentür, doch hohe Büsche und Hecken versperrten die Aussicht. »Ich erinnere mich, daß man früher von diesem Zimmer bis zum Eingangstor sehen konnte.«
Vicky stellte sich an die Glastür und sah hinaus. »Richtig. Ich habe hier immer auf Horton gewartet und bin ihm entgegengelaufen, sobald ich ihn sah.«
Georgina lächelte. »Im Regen.«
»Ja, auch im Regen.«

Koda
1948

Die Maschine der Trans-Australia Airlines überflog die Whitsunday Passage, dieses unglaublich tiefblaue Gewässer zwischen dem Great Barrier Reef und der Ostküste Australiens, ließ Magnetic Island hinter sich und kreiste bald über der rotbraunen Landschaft um Townsville mit ihren verkrüppelten Bäumen und ausgetrockneten Wasserläufen.
Hank Wedderburn blickte gespannt nach unten. Dort warteten nicht nur seine neuen Verwandten auf ihn, er freute sich auch auf die Rückkehr in dieses eigentümliche Land.
Hinter dem Wellblechschuppen, der als Terminalgebäude diente, erblickte er dann Elena und Luke MacNamara. Hank wurde ganz sonderbar zumute. Beim Händeschütteln lief ihm ein Schauer über den Rücken.
»Du hattest mir ja gar nicht erzählt, daß du im Krieg in Townsville warst!« rief Luke. »Maria hat es uns in ihrem letzten Brief geschrieben. Du bist also gar kein Fremder.«
»Ich wollte euch an eurem Hochzeitstag nicht langweilen«, erwiderte Hank lachend.
»Toll, daß ihr uns besuchen kommt«, sagte Elena. »Jetzt kann Daddy sich nicht mehr darauf hinausreden, daß wir ans Ende der Welt gezogen sind.«
Luke erklärte Hank, daß sie beschlossen hatten, zunächst ein paar Tage auf der Farm zu verbringen und danach nach Townsville zurückzukehren und den Besuchern das Riff zu zeigen.
»Einverstanden«, meinte Hank.
»Wie kommt man zu eurer Farm hinaus?« fragte Maria.
»Mit dem Flugzeug«, sagte Elena. »Wir haben eine kleine Start- und Landebahn dort draußen. Luke fliegt lieber, weil die Straßen so schlecht sind.«
»Gut, dann fliegen wir eben.« Hank ließ die Blicke über das direkt

neben einem Mangrovenwald angelegte ruhig daliegende Flugfeld schweifen. In den Ohren dröhnte ihm nach all den Jahren wieder der Lärm des Armeestützpunktes.
Sie folgten den anderen Passagieren in den Schuppen. Das Stimmengewirr brachte ihm wieder den australischen Akzent in Erinnerung. Den hatte er ganz vergessen. Luke habe eine warme, weiche Stimme, hatte Maria gesagt. Seine bedächtige Art zu sprechen sei typisch für die Landbevölkerung. Jetzt freilich verstand Maria so gut wie gar nichts mehr. »Nur Geduld, Tante Maria«, tröstete sie Elena. »Daran gewöhnst du dich schnell.« Hank ging mit Luke das Gepäck abholen. Es war einfach auf einen klapperigen Laster geworfen und vor den Schuppen gefahren worden. Ein hochgewachsener Cowboy stand gegen den Zaun gelehnt da und drehte sich eine Zigarette. Er nickte Hank zu. »Na, wie geht's, Kumpel?« Grinsend tippte Hank an seine Hutkrempe. Ihm fiel wieder ein, daß bei diesem eigenartigen Gruß keine Antwort erforderlich war. Zum ersten Mal hatte er ihn auf dem Trail nach Kokoda von Goldgräbern gehört, und bald hatte er herausgefunden, daß es eher eine Art Aufmunterung als ein Gruß war. Aufgemuntert fühlte er sich in der Tat. Er war fast in einer euphorischen Stimmung.
Sie kletterten in das Privatflugzeug. Luke klemmte sich hinter den Steuerknüppel, Hank nahm auf dem Copilotensitz Platz und die zwei Frauen hinten auf den Passagierssitzen.
Luke jagte das Flugzeug die Piste hinunter, und sie stiegen auf.
»Als erstes fliegen wir eine kleine Schleife über die Küste. Elena ist immer ganz begeistert von dem Ausblick.«
Hank deutete nach unten. »Da war unser Camp. Mein Gott, schaut euch das an. Die alten Baracken stehen teilweise immer noch!«
»Das Gelände soll zum permanenten Stützpunkt ausgebaut werden«, wußte Luke zu berichten.
Es war ein herrlicher Tag. Keine Wolke am Himmel, und unten sprenkelten ein paar Fischerboote und Jachten die völlig ruhig daliegende See.

»Das ist die Halifax Bay«, erklärte Luke. »Wir fliegen jetzt landeinwärts.«
Von der Küste aus wirkten die Berge über und über mit dichtem Grün bewachsen, doch je höher sie stiegen, desto deutlicher erkannte Hank die Felsenspitzen, Grate und die tiefen Schluchten.
»Wie heißt die Kette?«
»Seaview.«
Jetzt war Hank ganz froh, daß sie nicht fahren mußten. So etwas wie eine Straße schien es in den Bergen gar nicht zu geben.
»Da unten!« rief Luke. »Das ist das Tal der Lagunen.«
Hank hätte am liebsten in alle vier Richtungen gleichzeitig geschaut. Das Tal überraschte ihn. Eigentlich war es eher eine Ebene zwischen zwei weit auseinanderliegenden Bergketten. Überall standen kleinere Baumgruppen in der Landschaft. Richtig unwirklich sahen sie aus der Höhe aus. Und in der Ferne schimmerten milchig blau die Lagunen.
Luke flog nun in einer geringeren Höhe. Rinder mit gewaltigen, ausladenden Hörnern galoppierten aufgeschreckt davon, ehe sie stehenblieben und es wagten, den lärmenden Störenfried anzuglotzen. Ein Schwarm schwarzer Kakadus, der einen kahlen Baum bevölkert hatte, verschwand im tiefblauen Himmel. »Das ist Dalrymple Shire«, fuhr Luke fort. »Wurde nach einem der ersten ganz großen Siedler benannt. Die MacNamaras können von Glück reden, daß sie vor ihm hier waren. Mit Dalrymple kamen auch die Heselwoods. Bei der Hochzeit habt ihr vielleicht zwei von ihnen kennengelernt.«
Maria beugte sich nach vorne. Später mußte sie ihrem Bruder Eduardo Rivadavia minutiös Bericht erstatten. »Ich hatte mir schon überlegt, wie sie zu euch stehen könnten. Aber war dieser Heselwood nicht ein Lord?«
»Richtig. Sie haben eine riesige Farm am Mount Surprise. Eine der größten im ganzen Norden. Das da unten ist die Farm der Allinghams. Sie waren die ersten, die über den Mount Surprise hierher kamen. Darum mußten die Heselwoods weiter nach Westen aus-

weichen. Aber in den Jahren seitdem hat sich hier nicht viel geändert. Die wenigen, die hier gesiedelt haben, sind unter sich geblieben.« Er lachte auf. »Sie nennen es das Land der Wenigen.«
»Gibt es eine Stadt in der Nähe?« wollte Maria wissen.
»Charters Towers – südlich von hier. In der Goldgräberzeit haben sie noch eine gegründet – Dalrymple hieß sie, – aber die ist eingegangen. Jetzt sind wir übrigens über der Mungowa-Farm. Bald sind wir zu Hause.«
»Was bedeutet Mungowa eigentlich?« fragte Hank.
»Lagune. Aber unsere Schwarzen sehen das anders. In ihrer Sprache haben sie ein ganz anderes Wort dafür. Na ja, der Begriff muß wohl von einem anderen Volk stammen.«
»Mungowa ist der Stammsitz der MacNamaras«, erklärte Elena den Gästen. »Luke hat im Westen auch eine Ranch, auf der wir gerade unser eigenes Haus bauen. Im Augenblick leben wir noch bei seinen Großeltern. Mit Mac wirst du gut auskommen, Hank. Er ist ein unheimlich liebenswerter alter Herr.«
»Aber nur, wenn er will«, rief Luke lachend. »Da unten ist schon das Farmhaus. Wir nähern uns jetzt der Landebahn. Das Haus stand früher näher beim Fluß, aber dann wurde es einmal überschwemmt und Mac hat es weiter oben neu aufgebaut. Mein Vater sollte dort einziehen, aber dieser Blödmann mußte unbedingt in den Krieg ziehen und ist nie zurückgekehrt.«
Hank warf einen verstohlenen Blick auf Luke, der plötzlich die Zähne aufeinandergebissen hatte und finster dreinschaute.
»Aber das mußten wir doch alle«, meinte Hank.
»Er war Freiwilliger«, sagte Luke verbittert. »Viehzüchter waren von der Dienstpflicht ausgenommen. Rohstofflieferanten. Die Armee brauchte Rindfleisch ebensosehr wie Soldaten.«
Hank antwortete nicht und schwieg, während das Flugzeug über das rote Dach des großen Farmhauses schwebte.
An der Landebahn warteten Lukes Mutter Elizabeth und sein Großvater im Rangerover. »Mac« stieg aus und eilte ihnen entgegen. Daß er schon über siebzig war, merkte man ihm nicht an. Er

war großgewachsen und wirkte in seiner Tweedjacke, Baumwollhose und seinen elastischen Lederstiefeln drahtig und agil. Einige schwarze Viehhüter waren herangeritten und musterten die Gäste neugierig.
Auf der Fahrt zum Farmhaus zog Hank es vor, den anderen schweigend zuzuhören.
»Hier geht es sicher nicht sehr viel anders zu als auf den argentinischen Ranches«, meinte Maria.
»Das kann ich mir nicht vorstellen«, entgegnete Elizabeth.
»Oder können eure Farmer sich auch selbst versorgen?«
»Doch, ja. Aber warum ist das Haus auf Pfählen gebaut?«
»Vor allem wegen der Feuchtigkeit in der Regenzeit.«
»Vergiß die Schlangen nicht«, sagte Elena. »Die können nicht so hoch klettern.«
Mac wandte sich grinsend zu ihr um. »Wenn eine Schlange wo rein will, kommt sie auch rein, junge Frau. Lerne lieber schießen.«
Um ins Haus zu gelangen, mußten sie mehrere Stufen erklimmen. Mac stützte sich auf einen massiven Spazierstock, nahm aber keine Hilfe an. Auf der Veranda ließ er sich in einen Bambussessel sinken. »Komm, Hank, setz dich ein bißchen zu mir.«
Damit war Elizabeth nicht einverstanden. »Draußen ist es doch viel zu heiß, Dad. Komm mit rein.«
»Hör nicht auf sie, Hank«, brummelte Mac. »Nur weil drinnen ein elektrischer Fächer die Luft durcheinanderwirbelt, ist es noch lange nicht kühler.«
Die anderen gaben auf und verschwanden im Haus. »Wir essen hier draußen!« rief Mac ihnen nach. »Nimm dir den Stuhl da, Hank. Bier gefällig?«
»Gern. Aber wo finde ich welches?«
»Mach dir darum keine Gedanken.« Mac hatte noch nicht zu Ende gesprochen, da kam Luke mit einer Flasche und zwei Gläsern.
»Oder möchtest du lieber Whiskey, Hank?«
»Nein danke. Bier ist gerade richtig.«
Luke ging ins Haus zurück, und Mac schenkte die Gläser voll.

»Deine Elena ist ja ein prächtiges Mädchen. Und eine vorzügliche Reiterin.«
»Sie wirkt sehr glücklich hier, und ich bin froh, daß Sie sie mögen«, sagte Hank. Die ruhigen grauen Augen des alten Mannes ruhten musternd auf ihm. Aus Unsicherheit versuchte Hank einen Plauderton anzuschlagen. »Sind Sie hier oben geboren, Mister MacNamara?«
»Ja. Aber nenn mich ruhig Mac.«
»Also gut, Mac. Dein Vater muß ja ein richtiger Pionier gewesen sein ...«
»Ach nein. Er wurde auch schon hier geboren. Sein Vater, also mein Großvater, Duke MacNamara, der hat die Farm aufgebaut. Und vor ihm war sein alter Herr, Pace MacNamara, mit einem Kumpel hier und hat die Gegend praktisch entdeckt. Pace wurde dann von den Schwarzen umgebracht. Unser Besitz fängt dort drüben bei John's Ridge an.« Er deutete mit dem Stock auf einen Felsvorsprung am Fuß der Berge. »Ein schöner Orientierungspunkt, nicht wahr?« Den Blick sinnend ins Weite gerichtet, fuhr er fort. »Ich bin noch in unserem ersten Haus auf die Welt gekommen. Es stand dort drüben. Später wurde es überschwemmt. So etwas Schönes baut heute keiner mehr. Die Wände, die Möbel, alles war aus Holz, nicht so ein billiges Zeug wie heute. Gegenüber lag unser alter Friedhof. Der ist damals auch weggeschwemmt worden. Wenn der Fluß erst mal anschwillt, reißt er alles mit.« Und unvermittelt fragte er: »Warst du nicht im Krieg hier?«
»Ja.« Hank sah schuldbewußt weg. »Ich war ziemlich lange in Townsville stationiert. In Charters Towers war ich auch mal.«
»Ach wirklich? Dann hast du ja ganz schön was erlebt. Als die ganzen Goldgräber kamen, war in Charters Towers ja die Hölle los. Es gab sogar eine Börse und was weiß ich noch alles.«
Hank lachte auf. »Als ich dort unten war, war es auch nicht gerade ruhig. Kanntest du zufällig einen alten Burschen, den sie alle ›Bony Jack‹ nannten?«
»›Bony Jack‹? Aber klar! Der war bekannt wie ein bunter Hund.

Hat bis zum Schluß Gold geschürft. Ist erst vor wenigen Jahren gestorben. Sein Pferd hat ihn abgeworfen. Das war noch einer vom alten Schrot und Korn. Die waren einfach nicht aus dem Sattel zu kriegen. Der alte Duke MacNamara ist genauso gestorben. Mein Vater hat immer gesagt, wenn man merkt, daß es mit dem Springen nicht mehr so richtig geht, ist es an der Zeit, die Sporen an den Nagel zu hängen. Du hast also Bony Jack gekannt, hm?«
»Darauf kannst du Gift nehmen.«
Macs Augen funkelten. »Erzähl mal, mein Lieber, hast du ihm auch Gold abgekauft?«
»Na klar. Ich wollte es mit nach Hause nehmen. Es wurden ja täglich Tausende von GIs aus der ganzen Welt heimgeflogen. Da hat doch keiner ihre Seesäcke filzen können. Aber weiter als nach Townsville habe ich das Gold nicht gebracht. Von uns waren ja alle ganz scharf auf Souvenirs, und Gold war der Renner! Wenn es ging, bin ich nach Charters Towers geflogen. Bei Transportflügen haben sie schon öfter mal ein Auge zugedrückt. Tja, und Bony Jack hat uns alle versorgt. Aber eins ist mir bis heute nicht klar. Warum hat er es so billig hergegeben?«
»Er war ein bißchen verschroben. Er konnte weder lesen noch schreiben. Was er zum Leben brauchte, das hat er gekriegt, ohne je ein Formular auszufüllen oder die Kriegssteuer zu berappen. Tja, die anderen Goldschürfer haben es ihm dann nachgemacht. Das System vereinfachen hieß das.«
»Das ist ihm durchaus gelungen«, rief Hank lachend. »Habt ihr denn jemals Gold auf dieser Ranch gefunden?«
»Gold nicht, aber Silber. In dieser Gegend gibt es jede Menge Mineralien und Edelmetalle. Bei Charters Towers lagerten ja enorme Schätze im Boden. Heute finden sie immer noch was. Und ich wette, wenn sie die Hauptstraße aufreißen, brauchen sie sich nur danach zu bücken. Der Palmer River im Norden starrte förmlich vor Gold. Aber es war wohl wie beim Goldrausch in Kalifornien. Die einen hatten Glück, und die anderen mußten bis an ihr Lebensende schuften. Schau dir nur die Heselwoods an. Ihre Farm

liegt nicht weit von hier. Der alte Lord ließ keine Gelegenheit aus, seinen Reichtum zu vergrößern. Der Kerl war unersättlich.« Er sog an seiner Pfeife. Mit einem Augenzwinkern fuhr er fort. »Alle haben damals ja gemeint, daß er von den Goldvorkommen auf seiner Montone Station wußte, aber er hat nie was verraten.«
»Aus welchem Grund denn?«
»Wahrscheinlich weil er nicht wollte, daß Goldgräber sich auf seinem Gebiet tummeln. Wie dem auch sei, als der Goldrausch ausbrach, waren die Schürfer nicht mehr aufzuhalten, und natürlich haben sie auch auf seiner Farm bei Gympie eine riesige Ader entdeckt.«
»Hat er das noch erlebt?«
»Aber klar. Er hat das ganz groß aufgezogen. Dutzende von Goldwäschern haben für ihn gearbeitet. Es gibt sogar ein Porträt von ihm, wie er vor seinen Leuten am Fluß steht. Seine Familie hat das Bild noch. Aber wir können uns auch nicht beklagen. Das Gold hat dieses Land groß gemacht.«
Nach dem Mittagessen zeigte Mac Hank die Farm. Er erklärte ihm die einzelnen Gebäude und stellte ihn jedem seiner Leute vor. »Die Viehhöfe sind da drüben«, sagte er und zeigte auf ein Labyrinth von hohen Drahtzäunen – ein Anblick, mit dem Hank gut vertraut war. »Wir gehen nachher rüber. Als Texaner wirst du mir sicher sagen können, was von unseren Rindern zu halten ist.«
Er verschwand in einer Scheune, um gleich wieder mit einer Flasche Rum und zwei verstaubten Gläsern herauszukommen. Unter einem Wasserhahn spülte er sie kurz ab. Dann führte er Hank zu einer Bank unter einem blühenden Baum. »Genehmigen wir uns einen Schluck. Das beste Heilmittel, wenn einen was bedrückt.«
Hank nippte an dem brennend scharfen Schnaps.
»Rum ist bei uns im Norden recht beliebt«, führte Mac aus.
Hank nickte. Er trank wieder einen Schluck in der Hoffnung, er würde ihn etwas aufmuntern.
»Und von hier aus bist du in den Krieg gezogen?« wollte Mac wissen.

Hank nickte erneut. »Beim zweiten Mal, ja.« Seine Hände waren kalt und feucht. Er wünschte, er wäre nie hierher gekommen. Luke hatte ihn enttäuscht. Er fühlte sich in die Enge getrieben.
»Mein Sohn ist im Krieg auf einer Insel gestorben«, sagte Mac. Hank griff nach der Flasche und schenkte sich nach. »Und jetzt glaubst du, er hätte nie in den Krieg gehen dürfen, was?« fragte er mit barscher Stimme.
Mac sah überrascht auf. Ehe er Antwort gab, tupfte er sich mit einem Taschentuch den weißen Schnauzer ab und steckte es wieder in die Tasche. »Nein, das glaube ich ganz und gar nicht. Wie kommst du nur darauf?« Langsam dämmerte ihm der Grund. »Du hast dir wohl Lukes Gerede angehört.«
»Was für Gerede?« Luke war hinter ihnen herangetreten.
Sein Großvater sah ihm gelassen in die Augen. »Ich wollte Hank gerade erklären, daß du deinem Vater immer noch nicht verziehen hast.«
»Warum sollte ich auch?« rief Luke erregt. »Ich bin nun mal der Meinung, daß er sich nie hätte melden dürfen. Es gab genug andere Soldaten.«
»Wie Hank. Der war auch im Krieg.«
»Hattest du eine Familie?« wandte sich Luke an den Amerikaner.
»Nein.«
»Dann war das auch etwas anderes.«
»Da, trink einen Schluck«, sagte Mac und reichte Luke sein Glas. »Ich muß mal ein Wörtchen mit Billy Flynn wechseln. Der läßt seinen Abfall immer in meinem Geräteschuppen liegen. Versuch du mal, meinem Enkel etwas Vernunft beizubringen, Hank. Ich habe das ewige Streiten mit ihm langsam satt.«
Als Mac gegangen war, versuchte Luke sich zu entschuldigen. »Es tut mir leid, Hank. Die Sache ist nicht mehr wichtig.«
»Da bin ich aber ganz anderer Meinung«, sagte Hank ruhig.
»Du hast doch auch Schwestern. Wo leben die eigentlich?«
»Eine wohnt in Brisbane. Die andere hat geheiratet und führt mit ihrem Mann eine Farm am Fitzroy River.«

»Demnach habt ihr ja den Krieg ganz gut überstanden.«
»Darum geht es doch nicht.«
»Wahrscheinlich nicht. Du meinst also, euer Vater wäre nie in den Krieg gezogen, wenn er euch wirklich geliebt hätte.«
Luke war sichtlich verlegen. »Das kann ich nicht beurteilen. Aber jetzt gehört es sowieso zur Geschichte.«
»Oje!« rief Hank. »Dann wäre ich ja auch schon Geschichte. Bitte mach mich nicht älter, als ich bin.«
»Sei mir nicht böse. So hatte ich das nicht gemeint. Ich will nur sagen, er hatte kein Recht, uns zu verlassen.«
»Und ob er das Recht hatte. Aber ich glaube, du bist ihm nicht böse, weil er gegangen ist. Du nimmst ihm nur übel, daß er sich hat töten lassen. Wenn er zurückgekommen wäre, hättest du dir nichts Böses gedacht. In der Schule hättest du sogar wie alle anderen Kinder damit angegeben: ›Mein Daddy war im Krieg!‹«
Luke sah verdrossen zu Boden. Hank bekam schon Mitleid, doch dann kehrte beim Gedanken an Sergeant MacNamara der Zorn zurück. »Du hast vor allem ein Problem, Luke. Du kannst ihm nicht verzeihen, daß er getötet wurde. Deine Gefühle wurden derart verletzt, daß es dir leichter fällt, auf ihn zu schimpfen, als dir deine Trauer zu gestehen. Sagt man bei euch nicht: Laß die Toten in Frieden ruhen?«
Da Luke darauf nichts zu sagen hatte, fuhr Hank fort: »Er muß es für seine Pflicht gehalten haben, sich zu melden. Vielleicht hat er sogar die ganze Zeit an seine Familie gedacht. Er wollte bestimmt auf seine Weise für euch sorgen. Zigarette gefällig?« Luke nahm dankend an, und das Gespräch schien beendet zu sein. Unvermittelt richtete Luke sich auf. »Da kommt Großvater. Wir sehen uns später wieder, Hank.«
Mac sah ihm nach. »Na, hast du ihn auf andere Gedanken gebracht?« fragte er.
Hank zuckte mit den Schultern. »Ich weiß nicht. Er sieht es eben mit anderen Augen.«
»Man dringt schwer zu ihm durch«, meinte Mac. »Aber denk

dir nichts. Etwas anderes: In der guten alten Zeit sind die Ochsen hier vorbeigetrieben worden. Hast du schon mal ihr Geschirr gesehen?«
»Nein.«
»Dann komm mal mit. Ich zeig's dir.«
Er führte Hank zu einer alten Scheune. Das Tor ließ er offen, damit etwas Licht hereinfallen konnte. Und mit zwei Stöcken stieß er die Fensterläden auf. »Das ist meine Schatzkammer, wo ich die ganzen alten Sachen aufbewahre. Ich will ja seit Ewigkeiten aufräumen, aber ich komme nie dazu.«
Der Schuppen war ein wahres Museum für Pferdegeschirr und Zaumzeug, das an den Wänden hing oder in verstaubten Haufen auf dem Boden lag. Überall lagen Peitschen und eigenartig geformte Eisenstäbe herum. In einer Ecke stand sogar ein zweirädriger Pferdewagen.
»Schau dir mal die Ledergurte da an«, rief Mac. »Garantiert reißfest. Bei den unwegsamen Straßen hier gab es nichts Besseres. Hank durchstöberte mit ihm zusammen die Scheune. Ihm fiel auf, daß die Sättel von den Dachsparren herabhingen. »Wozu hängen die da oben?«
»Weil so die Mäuse nicht rankommen. Auf dem Boden liegt auch noch einer. Ich will ihn schon seit Ewigkeiten aufhängen.« Er zog mehrere Lederbeutel aus einer dunklen Ecke hervor, räumte einen etwas sperrigen Gegenstand aus dem Weg, der aussah wie der Polstersitz einer alten Kutsche, und förderte einen in Leinen gehüllten Sattel zutage. »Ein richtiges Prunkstück.« Er brachte ihn ans Licht und wischte mit den Händen den Staub weg. »Von der Füllung ist nichts mehr da. Hey, Billy! Bring mir mal einen feuchten Lumpen!«
Der Bursche kam mit einem Ledertuch, und Mac polierte die Oberfläche glatt. Dann trat er einen Schritt zurück, um das gute Stück angemessen zu würdigen. »Der Beschlag ist aus echtem Silber. Prächtig, das Ding, findest du nicht auch?«
Hank ging neugierig in die Hocke. Es war ein gewaltiger schwar-

zer Ledersattel, bestickt mit komplizierten Mustern, und das Silber war ein wahrhaftes Meisterwerk. »Großartig! Aber ihr dürft ihn nicht im Staub liegenlassen, bis nichts mehr davon da ist.«
»Ich weiß, ich weiß. Ich wollte ihn schon lange zum Restaurieren geben. Da muß ein guter Kunsthandwerker ran.«
Hank rieb vorsichtig das Silber. »Woher stammt er?«
»Das wissen wir auch nicht so genau. Solche Sättel sieht man in diesem Land sonst nicht. Wahrscheinlich gehörte er einem Südamerikaner. Der war Paces Partner, und nach seinem Tod hat er die Witwe geheiratet. Sie waren wohl nicht mehr die jüngsten, denn sie hatte drei erwachsene Söhne. Aber so war es ja schon immer. Eine Witwe, die was wert ist, bleibt nicht lange allein. Was meinst du, wie lange ich das schon meiner Elizabeth, Lukes Mutter, predige. Sie sieht doch gut aus und hätte sich längst einen neuen Mann angeln können.«
Wieder spürte Hank einen Stich. Es gab hier kaum einen Augenblick, in dem er nicht an den toten Soldaten erinnert wurde. Er versuchte sich einzureden, die ständigen Hinweise seien Teil seiner Buße dafür, daß er hierhergekommen war. Aber Mac hatte seinen Sohn ganz ohne Zweifel geliebt. Vielleicht akzeptierte man im Alter das Unabänderliche etwas leichter.
»Mein Vater hat sich nie besonders für die Familiengeschichte interessiert«, meinte Mac. »Das bißchen, was ich weiß, hat mir mein Großvater, der alte Duke, erzählt, als ich klein war. Seine Mutter hat sich hier nie blicken lassen. Sie ist den Rest ihres Lebens in New South Wales geblieben, irgendwo im Hunter Valley. Dort leben immer noch MacNamaras. Und noch einen Zweig gibt es, und zwar in den Liverpool Plains.«
»Betreiben die auch Viehzucht?«
»Aber klar. Ich habe mir sagen lassen, daß sie recht feudal hausen. Das sind keine Buschbauern wie wir.«
»Wie ist der Sattel bei euch gelandet?«
»Er gehörte Duke. Irgendwann ist er mal zur Beerdigung seines Stiefvaters in den Süden gereist, und da hat seine Mutter ihn ihm

geschenkt. Darum nehme ich auch an, daß er dem Südamerikaner gehört hatte.«

Hanks Neugierde war geweckt. »Aus welchem Land kam er denn?«

»Das kann ich dir nicht sagen. Die ganze Familie rätselt darüber. Meine Schwester – sie heißt übrigens Dolour wie Dukes Mutter – behauptet, daß der Kerl ein schwerreicher Spaniole war. Irgendein hohes Tier aus Südamerika. Meine Frau – Gott habe sie selig – wollte ja immer in den Standesämtern nachforschen, aber sie ist nie dazu gekommen. Sie ist schon bei den eigenen Leuten steckengeblieben. Aber immerhin hat sie rausgefunden, daß sie mal Sträflinge waren.«

Hank sah auf die Uhr. »Und dein Urgroßvater, dieser Pace, war der auch ein Sträfling?« In seiner Stimme schwang plötzlich etwas Ausgelassenheit mit.

»Keine Ahnung. Aber möglich wäre es schon. Die Engländer haben ja sämtliche Urkunden aufbewahrt, und die sind noch alle gut erhalten. Mein Urgroßvater muß ein Phänomen gewesen sein. Anscheinend hat er sein halbes Leben auf Pferden verbracht und in einem fort Bäume gerodet und Farmen gegründet. Im Brisbane Valley gibt es auch noch eine. Erstklassiges Land. Dukes Schwester, Mary, hat sie gekriegt. Soll ganz schön Haare auf den Zähnen gehabt haben. Sie hat eisernes Regiment geführt, heißt es. Aber über den alten Pace kann sich keiner von uns beklagen.«

»Und was hast du jetzt mit dem Sattel vor?« wollte Hank wissen. »Du läßt ihn doch hoffentlich nicht im Schuppen verrotten?«

»Nein, nein, den nehmen wir mit ins Haus.« Mac bückte sich danach, doch Hank fiel ihm in den Arm. »Den trage lieber ich. Maria wird ihn sich bestimmt gern ansehen wollen.«

Und Maria war fasziniert. »Eine ungeheuer wertvolles Sammlerstück. Gebt ihn mir mit. Ich kenne da einen Silberschmied. Der wird mir vielleicht mehr darüber sagen können.«

Da Mac skeptisch die Stirn runzelte, versicherte Hank ihm eilig: »Maria liebt solche Projekte. Du kannst dich voll auf sie verlas-

sen. Sie läßt ihn in Argentinien von einem Fachmann restaurieren, und dann bringen wir ihn euch persönlich zurück. Einverstanden?«
»Danke«, sagte Mac. »Ich komme ja sowieso nicht dazu. Aber ich freue mich schon darauf, ihn im alten Glanz zu sehen.«
An ihrem letzten Abend auf der Mungowa Farm saß Hank gemeinsam mit Mac auf der Veranda. Es war eine warme, klare Nacht. In den Bäumen zankten sich Flughunde um das Obst. Eine Weile sahen die beiden schweigend dem Treiben zu, bis Mac mit einer Bemerkung Hank aus der Fassung brachte.
»Wegen Luke haben wir uns ja nie über John Paces Tod unterhalten. Seit du da bist, ist Lukes Schale ein bißchen weicher geworden. Dafür bin ich dir sehr dankbar. Er hat den Tod seines Vaters nie richtig verwunden. Darum haben wir es nie übers Herz gebracht, ihm zu sagen, wie es überhaupt passiert ist. Und je älter er wurde, desto schlimmer wurde es mit ihm. Seine Mutter wagt schon gar nicht mehr, das Thema anzuschneiden. Aber eines Tages wird er vielleicht doch damit umgehen können und Fragen stellen oder es nachlesen. Langsam bricht es schon aus ihm raus, das spüre ich. Erinnerst du dich an das Foto von John Pace im Wohnzimmer?«
»Ja?«
»Luke hat immer daran vorbeigesehen. Aber dann habe ich mitgekriegt, wie er es dir gezeigt hat. ›Das ist mein Vater‹, hat er gesagt.«
»Ja, das stimmt«, brachte Hank hervor.
»Und du hast ihn erkannt«, sagte Mac.
»Was habe ich getan?« rief Hank perplex.
»Du hast dir das Foto angeschaut und hast gesagt: ›Ja, Sergeant MacNamara.‹ Außer mir ist das keinem aufgefallen.«
»War er denn nicht Sergeant?«
»Sicher. Aber zum Zeitpunkt der Aufnahme war er noch Korporal.«
Hank hatte das Foto gleich am ersten Tag erblickt, aber es hat-

te ihn nicht aus der Fassung gebracht. Er hatte das Gesicht ansehen können, ohne in Panik auszubrechen. Er hatte sogar Sergeant MacNamara seinem Sohn gegenüber verteidigen können und hatte sogar so etwas wie väterlichen Stolz entwickelt, weil MacNamaras Sohn mit seiner jungen Frau so glücklich war. Wortlos sah er Mac an. Wieder fragte er sich, ob er nicht doch lieber hätte wegbleiben sollen.
Mit einem milden Lächeln legte der alte Mann die Hand auf Hanks Schulter. »Du bist meinem Sohn John Pace einmal begegnet, nicht wahr?«
Nach kurzem Zögern gab Hank es zu: »Ja.«
»Ist schon gut, Hank. Laß einfach los. Vergiß nicht, daß ich sein Vater bin. Ich habe die Berichte aufmerksam gelesen. So etwas muß man schon ganz genau wissen, egal, wie weh es tut. Und ich habe immer darauf gehofft, den Typen, der davongekommen ist, einmal zu sehen. Wir MacNamaras sind ja schlechte Verlierer. Als ich die Berichte gelesen habe, habe ich mir gedacht ›Diese Scheißamis kommen ja anscheinend immer davon!‹ John Pace hätte sich über eine solche Formulierung gefreut.«
»Du wußtest, daß ich es war?«
»Nicht von Anfang an. Der Name kam mir nur irgendwie bekannt vor. Ich habe dann einen alten Freund angerufen, und der hat für mich im Archiv nachgesehen. Ich habe einen exzellenten Brandy im Keller. Na, was hältst du von einem Gläschen?« Die Antwort wartete er erst gar nicht ab. Er stapfte über die Holzbohlen ins Haus. Hank begriff, daß Mac gemerkt hatte, wie aufgewühlt er war, und ihm Zeit geben wollte, sich zu fassen.
Als er zurückkam, war Hank bereit. »Ich hätte es dir viel früher sagen sollen, aber ich kann einfach nicht darüber sprechen.«
»Das war nie nötig«, meinte Mac. »Dein Report war eindeutig genug. Schlepp es jetzt nicht mehr mit dir herum. Die Geschichte macht dir genauso zu schaffen wie Luke. Der Unterschied ist nur, er gibt es nicht zu, und du kannst nicht loslassen.«
»Weißt du«, fuhr er nach einer Weile fort, »für die Schwarzen sind

die kleinen Sterne da oben Babys, die bald auf die Welt kommen. Und wenn ein guter Mensch stirbt, geht er über den Regenbogen in seine Traumwelt ein. Der Gedanke gefällt mir. Trinken wir auf John Pace. Bei Gott, sein Leben war nicht umsonst.«

Nachwort

Der irische Dichter Aidghagan O'Rathaille wurde berühmt als der Dante von Munster. Zu Beginn des achtzehnten Jahrhunderts zog er durch ganz Irland und genoß an jedem Ort Gastrecht, wie es nach Brauch der Insel jedem fahrenden Poeten zustand. In seinen Werken spiegeln sich der Geist einer verlorenen Vergangenheit und einer verwundeten Gegenwart. Das gesprochene Irisch wurde bei ihm zu Musik, zum Ausdruck des Stolzes, der Träume eines ganzen Volkes.

Bald werde ich verstummen. Der Tod ist schon so nah.
Bald lieg ich bei den Leichen der Helden
Von Laune und Lein und Lee.
Geliebte Krieger, Euch folg ich gern ins Grab.
Könige seid Ihr. Denn haben nicht schon vor Jesus Christus
Meine Ahnen unter Euch gedient?

Die beklemmende Trauer aus O'Rathailles Versen gilt sämtlichen Völkern der Welt, die durch die Schuld anderer Leid erdulden mußten.
Was Australiens Ureinwohner betrifft, so hatte ihre erwiesenermaßen über vierzigtausend Jahre alte Kultur länger Bestand als jede andere große Zivilisation der Erde. Das kann freilich kein Trost sein, wenn sich in jüngster Geschichte ein Armageddon abgespielt hat.
Der Stolz der meisten Kulturen beruht auf ihren Helden der Vergangenheit. Die Aborigines dagegen konzentrierten sich von jeher auf die spirituellen Aspekte des Lebens. Sie sahen das Heldentum in der Natur, und nicht so sehr im Menschen. So fiel es ihnen schwer, den Eindringlingen die Ebenbürtigkeit von den Ehr- und Würdebegriffen ihrer Kultur begreiflich zu machen. Erst in den

letzten Jahren hat die übrige Welt die wunderbaren Legenden über ihre Traumwelt, ihr Jenseits, schätzen gelernt.
Die Amtszeiten der Gouverneure von New South Wales, denen wir in diesem Buch begegnen, geben uns den zeitlichen Rahmen vor. William Wentworth, die Macarthurs, Alexander MacLeay, »Major« Mudie mit seiner Sträflingsfarm, Castle Forbes, all das sind wohlbekannte Namen in der australischen Geschichte. Macarthurs Residenz in Parramatta steht noch genauso wie Wentworths prächtiges Vaucluse House und das nicht minder herrliche Elizabeth Bay House von MacLeay. Sie sind nun Eigentum des Historic Houses Trust of New South Wales. Ludwig Leichhardts Schicksal ist unbekannt geblieben. Der »König der Forschungsreisenden« ist seit seinem Versuch, den Kontinent von Osten nach Westen zu durchqueren, verschollen.
Christopher Allingham gelang der phantastisch anmutende Marsch über eintausendfünfhundert Meilen von Armidale in New South Wales in den gefährlichen und bis heute weithin unerforschten tropischen Norden und wieder zurück. Seine Familie zählt mit zu den ersten Siedlern in Dalrymple Shire, zu dem auch das Valley of Lagoons gehört.
J. Elphinstone Dalrymple führte die ersten offiziellen Expeditionen in den fernen Norden durch, aus dem später der neue Staat Queensland werden sollte. Etwa um dieselbe Zeit wurde bei Gimpi Gimpi, heute unter dem Namen Gympie bekannt, Gold entdeckt, und der große Goldrausch setzte ein.
Dalrymple und seinem Team dicht auf den Fersen folgten weitere Pioniere, unter ihnen James Atkinson, der im idyllischen Tal am Fuße des Mount Surprise siedelte. Sein Sohn gründete weitere Farmen. Bis auf den heutigen Tag besitzen und bewirtschaften die Atkinsons einen der größten Zuchtbetriebe der Gegend. Sein Name? Tal der Lagunen.

Das erste Kapitel dieses Buchs beruht auf Tatsachen. Ein Soldat aus Australien hat auf dieselbe Weise den Tod gefunden wie dort

beschrieben. Er hat wirklich mit der Warnung »Kopf runter, Kumpel« einem ihm völlig unbekannten Soldaten der Alliierten das Leben gerettet und ist wie beschrieben umgebracht worden. Der Soldat schlug sich zu den eigenen Leuten durch und überlebte den Krieg.
Zwar sind die meisten Gestalten in diesem Buch frei erfunden, doch die geschichtlichen Persönlichkeiten sind verbürgt und werden so fiktionalisiert, daß kein Bruch zu den allgemein zugänglichen Quellen über ihren Charakter und ihr Auftreten entsteht.
Bleibt mir nur noch, Sally Milner und Andrew Kelly für ihren Rat und ihre Hilfe zu danken. Auch Laurie Paul und Mary und Geoffrey Heath, meinen aufmerksamen Lesern während der Entstehung des Manuskripts, bin ich zu tiefem Dank verpflichtet.

Patricia Shaw